白痴

ИДИОТ

〔俄〕陀思妥耶夫斯基 著

臧仲伦 译

图书在版编目（CIP）数据

白痴 ／（俄罗斯）陀思妥耶夫斯基著 ； 臧仲伦译.北京 ： 人民文学出版社，2024． —— ISBN 978-7-02-018846-8（2025.6重印）

Ⅰ．I512.44

中国国家版本馆CIP数据核字第2024L0U256号

责任编辑　李丹丹
装帧设计　刘　远
责任印制　张　娜

出版发行　人民文学出版社
社　　址　北京市朝内大街166号
邮政编码　100705

印　　刷　北京中科印刷有限公司
经　　销　全国新华书店等

字　　数　633千字
开　　本　710毫米×1000毫米　1/16
印　　张　50.75　插页10
印　　数　6001—9000
版　　次　2024年8月北京第1版
印　　次　2025年6月第4次印刷

书　　号　978-7-02-018846-8
定　　价　118.00元

如有印装质量问题，请与本社图书销售中心调换。电话：010－65233595

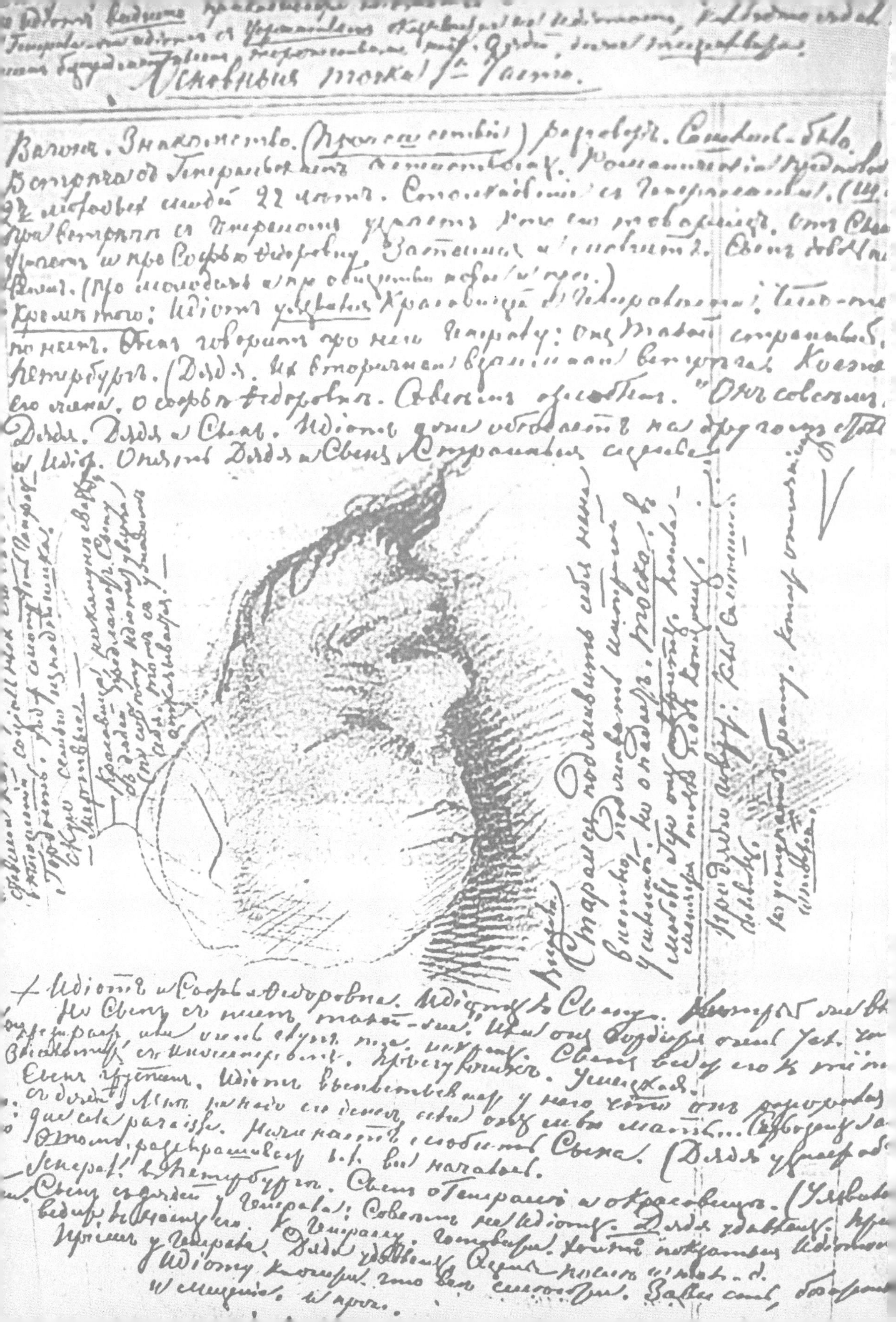

白　痴
идиот

目录

译本前言
001

第一部
001

第二部
219

第三部
403

第四部
575

译本前言

说不尽的陀思妥耶夫斯基

陀思妥耶夫斯基(1821—1881)是一位享有世界声誉的伟大作家。他的长篇小说《白痴》是他最优秀的作品之一。本书情节紧张、曲折,高潮迭起,扣人心弦。特别是其中的心理描写,剖析了人的全部复杂性,提出了许多哲学、社会学、美学和伦理学问题,具有极强的艺术感染力,诚如高尔基所说:"托尔斯泰和陀思妥耶夫斯基是两个最伟大的天才,他们以自己的天才的力量震撼了全世界,使整个欧洲惊愕地注视着俄罗斯,他们两人都足以与莎士比亚、但丁、塞万提斯、卢梭和歌德这些伟大人物并列。"[1]

与其他作家不同,陀思妥耶夫斯基是一位超越时空的作家。他的作品既面向当时的俄国现实,又面向西欧,面向全人类;既面向现在,又面向未来,面向永恒。他既是一位伟大的文学家、艺术家,又是一位伟大的思想家、哲学家。

陀思妥耶夫斯基作品中的人物和事件,以及其中包含的哲理,是多义的,不是单义的,是多层次的,不是单层次的,是超越时空的和多维的。正如世界有多复杂,人有多复杂,他的作品也就有多复杂一样,他的作品至今还有

---

[1] 高尔基:《论文学》(续集),人民文学出版社1979年版,第50页。

许多解不开或没有完全解开的谜。人心是个大秘密，他的作品也是个大秘密，是个无法穷尽其奥秘的浩渺无垠的宇宙。

《白痴》像作者的几乎所有的小说一样，有三个同心圆。圆心是人，圆周一个大似一个，直至无限。或者说它有三个层次，一层深似一层，以至无极。第一个同心圆或第一层是具体的情节、事件、人；第二个同心圆是时代和社会；第三个同心圆是对人的剖析和对人的哲理思考，是人的哲学。

一

《白痴》的第一个同心圆是小说中具体的人与事。

说得"俗"一点，《白痴》写了几组三角恋爱或五角恋爱：一、阿格拉娅和纳斯塔西娅·菲利波芙娜爱梅什金公爵（即小说中的"白痴"）；二、梅什金、罗戈任爱纳斯塔西娅·菲利波芙娜；三、梅什金、加尼亚、伊波利特以及叶夫根尼·帕夫洛维奇爱阿格拉娅。由此引起一连串的喜怒哀乐、悲欢离合、冲突、斗争，乃至凶杀。就故事来说，已经够紧张，够刺激，够引人入胜的了。

如果说得"雅"一点，小说讲的是一个忠厚、善良的年轻人，身无分文，茕茕孑立，从国外归来，由于命运的安排，突然落在一群不怎么忠厚，不怎么善良的人们的包围中，被卷进生活的旋涡，看到了俄国光怪陆离的众生相。他想以自己为榜样，以自己的忠厚、善良、逆来顺受和宽恕一切来影响乃至改变这个世界，使大家相亲相爱。但是当时的人际关系是如此复杂，他因经受不住接二连三的刺激，疯了，变成了真正的白痴。

如果说得"深"一点，按照陀思妥耶夫斯基的说法，小说写了两种类型的俄罗斯人——真正的俄罗斯人和欧洲化的俄罗斯人。

俄罗斯人的性格特征是豪放，欧洲人的性格特征是偏狭。俄罗斯人重感情，轻理智，爱走极端。欧洲人重理智，轻感情，不爱走极端。对欧洲人的一言一行，可以用理智去理解；对俄罗斯人则不行，除了理智以外，还必须用自己的心。

《白痴》中真正的俄罗斯人是梅什金和罗戈任，阿格拉娅和纳斯塔西娅·菲利波芙娜。他们都有俄罗斯人固有的豪放、重感情、轻理智的特点，干什么都豁出命去干，不计后果。

可是梅什金和罗戈任又彼此不同。同是俄罗斯人，但是一个重感情，用自己的心来理解一切人和事，具有一种纯洁、善良的心灵美，他严以责己，宽以待人，希望以自己为榜样来影响和改变周围的人。另一个却把俄罗斯人的豪放集中表现为对女人的不可遏制的情欲。为了女人，他可以去杀人。如果得不到这女人，他情愿跳河自杀，或者一不做二不休，干脆把这女人捅死。

阿格拉娅和纳斯塔西娅·菲利波芙娜一样，两人都十分美丽，非常聪明，蔑视世俗的成见和周围的环境，十分高傲，要爱就豁出命去爱，甘愿为所爱的人牺牲一切，受苦，乃至受难。但是她们又彼此不同。阿格拉娅是叶潘钦将军的掌上明珠，从小娇生惯养，十分任性，但是她不为世俗成见所囿，越是不许她看的书她越要看，越是不许她做的事她越要做，耽于浪漫主义幻想。正如瓦丽娅所说，她"可以回绝一门最好的亲事，却会心甘情愿地跑到阁楼上去找一名穷大学生，跟他一起挨饿——这就是她的理想！"当众人认为梅什金公爵不过是一名不谙世事的"白痴"和"傻瓜"时，她却力排众议，当着众人的面对他说："这里所有的人，所有的人都抵不上您一个小指头，都赶不上您聪明，赶不上您心好！您比所有的人都诚实，都高尚，都好，都善良，都聪明！"后来，由于梅什金公爵不忍心抛弃不幸和绝望的纳斯塔西娅·菲利波芙娜，她的自尊心受到了损害，才毅然与公爵决裂，嫁给一位流亡国外的波兰爱国志士。

纳斯塔西娅·菲利波芙娜的身世和经历，与阿格拉娅完全不同。她是一名孤女，父母双亡，从小被一个名叫托茨基的大地主收养。她长大后，又被这个人面兽心的地主收为外室。后来，托茨基把她玩腻了，想甩掉她，另娶一位名门闺秀为妻。但是，这时的纳斯塔西娅·菲利波芙娜已经不是过去那个年幼无知的小纳斯佳了。她看透了托茨基的伪善和荒淫无耻，决定在她生日那天当众剥下他的画皮，揭穿他。她毅然放弃了托茨基给她作为补偿的七万五千卢布，并宣布从第二天起搬出她所住的豪华公寓，从此靠自己的劳动为生，看谁还肯娶她这样一个"一无所有的穷娘儿们"为妻。可是，当时也在座的梅什金公爵，却出于对这个不幸女人的同情和怜悯，当众表示，她的过去种种并不是她的过错，她本人是无罪的、清白的，他可以娶她。这使纳斯塔西娅·菲利波芙娜吃了一惊，十分感动。她说她在梅什金身上"第一次看到一个真正的人！"可是她又觉得自己是个失足的女人，嫁给公爵会玷污他的名声，葬送他的前程，她不配得到他的爱。在此以前，俄国某富商之子罗戈任，曾出十万卢布高价，要把她买下来。她答应把自己卖给罗戈任，不过不是为了钱（钱，她可以不要！），而是觉得自己不配有更好的命运。但是以后，她又几次在快要举行婚礼的时候逃跑，因为她知道嫁给罗戈任只能是毁灭。她希望的仅仅是公爵幸福，希望他能够同阿格拉娅结婚，并想尽办法玉成他俩的婚事。但是，最后，她面对自己的情敌阿格拉娅的挑战，又觉得自己牺牲太大了，她怎么能把自己心爱的人拱手让给另一个女人呢？她要公爵在她们两人之间做出选择。但是公爵在她们两人中间看到的只是纳斯塔西娅·菲利波芙娜"那张绝望的、疯狂的脸……一看到这张脸，他就觉得'万箭钻心'"。他向阿格拉娅脱口说道:"这难道可能吗！要知道，她……这样不幸！"阿格拉娅听到这话后，一气之下，冲出了房间。她对公爵的爱是不能同别人分享的，"她甚至受不了他片刻的动摇"。公爵想去追阿格拉娅，但是纳斯塔西娅·菲利波芙娜一把抱住了公爵，晕倒在他的怀里，她再也不能失去她从少女时代起就幻想得到的这种真正的人的真正的爱情了。公爵知道一个俄罗斯女人爱一个男人是不顾一切的，他怕她发疯，怕她自杀，遂答应跟她结婚，以安慰她那颗破碎的心。可是在他们俩正准备结婚的时候，她看到公爵成日心事重重，闷闷不乐。她知道，公爵的真爱是阿格拉娅，爱她只是出于怜悯。她又陷入痛苦之中：一、公爵并不真爱她，只是可怜她，跟公爵结婚，是牺牲了公爵的幸福，是夺人之爱；二、违背了她从前理智的抉择，害了公爵，葬送了公爵的前程。结婚那天，纳斯塔西娅·菲利波芙娜已经梳妆完毕，戴上了婚纱，正准备上马车到教堂去举行婚礼。——这时，猛抬头，她看见了人群中的罗戈任，她一声惊呼，抓住罗戈任，要罗戈任"救救"她，带她逃跑。她不能昧心地同公爵结婚。最后，终于香消玉殒，惨死在罗戈任的刀下。而死，正是她所希望的。

　　欧洲化的俄罗斯人或西欧化的俄罗斯人，用我们通常的说法，就是资产阶级化的俄罗斯人。这种人分为两大类。第一类利欲熏心，贪得无厌，满脑子都是钱，什么伤天害理的事都做得出来。第二类是思想上的资产者，沾染上了从西欧传到俄国来的资产阶级自由主义、虚无主义、无政府主义、无神论和"社会主义"。这类人虽然地位不高，钱也不多，但却无所不用其极，一心想的就是"钱""权"二字。为了达到目的，不惜无事生非，造谣诽谤，敲诈勒索，乃至杀人越货。

　　属于第一类的有大地主、大资本家、大房产主托茨基和叶潘钦将军，放高利贷的普季岑，唯利是图、谄上骄下的加尼亚，诡计多端、出卖良心、拍马逢迎、什么亏心事都做得出来的列别杰夫等人。

但是，他们又彼此不同。

普季岑虽然以放高利贷为生，但他并无野心，并不想成为富甲天下的罗思柴尔德。他只想将本求利，心并不太狠，为人也不太坏，对妻子、对内兄、对岳父母都不错，并不搞歪门邪道。按照陀思妥耶夫斯基的说法，这是欧洲人中的"德国道路"——光明正大地赚钱。

加尼亚表面看上去利欲熏心，不择手段，做梦都想出人头地。"只要有利可图，要卑鄙就干脆卑鄙到底。"可是真到事情"须要豁出去，铤而走险的时候"，他又"瞻前顾后，不敢造次"，"变成了正人君子，不愿去干过于卑鄙下流的事（话又说回来，至于小的、不起眼的卑鄙下流的事，他是永远准备去干的）"。请看纳斯塔西娅·菲利波芙娜把罗戈任给她的十万卢布扔进壁炉，让他赤手空拳地把这钱从火里取出来，取出来钱就归他。但是，他却经受住了这场考验，没有不顾廉耻地去拿这笔足以改变他一生命运的巨款，虽然他思想斗争很激烈，但是他终于扭头不顾，向门口走去，尽管他受不了这个精神上的苦刑，走了两步，一个趔趄，晕倒在地，不省人事。这说明：他虽然坏，但还没有坏到极点。他想成为欧洲化的俄罗斯人，但是走到由此及彼的交界处又打住了。他心贪，但是羞耻心尚未完全泯灭；他心狠，但是还没到昧尽天良，无所不用其极的地步。

列别杰夫这人比较复杂。这是个聪明的无耻之徒。只要能捞到好处，什么亏心事都能做得出来。他甘愿在有钱人面前当小丑，当"篾片"。他衣着寒酸，在人前装穷，可是私下里却放高利贷。此外，他还有一处带花园的房产，布置得十分雅致。他在帕夫洛夫斯克还租了幢别墅，可是自己却住厢房，把正房转租出去，做二房东。他可以为区区五十卢布（甚至五卢布）在法庭上替一名放高利贷的犹太人辩护。他可以给凯勒尔写的谤文提供素材，诽谤公爵。他可以玩弄阴谋诡计，企图把公爵宣布为疯子，把他看管起来。但是他这人又非常聪明，擅长哲理思考，能对当时流行的自由主义、虚无主义、无政府主义痛下针砭。他博学多才，家里有很丰富的藏书，甚至藏有珍本《普希金文集》。而且他非常爱自己的孩子，是个慈父。他做了坏事，能够自责，勇于悔过，但接着又做坏事，又悔过。这是一个复杂的、谜一样的人物。正如他向公爵所作的自我剖析："好吧，就对您，就对您一个人说句真话吧，因为您把人看透了：言与行，谎言与真话——我都兼而有之，而且都是真诚的。真话与表里如一表现在我的真诚忏悔中，信不信由您，但是我可以发誓，空话与谎言则存在于我像地狱般的（而且是我永远固有的）思想中，怎么想方设法把一个人捉住，怎么想方设法用悔恨的眼泪骗人！真的，就是这样！对别人我是不肯说这话的——无非惹人耻笑或者招人唾骂罢了。但是公爵，您把我当人，您会对我的言行做出公正的判断的。"正如公爵所说，"他这人是个大杂烩"。哲人、小丑、坏蛋，兼而有之。

　　第二类人，按陀思妥耶夫斯基的说法，是在思想上受到欧洲毒化的俄罗斯人。例如书中提到的那帮年轻人：多克托连科、布尔多夫斯基、凯勒尔和伊波利特。而伊波利特则是他们的理论家。他们受了西欧自由主义和虚无主义的影响。但是，他们并不在报刊上发表文章，并不著书立说，他们是行动上的虚无主义者。虚无主义，就是对公认的历史传统、文化遗产、道德规范、人类理想和生活准则持否定态度。列别杰夫曾这样形容这帮年轻人："他们倒不完全是虚无派，他们是另一种人，别具特色。我外甥说，他们比虚无派还虚无派。……虚无派毕竟有时候还是些学有专长的人，甚至是学者，可是这些人就差远了。因为他们首先是些办实事、谋实利的人。其实，这是虚无主义产生的某种后果，但不是衣钵真传，而是道听途说、间接听来的，而且他们也不在杂志上写文章，公开亮相，而是直接付诸行动。……他们现在直截了当地认为他们有权，如果他们非常想得到什么东西的话，就有权不择手段，什么也阻挡不住他们，哪怕因此而需要杀八个人也在所不惜……"当时，俄国出现的一连串凶杀案，包括《罪与罚》中描写的凶杀案，就是这种思想指导下的产物。经其他人默许，由凯勒尔执笔撰写的以敲诈公爵为目的的那篇诽谤性文章《贫民与贵胄……》，以及他们四人夜闯民宅，气势汹汹地向公爵兴师问罪这一事实，就是当时俄国受虚无主义思想影响的年轻人的惯常表现。譬如，布尔多夫斯基口口声声地说他"有权"；伊波利特也尖声大叫："……他有权这样做：将自己的看法公之于众是每个人的合法权利，因此，也是布尔多夫斯基的合法权利。"至于这篇文章是不是诽谤，那是另一回事。只要他们这样做"对社会有益"，即使说点假话，做点坏事，也没什么大不了，因为他们有不择手段这样做的权利。正如凯勒尔坦白陈述的："至于说有某些不尽属实之处，即所谓夸张，那您也得承认，动机是最重要的，最要紧的是目的和用意。"他们的口号是"否定"，理由是"我穷"，手段是"为所欲为"。利扎韦塔·普罗科菲耶芙娜曾指着布尔多夫斯基说："我敢打赌，他肯定会杀人！你的钱，就是那一万卢布，他兴许不会拿。他不拿，可能因为于心有愧，可是夜里他却会进屋杀人，把钱从钱匣子里拿走。问心无愧地拿走！他这样做并不是鸡鸣狗盗、杀人越货！这叫'因高尚的绝望铤而走险'，这叫'否定'，或者鬼知道叫什么……呸！一切都颠倒了，大家都脚朝上走路了。"

二

《白痴》的第二个同心圆，是当时的时代和社会。

《白痴》写于一八六七至一八六八年。当时，俄国正处在一八六一年"农奴制改革"以后，资本主义迅速发展。既有越来越多的官僚资本，也有弃农经商的地主兼资本家，还有一些新发迹的属于中产阶级的高利贷者和商人。与此同时，外国资本也大量涌入，逐渐掌握了俄国的经济命脉。

　　《白痴》从不同侧面反映了一八六一年改革后的俄国社会。这里有达官显贵、政界巨头，有地主兼资本家托茨基，有拥有大量房地产、工厂和公司股东的叶潘钦将军，有各种各样的钻营家、投机商和高利贷者，有地位显赫、势力很大的贵妇人，有搔首弄姿、附庸风雅、以文艺保护人自居的官太太，有拍马逢迎的小丑，有投机钻营、卖身投靠的诗人……总之，不一而足。这是一个由封建军事帝国向资本主义转变的国家。这是一个巧取豪夺而又纸醉金迷、荒淫无耻的社会。纳斯塔西娅·菲利波芙娜就是在这样一个豺狼当道的世界中长大的。造成她的悲惨遭遇的就是这个罪恶的社会。但是，她只是千千万万被欺凌与被侮辱的俄国妇女中的一个。如果说，作者曾把他服了四年苦役的暗无天日的鄂木斯克囚堡比作"死屋"的话，那么对于广大俄国人民来说，当时的俄国只不过是一座扩大了的"死屋"或者人间地狱罢了。

　　这是一个资本主义豺狼当道，逞凶肆虐的时代。列别杰夫曾使用象征的手法解释《新约·启示录》中有关世界末日的预言。他说世界末日来临之前，会有一颗苦涩星像燃烧着的火把从天上掉下来，掉在"生命的源泉"——三分之一的河流和一切水源之上，于是许多人喝了这水就死了，而这颗"苦涩星"，按照他的解释，就是那该诅咒的"遍布欧洲的铁路网"。表面看来，他似乎在反对资本主义文明，反对科学和技术进步。其实不然，他反对的仅是资本主义带来的金钱万能和道德沦丧。正如他所说："仅仅是铁路，还不至于搅浑生命的源泉，而是把这一切加在一起，统统是可诅咒的"，"我现在要向你们大家，向所有的无神论者挑战：你们准备用什么来拯救世界，你们究竟给世界找到了一条怎样正当的路？——我倒要请问你们这些搞科学、搞工业、搞各种联合会、领取工资等等的人，用什么？"他认为，资本主义"除了满足个人的私利和物质需要以外，不承认任何道德基础"。他认为，凡是道德基础摇摇欲坠的自称是"人类朋友"的人，不管他如何花言巧语，无非是名"食人生番"罢了。

这社会建立在人剥削人、人压迫人的基础上。有人发财，就有人受穷；有人骄奢淫逸，纸醉金迷，就有人生活无着，冻馁而死；有人志得意满，八面威风，就有人被欺压、被践踏、被唾弃。钱统治着这整个社会。有钱就有一切。钱成了衡量一切的准绳。钱能通神。"钱是压成金币的自由"（《死屋手记》）；有钱就有权（《被侮辱与被损害的人》）；有钱就有地位（《地下室手记》）；有钱就有才干，就能使人"神通广大"，"叱咤风云"（《白痴》）；"经济原则高于一切"（《赌徒》），所谓"高于一切"，就是高于人，高于人应有的道德准则；"金钱能使不平等成为平等"（《少年》）。钱成了一切人追求的目标，他们挖空心思，不择手段地赚钱。这就是当时俄国的社会风尚。这阵风起于西欧，俄国不过步其后尘而已。

俄国和欧洲，俄国道路和欧洲道路，是贯穿陀思妥耶夫斯基创作的一根主轴。① 如果说，陀思妥耶夫斯基创作的第一个同心圆，主要是剖析俄国人和欧洲化的俄国人，那么他的第二个同心圆，则主要探讨社会发展的俄国道路和欧洲道路。《冬天记的夏天印象》谈的是社会发展的欧洲道路。《罪与罚》谈的是社会发展的欧洲道路和俄国道路；欧洲道路使拉斯科利尼科夫铤而走险，走上犯罪的路；俄国道路则使拉斯科利尼科夫走向新生。《白痴》标举的是社

---

① 19世纪的俄国，有所谓西欧派与斯拉夫派之争。陀思妥耶夫斯基的创作和思想，反映了这一争论。

会发展的俄国道路。《群魔》展示的是社会发展的欧洲道路，正是欧洲道路使彼得·韦尔霍文斯基变成一个无政府主义的野心家、阴谋家。《卡拉马佐夫兄弟》讲的是这两条路的斗争，欧洲道路使伊凡和斯麦尔佳科夫走上弑父的道路，俄国道路则使德米特里获得了新生。

什么是俄国道路？什么是欧洲道路？一言以蔽之，在陀思妥耶夫斯基看来：俄国道路就是爱；欧洲道路就是权力和金钱。欧洲道路靠的是强权与暴力；俄国道路靠的是忍让、宽恕与和平。欧洲道路要求从别人做起，让他做这做那，如若不听，就排头砍去，即使"砍掉一亿颗脑袋"（《群魔》）也在所不惜；俄国道路提倡从自己做起，从小事做起，严以律己，宽以待人。

按照陀思妥耶夫斯基的观点，所谓欧洲道路或者欧洲主义，由四位一体的思想组成，即资产阶级思想、天主教思想、自由主义和社会主义。至于虚无主义、无神论和无政府主义，在陀思妥耶夫斯基的语汇中，与社会主义是同义语，即社会主义就是虚无主义、无神论和无政府主义。换一种说法，欧洲道路就是主张暴力革命，俄国道路就是主张和平过渡，主张改良。

资产阶级思想的第一个特点就是唯利是图。《白痴》里形形色色的地主、资本家、高利贷者，就具有这种典型的资产阶级思想。正如纳斯塔西娅·菲利波芙娜所说："他们这帮人现在满脑子都是钱，而且贪得无厌，见钱眼开，什么傻事都做得出来。自己还乳臭未干，就挖空心思，想去放高利贷！"列别杰夫也利用《启示录》中的话来说明当时的时代特点："我们正处在第三匹黑马的时代，即骑马人手里拿着天平的时代，现今这世道，一切都建筑在天平和契约上，人人寻找的都是自己的权利：'一钱银子买一升麦子，一钱银子买三升大麦……'"《启示录》讲到羊羔打开第一印的时候，出现了一匹白马，马上的人手持弓箭，成为得胜的征服者。这大体相当于我们说的奴隶社会。开第二印的时候，出现了一匹红马，骑马者大权在握，大肆杀伐，世人互相残杀，没有了和平。这大体相当于我们说的封建主义、殖民主义和资本主义原始积累的时代。到出现第三匹黑马的时候，就是赤裸裸的资本主义时代了。这是一种象征的手法。陀思妥耶夫斯基的作品，充满各种各样的象征，这也是他的创作特色之一。

资产阶级思想的第二个特点就是虚伪。试看，托茨基和叶潘钦将军就是两个典型的伪君子。托茨基表面上大发善心，收养了一个父母双亡的孤女，但又把她扔给管家，不闻不问。后来，发现这个女孩是个美人坯子，又动了邪心，让她受各种教育。他让她受教育，并不是为了她本人，而是为了把她培养得适合他的口味。小女孩长大了，果然出落得花容月貌，他就利用她的幼稚奸污了她，把她收为自己的外室。但是玩了四五年后，玩腻了，又想把她甩了，另娶一位门当户对的贵族小姐为妻。当纳斯塔西娅·菲利波芙娜奋起反抗，赶到彼得堡，对他极尽讽刺、挖苦、嘲笑之能事后，他又怕她闹事，让他当众出丑，于是他便用豪华的生活收买她。与此同时，又暗中替她物色"佳婿"，宁可倒贴几个钱，把她嫁出去，以绝后患。

叶潘钦将军也是个风流色鬼，但此公生性惧内，表面上道貌岸然，极力怂恿加尼亚娶纳斯塔西娅·菲利波芙娜，玉成这段"美满姻缘"，骨子里却心怀鬼胎，想利用加尼亚是他的心腹秘书，分尝禁脔，偷香窃玉。

最明显的是纳斯塔西娅·菲利波芙娜生日晚会上玩的那个小游戏：有人建议大家都讲一件他毕生所做的最卑鄙最无耻的事。除了费德先科外，叶潘钦将军和托茨基实际上在自吹自擂，讲的不是坏事，而是好事、善事、生平最得意的事。

这场游戏的画龙点睛之笔，是加尼亚和费德先科的一段对话。加尼亚说："谁会不撒谎呢？任何人都会撒谎的，一定会撒谎。"

"即使有人撒谎,听他撒谎也蛮有意思嘛。"

资产阶级道德就是十足的虚伪,正是从这种虚伪中,让人看清了他们的真面目。

资产阶级思想的第三个特点就是崇洋媚外,鄙视自己的祖国。诚如叶夫根尼·帕夫洛维奇谈到自由主义时所说:"俄国的自由派其实并不是俄国的自由派,而是非俄国的自由派。"(着重号是原来就有的)"自由派居然发展到否定俄国本身,也就是敌视和鞭挞自己的母亲。俄国每发生一件不幸和挫折,都会使他欢天喜地,几乎是兴高采烈。他仇恨民间的风俗习惯,仇恨俄国的历史,仇恨一切。"据专家考证,叶夫根尼·帕夫洛维奇的话,也是陀思妥耶夫斯基本人的看法,这突出表现在一八六七年八月二十八日作者写给迈科夫的信中,他在信中抨击屠格涅夫及其小说《烟》:"最主要的是他的小说《烟》使我愤慨。他自己对我说,这本书的主要思想、基本观点就是一句话:'如果俄国垮台,那么人类既不会有任何损失,也不会因此而感到激动。'他对我声称,这是他对俄国的基本信念。"[①] 接着,作者又攻击"屠格涅夫、赫尔岑、乌京、车尔尼雪夫斯基之流"(原文如此),说"他们把俄国和俄国人骂得狗血喷头,不堪入耳……把辱骂俄国作为自己首要的快慰与满足。区别只是在于:车尔尼雪夫斯基的追随者直截了当地骂俄国,并公开希望它垮台(最好是垮台!)。而别林斯基的这些后代还要补充说明他们是爱俄国的。……我发现,他们,如屠格涅夫……,丧失了对俄国的任何敏感性,达到了如此粗暴的程度,连这样一些起码的、甚至俄国的虚无主义者都不否定的事实都不理解,只是按照自己的意思加以丑化。屠格涅夫还说,在德国人面前我们应该甘拜

[①] 陀思妥耶夫斯基:《书信选》,人民文学出版社1986年版,第176页。

下风；存在着一条对于一切人来说是共同的，而且也是不可避免的道路——这就是文明；强调俄国精神和独特性的任何企图都是卑鄙和愚蠢行为。"①

陀思妥耶夫斯基写这封信的时候，也正是他酝酿和构思长篇小说《白痴》的时候。我们且不说作者对屠格涅夫、车尔尼雪夫斯基、别林斯基的攻击是否公允（这应是第一个同心圆研究的问题②），我们现在分析的是第二个同心圆：作为一种崇洋媚外，否定祖国，但愿祖国早点垮台（当然，这个祖国是沙皇俄国！），否定俄国应当有自己的民族特色，应当走自己的发展道路这样一种自由主义思潮，该不该受到抨击？当时，屠格涅夫已定居德国的巴登-巴登，居然对陀思妥耶夫斯基说什么"我认为自己是德国人，而不是俄国人，并为此感到骄傲！"③作为热爱祖国、具有强烈民族情绪即所谓斯拉夫派的陀思妥耶夫斯基，听到这话后，怎能不感到愤慨呢！

三

第三个同心圆是永恒，永恒的主题——人，人的哲学。

陀思妥耶夫斯基在十八岁的时候就立志"研究'人和人生的意义'"。他说："人是一个谜。必须解开这个谜，即使你一辈子都在解这个谜，你也不要说你浪费了时间；我正在研究这一秘密，因为我想做一个人。"④他认为人是复杂的，人心是个秘密。他曾在他的笔记中写道："任何人都是复杂的，而且深

---

① 陀思妥耶夫斯基：《书信选》，人民文学出版社1986年版，第177、178页。
② 陀思妥耶夫斯基把俄国的革命民主主义者统统称为自由主义者、虚无主义者，甚至是"反动分子""俄国的死敌"。
③ 陀思妥耶夫斯基：《书信选》，人民文学出版社1986年版，第178页。
④ 同上，第9页（译文略有改动）。

得像大海，特别是神经质的现代人。"有些人貌似简单，实际上很复杂。他内心的秘密，无意识（潜意识、下意识）的秘密，有时连他自己都觉察不出来，只觉得模模糊糊地一闪而过或者盘旋不去。他到底在想什么，连他自己都猜不透。正如《卡拉马佐夫兄弟》中所说："奇怪的是，他心头忽然产生一种按捺不住的烦恼情绪，而且每走一步，越接近家门就越厉害。奇怪的还不在烦恼，而在于伊凡·费多罗维奇始终弄不清烦恼的是什么。"[1] 这就是人心的秘密，潜意识的秘密。

但是，人与人不同，同是复杂，但彼此各异。

《白痴》中每个人都是个谜，都处在自相矛盾之中。

书中的梅什金公爵是作者的理想，是基督式的"十全十美"的人，是作者把他作为"绝对美好的人"进行描写的。即便他也处在不断的矛盾和思想斗争之中。比如，他鄙视加尼亚，看透了他利欲熏心、仗势欺人的丑恶灵魂，但是他又可怜他，可怜他的堕落，希望能以自己为榜样来感化他，使他改恶从善。再如，他看到罗戈任愚昧无知，天性粗野，爱与恨交织在一起，无所不用其极，曾试图杀害梅什金公爵，可是梅什金公爵却不相信手持利刃、试图加害于他的凶手竟会是他的把兄罗戈任。最后，罗戈任由于得不到纳斯塔西娅·菲利波芙娜的爱，一刀刺死了她。为此，梅什金受到了极大震动，可他仍旧以克制、宽恕和爱对待罗戈任。试看本书结尾最激动人心的场面之一——梅什金公爵和罗戈任并排躺在纳斯塔西娅·菲利波芙娜的尸体旁，两个情敌，两个结拜兄弟，在他们两人心爱的女人身旁，互相怜悯，互相同情。又如，梅什金看透了俄国贵族的腐败、荒淫、落后和不学无术，可是他却在叶府的晚会

---

[1] 陀思妥耶夫斯基：《卡拉马佐夫兄弟》，人民文学出版社1981年版，第396—397页。

上说："我听到过许多议论，自己过去也曾对此深信不疑：有人说，上流社会只剩了空架子，一切都虚有其表，金玉其外，败絮其中，本质已荡然无存。但是我现在亲眼看到，在我国，这是不可能的……难道你们现在统统是伪君子和骗子手吗？我刚才听到N公爵讲的故事，难道这不是既淳朴敦厚而又热情洋溢的幽默吗？难道这不是真正的慈悲为怀吗？难道这样的话能出自一个……半死不活、心智均告枯竭的人之口吗？难道一群行尸走肉能像你们对待我这样对待我吗？难道这不是……一群建设未来，实现希望的栋梁之材吗？难道这样一些人能不懂，能落在时代后面吗？"梅什金既看到俄国贵族金玉其外，败絮其中，是一些伪君子和骗子手，是一些落在时代后面的行尸走肉，同时又"恨铁不成钢"，希望他们重振雄风，建设未来，成为祖国的栋梁。

而梅什金的复杂最突出地表现在他同时爱着两个女人。当叶夫根尼·帕夫洛维奇问他："这么说，两个女人您都想爱？"他答道："噢，是的，是的！"其实，他真爱的是阿格拉娅，对纳斯塔西娅·菲利波芙娜只是怜悯。可是当这两个女情敌争相想得到他的爱的关键时刻，他却站到了被蹂躏、被羞辱、蒙受过巨大不幸和痛苦的纳斯塔西娅·菲利波芙娜一边。然而，他在答应同她结婚以后，又惶惶乎不可终日，总觉得丢掉了什么，想去找阿格拉娅解释，请她原谅。

但是，作为一个人，最大的矛盾恐怕还是梅什金公爵自己。他既是一个"白痴""傻瓜"，同时又是一个非常聪明的人。他善于用自己的心灵感知一切，而不是仅仅依靠理智。作者在给自己哥哥的一封信中写道："认识自然、灵魂、上帝、爱——这只能通过心灵，而不是依靠智慧。"[1] 作者在《群魔》中通过沙托夫之口也说："理性从来也不能确定善与恶，甚至都分辨不出善与恶……"

---

[1] 陀思妥耶夫斯基：《书信选》，人民文学出版社1986年版，第5页。

作者的意思是说，必须通过心灵才能敏锐地感知一切。而梅什金公爵貌似白痴，实际上却有一颗非常敏感的心。

说他是"白痴"，固然由于当时俄国社会上的那些宵小之徒故意贬低他，但也有客观原因。一是他从小有病，身患癫痫，近乎"白痴"；二是他长期生活在瑞士阿尔卑斯山下的农村里，不谙人情世故，一味同情别人，信任别人，对别人加诸他的侮辱，也但知忍让和逆来顺受。这是一名堂吉诃德式的人物，或者像阿格拉娅所说，是一名"可怜的骑士"。堂吉诃德之所以可怜，是因为他可笑，而梅什金公爵之所以可怜，是因为他天真。作者自己也说："在基督教文学的美好人物当中，堂吉诃德是最完整的一个。但他之所以美好，唯一的原因是他同时又滑稽可笑。"[①] 而梅什金在十九世纪的俄国，还想做堂吉诃德，用基督式的爱来"普度众生"，那就不是"可爱"和"美好"，而是"可怜"了。

但是，在世态炎凉、人情浇薄的俄罗斯，所缺少的恐怕还正是这种以"匡救世人"为己任的"傻瓜"和"白痴"。他同情一切"被侮辱与被损害的人"，他希望所有的人都幸福，都相亲相爱，化干戈为玉帛。他是儿童的朋友，病人和"堕落者"的保护人。而聪明人是不屑于做这种"傻"事的。其实，与其说梅什金天真和可怜，不如说他是个悲剧人物。

纳斯塔西娅·菲利波芙娜聪明、高傲，具有非凡的美丽和复杂的内心世界，向往美好的生活和爱情；对玩弄和蹂躏她的地主贵族社会，怀有强烈的憎恨；她渴望人们能够接近她，理解她；可是与此同时，她又感到自己是个"堕落的女人"，不配有更好的命运。她遇到公爵后对他产生了纯洁的爱，但又觉得自己爱他会毁了他，她只配跟罗戈任这样的人一起鬼混。她对达里娅·阿

---

① 陀思妥耶夫斯基：《书信选》，人民文学出版社1986年版，第192页。

列克谢耶芙娜说:"你当真以为,我要把这么一位具有赤子之心的人毁了吗?这不正中了阿法纳西·伊万诺维奇的下怀:他就喜欢不谙世故的少男少女!"但是,她又对梅什金公爵一往情深。她在横下一条心,跟罗戈任出走之前,曾无限深情地对公爵说:"再见了,公爵,我第一次看到一个真正的人!"在此之前,她还当众诉说她从前对纯洁爱情的向往和追求:"难道我就不曾幻想过嫁一个像你这样的人吗?你说得对,我很早以前就幻想过⋯⋯一个人想呀想呀⋯⋯老是想象着能够找到一个像你这样的人,又善良、又诚实、又好,像你一样带点儿傻气,他会突然来到我身边,对我说:'您是无辜的,纳斯塔西娅·菲利波芙娜,我非常非常爱您!'我经常这样想入非非,再往下想非发疯不可⋯⋯"她虽然认为自己只配嫁给罗戈任,可是每到快要结婚的时候,又突然逃跑——她实在不愿嫁给一个她所不爱的人。她之所以决定嫁给罗戈任,是希望他把她杀了。在私心深处,她仍然强烈地爱着公爵,她爱他,可是又想方设法避开他;她爱他,可是又极力促成他与阿格拉娅的婚事。正如她所说,她只希望公爵幸福。这是一种无私的爱,自我牺牲的爱。对于这,书中有一段令人荡气回肠的描写:"她跪在他面前,发狂似的跪在马路中央,他害怕地向后倒退,她却抓住他的手连连亲吻⋯⋯在她长长的睫毛上还闪着两颗晶莹的泪珠。'起来,起来!'他伸手扶她起来,低声而又害怕地说道,'快站起来呀!''你幸福吗?幸福吗?'她连声问道,我只要你对我说一句话,你现在幸福吗?⋯⋯我遵照你的嘱咐,明天就走。我再不回来了⋯⋯这是最后一次见你,最后一次!⋯⋯'"但是,纳斯塔西娅·菲利波芙娜毕竟是有血有肉、有感情的人。她不仅有理智,还有感情。她内心充满失去爱情的剧痛。在两个女情敌唇枪舌剑、争夺公爵的时候,纳斯塔西娅·菲利波芙娜取得了胜利。她歇斯底里地大笑道:"哈哈哈!我居然把他拱手让给这位小姐!

何必呢？何苦呢？我真是疯子！疯子！……"可是当万事俱备，就要进教堂同公爵举行婚礼时，她又发疯似的逃跑了。她宁可葬身于罗戈任的刀下，也决不愿牺牲公爵的幸福。

阿格拉娅也是一个聪明、美丽、高傲的姑娘。她性格坚强，不为贵族社会的世俗成见所囿。她力排众议，大胆地爱上了被人视为"白痴"的梅什金公爵。书中对她的爱情心理刻画得十分细腻、生动、逼真。她心里爱他，但嘴上却对他竭尽讽刺、挖苦之能事，口口声声说她不爱他，而且无论谁，一提到她的婚事，她就发火。她心中的症结，就是公爵始终忘不掉纳斯塔西娅·菲利波芙娜。阿格拉娅不愿意将公爵的爱与别的女人分享，因此才有那场情场"决斗"。在最后关头，"她甚至受不了他片刻的动摇"。当时，阿格拉娅的"目光里表露出这么多痛苦，同时又显露出无限的仇恨"。

罗戈任是因继承父亲遗产而成为百万富翁的。他没有受过任何教育，是个生性粗野而又不学无术的人，"甚至连普希金的名字都不知道"。他追求的是女人的外貌美，而不是心灵美，他"爱"纳斯塔西娅·菲利波芙娜，就因为她美艳绝伦。为了得到她，他可以一掷万金。十万卢布被纳斯塔西娅·菲利波芙娜扔进火里，他连眼睛都不眨，甚至还十分欣赏，陶醉："这才是女王的气派！这才是咱们应有的气派！"他忘乎所以地大叫，"喂，你们这帮骗子手，谁有种来玩这把戏，啊？"为了得到她，他可以拔刀相向，行刺与自己刚交换过十字架的把兄弟。因为得不到他心爱的女人，他可以一刀结果了她。如此看来，这是个坏透了的人，毫无价值的人，是个有钱的流氓啰？其实不尽然，他的人性并未完全泯灭。在作者看来，只要引导得法，他也是可以挽救的。这人就如他的穿戴一样："围巾上别着一枚很大的甲虫形的钻石别针，右手的肮脏的手指上还戴着一枚很大的钻石戒指。"——"肮脏"与"钻石"并存，虽然主要是"肮脏"。比如说，他捐弃前嫌，与梅什金公爵结为把兄弟，就是为了约束自己，因为按照基督教教义：不可杀人，更不可杀害自己的兄弟。与纳斯塔西娅·菲利波芙娜相处的日子，在她的开导下，他开始读书，自学《俄国历史》。最难能可贵的是，这么一个但知性爱的既野蛮又粗俗不堪的人，在与纳斯塔西娅·菲利波芙娜朝夕相处的那几天，居然没有对她强行非礼，而是规规矩矩地坐在沙发上，不吃不喝，不睡觉，硬要她原谅他。在纳斯塔西娅·菲利波芙娜被他刺死以后，他也没有畏罪潜逃，而是悄悄地把公爵找来，两人一起守护在心爱的女人身旁，因为他知道她在公爵心中的地位，他不忍心在她死后，还不让公爵见她一面。他被捕后对自己的罪行直言不讳，并没有嫁祸于公爵。他默默地、若有所思地听完了对他的判决——十五年苦役，然后平静地走上在苦难中净化自己的灵魂的赎罪之路。

再看加尼亚的父亲伊沃尔金将军，他浑浑噩噩、穷愁潦倒、撒谎吹牛，最后甚至偷了自己的好友列别杰夫的四百卢布。但是，后来他还是良心发现，把偷的钱一文不少地悄悄送了回去。他曾向公爵大吹法螺，说一八一二年拿破仑打进莫斯科的时候，他做过拿破仑的少年侍卫，而且出入宫禁，非但了解拿破仑的许多军事秘密，而且还知道拿破仑的不少隐私。公爵是个非常有礼貌的人，他恭恭敬敬地听着，假装信以为真。但是将军心里是明白的，公爵只是出于礼貌才洗耳恭听，因此将军对他十分感激。与此同时，他又感到恼怒，感到受了污辱，因为公爵只是可怜他，才屈尊装出一副信以为真的样子。他在这种复杂的心态下，伸出双手，捂住了脸，急速地跑了出去。

书中最复杂的两个人是列别杰夫和伊波利特。列别杰夫已如上述。

伊波利特的主要特征是二重人格，内心分裂，集好坏于一身。上帝和魔鬼同时占据着他的心灵。正如作者形容《卡拉马佐夫兄弟》中的德米特里一样——集圣母玛利亚与所多玛城于一身。

伊波利特出身贫苦，父亲早逝，母亲中年守寡，但是弟妹成群，他又身患不治之症——肺痨，已不久人世。他身居社会的最底层，处境屈辱，但是他又受过较好的教育——中学毕业。他曾经想轰轰烈烈地干一番事业，但是疾病使他不能有所作为。他在上学的时候洁身自好，看不起那些贵族出身的公子哥儿。即便重病缠身，他也尽力做了些好事，帮助过一位因开罪上峰而丢掉职务的医生。他曾想在他离开人世前尽量做些力所能及的好事，用他的话说，就是"您投下您的一颗种子，投下您的一份'施舍'，以及您不论用什么形式做的一件好事，也就是向别人献出了您身上的一部分，并把他人身上的一部分化为己有。你们彼此互相接近了"。

这是他内心的"天堂"，但是他内心还有一个"地狱"。他因为将不久于人世，因此看到一切健康的人和幸福的人就嫉妒，就憎恨。他特别恨公爵，因为公爵本来跟他一样，甚至还不如他，竟出乎意料地得到一份遗产，成了"百万富翁"，成了叶潘钦将军心目中的"乘龙快婿"；再加上公爵心肠好，许多人都喜欢他，而伊波利特自视甚高，认为自己是世上"最优秀的人"，是"人世间公认的至善至美的人"，他只要向人民大众说一刻钟的话，人民就会拥戴他，跟他走，可是天不假年，造化存心作弄他，把他这个"至善至美的人"创造出来以后，又要亲手毁掉他。公爵是个孤儿，是个"白痴"，却这么幸运，什么都有，而他却什么都没有。因此他声嘶力竭地当着众人的面，口吐白沫地嚷道："我恨你们大家，恨所有的人！但是世界上我最恨的是您，您这个口蜜腹剑的伪君子、白痴、假仁假义的百万富翁！我刚听到您的情况的时候，我就一眼看穿了您，恨您，对您恨之入骨……我不要您的恩赐，我不接受任何人的恩赐……我诅咒你们大家，永远诅咒你们！"

他偷偷地爱着阿格拉娅，可是阿格拉娅却爱上了公爵。这也是他受不了的。因此，他搬弄是非、挑拨离间，极力破坏他俩的婚事。最后，阿格拉娅与纳斯塔西娅·菲利波芙娜为争夺公爵进行的那场情场"决斗"，就是他从中策划、挑唆、安排的。他还极力激怒阿格拉娅，说她跟公爵好是吃人家的"残羹剩饭"。当他的目的达到以后，看见公爵真的撇下阿格拉娅，要跟纳斯塔西娅·菲利波芙娜结婚了，似乎也很幸福，他又觉得受不了，于是反过来又把他俩即将举行的婚礼作为嘲笑对象，心怀叵测地对公爵说："以爱报爱，以怨还怨；您抢走他（指罗戈任）的纳斯塔西娅·菲利波芙娜，他也可以杀死阿格拉娅·伊万诺芙娜。虽然她现在并不是您的未婚妻，但是您毕竟会感到难过的，不是吗？"他说这话的目的，就是：一、破坏公爵的幸福感，使他惶惶不安；二、以此劝说公爵到国外去结婚，把阿格拉娅留给他，以免节外生枝，虽然他明知道阿格拉娅不爱他，也绝不可能爱他。

值得注意的是，伊波利特这一人物的某些特点，是影射俄国革命民主主义者车尔尼雪夫斯基的。比如伊波利特说他只要向人民大众说一刻钟的话，大家就会拥戴他，跟他走，等等。试看陀思妥耶夫斯基一八六六年四月二十五日写给卡特科夫的信中曾提道："我们的车尔尼雪夫斯基就常说，他只要跟人民谈一刻钟的话，他就会立即说服他们转向社会主义。"[①]

可见，伊波利特这一形象具有极大的论战性。

陀思妥耶夫斯基认为，人心是一分为二的。有些人身上常常是善恶并存，人性与兽性并存。他不承认"人之初，性本善"，他认为人生下来就有善恶之分。但善中有恶，恶中有善。善战胜恶，还是恶战胜善，应该由每个人自己

---

① 陀思妥耶夫斯基：《书信选》，人民文学出版社1986年版，第151页。

负责，而不应归咎于社会，归咎于环境。

陀思妥耶夫斯基在《死屋手记》中说："有些人的性格天生就是那么美好，仿佛是上帝恩赐的一般，你甚至不敢设想他们有朝一日会变坏。"又说："刽子手的特性存在于每一个现代人的胚胎之中，然而人的兽性的发展程度是不同的。如果一个人的兽性在其发展过程中胜过了他的其他特性，这个人自然就会变成一个可怕的怪物。"[1]

《群魔》中的斯塔夫罗金是"一条绝顶聪明的毒蛇"，他在做坏事的时候，也头脑冷静。懂得善与恶的界限，但是他可以同时宣扬两种互相排斥的思想，而又不相信其中的任何一种。正如他谈到自己时所说："我依然像素来一样可以希望做好事，并从中感到愉快；同时，我又希望干坏事，并且也感到愉快。"他甚至说，从审美的观点看，他看不出"一桩禽兽般的淫乱行径，跟任何一件丰功伟绩，甚至是为人类献身的行动，有什么区别"[2]。

《白痴》中的列别杰夫是个小丑、拍马逢迎者、阴谋家和造谣诽谤者，但又可以同时是个头脑清醒的哲学家和宗教宣传家。

人的善恶是天性，还是环境使然，存在决定意识？这是十九世纪后半叶俄国革命民主主义者与陀思妥耶夫斯基争论的焦点。陀思妥耶夫斯基认为，环境对人有影响，但不是决定性的影响。善恶是人的天性。在同样的环境下，一个人做何选择，这才是主要的。人属于社会，但并非全部属于社会。

正如《罪与罚》中的拉祖米欣所说："争论是从社会主义者的观点开始的……犯罪是对社会制度不正常的抗议。"他接着又说："他们把一切都归之

---

[1] 陀思妥耶夫斯基：《死屋手记》，人民文学出版社1981年版，第79、252页。

[2] 陀思妥耶夫斯基：《群魔》，人民文学出版社1983年版，第338页。他甚至"在这两种截然相反的行为中发现了相同的美，尝到了同样的快感"。

于'环境的影响'——此外就再没有别的了！这就是他们爱用的词句！从这里直接得出：如果把社会正常地组织起来，一切犯罪行为就会立刻消失，因为再没有什么可抗议的了，大家转眼之间就都成了正人君子。天性是不被考虑在内的。天性是被排除的，天性是不应该存在的！"[1]

《白痴》中提到好几件谋财害命的凶杀案。作者通过书中人物不止一次地嘲笑了"杀人是因为穷"这一荒谬论点："我看，世界末日当真到啦。我还从来没有听说过这样的奇谈怪论。"

在作者看来，把人心中的恶诿过于环境和社会，就是替罪犯开脱，解除他良心上和道义上的责任。

陀思妥耶夫斯基发现，人心中还有一种奇怪现象：一些被侮辱与被损害的人，身处社会最底层，除了战战兢兢、诚惶诚恐、感到走投无路、抬不起头来以外，还会产生一种自甘下贱、甘当小丑的倾向，好像自己卑贱、低下得还不够，必须这样来刺激一下自己心头的创伤似的。有些人是自我调侃，带有讽刺性，比如《斯捷潘奇科沃村及其居民》中的叶惹维金。还有一种人是想以此来巴结主子，捞点好处，比如《白痴》中的列别杰夫。请看下面一段对话：

> ……罗戈任又恼怒地、恶狠狠地用头指了指他，"反正我一戈比也不会给你，哪怕你两脚朝上在我面前走个来回。"
>
> "一定，一定照办。"
>
> "去你的！哪怕你在我面前跳一星期舞（俄谚，指拍马），我也不给，就是不给！"

---

[1] 陀思妥耶夫斯基：《罪与罚》，人民文学出版社1982年版，第338页。

"不给就不给！我要的就是你不给。可是这舞我跳定了。撇下老婆孩子，我也要在你面前跳舞。这马屁我算拍定了！"

再一种人是身居底层，身无分文，却幻想金钱和权力，幻想当罗思柴尔德和拿破仑。《罪与罚》中的拉斯科利尼科夫就是想当拿破仑的一个。《白痴》中的加尼亚想当罗思柴尔德，伊波利特既想当拿破仑，又想当罗思柴尔德，只是因为身患不治之症，才未能把幻想付诸行动。他幻想"登高一呼，应者云集"，"为大众造福，为发现和宣告真理而活着"。——这就是想当拿破仑，或者美其名曰想当"人民的领袖"。再就是，他认为，若不是他卧病在床，他一定能够当上罗思柴尔德。他认为穷人穷是活该，只能怪他自己没有本事。他在他那份《我的必要说明》中写道："噢，无论现在还是过去，我对这类傻瓜毫无怜悯之心——我可以自豪地说这话。他自己为什么当不了罗思柴尔德？他没有罗思柴尔德拥有的百万家私，他没有堆成山似的帝俄金币和拿破仑金币，没有谢肉节货棚下堆成高山一样的金山和银山，这又能怪谁呢？既然他活在世上，就事在人为，就能够做到一切！他不明白这点，又能怪谁呢？"

人心是复杂的，人心同大海一样深不可测。

其所以复杂，所以深不可测，就是因为人除了意识还有无意识，除了理性还有非理性。同弗洛伊德一样，陀思妥耶夫斯基认为，人的无意识活动是大量的，无意识是心理活动的基本动力。

无意识不能用言语表达，但却可以通过某些情感的流露表现出来。比如：

一、烦恼和闷闷不乐。有时候他自己也不知道烦恼什么。例如，梅什金公爵在两个女情敌当面交锋之前，就有一种沉重的预感，到底是什么，他也说不清，但他觉得今天一定要出事，而且是件大事。他当时的表现就是闷闷不乐，这就是一种下意识的活动。"这天早晨一开始，公爵就有一种沉重的预感，他所以有这种预感，也可以用他的病情来解释。但是他莫名其妙地闷闷不乐，这正是他感到最痛苦的。诚然，摆在他面前的事实是印象深刻的、沉重的、令他痛定思痛的，但是他的闷闷不乐远远超过他想得起来并且考虑到的一切……渐渐地，他油然产生的一种期待在他心里扎下了根：今天他一定会发生某种特别的、不可改变的事。"

这就是一种下意识活动。

二、莫名其妙的恐惧。这也是一种无意识的心理活动。这情绪比烦恼和闷闷不乐要强，要清晰，但他到底怕什么，还是说不清。在纳斯塔西娅·菲利波芙娜跟随罗戈任逃走之后，公爵赶到彼得堡到处寻访他俩的踪迹，但遍寻无着。他先是感到苦闷，感到烦恼，然后产生了恐惧。"只有上帝知道过去了多长时间，也只有上帝知道他在想什么。许多事情他都感到害怕，并且痛苦地感到自己对此怕得要命。"

三是笑。一个人怎么笑，常常能暴露出这个人的灵魂和灵魂深处的东西。比如列别杰夫干笑，罗戈任狞笑，梅什金苦笑，加尼亚奸笑。再有，梅什金听到加尼亚居然也能发出孩子般的笑声，说明这人的人性还未完全泯灭。公爵对加尼亚说："我感到奇怪，您竟能这样真诚地大笑。真的，您竟能发出孩子般的笑声……由此看来，您童心犹在。"作者在《死屋手记》中曾借主人公之口说到他对笑的看法："也许我的看法是错误的，但我总觉得可以从笑声中识别一个人。如果您跟一个完全陌生的人初次相遇，他的笑声使您感到愉快悦耳，那您就可以大胆地说，他是一个好人。"[1]

---

[1] 陀思妥耶夫斯基：《死屋手记》，人民文学出版社1981年版，第50页。

四是直觉。梅什金公爵从纳斯塔西娅·菲利波芙娜的照片上凭直觉感到"她的命运一定很不一般","她一定受过很大的痛苦",一定很"高傲"。也是直觉驱使他当天就去参加了纳斯塔西娅·菲利波芙娜的晚会。也是凭直觉,他感到罗戈任决不会善罢甘休,一定会拔刀相向,加害于他。他前去找罗戈任的时候,也是凭直觉认出了罗戈任的家。"有一座房子,大概由于它的外貌特别,老远就开始引起了他的注意;公爵后来想起,他当时曾对自己说:'一定就是那座房子。'……这种房子里里外外都给人一种不好客和冷冰冰的感觉,一切都仿佛鬼鬼祟祟,藏着掖着似的,至于为什么会这样,光从外表看,实在难以说明究竟。"

而且这种直觉十有八九是正确的。一个人的直觉并不是上帝的天赋,而是人的一种自然能力,通过无意识洞察现象的本质。须知,梅什金公爵并没有洞察一切的超自然能力,但是他能凭直觉感知罗戈任的本质,察觉罗戈任的内心世界与外部世界的联系。"这宅子有一副你们整个家族和你们整个罗戈任家生活的面容,你倘若问我何以会得出这样的结论,我也说不清。"

纳斯塔西娅·菲利波芙娜出逃以后,梅什金公爵遍寻无着。他直觉地感到,根本用不着去找他们,罗戈任自会找上门来。"如果他的情况好,他就不会来。如果他的情况不好,他很快就会来。而他的情况肯定不会好……"至于为什么会这样,他就说不清了,他并没有预见纳斯塔西娅·菲利波芙娜被杀的超自然能力。

五是错觉或幻觉。阿格拉娅把纳斯塔西娅·菲利波芙娜写给她的三封信交给了公爵,请他抽暇一读。他看了。纳斯塔西娅·菲利波芙娜在信中极力促成他和阿格拉娅的婚事。他在信中看到了纳斯塔西娅·菲利波芙娜的难言之痛。他知道她是爱他的,但又不能不违心地忍痛割爱。特别是她在信中提道:"令姐阿杰莱达曾经对我的照片下过这样的评语:具有这种美貌的人,可以把世界翻个个儿。但是我看破了红尘。""我已经几乎是一具行尸走肉。""我会因为怕他而杀死他(指罗戈任)……但是他肯定会先下手,把我先杀死……"看到这话后,梅什金公爵感到不寒而栗,他早预感到她的悲惨结局。"他沿着公园四周的路向自己的别墅走去。他的心在跳,思绪很乱,他四周的一切像场梦似的。蓦地,就跟前两次他每次醒来时都看见同样的幻象一样,这次,同样的幻象又出现在他面前。那个女人又从公园里走出来,站在他面前,仿佛特意在这里等他似的。他打了个哆嗦,停住了脚步,她抓住他的手,紧紧地握了握。不,这不是幻象!"前两次,纳斯塔西娅·菲利波芙娜以幻象出现。这次,幻象却成了现实。在陀思妥耶夫斯基的作品中,幻觉、幻象和现实,就这样扑朔迷离地交织在一起。

　　本书结尾,有一处描写了幻听或幻觉。罗戈任和梅什金一起躺在纳斯塔西娅·菲利波芙娜的尸体旁,罗戈任告诉梅什金,他是怎样一刀捅进她的心脏,把她杀死的。就在这时,罗戈任听到了隔壁屋子里有人走动,而且两人都听见了。这无疑是幻听或幻觉。如果用神秘主义来解释,有两种可能:一是纳斯塔西娅·菲利波芙娜的鬼魂出现(陀思妥耶夫斯基在创作本书的预备材料中就是这样解释的[①]);二是挂在客厅里的那幅《死基督》复活了,也许,他正以悲天悯人的目光注视着这件惨绝人寰的罪孽。

　　六是梦。伊波利特做了个梦,梦见一个蝎子似的怪物,有毒,满屋子乱跑,后来又援墙而上,几乎爬到与他的脑袋平行。这蝎子似的怪物就是伊波利特部分本质的真实写照。他在清醒的时候是认识不到这点的。他自视甚高,

---

[①] 参见《陀思妥耶夫斯基全集》(三十卷集)俄文版,列宁格勒,第九卷第287页。

自我感觉一贯良好。可是在梦中，他的潜意识告诉他，他只是一个到处螫人的有毒的怪物罢了，甚至在命归黄泉的时候，它还在扭动，还在放毒。

描写梦境最突出的是《罪与罚》。拉斯科利尼科夫在行凶杀人前梦见自己的童年，看到一匹驽马拉着一辆超载的车子，任人鞭打，被折磨至死的悲惨情景。这梦是象征性的。他前面摆着两条路：像那匹瘦马那样任人驱赶，被折磨致死呢，还是铤而走险？他选择了后者。他做出这一决定的时候，不仅有他的"理论"和理性在起作用，他的潜意识也在暗中推动他走上杀人的路。梦，就是潜意识活动的表现。

再一个富有象征意义的梦，是拉斯科利尼科夫在西伯利亚流放地，在病中做的。他梦见世界末日，人们失去了理智，互相仇恨，互相残杀，火灾发生了，饥荒发生了，一切人和一切东西都在毁灭。按基督教教义，世界末日，世人都要接受上帝的最后审判。得救赎者升天堂，享永福，不得救赎者下地狱，受永罚。拉斯科利尼科夫正是在基督教精神的感召下，走上悔罪之路，在苦难和博爱中净化自己有罪的灵魂，救赎自己的有罪之身。

《白痴》中有一段关于做梦和梦境的概述："有时候，人们常会做一些奇怪的梦，既不可能，也不自然，醒来后梦境历历在目，您对这个奇怪的事实会感到惊讶：您首先记得，在您做梦的整个时间内，理智一直没有离开过您。……为什么您从梦中醒来，已经完全回到现实中来以后，几乎每次，有时印象还十分深刻，您总感到，随着梦境的消失，您也留下了一些捉摸不定和猜不透的东西呢？"

七是预感。梅什金公爵在罗戈任家看见罗戈任用来裁纸的一把小刀，这刀是全新的，本来是果园里修剪果树用的。他的潜意识告诉他，这里一定有蹊跷。他从罗戈任家出来后，精神恍惚，可是这潜意识却一直支配着他，使他欲罢不能，念念不忘。他无意识地几次驻足在一家刀铺前，观看这里出售的一把同样的刀子，甚至毫无必要地给它估了价："当然，只值六十戈比，再多就不值了。"这把刀子，加上同一天他三次看到杂在人群中的罗戈任的眼睛，给了他一个不祥的预感：罗戈任是会行凶杀人的。果然，不多一会儿，在旅馆的楼梯上，罗戈任向他拔出了那把明晃晃的尖刀。又过了一个月或一个多月，这把刀子又插进了纳斯塔西娅·菲利波芙娜的心脏。这是预感，但不是神秘主义的未卜先知，也不是魔鬼悄悄地告诉他的。我们如果把看到的各种现象仔细分析一下，也会得出相同的结论。然而当时公爵思绪万千、百感交集，并没有用理智来分析，而是潜意识引导他作出这一恍惚而又模糊的猜测。

八是病态心理或是癫痫病发作前一刹那的心理。《白痴》中有一段这样的描写："他在发癫痫病的时候，几乎就在发作之前，还有一个预备阶段……就在他心中感到忧郁、沉闷、压抑的时候，他的脑子会霎时间豁然开朗、洞若观火，他的全部生命力会一下子调动起来，化成一股非凡的冲动。在闪电般连连闪烁的那些瞬间，他的生命感和自我意识感会增加几乎十倍，他的智慧和心灵会倏忽间被一种非凡的光照亮，一切激动、一切疑虑和一切不安，仿佛会霎时间归于太和，化成一种高度的宁静，充满明朗而又谐和的欢欣与希望，充满理性与太极之光。"这也是作者本人的切身体验。也许有人会说这是神秘主义，是病态，是子虚乌有。也许吧。但是怎么知道这是子虚乌有呢？这种神秘的心态不是人人都有的。

九是宗教感情。在谈这个问题以前，首先要谈谈陀思妥耶夫斯基的宗教观。

作者在一八五四年离开鄂木斯克囚堡之后，曾给一位十二月党人的妻子冯维辛娜写过一封信，信中提到他的宗教信仰："我是时代的孩童，直到现在，甚至（我知道这一点）直到进入坟墓都是一个没有信仰和充满怀疑的孩童。这种对信仰的渴望使我过去和现在经受了多少可怕的折磨啊！我的反对的论据越多，我心中的这种渴望就越强烈。可是上帝毕竟也偶尔赐予我完全宁静的时刻，在这种时刻我爱人，也认为自己被人所爱，正是在这种时刻，我心中形成了宗教的信仰，其中的一切于我说来都是明朗和神圣的。这一信条很简单，它就是，要相信：没有什么能比基督更美好、更深刻、更可爱、更智慧、更坚毅和更完善的了，不仅没有，而且我怀着忠贞不渝的感情对自己说，这绝不可能有。"[①] 从这封信中，我们可以看到，陀思妥耶夫斯基不相信存在于我们之外的"独立自在"的上帝。从他的作品中，我们也屡次看到这一观点。在《白痴》中，我们也读到，梅什金公爵看了小霍尔拜因的名画《死基督》后说道："可是看了这幅画，有人会丧失信仰的！"因为这画上画的完全是个死人，他的弟子和信徒怎么会相信这样的人会复活呢？！但是作者又渴望获得信仰，甚至罗戈任也"想努力恢复自己失去的信仰。他现在非常需要信仰，需要到了痛苦的程度……是的！一定要信仰一种教义，信仰一个神！"这信仰就是爱——爱人和被爱。陀思妥耶夫斯基认为上帝存在于我们心中，而不存在于我们之外。我们的任务就是要寻找我们心中的上帝，寻找爱。他认为基督就是一个十全十美的人，是一种道德理想，一种象征。但是，这种理想，这种象征，不仅应从理智上接受，而应是一种全身心的向往。这种信仰，应当融化在人的血液中，融化在人的意识和无意识之中。甚至可以说，宗教信仰并不是一种有意识的选择，而是一种无意识的皈依和向往。陀思妥耶夫斯基通过梅什金公爵之口说道："宗教感情的实质既不能归结为任何论述，也不能归结为任何过失感和犯罪感，更不能归结为无神论对宗教的种种抵牾，这

[①] 陀思妥耶夫斯基：《书信选》，人民文学出版社1986年版，第64页。

里别有一种不能言传的意蕴，永远别有一种意蕴。无神论的说三道四永远是隔靴搔痒，似是而非，永远说不到点子上。"这也就是我国老子《道德经》开宗明义所云"道可道，非常道。名可名，非常名。"之理。

在说这话之前，关于宗教信仰，梅什金曾举了几个例子，以志说明。他说，他在两天内遇到了四件不同的事。一是他在火车上遇到一个很有学问的无神论者，他不相信上帝，但是谈来谈去，始终谈不到点子上。二是他在客栈里听说，就在头天晚上，这里发生了一件命案：一个农民发现另一个农民有一块怀表，顿生歹念，于是他乘表的主人转过身去不注意的时候，手起刀落，劈死了他的伙伴。可是这人在行凶前还画了个十字，默默祷告："主啊，看在基督分上，饶恕我吧！"三是他在街上遇到一个喝醉酒的士兵，掏出一枚锡十字架，冒充银的卖给了他。四是他在回客栈的路上遇见一位母亲，抱着一个刚出生六七星期的婴儿。这孩子忽然咧开小嘴，向她莞尔一笑。母亲看到孩子笑容后高兴极了，虔诚地画了个十字。公爵问她这是干什么？她说："一个母亲发现自己的孩子头一次笑，做母亲的那份高兴呀，都这样，就像上帝在天上，每次看到一个罪人在他面前真心诚意地跪下祷告时，所感到的喜悦一样。"梅什金认为这女人说出了"那异常深刻、异常透彻，而且真正符合宗教教义的思想，在这思想里，基督教的本质一下子全都表现出来了，也就是，应当把上帝看作我们的亲生父亲，把上帝对人的喜悦看作父亲对亲生孩子的喜悦——这就是基督的最主要的思想！"

这四件事最清楚不过地说明了陀思妥耶夫斯基的宗教观：一个真正基督徒的宗教感情，既不像无神论者推测的那样，也不在于一个人是否受过洗礼，是否经常去教堂，有些人名义上是基督徒，也祷告，也画十字，也挂十字架，但实际上是敌基督或者出卖基督的人。基督教的本质就是一个字——爱。爱上帝，爱他人。真正的宗教感情就应当像那个怀抱婴儿的母亲一样爱人——爱上帝，爱孩子，爱一切有罪无罪的人；爱万物——爱上帝创造的这个世界。

梅什金公爵在叶府为他举行的晚会上十分激动地陈述了他的宗教感情："你们知道吗，我不明白，当一个人走过一棵大树，看到树影婆娑，怎能不感到幸福呢？当你能跟一个你所爱的人说话，怎能不感到幸福呢！……世界上又有多少这样美的东西啊，简直随处可见……你们不妨看看孩子，看看天赐的朝霞，看看正在生长的青草，看看那些注视着你们并且爱着你们的眼睛……"爱，就是一种宗教感情。

陀思妥耶夫斯基有句名言："美能拯救世界。"这话就是在《白痴》里说的。这美不仅指人的容貌美，更重要的是人的心灵美。美就是真与善。达到真与善，才有美。而美的集中体现，就是爱与宽恕。东正教的真谛就是爱。

《白痴》尾声中有一个充满宗教色彩的场面——梅什金公爵和罗戈任并肩躺在纳斯塔西娅·菲利波芙娜的尸体旁，梅什金对罗戈任充满了无限怜悯和同情——怜悯和同情一个背离基督教导的有罪的人。"一种全新的感觉，以无边的苦恼折磨着他的心。""他把自己的脸紧贴着罗戈任的苍白的、一动不动的脸，眼泪从他的眼眶里流到罗戈任的腮帮上。"罗戈任杀害了他的未婚妻，捅死了一个他深切同情的美丽而又不幸的女人，但是他宽恕了他，因他走上歧途而怜悯他，爱他。诚如耶稣基督在《登山宝训》中所说："要爱你们的仇敌，为那逼迫你们的祷告。这样，就可以做你们天父的儿子。因为他叫日头照好人，也照歹人，降雨给义人，也给不义的人。你们若单爱那爱你们的人，有什么赏赐呢？"过去，梅什金就曾针对罗戈任说过这样的话："同情心是全人类得以生存的最主要的法则，也许还是唯一的法则。"同情自己的仇敌，怜救一个有罪的人——这就是耶稣基督匡世救人之道。

陀思妥耶夫斯基在给迈科夫的信中写道："有神论给了我们一个基督，即如此崇高的人的概念，使人对之不能不肃然起敬，不能不相信这是人类永垂不朽的思想。"[①]

梅什金公爵就是作者心目中基督这一理想的体现。试看作者在给伊万诺娃的信中写道："长篇小说（指《白痴》）的主要思想是描绘一个绝对美好的人物。…… 美是理想 …… 在世界上只有一个绝对美好的人物 —— 基督，因此这位无可比拟、无限美好的人物的出现当然也是永恒的奇迹（《约翰福音》也是这个意思，他把奇迹仅仅看作是美的体现，美的表现）。"[②] 由此可见，梅什金就是基督式的绝对美好的人。而要理解这个绝对美好的人，就必须深刻懂得作者的宗教观 —— 基督就是"绝对的美"，而"美能拯救世界"。

属于第三个同心圆的，并不局限于上述这几个方面。作者在展示现实生活广阔画面的同时，还提出和探讨了人和人生哲学的其他问题（如人生的意义，能独立自主的人和不能独立自主、但知人云亦云的人，物质文明和精神文明，面包与自由，理智与感情等），以及伦理道德问题（善与恶，同情、怜悯与爱人等），政治问题，文艺美学问题，等等。

要分析所有这些问题，需要写一部专著。而且，即使写一部专著，也不见得说得清楚。

真是说不尽的陀思妥耶夫斯基！

高尔基在第一次全苏作家代表大会上所做的报告中指出："陀思妥耶夫斯基的天才是无可辩驳的，就描绘的能力而言，他的才华也许只有莎士比亚可以与之并列，但是作为一个人，作为'世界和人们的裁判者'，他就很容易被

---

① 参见《陀思妥耶夫斯基全集》（三十卷集）俄文版，列宁格勒，第二十八卷（下册）第210页。
② 陀思妥耶夫斯基：《书信选》，人民文学出版社1986年版，第191—192页。

认为是中世纪的宗教审判官。"①

这是高尔基对陀思妥耶夫斯基的评价,几乎成了定评。但是把陀思妥耶夫斯基看作"中世纪的宗教审判官",未免囿于成见,有"莫须有"之嫌。陀思妥耶夫斯基的理想是基督。而中世纪的"宗教大法官"正是他痛下针砭、大加挞伐的。②

陀思妥耶夫斯基是一位面向未来的作家。他提出了许多永恒的、至今犹激动人心的问题。现在,一门新的学问——陀思妥耶夫斯基学,正在俄罗斯和世界各地悄然兴起。

陀思妥耶夫斯基的是非功过,他对人类的评价和预言,自有历史评说。武断地过早下结论,无疑是不适宜的。

有一位名叫艾亨瓦尔德的俄罗斯评论家写道:

"这位伟大的苦役犯,步履沉重,脸色苍白,目光如火,拖着锁链,走过我国的文坛。他那疯狂的步伐,使我国文坛至今犹迷离惝恍,如堕五里雾中。他在俄罗斯的自我意识的巅峰,打了一些至今犹无法辨认的信号,他那舌敝唇焦之口还说了一些预言和不祥的话。现在,斯人已去,我们只能独自来猜测这些哑谜了。"

臧仲伦
于北京大学承泽园

---

① 高尔基:《论文学》,人民文学出版社1983年版,第116—117页。
② 参看《卡拉马佐夫兄弟》第二卷第五章《宗教大法官》。

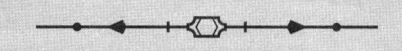

白　痴

ИДИОТ

第一部

ЧАСТЬ ПЕРВАЯ

第一部

一

十一月底，乍寒还暖，早晨九点左右，彼得堡—华沙铁路上的一列火车，正开足马力，驶近彼得堡。天气十分潮湿，且有重雾，以致好不容易才曙光微露，透出一点儿亮色。从车窗向外眺望，铁路两旁，十步开外，一片迷蒙，什么也看不见。旅客中也有从国外回来的，但坐得较满的还是三等车厢，乘客都是一些并非远道而来的小人物，出来做生意或办事的。大家照例都累了，因为一夜未曾合眼，一个个感到眼皮沉重，人也冻得够呛，一张张面孔又灰又黄，与浓雾一色。

在一节三等车厢里，紧靠车窗，从黎明时分起，就对坐着两位乘客——两人都是青年男子，两人都几乎是轻装，两人的穿戴都不讲究，两人的相貌都颇引人注目，最后，两人又都产生了互相交谈的愿望。如果他们彼此相知，知道他俩在此时此刻究竟有什么地方特别惹人注目的话，那么，他们对于在彼得堡—华沙铁路三等车厢里这段彼此对坐的奇怪邂逅，一定会感到惊奇。他们中的一位，个子不高，约莫二十七岁，头发鬈曲，近乎黑色，长着一对灰色的、虽然小但却炯炯有神的眼睛。他的鼻子宽而扁平；脸上颧骨凸出；两片薄薄的嘴唇，总是挂着一丝放肆、嘲弄，甚至刻薄的微笑；但是他天庭饱满，前额的形状很好看，因而弥补了他尖嘴猴腮、其貌不扬的缺陷。在这张脸上，特别惹人注目的是那死人一般的苍白，这就赋予这位年轻人的容貌以一种虚弱不堪的神色，尽管他的体格相当健壮。与此同时，他脸上还有一种狂热得近乎痛苦的表情，这与他那无礼而又放肆的微笑、目光锐利和自命不凡的神态很不协调。他穿得很暖和，身穿挂了黑色呢面的羊羔皮大氅，因此夜里没有挨冻，但是他那位邻座，显然对俄国潮湿阴冷的十一月之夜毫无准备，不得不浑身哆嗦，饱尝了它的全部美妙动人之处。他身披一件大而厚实的斗篷，外加一顶很大的风帽，恰如那遥远的国外，在瑞士，或者，比如说，在意大利北部，每逢冬天，行人常常使用的那种斗篷一样，当然，他们披着斗篷，并不打算长途跋涉，到这么遥远的终点：从艾德库宁①上车，一直坐到彼得堡。但是，在意大利有用而且令人十分满意的东西，到了俄国就不见得完全有用了。这件带帽斗篷的主人，是位青年男子，约莫二十六或二十七岁，身材中等偏高，头发的颜色很浅，但长得很密，他两颊塌陷，蓄着一部稀稀落落的、几乎全白的山羊胡子。他的眼睛大大的、蓝蓝的，眼神专注；目光里有一种看似平静但却沉重的表情，而且神态怪异，明眼人一看就明白，此人患有癫痫病。然而，这个年轻人的脸还是讨人喜欢的，虽然略嫌清癯，但眉清目秀，不过，脸上没有血色，甚至现在，脸还冻得发青。他手里抱着一个用褪了色的旧绸布包着的小包，看来，他的行装就全包在这里面了。他脚蹬一双厚底皮鞋，鞋上蒙着鞋罩——这些全不是俄国人的装束。那位身穿呢面大氅、生有一头黑发的邻座，把这一切全看在眼里，再加上由于闲着无聊，最后，他终于以一种有失礼貌的嘲笑口吻发问道：

"冷吗？"

问罢，耸了耸肩膀。

"很冷，"那位邻座非常热情地答道，"您瞧，这还算比较暖和的天气哩。要赶上大冷天，咋办？我真没想到咱们国内会这么冷。都不习惯了。"

"您难道从国外回来？"

"是的！从瑞士。"

---

① 旧时普鲁士的一个铁路车站，地处当时的普俄边境。

第一部

"嘘！怪不得！……"

黑头发吹了声口哨，大笑起来。

话匣子打开了。身披瑞士斗篷的浅发男子，对那位黑脸①邻座的所有问题都有问必答，非常热情，丝毫不介意有些问题提得太随便、太唐突，也太无聊了。他回答时透露，他的确出国很久了，有四年多了吧，他到国外去是因为有病，一种奇怪的神经性疾病，类似癫痫或舞蹈病②，发病时浑身发抖、抽风。黑脸一面听他说话，一面几次发笑。他问道："怎么样，治好了吗？"浅发男子回答："没有，没治好。"此时，他更加忍俊不禁，哈哈大笑起来。

"嘿！大概白花了不少钱吧，咱们这儿偏相信他们嘛③。"黑脸挖苦道。

"千真万确！"坐在旁边的一位先生插嘴道。他衣着寒酸，看上去像个在衙门里混久了，就知道"等因奉此"的小官吏，年龄四十上下，体格健壮，红鼻子，满脸粉刺，"千真万确，俄国的金银财宝就这么让他们白白搂去了！"

"噢，在我这件事上你们可说错了，"这位在瑞士就医的病人，用低低的、息事宁人的声音说道，"当然，我无意争辩，因为我并不了解全部情况。可是我那位大夫却倾其所有资助我回国，而且在国外，差不多有两年，我是靠他养活的。"

"怎么，没人替您付钱？"黑脸问。

"是的，我在那里本来是靠帕夫利谢夫先生抚养的，可是他两年前死了；后来我写信给这里的叶潘钦将军夫人，她是我的一门远亲，但是没有收到回信。所以我只好就这样来了。"

"您来了，想上哪儿呢？"

---

① 原文如此。上文强调的是黑发。

② 一种神经性疾病，发作时面部和浑身抽搐。

③ 指迷信外国医生。

第一部

"您是说我住在哪里吗？……我也不知道，真的……真这样……"

"还没拿定主意？"

那两位听他说话的人又哈哈大笑起来。

"您最要紧的东西大概都在这小包里了吧？"黑脸问。

"我敢打赌，一定是这样，"那位红鼻子小官吏带着一副志得意满的神情插嘴道，"除此以外，行李车里肯定没有您托运的行李，不过我不能不指出，君子固穷，贫非罪也。"

原来，这也给他说对了：浅发男子立刻非常痛快地承认了这点。

"您这小包毕竟还是有点儿意义的。"他们俩笑了个够（有意思的是，笑到后来，这小包的主人瞧着他们那模样，自己也笑了起来，这就使他们益发乐不可支），这时，小官吏继续说道："虽然我可以打赌，里面肯定不会有一包包外国金币，既不会有拿破仑金币①，也不会有腓特烈金币②，甚至于也不会有荷兰黑头③，只要看看您外国皮鞋上蒙着的那双鞋罩，就可以得出上述结论……话又说回来……如果给您那小包再添上，比如说，像叶潘钦将军夫人这样一门您所谓的亲戚，那这小包就意义别具了，当然，这是我们假定叶潘钦将军夫人的确是您的亲戚，您没有因为想入非非而弄错的话……有时候，一个人，嗯……由于想象力太丰富，难免，难免要犯这样的毛病。"

"噢，您又猜对了。"浅发男子接口道，"我确实差点儿弄错了，也就是说，几乎不是亲戚，甚至于他们不给我回信，说实话，我也一点儿不惊奇。我早料到会这样。"

---

① 法国金币。
② 德国金币。
③ 一种价值三卢布的俄国金币，因其外形颇似过去在彼得堡铸造的荷兰金币，故名。

第一部

"您预付的邮寄保险费①算白费了。嗯……至少，您这人还算老实，待人也还诚恳，品行可嘉嘛！嗯……至于叶潘钦将军，我们倒是认识的，我们之所以认识他，说穿了，无非是因为此公大名鼎鼎，无人不知；至于说那位曾经供给您在瑞士生活的已故的帕夫利谢夫先生，那也是一位人尽皆知的人物，如果他就是尼古拉·安德烈耶维奇·帕夫利谢夫的话，因为帕夫利谢夫家有两位堂兄弟。另一位至今还住在克里米亚，至于那位已故的尼古拉·安德烈耶维奇，倒是一位可敬的人，与显贵们过从甚密，当年拥有四千名农奴……"

"完全正确，他正是尼古拉·安德烈耶维奇·帕夫利谢夫。"那位年轻人说罢便把这位万事通先生仔仔细细地、好奇地打量了一番。

有时候，我们经常会遇到这类万事通先生，而在某个社会阶层，这类人甚至屡见不鲜。他们消息灵通，无所不知。他们的智慧和才能骚动不已，不可遏止地全部用在刨根问底方面。当代思想家也许会说，这无非因为他们缺少更重要的人生情趣和人生观。至于所谓"无所不知"，也无非限于某个相当有限的领域：某人在何处供职，与谁相识，他有多少财产，在何地当过省长，娶谁为妻，妻子带来多少陪嫁，谁是他的姑表兄弟，谁是他的远房亲戚，等等，等等，也无非是这类事罢了。这类万事通大半衣履不整，捉襟见肘，每月拿十七卢布俸禄。被他们知根知底的那些人，当然想不出他们这样做到底出于何种动机，然而，他们中的许多人却以有这样的知识（等于一门大学问）而感到莫大欣慰，提高了他们的自尊心，甚至达到一种高度的精神满足。而且这门学问很有吸引力。我见过一些文人学士、骚人墨客和政治活动家，他们在这门学问里寻觅，而且居然寻到了高度的恬适和崇高的目标，甚至完全靠了有这点本领而飞黄腾达。在整个这场谈话过程中，黑脸男子时而打哈欠，

---

① 旧时欧洲，寄信或邮件时须预付保险费，才能保证送达，相当于现在的挂号或保价挂号。

时而毫无目的地向窗外张望，迫不及待地等候旅程终了。他似乎有点儿心不在焉，甚至魂不守舍，几乎是惊恐不安，以致神态显得很怪：有时候似听非听、似看非看，一个劲傻笑，有时候他自己也不知道、不明白在笑什么。

"请问贵姓……"满脸粉刺的先生突然问那位拿小包的浅发青年。

"列夫·尼古拉耶维奇·梅什金公爵。"他立刻非常热情地回答。

"梅什金公爵？列夫·尼古拉耶维奇？不知道。甚至可以说，从来没听说过，"小官吏若有所思地回答，"倒不是说姓氏，这姓历史上就有，在卡拉姆津的《历史》①里可以找到，也应当能够找到。我是说具体的人。况且梅什金公爵这一家族的人，似乎哪儿都没有遇见过，简直杳如黄鹤，全无音信。"

"噢，那还用说！"公爵立刻答道，"除我以外，梅什金公爵这一家族的人，现在已经绝无仅有；依我看，我是最后一个。至于说我的父辈和祖辈，他们都是小门小户的庄稼人②。不过先父倒当过陆军少尉，他是士官生出身。至于叶潘钦将军夫人怎么也成了梅什金公爵家族的人，我就不知道了，她也可以说是本族中最后一个女人吧……"

"嘿嘿嘿！本族中最后一个女人！嘿嘿！您真会说话。③"小官吏嘻嘻地笑起来。

黑脸也微微一笑。那位浅发青年有点儿吃惊：自己竟会说出这种不登大雅之堂的双关语来。

"要知道，我说这话是完全无心的。"他终于在惊讶中解释道。

"那自然，自然，您哪。"小官吏愉快地点头称是。

---

① 指卡拉姆津著十二卷本《俄罗斯国家史》。
② 原意为"独户农"，在旧俄，多由边防军下级军官退役后充任，拥有小块土地，并被允许拥有农奴。
③ "本族中最后一个女人"这句话的原文也可以理解为"就某一点来说最坏的女人"。因此下文提到是"双关语"。

"公爵,您在国外跟那位教授学过不少学问吧?"黑脸突然问。

"是的……学过……"

"我从来不学任何东西。"

"我也不过学了点儿皮毛罢了,"公爵几乎抱歉地加了一句,"因为我有病,他们认为,不可能对我进行系统的教育。"

"您认识罗戈任家吗?"黑脸匆匆问。

"不,不认识,完全不认识。在俄国,我认识的人很少。阁下就是罗戈任先生吗?"

"是的,在下就是罗戈任,名叫帕尔芬。"

"帕尔芬?您所说的罗戈任家,是不是就是……"小官吏摆出一副俨乎其然的模样,开口说道。

"对,就是这家,就是这家。"黑脸迅速地、无礼而又不耐烦地打断了他的话。不过他一次也没有冲满脸粉刺的小官吏说过话,从一开始,他就只对公爵一个人说话。

"不过……这是怎么回事?"小官吏惊呆了,两只眼珠差点儿瞪了出来,他的整个面部立刻挂上一种敬仰、谄媚,甚至诚惶诚恐的表情,"您就是那位世袭荣誉公民①、一个月前刚去世并留下大约二百五十万家产的谢苗·帕尔芬诺维奇·罗戈任家的少爷吗?"

"您怎么知道他留下二百五十万净值资产?"黑脸又打断他道,这次甚至连正眼也没瞧这小官吏一眼,"真是岂有此理!(他用眼神向公爵指了指他)立刻就来溜须拍马,能捞到什么好处?先父死了,这倒是真的,我过了一个月才从普斯科夫赶回家来奔丧,差点儿连双靴子都没有②。无论我那混账兄弟,

---

① 这是旧俄因功授予非贵族出身的商人和其他人的一种荣誉称号,可世袭。
② 靴子是俄国冬季御寒的必备品。连双靴子都没有,说明境况之惨。

还是我母亲,既不寄钱给我,也不通知我一声!把我当条狗似的!我在普斯科夫发高烧,躺了整整一个月!……"

"可您现在一下子就可以拿到一百万挂零儿,这还是往少里说,噢,主啊!"小官吏举起两手轻轻一拍道。

"这关他什么事,笑话!"罗戈任又恼怒地、恶狠狠地用头指了指他,"反正我一戈比也不会给你,哪怕你两脚朝上在我面前走个来回。"

"一定,一定照办。"

"去你的!哪怕你在我面前跳一星期舞①,我也不给,就是不给!"

"不给就不给!我要的就是你不给。可是这舞我跳定了。撇下老婆孩子,我也要在你面前跳舞。这马屁我算拍定了!"

"呸,滚远点儿!"黑脸啐了口唾沫。"五星期前,我也跟您一样,"他对公爵说,"拎了个小包,离开父亲逃走,到普斯科夫找我婶子;我在那儿发热病躺倒了,而他也就在我不在他身边的时候咽了气。突然中风,暴病而亡。愿死者千古!想当初,他差点儿没把我打死!您信不信,公爵,我敢对天发誓!想当初,要不是我跑得快,准会把我活活打死。"

"您一定有什么事惹他生气了吧?"公爵问,一面以一种特别的好奇心打量着这位身穿皮大氅的百万富翁。虽然百万家私和继承遗产确有某种引人特别注目的地方,可是使公爵感到惊奇和产生兴趣的还有某种别的东西;再说,罗戈任本人不知道为什么特别乐意跟公爵交谈,虽然他找人交谈似乎多半是机械的,而非出自精神上的需要;多半由于精神恍惚,而不是出于为人厚道;由于惊恐不安,由于心神不定,只想看着什么人,张开嘴随便说点儿什么。似乎他至今还在发高烧,起码还在打摆子。至于说那个小官吏,他目不转睛地望着罗戈任,连大气也不敢出,捕捉和掂量着罗戈任的每句话,好像在寻

---

① 俄国成语,意为"谄媚、拍马、取悦他人"。

第一部

找金刚钻似的。

"他的确大动肝火，不过话又说回来，也是事出有因，"罗戈任答道，"但是，最让我受不了的还是我那兄弟，至于我妈，一个上了年纪的妇道人家，没啥可说的，成天读《每月念诵集》①，跟老婆子们坐在一起，还不是我那兄弟先卡②说了算。当时他为什么瞒着我，不让我知道呢？我一清二楚！我那时昏迷不醒，这不假。据说，电报倒是打了，但是电报是打给我婶子的。她在那儿寡居三十年，从早到晚跟那些疯教徒③一起鬼混。说修女不像修女，又比修女还修女。一接到电报，她吓坏了，没拆开就交给了警察局，直到现在这封电报还在那儿撂着。倒是科涅夫，瓦西里·瓦西里奇，帮了大忙，他把一切都写信告诉了我。有天夜里，我那兄弟把我父亲锦缎棺罩上的一圈金流苏全铰了下来，还说什么：'这些东西值很多很多钱哪！'单凭这一点，他就该发配西伯利亚，只要我上告，因为这是亵渎神器，是大不敬的行为。喂，你这小丑！"他问小官吏，"按照法律，这是亵渎神器吗？"

"亵渎神器！亵渎神器！"小官吏立刻点头称是。

"犯了这么大罪，该不该发配西伯利亚？"

"发配西伯利亚！发配西伯利亚！立刻发配西伯利亚！"

"他们总以为我还在生病，"罗戈任继续对公爵说，"可是我一声不吭，悄悄地，抱病上了火车，动身回家；我要冷不防去打门：兄弟，谢苗·谢苗内奇④，开门哪！我知道，他对先父说尽了我的坏话。我当时的确因为纳斯塔西娅·菲利波芙娜的事惹恼了先父，这不假。一人做事一人当嘛。我鬼迷了心窍。"

---

① 供东正教徒念诵的书，每月一册，逐日记载圣徒的言行、教诲以及关于宗教节日的传说。
② 先卡是谢苗的昵称。
③ 指那些能"预知未来"的狂信苦行的基督徒。他们经常以"先知"的面目出现，疯疯癫癫或装疯卖傻。
④ 即上文说到的先卡。

"因为纳斯塔西娅·菲利波芙娜?"小官吏谄媚地说,似乎在思索什么事。

"得啦,你不认识!"罗戈任不耐烦地向他喝道。

"我偏认识!"小官吏得胜似的答道。

"滚!叫纳斯塔西娅·菲利波芙娜的人多得很!告诉你,你真是个无耻的畜生!哼,我早知道,总会有个什么该死的畜生马上跑来纠缠的!"他继续对公爵说。

"也许,我偏认识呢!"小官吏搔耳挠腮地说,"列别杰夫偏认识!大人,您呲儿我好了,要是我原原本本地说给您听,那又怎样呢?至于说纳斯塔西娅·菲利波芙娜,也就是因为她,令尊大人想用荚蒾手杖狠狠教训您的那个纳斯塔西娅·菲利波芙娜,她姓巴拉什科娃,可以说,是位大家闺秀,也可以说,是位公爵小姐吧,她的相好叫托茨基,名字叫阿法纳西·伊万诺维奇,她只跟他一个人相好。他是位地主兼大资本家,是许多公司和商行的董事,因此他跟叶潘钦将军过从甚密……"

"嘿,真有你的!"罗戈任终于当真吃惊起来,"呸,见鬼,他还真知道。"

"全知道!列别杰夫全知道!不瞒您说,大人,我曾经给阿列克萨什卡·利哈乔夫当过两个月跟班,也是在他家老太爷过世之后,我全知道,所有的大街小巷全知道,到后来,他离开我列别杰夫简直寸步难行。现如今,他在债务监狱里蹲班房。而在那时候,我就有机会认识了阿尔曼斯、科拉利娅、帕茨卡娅公爵夫人和纳斯塔西娅·菲利波芙娜,而且有机会打听到了许多事情。"

"纳斯塔西娅·菲利波芙娜?难道她跟利哈乔夫……"罗戈任恶狠狠地瞪了他一眼,连嘴唇都气白了,浑身发起抖来。

"没——没什么,没——没——没什么!真是没什么!"小官吏猛地醒悟过来,急忙解释道,"利哈乔夫花多少钱也没法把她弄到手!不,她可不是阿尔曼斯那样的女人。她只有托茨基一个相好。晚上,她去大剧院或者

第一部

法国剧院①看戏,坐在她自己的专用包厢里。军官们尽可以私下里说三道四,但是他们拿不出任何证据,无非说两句'这就是那位纳斯塔西娅·菲利波芙娜',如此而已,再往下就没话可说了!因为的确没什么嘛。"

"这一切也就是这么回事罢了,"罗戈任皱起眉头,板着脸肯定道,"当时扎廖热夫也对我说过这话。公爵,想当初,我穿着父亲穿了三年的旧大衣,正穿过涅瓦大街,这时,她恰好从商店里出来,坐上马车。我一见她,浑身就跟着了火似的。这时,我恰好遇见扎廖热夫,我跟他不能比;他那模样像个理发店的伙计,鼻梁上架着片单眼镜,可我在先父身边穿的是涂油的帆布靴,吃的是没有荤腥的素菜汤。他说,这,你可高攀不上,她是位公爵夫人,她叫纳斯塔西娅·菲利波芙娜。姓巴拉什科娃,跟托茨基同居,现在托茨基想甩掉她,正发愁不知道怎么下手,因为他已经有了一大把年纪,也就是说,已经五十五岁了,他想要娶一位艳冠群芳的彼得堡的绝色美女为妻。当时,他又告诉我,今天你就可以在大剧院上演芭蕾舞的时候见到纳斯塔西娅·菲利波芙娜,她一定坐在楼下一侧她自己的专用包厢里。先父在世的时候,我们家谁要是去看芭蕾舞,一定严惩不贷,非打死不可!可是我却偷偷去了一小时,又看到了纳斯塔西娅·菲利波芙娜。那天夜里,我一宿没睡。第二天上午,先父给了我两张五厘的债券,每张五千卢布,他让我拿去卖掉,交七千五百卢布给安德烈耶夫事务所,他说,把账结清后,哪儿也别去,这一万卢布还剩下多少,统统拿回来交给我,我在家里等你。我把债券卖了,拿到了钱,可是我没去安德烈耶夫事务所,而是头也不回地跑进一家英国商店,尽我所有挑了一副耳坠,每只耳坠上各有一枚钻石,差不多有核桃大小,结果还欠四百卢布,我告诉他们我姓甚名谁,才答应赊账。我揣着耳坠就去

---

① 大剧院指圣彼得堡大剧院,旧址在现圣彼得堡音乐学院。法国剧院指圣彼得堡的米哈伊洛夫剧院,因法国话剧团经常在此演出而得名。

第一部

找扎廖热夫：我把事情经过一五一十地跟他说了，然后对他说：'走吧，哥们，咱们这就去找纳斯塔西娅·菲利波芙娜。'我们拔腿就走。那时候，我的脚下是什么，两边是什么——全不知道，也不记得。我们一直走进她的客厅，她亲自出来接见我们。我当时没说自己姓甚名谁，也没说这就是我；而是由扎廖热夫替我说道：'这是帕尔芬·罗戈任送给您的昨天的见面礼，敬请笑纳。'她打开看了看，微微一笑，说道：'多谢贵友罗戈任先生的美意。'说罢便鞠躬告辞，离开了客厅。哎呀，我当时为什么不死在那儿呢！我之所以去，是因为我想：'反正我不活着回来了！'我那时候觉得，最可气的是那个骗子扎廖热夫，他大包大揽，尽往自己脸上贴金。我个子小，穿得又寒碜，活像一名跟班，而且站着一声不吭，瞪大了两眼望着她，因为不好意思。可是他穿戴入时，油头粉面，烫着鬈发，满脸红光，还系了一条带格的领带，——他尽拣好听的话说，竭尽恭维之能事，她当时一定把他当成了我！我们一出去，我就对他说：'听着，打现在起，不许你有半点非分之想，明白吗！'他笑了：'可你现在怎么去跟谢苗·帕尔芬内奇① 交账呢？'说真的，我那时真想不回家，干脆跳河算了，可是又一想'反正那么回事了'，于是我就像个冤鬼似的回到了家。"

"啊呀！喔唷！"小官吏做出一副怪相，甚至打起了哆嗦，"他那位先父，别说为了一万卢布，就是为了十个卢布，也会把人打进阴曹地府的。"他向公爵摆了摆头，让他看罗戈任。公爵好奇地打量着罗戈任，这时，罗戈任的脸似乎更苍白了。

"打进阴曹地府！"罗戈任学他的样重复道，"你知道什么？"他继续对公爵说道："他立刻打听清楚了，再说，扎廖热夫逢人便说，到处乱讲。先父把我抓起来，锁在楼上，足足教训了我一个小时。他说：'我只是先让你尝尝味

---

① 即罗戈任之父。

道，一会儿再来跟你告别，道晚安。'你猜怎么着？老家伙跑去找纳斯塔西娅·菲利波芙娜了，向她深深一鞠躬，又是哀求，又是痛哭流涕。最后，她把那盒子拿了出来，扔给了他，说道：'把你那耳环给你，老家伙，既然帕尔芬冒着这么大的风险把它弄了来，那这副耳环的价值，现在对我无异增加了十倍。'她说，'替我向帕尔芬·谢苗内奇问好，并且谢谢他。'嗯，那会儿，我得到我妈的允许，向谢廖日卡·普罗图申借了二十卢布，就坐上火车，上普斯科夫去了，我刚到那儿就发起了疟子。在那里，老太太们对我没完没了地念诵《教堂月历》，而我则醉醺醺地坐着，后来我把最后几文钱都拿去上了酒馆，人事不省地整夜倒卧在大街上，天快亮的时候发起了高烧，而且那天夜里周身上下还让狗啃了个遍。好容易才清醒过来。"

"好了，好了，现在纳斯塔西娅·菲利波芙娜该对咱们刮目相看了！"小官吏搓着两手，嘻嘻笑道，"现在呀，先生，耳坠又算得了什么呢！现在咱们可以再赏她一副这样的耳坠嘛……"

"你要再敢胡说纳斯塔西娅·菲利波芙娜一个字，上帝做证，我非狠狠地揍你一顿不可，你跟利哈乔夫当过跟班也白搭！"罗戈任紧紧地一把抓住他的胳臂，喝道。

"你揍我，就不会叫我滚蛋了！揍吧，揍了，就等于盖了戳……瞧，咱们到站了！"

列车果然进站了。虽然罗戈任说他是悄悄回来的，但是仍有好几个人前来迎接他。他们又喊又叫，向他挥着帽子。

"咦，扎廖热夫也来了！"罗戈任喃喃道。他嘴上挂着扬扬得意又仿佛怨恨的微笑，望着那伙人。这时，他突然转身对公爵说："公爵，不知道为什么，我很喜欢你。也可能正巧在这时候遇上了你，不过话又说回来，不也遇上他了吗（他指了指列别杰夫），可我并不喜欢他。公爵，请常来舍下做客。我们可以把你脚上的这双鞋罩取下来,让你穿上最好的貂皮大衣;给你做一套最好的燕尾服,坎肩是白的,或者别的什么颜色,把钱装满你的口袋,然后……咱们再一道去见纳斯塔西娅·菲利波芙娜。你来不来?"

"恭敬不如从命,列夫·尼古拉耶维奇公爵!"列别杰夫庄严地、煞有介事地接口道,"哎呀,可别错过呀。哎呀,可别错过这个好机会呀!……"

梅什金公爵欠起身子,很有礼貌地向罗戈任伸出手,客气地对他说道:

"在下非常乐意到府上拜访,承蒙厚爱,不胜感激。如果来得及,也许我今天就去。因为,说句心里话,我也非常喜欢您,特别是您讲到钻石耳坠的时候。甚至没讲耳坠之前,虽然足下面色阴沉,我也非常喜欢您。同时谢谢您答应送给我的衣服和皮大衣。因为我确实会很快需要衣服和皮大衣的。至于钱,我眼下几乎连一个戈比都没有。"

"钱会有的,傍晚就会有的,来吧!"

"会有的,会有的,"小官吏接口道,"傍晚,不等太阳下山就会有的!"

"对于女人,公爵,您是情场老手吗? 请您预先讲明!"

"我,不不不! 要知道,我……您也许不知道,由于我先天有病,压根儿就没碰过女人。"

"嗯,要是这样的话,"罗戈任惊喜地叫道,"公爵,那你完全跟疯教徒一样①,上帝就喜欢你这样的人!"

"上帝就喜欢这样的人。"小官吏搭腔道。

"跟我走,篾片②。"罗戈任对列别杰夫说道;接着,大家都下了火车。

列别杰夫终于达到了自己的目的。很快,这帮说说笑笑的人便向升天大

---

① 疯教徒除了我们上面讲的那些特点外,还厌世禁欲,所以罗戈任听了梅什金公爵的话,也就放心了。

② 原文"строка"是旧时对司书类小官吏的蔑称。此处取其引申义,译成旧时给有钱人家帮闲凑趣的"篾片。"

街①走去。公爵必须转弯到翻砂街去。当时天气潮湿，到处湿漉漉的。公爵向过往行人打听清楚了：到他想要去的那个地方还有三俄里路，他决定叫一辆出租马车。

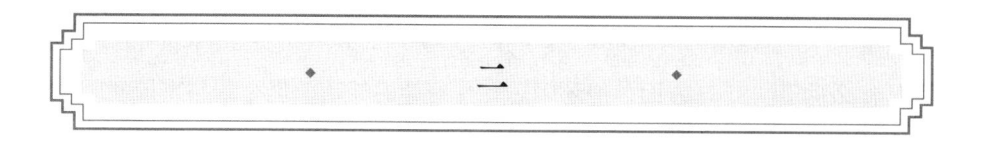

二

叶潘钦将军住在自己的私邸，由翻砂街过去不远，靠近救主变容教堂。除了这幢美轮美奂的房屋以外（其中有六分之五租出去了），叶潘钦将军在花园街还有一幢大房子，这幢房子也带给他非常多的进项。除了这两处房产之外，他在彼得堡近郊还有一处收益极其可观的大庄园，在彼得堡县还有一家工厂。大家知道，旧时，叶潘钦将军曾经包收过捐税。现在他是好几家颇有声誉的股份公司的董事，并且在公司里有很大的表决权。他是一位遐迩闻名的财主，经营着一大批产业，而且结交官府，交游广阔。在有些地方（也包括他供职的地方），他善于应对酬酢，以示他身居要津，凡事非他不可。但是，大家也都知道伊万·费奥多罗维奇·叶潘钦——此人没有受过教育，出身行伍世家，后者无疑是他的荣耀。将军虽然是个聪明人，也不能没有一些小小的、情有可原的弱点，而且他不喜欢听某些含沙射影的话。但是，他是一位聪明而乖觉的人——这是无可争议的。比如，他有一定之规：在需要回避的地方，决不去出风头，正因为他的这种敦厚朴实，正因为他永远知道自己的地位，因此，许多人都很器重他。不过话又说回来，那些对叶潘钦将军

---

① 升天大街在圣彼得堡，现名梅奥罗夫大街。作者1847年春至1849年4月在此居住，在这里创作了《白夜》，1849年4月在这里被捕，1867年2月在这里结婚并住了两个月。

第一部

妄下断语的人，如果看到，有时在这位深知自己地位的伊万·费奥多罗维奇的心里究竟在想什么，也许就不会那么武断了！虽然此话不假：他在为人处世上身体力行，颇有经验，也有一些颇为出色的才能，但是他更喜欢表现自己不过是别人意图的执行者罢了，而不是成竹在胸，另有主见。他喜欢显示自己是个"不善逢迎，忠于职守"①的人，甚至是个老实巴交的俄国人——现在是什么世道啊？这方面，他还闹过几件有趣的笑话。但是，将军即使闹出了天大的笑话，也从不气馁。再说，他的运气不错，连打牌也鸿运高照，他下的赌注很大，他非但无意掩饰自己爱玩牌这个小小的弱点，甚至还故意炫耀它。打牌这种嗜好曾使他在许多场合得益匪浅。他交往的人颇杂，不用说，都是"巨头名流"。但是，他前程似锦，时候一到，一切荣华富贵自会到来。再者，叶潘钦将军恰如俗话所说，风华正茂，即刚满五十六岁，决不会更多，五十六岁无论如何正当盛年，*真正的*②生活从这个年龄才算真正开始。身体健康，面色红润，虽然有点儿发黑但却结实的牙齿，矮而敦实的体格，清早上班时日理万机的面容，晚上玩牌或在王公大臣家做客时愉快的表情——这一切都会给他现在和将来的成功平添春色，给将军大人的人生之路铺上玫瑰花。

将军有一个像鲜花盛开般兴旺发达的家庭。诚然，家里的一切并非都是玫瑰花，然而确有不少令人神往之处，而将军大人早就开始把自己最主要的希望和目标，严肃而认真地寄托在这上面了。还能有什么，人生中还能有什么目标，比做父母的目标更重要、更神圣的呢？不指靠家庭，还能指靠什么呢？将军之家由夫人和三位已成年的小姐组成。将军结婚很早，还在当中尉的时候就成了亲，娶的那位姑娘几乎跟他同年，可是她既没有美貌的姿色，

---

① 暗示亚历山大一世时代俄国最有权势的人物阿拉克切耶夫纹章上的铭文"不善逢迎，忠于职守"。参见普希金的诗《讥阿拉克切耶夫》。
② 在原著中加着重号文字是斜体，以下同。——编者注

又没有受过教育，他因娶她而得到的陪嫁也不过五十名农奴而已——诚然，这些农奴成了他日后平步青云的基石，但是后来将军也从未抱怨过自己早婚，也从未把自己的早婚看作年轻、不会算计、一时头脑发热所致。他非常尊敬自己的夫人，有时候还有点儿怕她，而且由尊敬和害怕发展成一种爱。将军夫人出身于梅什金公爵家族，这一家族虽非名门贵胄，但其渊源非常古老。她因出身望族，自视甚高。当时有一位很有权势的人物，一位可以不费吹灰之力履行庇护之责的保护人，同意关心一下这位年轻公爵小姐的婚事。他给这位青年军官打开了后花园的门，把他推了进去，其实就是不推，只要向他略使眼色，也绝不会白费力气的！除去不多几次例外，他们夫妇俩长相厮守，倒也能够和和美美，和睦相处。将军夫人因是大家闺秀，又是族中最后一位公爵小姐，也许，还由于她的个人素质，在她还十分年轻的时候，就给自己找到了几位地位很高的保护人。后来，由于自己的丈夫发了财、升了官，她也就开始在这个上流社会里多多少少站稳了脚跟。

最近几年来，将军的三位千金——亚历山德拉、阿杰莱达和阿格拉娅，统统长大成人了。诚然，这三位小姐都姓叶潘钦，但是她们的母亲出身公爵，又有一笔不小的陪嫁，而且父亲指日即可高升，也许会青云直上，有一点也相当重要，即三位千金都长得十分美艳动人，即便年龄已过二十五岁的长女亚历山德拉也不例外。次女二十三岁，幼女阿格拉娅刚满二十岁。这位小妹甚至可以算是一位绝色美女，已经开始在社交界引起人们很大注意。但是，令人叹为观止的还不止这些：三姊妹还以学识、智慧和才能著称。据传，三姊妹彼此十分相爱，而且互相支持。甚至有人提到，似乎两位姐姐情愿自我牺牲，以成全家中的共同偶像——小妹。她们在社交界非但不喜欢出风头，甚至还显得过分谦逊。谁也不能责怪她们高傲和自命不凡，然而大家也都知道，她们是骄傲的，明白自己的身价。大姐是音乐家，二姐是出色的画家，但是关于这事多年来几乎谁也不知道,直到最近才被发现,而且是在无意之中发现的。①总之,关于她们姊妹仨说了非常多夸奖的话。但是也有一些不怀好意的人,对她们不无微词。有人大惊小怪地说,她们看了多少多少书。她们并不急于出嫁;她们虽然很看重社会上某一圈子的人,但看得毕竟不是太重。再加上大家都知道她们父亲的志趣、性格、目标和愿望,这就更加惹人注目了。

当公爵拉响将军家的门铃时,已经是十一点左右了。将军住在二楼,他占用的房间朴实无华,但跟他的地位还是成比例的。一名身穿镶金边制服的仆人给公爵开了门。公爵费了好多唇舌向他说明来意。这仆人一开始就怀疑地瞅了瞅他和他那个小包。他不止一次地,而且明确无误地宣称自己确实是梅什金公爵,因为有要事一定要谒见将军。这时,那名仆人才将信将疑地在一旁陪同他,将他领进一间小小的前室。这前室紧挨着接待室,就在书房近旁。把他亲手交给另一名每天上午在前室里值班、专管向将军通报来客的仆人。这另一名仆人穿着燕尾服,年龄四十开外,生有一副办事老练精干的面容。他是一名专门在书房伺候的听差,负责向将军大人通报,因此自视甚高。

"请在接待室稍候,这小包嘛,就留这儿。"他边说,边从容不迫和大模大样地坐到自己的圈椅里,并以一种惊讶和严厉的神色看了看公爵,因为公爵就在他身旁的椅子上坐了下来,两手抱着那个小包。

"如果您不介意,"公爵说道,"我还是跟您在一起,在这里等候好,我一个人在那边怪别扭的!"

"您不应该待在前室里,因为您是来拜访的,也算是客人吧。您想要谒见将军本人吗?"

看来,这仆人很不乐意让这样的来访者进去,因此又一次追问。

---

① 作者的这一说明,意在强调阿杰莱达为人谦虚。连她的名字"阿杰莱达"(源出希腊语),含义也是"不显眼的""不引人注目的"。

第一部

"是的，我有事……"公爵开口道。

"我不是问您有什么事，——我的任务是替您通报。我已经说了。秘书不在，我不能进去通报。"

这位仆人的疑心似乎有增无减，因为公爵跟日常的来访者太不同了，虽然将军相当经常，几乎每天，都在一定的时刻出来接见客人，特别是因公前来的客人，有时这些客人还挺杂，尽管已经习惯，而且有关访客的规定也相当宽松，可是这位听差还是疑虑重重，坚持必须通过秘书再行通报。

"您当真是……从国外回来的吗？"他终于仿佛无意地问来客道。——话刚出口，又觉得此言不妥；也许，他是想问："您当真是梅什金公爵吗？"

"是的，我刚下火车。我觉得，您是想问我当真是梅什金公爵吗？不过出于礼貌不好意思问罢了。"

"唔……"仆人含混地说，感到很惊讶。

"请您相信，我没有向您说谎，您不会因为我承担责任的。至于我是这副模样，还挎着个小包，那也不足为怪，我目前的境况不好。"

"唔。不瞒您说，我担心的并不是这个。向主人通报是我的分内事，秘书也会出来接见您，除非您……反正就这么回事，除非您……您不会是来向将军告穷的吧，如果您不介意，我可以冒昧地问您一声吗？"

"噢，不是的，一会儿您就会相信这是完全真的了。我有别的事。"

"请您原谅，我是看到您这模样才问您的。请稍候，秘书一会儿就来，主人现在正跟上校谈事，等会儿，秘书会来的……他是公司的秘书。"

"这么说，要等很久啰，我有一事相求，能不能在这里找个什么地方抽袋烟呢？我随身带着烟斗和烟丝。"

"抽——烟？"这名听差用一种鄙夷不屑和莫名其妙的神情瞪了他一眼，好像不相信自己的耳朵似的，"抽烟？不，您在这里不能抽烟，而且您脑子里有这样的想法也是可耻的。哼……真怪，您哪！"

"噢，我并不是请求在这屋里抽，这，我还是懂的。我是想出去一会儿，到您指定的地点，因为我有抽烟的习惯，瞧，我已经有三小时没抽烟了。不过，悉听尊便，您知道，俗话说得好：入乡随俗，入境问禁嘛……"

"您的事叫我怎么通报呢？"那听差几乎不由自主地嘟囔道，"第一，您不应该待在这里，应该坐到接待室去，因为您也是名来访者，也可以算是客人吧，上面会责怪我的……您想怎么，打算住在我们这里吗？"他又斜过眼去瞅了瞅公爵的那个小包，加了一句。显然，这小包使他很不放心。

"不，我没有这个想法。甚至他们请我住下来，我也不能留这儿。我不过是来跟府上认识一下，并没有别的打算。"

"怎么？就认识一下？"听差带着惊讶和三倍的疑心问道，"您起先怎么说来办事的呢？"

"嗯，几乎不是办事！也就是说，如果说有事，也算有件事吧，我只是想来请教他们一个问题，但是我的主要来意，是想见见面，认识一下，因为我是梅什金公爵，而叶潘钦将军夫人是梅什金家族中最后一位公爵小姐，除了我和她以外，梅什金家族就没有别的人了。"

"那么说，您还是亲戚？"这仆人几乎完全吓坏了，警觉地问。

"几乎算不上亲戚。话又说回来，如果生拉硬扯的话，当然也可以算是亲戚，不过是八竿子打不着的亲戚，如果较真的话，甚至算不上亲戚。我曾经在国外给将军夫人写过一封信，但是她没有回信。不过，我还是认为回国后应该建立联系。我现在对您说明这一切，是让您不再怀疑，因为我看得出来您还有点儿不放心。您去通报吧，就说梅什金公爵求见，在通报中，我来访的原因也就不言自明了。接见固好，不接见——或许也很好。不过，依我看，他们不会不接见的——将军夫人一定想见见自己家族中比她长一辈的唯一代

第一部

表，我听说，她非常重视自己的门第，这话不会有错。"

公爵的谈话看来非常随便，但话说得越随便，在当前的情况下，就显得越荒谬。这个老于世故的听差不能不感觉到，人与人之间完全合乎道理的东西，发生在客人与仆人之间，就完全不合乎道理了。因为仆人比他们的主人设想的要聪明得多，所以这听差不由得想道，二者必居其一：要么公爵是个浪荡公子，一定是前来告穷的，要么公爵不过是个傻瓜，没有自尊心。因为一位聪明而有自尊心的公爵，决不会坐在前室里，跟仆人讲自己的私事。如此说来，不管哪种情况，会不会因他而担承干系呢？

"还是请您到接待室去的好。"他尽可能地坚持说。

"如果坐到里面去，就没法跟您说明一切了，"公爵愉快地笑道，"这么一来，您瞧着我的斗篷和包袱，心里一定不放心，现在您大概没有必要再等秘书，自己就可以进去通报了吧。"

"像您这样的访客，不通过秘书，我是不敢通报的，何况方才主人还特别关照，上校在里边的时候，任何人都不得进去打扰，只有加夫里拉·阿尔达利翁内奇可以不经通报直接进去。"

"他是当官的？"

"您是说加夫里拉·阿尔达利翁内奇？不。他在公司里工作。您把这包放这里吧。"

"我早想到这点了，如果您允许的话。我说，要不要把斗篷脱下来呢？"

"当然，总不能穿着斗篷进去谒见将军吧。"

公爵站起来，匆匆脱下身上的斗篷，里面穿着一件相当体面、缝制得很考究、虽然已经穿旧了的西服上衣。背心上挂着一条钢表链。表链上拴着一块日内瓦制造的银怀表。

虽然仆人已经断定公爵是傻瓜，但是身为将军的听差，他又觉得继续跟

第一部

来访者这样随便交谈有失体统,尽管不知为什么他很喜欢公爵,当然,只是就某一点而言。但是从另一观点看,公爵又在他心中激起一股强烈的无名火。

"那么,将军夫人什么时候会客呢?"公爵又坐到原来的位置上,问道。

"这就不是我管的事了。夫人会客没有定规,要看是什么人。十一点钟,让时装设计师进去,至于加夫里拉·阿尔达利翁内奇,也总让他比其他人先进去,甚至还请他一起用早点。"

"冬天,你们的室内比国外暖和,"公爵说,"可是那儿的室外却比咱们这儿暖和,而冬天,在他们室内——俄国人因为不习惯,简直没法住。"

"不生火?"

"是的,而且房子的构造也不同,就是说,火炉和窗户都不一样。"

"嗨!您到国外去很久了吗?"

"有四年了吧。不过,我老在一个地方待着,在乡下。"

"您对国内的生活不习惯了吧?"

"这倒是真的。您信不信,我感到奇怪的是我居然没有忘记怎么说俄语。瞧,我现在跟您说话,心里却在想:'看来,我说得还不错。'也许正因为这个我才说了这么多话。真的,从昨天起,我老想说俄语。"

"嗨!嘿!您从前在彼得堡待过?"(仆人无论怎样自我克制,也不能对这种彬彬有礼的谈话不予理睬。)

"在彼得堡?几乎完全没有,只是路过。过去,对于这里的事我一无所知,可现在听到这么多新鲜事儿,据说,原来熟悉这里情况的人,也必须从头学起,重新认识。这里关于咱们的司法制度①,现在有许多议论。"

"嗨!……司法制度。司法制度嘛,倒的确是司法制度。国外怎么样,

---

① 指俄国1864年的司法改革,由等级法庭改为适用于一切阶层的司法机关,司法公开,允许陪审员和律师参加。

审判是不是比较公正？"

"不知道。可是关于咱们的司法制度，我倒听说过不少好话。而且，咱们这里还取消了死刑。"①

"国外处死刑吗？"

"是的。我在法国见过，在里昂。施奈德带我去的。"

"是绞刑吗？"

"不，在法国都是杀头。"

"怎么，喊叫吗？"

"哪能呀！一会儿的工夫。把人架上去，一把很大的刀就落了下来，用机器杀的，它叫断头机，又重又有力……还没来得及眨眼，脑袋就砍下来了。准备工作最叫人受不了。先是宣读判决书，然后穿上死囚服，用绳子捆绑，再架上断头台，那才叫可怕呢！人从四面八方跑拢来，连女人也跑来看热闹，虽然那儿并不喜欢女人看。"

"这不是女人看热闹的事。"

"当然！当然！怎么能让她们去看这种痛苦呢！……这犯人倒是个聪明人，无所畏惧，身强力壮，但是上了年纪。他的名字叫莱格罗。实话对您说吧，信不信由您，他上断头台的时候都哭了，脸白得像纸一样。这怎么叫人受得了呢？难道这不是恐怖？您说，什么人会因恐惧而哭泣呢？我从来没想到，被吓哭的居然不是小孩，而是一个从来没哭过的大人，四十五岁的大人。这一分钟，他的灵魂发生了什么变化，人们使这灵魂产生怎样的震颤啊？无非是对灵魂的侮辱罢了！圣经上说：'不可杀人！'②那么，因为他杀

---

① 俄国的死刑一度在形式上取消（1753—1754），但很快就恢复了。1849年作者自己就因彼得拉舍夫斯基一案被判死刑。

② 见《旧约·出埃及记》第二十章第十三节，并参见《马太福音》《马可福音》《路加福音》的有关章节。

了人，就该把他也杀死吗？不，这是不应该的。我看到这个已经是一个月以前的事了，可是直到现在还像在眼前一样。有五次，我做梦都梦见它。"

公爵越讲越起劲，他那苍白的脸上都泛起一层薄薄的红晕，虽然他说话仍旧很斯文。那听差同情地、有兴趣地注视着他，好像对他看不够似的，大概他也是个富于想象力和喜欢思索的人吧。

"掉脑袋的时候还好，"他说，"受罪不大。"

"您知道吗？"公爵热烈地接口道，"这点您总算注意到了，这一切，别人也像您一样注意到了，因此发明了杀头的机器。可当时我忽然产生一个想法：如果这样更坏，那怎么办呢？您一定会觉得这话可笑，一定会感到这话奇怪吧，其实，只要稍微想象一下，这想法就会油然而生。您想：比如说拷打吧，这时候会产生痛苦、伤痕和肉体上的疼痛，这一切反而能够分散注意力，减少精神上的痛苦，因此你只会感到伤口疼痛，直到你死。要知道，主要的最厉害的疼痛，也许并不在伤口，而在你确凿无疑地知道，再过一小时，然后再过十分钟，然后再过半分钟，然后就现在，马上——你的灵魂就要飞出肉体，你将不再是一个人，而这是确凿无疑的。主要就是这个确凿无疑。当你把脑袋放在刀子下面，听见刀子在你头上即将哧溜一下落下来的时候，这四分之一秒钟才是最可怕的。你知道吗？这并不是我个人的幻想，许多人都是这么说的。我非常相信这话，所以才把我的意见直率地告诉您。因为他杀了人而杀他，这是比犯罪本身大得无可比拟的一种惩罚。根据死刑判决而杀人，这比强盗杀人更可怕，而且可怕到无可比拟的程度。强盗杀人，夜里杀，在林子里杀，或者用别的法子杀，这个被杀的人，直到最后一刹那，一定还抱有能够得救的希望。一个人即使喉管被割断了，他还是希望或者逃跑，或者请求饶命，这样的例子并不少见。一个人抱着这最后一点儿希望，即使去死，也会感到容易十倍，可是现在，连这最后一点儿希望都被剥夺了，而且被剥夺得干干净净。这里有判决书，已经铁板钉钉，无可幸免，可怕的痛苦全在这里，世界上再没有比这更痛苦的了。您若是把一个士兵带来，让他在打仗的时候面对大炮，然后向他射击，他总还有一线生还的希望，但是如果您向这个士兵宣读斩无赦的判决书，他非发疯或者痛哭流涕不可。谁能说人类的天性足以忍受这样的痛苦而不发狂呢？为什么要有这种丑恶的、不必要的、徒劳无益的对人的心灵的凌辱呢？也许有这样的人，向他宣读了判决书，让他痛苦一阵，然后又对他说：'走吧，你被赦免了。'如果有这样的人，也许他倒可以出来说说他当时的感受①。关于这种痛苦和这种恐怖，连基督也曾说过。②不，对人决不能这样做！"

这听差虽然不能像公爵那样把这一切统统用言语表达出来，虽然不是全部，但是，当然，公爵的主要意思他还是懂得的，这从他那深受感动的脸便看得出来。

"如果您确实非常想抽烟的话，"他说，"我看也行，不过要快点儿。我怕将军会突然有请，您又不在。瞧，那边那个小楼梯旁有一扇门。看见了吧。您走进门去，右边有个小屋：那里可以抽烟，不过请您把气窗打开，因为这不好……"

但是，公爵没有来得及出去抽烟。一个年轻人手里拿着公文忽然走进了前室。听差上前给他脱去皮大衣。年轻人乜斜着眼睛，瞟了一眼公爵。

"加夫里拉·阿尔达利翁内奇，"那听差开始悄悄地、几乎亲昵地说道，"据说，这人叫梅什金公爵，是夫人的亲戚，他乘火车从国外回来，手里还拿着包袱，不过……"

因为听差开始耳语，下面到底说什么公爵就听不清了。加夫里拉·阿尔

---

① 陀思妥耶夫斯基在这里谈的是他的切身感受：他曾因彼得拉舍夫斯基案被判死刑，在绑赴刑场执行枪决时获赦，改判四年苦役、六年军役。
② 参见《马太福音》第二十章第三十八、三十九节；《路加福音》第二十二章第四十四节。

达利翁诺维奇很用心地听着,还十分好奇地不时看看公爵,最后他不再听下去,忍不住走到公爵面前。

"您就是梅什金公爵?"他非常亲切和非常有礼貌地问道。这是一位十分英俊的年轻人,约莫二十八岁,身材颀长,头发金黄,中等个儿,蓄着拿破仑式的小胡子①,有一张聪明的、非常漂亮的脸。不过他的笑容,虽然看上去很亲切,却有点儿令人莫测高深;他微笑时露出的牙齿,像珍珠一般,也显得太整齐了点;他的目光虽然显得很愉快,也显得很诚恳,但却似乎咄咄逼人。

"当他一个人的时候,决不会这么看人的,大概也从来不笑。"公爵不知为什么产生了这样的感觉。

公爵尽可能三言两语地说明来意,就像在此以前他向仆人和更早一些时候他向罗戈任说明的情况一样。这时候,加夫里拉·阿尔达利翁诺维奇似乎想起了一件事。

"这人该不是您吧?"他问道,"一年以前,或者更近一些,有人写过一封信来,好像是从瑞士寄来的,寄给叶利扎韦塔·普罗科菲耶芙娜。"

"正是鄙人。"

"那么这里是知道您的,也一定记得您。您想谒见将军大人吗?我这就去禀报……他马上就有空。不过您最好……最好先枉驾到接待室去……他怎么能坐在这里呢?"他厉声问听差。

"我说了,这先生不肯嘛……"

这时候,书房的门突然拉开了,一位军人手提公文包,一面大声说话,一面鞠躬告辞,从里面出来。

"你来啦,加尼亚②?"书房里有人叫道,"进来吧!"

---

① 指法国皇帝拿破仑三世(1808—1873)蓄的胡子。
② 加尼亚,加夫里拉的昵称。

加夫里拉·阿尔达利翁诺维奇向公爵点了点头，匆匆走进书房。

过了两分钟左右，门又开了，传来加夫里拉·阿尔达利翁诺维奇洪亮而又和蔼可亲的声音：

"公爵，请进！"

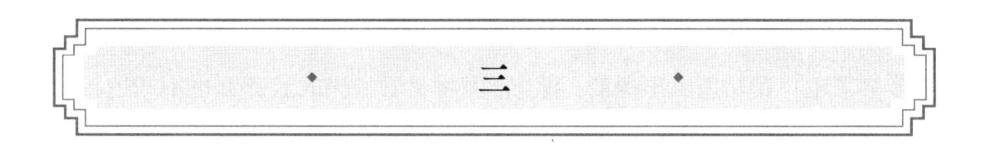

三

伊万·费奥多罗维奇·叶潘钦将军站在自己的书房中央，十分好奇地看着走进来的公爵，甚至还向前走了两步。公爵走到他跟前，做了自我介绍。

"好，"将军答道，"我能为您做些什么呢？"

"我没有什么急于要办的事，我的目的不过是跟您见见面，认识认识。我并不想来打扰您，因为我不知道您何时会客，也不知道您的其他安排……但是，我刚下火车……从瑞士来……"

将军本想微微一笑，但是想了想，欲笑又止；后来又想了想，先是眯起眼睛，从头到脚把客人打量了一遍，接着又指着椅子匆匆给他让座，他本人则稍稍斜过身子，先坐了下来，然后又不耐烦地向公爵转过身去，等候他有什么话要说。加尼亚则站在书房一角的书桌旁整理文件。

"一般来说，我用来跟人家见见面，认识认识的时间是不多的，"将军说，"但是，因为您此来当然另有目的，那么……"

"我早料到了，"公爵打断他的话道，"您一定会认为，我这次来访具有某种特殊的目的。但是，我向上帝起誓，除了有幸认识一下阁下外，我毫无个人目的。"

"当然,我也感到十分荣幸,但是人生在世,毕竟不会全是消闲解闷,有时候,您知道,也难免有些事情……话又说回来,直到现在我还没有看到我们之间有什么共同点……即所谓夤缘吧……"

"没有夤缘,这是无可争议的,共同点自然也很少。因为,即使我是梅什金公爵,尊夫人又与我同族,这自然也算不上什么夤缘。对此我是有自知之明的。不过话又说回来,我前来拜访的理由也仅在于此。我离开俄国差不多四年多了吧,我是怎么出国的:我几乎精神失常。当时我什么也不知道,现在就更不用说了。我需要找些好人来帮帮我的忙,甚至还有件事,但是我不知道向谁请教。还在柏林的时候,我就想:'既然差不多是亲戚,那就从他们开始吧,也许我们会彼此有用的,他们对我有用,我对他们也有用——如果他们是好人的话。'我听说,你们都是好人。"

"非常感谢,"将军很惊奇,"请问,您在哪里下榻?"

"我还没有住的地方。"

"这么说,您一下火车就到舍下来了?还……带着行李?"

"我的行李就是一小包换洗衣服,除此以外就没有别的了,我总是随身带着它。即使到晚上,去住旅馆也来得及。"

"那么说,您还打算去住旅馆?"

"噢,是的,那当然。"

"听您的口气,我还以为您是直接来投靠鄙人的呢。"

"这也是可能的,但是,除非您邀请我。不过说实话,即使您邀请我,我也不会住下来,并不是因为什么,就这样……天生这性格。"

"嗯,这么说,偏巧我没有邀请您,也不想邀请您。还有件事,公爵,请允许我把丑话说在头里:因为我们刚才已经交代清楚了,关于我们之间的亲戚关系,请您休提,这是不可能的,——虽然,自然啰,鄙人感到不胜荣幸，——因此……"

"因此，就该站起身来告辞？"公爵微微欠起身子，虽然他的处境显然很窘，但他似乎还是愉快地开怀大笑起来，"瞧，将军，我敢向上帝起誓，虽然我对这里的风俗实际上一无所知，也不知道这里的人是怎么生活的，可是我早就料到，我们的事一定会发生现在这样的结局。没什么，也许，这样倒好……过去，不是也没给我回信嘛……好吧，打搅了，请多包涵。"

这一刻，公爵的目光十分和蔼可亲，他的微笑也毫无半点儿隐蔽的不快，这倒使将军颇感意外，他蓦地站住，忽然换了副眼光，看了看自己的客人，他的眼神的整个变化，全发生在一刹那。

"听我说，公爵，"他几乎完全换了一副腔调说道，"要知道，你我素昧平生，不过，叶利扎韦塔·普罗科菲耶芙娜也许想见见自己的本家……如果您愿意，而且又有时间的话，请稍候。"

"噢，我有的是时间，我的时间完全归我自己支配（于是公爵立刻把自己那顶软软的圆檐礼帽放回桌子上）。不瞒您说，我早就估计到，也许叶利扎韦塔·普罗科菲耶芙娜会记起来，我曾经给她写过一封信。刚才，我在外边等候的时候，贵府的仆人也曾怀疑过，我这次到府上是来告穷的。我看出了这一点，府上对此大概有严厉的训令。但是，说真格的，我并不是为了这个才来的，真的，我只是为了跟大家聚聚。我只是有点儿担心，我打扰你们了，为此心里很不安。"

"我说，公爵，"将军带着愉快的笑容说道，"如果您的确表里如一，那同您认识还是令人十分愉快的。不过您瞧，我是个大忙人，一会儿又得坐下来批阅公文和签署文件，然后又得去见王公大臣，又要去公司上班，结果呢，虽然我乐于见人……也就是说，乐于见好人……但是……话又说回来，我坚信您受过极好的教育，因此……阁下贵庚，公爵？"

"二十六。"

"嚄！我还以为您小得多哩。"

"是的，人家说我长得年轻。至于不来打扰您，我会很快学会的，也会很快明白这个道理，因为我自己也很不喜欢别人打扰我……最后，我觉得，从许多情况看……我们在外表上是这样不同，我们也许没有，也不可能有许多共同点，但是，您知道，我自己也不相信刚才的想法，因为经常有这样的情况，所谓没有共同点云云，只是看来这样罢了，其实共同点还是有的，而且很多……这都是由于人们懒惰，只粗粗一看，就把人分成三教九流，找不到任何共同的地方……不过话又说回来，我也许说得太枯燥无味了吧？您好像……"

"还有两句话相问：您是不是多少有点儿财产？也许，您有意找点儿什么工作做吧？对不起，请恕直言……"

"哪里哪里，您的问题我很重视，也很理解。我暂时还没有任何财产，也没有任何职业，当然这也是暂时的，的确应当找点儿事情做。我身边的几个钱也是别人给的，是施奈德给我的路费，也就是在瑞士给我治病和教我读书的那位教授。他给我的钱正好够路费，因此现在，不怕您见笑，我身边的钱只剩下几戈比了。说真格的，我倒有件事，需要别人替我拿拿主意，但是……"

"请问，眼下，您想指靠什么为生呢，您究竟有何打算？"将军打断他的话道。

"我想找点儿活干。"

"噢，您真是个想入非非的人，不过……您知道您有什么足以谋生的才华和能力吗？哪怕就一点儿也行啊！请您再次恕我直言……"

"噢，不必道歉。我想我没有，既没有才华，也没有特殊的能力；甚至正好相反，因为我是病人，没有受过正规教育。至于说谋生，我觉得……"

将军又打断他的话，开始盘问，公爵又把说过的话再说了一遍。原来，将军非但听说过已故的帕夫利谢夫,而且跟他很熟,为什么帕夫利谢夫要关心对他的抚养和教育,公爵自己也说不清——也许,不过是因为跟他已故的父亲是世交。父母双亡后,公爵还是个不点儿大的小孩,因为他身体有病,需要呼吸新鲜空气,所以他一直住在乡下,并在那里长大。帕夫利谢夫把他托付给自己的亲戚——两位年老的女地主,先是给他雇了名家庭女教师,后来又给他找了个家庭男教师,但是他声称,虽然所有的事他都记得,可是许多事却说不大清了,因为许多事情他自己也弄不清楚。他的病常常发作,因此几乎完全成了个白痴(公爵就是这样说的:白痴)。最后,他说道,有一次,帕夫利谢夫在柏林遇见一位瑞士人——施奈德教授。施奈德专治这种病,而且在瑞士的巴勒州开了一家义诊所,按照他自己的方法用冷水和体操进行治疗,非但治白痴病,也治精神病,在治疗的同时还进行教育,以提高病人的精神素质。因此,大概五年前吧,帕夫利谢夫就打发他到瑞士去找这位医生就医,可是他自己却在两年前死了,是突然死的,没有做任何安排。施奈德又留他治了两年病,没有能治好他的病,但是病情却大有好转。最后,按照病人自己的愿望,也因为遇到了一个情况,就打发他现在回俄国来了。

将军感到很惊讶。

"那您在俄国没有任何人吗?压根儿没有任何人?"他问。

"现在没有任何人,但是我希望……况且我还收到一封信……"

"至少,"将军没听清他提到信的事,打断了他的话,"您总学过点儿什么东西吧,您的病总不至于妨碍您找一个,比如说,在某个机关找个不太费力的事做做吧?"

"噢,大概不会妨碍的。我倒非常想找个事做,因为我自己也想看看我到底能干些什么。四年来我一直在学习,从未间断,虽然学得不完全正规,而且是按照他的办法学的,不过倒读了不少俄文书。"

"俄文书？这么说，您认识字，您能够没有错误地写字吗？"

"噢，太能了。"

"好极了，那书法呢？"

"书法也属上乘。我的才能也许就在这里，在这方面我算得上是个书法家。请让我，我现在就可以给您写点儿什么作为试笔。"公爵热烈地说道。

"那就有劳大驾了。这很必要……我很喜欢您这种有问必答、有求必应的态度，公爵，说真的，您很可爱。"

"府上有这么好的文具用品，府上有多少铅笔、多少鹅毛笔啊，纸又这么结实、这么好……府上的书房多漂亮啊！这幅风景画我认识，这是瑞士风光。我相信，这画家是实地写生画下来的，我相信这地方我见过：这是在乌里州……"

"很可能，虽然这是在国内买的。加尼亚，给公爵一张纸，这是笔和纸，请到这张小桌子上来写。这是什么？"将军问加尼亚。加尼亚这时正从自己的公文包里取出一张放大了的照片，递给将军，"嚯！纳斯塔西娅·菲利波芙娜！这是她亲自，亲自送给你的，是她亲自送的吗？"他兴致勃勃、非常好奇地问加尼亚。

"刚才，我前去祝贺的时候，她送的。我老早就问她要过。不知道这是不是她的一种暗示：我前去给她祝贺生日，居然两手空空，没有送礼。"加尼亚苦笑着加了一句。

"嗯，不会的，"将军坚信不疑地打断他的话道，"你想到哪里去了！她才不会暗示呢……她根本不是一个唯利是图的女人。再说，你拿什么送礼：要知道，非有几千卢布不可！难道送张照片吗？顺便问问，她怎么还没问你要照片呢？"

"没有，她还没要，也许永远也不会要。伊万·费奥多罗维奇，您当然记得今天的晚会啰？您可是特邀来宾呀。"

"记得，当然记得，我一定去。还用说吗，这是她的二十五岁生日！嗨……听我说，加尼亚，也好，干脆对你直说了吧，你要做好准备。她答应阿法纳西·伊万诺维奇和我，今天晚上在她家里，她将会做出最后决定：行还是不行！你可要当心啊。"

加尼亚忽然惊慌起来，甚至脸色都有点儿发白。

"她当真说这话了？"他问，声音都好像哆嗦了一下。

"她是前天做出保证的。我们俩死乞白赖地缠着她，硬要她这么做。不过她请我们不要提前告诉你。"

将军仔细端详着加尼亚，加尼亚惊慌的神态显然使他不高兴。

"您别忘了，伊万·费奥多罗维奇，"加尼亚惊慌不安和犹豫不定地说道，"要知道，在她本人拿定主意以前，她给予我做出决定的完全自由，即使到那时候，我也可以自己拿主意……"

"难道你……难道你……"将军忽然害怕起来。

"我倒没什么。"

"得了吧，你想跟我们开什么玩笑？"

"我并没有拒绝呀。我也许没有把话说清楚……"

"还用说吗，你敢拒绝！"将军恼怒地说，甚至无意克制这种恼怒，"小老弟，现在的问题不是你不拒绝就行了，问题在于你必须心甘情愿、欢天喜地地接受她的决定……你家出了什么事？"

"我家怎么啦？我家里人都听我的话，就是我父亲爱胡闹，简直成了个地地道道的捣乱分子，我已经不理他了，但是仍旧对他严加管束，真的，要不是我母亲，我早就叫他滚蛋了。当然，母亲老哭，妹妹也常常发脾气，我曾经对她们直截了当地说，我的事我自己做主，希望家里的人……都能听从我的决定。起码，当着母亲的面，我已经把这一切向我妹妹说清楚了。"

"不过小老弟，我还是弄不明白，"将军稍微耸了耸肩膀，略微摊开两手，若有所思地说道，"你记得吗？尼娜·亚历山德罗芙娜前些日子来的时候也是唉声叹气的。我问她：'您怎么啦？'原来，她们觉得这事好像不光彩。请问，这有什么不光彩的？谁能指责纳斯塔西娅·菲利波芙娜有什么不是，或者指出她有什么不对的地方？难道就因为她和托茨基同居过吗？但这完全是胡说八道，在某种情况下尤其如此！她说：'您不是也不让她见府上的千金吗？'哼！去她的！这位尼娜·亚历山德罗芙娜还真有她的！她怎么就不明白，就不明白这个道理呢……"

"就不明白自己的地位吗？"加尼亚帮助难于措辞的将军把他想说的话说了出来，"她明白，您别生她的气。不过，我当时就剋了她们一顿，让她们少管闲事。话又说回来，我们家至今风平浪静，无非因为最后那句话还没有说出来，可是暴风雨会来的。如果今天做出最后决定，一切就会总爆发。"

公爵坐在一角进行书法试笔的时候，听见了他俩的全部谈话。他写完后，走到书桌前，把写好的那张纸递了过去。

"这就是纳斯塔西娅·菲利波芙娜吗？"他注意而又好奇地看了看照片，"太漂亮了！"他立刻又热烈地加了一句。照片上拍的是一位美貌异常的女人。她在拍照片时穿着一件黑色的绸衣绸裙，款式非常朴素而又异常高雅；头发看上去像深褐色的，梳理得很素净，一副家常打扮；眼珠是深色的，眼窝很深，前额似蹙非蹙，若有所思；脸部表情是热烈的，又似乎很高傲。她的脸略显清瘦，也许还有点儿苍白……加尼亚和将军诧异地看了看公爵……

"怎么，纳斯塔西娅·菲利波芙娜！难道您连纳斯塔西娅·菲利波芙娜也知道了？"将军问。

"是的，回到俄国才一昼夜，可是已经知道这位绝色美女了。"公爵回答，接着便把他同罗戈任邂逅的事告诉了他们，而且把罗戈任讲的故事也一五一十地说了一遍。

"瞧，又出新闻了！"将军非常注意地听完公爵的话后又担心起来，他看了看加尼亚，想看看他的反应。

"大概，不过是胡闹吧，"加尼亚也有点儿不知所措了，嘟囔道，"一个买卖人家的少东家在外面荒唐。他干的那事，我也听说了些。"

"我也听说了，小老弟，"将军接口道，"在发生耳坠那件事以后，纳斯塔西娅·菲利波芙娜把这件趣闻全告诉我了。不过现在的情况不同。也许他当真有百万家私也说不定，而且……还有那股不达目的决不罢休的劲儿，即使说他胡闹也罢，反正有这么一股劲儿，要知道，这帮先生喝得酩酊大醉的时候，是什么事都干得出来的！……嗨……可别闹出什么笑话来！"将军若有所思地说出他担心的事。

"您是担心他的百万家私吧？"加尼亚龇牙咧嘴地笑道。

"您当然不怕啰？"

"阁下高见，公爵？"加尼亚突然回转身来问公爵，"这是一个规规矩矩的人，还是这人不怎么样，就爱胡闹？阁下对此有何高见？"

加尼亚提出这个问题时，心里有一种异样的感觉。似乎他脑子里正燃起一个新的、特别的想法，开始迫不及待地在他的眼睛里闪耀。将军则是真心地和老老实实地感到担心。这时，他也斜过眼去，看了看公爵，但是他对公爵的回答似乎并没抱多大希望。

"我不知道怎么跟您说才好，"公爵答道，"不过，我倒觉得，他很热情，甚至是一种病态的热情。他本人也似乎完全是个病人。很可能，回彼得堡没几天就会重新病倒，特别是他没完没了地喝酒的话。"

"是这样吗？您觉得是这样？"将军抓住这个想法不放。

"是的，我觉得是这样。"

"不过话又说回来，这类笑话可能不是在几天之内发生，而是就在今天，也许就在傍晚前。会突然弄出点儿什么花样来。"加尼亚向将军苦笑了一下。

"咦！……当然……到那时候就全看她脑子里怎么想了。"将军说。

"您又不是不知道她有时候会怎么样？"

"你说呀，怎么样呢？"将军心里非常乱，又冲他气势汹汹地说道，"你听我说，加尼亚，今天你不要太跟她作对了，要努力做到，你知道吗……一句话，尽可能顺着她点儿……咦……你撇什么嘴？我说，加夫里拉·阿尔达利翁内奇，实话告诉你吧，而且现在说这话还正是时候：我们这么忙前忙后的，究竟为了什么？你明白吗？至于我这方面的个人利益，那是早就有保障的。不管怎么样，我都会把事情解决得对己有利。托茨基也毫不动摇地做了决定，因此，我完全有信心。所以，如果说我现在还希望什么的话，那也无非是怎样做才能对你有好处。你好好想想，你还信不过我吗？再说你是个……你是个，一句话，你是个聪明人，我曾经寄希望于你……而这，在当前情况下，这……这……"

"这才是主要的。"加尼亚又帮助难以措辞的将军把话说完。他噘起嘴唇，透出一副狞笑，对此也并不想掩饰。他用他那充满血丝的眼睛瞪着将军，仿佛想让将军从他的目光中看出他的整个心思似的。将军涨红了脸，升起一股无名火。

"可不是吗，放聪明点儿，这才是主要的！"他点头道，两眼圆睁，逼视着加尼亚，"你也太可笑了，加夫里拉·阿尔达利翁内奇！我看，你对半中间杀出了这个买卖人似乎感到高兴，以为给自己找到了出路。这事应当用脑子好好想想，而且从头想起，你心里对这事要有数……双方的做法都应当诚实和直截了当，要不然……也应当预先打个招呼，不要损害别人的名誉，再说还有的是时间，即使现在，剩下的时间也是足够的（将军别有用意地扬了扬眉毛），尽管只剩下几小时了……你明白吗？明白吗？你倒是愿意不愿意啊？如果不愿意，就直说，——我们欢迎。谁也没拦着你，不让你说话呀，加夫里拉·阿尔达利翁内奇，谁也没有硬拽你往陷阱里跳呀，如果你认为这是陷阱的话。"

"我愿意。"加尼亚小声地，但是坚决地说道。说完便垂下眼睛，板着脸，不再作声。

将军满意了。将军发了一阵子火，但是显然后悔做得太过火了。他突然向公爵转过身来，他脸上似乎闪过一丝不安，要知道，公爵在这儿毕竟都听见了。但是他霎时便放下心来：只要一看公爵那模样，便可以完全放心了。

"嗬！"将军看着公爵递给他的书法字样，惊呼道，"这简直是法帖！而且是少有的法帖！你瞧，加尼亚，他的字写得多好！"

公爵在一张重磅道林纸上用中世纪的俄文字体写下了如下一句话：

"卑职帕夫努季修道院院长亲笔。"

"这字体呀，"公爵异常高兴而且兴奋地解释道，"这是帕夫努季院长的亲笔签名，是按十四世纪的摹本摹写的。咱们这些老修道院院长和都主教都签得一手好字，有时候写得风骨洒脱，笔力遒劲！将军，难道府上连波戈金出版的摹本①也没有吗？后来，我又在纸上用另一种字体写了一行字：这是上世纪的粗圆型法国字体，有些字母甚至连写法也不一样，这是一种市井体，茶坊书肆的写手常用的字体，我是仿照他们的字帖临摹的，我有一本这样的法帖②——您不难看出，这种字体也不无优点。您瞧这些圆圆的"д"和"a"。我把法文的写法转用于俄文，虽然很难，但结果却是成功的。这儿还有

---

① 指1840—1841年由波戈金在莫斯科出版的古俄语和古斯拉夫语法帖，其中收集了44种字体。
② 这法帖共两册，作者有其中一册，即下册，收有18种字体。

一种优美、别致的字体，瞧这个句子：'勤奋足以战胜一切。'这是俄国的司书字体，也可以说是军界司书的字体。给达官要人的公文就是这样写的，也是一种圆形字体，是一种优美的黑色字体，写得黑而粗，但是笔力遒劲。书法家不允许写这种花笔道，或者不如说，不允许使用这种签名方法，例如这种没有写完的半截尾巴——看到了吧——这是总的说，您瞧，字如其人，真的，这种写法可以看出军界司书的灵魂：既想潇洒自如，不拘一格，也显得很有才气，可是军服领子上的风纪扣又扣得紧紧的，甚至书法上都透出严格的纪律，太美了！不久前，有一本法帖使我拍案叫绝，是偶尔发现的，您猜在哪儿？在瑞士！瞧，就是这种简单、平常、非常纯粹的英国字体：不可能比这更美的了，这里的一切都美，犹如一串珍珠，无与伦比。还有一种变体，也是法国的，我是从一位外出办事的法国推销员那里学来的：同是英国字体，但是黑线比英国字体略浓，略粗，这就破坏了明暗对比。您再瞧：弧形变了，稍圆，再加上花笔道，而花笔道是最危险的东西！花笔道需要有一种不平常的风格：如果写好了，明暗度也找对了，那么这种字体将是无与伦比的，甚至人见人爱。"

"嗬！您研究得真是细致入微、入木三分啊，"将军笑道，"我说小老弟，您不仅是位书法家，而且是位有很高造诣的人，对不对？加尼亚？"

"令人拍案叫绝，"加尼亚说，"甚至还意识到自己的使命。"他又嘲弄地加了一句。

"别取笑啦，别取笑啦，这也是一种职业嘛，"将军说，"公爵，您知道，我们现在要给您抄写的公文是写给什么人的？一开始，就可以给您每月三十五卢布的薪俸。不过已经十二点半了，"他看了看手表说，"咱们谈正事吧，公爵，因为我的时间不多，也许咱们今天就见不着了！请稍坐片刻。我已经对您说过，我不能常常接见您，可是我真心希望能够帮您一点儿忙，帮您一点儿小忙，当然，我是指最必需的、非帮不可的忙，至于以后，那就悉听尊便了。我可以给您在办事处谋个小小的差使，不太难做的差使，但要求办事认真，不能出错。现在嘛，再说另一件事：这位先生名叫加夫里拉·阿尔达利翁内奇·伊沃尔金，他是我的忘年之交，请您跟他认识一下，在他家，也就是在他的家庭，他妈妈和妹妹在他们自己住的寓所里腾出了两三间带家具的房屋，准备出租给有人作保的可靠的房客，兼管饭和家务照料。我相信，尼娜·亚历山德罗芙娜肯定会接受我的推荐的。对您来说，公爵，这是求之不得的，因为，首先，您就不会是一个人了，而是，可以说吧，处在一种家庭的氛围中，依我看，您初来乍到，绝不能独自一人出现在像彼得堡这样的首善之区。尼娜·亚历山德罗芙娜是加夫里拉·阿尔达利翁内奇的母亲，而瓦尔瓦拉·阿尔达利翁诺芙娜则是他的妹妹，这两位都是我非常尊敬的女士。尼娜·亚历山德罗芙娜，是退伍将军阿尔达利翁·亚历山德罗维奇的夫人。我初登仕途的时候曾与将军共过事，但是后来由于某种情况同他终止了交往，然而，这并不妨碍我在某一点上继续尊敬他。我所以向您说明这一切，公爵，为的是让您明白，您是我亲自推荐的，因此也就是替您作保了。房租适中，不多不少，我希望您的薪俸很快就可以对此绰绰有余。当然，一个人总需要有零花钱，哪怕不多一点儿也是需要的，但是，公爵，如果我劝您最好不要有零花钱，口袋里根本不必放钱的话，请您千万别见怪。我说这话是出于我对阁下的看法。但是，因为您现在囊中羞涩，作为见面礼，请允许我先借给您这二十五卢布。这账，当然，我们可以以后再算，因为从您的谈吐来看，您是一位非常真挚诚恳的人，那么，你我之间，在这件事上，是不会出现什么麻烦的。我对您如此关心，是因为我对您也抱有某种目的，到底抱有什么目的，您以后会知道的。您瞧，我对您十分随和，我希望，加尼亚，你不至于反对让公爵住在你们家吧？"

"噢，恰好相反！家母一定很欢迎……"加尼亚很有礼貌而又非常客气地同意道。

"你们家好像还有一间屋子租出去了。这人叫什么来着，费德……费……"

"费德先科。"

"嗯，对了。我不喜欢住在你们家的这个费德先科：一个下流的小丑。我不懂，为什么纳斯塔西娅·菲利波芙娜这么由着他？他当真是她的什么亲戚吗？"

"噢不，全是开玩笑。连亲戚的影儿都没有。"

"哼，见他的鬼！那么，公爵，您觉得怎么样，是否满意呢？"

"谢谢您，将军，您对我实在太好了，我甚至没有提出这个请求，您就想到了。我说这话并非出于自尊心，我真不知道到哪里去安身呢。不过，方才，罗戈任倒是让我去来着。"

"罗戈任？嗯，不，我就像您的父辈一样，或者说得您更爱听一点儿，我友好地奉劝阁下，您把罗戈任先生给忘了吧。我劝您还是把您即将跨入的那个家庭视同一家，方是上策。"

"承蒙您如此厚爱，"公爵开口道，"我倒有一事相求。我收到一份通知……"

"好了，请原谅，"将军打断道，"现在，我再没有时间了，我这就把您来访的事告诉利扎韦塔·普罗科菲耶芙娜：如果她愿意现在就接见您的话（我一定极力举荐），我劝您好好利用这个机会，并让她喜欢您，因为利扎韦塔·普罗科菲耶芙娜会对您大有用处的，你们是本家。如果她不愿意，请勿见怪，咱们再另找时间。你呢，加尼亚，先看看这些账，这是方才我跟费多谢耶夫费了老大劲才算出来的。可别忘了把它加进去……"

第一部

　　将军走出了书房，而公爵始终未能说出他已开口提到差不多四次的那件事。加尼亚点了支烟，并把另一支递给了公爵，公爵接受了，但他不想妨碍加尼亚办事，所以没有开口说话。他开始打量书房，但是，加尼亚只是匆匆瞥了一眼将军指给他看的那张写满数字的纸。他一副心不在焉的样子：在公爵看来，当他们两人单独在一起的时候，加尼亚的微笑、眼神和沉思似乎显得更加心事重重了。他突然走到公爵身旁。这时，公爵正站在纳斯塔西娅·菲利波芙娜的照片前低头端详。

　　"看来，您很喜欢这样的女人，是吗，公爵？"他突然问道，目光炯炯地望着公爵。似乎他有什么特别的用意似的。

　　"一张令人惊奇的脸！"公爵答道，"我相信，她的命运一定很不一般。脸是快乐的，但是她一定受过很大的痛苦，对不对？这双眼睛，这副颧骨，以及脸颊上端眼睛下面的这两个点，都说明了这一点。这是一副高傲的脸，非常高傲，就是不知道她是否善良？唉，如果善良就好啦！一切就有救啦！"

　　"您愿意娶这样的女人吗？"加尼亚两眼布满血丝，目不转睛地注视着公爵，继续问道。

　　"我有病，不能娶亲。"公爵说。

　　"那么，罗戈任会娶她吗？阁下高见？"

　　"那还用说，我想，会娶的，甚至明天就可以娶；娶了她，过一星期，说不定就会杀了她。"

　　公爵刚说完这话，加尼亚就突然打了个哆嗦，公爵看到这模样差点儿没喊出声来。

　　"你怎么啦？"他抓住他的手，问道。

　　"公爵大人！将军大人请您去见将军夫人。"一名仆人出现在门口禀报道。公爵便跟在仆人后面走了出去。

四

　　叶潘钦家的三千金都十分健康，一个个出落得像花儿似的，高高的个儿，两肩珠圆玉润，令人赞叹，胸部高大丰满，两只胳臂像男人般强壮有力，当然，由于她们健康而又精力充沛，有时难免喜欢饱餐几顿，她们对此也丝毫无意掩饰。对于她们公开的、旺盛的食欲，她们的母亲，将军夫人利扎韦塔·普罗科菲耶芙娜，有时虽然屡加白眼，但是，女儿们对待她的某些意见虽然表面上装出毕恭毕敬的样子，实际上这些意见早就在她们中间丧失了原先那种无可争议的权威，甚至这三位小姐业已形成的一致行动还常常有压倒高堂老母之势，因此，将军夫人为了维护自己的尊严，认为还不如不予争辩，干脆让步为好。诚然，人的性格常常身不由己，不肯服从明智的决定。利扎韦塔·普罗科菲耶芙娜年复一年地变得越来越任性，越来越没有耐心，甚至变成了一个怪物，但是因为她手头毕竟还剩下一位非常听话和调教得唯命是从的丈夫，因此她一肚子无处发泄的怨气通常也就发泄到他头上了，此后，家庭里的祥和气氛又重新建立起来，一切又都好得不能再好地进行下去了。

　　话又说回来，将军夫人自己也没有丧失胃口，通常在十二点半，跟女儿们一起享用几乎与午餐不相上下的丰盛的早餐。小姐们喝咖啡，那就更早了，在十点整，她们刚刚睡醒，就坐在床上，人各一杯。她们就爱这样干，这规矩定下以后一直沿袭至今。十二点半，在靠近母亲房间的小餐室里便摆桌开饭，如果时间允许，将军本人有时也亲自光临享用这亲密无间的家庭早餐。除了茶、咖啡、奶酪、蜂蜜、黄油、将军夫人最爱吃的特制的油炸馅儿饼以及肉排等等以外，甚至还端上来浓浓的热鸡汤。在我们故事开始的那天上午，全家人都聚集在餐室里等候将军，将军答应十二点半以前准时前来用餐。如果他迟到哪怕一分钟，她们就会立刻派人去请，但是他却准时光临了。他走到夫人跟前，向她问了好，吻了吻她那纤纤玉手，随后，他发现她的脸上这次似乎有某种非常特殊的表情。虽然他在头天晚上就预感到，由于一件"无稽之谈"（正如他惯常说的那样），今天肯定会出现这种情况，因此昨天临睡前他就担心这事要发作，但是，现在，心里终究又打起鼓来。女儿们走上前来同他亲吻，这时她们虽然并没有生他的气，但是似乎也有某种特别的只可意会不可言传的东西。诚然，由于某种情况，将军近来变得特别多疑，但是，因为他是一名富有经验和老谋深算的父亲和丈夫，便立刻采取了对策。

如果我们在这儿打住，借助于某些说明来直接而又精确地描绘一下，在本小说开始时我们发现叶潘钦将军的家庭所处的那种关系和情况，也许，我们还不至于十分损害我们这个故事的生动与鲜明。我们方才已经说过，将军本人虽然不是一位学识渊博的人，相反，诚如他自己所说，他是"自学成才"的，但是话又说回来，他却是一位富有经验的丈夫和老谋深算的父亲。比如，他立下了一定之规，并不催促自己的女儿忙着出嫁，也就是说，"并不唠唠叨叨地讨她们嫌"，并不用父母对于她们幸福的过分操心来使她们不安，甚至在一些有几位小姐待字闺中的最聪明的家庭，也不由得会自然而然地常常发生这样的情况。他甚至煞费苦心，让利扎韦塔·普罗科菲耶芙娜也听从他采取的这个一定之规，虽然事情总的说来是困难的——其所以困难，因为这样做不自然。但是，将军这样做还是非常有道理的，这道理根据的是事实，而事实十分明显。父母既然让待字闺中的女儿完全自己做主和自己拿主意，到头来，她们自然就不得不自己动脑筋，那时候便会水到渠成，因为这事出于她们自愿，她们也就不会任性和太挑剔了。做父母的只要不麻痹大意，尽可能不使她们觉察地暗中观察，以免出现某种奇怪的选择或不自然的偏差，然后抓住适当时机，一下子全力促成，并施加自己的全部影响把事办妥。说到底，不说别的，单是他们的财产和社会地位，就在年复一年地按几何级数增长。因此，时间拖得越长，几位待嫁的闺女的身价也就越高。但是，在所有这些无法反驳的事实中又出现了一个事实：他们的长女亚历山德拉，突然，而且几乎完全出乎他们意料之外地（这事仿佛永远如此）过了二十五岁。几乎同时，阿法纳西·伊万诺维奇·托茨基，一位上流社会的风云人物，家私奇富，与高官显贵交往甚密，又一次表露了他想成亲的夙愿。他年约五十五岁，气质高雅，趣味雅致脱俗。他想结一门好亲，他是一位品位非常高的美的鉴赏家。因为从某个时候起，他就与叶潘钦将军的交情非同寻常，更由于他们相互参加了某些金融事业，他们之间的交情便变得愈加莫逆，因此，他就将这事告诉了叶潘钦将军，想听听他的主意和指教：如果他打算与将军结为翁婿之好，有没有可能？于是在叶潘钦将军平静而美满的家庭生活中便出现了明显的变化。

上面已经说过，最小的阿格拉娅是家中无可争议的大美人。甚至像托茨基这么一个极端自私自利的人，也明白不应该在她身上打主意，阿格拉娅这块天鹅肉不是给他享用的。也许是一种多少有些盲目的爱，也许是一种过分热烈的姐妹情谊，把事情夸大了，但是阿格拉娅的命运还是在她们之间被十分真诚地安排好了，这不是一般的命运，而是人间天堂可能有的最高理想。阿格拉娅的未来夫婿，应当具有至高无上的美德和成就，更不用说财富了。两位姐妹甚至心照不宣，暗自决定，一旦有此必要，为了阿格拉娅，她们情愿自我牺牲：准备给阿格拉娅的妆奁数目极大，令人咋舌。她们的父母是知道两位姐姐的这一协定的，因此，当托茨基前来讨教的时候，他们俩几乎毫无疑问地认定，两位姐姐中的一个一定不会拒绝锦上添花地实现她俩的愿望，何况阿法纳西·伊万诺维奇在妆奁多少上是决不会计较的。将军极富人生经

第一部

验，因此他对托茨基的求婚给予非常高的评价。由于某种特别的情况，托茨基在自己的行动上暂时还异常谨慎，仅做一般试探，既然他本人尚且如此，所以做父母的也就仅止于透露一些不着边际、模棱两可的揣测罢了。两位姐姐对这事的反应虽然含糊其词、难以捉摸，但她们的态度起码还是令人心安的，从中可以看出，大姐亚历山德拉也许不会拒绝。这姑娘虽然性格倔强，但心地和善，深明事理，为人也非常随和，她甚至会很乐意嫁给托茨基，她倘若一口答应，一定会照办不误。她不喜欢炫耀，不仅不会招来麻烦和发生急剧转变之虞，甚至可能使生活充满情趣和美满幸福。她虽不十分引人注目，但是长得很美。托茨基还能找到比这更好的太太吗？

话又说回来，此事虽在进行，但仍属试探阶段。托茨基和将军相互友好地约定，避免过早地采取任何正式的、无可挽回的步骤。甚至做父母的至今也没有完全公开地跟女儿们把事情挑明。同时，也开始出现一种不谐和音，身为一家之母的叶潘钦将军夫人不知为什么逐渐变得不太满意了，而这点是十分重要的。这时出现了一种足以妨碍一切的情况，一件既微妙又麻烦的事，由于这件事，很可能功败垂成，前功尽弃。

这件微妙而又麻烦的"事"（诚如托茨基所说）还在很早以前就开始了，约莫在十八年前吧。在俄国中部某省，在阿法纳西·伊万诺维奇一个最富有的庄园近旁，住着一位十分穷苦的小地主。此人因屡遭失败，而且因失败得十分荒唐而遐迩闻名——他是一位退伍军官，出身望族，起码在这点上他比托茨基略胜一筹。他名叫菲利普·亚历山德罗维奇·巴拉什科夫。他欠了一身债，东西都抵押出去了，但是他经过一番几乎像农夫一样的艰难困苦之后，终于勉勉强强地置起了一份小小的产业。他在稍有所成之后，便异常兴奋。他被希望所鼓舞因而兴高采烈，于是便动身到小县城去暂住几天。他此行的目的，是想见见他的一个最重要的债主，如果可能的话，便与他就如何还债等事宜彻底达成协议。但是他到县城后的第三天，他的村长从他那个小村庄骑马赶来了。他的一边面颊被火烧伤了，大胡子的四周也被火燎焦了。村长向他禀告："领地遭了大火，就在昨天晌午。"此外，"夫人也烧死了，孩子们倒还平安。"巴拉什科夫虽然被"命运女神摔打"惯了，还是经受不住这件意外的打击，他疯了，而且一个月后就发热病死了。被烧毁的庄园，连同外出要饭的农民，都被卖出去抵债。阿法纳西·伊万诺维奇·托茨基慈悲为怀，把巴拉什科夫的两个小女孩，一个六岁，一个七岁，收留了下来，给予抚养和教育。她俩从此便同阿法纳西·伊万诺维奇管家的孩子一起被抚养长大。这管家是位退职官吏，拉家带口，子女很多，而且是德国人。过不多久，两个小姑娘就只剩了一个，名叫纳斯佳①，最小的那个得百日咳死了。托茨基因为住在国外，很快也就把两个小女孩的事完全忘了。过了五年，有一天，阿法纳西·伊万诺维奇路过此地，想看看自己的庄园，突然在他的乡间住宅里，在那个德国人的家里，发现了一个出落得非常好看的孩子，一个十二三岁、活泼可爱、聪明伶俐的小姑娘，长大了肯定美貌非凡，在这方面，阿法纳西·伊万诺维奇可以说慧眼独具，看准了万无一失。这次，他虽然在庄园里总共才住了几天，但是却做了妥善安排，从此，在小女孩的抚养教育上便发生了大的变化：为她聘请了一位可敬的、上了岁数的家庭女教师，她对培养少女们接受高等教育很有经验，是个瑞士人，很有学问，除了教授法语外，还教授其他学科。纳斯佳住进了那幢乡间住宅。从此，对小纳斯塔西娅的教育便大张旗鼓地开始了。过了整整四年，这教育便大功告成，家庭教师走了，而前来把纳斯佳接走的是位太太。她是一位女地主，也是托茨基先生的芳邻，不过这庄园不在此地，而在另一处遥远的省份。她得到阿法纳西·伊万诺维

---

① 纳斯佳，纳斯塔西娅的爱称。

奇的指示，并接受他的委托，把纳斯佳带走了。在这座不大的庄园里，也有一幢不大的、刚刚造好的木头房子，这房子收拾得分外雅致，而且这小村庄仿佛故意凑趣似的，叫作"快活村"。这位女地主把纳斯佳直接带到这幢静悄悄的小屋，再说她自己是个无儿无女的寡妇，住得也不远，仅一俄里之遥，所以她也就搬来跟纳斯佳同住了。纳斯佳身边出现了一位年老的女管家和一名年轻的、有经验的侍女。室内有各种乐器、装帧精美的为少女精选的丛书、油画、版画、铅笔、画笔、颜料，还有一只模样怪可爱的小狗，又过了两星期，阿法纳西·伊万诺维奇便翩然光临……从那时起，他似乎特别爱上了这个偏僻的草原小村，每年夏天都来，而且一住就是两个月，甚至三个月，就这样过了很长时间。约莫四年光景，生活过得平静而幸福，既富情趣，又高雅别致。

有一次发生了一件事，在初冬的某一天，也就是在阿法纳西·伊万诺维奇夏天之行（他这次来快活村只住了两星期）后约莫四个月光景，突然风闻，或者不如说，有一个谣言不知怎么传到了纳斯塔西娅·菲利波芙娜的耳朵里，说阿法纳西·伊万诺维奇将要在彼得堡娶一位大美人，一位有钱的大家闺秀为妻——一句话，他正在攀龙附凤，缔结一门美满良缘。后来才弄明白，这一谣言并非在所有细节上都是正确的：婚礼当时仅在计划之中，而且还在两可之间。但是，不管怎么说，从那时起，在纳斯塔西娅·菲利波芙娜的命运中，毕竟发生了一件非同寻常的转折。她突然表现出异常果断，而且显露出一种完全出人意料的性格。她不假思索就撇下乡间那座小屋，突然出现在彼得堡，而且独自一人直接去找托茨基。托茨基很惊讶，可是他刚要开口说话就发现，他必须完全改变章法，乃至改变音域的大小，过去运用得如此成功的妙趣横生的话题以及逻辑，等等——总之，一切的一切都必须改变！坐在他面前的已经完全是另外一个女人了，与他迄今为止所认识的、七月里在快活村刚刚离开的那个女人，已经判若两人了。

他发现,这个新女人,第一,知道的和懂得的事情异乎寻常地多——多得使他十分惊讶,这些知识她到底是从哪儿学来的呢?她究竟从哪儿获得这许多精确的观念的呢?(难道从她那少女丛书中学来的吗?)此外,她对法律也懂得异乎寻常地多,即使不是对于整个上流社会,起码对于上流社会所进行的某些事情,她也具有良好的知识;第二,她过去的性格完全变了,过去她的性格是羞怯的,像中学生一样捉摸不定,有时候天真活泼而又与众不同,因而显得十分迷人,有时候又落落寡欢、若有所思、大惊小怪、多疑、爱哭和不安。

现在则不然:一个异乎寻常和始料所不及的尤物,在他面前哈哈大笑,对他竭尽讽刺挖苦之能事,并向他开门见山地说,除了深深的蔑视以外,她在自己心里从来不曾对他有过任何别的感情,在最初的惊诧之后,紧接着来的就是令人作呕的蔑视。这个变了样的女人声称,他即使马上就结婚,跟谁结婚都成,她完全无所谓,她所以来阻拦他的婚事,而且恨之入骨地加以阻挠,无非因为她想这么干,因此也必须这么干——"我到这儿来,无非是想尽情地嘲笑你一番,因为现在终于轮到我来嘲笑你了。"

起码她口头上是这么说的,至于她心里怎么想,也许没有全说出来。但是当新的纳斯塔西娅·菲利波芙娜在哈哈大笑、头头是道地讲述这一切的时候,阿法纳西·伊万诺维奇却在琢磨自己的心事,想尽可能整理一下自己那有点儿纷乱的思绪。这番琢磨和思考持续了不少时间。他前思后想,直到拿定主意,几乎花了两星期;但是过了两星期,他终于当机立断。问题在于,阿法纳西·伊万诺维奇当时已有五十上下,他又是一位极有名望和德高望重的人。他在上流社会和社会各界中的地位早已确立,而且基础十分牢固。他恰如一位十分体面的人所应该做的那样,钟爱自己、钟爱自己的宁静和舒适,胜过钟爱世界上的一切。他用毕生精力建立起来,并且具有如此美好形式的东西，决不允许有一丝一毫的破坏和一丝一毫的动摇。另一方面，因为富有经验和老于世故，托茨基很快而且异常正确地认识到，现在和他打交道的这个女人，是一个非同寻常的女人，这女人不仅威胁一下就算了，而且说得到做得到，主要是这女人什么事情都做得出来，而且世界上任何东西她都不放在眼里，因此也就无从诱惑她。这里显然另有一种东西，暗示某种精神上和心灵上的骚乱，——它类似某种浪漫主义的愤懑，而且天知道这种愤懑向谁而来和因何而来，它又类似于某种失去分寸、永无餍足的蔑视感——一句话，是一种在上流社会看来极端可笑而又绝不容许产生的感情，任何一位正派人遇到这类事情简直如同彻头彻尾地遭到上帝的惩罚。不用说，利用托茨基的财富和关系，完全可以当机立断地做点小小的、完全无伤大雅的缺德事，以免不快。另一方面，同样显而易见的是，纳斯塔西娅·菲利波芙娜本人决无能力做出任何有害的事情来，哪怕打官司，她也决不会去告状，甚至于她也不可能大吵大闹，因为要约束她、不许她乱说乱动永远是轻而易举的事。但是这一切只有在纳斯塔西娅·菲利波芙娜像常人在类似的情况下一样行动，而不是太出格，方能奏效。但是这儿，托茨基的真知灼见又派上用场了：他善于正确无误地看出，纳斯塔西娅·菲利波芙娜本人也十分清楚地懂得，她要打官司，那是不足为害的，但是她似乎另有成竹在胸……她那闪亮的眼睛也表明了这点。纳斯塔西娅·菲利波芙娜不珍惜任何东西，而最不珍惜的是她自己（需要有非凡的聪明和洞察力，才能在这时看出她早已不再珍惜她自己了，才能使他这样一个怀疑派和上流社会的无耻之徒当真相信这种感情的严重性），她可能自我毁灭，无可挽回地和岂有此理地自我毁灭，哪怕去西伯利亚服苦役也在所不惜，其目的就是污辱她深恶痛绝的那个人。阿法纳西·伊万诺维奇从不掩饰他有点儿胆小怕事，或者毋宁说他非常保守。如果他知道，比如说，他将在结婚时被杀，或者将会发生某种在上流社会看来极不体面的、可笑的和不愉快的事，他当然是害怕的，但他害怕的不是他将被杀、受伤流血或者被人在大庭广众之中唾脸，等等，而是害怕这事以如此不自然和反常的形式出现。要知道，纳斯塔西娅·菲利波芙娜曾扬言要这么干，虽然没有明说，他知道，她非常了解他，而且透彻地研究过他，因此她知道用什么手段来打击他。但是由于婚礼云云，确实还仅在酝酿之中，因此阿法纳西·伊万诺维奇也就低声下气地向纳斯塔西娅·菲利波芙娜让了步。

还有一个情况促使他做出了这一决定：简直难以想象，这位新的纳斯塔西娅·菲利波芙娜在容貌上与过去简直判若两人。过去，她只是一个非常漂亮的女孩子，可是现在……托茨基简直不能原谅自己，他看了四年，居然没有把她看清楚。诚然，双方在内心上忽然都出现了转折也有重大关系，然而，他现在想起来，即便在过去，也常有这样的瞬间，有时候，他看着这双眼睛，会忽然产生一些奇怪的想法：似乎预感到在这双眼睛里含有一种深沉的、神秘的忧郁。这眼神透露出来的表情，似乎在给人打一个哑谜。这两年，他常常因纳斯塔西娅·菲利波芙娜的脸色变化而感到惊讶，她的脸色变得非常苍白，奇怪的是她倒因此变得更好看了。托茨基就像所有那些一生惯于寻花问柳的绅士一样，因为这个没有生命的灵魂很容易被他弄到手，起初对她很看不起，可是近来他对自己的这一看法也有点儿怀疑起来，不管怎么说，还在去年春天他就打主意，尽快风风光光地和阔气地把纳斯塔西娅·菲利波芙娜嫁出去，随便嫁给一个在另一省供职但却深明事理而又品行端正的先生。（噢，纳斯塔西娅·菲利波芙娜现在是多么可怕、多么愤恨地嘲笑这件事啊！）但是现在阿法纳西·伊万诺维奇有了一个令他神往的新主意。他甚至想，不妨再次利用一下这个女人。他打定主意先让纳斯塔西娅·菲利波芙娜在彼得堡住下来，并且让她的生活竭尽奢侈、舒适之能事。失此可以得彼嘛：可以把纳斯塔西娅·菲利波芙娜在一定的圈子里炫耀一番，出出风头，满足一下他的虚荣心。阿法纳西·伊万诺维奇是非常重视这方面的虚名的。

彼得堡的生活已经过去了五年，不用说，在这期间许多事情也都明朗了。阿法纳西·伊万诺维奇的处境很难令人感到宽慰，最糟糕的是，他一旦胆小怕事，以后就无论如何也平静不下来了。他怕——他自己也不知道怕什么——见到纳斯塔西娅·菲利波芙娜就怕。有一个时候，大概在最初两年吧，他曾经疑心纳斯塔西娅·菲利波芙娜自己想跟他结婚，只是因为虚荣心太强才没有开口，硬要等他自己来求婚。如果她有这种奢望，倒是令人奇怪的。阿法纳西·伊万诺维奇紧锁双眉，沉思起来。可是令他非常吃惊（人心大抵如此！），甚至有点儿不愉快的是，他突然遇到一个偶然的情况因而确信，即使他提出求婚，她也不会接受。他长时间弄不清个中道理。他感到只有一种解释是可能的，一个"遭到凌辱而又耽于幻想的女人"的高傲，业已发展到狂乱的程度，以致她宁可用拒绝来表示自己的轻蔑，也不肯从此一劳永逸地确定自己的地位，从而达到享不尽的荣华富贵。最糟糕的是，纳斯塔西娅·菲利波芙娜占尽了上风。她不受金钱利诱，甚至数目极大也不为所动，虽然提供给她的舒适生活条件她还是接受了，但是她过得十分俭朴，五年来几乎毫无积蓄。阿法纳西·伊万诺维奇为了打碎自己身上的锁链，曾经不惜冒险，使用计谋：他手段十分巧妙地通过高手帮忙，利用各种最理想的诱惑物，企图悄悄地引她上钩，但是各种理想的化身——公爵、骠骑兵、使馆秘书、诗人、小说家，甚至社会党人——都打动不了纳斯塔西娅·菲利波芙娜的心，好像她的心成了块石头，感情已经永远枯萎、永远死了。她过的大半是离群索居的生活，读书，甚至还学习，她喜欢音乐。她认识的人不多，结交的净是些既贫穷又可笑的小公务员的太太，她还认识两名女演员，某些老妪，她非常喜欢一位可敬的教师的子女众多的家庭，这家人家也很喜欢她、欢迎她。每到晚上，总有这么五六个熟人上她家里来，但是更多的人也没有。托茨基倒常来，从不间断。最近一个时期，叶潘钦将军费了老大劲也和纳斯塔西娅·菲利波芙娜认识了。与此同时，还有一个年轻的小公务员，非常容易和毫不费力地认识了她。这人叫费德先科，是个很没礼貌和下流无耻的小丑，爱说笑逗乐，也爱喝酒。她认识的人中，还有一位年轻而又奇怪的人，他姓普季岑，为人谦虚，办事认真，衣冠楚楚，虽然出身贫寒，但是现在却成了一名高利贷者。最后跟她认识的就是那位加夫里拉·阿尔达利翁诺维奇了……结果是，纳斯塔西娅·菲利波芙娜确立了一种奇怪的名声：大家都知道她很美，也不过如此而已，除此以外，谁也没有什么可以夸口的地方，谁也说不出什么占便宜的事来。这样的声誉，她的博学多才、机智和高雅的风度，这一切都使阿法纳西·伊万诺维奇果断地决定实施一项计划。我们也就从这里开始讲我们的故事，也就从这时起，叶潘钦将军本人开始积极并且异常热心地参加到这一故事中来。

当托茨基十分客气地向将军试探能否跟他的一位千金成婚的时候，也立刻十分高尚地、坦诚相见地向他倾诉了自己的心事。他开诚布公地说，他已拿定主意，为了使自己得到自由，决定不择手段，即使纳斯塔西娅·菲利波芙娜亲自向他宣布，她将从此偃旗息鼓，不再跟他捣乱，他的心也无法平静，他觉得，仅仅说得好听是没有用的，他需要的是最切实的保证。他们商量好后，决定联合行动。最初决定，不妨先试用一下最温和的手段，也就是说，试着仅仅触动一下她那"高尚的心弦"。两人一同去见纳斯塔西娅·菲利波芙娜，托茨基开门见山地先从自己处境的尴尬和狼狈谈起，说一切都是他不对，并且坦白地说，他对她最初的所作所为是不会后悔的，因为他是一个积习难改的好色之徒，管不住自己，但是他现在想结婚，而这件非常体面和门当户对的婚事能否成功全掌握在她手里。总之，一切取决于她，他寄希望于她那高尚的心灵。紧接着，就由叶潘钦将军以父辈的身份开始说话，他讲得头头是道，避免感情用事，他只提到他完全承认，她有权决定阿法纳西·伊万诺维奇的命运；他提请她注意，他女儿的命运，甚至还有其他两个女儿的命运，现在也全取决于她的决定了，对于纳斯塔西娅·菲利波芙娜提出的"究竟要她干什么？"这一问题，托茨基的态度是，仍然用刚才那种完全露骨的直率向她承认，早在五年前他就胆战心惊，直到现在他的心都无法完全平静，除非纳斯塔西娅·菲利波芙娜自己找个人嫁出去。说到这里，他又立刻补充道，如果他提的这个请求，不是多少言之成理、持之有据的话，那他这样说当然是荒唐的。他看得非常清楚，而且确凿无误地打听到，有个年轻人，出身很好，门第也高，也就是她认识并奉为座上客的那位加夫里拉·阿尔达利翁诺维奇·伊沃尔金，他早就十分热烈地爱上了她，当然，仅仅为了有希望获得她的垂青，他就甘愿献出自己的一半生命。这个自供状是加夫里拉·阿尔达利翁诺维奇亲自告诉阿法纳西·伊万诺维奇的，而且很早以前就告诉他了，他这样做是由于他们之间的友谊，也出于他的一颗纯洁的年轻人的心，关于这事，对这个年轻人恩宠有加的伊万·费奥多罗维奇也早就知道了。最后，只要他阿法纳西·伊万诺维奇没有弄错的话，那么，这个年轻人对她的爱，纳斯塔西娅·菲利波芙娜本人恐怕也早知道了，他甚至觉得她对这份爱还是很宽容的。当然，谈及此事，他比任何人都难以启齿。但是，倘若纳斯塔西娅·菲利波芙娜愿意承认，在他托茨基身上，除了自私自利和考虑安排他的个人前途以外，总还有一些希望她好的愿望的话，那么她也就会明白，他看到她独守空房，非但早就觉得奇怪，甚至感到很难过：她之所以不肯嫁人，都是因为前途未卜，心情郁闷，完全不相信生活能从此焕然一新。其实，人生是能够在爱情和家庭中尽善尽美地复活的，这样一来，她的人生就会具有新的目标。她如果仍旧独守空房，就会毁掉她那也许是光辉夺目的才能，落得个落落寡欢而又孤芳自赏，一句话，这不过看上去有点儿浪漫主义罢了，并不是纳斯塔西娅·菲利波芙娜那健全的头脑和高尚的心灵所应该有的。最后，他又重复了一遍，他有句话想说，但比其他人都难以启齿，这话就是，如果他以七万五千卢布的巨款奉送，借以表示一下保障她未来生活的真诚愿望的话，他希望纳斯塔西娅·菲利波芙娜总不至于对他报以轻蔑吧。他又加了一句话作为解释，这笔款子，反正他已在遗嘱里指定给她了，一句话，这完全不是什么酬劳或者补偿……最后，他说，为什么不能容许、不能原谅他身上也有这么点儿符合人性的愿望，让他多少做点儿什么事来减轻一下自己良心的不安呢，等等，等等，反正都是在类似情况下就这一话题照例都会讲的话。阿法纳西·伊万诺维奇妙语连珠，说了很久，还顺便加了一个使人饶有兴趣的情况，即这七万五千之数，他如今还是头一次提到，连眼下在座的伊万·费奥多罗维奇也不知道此事。总之，无人知晓。

纳斯塔西娅·菲利波芙娜的回答使两个朋友感到十分诧异。

她身上居然看不到哪怕一丁点儿过去的那种嘲笑，那种敌视和仇恨，那种哈哈大笑的样子。这种哈哈大笑，托茨基一想起来，至今犹不寒而栗。相反，她看到终于有机会同人家开诚布公地、友好地谈谈了，似乎感到很高兴似的。她承认，她自己也早想听听别人的友好的劝告了，只是因为自尊心作怪，不好意思开口罢了，但是现在，坚冰已被打破，再没有比这更好的了。她先是带着伤心的微笑，后来就开怀大笑起来，她表明，过去那种急风暴雨式的大哭大闹决不会再有了，她对事情的看法也已经部分地改变了，虽然她的心没有变，但是毕竟不得不因为是既成事实而对许许多多事情安之若素。过去做过的事，做过就算了，过去的事就让它过去吧。阿法纳西·伊万诺维奇居然还跟从前那样胆战心惊，她甚至觉得奇怪。说到这里，她又转过身去对伊万·费奥多罗维奇以一种深深的尊敬向他宣布，关于他的三千金她早有耳闻，而且听到过许多关于她们的事，她早已经习惯于深深地、真心诚意地尊敬她们了。一想到她居然能做点儿什么有益于她们的事，就感到幸福和骄傲。诚然，她现在的心情很沉重，很烦闷。十分烦闷，阿法纳西·伊万诺维奇猜到了她的幻想，她希望即使不能彼此相爱，也能在即将组成的家庭中使自己获得新生，从而意识到人生的新目标。但是，关于加夫里拉·阿尔达利翁诺维奇云云，她几乎无话可说。诚然，他似乎在爱她，她觉得自己也可能会爱他的，假如她能相信他对她的爱恋是坚定不移的话，但是，即使他是真心诚意的，毕竟也太年轻了点儿，所以要决定终身还是难的。然而，她最喜欢的还是，他工作，劳动，独自一人维持全家的生计。她听说，他是一个有毅力而且很有自尊心的人，他想求得一官半职，想出人头地。她也听说，加夫里拉·阿尔达利翁诺维奇的母亲尼娜·亚历山德罗芙娜·伊沃尔金娜，是一位非常好的、十分可敬的女人；他的妹妹瓦尔瓦拉·阿尔达利翁诺芙娜，也是一位很好、很刚毅的姑娘，她从普季岑那儿听说过许多关于她的事。她听说，他们全家都能面对自己的不幸而毫不气馁；她很希望能够同她们认识认识。但是，她们是否欢迎她成为他们家的一员，恐怕还是问题。总之，她并没有说任何反对有可能缔结这段姻缘的话，但是这事毕竟还要好好想想，她希望不要催她。至于七万五千卢布云云——阿法纳西·伊万诺维奇大可不必难于启齿。她是懂得金钱的价值的，当然会收下。她感谢阿法纳西·伊万诺维奇的美意，感谢他非但没有把这事告诉加夫里拉·阿尔达利翁诺维奇，甚至也没有把这事告诉将军，但是话又说回来，为什么不让加夫里拉·阿尔达利翁诺维奇预先知道这事呢？她带着这笔钱嫁到他们家去，是没有什么可以羞耻的。在任何情况下，她都无意向任何人请求任何饶恕，她希望大家都知道这点。除非她确信，无论他或他们家决不至于对她有半点儿成见，否则，她决不嫁给加夫里拉·阿尔达利翁诺维奇。她丝毫不认为自己有任何过错，最好让加夫里拉·阿尔达利翁诺维奇知道她这五年要生活在彼得堡的道理，她跟阿法纳西·伊万诺维奇究竟是什么关系，是否积蓄了很多财产。最后，她现在接受这笔钱，完全不是把它看作出卖处女贞操（她对此毫无过错）的报酬，而只是把它看作对于被摧残的命运的补偿。

最后，她在陈述这一切的时候，激昂慷慨，义愤填膺（然而，这是十分自然的），以至使叶潘钦将军感到十分满意，认为这事已经了结，但是一度被吓破了胆的托茨基，直到现在还不敢完全信以为真，他生怕有什么毒蛇隐蔽在花丛之中①。然而，谈判总算开始了，两个朋友所要的全部手腕的立足点，正在于纳斯塔西娅·菲利波芙娜有可能对加尼亚产生一种爱恋，这点终于开始越来越明朗，越来越言之有据了，以致连托茨基有时都开始相信成功在望。稍后，纳斯塔西娅·菲利波芙娜跟加尼亚进行了一次倾心的交谈：她说的话很少，仿佛她的贞洁会因此受到损害似的。然而，她假定他是爱她的，也允许他爱她，但是她坚决声明，她不愿意受任何束缚；她声明，直到正式举行婚礼（如果当真会举行婚礼的话）之前，她都要保留说出"不"字的权利，哪怕在举行婚礼前的最后一小时亦然。她也给予加尼亚完全相同的权利。不久，加尼亚通过一个送上门来的机会确切地打听到，纳斯塔西娅·菲利波芙娜已经十分详细地知道他全家对这件婚事以及对纳斯塔西娅·菲利波芙娜本人的不友好态度（这是在家庭争吵中暴露出来的）。她本人并没有同他谈起这事，虽然他每天都等待着。由这次说合和谈判暴露出来的许多故事和情况，本来要说的话还很多，然而我们的题外话也说得太多了，再说，有些情况还仅属传闻，并不确定。比如，托茨基似乎不知从哪里听说，纳斯塔西娅·菲利波芙娜跟叶潘钦家的几位千金发生了某种令人难以捉摸的、对局外人严守秘密的往来——这谣言实在难以置信。但是，另一个谣言却不由得他不信，并且害怕得做起了噩梦，他听说，并且深信不疑：纳斯塔西娅·菲利波芙娜似乎

---

① 典出莎士比亚的《罗密欧与朱丽叶》第三幕第八场。

已经非常清楚，加尼亚是为了钱才同她结婚的，加尼亚的心很黑、很贪；这人喜怒无常而又嫉妒成性，自尊心强得不着边际而又完全没有道理。加尼亚过去确实很热烈地想要征服纳斯塔西娅·菲利波芙娜的心，但是当两朋友拿定主意想利用双方都已萌发的这种热情，并想用把纳斯塔西娅·菲利波芙娜出卖给他做合法妻子的办法来收买他的时候，他就开始恨她了，好像恨自己做了场噩梦似的。他心里，爱与恨奇怪地交织在一起，虽然他经过一番痛苦的犹疑不定之后，最后表示同意娶这"贱货"为妻，但是他心里发誓，将来一定要狠狠地报复她，似乎他本人也曾这么说过，以后要"给她点儿颜色瞧瞧"。凡此种种，纳斯塔西娅·菲利波芙娜似乎都很清楚，并且私下里在做某种准备。托茨基心里发怵到这种地步，甚至都不敢把自己心里的种种不安告诉叶潘钦。但是，他虽然是个弱者，也常会有某些片刻忽然重新振作起来，霎时间精神焕发。比如，纳斯塔西娅·菲利波芙娜终于答应两位朋友，在生日那天晚上她将做出最后决定，听到这席话后托茨基便眉飞色舞，精神大振。但是，有关最可尊敬的伊万·费奥多罗维奇本人的那桩最奇怪也最难以置信的谣言，说来可叹！居然变得越来越凿凿有据了。

乍一看，这里的一切似乎纯粹是胡说八道。简直令人难以置信，伊万·费奥多罗维奇年高德劭，这么一大把年纪，而且为人绝顶聪明，世事洞明，人情练达，等等，等等，似乎他本人竟受到了纳斯塔西娅·菲利波芙娜的诱惑，——但是这也不过是似乎而已，而且还似乎达到了这样一种程度，这种逢场作戏几乎与情爱相类似。在这种情况下他能指望什么，是很难想象的。也许，他指望加尼亚本人能够从中玉成他，也未可知。起码托茨基有这样的怀疑，怀疑在将军与加尼亚之间存在着一种心照不宣的、近乎无言的协议。然而，众所周知，一个色迷心窍的人，特别是这个人上了年纪，会完全瞎了眼，甚至妄想在根本没有希望的地方去寻找希望；而且，即使他过去绝顶聪明，也会丧失理智，像个不懂事的孩子似的随便乱来。据说，将军还准备了一份用自己的名义送给纳斯塔西娅·菲利波芙娜的生日礼物——一串价值昂贵、令人咋舌的珍珠，他很关心这件礼物，虽然他明知道纳斯塔西娅·菲利波芙娜是个不贪财的女人。在纳斯塔西娅·菲利波芙娜生日的前一天，他就跟热锅上的蚂蚁似的，虽然他巧妙地极力掩饰自己。叶潘钦将军夫人听到的正是这串珍珠的事。诚然，叶利扎韦塔·普罗科菲耶芙娜早就感到丈夫作风轻浮，甚至对此也部分地习惯了；但是这件事却不能轻易放过：关于这串珍珠的谣言她十分关注。将军预先就探听到了这事，因此头天晚上就赔了不少小心，他预感到这事颇费唇舌，因此很害怕。在我们开始讲这个故事的那天上午，他之所以非常不愿意过去与家人共进早餐，其道理也就在此。还在公爵到来之前，他就决定推托有事，避免露面。将军的所谓避免，有时干脆就意味着逃跑。他希望，哪怕就这一天，主要是今天晚上，能平平安安地过去，不要惹出什么不愉快的事来。冷不防，偏巧这时候，来了个公爵。"倒像是上帝打发他来似的！"将军去见他夫人的时候，私下里寻思。

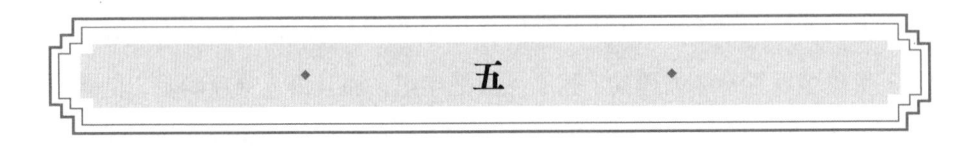

五

将军夫人对自己的出身很自豪，不允许别人说三道四。当她突如其来地听说，而且是毫无思想准备地听说，她族中的最后一根苗裔梅什金公爵（关于公爵的事，她已略有耳闻），不过是个可怜的白痴，跟要饭的差不多，正在告穷，接受别人的施舍。她听到这话后，心中该是什么滋味啊。将军想要达到的正是这效果：使她猛地目瞪口呆，从而转移她的注意力，把一切暂时放到一边去。

在遇到非常情况的时候,将军夫人总是两眼圆睁,身体稍向后仰,瞠目结舌,不发一语。将军夫人人高马大,与丈夫同岁,一头浓密的黑发,虽然其中已夹杂着不少华发,鼻子隆起,略微有点儿佝偻,面色黄而清癯,两腮塌陷,两片薄薄的、瘪进去的嘴唇。她的前额虽高,但很窄;那双灰色的、相当大的眼睛,有时会出现一种使人意想不到的神态。她从前有个弱点:相信她的美目流盼特别妩媚动人,这一信念在她心中一直无法磨灭。

"接见? 您说接见他,现在,立刻?"将军夫人两眼圆睁,使劲瞪着在她面前手忙脚乱的伊万·费奥多罗维奇。

"噢,这事完全用不着客套,宝贝儿,只要你愿意见他就成,"将军急忙解释,"他完全是个孩子,甚至怪可怜的;他常常会发一种什么病;他刚从瑞士回来,刚下火车,穿得很怪,像个德国人,而且身无分文,一个戈比也没有;差点儿没哭出来。我送给他二十五卢布,还想在我们的写字间给他找个抄抄写写的工作。*女士们*①,我请你们款待他一下,因为他似乎饿了……"

"您说这话使我吃惊,"将军夫人依旧用从前那副神态说道,"又是饿了,又是常常发病! 发什么病?"

"噢,他这病也不常犯,何况他几乎是个孩子,不过很有学问。*女士们*,"他又转身对女儿们说,"我倒想劳驾你们考他一下,毕竟最好了解一下他到底能够干什么。"

"考——一下?"将军夫人拖长了声音问,又瞪起两眼,异常惊讶地把目光从女儿们转向丈夫,又从丈夫转向女儿们。

"哎呀,宝贝儿,别把这事看得太重了……不过话又说回来,随你便,我的意思是对他客气点,让他有宾至如归的感觉,因为这也算做了件好事嘛。"

---

① 楷体文字在原著中是法文,以下同,其他语种另注。——编者注

第一部

"让他感到宾至如归？从瑞士？！"

"这跟瑞士没有关系，不过，我再说一遍，随你便。要知道，我说这话，第一，因为他跟你是本家，也许还是亲戚；第二，他还不知道何处可以安身。我甚至以为你对他不无兴趣，因为他毕竟跟咱们是本家嘛。"

"还用说吗，妈妈，既然跟他可以不讲客套，干吗不见呢？况且他一路辛苦，一定饿了，为什么不可以让他饱饱地吃一顿呢？而且他又不知道何处可以安身。"大姐亚历山德拉说。

"再说他完全是个孩子，还可以跟他捉迷藏玩呢。"

"捉迷藏？怎么捉迷藏？"

"哎呀，妈妈，您别演戏啦，好不好？"阿格拉娅气恼地打断她的话道。

二姐阿杰莱达爱笑，忍俊不禁，哈哈大笑起来。

"爸爸您去叫他吧，妈妈同意了。"阿格拉娅当机立断。将军摇摇铃，吩咐下人去把公爵叫来。

"不过有个条件，他吃饭的时候，一定要给他脖子上围上餐巾①，"将军夫人终于决定道，"叫费奥多尔来，要不让玛芙拉来得了……吃饭的时候，让她站在他背后，看着他点儿。他发病的时候至少老实吧？不会动手打人吗？"

"恰恰相反，甚至很有教养，举止温文尔雅，只是有时候太老实了点儿……瞧，他来了！来来来，我来介绍一下，这位是梅什金公爵，我们的本家，也许还是亲戚，他是族中最后一根苗裔，请你们好好招待他。她们马上去吃饭，公爵，请赏光……只是我出门晚了，对不起，有急事……"

"您有什么急事，还不明摆着。"将军夫人威严地说。

"有急事，有急事，宝贝儿，我出门晚了！不妨把你们的纪念册②给他，

---

① 欧洲人吃饭，一般把餐巾放在膝盖上，只有小孩才系在脖子上。
② 旧时俄国贵族小姐都有一本纪念册，请名人或亲友题诗、作画。

第一部

女士们，让他给你们在纪念册上写点儿字，他是一位了不起的书法家，眼下少见！有才华。他在那边给我写了几个古体字：'卑职帕夫努季修道院院长亲笔'……好，再见。"

"帕夫努季？修道院院长？站住，您站住，上哪儿，什么帕夫努季？"将军夫人十分气恼，几乎惊慌地向企图逃走的丈夫叫道。

"是的，是的，宝贝儿，古时候有这么个修道院院长……我去找伯爵，他在等我，等很久了，要紧的是他亲自约见的……公爵，再见！"

将军快步走出门去。

"我知道他去找哪个伯爵！"叶利扎韦塔·普罗科菲耶芙娜气势汹汹地说道，说罢便怒气冲冲地把目光转到公爵身上。"到底是怎么回事！"她厌恶而又恼怒地回想着，开口道，"嗯，倒是怎么啦！啊，对了，嗯，是哪个修道院院长？"

"妈妈。"亚历山德拉刚要开口，阿格拉娅甚至跺了跺脚。

"别打岔，亚历山德拉·伊万诺芙娜①，"将军夫人对她一字一顿地说道，"我也想增加点儿知识嘛。您坐到这儿来，公爵，坐在这把安乐椅上，坐在我对面，不，坐到这儿来，冲着太阳，往前挪挪，离阳光近点，让我好好看看您。嗯，是哪个修道院院长？"

"帕夫努季修道院院长。"公爵用心地、严肃地答道。

"帕夫努季？这倒有意思，嗯，他怎么啦？"

将军夫人发问的时候显得很不耐烦，说话快而急躁，而且目不转睛地看着公爵，公爵回答的时候，她又频频点头，说一句话点一下头。

"帕夫努季修道院院长生活在十四世纪，"公爵开口道，"他在伏尔加河畔，

---

① 俄俗：对一个人同时称呼名字与父称是表示尊敬。如果以此来称呼儿女，就不无讽刺之意了。

也就是在我们现在的科斯特罗马省，主持过一座隐修院。他以年高德劭、为人圣明著称，他常到奥尔杜①去，帮助他们处理一些当时的事务，并且在一份文书上签过字，我见过这一签名的摹本。我很喜欢这种字体，于是就学会了。刚才将军想看看我的书法，替我谋个差事，于是我就用各种字体分别写了几句话，其中包括模仿帕夫努季修道院院长本人的笔迹，写了'帕夫努季修道院院长亲笔'。将军看了很喜欢，所以刚才就想起来了。"

"阿格拉娅，"将军夫人说，"记住，帕夫努季，最好写下来，不然的话我老忘。不过，我想，这样更有意思些。这签名在哪儿？"

"好像留在将军书房的桌子上了。"

"立刻叫人拿来。"

"你要看，我可以再给你写一遍。"

"当然，妈妈，"亚历山德拉说，"现在还是先吃饭好，我们都饿了。"

"倒也是，"将军夫人决定道，"咱们走吧，公爵，您想必很饿了吧？"

"是的，现在感到很饿了，非常感谢您。"

"您很有礼貌，这非常好，我看，您完全不是那种……怪物，完全不像人家介绍的那样。咱们走吧。您就坐这儿，坐我对面。"走进餐室后，她便张罗着让公爵就座，"我想看着您。亚历山德拉，阿杰莱达，归你们俩招待公爵吃饭。他完全不是那种……所谓病人，对不对？看来，餐巾也不必用了……公爵，您吃饭的时候系餐巾吗？"

"过去，六七岁的时候，似乎系过餐巾，可现在吃饭的时候，总是把餐巾放在膝盖上。"

"就该这样嘛。还常犯病吗？"

---

① 土耳其奥尔杜省首府，位于黑海之滨。

"犯病？"公爵有点儿诧异，"我现在很少犯病。不过，也难说，听人家说，这儿的气候对我的健康有害。"

"他说得很好，"将军夫人向女儿们说，公爵每说一句话，她仍旧不住地点头，"简直出乎我的意料之外。这么说，净是些废话和胡说八道，瞎说惯了。公爵，您一边吃一边说：您生在哪儿、在哪儿长大的？我什么都想知道，您使我非常感兴趣。"

公爵道了谢，一面津津有味地吃饭，一面把今天早晨已经说过不止一遍的话从头到尾又说了一遍。将军夫人越听越满意。三位小姐也相当注意地听着。他们原以为彼此是亲戚，结果发现，公爵对自己的家谱相当熟悉，但是不管怎么生拉硬拽，他跟将军夫人之间还是拉不上任何亲戚关系。他俩的祖辈还可以勉强算远亲。这类材料虽然很枯燥，将军夫人却听得津津有味。她非常想跟人家谈谈自己的家谱，可是几乎一直没有找到机会。因此，她从桌旁站起来的时候。精神焕发，神态激动。

"到咱们的起坐间去，"她说，"咖啡也端到那里去。我们有这么间公用的屋子，"她领着公爵走出去时说道，"其实不过是我的一间小客厅，每当我们在家闲坐，就在那里聚会，各人做各人的事：亚历山德拉，就是这位小姐，我的大女儿，不是弹钢琴，就是看书或者做衣服；阿杰莱达画画——风景画和肖像画（没有一件作品画完过）。只有阿格拉娅坐着，什么事也不干。我也没心思干活：什么事也做不成。嗯，我们到了；公爵，请坐这边，靠近壁炉，您继续讲吧。我想看看您说话的神态。当我下次见到那个老太婆别洛孔斯卡娅公爵夫人的时候，我希望有充分的把握把您的事原原本本地讲给她听。我希望您能使他们大家也感兴趣。好了，您说吧。"

"妈妈，让人家这么说怪别扭。"阿杰莱达说，这时候，她已经整理好自己的画架，拿起画笔和调色板，开始从一张画片上临摹早就开始画的风景画。

亚历山德拉和阿格拉娅一起坐在一张小沙发上，抱着胳臂，准备听他们说话。公爵发现，四面八方的注意力都集中在他身上。

"要是有人叫我这么说话，我肯定什么话也说不出来。"阿格拉娅说。

"为什么？这有什么别扭的？他怎么说不出来？他有嘴嘛。我想知道他的说话才能。说吧，随便说点儿什么。您就说说您对瑞士的印象，最初的印象。你们立刻就会看到他马上要开始说话了，而且一开始就很吸引人。"

"印象强烈……"公爵开口道。

"听听，听听，"沉不住气的叶利扎韦塔·普罗科菲耶芙娜转过身去向女儿们说，"不是开始了？"

"妈妈，您起码也得让人家把话说下去呀。"亚历山德拉阻拦她道。"这位公爵也许是个大骗子，根本不是白痴。"她向阿格拉娅低语。

"肯定是这样，我早就看出来了，"阿格拉娅回答，"装腔作势，这人也够卑鄙的。他想用这个办法捞到什么好处吗？"

"最初的印象很强烈，"公爵重复道，"人家带我离开俄国，经过一座座德国城市的时候，我只是默默地看着，记得，我什么也没有问。这是在我的病多次厉害地、痛苦地发作之后。当我的病情加剧，连续发作之后，我就陷入完全的痴愚状态，完全失去记忆，脑子虽然还能动，但是合乎逻辑的思维过程却似乎断了。我无法将两个或三个以上的概念井然有序地连接在一起。我是这么觉得的。可是不犯病的时候，我又变得强健如故，就像现在这样。我记得：我心中有一种难以忍受的悲凉，甚至想大哭一场。我老是感到惊奇和不安：看到这一切都是陌生的，这对我影响强烈。这，我是懂得的。陌生的景物使我感到压抑。我记得，当我从忧郁中完全清醒过来，那是在一天傍晚，在巴塞尔，在火车驶入瑞士边境的时候，城里集市上的一声驴叫惊醒了我。这头驴使我大吃一惊，不知为什么我又非常喜欢它，随着一声驴叫，我头脑

第一部

里的一切便豁然开朗了。"

"驴叫？这倒怪了，"将军夫人说，"不过，也不用少见多怪，我们中间有人还会爱上驴呢，"姑娘们笑了起来，她愠怒地瞧了她们一眼，说道，"神话里就有这故事嘛。① 说下去，公爵。"

"从那时起，我就非常喜欢驴。甚至在我心中还产生了一种好感。我开始询问有关驴的知识，因为我从来没有见过驴，而且我立刻坚信，这是一种非常有用的动物，能干活，力气大，吃苦耐劳，价钱又便宜。通过这头驴，我突然喜欢上了整个瑞士，从而使过去的闷闷不乐一扫而光。"

"这一切倒非常奇怪，不过关于驴的事不妨略而不谈，咱们还是谈别的题目吧。你怎么老笑，阿格拉娅？还有你，阿杰莱达？关于驴的事，公爵说得很好嘛。他亲眼见过驴，你又见过什么？你没到过国外吧？"

"我见过驴，妈妈。"阿杰莱达说。

"我也听说过。"阿格拉娅接口道。三位小姐又统统笑起来，公爵也跟她们一起笑。

"你们这样很不好，"将军夫人说，"请您原谅她们，公爵，不过她们的心还是好的。我虽然老跟她们抬杠，但是我爱她们。她们举止轻浮、头脑简单、疯疯癫癫。"

"那又为什么呢？"公爵笑道，"换了是她们，我也不肯放过这机会的。不过我还是赞成驴：驴是个善良而有用的人。②"

"那您善良吗，公爵？我问这话是出于好奇。"将军夫人问。

大家又笑起来。

---

① 源出古罗马作家珂普列尤斯的《变形记》（一名《金驴记》）。小说讲一个希腊青年因误服魔药，而由人变驴，后又由驴变人的故事。
② 这话是作者的自我模拟，源出作者小说《舅舅的梦》中莫兹格里亚科夫的话："我要向您证明，连驴都能成为高尚的人！"

"又说这该死的驴了,我压根儿就没想到它!"将军夫人叫道,"请相信我,公爵,我毫无……"

"毫无含沙射影之意?噢,我相信,这是没有疑问的。"

公爵依旧满脸笑容。

"您在笑,这太好了。我看,您是一位非常善良的年轻人。"将军夫人说。

"有时候也不善良。"公爵回答。

"我可是善良的,"将军夫人冷不防插嘴道,"不瞒您说,我永远是善良的,这是我唯一的缺点,因为一个人不应当永远善良。我常常发脾气,对她们,特别是对伊万·费奥多罗维奇发脾气,然而糟糕的是,我发脾气的时候也最善良。刚才,在您进来之前,我很生气,我假装什么也不明白,也弄不明白这究竟是怎么回事。我常常发生这样的情形,就跟孩子似的。阿格拉娅给我上了一课,谢谢你,阿格拉娅。不过,这全是胡扯。我还没有像表面看上去那样糊涂,也没有像女儿们想把我形容的那样糊涂。我个性强,也不怕撕破脸皮。不过话又说回来,我说这话并没有恶意。过来,阿格拉娅,亲亲我,好了……亲热一下就够了,"当阿格拉娅热情地吻了她的嘴唇和手以后她说道,"您接着说,公爵。也许您会想出比驴更有趣的故事来。"

"我又不明白了,怎么能这样,让人家一开口就说呢,"阿杰莱达又说道,"换了我,肯定不知道从何说起。"

"可是公爵行,因为公爵非常聪明,比你至少聪明十倍,也许十二倍。我希望从今以后你能有点儿自知之明。公爵,您就证明给她们看,接着说吧。至于驴,的确可以跳过去不谈。嗯,除了驴,您在国外还见到什么呢?"

"关于驴的事,还是说得很聪明的,"阿杰莱达说,"公爵把自己的病情,以及怎么通过外来的推动力对一切都喜欢起来的经过说得很有趣。我对人们怎么失去理智、后来又怎么痊愈起来的事永远感兴趣。特别是这种情况居然会突然发生。"

"可不是吗？可不是吗？"将军夫人激动起来，"我看，你有时候也很聪明嘛。好了，别笑了！您好像讲到瑞士的自然风光什么的，公爵，接着说吧！"

"我们来到瑞士的卢塞恩，有人带我去游湖。我感到这湖很美，但是与此同时我又感到非常沉重。"公爵说。

"为什么？"亚历山德拉问。

"我也不懂。头一次看到这样的自然景色，我总感到沉重和烦躁，又心旷神怡，又心烦意乱，不过，这全因为我有病。"

"不，我倒很想去看看，"阿杰莱达说，"我不明白我们到底什么时候到国外去。我已经有两年找不到绘画题材了：

东方与南国，早就被写光……①

公爵，请您给我找点儿画画的题材吧。"

"我对绘画一窍不通。我还以为：看一眼就能提笔作画呢。"

"我就是不会看。"

"你们俩在打什么哑谜？一句话也听不懂！"将军夫人打断他们的话道，"怎么不会看？有眼睛就能看嘛。你在国内不会看，在国外也学不会。公爵，您还是说说您自己是怎么看的吧。"

"这就好啦，"阿杰莱达加了一句，"要知道，公爵就是在国外学会看的。"

"我也不知道，我只是在国外恢复了健康，我也不知道我学会看了没有。不过，我差不多一直感到很幸福。"

---

① 引自莱蒙托夫《编辑、读者与作家》中的诗句："……有什么可写的？东方与南国早有人把它描写和歌咏。"略有改动。

"幸福！您还会幸福？"阿格拉娅叫道，"那您怎么说您没有学会看呢？您还能教我们，当我们的老师哩！"

"请您教教我们吧。"阿杰莱达笑道。

"我没有东西可以教你们，"公爵也笑道，"在国外的时候，我差不多一直住在瑞士的这座乡村里，我很少出门，就是出门也不远，我能教你们什么呢？起初，我只是感到不寂寞罢了。我开始很快好起来。到后来，我感到每天都很宝贵，而且越往后越宝贵，所以我也就开始注意到这点了。我躺下睡觉时感到很满意，起床的时候就更幸福了。这一切究竟因为什么——很难说明个中道理。"

"所以您哪儿也不想去，哪儿也吸引不了您吗？"亚历山德拉问。

"起初，也就是刚开始的时候，的确吸引过我，我心里感到很烦躁。老在想我怎么活下去。我想试试自己的命运，特别是在有些时候我心里感到很烦躁。你们知道，这样的时刻是有的，特别是在孤独的时候。我们那里有一道瀑布，不大，从山上高高地落下来，跟一条细线似的，近似笔直地落下来——白白的，响声不断，泡沫四溅，落差很大，可是看上去却好像落差很小，到瀑布有半俄里远，可是看上去却似乎只有五十步。每到夜里，我总爱听它发出的喧哗声。在这样的时刻，有时候我心里就会很烦躁。有时候中午也发生这样的情况，比如，我上山去，一个人站在山上，周围一片松林，一棵棵高大的、苍劲油亮的古松；山顶的悬崖上有一座古老的中世纪城堡，断壁残垣，一片废墟。我们那座小村就在远远的山脚下，隐约在望。阳光明媚，天空一片碧蓝，静极了。就在这时候，我常常觉得有什么东西在召唤我到什么地方去，我老觉得，如果一直往前走，不停地走，一直走出那条线，走出天地交接的那条线，到那边就会豁然开朗，整个谜底就会呈现在你面前，你就会立刻看到一种新生活，比我们的生活强一千倍、热闹一千倍的新生活。我老幻想着一座像那不勒斯那样的大城市，城里都是宫殿，人们熙来攘往，热闹非

第一部

凡，过着幸福的生活……是的，我幻想的东西的确不少！可是后来我又觉得，在监狱里也可以过一种很有意义的生活。"

"最后这个值得赞许的思想，在我还只有十二岁的时候，就在《文选》里读到过。"阿格拉娅说。

"这都是哲理，"阿杰莱达说，"您是位哲人，您是来教训我们的。"

"您的话也许是对的，"公爵微微一笑，"我可能的确是个爱玄思冥想的人，谁知道呢，也许我的确有教训你们的意思……这也是可能的。真的，也有这可能。"

"您的哲理跟叶夫兰皮娅·尼古拉芙娜的一模一样，"阿格拉娅接口道，"她是一名小官吏的妻子，寡妇，跟食客一样，常到我们家来。她一生中孜孜以求的就是少花钱。过日子只要便宜，少花钱就行，一张嘴就是婆婆妈妈、多一分钱少一分钱的事，可是请注意，她有的是钱，她是个骗子。这就跟您刚才说的监狱中可以过很有意义的生活一样，也许跟您在乡村中度过的四年幸福生活也一样，为了过这份幸福生活，您出卖了您幻想中的那不勒斯城，尽管只卖了几分钱，但却好像占尽了便宜。"

"关于监狱中的生活，鄙人不敢苟同，"公爵说，"有个人在监狱里蹲了十二三年，我听他讲过一个故事，他是给我治过病的那位教授的病人，他也在那里治病。他的病老发作，有时候他烦躁不安，痛哭流涕，有一次甚至企图自杀。他在监狱中的生活十分凄凉，但是，我敢向你们保证，这生活也不是一文不值的。与他长相厮守的只有一只蜘蛛和窗外长出来的一棵小树……但是，我最好还是跟你们讲一讲我去年遇到的另一个人的情况吧。这里有个情节非常奇怪——奇怪就奇怪在这情形很少见。有一次，这个人跟别的人一起被押上断头台，并且向他宣读了执行枪决的死刑判决书，他犯的是政治罪。约莫二十分钟后，又向他宣读了赦免令，改判另一种刑罚。但是话又说回来，在这两次判决间有二十分钟，或者至少有一刻钟，他无疑确信，再过几分钟他就会突然死去,我非常想听他有时候讲的他当时的切身感受,后来我也曾几次旧事重提,详细询问过他。他对一切都记得异常清晰,他说,这几分钟他所经历的一切,他永远也不会忘记。断头台旁站着一大群人和士兵,离断头台二十步远的地方栽了三根柱子,因为有好几名犯人。他们把最前面的三名犯人押过去,绑在柱子上,给他们穿上死囚服(一种白色长袍),又把尖顶的白头罩拉下来,盖住他们的眼睛,不让他们看到枪。随后,面对每根柱子排好一队士兵(由几名士兵组成),我的那位朋友名列第八,所以轮到他站到柱子前面去应是第三批。① 神父手执十字架在大家面前绕行一周。因而,只剩下五分钟可活了,不会更多。他告诉我,他觉得这五分钟时间是无穷无尽的,是他的一笔巨大的财富。他觉得,在这五分钟内,他将度过这么长的生命历程,以致现在大可不必去考虑临终时的最后一刹那,因此他做了种种安排:他算好时间,规定用两分钟时间与同志们告别,然后再拿出两分钟来最后一次反省自己,然后便最后一次看看周围。他记得很清楚,他做完这三件事以后,时间恰如他计算的那样,分秒不差。他才二十七岁,② 年富力强,就要死了。他记得,他跟同志们告别的时候,还向其中一位提了一个很不相干的问题,甚至还对如何回答这一问题很感兴趣。接着,在他跟同志们告完别之后,他估算出来做自我反省的那两分钟就到了。他早就估计到自己会想些什么。他总希望能够想象一下,而且要想得尽可能快、尽可能清晰,这到底是怎么回事:他现在存在着,活着,可是再过三分钟,就会变成某种东西,某人或某物——究竟是什么样的人呢? 又究竟在哪里呢? 凡此种种,他都想在这两分钟内解决! 不远处有一座教堂,镀金的屋顶在灿烂的阳光下闪耀。

---

① 作者在这里谈的是他的切身感受,见27页注①。行刑当天作者在写给哥哥的信中说,他站在第二排,应在第二批枪决。但作者的夫人在回忆录中的说法与本书相同。
② 1849年陀思妥耶夫斯基因彼得拉舍夫斯基案被判死刑时二十八岁,年龄与此相仿。

他记得，他紧盯着那屋顶和屋顶上放射出来的光芒。他无法让目光离开这光芒：他似乎感到，这光芒就是他新的本体，再过三分钟，他就将与它合为一体……未来的不可知以及对于这立刻就要到来的新状态的憎嫌，令他不寒而栗。但是他说，当时再没什么比他不绝如缕的一个想法更使他沉重的了，他在想：'倘若不死又怎样呢！倘若能挽回生命又将怎样呢！——多么无穷无尽啊！而这一切都属于我！那时候，我一定要把每分钟变成整个世纪，一分钟也不浪费，每分钟都精打细算，决不糟蹋！'他说，他的这一想法最后变成了愤怒，恨不得快点把他枪毙掉算了。"

说到这儿，公爵忽然打住，大家等他说下去，说明结局。

"您说完了？"阿格拉娅问。

"什么？完了。"公爵从片刻的沉思中惊醒过来，说道。

"您讲这故事想说明什么呢？"

"不想说明什么……无意中想起了这件事……随便说说……"

"您老是前言不对后语，"亚历山德拉指出，"公爵，您是不是想说，决不能小看任何一个瞬间，有时候，五分钟甚至比一座宝藏还珍贵。这一切都应该赞扬，不过我倒要请问，对您讲过这段苦难的您的那位朋友……他的刑罚不是改判了吗，也就是说，把这'无穷的生命'送给了他。嗯，他后来是怎么处理这笔财富的呢？他是否每分钟都'计算着'生活呢？"

"噢没有，这是他亲口告诉我的——我已经向他问过这个问题了——他根本没有这样生活，许多时间都浪费了。"

"嗯，因此对于您，这也是个经验之谈，可见，一个人并不能当真'计算着'过日子。不管为什么，反正不行。"

"是的，不管为什么，反正不行，"公爵重复她的话道，"我自己也感觉到这点了……不过总好像没法相信似的……"

"那么您认为您会活得比所有的人都聪明些吗？"阿格拉娅问。

"是的。我有时候这样想。"

"现在还这样想吗？"

"还……还这样想。"公爵回答，他望着阿格拉娅，脸上仍旧挂着从前那种文静的、甚至胆怯的笑容，但是立刻又大笑起来，快活地望着她。

"倒挺谦虚嘛！"阿格拉娅几乎生气地说。

"不过，你们还真勇敢，瞧，你们都在笑，可当时他所说的这一切却使我感到十分震惊，后来我连做梦都梦见，而梦见的正是这五分钟……"

他探究而又严肃地用眼睛再次扫视了一遍他的这几位听众。

"你们不会因为什么而生我的气吧？"他突然问，似乎有点儿忸怩不安，但是依旧直视着大家的眼睛。

"因为什么？"三位姑娘都惊讶地叫道。

"就因为，我好像总在教训人似的……"

大家都笑起来。

"如果你们生气，就请息怒，"他说，"我自己也知道，我的生活经历比别人少，我对生活的了解也比谁都差。也许，有时候，我说话很怪……"

说罢，他显得很不好意思似的。

"您说，您曾经很幸福，可见您的生活经历并不少，而是很丰富。您为什么要昧着良心表示歉意呢？"阿格拉娅板着脸，不依不饶地开口道，"即使您有意教训我们，也大可不必为此感到不安嘛，因为您没有占到任何便宜。以您那种清静无为的思想，满可以多福多寿，坐享清福嘛。倘若人家给您看死刑，再给您看一个小指头，您会从这两件事上得出同样值得赞许的想法，而且还感到心满意足。您满可以这样活一辈子嘛。"

"您干吗老生气，真不明白，"将军夫人早就在不停地观察这两人说话时的脸色，这时接口道，"你们究竟在说什么，我也不明白。什么小指头？ 真是废话连篇！ 公爵说得很好嘛，不过有点儿伤感。你干吗把他弄得灰溜溜的？ 他开始的时候还笑，可现在全蔫了。"

"没什么，妈妈。公爵，可惜您没有见过死刑，要不，我倒想问您一件事。"

"我见过死刑。"公爵答道。

"您见过？"阿格拉娅叫道，"我早就该猜到这点了嘛！ 这就齐了。您既然见过，怎么能说您一直生活得很幸福呢？ 嗯，我这话说得不对吗？"

"难道在您住的那村子里也杀人？"阿杰莱达问。

"我在里昂见过，我跟施奈德上里昂去，他带我去的。刚到就赶上了。"

"怎么样，您看得津津有味吗？ 大开眼界？ 大有教益？"阿格拉娅问。

"我根本没有看得津津有味，这事以后我还闹了场小病，但是不瞒你们说，当时我都看呆了，不想看也不行。"

"换了我，也会紧盯着看的。"阿格拉娅说。

"那里很不喜欢女人去看，后来连报上都登过这些女人的事。"

"既然他们认为这不是女人的事，那么说，他们想以此来说明（也就是辩白）是男人的事啰。这种逻辑真了不起。您自然也是这么认为的啰？"

"您就讲讲死刑吧。"阿杰莱达打断道。

"我很不愿意现在……"公爵慌乱地说，好像还皱起了眉头。

"您好像舍不得说给我们听似的。"阿格拉娅挖苦道。

"不是的，这是因为刚才我已经给人家说过一遍关于这次死刑的事了。"

"给谁说的？"

"给府上的听差，当时我正在等候……"

"什么听差？"从四面八方传来疑问。

"就是坐在前厅里的那位，头发花白，红红的脸。当时我坐在前厅里恭候谒见伊万·费奥多罗维奇。"

"这倒是新鲜事儿。"将军夫人道。

"公爵是民主派嘛,"阿格拉娅抢白道,"嗯,既然能说给阿列克谢听,就没有理由拒绝我们了。"

"我一定要听。"阿杰莱达再次请求。

"方才倒的确,"公爵对她说道,又有点儿兴奋起来(他似乎兴奋得很快,而且很坦诚),"您问我要绘画题材的时候,我倒的确有个想法,想提供您一个题材:就画被处决的人在断头刀落下前一分钟的脸,那时他站在断头台上,还没横倒在刀下的木板上。"

"怎么画脸?就画他的脸?"阿杰莱达问,"这题材多怪,这算什么画呢?"

"不知道,为什么就不行呢?"公爵热烈坚持道,"我在巴塞尔就看见过这样一幅画。① 我想给你们讲讲……不过,以后有机会再说吧……这幅画使我受到极大震动。"

"关于巴塞尔的那幅画,您以后一定要讲给我们听,"阿杰莱达说,"现在,您就先给我说说这幅行刑图吧。您能把您想象中的情形告诉我吗?这脸怎么画法?就只画脸?这脸究竟是怎样的呢?"

"就在临死前那一分钟,"公爵谈兴正浓,沉湎于对往事的回忆中,显然霎时忘记了其余的一切,开始说道,"就在他登上扶梯,刚刚跨上断头台的那一刹那。这时,他向我这边看了一眼,我望了望他的脸,就全明白了……但是,这事该怎么说给你们听呢!我非常,非常想,由您或者随便哪位能把这情景画下来!最好是您!我那时候就想,这画肯定是有益的。您知道,要画好这幅画必须先把一切好好想象一下,把这以前的一切,一切,一切都好好

---

① 1867年,陀思妥耶夫斯基曾在瑞士的巴塞尔美术馆看见过汉斯·费里施(1450—1520)的画《施洗约翰被杀头》(1514)。

第一部

想象一下。他住在监狱里，等候行刑，心想，刑期起码还有一星期，不知为什么他寄希望于通常的审批程序，判决书还要送到某处审批，一星期后才能批下来。可是这一回却因为某种情况，突然简化了手续。清晨五点，他还在睡觉。这发生在十月底，五点钟，天还很冷，很黑。监狱警官走进来，带着狱警，轻轻地微微推了推他的肩膀，他用胳膊肘支起身子——看见了灯光：'怎么回事？''九点后处决。'他起初因为睡眼蒙眬不相信，还争辩说，公文得过一星期才能批下来，可是当他彻底醒过来以后，也就不再争辩了，闭上了嘴——人家是这么告诉我的——后来又说了一句：'这么突如其来，真让人受不了……'说完又闭上了嘴，他已经什么话也不想说了。这时又花了三四小时来做众所周知的事情：神父呀，用早餐呀，早餐时还给了他葡萄酒、咖啡和牛肉（哼，这不是天大的笑话吗？ 试想，这多么残忍，可是另一方面，说真格的，这些天真无辜的人是出于真诚才这么做的，他们坚信，这是一种仁爱的举动），然后梳洗打扮（你们知道犯人的梳洗打扮是怎么回事吗？），最后押上囚车去游街，上断头台……我想，他游街的时候一定以为，他还有无穷无尽的时间可以活下去。我觉得，他一路上大概在想：'时间还长着呢，还剩三条街好活呢。瞧，走完这条街后，还有一条街，之后，还有路北有家面包店的那条街……到面包店还有一大段路好走呢！'周围人山人海，人声鼎沸，一万张脸，一万双眼睛——这一切都必须经受住，而主要是他必须忍受这样的一个想法：'这儿有一万人，可是他们中间没有一个要杀头，要杀头的只有我！'嗯，这一切还只是开场。有一张小梯子通上断头台，可是他在这小梯前突然哭了，而这是个彪形大汉，据说，是个作恶多端的恶棍。一路上，神父不离左右，跟他一起坐在马拉的囚车上，一直跟他说话，——其实，他未必听得见；即使听，听了两句也就不知所云了。一定是这样。最后，他开始登上那张小梯子。他的两腿被捆绑着，所以只能迈着小步向上攀登。看来，神父是个聪明人,他不再说话了,而是一个劲地让他亲吻十字架。还在梯子下半部的时候,他的脸色就十分苍白,等他爬到顶上,站到断头台上,脸就唰地白了,白得像纸,完全像张白色的书写纸。他大概两腿发软,发麻,想呕吐——仿佛喉咙里有什么东西堵着似的,感到痒痒的,——从前,当你感到惊慌,或者处在一种非常可怕的时刻,你虽然神志清醒,但却丝毫无力支配自己理智的时候,不知道你们是不是有过这样的感觉?我觉得,比如说,必死无疑,房子要塌了,向您身上压过来了,您会猛地横下一条心,索性坐下去,闭上眼睛,等着——听天由命,豁出去了!……就在这时候,即发生这种瘫软无力状态的时候,神父赶紧快速地忽然把十字架默默地送到他的唇边,这是一个小小的十字架,银的,四角形的——一刻不停地频频送过去。十字架一碰到他的嘴唇,他就睁开眼睛,有几秒钟似乎活了过来,两腿也能走动了。他贪婪地吻着十字架,急急忙忙地连连亲吻,仿佛他急于不要忘记抓住什么东西似的,留着,万一有用呢,但是此刻,他未必有什么宗教意识。就这样直到横躺在木板上……奇怪的是,在临刑前的这最后几秒钟,很少有人昏过去!相反,这时脑子特别灵活,大概活动得也最厉害,就像一架开动的机器似的。我想,这时肯定有各种想法纷至沓来,但是这些想法都是有头无尾的,或许还是很可笑的、没头没脑的:'瞧那人东张西望——脑门上有个疣子,瞧这刽子手,底下的一枚纽扣都生锈了……'与此同时,却什么都知道,什么都记得。有这么一个怎么也忘不掉的视点,他决不会昏厥,一切都围绕着它,围绕着这个点活动和旋转。试想,就这么一直到最后四分之一秒钟,那时候,他的脑袋已经横放在断头墩上,在等候,而且……他知道,会猛地听到头上的铁索咻溜一声向下滑落的声音!这一定听得见!如果我躺在那里受刑,我一定会特意去听,而且一定听得见!这时,也许只有十分之一的一刹那,但是一定听得见!你们不妨想象一下,至今还有人在争论,也许,

第一部

当脑袋飞落的时候，大约有一秒钟的时间，他也许会知道脑袋飞落了——这是什么观点啊！如果有五秒钟，那又怎样呢！……您可以画一座断头台，画得能看清梯子的最后一级，作为近景，就看得清这最后一级。犯人已经踏上这级梯子，脑袋，像纸一样苍白的脸，神父把十字架送过去，他贪婪地伸出发青的嘴唇，看着——心里全明白。十字架和脑袋——这是画的中心，神父、刽子手、刽子手的两名助手的脸，还有向上仰望的几颗脑袋和几双眼睛——这一切都可以画作远景，画模糊点，作为点缀……就画这么一幅画。"

公爵说罢，望了望大家。

"这当然不同于寂静主义①。"亚历山德拉自语道。

"好吧，现在就说说您是怎么恋爱的吧。"阿杰莱达说。

公爵诧异地望了望她。

"我说，"阿杰莱达似乎急匆匆地说道，"您还欠我们一段关于巴塞尔那幅画的故事，但现在我想听听您是怎么恋爱的。您不必抵赖，您一定恋爱过。再说，您现在一开始谈这种事，就不会坐而论道了。"

"您一讲完就立刻对您所讲的事感到害羞，"阿格拉娅蓦地指出，"这是干吗呀？"

"真是的，这话问得多蠢。"将军夫人愤怒地望着阿格拉娅，生硬地说道。

"不聪明。"亚历山德拉附和道。

"公爵，您别信她的话，"将军夫人对公爵说道，"她是存心气您。其实，她有教养，完全不是这么蠢。她们向您这么乱提问题，请您别介意。她们大概想干什么淘气的事，但是她们已经爱上您了。我看她们的脸就知道。"

---

① 基督教的一种灵修论，提倡清静无为，消极静观，以求得灵魂的返璞归真。

"我看他们的脸也知道。"公爵说,对自己的话特别加重了语气。

"这话怎讲?"阿杰莱达好奇地问。

"对于我们的脸,您知道什么呢?"其他两姊妹也感兴趣起来。

但是公爵沉默不语,神情很严肃,大家在等他回答。

"我以后再告诉你们。"他低声而又严肃地说道。

"您是存心想引起我们的兴趣,"阿格拉娅叫起来,"瞧您那副得意样!"

"嗯,好吧,"阿杰莱达又急忙说,"既然您是一位通晓脸的行家,您一定恋爱过,可见,我还猜对了。您就快说吧。"

"我没恋爱过,"公爵仍旧低声而又严肃地答道,"我……有过另一种幸福。"

"那还用说,怎么幸福法呢?"

"好,我来讲给你们听。"公爵仿佛在深深的沉思中说道。

六

"你们大家现在这么好奇地望着我,"公爵开始讲道,"如果我不满足你们的好奇心,你们也许会生我的气的。不,我开玩笑,"他急忙面含微笑地加了一句,"那里……那里全是孩子,我在那里总跟孩子们在一起,也只跟孩子们在一起。他们都是那座村子里的孩子,一大帮在学校里上学的孩子。我并没有教他们读书。噢,不,那里有专门教他们的学校老师,他叫儒尔·蒂伯。我也算教过他们吧,但是我多半只是跟他们在一起,我的所有四年光阴就这么过去了。我不需要任何其他东西。我什么都对他们讲,任何事都不隐瞒。他们的父亲和亲属全都生我的气,因为到后来孩子们都离不开我了,老围着我转,甚至那位小学老师到后来也成了我的头号敌人。我在那里有许多敌人,全是因为孩子。甚至施奈德也责备我。他们究竟怕什么呢? 什么话都可以对孩子们讲嘛——全可以讲嘛。一想到大人不了解孩子,连父母都不了解自己的儿女,我就感到惊讶。什么也无须对孩子们隐瞒,千万不要以他们还小、知道这些还早作借口。多么糟糕和多么不幸的想法啊! 孩子们自己也十分清楚地看到,做父亲的认为他们太小,什么也不懂的时候,其实他们全懂。大人们不知道,甚至遇到十分棘手的事情,孩子们也能出一些非常好的主意。噢上帝! 当一只美丽的小鸟信任而又幸福地望着您的时候,欺骗他们是可耻的! 我之所以叫他们小鸟,是因为世界上再没有比小鸟更好的了。然而,村里人都生我的气,多半因为一件事……而蒂伯不过嫉妒我罢了。他起先总是摇头,感到奇怪,这是怎么回事呢:孩子们在我这儿什么都懂,在他那儿却几乎什么也不明白。后来他就开始取笑我,因为有一次我对他说,我们俩不能教会他们任何东西,倒是他们能教会我们许多事情。既然他自己也生活在孩子们中间,他怎么能嫉妒我,无事生非地诽谤我呢! 一个人的心可以通过孩子得到治疗……在那里,在施奈德的诊疗所里有一个病人,一个非常不幸的人。这是可怕的不幸,没有比这更大的不幸了。他送到这里来是治疗神经错乱的。依我看,他绝不是神经错乱,他只是非常痛苦罢了——这就是他的全部疾病。如果你们知道我们这些孩子到头来对他起到了怎样的作用,那就好啦……但是关于这个病人的事,还是以后再告诉你们吧。我现在要说的是,这一切是怎样开头的。起初,孩子们并不喜欢我。我是大人,而且老是笨手笨脚的,我知道,我长得也丑……再说我又是外国人。孩子们起初老取笑我,后来,他们偷看到我和玛丽接吻,甚至还向我身上扔石子。我总共才吻了她一次……不,你们别笑,"公爵急忙制止他的听众的嘲笑,"这里毫无爱情。倘若你们知道,这是一个多么不幸的人,你们一定也会像我一样十分可怜她的。她是我们那村的人。她母亲是个老太婆，她们那座破烂不堪的小屋有两扇窗，经村长许可，其中一扇窗户隔了开来，老太婆就在这窗户里做些小买卖，卖些针头线脑、鞋带、烟叶、肥皂什么的，以此为生。她有病，而且两腿浮肿，因此老坐着不动。玛丽是她的女儿，约莫二十上下，人很弱，也很瘦。她早得了肺痨病，可是她还是天天去给人家帮工，干重活——擦地、洗衣服、扫院子、打扫牲口棚。有一个过路的推销员①诱奸了她，把她拐走了，可是过了一星期，又把她一个人扔在半路上，偷偷跑了。她一路讨饭，才回到家来，脏得像个泥猴，浑身褴褛，鞋也破烂不堪。她步行了整整一星期，晚上睡在旷野，因此得了很重的感冒。两腿都是伤，两只胳臂也肿了，布满裂纹。话又说回来，她本来就长得不漂亮，只有那双眼睛生得文静、善良、纯洁无瑕。她非常不爱说话。有一回，这还是以前的事了，她在干活的时候忽然唱起歌来，我记得，当时大家都觉得很奇怪，开始笑她：'玛丽唱歌了！怎么回事呀？玛丽唱歌了！'——她羞得无地自容，从此就不再开口了。那时候，大家还心疼她、喜欢她，但是自从她得了病、受了糟蹋回来，就没有一个人同情她了！他们在这方面是多么残忍啊！他们对这事所抱的观念是多么令人费解啊！她母亲第一个瞧不起她，对她恶狠狠地嗤之以鼻：'你现在算把我的脸丢尽了。'她第一个唾弃她，并任人羞辱她。村里人听说玛丽回来了，于是都跑去看玛丽，几乎全村人都跑进老太婆的小木屋：老老小小，男男女女，大姑娘、小媳妇，全都急急忙忙地跑来看热闹。玛丽躺在地板上，趴在老太婆的脚下，又饿又累，满身褴褛，在哀哀痛哭。当大家全都跑来以后，她就用披散的头发挡住自己的脸，脸朝下，紧贴在地板上。周围全是人，大家就像看一条毒蛇似的看着她。老头子老太婆们数落她、骂她，年轻人甚至耻笑她，

---

① 在原著中是法文单词的俄文拼写。

娘儿们也在骂她、数落她,对她嗤之以鼻,一副鄙夷不屑的样子,就像她是什么毒蜘蛛似的。母亲把这些全看在眼里,非但不管,反而坐在那里不住点头,表示赞许。那时候她母亲病得很重,就剩下一口气了。过了两个月,她真的死了。她明知道自己快死了,但就是不想跟女儿和好,甚至一直到死都不跟她说一句话,把她撵到过道屋里睡觉,甚至几乎不给她饭吃。老太婆需要经常把两只病脚泡在温水里,玛丽每天都给她洗脚,照料她,伺候她。老太太默默地接受她的一切照料和伺候,就是不肯好言好语地跟她说句话。玛丽忍受了一切。后来,我认识她以后,我发现,她自己对这一切也是默许的,她自己也认为自己是最下流的贱货。当老太婆卧病不起以后,按照当地的风俗,村里的老太婆都轮流前来看护她,那时候,玛丽已经完全没东西吃了,村里人都撵她走,谁也不愿像过去那样给她活干。大家都唾弃她,男人甚至不把她当女人,老冲她说脏话和下流话。有时候,当然很少有这样的时候,星期天醉鬼们喝醉了酒,为了取笑她,扔给她几枚铜币,就这样,随随便便地扔在地上,玛丽也就默默地捡起来。那时候,她已经开始咯血了。到后来,她那身破烂衣服已经完全成了破布头,所以她也就不好意思在村里抛头露面了。回来后她就一直光脚,就在这时候,特别是孩子们,常常成群结队地(约莫有四十多个小学生吧)开始戏弄她,甚至把烂泥往她身上扔。她求人让她去看牛,可是牧人把她赶走了。于是她只好跟着牛群一起出去,而且一去就是一整天。因为她给牧人带来了许多好处,牧人也看到了这一点,也就不赶她走了,有时候,甚至还把吃剩下的东西,奶酪和面包送给她。他认为他这样是做了件天大的好事。她母亲死后,牧师居然在教堂当众羞辱玛丽而不以为耻。玛丽站在棺材旁,像过去一样,穿着那身破烂,在哀哀痛哭。许多人都来看她怎么哭,怎么给母亲送葬。当时,这位牧师(他还是个年轻人,他的最大野心就是当大传教士)指着玛丽向大家说道:'她就是致这位可敬的女人以死命的罪魁祸首'（这是不对的，因为她已经病了两年），'现在她就站在你们面前，不敢抬头看你们，因为她受到上帝的谴责。瞧，她光着脚，穿得破破烂烂——这就给那些道德沦丧的人做出了榜样！她是何许人？她就是死者的女儿！'都是这一类的话。你们想想，他们听了这种无耻的话后几乎个个都很高兴，但是……这时候出了件特别的事，孩子们出来抱不平了，因为这时候孩子们已经全都站在我这一边，开始爱玛丽了。事情经过是这样的。我很想为玛丽做点儿什么，非常需要给她点儿钱，但是我身上从来没有一个戈比。我有一枚小小的钻石别针，我把它卖给了一个收旧货的人，他走村串户，买卖旧衣服。他给了我八个瑞士法郎，其实它肯定值四十个瑞士法郎。我找了玛丽很久，希望能够单独碰到她，后来，我们终于在村外的篱笆旁，一条进山小道的大树后面见面了。我立刻给了她八个瑞士法郎，并告诉她，叫她放好，别乱花，因为除此以外我再没有钱了，后来我就吻了她，并对她说，她不要以为我有什么坏心思，我吻她不是因为爱上了她，而是因为我非常可怜她，从一开始，我就丝毫不认为她有罪，只认为她是一个不幸的人。我非常想既能够安慰她，又能够使她相信，她不应该认为自己低人一等，但是她好像没有懂我的意思。这一点我立刻看出来了，虽然她一直站在我面前，低下了眼睛，无限羞愧，几乎一言不发。我说完后，她吻了吻我的手，我也立刻拿起她的手，想吻一下，可是她急忙把手缩了回去。突然这时候，一大群孩子无意中发现了我们。后来我才知道，他们早就在窥视我的行踪了。他们开始吹口哨，拍巴掌，哈哈大笑，玛丽撒腿就跑。我想说话，他们非但不听，反而向我身上扔石头。当天，全村人就都知道了，一切责骂又纷纷落到玛丽头上：大家更不喜欢她了。我甚至听说，有人还打算判她有罪，惩罚她，可是，谢天谢地，嚷嚷了一阵也就算了。尽管如此，孩子们对她还是不依不饶的，戏弄她，而且闹得比以前更凶了，还向她扔烂泥。孩子们追她，她就跑，躲着他们；她的肺很弱，一跑就喘不上气来，他们还是紧追不舍，又是喊叫，又是辱骂。有一次，我甚至按捺不住，跟他们打起架来。后来我开始对他们说明情况，只要可能，每天都说。他们虽然仍旧骂骂咧咧的，但有时候也停下来听。我告诉他们，玛丽是多么不幸。他们很快也就不再骂她了，开始默默地走开。慢慢地，我们开始说话了，我什么事都不瞒他们，一切都对他们直说。他们非常好奇地听着，很快就可怜起玛丽来了。有的孩子在路上遇到她，开始亲热地向她问好。那里有一个习惯，彼此见面，无论相识与否，都要鞠躬致意，并说'您好'。我想象得出，玛丽一定很惊讶。有一次，有两个小女孩，弄到一点儿食物，就拿去送给她，她们送给她后回来告诉我，她们说玛丽哭了，她们现在非常爱她。很快，大家也都开始爱她了，与此同时，也忽然爱起我来了。他们开始常常来找我，老要我给他们讲故事：我觉得我讲得很好，因为他们非常爱听我讲的故事。后来，我无论学习还是看书，都是为了以后好把看到的内容说给他们听，于是，我足足给他们讲了三年故事。后来，大家都责怪我，施奈德也责怪我，说什么我干吗跟他们说话像跟大人说话似的，什么事也不瞒他们。我回答他们说，对孩子们撒谎是可耻的，即使不告诉他们，他们也全知道，对他们无论怎样隐瞒，他们总会知道的，也许听到的还是坏话，可是他们从我嘴里是听不到坏话的。大家只要回忆一下自己小时候也就明白了。他们不同意我的看法……我吻玛丽的时候，是在她母亲去世前两星期。当那位牧师布道的时候，孩子们已经全站在我这一边了。我立刻把这事告诉了他们，并且说明了牧师的行为，孩子们都很生他的气，有几个孩子甚至用石头砸碎了他家窗户上的玻璃。我阻止了他们，因为这样做不好，但是立刻村里人就全知道了，马上开始责怪我，说我把孩子们带坏了。后来大家打听到孩子们都爱玛丽，就非常害怕，但是玛丽已经感到很幸福了。村里人甚至不许孩子们跟玛丽见面，可是他们偷偷地跑到她放牛的地方去找她，跑得相当远，离村子差不多半俄里路。他们送各种各样的礼物给她，有的打老远跑了去，只是为了拥抱她，亲吻她。说一声'我爱您，玛丽！'——说完就一溜烟地跑了回去。由于这突如其来的幸福，玛丽差点儿没高兴得发狂，她甚至连做梦都没有想到这一点，她又惭愧又高兴，主要是孩子们，特别是女孩子们，总想跑去告诉她，说我爱她，而且我跟他们讲了许许多多关于她的事。他们对她说，是我把一切告诉他们的，又说他们现在都爱她，可怜她，而且以后永远会这样。接着他们又跑回来找我，一张张小脸都是那么快乐和匆忙，他们告诉我，他们刚才看见了玛丽，还说玛丽向我问好。每天傍晚，我都要去看瀑布，那里有个地方，从村里望去密密层层，十分隐蔽，周围长着白杨。每天傍晚，他们都跑到那里去找我，有些孩子甚至是偷偷跑来的。我觉得，我对玛丽的爱对于他们简直是莫大的享受，也仅仅在这个问题上，在我住在那里的整个时间内，我欺骗了他们。我没有向他们说清楚，我根本不爱玛丽，也就是说，我并没有对她产生爱情，我只是非常可怜她罢了，我根据所有的迹象看到，他们非常希望他们自己想象出来和自以为是的事是真的，所以我也只好默认了，并且装出一副似乎他们猜到了的样子。这些小小的心灵是多么体贴入微和温柔多情啊。他们看到，他们的好列昂①这么爱玛丽，可是玛丽穿得这么坏，连双鞋都没有，他们觉得，这太岂有此理了。你们倒是想想，他们居然给她弄到了鞋、袜子、内衣，甚至还给她弄来了一身连衣裙！他们究竟用什么巧妙的办法弄到这些东西的呢，我就不明白了。反正是大家一起出主意，想办法弄来的。当我问他们的时候，他们只是笑而不答，十分开心，女孩子们则拍着小手，跑过来亲吻我。我有时候也悄悄地去和玛丽会面。她的病情已经越来越重了，走路都有困难，到

---

① 梅什金公爵的名字"列夫"的法文译法。

厚、善良，被人视为"白痴"。他从瑞士回国后，被卷入彼得堡的生活旋涡。他同时代的女人爱上，由此引起一连串的喜怒哀乐、悲欢离合、冲突斗争，乃至凶杀。

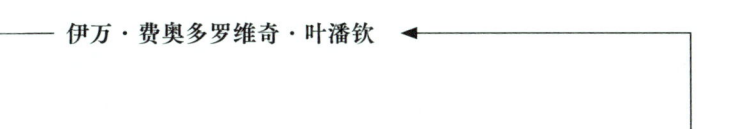

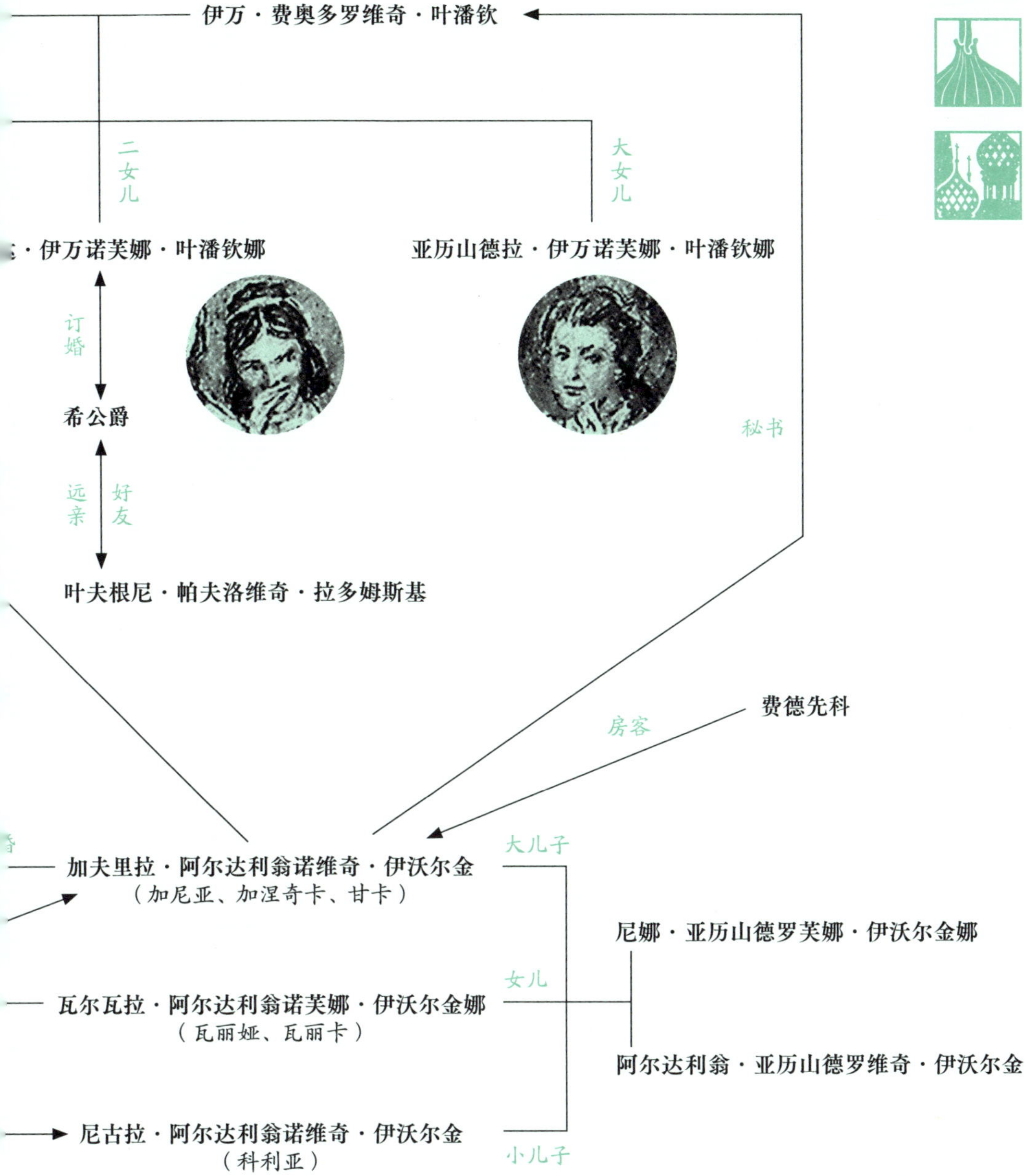

伊万·费奥多罗维奇·叶潘钦

二女儿　　　　　　　　　　大女儿

：伊万诺芙娜·叶潘钦娜　　　亚历山德拉·伊万诺芙娜·叶潘钦娜

↕ 订婚

希公爵　　　　　　　　　　　　　　　　　秘书

↕ 远亲／好友

叶夫根尼·帕夫洛维奇·拉多姆斯基

房客　　费德先科

加夫里拉·阿尔达利翁诺维奇·伊沃尔金　大儿子
（加尼亚、加涅奇卡、甘卡）

　　　　　　　　　　　　　　　尼娜·亚历山德罗芙娜·伊沃尔金娜

瓦尔瓦拉·阿尔达利翁诺芙娜·伊沃尔金娜　女儿
（瓦丽娅、瓦丽卡）

　　　　　　　　　　　　　　　阿尔达利翁·亚历山德罗维奇·伊沃尔金

尼古拉·阿尔达利翁诺维奇·伊沃尔金　小儿子
（科利亚）

《白痴》主要人物关系表　ИДИОТ

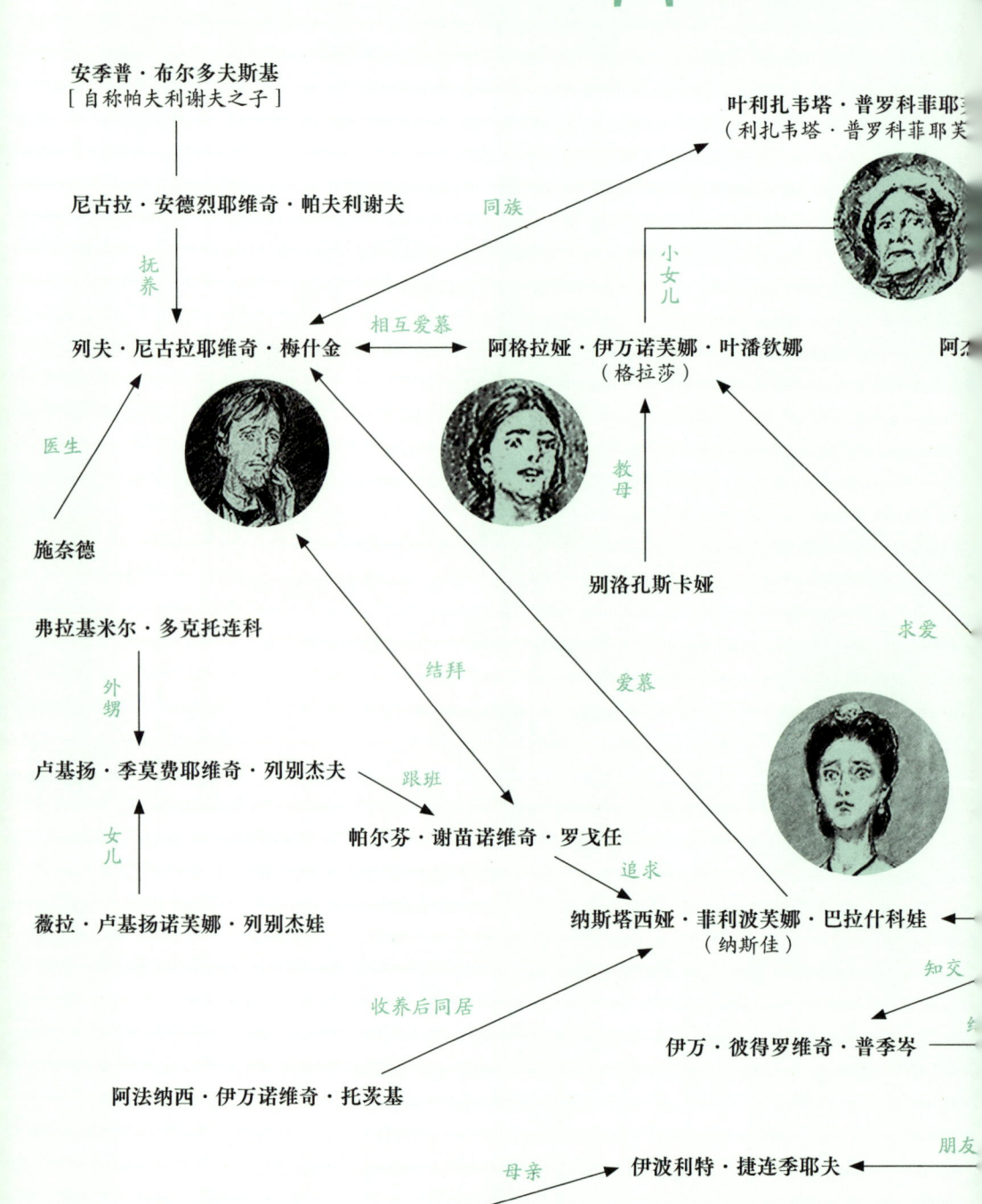

- 安季普·布尔多夫斯基 [自称帕夫利谢夫之子]
  - ↓
- 尼古拉·安德烈耶维奇·帕夫利谢夫
  - │抚养
  - ↓
- 列夫·尼古拉耶维奇·梅什金
  - ←—（相互爱慕）—→ 阿格拉娅·伊万诺芙娜·叶潘钦娜（格拉莎）
  - 同族 → 叶利扎韦塔·普罗科菲耶芙娜（利扎韦塔·普罗科菲耶芙娜）
    - 小女儿 ↓
  - 医生 ← 施奈德

- 别洛孔斯卡娅 —教母→ 阿格拉娅

- 弗拉基米尔·多克托连科
  - │外甥
  - ↓
- 卢基扬·季莫费耶维奇·列别杰夫
  - ↑女儿
- 薇拉·卢基扬诺芙娜·列别杰娃

- 帕尔芬·谢苗诺维奇·罗戈任
  - 结拜（与梅什金）
  - 跟班（列别杰夫）
  - 爱慕 / 追求 → 纳斯塔西娅·菲利波芙娜·巴拉什科娃（纳斯佳）
  - 求爱（自阿格拉娅方向）

- 阿法纳西·伊万诺维奇·托茨基 —收养后同居→ 纳斯塔西娅

- 伊万·彼得罗维奇·普季岑　知交

- 玛尔法·鲍里索芙娜·捷连季耶娃 —母亲→ 伊波利特·捷连季耶夫
  - 朋友

后来，她只能完全停止给牧人帮忙，但是每天早晨她还是坚持跟牛群出去。她坐在一边，那里，在一座几乎直上直下、壁立陡峭的悬崖旁，有一个突出部，她就坐在这个突出部犄角的一块石头上，四周全有东西挡着，谁也看不见，她就整天坐在那里，几乎一动不动，从一大早一直到牛群离开时为止。她由于害痨病身体已经很弱，因此她多半将头靠在岩壁上，闭眼坐在那里，打着盹儿，呼吸沉重；她的脸瘦得像具骷髅，前额和太阳穴旁不断冒着虚汗。我每次遇到她的时候，她都是这样。我来，也就待一会儿，因为我也不愿意让旁人看见我。我刚一露面，玛丽就立刻哆嗦起来，睁开眼睛，扑上前来亲吻我的双手。我已经不把手缩回去了，因为这对于她是一种幸福。我坐在她身旁的时候，她始终在哆嗦和哭泣。当然，有好几次，她想开口说话，可是她的话很难听懂。她常常像疯子一样，处在一种极度的激动和狂喜中。有时候，孩子们跟我一起去。在这种情况下，他们通常站在不太远的地方，替我们放哨，保护我们不受任何事情和任何人干扰，这对于他们来说是一件异常愉快的事。我们走后，玛丽又剩下一个人，依旧用头靠着岩壁，闭上眼睛，她也许在做梦，梦见了什么。有一天清早，她已经不能出门去找牛群了，只能留在自己四壁空空的家里。孩子们立刻就知道了，当天，几乎所有的孩子都纷纷跑去探望她。她孤苦伶仃地躺在床上。有两天，轮流跑去照料她的只有孩子，但是后来，村里人听说，玛丽已经真的快咽气了，村里的老太婆才跑去照料她，坐在她床头，轮流看护她。村里人似乎开始可怜玛丽了，至少已经不再阻止孩子们对她好了，也不像从前那样骂他们了。玛丽始终在打盹儿，但是睡得很不安稳，她咳嗽得很厉害。老太婆把孩子们轰走，不许他们进屋，可是他们还是跑到窗下，有时候也就待一小会儿，就为了说一声'你好，我们的好玛丽！'，她只要一看到他们或者一听见孩子们的声音，就立刻全身复苏，也不听老太婆们的劝告，使劲用胳膊肘支起身子，向他们频频点头，表示感谢。他们照旧给她送来各种各样的糖果和甜食,可是她差不多什么也吃不下了。由于这些孩子,我敢向你们保证,她死的时候几乎是幸福的。由于这些孩子,她忘记了自己的大灾大难,仿佛从他们那儿得到了饶恕,因为她一直到生命终了始终认为自己是个大罪人。他们像小鸟一样拍打着翅膀,敲着她的窗户,每天早晨向她呼喊:'我们爱你,玛丽!'她很快就死了。我还以为她会活得更长些,比现在要长得多呢。她去世的头天晚上,在太阳快要下山的时候,我去看她。她好像认出了我,于是我最后一次握了握她的手,她的手多干瘦啊! 就这样。突然第二天早晨有人跑来告诉我,玛丽死了。这时候,孩子们拦也拦不住了:他们把整个棺材都用鲜花装饰起来,还给她头上戴上花冠。牧师在教堂里已经不再羞辱死者,但是参加葬礼的人很少,只有不多几个人出于好奇才顺便进来看看。需要抬棺材的时候,孩子们一拥而上,抢着要抬。因为他们抬不动,只好在一边帮忙,所有的孩子都跟着棺材跑,所有的孩子都哭了。从那时起,玛丽那座小小的坟头,就经常有孩子们前来祭吊:他们每年都用鲜花把坟头装饰起来,在周围种满了玫瑰花。但是,葬礼以后,全村人都因为孩子对我群起而攻之。[①]主谋则是那位牧师和小学教员。他们严禁孩子们跟我见面,施奈德则对此负有监督之责。可是我们还是见面了,远远地打个手势,表示思念之情。他们托人给我频频捎来一张张小纸条。到后来,这一切制裁也就不了了之了,但当时这样做倒更好:由于对我实行制裁,我甚至跟孩子们更接近了。最后一年,我甚至跟蒂伯和牧师差不多言归于好了。施奈德对我说了许多话,跟我争辩我与孩子们相处的有害的'方法'。我哪有什么方法呢! 最后,施奈德向我说出了他的一个十分奇怪的想法 —— 这已经是在我即将离开那里之前了 —— 他对我说,他坚信,我完完

---

① 以上主题源出《圣经·福音书》,参见《约翰福音》第八章第三十七节,第十章第三十节,第十五章第十八、十九、二十节。

第一部

全全是个孩子,也就是说,孩子气十足,我只是身材和脸长得像大人罢了,可是在智力发展程度、心灵和性格上,也许甚至在智商上,我都不是个成年人,哪怕活到六十岁也依然故我。我大笑不止:他这话当然不对,因为我能算什么孩子呢?不过有一点倒让他说对了,我的确不喜欢和成年人,和大人在一起——这点我早看出来了。我所以不喜欢,因为我跟他们合不来。不管他们对我说什么,也不管他们对我多好,跟他们在一起,不知道为什么,我总觉得别扭,如果我能够赶快离开他们,去找自己的同伴,我就非常高兴,而我的同伴从来都是孩子,这不是因为我自己是孩子,而是因为孩子们对我有一种说不出的吸引力。在我定居这个村庄之初,我常常一个人上山,独自发愁。每当我独自转悠,有时,特别在中午,学校放学的时候,会遇到一大群孩子,叽叽喳喳,吵吵嚷嚷,背着书包,拿着写字板,又跑又跳,一边欢笑,一边玩耍,我的整个心灵就开始突然倾注到他们身上,不知道为什么,每次遇到他们,我都会有一种异常强烈的幸福感。我停下脚步,望着他们那些小小的、忽前忽后老在跑的小腿,望着一起跑的小男孩和小女孩,望着他们的欢笑和眼泪(因为从学校跑回家的一路上,许多孩子已经打过架、大哭过,然后又言归于好,又在一起玩),我就幸福得笑起来,把自己的满腹愁思忘得一干二净。后来,也就是在余下的三年中,我简直无法理解,居然有人在发愁,一个人好端端的,干吗要发愁呢?我的整个心都扑到他们身上了。我从来没有打算离开这个村庄,我从来不曾想到,有朝一日,我会回到这儿,回到俄国来。我还以为,我将永远客居他乡,但是后来我终于看到施奈德没法再养活我了,恰好在这时又出现了一件似乎很重要的事,以致连施奈德都催促我快点儿回来,并且替我给国内写了回信。我回来的目的是看一看到底是怎么回事,并且找些人商量商量。我的命运也许将根本改观,但是这完全不是我要说的,也不是主要的。主要的是,我整个生活都已经变了。我在国外留下了许多东西,实在太多了。这一切都已烟消云散。我坐在火车上想:'现在我正向人们走去,我也许一无所知,但是新生活终于到来了。'我决定坦诚并且坚定不移地完成自己的事业。① 跟人们在一起,我也许会感到无聊和难受。首先,我决定对所有的人都谦恭有礼和以诚相待,反正谁也不会要求我做更多的事。也许,在这里人们也会认为我是孩子——那也只能随他们了!不知道什么原因,大家也都认为我是白痴,我从前的确生过病,那时候也的确像白痴,现在既然我自己都明白人家认为我是白痴,我还算什么白痴呢?我进来时就想:'人家认为我是白痴,其实我很聪明,他们硬是看不出来……'我常有这样的想法。我在柏林的时候,收到几封从瑞士来的短信,都是孩子们写给我的,这时我才明白,我是多么爱他们。收到第一封信的时候,心里很难受!孩子们给我送行的时候是多悲伤啊!还在一个月前,他们就开始给我送行了:'列昂要走啦,列昂走了就不回来啦!'我们每天傍晚都同过去一样,在瀑布旁聚会,说来说去都是我们即将离别的事。有时候,我们跟过去一样快乐。仅仅在彼此分手回家睡觉的时候,他们才紧紧地、热烈地拥抱我,这是过去所没有的。有的孩子瞒着大家偷偷跑到我这里来,仅仅为了能够单独地,而不是当着大家的面拥抱我、亲吻我。当我动身上路的时候,所有的孩子成群结队把我送到火车站。车站离我们村大约有一俄里路。孩子们极力忍住了不哭,可是有许多孩子忍不住,哭出了声音,特别是女孩子。我们怕赶不上火车,走得很急,可是总有孩子忽然从人群里跑出来,扑到我身上,用小手搂住我的脖子,亲吻我,因此使一大群人都只好停下来。我们虽然急着赶路,但大家还是停下来,等他告别完了再走。当我坐上火车,火车开动以后,他们大家都向我高呼'乌拉!',并且在原地站了很久,一直到火车完

---

① 这一主题的基调,取自《圣经·福音书》。参见《约翰福音》第八章第二十八节、第九章第四节。

全开走为止。我也一直望着他们……听我说,方才我走进这屋子,望了望诸位可爱的脸(我现在也在仔细端详你们的脸),并且听到你们的最初的谈话以后,我心头才第一次感到好受了些。我方才还想,也许我这人的确福星高照:要遇到一些一见面就相见恨晚的人,那是可遇而不可求的,这我知道,可是我刚下火车就遇到了你们。我很清楚,大家都羞于说出自己的感情,可是我却对你们说了,跟你们在一起,我并不觉得害羞。我生性孤僻,也许,要隔很久才能来拜访诸位。不过请你们千万别误会,我说这话并不是对你们见外,也别以为我有什么事情感到不高兴。你们曾经问我对你们的脸有什么看法。鄙人很乐意略诉己见。阿杰莱达·伊万诺芙娜,您有一张幸福的脸,在所有三个人的脸中,您的脸最可爱。此外,您长得很好看,人家看见您的相貌就会说:'她有一副心地善良的脸。'您平易近人,生性活泼,但是您也善于很快洞察别人的心。这就是我对您的脸的看法。亚历山德拉·伊万诺芙娜,您的脸也非常美丽、非常可爱,但是您心头也许有一种隐隐的忧伤;您的心肠无疑是极善良的,但是您并不愉快。您脸上有一种特别的神态,就像德累斯顿藏画霍尔拜因①的圣母像②。嗯,这就是我对您的脸的看法,我这人最会猜了,我猜得对吗?您自己不也把我当作一个能掐会算的人吗?但是对于您的脸,利扎韦塔·普罗科菲耶芙娜,"他忽然对将军夫人说道,"我对于您的脸就不仅仅是看法了,我深信不疑,您完完全全是个孩子,而且在一切方面,无论是好的方面还是坏的方面,您都是孩子,尽管您已经这么大岁数了。我这么说,您不会生我的气吧?因为您不会不知道孩子们在我心目中的地位。你们不要以为我现在如此坦诚地谈论你们的脸是无心的,噢不,完全不是的!也

---

① 指小霍尔拜因(1497—1543),文艺复兴时期德国杰出的肖像画家。
② 指《与市长梅耶一家在一起的圣母像》。德累斯顿所藏为赝品,由尼德兰画师摹制。原作藏达姆斯塔特博物馆。

许我另有用意也说不定。"

七

公爵说到这里，停了下来，大家都快乐地看着他，连阿格拉娅也这样看着他，尤其是利扎韦塔·普罗科菲耶芙娜。

"岂不是考完了！"她叫起来，"怎么样，诸位好心的小姐，你们以为你们将像照顾穷人那样照顾他，可他差点儿没赏脸把你们给挑了去，而且还提出了附带条件，他只能难得前来拜访。瞧，咱们岂不是犯傻嘛，不过我还是很高兴。最冒傻气的是伊万·费奥多罗维奇。真的，公爵，刚才他还让我们考考你哩。至于您说的关于我的脸的评语，可真是千真万确：我是个孩子，我也知道这点。而且早在您之前就知道了，您只是一语破的，说出了我的想法。我认为您的性格同我一模一样，而且感到很高兴，就像两滴水一样。不过您是男人，我是女人，也没去过瑞士，这就是全部区别。"

"别急嘛，妈妈，"阿格拉娅说，"公爵说，他说了许多话是别有用意的，不是随随便便说的。"

"对，对呀。"其余的人都笑道。

"别逗啦，我的好小姐，也许他比你们三人加在一起还鬼呢。瞧着吧。不过话又说回来，公爵，您怎么对阿格拉娅什么话也没说呢？阿格拉娅在等着，我也在等着。"

"眼下我什么也说不出来，以后再说吧。"

"为什么？不是看得很清楚吗？"

Ф. Достоевский

公爵说到这里，停了下来，大家都快乐地看着他，连阿格拉娅也这样看着他，尤其是利扎韦塔·普罗科菲耶芙娜。

Идиот

"噢对，是看得很清楚，您是位绝色美女，阿格拉娅·伊万诺芙娜。因为您长得太漂亮了，漂亮得让人不敢看。"

"就这些？品性呢？"将军夫人执拗地问。

"对于美貌是很难下断语的，我还没做好精神准备。美是一个谜。"

"那么说，您让阿格拉娅打哑谜啦，"阿杰莱达说，"阿格拉娅，你猜呀。她好看吗，公爵，漂亮不漂亮？"

"非常漂亮！"公爵着迷地望了阿格拉娅一眼，热烈地答道，"几乎跟纳斯塔西娅·菲利波芙娜一样，虽然脸型完全不同……"

大家都惊讶地面面相觑。

"像——谁？"将军夫人拖长声音问，"像纳斯塔西娅·菲利波芙娜？您在哪儿见过纳斯塔西娅·菲利波芙娜？哪一个纳斯塔西娅·菲利波芙娜？"

"方才，加夫里拉·阿尔达利翁诺维奇把照片拿给伊万·费奥多罗维奇看来着。"

"怎么，居然给伊万·费奥多罗维奇把照片都拿来了？"

"是拿给他看的。纳斯塔西娅·菲利波芙娜今天把自己的照片送给了加夫里拉·阿尔达利翁诺维奇，他就拿来给他看看。"

"我也想看！"将军夫人气势汹汹地说，"那张照片呢？既然送给他，就应当在他身边，他当然还在书房。他每星期三都来这里工作，而且从来不会早于四点离开这里。立刻给我把加夫里拉·阿尔达利翁诺维奇叫来！不，我并不是非见到他不可。劳您驾，亲爱的公爵，请您到书房去一趟，跟他把照片拿来。就说拿去看看。劳驾了。"

"人还好，就是头脑太简单。"公爵出去后，阿杰莱达说。

"是的，不过太那个，"亚历山德拉同意道，"因此显得有点儿可笑。"

两姐妹好像没有把自己的想法全说出来。

"话又说回来，他拿我们的脸耍了个金蝉脱壳之计，而且耍得很漂亮，"阿格拉娅说，"把大家都恭维了一通，连妈妈也在内。"

"别耍贫嘴了，好不好！"将军夫人叫道，"不是他恭维我，而是我受到了抬举。"

"你认为他耍花招？"阿杰莱达问。

"我觉得他的头脑并不那么简单。"

"唉，又来了！"将军夫人生气道，"依我看呀，你们比他还可笑。他头脑虽然简单，但很精明，当然，这是从最好的方面说。跟我一模一样。"

"当然，糟糕透了，关于照片的事我说漏了嘴，"公爵向书房走去时心里感到很过意不去，暗自寻思道，"但是……说漏了嘴也许倒好……"他头脑里闪过一个奇怪的想法，虽然这想法还不十分明朗。

加夫里拉·阿尔达利翁诺维奇仍旧坐在书房里，正在埋头处理公文。看来，他确实不是白拿公司薪俸的。当公爵向他要照片并告诉他那边是怎么知道这张照片的事情以后，他窘态毕露。

"哎——哎呀！您多什么嘴呀！"他又愤怒又懊恼地叫道，"您什么也不懂……白痴！"他自言自语道。

"对不起，我完全没有想到这一层，说顺了嘴。我说阿格拉娅几乎跟纳斯塔西娅·菲利波芙娜一样漂亮。"

加尼亚请他说得详细点儿，公爵便一五一十地告诉了他。加尼亚又一次嘲弄地看了看他。

"您倒把纳斯塔西娅·菲利波芙娜的名字记得挺牢啊……"他嘀咕道，但是没说完，又沉思起来。

他显然很惊慌。公爵又提醒他关于拿照片的事。

"我说公爵，"加尼亚似乎灵机一动，忽然说道，"我对您有个不情之请……不过，说真的，我也不知道……"

他显得很窘，没把话说完，他好像拿不定主意，正在做思想斗争。公爵一言不发地等着。加尼亚再次用试探而又专注的目光将他浑身上下打量了一遍。

"公爵，"他又开口道，"现在，那边对我……由于一件非常奇怪的事……而且十分可笑……我对此是无辜的……嗯，总之，这话说给您听也属多余，——那边对我似乎有点儿生气，所以在一段时间内，她们不叫我，我就不想到里边去。可是现在我又非常需要同阿格拉娅·伊万诺芙娜谈谈。我写了几句话以备不时之需（他手中出现了一张折叠好的小纸条），可是我不知道怎么交给她。公爵，能否劳您大驾把它交给阿格拉娅·伊万诺芙娜？要立刻交给她，不过只能交给阿格拉娅·伊万诺芙娜一个人，也就是说，不能让任何人看见，您明白吗？这并不是什么秘密，完全不是那么回事……但是……您能做到吗？"

"叫我做这种事，不是非常愉快的。"公爵回答。

"哎呀，公爵，我有急需呀！"加尼亚开始求他，"她也许会给答复的……请相信我，我只是在不得已、实在万不得已的情况下才求您……除了您，我能求谁送去呢？……这事很重要……对我非常非常重要……"

加尼亚很心虚，生怕公爵不答应，因此以苦苦哀求的神态望着他的眼睛。

"好吧，我交给她。"

"不过，别让任何人看见，"大喜过望的加尼亚央求道，"公爵，我可是寄希望于您的保证呀，啊？"

"我决不给任何人看。"公爵说。

"这封短信没有封口，但是……"加尼亚慌慌张张地说道，但是说了一半又不好意思地停了下来。

"噢，我不会看的。"公爵非常朴实地答道，他拿了照片就从书房走了出去。

加尼亚剩下独自一人的时候，抱住了自己的脑袋。

"只要她说一句话，我就……我就，真的，我也许会同她一刀两断！……"

由于激动和期待，他已经不能再坐下来处理公文了，他在书房里开始踱来踱去，从一个角落踱到另一个角落。

公爵一面走，一面沉思：加尼亚托办的这件事使他吃惊，也感到不愉快，想到加尼亚给阿格拉娅写信，也使他吃惊和不愉快。他走到离客厅还有两个房间的时候，突然停住了脚步，似乎想起了什么事，向四周张望了一下，走到窗前，凑近亮光，看起了纳斯塔西娅·菲利波芙娜的照片。

他仿佛想破译隐藏在这张脸上、方才使他感到吃惊的某种东西。他方才得到的印象一直萦回不去，他现在仿佛急于对某种东西重新检查一遍似的。这张非凡美丽和在某一点上异乎寻常的脸，现在更使他吃惊不已。这张脸上似乎有一种无边的骄傲和轻蔑，几乎是仇恨，与此同时，又有某种信任的、厚道得令人吃惊的东西。在对这副容貌匆匆一瞥后，这两种反差甚至会激起某种怜悯。这种令人目眩神迷的美，甚至叫人受不了。脸色苍白，两颊近乎塌陷，但目光如火 —— 由这构成的美，是一种多么奇怪的美啊！公爵看了一会儿，突然惊醒过来，向四周看了看，把照片急忙凑近嘴边，亲吻了一下。一分钟后，当他走进客厅的时候，他的脸色已经十分镇定了。

但是，他刚踏进餐室（与客厅还隔着一个房间），阿格拉娅恰好走出来，几乎在门口跟他撞了个满怀。就她一个人。

"加夫里拉·阿尔达利翁诺维奇让我交给您。"公爵把信递给她时说。

阿格拉娅停下来，接过那封短信，似乎感到奇怪地望了望公爵。她的目光里没有一丝窘态，只略微透露出一点儿惊讶，而这点儿惊讶也似乎仅仅因公爵而来。阿格拉娅向他匆匆一瞥，似乎要他回答——他在这件事情上怎么跟加尼亚搅在一起的？——她表露这一要求时，神态沉着而又高傲。他俩面对面地站了片刻，最后，她脸上微微露出一丝嘲弄，然后淡淡一笑，扭头而去。

将军夫人默默地、略带轻蔑地把纳斯塔西娅·菲利波芙娜的照片端详了片刻。她拿着照片，伸长胳膊，略带做作地把照片故意放在远远离开眼睛的地方。

"是的，很漂亮，"她终于说道，"甚至非常漂亮。我见过她两次，不过离得远。您喜欢这样的美吗？"她蓦地问公爵。

"是的……我喜欢这样的美……"公爵有点儿费劲地答道。

"那么说，您喜欢的就是这样的美？"

"就是这样的美。"

"为什么？"

"这张脸上……有许多痛苦……"公爵仿佛无意地，又似乎自言自语地说道，好像并不在回答问题。

"不过，您也许在说胡话吧。"将军夫人说，用一种不屑一顾的姿势把照片扔到桌上。

亚历山德拉拿起照片，阿杰莱达也走过去，两人开始观看。这时阿格拉娅又回到了客厅。

"真有力量！"阿杰莱达从姐姐肩膀后面贪婪地端详着照片，猛地叫道。

"哪儿？什么力量？"利扎韦塔·普罗科菲耶芙娜急促地问。

"这样的美就是力量。"阿杰莱达热烈地说，"一个女人有这样的美，可以把世界翻个个儿！"

她若有所思地退到一边，走到画架前。阿格拉娅只是对照片匆匆瞥了一眼，然后眯起眼睛，噘了噘嘴，走到一边，抱着胳膊，坐了下来。

将军夫人摇了摇铃。

"叫加夫里拉·阿尔达利翁诺维奇到这里来一下,他在书房。"她盼咐进来的仆人。

"妈妈!"亚历山德拉别有用意地叫道。

"我想跟他说两句话!"将军夫人打断她的反对,急忙插嘴道。她显然十分恼火,"公爵,您看见了吧,现在我们家什么都是秘密。全是秘密!到处要保密,什么家丑不可外扬,蠢透了。这事还保什么密,办这事就要完全公开、一清二楚和坦诚相见。正在说合几桩婚事,这几桩婚事我都不喜欢嘛……"

"妈妈,您说这干吗呀?"亚历山德拉急忙阻止她。

"你怎么啦,好闺女?你自己难道就喜欢吗?公爵听见了又有什么关系,我们是朋友嘛。起码我跟他是朋友。上帝寻找的人当然是好人,至于那些心怀鬼胎、出尔反尔的人,他是不要的,特别不要那些今天来一套明天又说另一套的人。您懂吗,亚历山德拉·伊万诺芙娜小姐?他们说我是怪物,公爵,可是我懂得好坏。因为一个人最要紧的是心好,其他全是扯淡。聪明当然也要……也许,聪明还是最主要的。你别笑,阿格拉娅,我说这话不是自相矛盾:有心无脑的傻瓜跟有脑无心的傻瓜一样都是倒霉蛋。这是老辈的古训。我是个有心无脑的傻蛋,而你是个有脑无心的笨伯,因此咱俩都倒霉,咱俩都在受苦受难。"

"您到底有什么倒霉呢,妈妈?"阿杰莱达忍不住问道,母女四人大概就她没有丧失愉快的心情。

"第一,因为有这些有学问的闺女,"将军夫人断然答道,"单凭这一条也就够你受的了,至于其他,不讲也罢。费尽了多少唇舌。我倒要看看,你们二位(我不算阿格拉娅),既聪明又伶牙俐齿,将来怎么嫁人?尊敬的亚历山德拉·伊万诺芙娜小姐,您跟您那位可敬的先生在一起能幸福吗?……

啊！……"她蓦地看见走进来的加尼亚，叫道，"瞧，又来了位新郎官。您好！"她回答加尼亚的问候，并没有请他坐下，"您快娶亲了？"

"娶亲？……怎么娶亲？……娶什么亲？……"加夫里拉·阿尔达利翁诺维奇被问得瞠目结舌，不知所措，嘟囔道。

"我问您，您快结婚了吗？如果您更喜欢这样说的话？"

"不——不……我……不——不，"加夫里拉·阿尔达利翁诺维奇撒谎道，他的脸一下羞得通红，他匆匆瞥了一眼坐在一旁的阿格拉娅，很快移开了眼睛。阿格拉娅冷冷地、平静地、目不转睛地注视着他，观察着他的窘态。

"不？您说不？"铁面无情的利扎韦塔·普罗科菲耶芙娜执拗地追问道，"行了，我会牢牢记住的，今天，星期三上午，您在回答我的问题时曾说过'不'。今天星期几啦，是星期三吗？"

"好像是星期三，妈妈。"阿杰莱达回答。

"从来都不知道星期几。今天几号？"

"二十七号。"加尼亚回答。

"二十七号？按照某种算法，这可是个黄道吉日。再见，您好像有许多公事要办，我也该去穿衣服出门拜客了。把您的照片拿走。替我问候不幸的尼娜·亚历山德罗芙娜。再见，亲爱的公爵！请常来舍下做客，我要去专诚拜访别洛孔斯卡娅老太，把你的事告诉她。听我说，亲爱的：我相信，你是上帝特地为我从瑞士带到彼得堡来的。或许，你还有别的事情要办，但主要是为我。上帝就是这样决定的。再见，亲爱的。亚历山德拉，到我房间里来一下，宝贝。"

将军夫人走出了客厅。加尼亚垂头丧气、心慌意乱，又气又恼，从桌上拿起照片，苦笑着向公爵说道：

"公爵，我这就回家。如果您没有改变主意，决定住到我家去的话，我可以带您去，不然的话，您连地址都不知道。"

"等等，公爵，"阿格拉娅蓦地从圈椅上站起来说，"您还得给我在纪念册上写几个字呢。爸爸说您是书法家。我这就给您拿来……"

她说罢就走了出去。

"再见，公爵，我也要出门了。"亚历山德拉说。

她紧紧地握了握公爵的手，向他客气而又亲热地嫣然一笑，走了出去。她看都没看加尼亚。

"都是您，"大家刚一出去，加尼亚就猛地冲公爵咬牙切齿地说，"都是您向她们搬弄是非，说我要结婚了！"他压低声音急促地说，脸都气疯了，两眼恶狠狠地发着光，"您是个搬弄是非的无耻小人！"

"我说您错了，"公爵镇静而又有礼貌地答道，"您要结婚的事，我根本就不知道。"

"您方才听到伊万·费奥多罗维奇说，今天晚上将在纳斯塔西娅·菲利波芙娜家决定一切，您就把这话捅了出去！您扯谎！她们打哪儿知道的？见鬼，除了您，谁会去告诉她们？难道老太婆没有向我含沙射影指出这点吗？"

"如果您觉得她向您含沙射影，那您一定更清楚是谁告诉她的了，关于这事，我只字未提。"

"信交给她了？回信呢？"加尼亚急不可耐地打断他的话。但是就在这时候，阿格拉娅回来了，公爵什么话也没来得及回答。

"给，公爵，"阿格拉娅把自己那本纪念册放到小桌上，说道，"您挑一页，随便给我写点儿什么。这是笔，还是新的。用钢笔没关系吗？我听说，书法家是不用钢笔的。"

她一面和公爵说话，一面好像根本没有看见加尼亚也在这里似的。但是，

第一部

当公爵矫正笔尖，寻找空页，准备下笔的时候，加尼亚走到阿格拉娅（她现在站在公爵的右边）站着的壁炉旁，用颤抖的、断断续续的声音，几乎向她耳语道：

"一个字，只要您说一个字——我就得救了。"

公爵迅速转过身，看了看他们两位。加尼亚的脸笼罩着真正的绝望。他讲这话的时候好像不假思索，跟玩命似的。阿格拉娅既镇静又诧异地看了他几秒钟，那模样跟刚才看公爵时完全一样，她那既镇静而又诧异的神情，似乎她完全不明白人家在跟她说什么，这种莫名其妙的神态，此刻在加尼亚看来简直比最厉害的蔑视还可怕。

"让我写什么呢？"公爵问。

"我这就给您口述，"阿格拉娅向他转过身去，说道，"准备好了？ 您就写：'我不参加交易。'下面再写上几月几日。让我看看。"

公爵把纪念册递给她。

"好极了！ 写得太妙了，您的书法真好！ 谢谢您。再见，公爵……等等，"她好像突然想起了什么似的，又加了一句，"咱俩一起走，我想送点儿东西给您留作纪念。"

公爵跟在她后面，但是走进餐室后，阿格拉娅停住了脚步。

"看看这个。"她一边把加尼亚的短信递给他，一边说。

公爵接过信，莫名其妙地望了望阿格拉娅。

"我知道您没有看过这封信，也不可能成为这个人的亲信。看吧，我希望您看一看。"

这封信显然是急就章，写得很匆忙：

今天将决定我的命运，您知道采取什么方式。我今天必须表态，而

第一部

且一言既出，驷马难追。我没有任何权利指望您的同情，我也不敢有任何奢望，但是您从前说过一个字，仅仅是一个字，这个字就豁然照亮了我犹如黑夜的人生，成了我的灯塔。现在只要您再说一个同样的字——您就能把我从毁灭中拯救出来！您只要对我说：吹，我今天就跟她一刀两断。噢，说这话对您又算得了什么呢！我只想在这个字里求得您对我的同情和怜悯的一点点表示——如此而已，如此而已！此外就再没什么了，再没什么了！我不敢抱任何希望，因为我不配抱希望。但是听到这个字以后，我将重新安贫乐道，愉快地忍受我那绝望的境遇。我将迎接战斗，高兴地投入战斗，我将在这场战斗中以新的力量再生。

请您捎给我这句表示同情的话吧（我向您起誓，仅仅是同情！）。请您不要因为一个绝望的人，一个即将淹死的人，为了活命胆敢垂死挣扎、胆大妄为，而生他的气吧。

加·伊[①]

公爵读完信后，阿格拉娅毫不客气地说道："这人担保说，只要我说一个字：'吹'——这既不损害我的名誉，也不对我具有任何约束力，而且您瞧，他还亲笔写了这封信给我做书面保证。注意，他又多么天真地急忙在某个字下面加了着重号啊，可是他那见不得人的想法却昭然若揭。他明知道，如果他当真吹了，而且是他自己一个人吹的，既不等我发话，甚至也不向我提起这事，对我不抱任何希望的话，我倒可能从此改变对他的态度，也许还能成为他的朋友。这一点他知道得很清楚！但是他的灵魂太肮脏了：明明知道，但是拿不定主意。他虽然明明知道，还是想求个保证才放心。单是心里有数，

[①] 加尼亚·伊沃尔金的缩写。

他是不肯断然行事的。他想要我给他一个把我弄到手的希望,来补偿那十万卢布。至于他在信中提到的、似乎照亮了他人生的我过去说过的一句话,那是无耻地撒谎。我无非有一次可怜过他罢了。但是他既狂妄又无耻:当时他立刻闪过一个看来不无希望的念头,我立刻就明白了这点。他从此开始追我,而且现在还在追我。但是够了。把这信拿去,还给他,一出我们家就立刻还给他,当然,也不必提前给他。"

"怎么给他回话呢?"

"自然,什么也不用说。这就是最好的回答。至于您,这么说,想住在他家?"

"方才,伊万·费奥多罗维奇亲自向我推荐的。"公爵说。

"我关照您,您得提防他点儿。现在您把这封信退给他,他决不会轻饶了您。"

阿格拉娅微微握了握公爵的手,走了出去。她面容严肃,双眉深锁,甚至跟公爵点头告别的时候,都没笑一笑。

"我立刻回来,就去拿一下包袱,"公爵对加尼亚说,"拿了就走。"

加尼亚不耐烦地跺了跺脚。他的脸由于狂怒都发黑了。最后,他俩走到街上,公爵两手抱着包袱。

"回信呢? 回信?"加尼亚冲他嚷嚷道,"她说什么? 您把信给她了?"

公爵默默地把他那封信递给了他。加尼亚都惊呆了。

"怎么? 我的信!"他叫起来,"您居然没有交给她! 噢,我应该早料到嘛! 噢,该——死——的东西……怪不得她方才什么也不明白,您怎么,怎么,怎么没交给她呢,噢,该——死——的东——西……"

"请您原谅,恰好相反,您的信一给我,我就立刻交给了她,而且完全是按照您的要求办的。至于它又出现在我的手里,那是因为阿格拉娅·伊万诺芙娜方才退给了我。"

"什么时候? 什么时候?"

"就在我写完纪念册,她请我出去的时候。(您不是听见了?)我们走进餐室后,她给我这封信让我看一看,接着又让我退还给您。"

"看——一——看!"加尼亚几乎声嘶力竭地喊道,"看看! 您看了吗?"

他又在人行道上站住,呆若木鸡,但又觉得十分诧异,诧异得张大了嘴。

"是的,看了,刚看过。"

"是她亲自,亲自让您看的吗? 亲自?"

"亲自,请相信我,她不请我看,我是不会看的。"

加尼亚沉默片刻,苦苦思索着什么,但猛地又叫道:

"不可能! 她不可能叫您看。您扯谎! 是您自己看的!"

"我说的是实话,"公爵仍旧十分心平气和地答道,"请相信我:我感到十分遗憾,没想到这会对您产生这样不愉快的印象。"

"但是,倒霉鬼,当时,她起码总对您说了些什么吧? 她总该有什么话答复我吧?"

"是的,那自然。"

"那您快说呀,快说呀,噢,活见鬼!……"

加尼亚穿着套鞋,他用右脚在人行道上连跺了两次。

"我一看完,她就告诉我,您在追她,说您想损害她的名誉,无非为了从她那里得到希望,然后再依靠这希望,毫不吃亏地断绝另一个可以得到十万卢布的希望。她说,如果您真这样做了,不跟她讨价还价,是自己吹的,不预先向她索取保证的话,她倒说不定会成为您的朋友。好像就说这些。对,还有:我收下信后,问她怎么回答,她说,不回答就是最好的回答——好像,就这样。请原谅,我忘了她的原话,只能把我了解的意思告诉您。"

无边的恼怒充满了加尼亚的心,他的狂怒不可遏制地冲口而出:

"啊！原来是这么回事！"他咬牙切齿道，"竟把我的信扔出窗外！啊！她不肯参加交易，——那我参加！咱们等着瞧！我有的是办法……咱们等着瞧！……我非让她乖乖地听话不可！……"

他的嘴都气歪了，面色苍白，口吐白沫；他举起拳头威胁着。他们这样走了几步。他对公爵毫无顾忌，也毫无拘束，就像他独自待在自己的房间里一样，因为他根本就没有把他放在眼里，把他看作是个零。但是他忽然明白了什么，清醒了过来。

"究竟怎么搞的，"他忽然对公爵说，"您（白痴！——他自言自语地加了一句）究竟是怎么搞的嘛，你们俩初次见面，才过了两小时，她居然会这么信任您？这究竟是怎么回事？"

在他的所有痛苦中就差嫉妒了。嫉妒猛地啃咬着他的心。

"这事我就说不清楚了。"公爵回答。

加尼亚恶狠狠地望了望他。

"她叫您到餐室去就为了送给您这份信任吗？她不是说想送您点儿什么东西吗？"

"应该是这样，否则我就不明白了，怎么正好是这样？"

"究竟为了什么呢，见鬼！您在那儿到底做什么了？您究竟凭什么赢得了她的欢心？听我说，"他忽然手忙脚乱起来（此刻，他好像什么都乱糟糟的，漫无头绪，热血沸腾，因此思想集中不起来），"听我说，您能不能好好想想，挨个儿理一遍，您在那儿究竟说了什么？从头开始，把说过的话统统想一遍，您没发现什么吗，想不起来了？"

"噢，完全想得起来！"公爵回答，"一开始，我走进去，彼此寒暄以后，我们就谈起了瑞士。"

"哎呀，让瑞士见鬼去吧！"

"接着就谈到了死刑……"

"死刑?"

"是的,由于某种原因……后来我就给他们讲我在瑞士住了三年的情形,以及一位可怜的乡村姑娘的故事……"

"哎呀,让这可怜的乡村姑娘见鬼去吧!以后呢!"加尼亚不耐烦地抢白道。

"后来,我告诉她们,施奈德对我的性格发表了自己的看法,硬要我……"

"让施奈德滚远点,他的看法关我屁事!以后呢!"

"以后,由于一个原因,我开始讲脸,也就是讲面部表情,我说,阿格拉娅·伊万诺芙娜差不多跟纳斯塔西娅·菲利波芙娜一样漂亮。也就是讲到这里,我说漏嘴,提到了照片……"

"但是,您有没有告诉她们,您总不会告诉她们方才在书房里听到的话吧?没有?没有告诉吗?"

"我向您再说一遍:没有!"

"那从哪儿,活见鬼……哎呀!阿格拉娅没把这封信拿给老太婆看吗?"

"这点我可以向您完全保证,没拿给她看。我一直在这里,她也没时间呀。"

"很可能您自己没注意……噢!该——死——的白痴,"他叫道,已经完全控制不住自己了,"话都说不清楚!"

加尼亚就跟某些人常常发生的情形那样,因为开口骂人没遭到反击,就渐渐失去了任何节制。再过一会儿,他也许就要朝人家脸上吐唾沫了,因为他狂怒到极点。但是,也正由于这种狂怒,他才瞎了眼,要不然,他早就该注意到,他所鄙视的这个所谓"白痴",有时候却能非常迅速、非常细致地洞察一切,并且善于头头是道地转述一切。但是忽然发生了一件意料不到的事。

"我应该向您指出,加夫里拉·阿尔达利翁诺维奇,"公爵忽然说道,"我从前的确不十分健康,的确差不多是白痴,但是我现在早好了,因此有人当面叫我白痴，我是有点儿不高兴的。虽然我注意到您有事不顺心，情有可原，但是您盛怒之下都骂我两次了。这是我非常不乐意听到的，特别像您这样，初次见面就出言不逊，因为现在我们正好站在十字路口，我们还不如分手的好，您往右，回家去，我往左。我手头有二十五卢布，我一定可以找到一家备有家具的①住房。"

加尼亚窘极了，甚至都羞红了脸。

"对不起，公爵，"他热烈地叫道，突然改变了口吻，由骂人一改而为彬彬有礼，"看在上帝分上，请多多原谅！您都看见了，我多倒霉！您还几乎一无所知，如果您知道了全部情况，一定会多多少少原谅我的。虽然，毋庸讳言，我的行为是不可原谅的……"

"噢，我根本不需要您连声道歉，"公爵急忙回答道，"您骂人是因为您心里不痛快，这我懂。好，就到府上去。我很高兴……"

"不，现在决不能轻易放他走，"加尼亚一路上恼怒地望着公爵，暗自思忖，"这个骗子把我的底细全探听去了，将来忽然摘下面具……这下可有戏看了。好，咱们等着瞧！一切都会迎刃而解的，一切，一切！就在今天！"

他们已经站在一座楼房的近旁。

八

从一条非常清洁、明亮、宽敞的楼梯登上三楼，便是加尼亚家的住房，

---

① 在原著中"备有家具的"是法文单词（garni）的俄文拼写。

大小房间总共有六七间，虽然十分普通，但是一名拉家带口的小官吏，即使年薪两千卢布，也不是总能住得起的。这套住房原准备分租给几家房客，兼管饭和照料家务，可是在两个月前被加尼亚家租了下来，加尼亚为此很不高兴，但是尼娜·亚历山德罗芙娜和瓦尔瓦拉·阿尔达利翁诺芙娜坚持要这样做，因为她们俩也希望帮帮家里的忙，哪怕给家里多少补贴点儿收入也好，加尼亚皱起眉头，把招揽房客、出租房屋称为不成体统。她们这样做以后，他似乎感到在社会上抬不起头来，因为他一向以年纪轻轻就崭露头角，而且前程远大的面貌出入社交界。对命运的一再退让以及这整个恼人的拥挤——这一切都在他内心烙下了深深的创伤。从某个时候起，他开始为一些鸡毛蒜皮的事动辄发怒，而且不管事情大小，一怒就大发雷霆，如果说他还能暂时让步和忍气吞声的话，那也无非因为他已下定决心要在最短期间内改变和重新安排这一切。然而要发生这种变化，他所选中的这条出路本身就不是一件轻而易举的事——若要动手来解决这一任务，与过去所做的一切相比，都将更麻烦、更痛苦。

从前室进去就是一条走廊，它把这套住宅一分为二。在走廊一边，有三个准备出租的房间，供"特别推荐的"房客居住；此外，在走廊的同一边，在它的尽头，靠近厨房，还有第四个小房间，比其他房间都窄，里面住着一家之主，退伍将军伊沃尔金，他睡在一张宽大的长沙发上，因此出入住房都必须穿过厨房，走后楼梯。跟他住在同一间小屋里的是加夫里拉·阿尔达利翁诺维奇的十三岁的弟弟，中学生科利亚，他们也让他挤在这间小房间里学习和睡觉，也睡在另一张非常旧，而且又窄又短的小沙发上，沙发上铺了一床满是破洞的床单，他的主要任务是照看父亲，老爷子已经越来越离不开别人的照看了。让公爵住进去的是三间屋子中的中间那一间；右边第一间住着一位名叫费德先科的人，由此往左的第三间现在还空着。但是加尼亚首先把公爵领进他们自家住的那半边。他家住的那半边由三部分组成：起坐间、客厅和卧室。所谓起坐间，必要时就变成饭厅，至于客厅，只是早晨和上午才成为客厅，晚上就变成加尼亚的书房和卧室了，最后是第三间屋，较小，而且老关着门：这就是尼娜·亚历山德罗芙娜和瓦尔瓦拉·阿尔达利翁诺芙娜的卧室。总之，这套住房里的一切都安排得很拥挤，很紧凑。加尼亚只好暗自咬牙，把气往肚子里咽。他虽然很想对母亲恭敬、孝顺，但是从一踏进他们家的门槛起，您就会发现，他是这家的一大暴君。

尼娜·亚历山德罗芙娜并不是一个人在客厅里，跟她坐在一起的还有瓦尔瓦拉·阿尔达利翁诺芙娜，她们俩在编织什么东西，并同客人伊万·彼得罗维奇·普季岑说着话。尼娜·亚历山德罗芙娜看上去有五十岁上下，一副消瘦、清癯的脸，眼下有一圈很重的黑晕。她的模样是有病的、虚弱的，但是她的面容和眼神却相当讨人喜欢。交谈之初，就可以看出她性格严肃，充满自尊。尽管外表很虚弱，可是她身上却可以感到一种坚强，甚至果断。她穿得十分朴素，身穿一件深色的、完全老太太式的衣服，但是她的举止、言谈和整个风度，都显露出她是一个曾经见过大世面的女人。

瓦尔瓦拉·阿尔达利翁诺芙娜是一位二十三岁上下的大姑娘，中等个儿，相当瘦，脸蛋虽说不上很美，但却含有一种即使不美也非常讨人喜欢、足以叫人心旌摇曳的秘密。她很像母亲，由于完全不想打扮自己，连穿戴也跟母亲一样。她的一双灰眼睛流露出的目光，虽然有时候会表现出十分愉快和热情，但更经常显露出来的却是严肃和若有所思，有时候甚至太严肃了，特别是最近。她脸上还显出坚强、果断的神情，令人预感到，这种坚强的性格甚至可能比她的母亲还要刚毅和精明强悍。瓦尔瓦拉·阿尔达利翁诺芙娜的脾气很坏，一点就着，有时连他哥哥也害怕她这个火暴脾气。见了她也惧怕三分的，还有现在坐在这里的客人伊万·彼得罗维奇·普季岑。他还相当年轻，三十不到,穿得朴素而又高雅,举止文静,但似乎过于庄重了点。他蓄着一些深褐色的络须,说明他并不是一个在衙门里当差的人①。他的谈吐既聪明又风趣,但是经常默默无语。总的说,他给人的印象甚至是愉快的,他对瓦尔瓦拉·阿尔达利翁诺芙娜显然不是无动于衷,而且他也并不掩饰自己的感情。瓦尔瓦拉·阿尔达利翁诺芙娜对他是友好的,但是对他提的某些问题迟不作答,甚至不喜欢这些问题。然而,普季岑并不因此灰心丧气。尼娜·亚历山德罗芙娜对他很亲热,最近,甚至十分信任他。但是,大家也知道,他是专门靠发放高利贷,收取比较可靠的抵押品发财的。他同加尼亚是知交。

加尼亚详详细细,但又东一榔头西一棒槌地对公爵做了一番介绍之后(加尼亚非常冷淡地向母亲问了好,不理他妹妹,也没向她问好,就立刻把普季岑叫出了房间),尼娜·亚历山德罗芙娜对公爵说了几句客套话,就吩咐向门里窥视的科利亚把公爵领到当中的那个房间去。科利亚是个小男孩,脸蛋十分活泼而且相当可爱,举止坦诚而又忠厚。

"您的行李呢?"他领公爵到房间去的时候问道。

"我有一个小包,把它留在前室了。"

"我这就给您拿来。我们家的全部用人就是厨娘和马特廖娜两个,所以我也帮帮忙。瓦丽娅②是总管,爱发脾气。加尼亚说,您今天刚从瑞士回来?"

"对。"

"瑞士好吗?"

"非常好。"

"有山?"

"对。"

---

① 沙皇尼古拉一世规定:政府官员不得蓄须。
② 瓦尔瓦拉的小名。

第一部

"我这就去把您的包袱统统拿来。"

瓦尔瓦拉·阿尔达利翁诺芙娜走进屋来。

"马特廖娜马上来给您铺床。您有箱子吗?"

"没有,就一个小包。令弟去拿了。包放在前室。"

"除了这个小包以外,什么包袱也没有,您放哪儿了?"科利亚又回到房间问。

"除此以外,什么也没有了。"公爵接过那个小包时说道。

"啊——啊! 我还以为,可别让费德先科顺手牵羊拿走了。"

"别废话。"瓦丽娅严厉地说,她跟公爵说话也非常冷淡,不过客气一点儿。

"亲爱的巴别特①,跟我说话不妨稍微温柔点儿,我可不是普季岑。"

"你就欠揍,科利亚,你真蠢得可以。需要什么,可以找马特廖娜。四点半开饭,可以跟我们一起吃,也可以在自己房里吃,悉听尊便。走,科利亚,别打搅公爵。"

"走就走,这脾气真够呛!"

他俩出去的时候,恰好碰见加尼亚。

"父亲在家吗?"加尼亚问科利亚,得到肯定的回答后,便向科利亚俯耳低语。

科利亚点点头,接着便跟瓦尔瓦拉·阿尔达利翁诺芙娜出去了。

"公爵,由于这些……事,我有两句话忘了告诉您。我有一事相求:劳您大驾——如果这样做您不特别费劲的话——请您不要在这里乱说刚才我跟阿格拉娅的事,也不要到那里去乱说您在这里看到的事,因为这里也有许多不像话的东西。不过,活见鬼……就今天一天您总熬得住吧。"

---

① 巴别特是瓦尔瓦拉的法语叫法。

"请相信我，我不会乱说的，即使乱说，也比您所想的要少得多。"公爵对加尼亚的责怪不无恼怒地答道。他们的关系明显地越来越坏了。

"嗯，因为您，我今天受够了。总之，求您了。"

"还得请您注意一点儿。加夫里拉·阿尔达利翁诺维奇，我方才没有受到任何约束，为什么我不能提照片的事呢？您并没有请我别说呀。"

"唉，多糟糕的房间，"加尼亚轻蔑地环顾四周，说道，"黑且不说，窗户还冲着院子。①从各方面看，您到舍下来都不是时候……嗯，不过这不关我的事，不是我要出租房子的。"

普季岑伸进头来，喊了声加尼亚，加尼亚急忙撇下公爵走了出去，尽管他似乎还有什么话要说，但是显然在犹豫，似乎羞于开口似的。他骂房子的时候，也似有羞惭之意。

公爵刚洗完脸，稍许梳理了一下，这时门又开了，有个陌生人探头探脑地向里张望。

这是一位三十岁上下的先生，个子不小，膀大腰圆，脑袋很大。一头浅棕色的鬈发。满脸横肉，面颊红润，厚嘴唇，鼻子大而扁平，小眼睛，肉里眼，一副嘲笑的神态，似乎在不停地眨眼。总的说，这一切显露得相当无礼而又放肆。这家伙穿得很脏。

他起先把门打开一条缝，正好伸进一个脑袋。脑袋伸进来后，上下左右地打量了一下房间，约有五秒钟，然后门开始慢慢地打开，全身出现在门口，但是这客人还是不进来，而是眯上眼睛，从门口继续打量着公爵。最后，他随手关上了门，走近前来，坐到椅子上，接着紧紧拉住公爵的手，让他坐在长沙发上，斜对着自己。

---

① 俄国旧式的居民楼四周是楼房，中间是大院。

第一部

"不才费德先科。"他说，疑惑地注视着公爵的脸。

"那又怎样呢？"公爵回答，差点儿笑出声来。

"房客。"费德先科仍旧注视着公爵的脸，说道。

"想认识一下吗？"

"唉——唉！"这位客人说，挠了挠头，叹了口气，便开始张望对面的墙角，"您有钱吗？"他向公爵转过身来，霍地问。

"不多。"

"究竟多少？"

"二十五卢布。"

"让我看看。"

公爵从背心口袋里掏出一张二十五卢布的钞票，递给费德先科。他把票子打开，看了看，然后又翻到另一面，接着又凑近光。

"可怪了，"他若有所思地说道，"这票子怎么发褐呀？这种二十五卢布的票子有时候发褐，褐得很厉害，可是其他票子又正好相反，全褪了色。您收着。"

公爵收回了自己的钞票。费德先科从椅子上站起来。

"我是来关照您的：第一，不要借钱给我，因为我一定会向您借钱的。"

"好。"

"您打算在这里付房钱吗？"

"打算。"

"我可不打算，谢谢。我在您右边的第一扇房门，看见了吗？请您务必不要经常光临舍下。我来看您，您不用费心。看见将军了吗？"

"没有。"

"也没听说？"

"当然没有。"

"嗯，那么您会看见的，也会听说的，何况，他甚至还常常向我借钱呢！预告，再见。一个人姓费德先科，难道还活得下去吗？啊？"

"为什么活不下去呢？"

"再见。"

说罢，他就向门外走去。公爵后来才知道，这位先生似乎责无旁贷地认为，他理应肩负起以古怪和逗乐使大家拍案叫绝这一任务，但是不知道怎么回事，他从来没有做到这一点。他甚至使有些人产生了不愉快的印象，因而十分伤心，可是他始终没有放弃自己的这一任务。他在门口撞见一位正走进来的先生，才好似终于清醒过来。他闪到一边，让公爵所不认识的这位新客人走进房间，并且在他身后向公爵表示警告地连连使眼色，这样做了以后，他才大摇大摆地走开了。

新来的这位先生身材高大，五十五岁上下，或者略多些，相当肥胖，紫酱色的脸膛，满脸横肉，但肌肉松弛。脸旁是一圈浓密的白胡子，留着唇髭，大眼睛，两眼瞪得溜圆。如果他身上没有那种穷愁潦倒，甚至丢人现眼的东西，那这副相貌一定相当威风。他身穿一件肘部快磨破的旧上装，内衣也是油渍麻花的——一副家常穿戴。在他近旁可以闻到少许酒味，但是他的举止很气派，似乎训练有素，显然，他非常希望以自己的举止使别人望而生畏，啧啧称道。这位先生走到公爵面前，不慌不忙，脸上挂着亲切的笑容，默默地拉着他的手，握在自己手里，注视着他的脸，打量片刻，仿佛在辨认熟悉的面容似的。

"是他！是他！"他庄严地低声说道，"就像活的一样！我听见有人在反复说着一个熟悉的、亲切的名字，便油然想起了那一去不复返的往事……您就是梅什金公爵？"

"鄙人正是。"

"在下是退伍的、落魄的伊沃尔金将军。请问阁下的大名和父称？"

"列夫·尼古拉耶维奇。"

"对，对！您就是我的朋友，可以说总角之交尼古拉·彼得罗维奇的少爷吗？"

"先父叫尼古拉·利沃维奇。"

"利沃维奇。"将军改正过来，但是说话不慌不忙，带着十分自信的神态，似乎他丝毫没有忘记，只是无意中说错罢了。他坐下来，又拉住公爵的手，让他坐在自己身旁，"我还抱过您哩。"

"是吗？"公爵问，"先父已经去世二十年了。"

"是的，二十年了，二十年零三个月。一起上过学，我直接上了军校……"

"是的，先父也上过军校，在瓦西利科夫团当过少尉。"

"在别洛米尔团。差不多临死前，他才调到别洛米尔团去。我就站在他身旁，祝他永垂千古。令堂……"

将军稍停片刻，似乎由于回忆而不胜悲痛。

"她也在半年后死于感冒。"公爵说。

"不是感冒。不是感冒，请相信我这老家伙的话。我就在她身边，还是我给她下的葬。因令尊去世不胜悲痛而死。不是由于感冒。是的，我也永远忘不了令堂！青春啊！我跟令尊乃总角之交，但是为了她，差点儿没在决斗中双双死于非命。"

公爵以一种将信将疑的神态听他说下去。

"我热恋着令堂，当时令堂还没过门，但是已经与令尊——我的朋友定了亲。令尊发现后大吃一惊①。一大早，六点来钟就跑来找我，把我叫醒。我

---

① 在原著中是俄国化的法文。

诧异地穿上衣服，彼此一言不发。我全明白了。他从口袋里掏出两支手枪，中间隔一块手帕，①不要证人。反正五分钟后，我们就会使对方永远离开人世，证人又有什么用呢？我们装上子弹，抻开手帕，互相把手枪抵住对方的心脏，两目对视，看着对方的脸。霎时间，两人泪如泉涌，扑簌簌地掉个不停，双方的手都哆嗦了一下。双方，双方，一下子峰回路转！嗯，那会儿，自然啰，又是彼此拥抱，又是竞相宽容。令尊喊道：她是你的！我也叫道：她是你的！总而言之……总而言之……您到舍下来……住吗？"

"是的，也许要住一个时期。"公爵似乎有点儿结结巴巴地说。

"公爵，我妈请您去。"科利亚探进头来喊了一声。公爵起身想走，但是将军伸出右手按住了他的肩膀，友好地让他又坐回沙发上。

"我以令尊至交的名义提醒您，"将军说道，"您自己也看到我很痛苦，由于时乖运蹇，家道中落，但是，无可指责！我无话可说！尼娜·亚历山德罗芙娜是位少有的好女人，小女瓦尔瓦拉·阿尔达利翁诺芙娜，也是个少有的好女儿！由于宦囊羞涩，我们才出租房屋——真是家道中落，令人击节长叹！像我这样一个本来可以当总督的人！……但是，我们永远欢迎您。不瞒您说，舍下发生了一件悲剧！"

公爵疑惑而又十分好奇地望着他。

"舍下正在筹办一桩婚事，一桩少有的婚事。一方是个行为不端的女人，另一方是位可能荣升御前侍从的青年。他们要把这个女人嫁过来，嫁进小女和内人居住的这个家！但是，只要我一息尚存，她就休想迈进我的门槛！我要躺在门槛上，让她从我身上跨过去！……我现在几乎跟加尼亚不说话，甚至不想见到他。我要特别关照您，既然您住在舍下，您反正会看到的。但是，

---

① 这一情节是将军胡编的，源出席勒的《阴谋与爱情》第四幕第三场。

您是我的亡友之子，因此我有权指望……"

"公爵，劳您驾，请到我那边的客厅来一下。"尼娜·亚历山德罗芙娜亲自出现在门口，来叫公爵过去。

"宝贝儿，你想想，"将军叫道，"原来，我还抱过公爵哩。"

尼娜·亚历山德罗芙娜不以为然地望了将军一眼，又像寻问究竟似的望了望公爵，但是一句话也没有说。公爵跟着她前往客厅，但是他俩走进客厅后刚落座，尼娜·亚历山德罗芙娜刚开始压低声音匆匆告诉公爵什么事情的时候，将军也冷不防亲自来到了客厅。尼娜·亚历山德罗芙娜立刻闭上了嘴，并带着明显的懊恼低下头去编织什么东西。将军对这种懊恼也许早已觉察，但是他依旧眉飞色舞，兴致勃勃。

他向尼娜·亚历山德罗芙娜说道："我的亡友之子！真是不期而遇！我早就丢诸脑后，不再想它。但是，宝贝儿，你难道不记得我的亡友尼古拉·利沃维奇了吗？你还遇见过他……在特维尔？"

"我不记得尼古拉·利沃维奇了。他就是令尊？"她问公爵。

"就是家父，但是他好像不是死在特维尔，而是死在伊丽莎白格勒，"公爵怯生生地对将军说，"我是听帕夫利谢夫告诉我的。"

"是在特维尔，"将军肯定道，"他是在临死前，还在病情恶化之前调到特维尔去的。您那时候还小，记不得调动的事，也记不得举家搬迁的事，帕夫利谢夫也可能记错了，虽然此公是位大好人。"

"您也认识帕夫利谢夫？"

"是位少有的好人，不过我是亲眼看着令尊去世的。弥留之际，我亲自祝福过他……"

"先父是在受审时死去的，"公爵又说，"虽然我怎么也打听不出来他究竟犯了什么罪。他死在医院里。"

"噢，这是因为列兵科尔帕科夫一案，毫无疑问，令尊本来可以被判无罪的。"

"是吗？您有把握吗？"公爵兴趣盎然地问道。

"还用说！"将军叫道，"法庭未作任何裁决就被撤销了嘛。这案很棘手！甚至可以说有一些神秘。连长拉里翁诺夫上尉病危，令尊奉命暂时代理他的职务，很好嘛。列兵科尔帕科夫犯了盗窃罪，偷了一名弟兄补鞋用的皮子，拿去换酒喝了，很好嘛。令尊（请注意，这是当着上士和军曹的面）把科尔帕科夫狠剋了一通，并说要用树条抽他，很好嘛。科尔帕科夫回到兵营，躺到床上，一刻钟后竟一命呜呼了。太妙了，但这事也太意外了，几乎不可思议。如此这般一商量，只好把科尔帕科夫先埋了再说。令尊据实上报，接着又把科尔帕科夫从花名册上除了名。似乎没有比这更自然的了，对不对？但是过了整整半年工夫，有一天全旅阅兵，列兵科尔帕科夫竟若无其事地出现在同一师同一旅的新地步兵团[①]第二营第三连！"

"怎么！"公爵惊讶得情不自禁地叫了起来。

"不是这样的。弄错了！"尼娜·亚历山德罗芙娜蓦地对公爵说，几乎用一种伤感的神情望着他，"我的丈夫弄错了。"

"但是，宝贝儿，弄错了，这话好说。但是假如是你，这事怎么解决呢！当时，大家都没辙了。我第一个就会说他们弄错了，但是，我是这件无头公案的目击者，而且是亲自参加了调查组的。所有出面对质的人都说，这人就是列兵科尔帕科夫，完全是同一个人，也就是半年前使用普通葬礼、在鼓声中埋葬的那个列兵科尔帕科夫。这事确实蹊跷，简直不可思议，我同意这说法，但是……"

"爸爸，给您开好饭了。"瓦尔瓦拉·阿尔达利翁诺芙娜走进屋来通知他说。

[①] 这故事是将军信口胡诌的，这个步兵团名称是从格里鲍耶多夫的剧本《聪明误》中借用的。

"啊，这好极了，太妙了！我简直饿坏了……然而，这事甚至可以说是心理的……"

"菜汤又要凉了。"瓦丽娅不耐烦地说道。

"马上，马上就来。"将军一面走出房间，一面喃喃自语，"而且无论怎样调查……"已经走到走廊上了，还可以听见他在唠叨。

"倘若您住在舍下，请您对阿尔达利翁·亚历山德罗维奇多多包涵，"尼娜·亚历山德罗芙娜对公爵说，"不过，他也不会太打扰您，他连饭也是单独吃的。您得承认，任何人都有自己的缺点和……特点，有些人比让人戳脊梁骨的那些人，缺点恐怕还多些。我有一事相求：倘若拙夫向您要房租，请您告诉他已经交给我了。换句话说，您即使交给阿尔达利翁·亚历山德罗维奇，我们也会算您已经交了房租的，我之所以请您这样做，无非怕弄错罢了……这是什么，瓦丽娅？"

瓦丽娅回到屋里后，把纳斯塔西娅·菲利波芙娜的照片默默地递给了母亲。尼娜·亚历山德罗芙娜接过照片，打了个哆嗦，先是好像恐惧地，然后又以一种心灰意冷的苦涩感，把这照片端详了片刻。最后才抬起疑问的目光望了望瓦丽娅。

"这是今天她亲自送给他的一件礼物，"瓦丽娅说，"晚上，他们就要全部敲定。"

"今天晚上！"尼娜·亚历山德罗芙娜似乎绝望地小声重复道，"怎么办？没有疑问了，也再没有希望了：这张照片说明了一切……难道是他亲自拿给你看的？"她惊讶地加了一句。

"您知道，我们俩差不多整整一个月没说过一句话。这一切是普季岑告诉我的，至于照片，就扔在桌旁的地板上，我捡了起来。"

"公爵，"尼娜·亚历山德罗芙娜忽然问他，"我想问您一个问题（这也是我请您到这里来的原因），您早就认识我儿子吗？他说，您好像今天才从什么地方回来，是这样吗？"

公爵长话短说，简单地说了说自己。尼娜·亚历山德罗芙娜和瓦丽娅仔细听着。

"我现在不嫌其烦地问您，并不是想探听加夫里拉·阿尔达利翁诺维奇的什么事，"尼娜·亚历山德罗芙娜说，"这一点，请您千万不要误会。如果有什么事他不肯对我直说，我也不想背着他打听。我之所以问您，说实在的，是因为方才当着您的面以及您出去后我问到您情况的时候，加尼亚总是回答我说：'他全知道，不必拘礼！'这话到底是什么意思呢？就是说，我想知道，您究竟知道到什么程度呢……"

这时，加尼亚和普季岑忽然走了进来，尼娜·亚历山德罗芙娜立刻不再言语。公爵照旧坐在她身旁的椅子上，瓦丽娅则走到一旁。纳斯塔西娅·菲利波芙娜的照片就放在非常显眼的地方，放在尼娜·亚历山德罗芙娜面前干活的小桌上。加尼亚看见照片后皱起眉头，恼火地从桌上拿起来，扔到房间另一头他自己的写字台上。

"就在今天，加尼亚？"尼娜·亚历山德罗芙娜突然问。

"什么今天？"加尼亚蓦地一惊，又猛然怒斥公爵，"啊，我明白了，又是您在这里捣鬼！……您这样做到底算什么毛病？您就不能忍住不说吗？您也该懂点儿事了，公爵大人……"

"加尼亚，这是我不对。别错怪好人。"普季岑打断他的话。

加尼亚疑惑地望了望他。

"这样也好，加尼亚，何况，从一方面说，事情总算了结了。"普季岑嘟囔道，他走到一边，坐在桌旁，从兜里掏出一张纸，上面写满了铅笔字，开始用心观看。加尼亚板着脸，不安地等待着家庭争吵。至于对公爵，他甚至

第一部

没有想到要道歉。

"倘若一切都完了，那伊万·彼得罗维奇的做法不用说是对的，"尼娜·亚历山德罗芙娜说，"请你不要皱眉头，也不要生气，加尼亚，你自己不愿意说的话我决不问你一个字，我向你保证，我已经完全认命了，劳你驾，不用担心。"

她说这话的时候，仍在不停地干活，看上去的确很平静。加尼亚感到很诧异，但还是小心地一言不发，看着母亲，等她把话说得更明白些。接连不断的家庭争吵使他心力交瘁，吃足了苦头。尼娜·亚历山德罗芙娜发现了他的这种小心谨慎，又苦笑着补充道：

"你还在那里疑神疑鬼，不相信我吗？放心，再不会像从前那样眼泪汪汪、苦苦哀求了，起码我不会这样。我的全部愿望就是，只要你幸福就好，这点你是知道的，我已经认命了，不过我的心永远和你在一起，不管将来我们照旧住在一起还是分开过。当然，我只能保证我自己，你不能要求你妹妹也必须这样做……"

"啊，又是她！"加尼亚叫道，同时讽刺而又憎恨地望着妹妹，"妈！我再一次向您发誓，虽然我对您已经保证过：只要我还在这里，只要我还活着，任何人在任何时候都不敢不尊重您。不管这人是谁，也不管是谁跨进咱家的门槛，我坚决要求他对您抱有最大的尊敬……"

加尼亚的心情很好，几乎以一种和解和亲切的目光望着母亲。

"加尼亚，你知道，我丝毫不是替我自己担心。在所有这段时间里，我不是为我自己不安，也不是为我自己痛苦。听说，今天你们就要统统了结？了结什么呢？"

"今天晚上她答应在她家宣布，她是否同意。"加尼亚回答。

"我们差不多有三个星期避免谈这个问题了，这样也好。现在既然一切都完了，我只想问你一件事：你不爱她，她怎么会向你表示同意，甚至送照片给你呢？难道你真想娶她，娶这样一个……这样一个……"

"嗯，这样一个情场老手，是吗？"

"我并不想这么说。难道你能这样高明地瞒过她的眼睛吗？"

在这句问话里忽然可以听出一种十分恼怒的情绪。加尼亚站了一会儿，沉吟片刻，接着就毫不掩饰地、讽刺地说道：

"妈，您又意气用事了，忍不住了，咱们总是这样闹起来的。您刚才说，既不会向我刨根问底，也不会对我横加指责，可是现在全有了！还是别来这一套，真的，别来这一套，起码，您曾经打算……我任何时候都不会离开你。换了别人，有这样的妹妹，还不赶快逃走，——您瞧她现在看我那模样！咱们就说到这里为止！我本来很高兴……您凭什么说我在骗纳斯塔西娅·菲利波芙娜？至于瓦丽娅——让她看着办吧——够了。哼，现在完全够了！"

加尼亚越说越冒火，毫无目的地在屋里走来走去。这样的谈话立刻触到了所有家庭成员的心病。

"我说过，如果她到这里来，我就离开这里，我也是说话算话的。"瓦丽娅说。

"固执己见！"加尼亚叫道，"不嫁人也是因为固执！你冲我发什么脾气？我才不在乎呢。瓦尔瓦拉小姐，您真有这打算的话，哪怕现在就走呢。您使我烦透了。怎么！您准备离开我们吗，公爵？"他看见公爵从座位上站起来，便向他叫道。

从加尼亚的声音里可以听出他极度恼怒，一个人往往因自己的这种恼怒而感到高兴，并且让这恼怒尽情发作，不管它发作到什么程度，反正越发作越痛快。公爵走到门口，本想回过头来回答他的问话，但是看到这个仗势欺人的家伙满脸病态，现在就欠火上浇油了，因此他转过头默默地走了出去。几分钟后，他根据从客厅里传来的余音听到，自从他走了之后，谈话声变得

第一部

更喧闹，更肆无忌惮了。

他穿过起座间，走到外屋，准备走进楼道，再由楼道回自己房间。当他走过通向楼梯的那扇门时，他听到并且注意到，有人在门外使劲拉铃，但是这铃可能什么地方坏了：仅仅微微颤动了两下，没有声音。公爵拉开门闩，开开门，蓦地惊讶得向后倒退，甚至全身都哆嗦了一下：站在他面前的竟是纳斯塔西娅·菲利波芙娜。他因为看过照片，立刻认出了她。她看到他后，两眼闪出恼恨的火花。她快步走进外屋，并用肩膀撞了他一下，叫他让路，然后一面脱大衣，一面愤愤地说：

"如果懒得修门铃，至少也应该在外屋坐着等敲门呀。瞧，现在又把大衣掉地上了，糊涂蛋！"

皮大衣果然掉到地板上了。纳斯塔西娅·菲利波芙娜没等公爵替她脱大衣，就自己脱下来，背对着公爵，看也不看地扔到公爵手上，公爵没来得及接住。

"应该把你开除。快去通报。"

公爵本想说点儿什么，但是他心慌意乱，什么也说不出来，居然抱着从地上捡起的大衣，向客厅走去。

"瞧，现在又抱着大衣进去了！干吗把大衣拿去呀？哈哈哈！你难道是疯子？"

公爵又走回来，像个木头人似的，呆呆地望着她。她笑，他也笑笑，但是舌头还是动弹不了。当他给她开门的那一刹那，他脸色苍白，现在又倏地满脸通红。

"真是个白痴！"纳斯塔西娅·菲利波芙娜愤怒地叫道，气得向他跺脚，"喂，你上哪儿呀？喂，你去通报谁来了呀？"

"纳斯塔西娅·菲利波芙娜。"公爵喃喃道。

"你怎么认识我的？"她迅速问他，"我可从来没有见过你呀！你去通报吧……里边在嚷嚷什么？"

"在吵架。"公爵回答，说罢便向客厅走去。

他进去时，正处在相当关键的时刻：尼娜·亚历山德罗芙娜已经差一点儿完全忘记她所说的"一切认命"的话了。然而，她拼命护着瓦丽娅。普季岑也撇下他那张写满铅笔字的纸片，站在瓦丽娅身旁。瓦丽娅也毫不胆怯，她本来就是个天不怕地不怕的姑娘，但是哥哥说的粗话已经越来越无礼，越来越令人难以忍受了。在这种情况下，她照例不说话，只是默默地、嘲弄地、目不转睛地望着哥哥。她知道这种做法最能治他，足以使他暴跳如雷。就在这个关键时刻，公爵跨进了房间，向大家宣告：

"纳斯塔西娅·菲利波芙娜来了！"

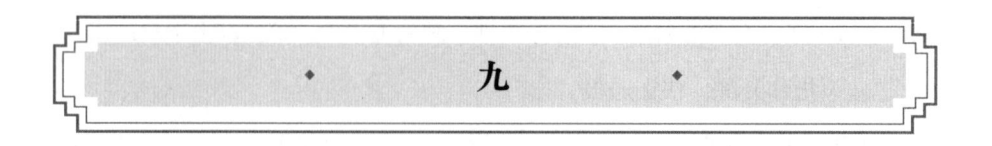

九

顿时鸦雀无声，大家望着公爵，好像不明白，也不愿意明白他的话似的。加尼亚吓得目瞪口呆。

纳斯塔西娅·菲利波芙娜的来访，尤其在眼下这时刻光临，出乎所有人的意料，大家感到十分奇怪，也感到非常棘手。纳斯塔西娅·菲利波芙娜头一次光临就够意外、够奇怪、够棘手的了，因为在此以前她的态度十分傲慢，跟加尼亚谈话时从来就没有表示过她有意与他的亲人见见面，认识一下，最近甚至压根儿没有提到过他们，好像他们在世界上根本不存在似的。就他来说，能把这样棘手的谈话推后，未尝不觉得高兴，虽然如此，他对她的这种傲慢仍耿耿于怀。总之，他能从她那里等到的无非是她对他家的嘲笑和挖苦，决不会是专程拜访。对此他一清二楚：由于他的求亲，他家里发生了什么，以及他的亲人现在用什么眼光来看她，她心里是有数的。现在，在送过照片之后，在她的生日，在她答应决定他命运的这一天，她的突然来访，本身就几乎说明了这决定是什么。

大家莫名其妙地望着公爵，这情况持续的时间并不长，因为纳斯塔西娅·菲利波芙娜本人随即出现在客厅门口，她走进房间时，又把公爵往一边稍微推了推。

"总算进来了……你们装门铃是干什么用的？"她快乐地说，这时加尼亚忙不迭地迎上前去，她把手伸给了加尼亚，"您拉长了脸干什么？请给我引见一下……"

完全不知所措的加尼亚把她给大家一一做了介绍。先是介绍给瓦丽娅。这两个女人在相互伸出手来以前，先交换了一下异样的目光。不过，纳斯塔西娅·菲利波芙娜还是笑了笑，装出一副笑模样，但是瓦丽娅不愿装假，板着脸，两眼紧盯着她，连一点儿普通礼貌所要求的笑模样都没有。加尼亚傻了，恳求她既没必要，也没时间，于是他向瓦丽娅投去一瞥威胁的目光，她也由这咄咄逼人的目光顿时领悟，这一刻对于她哥哥多么重要。这时，她才好像下定了决心，对他作些让步，向纳斯塔西娅·菲利波芙娜微微一笑（在家里，他们大家毕竟还是彼此相爱的）。得以稍稍挽回局面的还是尼娜·亚历山德罗芙娜。加尼亚把规矩全弄乱了：先介绍妹妹，后介绍母亲，接着又把母亲领到纳斯塔西娅·菲利波芙娜面前。①但是当尼娜·亚历山德罗芙娜刚开口说"非常荣幸"还没说完时，纳斯塔西娅·菲利波芙娜就急匆匆地向加尼亚扭过身去，不等主人邀请，就坐到墙角里靠窗的一张小沙发上，叫道：

---

① 尼娜·亚历山德罗芙娜是长辈，应当把小辈领到长辈面前，而不是相反。

"您的书房呢？还有……房客住哪儿？你们不是出租房屋吗？"

加尼亚霎时满脸通红，结结巴巴地想回答什么，但是纳斯塔西娅·菲利波芙娜立刻接下去说道：

"这里哪能住房客呀？您连书房都没有。能收点儿房钱？"她猛地问尼娜·亚历山德罗芙娜。

"是麻烦了点儿，"尼娜·亚历山德罗芙娜答道，"自然，多少有点儿收益。不过，我们也刚……"

但是，纳斯塔西娅·菲利波芙娜又不听下去了，她望着加尼亚，笑着向他喊道：

"您的脸怎么这样？噢，我的上帝，您这会儿的脸色多难看呀！"

她笑了片刻，加尼亚这时的脸色确实很难看：他那目瞪口呆的模样，他那又可笑又胆怯的慌乱神情，从他脸上霎时消失了，但是他的脸倏地变得非常苍白，嘴唇一阵阵抽动，歪到一边。他用令人不快的目光目不转睛地、默默地望着这位女客的脸——她还在笑个不停。

这里还有一位旁观者，他一看到纳斯塔西娅·菲利波芙娜也差点儿呆若木鸡，这时他也没有完全摆脱这副傻样。他虽然"呆呆地"站在原来的地方，站在客厅门口，还是看到了加尼亚苍白的脸和脸上恶劣的变化。这位旁观者就是公爵。他差点儿害怕起来，忽然无意识地走上前去。

"喝点儿水吧，"他向加尼亚低语，"也不要这样看人……"

显然，他说这话没有任何打算，也没有任何特别的用意，不过是灵机一动，想到什么说什么罢了，但是他的话却产生了异常的效果。加尼亚的满腔怨愤似乎猛地爆发，劈头盖脸地发到公爵身上：他一把抓住公爵的肩膀，默默地望着他，一副报仇雪恨、咬牙切齿的模样，又似乎有话说不出来。一时群情哗然：尼娜·亚历山德罗芙娜甚至轻轻地喊了起来，普季岑担心地跨前

第一部

一步,科利亚和费德先科刚走到门口也吃惊地站住了,只有瓦丽娅照旧板着脸,在注意观察。她没有坐下,而是站在一旁,挨着母亲,两手抱在胸前。

加尼亚差不多在自己那种鲁莽行动的最初一分钟就立刻醒悟过来,开始神经质地哈哈大笑。他完全清醒了。

"您怎么啦,公爵,您难道是大夫?"他叫道,并尽可能摆出一副快乐和忠厚的样子,"竟把我吓了一跳。纳斯塔西娅·菲利波芙娜,我来给您介绍一下,这是一位非常珍贵的人物,虽然我也是今天上午才认识他的。"

纳斯塔西娅·菲利波芙娜大惑不解地望着公爵。

"公爵?他是公爵?你们想想,我方才在外屋竟把他当用人了,还叫他进来通报哩!哈哈哈!"

"不要紧,不要紧!"费德先科接口说,他走上前来,高兴地看到大家开始笑了,"不要紧:虽然是假的①……"

"我还差点儿骂您,公爵。请您多多包涵。费德先科,您怎么在这儿,而且在这时候?我还以为起码不会在这里碰见您哩。他是谁?什么公爵?梅什金公爵?"她又问了一遍。加尼亚这时还抓住公爵的肩膀不放,但是已经对他做了介绍。

"我们的房客。"加尼亚又重复了一遍。

大家显然把公爵当成了珍奇物品(可以用他来打破僵局),差点儿没硬塞给纳斯塔西娅·菲利波芙娜。公爵甚至清楚地听到背后有人低声说"白痴",这话似乎是费德先科给纳斯塔西娅·菲利波芙娜说明他是何许人时说的。

"请问,我刚才犯了那么大的错误……把您错当成用人了,您为什么不对我说明情况呢?"纳斯塔西娅·菲利波芙娜接着说道,她毫不拘礼地

---

① 在原著中是意大利文,原是意大利成语的前半句:虽然是假的,装得还像。此处是双关语,意指加尼亚装得还真像,极力掩饰他本来是想动手打公爵的。

从头到脚打量着公爵，迫不及待地等他回答，似乎坚信他的回答肯定愚蠢无比、令人喷饭和忍俊不禁。

"我猛然看到是您，吃了一惊……"公爵讷讷道。

"您怎么认出是我呢？您从前在哪儿见过我的呢？这是怎么回事，我好像当真在什么地方见过他似的。请问，您方才为什么目瞪口呆地站在那儿不动？我身上到底有什么令人目瞪口呆的地方？"

"说呀，说呀！"费德先科继续挤眉弄眼地出洋相，"您倒是说呀！噢主啊，让我来回答这个问题的话，我有多少话好说啊！你倒是说呀……公爵，你真是个大笨蛋，让我怎么夸你呢！"

"我要是您的话，也有许多话好说，"公爵对费德先科笑了笑，"不多会儿前，我看到了您的照片，十分吃惊，"他继续对纳斯塔西娅·菲利波芙娜说，"后来，我就跟叶潘钦家的人谈到您……一大早，还在火车开进彼得堡之前，在火车上，有一位叫帕尔芬·罗戈任的给我讲过许多关于您的事……当我给您开门的那会儿，我正好在想您，可是您冷不防出现了。"

"您怎么认出是我呢？"

"看了照片，认出来的，还有……"

"还有？"

"还因为我想象中的您就是这样的……就仿佛我在哪儿见过您似的。"

"在哪儿？哪儿呀？"

"您这双眼睛，我好像在哪儿见过……但这是不可能的！我不过随便说说罢了……我从来没有到这里来过。也许是梦中吧……"

"公爵还真行！"费德先科叫道，"不，我收回我说的虽然是假的[1]，不

---

[1] 在原著中是意大利文。

过……不过，他这一切十分自然，全出于无心！"他遗憾地加了一句。

　　公爵说上面这几句话时的语调很不平静，说话时断时续，还常常喘不过气来。这一切都表明他非常激动。纳斯塔西娅·菲利波芙娜好奇地看着他，但是已经不笑了。就在这时候，蓦地从紧紧围住公爵和纳斯塔西娅·菲利波芙娜的人群后面，传来一个新的洪亮的声音，好像把人群劈开，一分两半。在纳斯塔西娅·菲利波芙娜面前赫然站着这里的一家之主——伊沃尔金将军。他身穿燕尾服和干净的胸衣①，他的胡子也抹了油。

　　这可真叫加尼亚受不了。

　　他自尊心很强，虚荣到了神经过敏和犯疑心病的地步。这两个月来，他一直在寻找一个支点，让生活过得体面些，也显得有身份些。他感到，在他所选定的这条路上，他还是名新手，弄不好兴许就栽了，因为他在家里一向独断专行，所以横下心来，撕破脸皮，蛮不讲理，但在纳斯塔西娅·菲利波芙娜面前他还不敢造次，因为纳斯塔西娅·菲利波芙娜直到最后一分钟都让他摸不准吃不透，而且把他无情地玩弄于股掌之上。有人告诉他，用纳斯塔西娅·菲利波芙娜自己的话来说，他不过是名"没有耐心的穷要饭的"。他一再指天发誓，将来一定要为这一切狠狠地报复她，与此同时，有时他又孩子气地私下里幻想将来能够应付裕如，化解所有的矛盾，——可是现在，他还必须喝下这杯苦酒，特别是此时此刻，必须硬着头皮喝下去！还有件事是他始料所不及的，这也是对于虚荣心很强的人的最可怕的折磨——在自己家里为自己亲人而感到脸红这种痛苦，居然落到了他的头上。"说到底，我所取得的报酬，能弥补我为此而付出的代价吗？"这一想法在这一瞬间闪过了加尼亚的脑海。

---

① 旧时穿在西服和礼服下面作装饰用的衬衣。

就在这时候，出现了他最近这两个月来仅在夜里做噩梦时才梦见、使他毛骨悚然而又羞愧无地的事。他父亲和纳斯塔西娅·菲利波芙娜在家中相遇的这出折子戏终于演出了。他有时候自寻烦恼，也曾设想过将来举行婚礼时将军的模样，但是他从来不敢把这一令人痛苦的画面想到底，想了一会儿就赶紧丢开。也许，他过分夸大了自己的灾难。但是，虚荣心很强的人从来都这样。这两个月来，他左思右想，终于拿定了主意，他向自己保证，无论如何要想个办法约束一下父亲，让他销声匿迹，如果可能，甚至让他暂时离开彼得堡，不管母亲是否同意这样做。十分钟前，也就是纳斯塔西娅·菲利波芙娜刚进来的时候，他都吓糊涂了，因此完全忘记了阿尔达利翁·亚历山德罗维奇可能出场这件事，因此没有做任何安排。可现在，将军赫然出现在大家面前，而且郑重其事地做了准备，穿上了燕尾服，而且恰好出现在纳斯塔西娅·菲利波芙娜"在寻找机会来尽情嘲笑他和他的家属"（他对此深信不疑）的时候。说真格的，她这次来访不是为了这个，还能来干什么呢？她到这儿来是为了同他母亲和妹妹亲近亲近，还是到他家来存心侮辱她们呢？但是，从双方的态势来看，已经毫无疑问：他的母亲和妹妹受尽人家糟蹋地坐在一边，而纳斯塔西娅·菲利波芙娜却似乎忘了她们母女俩跟她在同一间屋里……她既然旁若无人地抱着这样的态度，自然另有目的！

费德先科搀扶着将军，把他领到前面。

"在下阿尔达利翁·亚历山德罗维奇·伊沃尔金，"将军微笑着，弯了弯腰，神气活现地说道，"一个落魄的老兵，一家之主。寒舍不胜荣幸，能够接纳如此美艳绝伦……"

他没有说完，费德先科急忙把椅子塞在他身后，因为将军刚吃过饭，两腿有点儿发软，所以他扑通一声坐到，或者不如说，跌坐在椅子上，但是这并没有使他脸红。他端坐在纳斯塔西娅·菲利波芙娜的对面，摆出一副愉快的面容，然后慢悠悠地、装腔作势地拿起她的手指贴到自己嘴唇上。总之，要使将军难为情，那是相当难的。他的外表，除了有些邋遢以外，看上去还相当体面，这点他自己也很清楚。他过去也曾跻身于上流社会，他被彻底排除出上流社会总共也才两三年工夫。也就是从那时候起，他才肆无忌惮地放纵自己的某些弱点。但是他至今还保留有一种圆熟而又雍容愉快的风度。纳斯塔西娅·菲利波芙娜对于阿尔达利翁·亚历山德罗维奇的出现似乎感到异常高兴，关于此公她当然已有耳闻。

"听说小儿……"阿尔达利翁·亚历山德罗维奇开口道。

"是的，令郎！您这当爸爸的倒好！为什么从来不看见您到舍下来？您自己躲起来了呢，还是令郎把您藏起来了？您尽可以去找我嘛，不会损害任何人的名誉。"

"十九世纪的儿女及其双亲……"将军又开口道。

"纳斯塔西娅·菲利波芙娜！请您让阿尔达利翁·亚历山德罗维奇出去一下，有人找他。"尼娜·亚历山德罗芙娜大声说。

"放他走？哪能呢，我久闻将军大名，早思一见！他有什么事？他不是退伍了吗？您不会离开我吧，将军，您不会走吧？"

"我向您保证，他一定会亲临府上拜访，但是现在他需要休息。"

"阿尔达利翁·亚历山德罗维奇，他们说您需要休息！"纳斯塔西娅·菲利波芙娜就好像一个被抢走玩具、爱使性子的小傻瓜似的，做了一个表示不满和讨嫌的鬼脸，叫道。将军正好在努力使自己的地位变得更可笑。

"我的朋友！我的朋友！"他庄重地转向妻子，把一只手按住胸口，责怪地说。

"妈，您不想离开这里吗？"瓦丽娅大声问。

"不，瓦丽娅，我要坐到底。"

第一部

纳斯塔西娅·菲利波芙娜不可能没听到她们母女间的一问一答。但是她心头的快乐有增无减,似乎变得更开心了。她立刻又向将军问了一连串问题,五分钟后,将军已变得心花怒放,兴高采烈,在一片哄堂大笑中大发宏论。

科利亚拉拉公爵的后裔。

"您想个办法把他弄走吧!不行吗?劳您驾了!"这个可怜的男孩的两眼甚至燃烧着愤怒的眼泪,"噢,该死的甘卡①!"他自言自语地加了一句。

"我的确同伊万·费奥多罗维奇·叶潘钦是至交,"将军对纳斯塔西娅·菲利波芙娜提出的一连串问题信口开河地答道,"我、他,以及已故的列夫·尼古拉耶维奇·梅什金公爵②(今天,在阔别二十年之后我又拥抱了他的公子),我们三人可以说是形影不离的三骑士:阿多斯、波尔多斯和阿拉密斯③。但是,可叹,一个已长眠地下,被诽谤和子弹击中,另一个端坐在诸位前面,还在同诽谤和子弹斗争……"

"和子弹!"纳斯塔西娅·菲利波芙娜叫道。

"子弹就在这里,在我胸膛里,不过我中弹是在卡尔斯④。天气不好就感到疼。而在所有其他方面,我仍旧过着优哉游哉的生活,随便出去走走,散散步,在我常去的咖啡店里,像公余之暇的资产者一样,玩玩跳棋,看看《独立报》⑤。至于我们那位波尔多斯,也就是叶潘钦,自从前年在火车上发生那桩哈巴狗事件以后,我就同他一刀两断了。"

"哈巴狗?这是怎么回事!"纳斯塔西娅·菲利波芙娜非常好奇地问,"哈巴狗事件?慢,而且在火车上!……"她好像在回想似的。

---

① 加尼亚的蔑称。
② 将军又说错了:把公爵的名字说成了公爵父亲的名字。
③ 大仲马《三个火枪手》中的三位主人公。
④ 土耳其东北部的国防重镇。意指1855年在克里米亚战争中俄军围困卡尔斯时受的伤。
⑤ 指《比利时独立报》。陀思妥耶夫斯基在写作《白痴》时,常常阅读这份报纸。

第一部

"噢,这件事很无聊,不值得再提:全是别洛孔斯卡娅公爵夫人的家庭教师施密特太太惹出来的,不过……不值得再提它了。"

"您一定要讲!"纳斯塔西娅·菲利波芙娜快乐地喊道。

"我也没听说过!"费德先科说,"这倒是件新闻。"

"阿尔达利翁·亚历山德罗维奇!"尼娜·亚历山德罗芙娜又发出恳求的声音。

"爸,有人找您!"科利亚喊道。

"一件无聊的事,两句话就说完了。"将军踌躇满志地开口道,"两年前,是的!差一点儿快两年了,在某条新铁路刚通车之后,我(已经穿上便服)正为一些对于我非常重要亦即解甲归田之后的事奔走,因此我买了一张头等车票:我走进车厢后就坐下抽烟。就是说继续抽烟,因为我早就点上了烟。火车包厢里就我一个人。当时火车上既不禁止抽烟,也不允许抽烟,照例是睁一只眼闭一只眼,就看你是什么人了。车窗开着。蓦地,在快要开车的时候,上来了两位太太,带着一只哈巴狗,就坐在我对面。她们来晚了。其中一位太太,穿得十分华丽,穿一身浅蓝色服装;另一位比较朴素,穿一身带披肩的黑色绸裙。两人长得都不难看,但神态倨傲,说英国话。我也无所谓,我抽我的烟。也就是说,我也想了想,但是仍旧继续抽烟,因为车窗开着,便把脸朝着窗外。那只哈巴狗躺在那位穿浅蓝色衣服的太太的膝盖上,不点儿大,连头带尾也只有我的拳头大。一身黑,就爪子是白的,倒真是一只稀罕动物。项圈是银的,刻着铭文。我仍旧视而不见。但是我注意到两位太太好像在生气,自然因为我抽雪茄烟。其中一位还举起玳瑁边的单眼镜,瞪了我一眼。我还是视若无睹:因为她们什么话也没说嘛!如果说了话,预先关照我,请求我,那又当别论,因为她们有嘴,而且是人,要不然,一声不吭……突如其来——老实告诉你们吧,连一点儿警告都没有,真是连最起码的警告都没有，好像完全发了疯似的，那个穿浅蓝衣服的女人伸出手来，一把将我手里的雪茄烟抢走，扔出了窗外。火车在飞奔，我都傻眼了。这女人可真野蛮。真是个野蛮女人，完全处于一种野蛮状态。然而，这女人身材高大，又胖又高，金黄色的头发，红彤彤的脸（甚至红过了头），她怒眼圆睁，瞪着我。我也一言不发，异常客气地、彬彬有礼地，甚至可以说，非常文雅地，伸出两个手指，靠近哈巴狗，温文尔雅地抓住它的后脖颈，把它猛地一扔，跟着那根雪茄烟，飞出了窗外！只听见它一声尖叫！火车在继续飞奔……"

"您这人也太坏了！"纳斯塔西娅·菲利波芙娜像小女孩一样拍着手，叫道。

"太棒了，太棒了！"费德先科叫道。普季岑对将军的出现本来非常厌恶，这时也微微一笑。连科利亚也笑了，还叫了声："棒极了！"

"我这样做是对的，对的，非常对！"扬扬得意的将军继续热烈地说道，"因为，车厢里如果禁止吸烟，狗更在禁止之列。"

"棒极了，爸！"科利亚兴高采烈地叫道，"太棒了！换了我，一定，一定也这样做！"

"但是那位太太又怎么样呢？"纳斯塔西娅·菲利波芙娜迫不及待地追问道。

"她吗？唉，一切不愉快的根子也就在这儿，"将军皱起眉头，继续说道，"她一句话不说，没有一点儿警告，给了我一巴掌！一个野蛮的女人，完全处于一种野蛮状态！"

"那您呢？"

将军垂下眼睛，扬起眉毛，抬起肩膀，闭紧嘴唇，摊开两手，默然有顷，蓦地说道：

"我也火了！"

"打得疼吗？很疼吗？"

"真的，打得倒不疼！虽然打了人，但是并不疼。我不过挥手扇了她一下，

第一部

仅仅扇了她一下。但是，真是活见鬼：那个穿浅蓝色衣服的女人，原来是别洛孔斯卡娅公爵夫人家的英国家庭教师，甚至可以说是她们家的一位朋友，至于那位穿黑绸裙的女的，原来是别洛孔斯卡娅公爵夫人的长女，别洛孔斯卡娅小姐，一位约莫三十五岁的老处女。大家都知道叶潘钦将军夫人跟别洛孔斯卡娅家是什么关系。这家的所有小姐听到这事后都晕了过去，眼泪汪汪，为她们的爱犬——那只哈巴狗举哀，六位千金痛哭失声，那英国女人也号啕大哭——真是世界末日到了！有什么办法呢，当然只好登门道歉，请求原谅，还写了封信，但是她们既不肯接见我，也不肯收下这封信，从此叶潘钦就与我不和，闭门逐客，拒人于千里之外。"

"但是，对不起，这是怎么回事呢？"纳斯塔西娅·菲利波芙娜猛地问道，"五天或者六天前，我在《独立报》上（我经常阅读《独立报》）读到过一则完全相同的故事！简直一模一样！这事发生在莱茵河畔的一条铁路上，在火车里，发生在一个法国男子和一个英国女人之间：也同样被抢走雪茄，哈巴狗也同样被扔到窗外，最后，故事的结局也同您说的一模一样。甚至衣服也是浅蓝色的！"

将军被她问得脸红耳赤。科利亚也满脸通红，用两手使劲抱住脑袋。普季岑也忙扭过身去。只有费德先科仍在哈哈大笑。至于加尼亚，那就不用说了：他一直站在那里，忍受着无言的、难堪的痛苦。

"请相信我，"将军讷讷道，"我也发生过完全相同的事……"

"我爸的确跟别洛孔斯卡娅家的家庭教师施密特太太发生过一桩不愉快的事，"科利亚叫道，"我记得的。"

"怎么！一模一样？同样的故事发生在欧洲的东西两端，连细节也完全一样，甚至还包括那件浅蓝色衣服！"纳斯塔西娅·菲利波芙娜不讲情面地讲道，"我可以把《独立报》送来给你们看！"

"但是，请注意，"将军还在坚持，"我这件事是在两年前发生的。"

"啊，除非就这点差别！"

纳斯塔西娅·菲利波芙娜哈哈大笑，笑得前仰后合。

"爸，我请您出来一下，说两句话。"加尼亚无意中抓住父亲的肩膀，用发抖的、痛苦万分的声音说道。他的目光中沸腾着无限憎恨。

就在这当儿，前室里响起了非常响的门铃声。这样使劲拉门铃，非把铃绳拉断不可。这预示着将有一场非同一般的拜访。科利亚跑去开门。

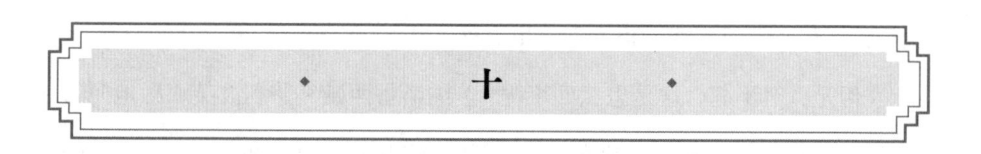

十

前室顿时热闹异常，人声鼎沸，从客厅听去，似乎从院子里进来了好几个人，而且还有人在继续进来。有好几个声音在同时说话，同时喊叫，还有人在楼梯上说话和叫嚷，听得出，由前室通往楼梯的那扇门还没关上。这拜访令人异常纳闷。大家面面相觑，加尼亚急忙走进起坐间，但是连起坐间也已经有好几个人走了进去。

"啊，他在这儿，犹大[①]！"一个公爵听上去很熟悉的声音叫道，"你好，甘卡，你这混蛋！"

"就是他，就是这混蛋！"另一个声音在帮腔。

公爵已经无须怀疑：一个声音是罗戈任，另一个是列别杰夫。

加尼亚站在客厅门口，目瞪口呆，默默地望着十个或十二个人一个跟一个

[①] 源出基督教《圣经》。犹大原为耶稣的十二门徒之一，后以三十枚银币出卖耶稣，使耶稣被害。犹大在俄语中的引申义为"叛徒、伪君子"。

地，紧随帕尔芬·罗戈任之后，走进起坐间，并不阻拦。这帮人鱼龙混杂，不仅良莠不齐，而且不成体统。有些人走进来，就跟在大街上一样，穿着大衣和皮袄。①完全喝醉了的倒还没有，不过好像都喝得醉醺醺的。似乎大家都需要互相壮胆才敢进来，任何人都没有单独进来的勇气，大家似乎都在你推我推你，彼此打气。甚至连带头的罗戈任进来时也小心翼翼，但是他似乎别有用意，他的脸色看上去阴沉、愠怒，好像有什么心事似的。其他人似乎都是来帮腔的，或者不如说是来当啦啦队的。除了列别杰夫外，同来的还有那个头发卷卷的扎廖热夫，他把皮大衣脱在外屋，十分随便，像个花花公子似的走了进来，与他类似的还有两三位先生，显然都是年轻商人。此外，还有一人穿着军便两用式的大衣；还有一人是个小矮个儿，但胖得出奇，总是笑嘻嘻的；还有一人是大高个儿，身高约两俄尺十二俄寸②，这位先生也非常胖，但是老板着脸，一言不发，显出一副随时准备拔拳相向的模样。还有一位学医的大学生，还有一个寸步不离紧跟在大家之后的波兰佬。有两位太太正从楼梯上往里面张望，但是不敢进来。科利亚在她俩面前砰的一声关上了门，挂上了门钩。

"你好，甘卡，你这混蛋！怎么，没想到我帕尔芬·罗戈任会来吗？"罗戈任走到客厅门口，停下来，面对加尼亚，又重说了一遍刚才说过的话。但是，就在这一刻，他猛地看清在客厅里，就在他的正对面，坐着纳斯塔西娅·菲利波芙娜。显然，他没想到会在这里遇到她，因为一看到她，他就发生了非同寻常的变化：顿时脸色发白，连嘴唇都发青了。"这么说，是真的！"他仿佛自言自语地低声说道，显出一副丧魂落魄、张皇失措的模样，"完了！……哼……你现在回答我！"他深恶痛绝地望着加尼亚，蓦地咬牙切齿地说，"哼……哎呀！……"

---

① 俄俗：进屋必须脱大衣或其他外衣，否则即为不恭。

② 约合1.95米。

他上气不接下气，连话都说不出来了。他无意识地迈进客厅，但是刚跨过门槛，猛地看到尼娜·亚历山德罗芙娜和瓦丽娅，虽然此刻他十分激动，还是有点儿不好意思地停了下来。跟在他后面进来的是列别杰夫，他已经跟罗戈任形影不离，而且喝得酩酊大醉，接着是那位大学生、紧握双拳的先生和扎廖热夫，扎廖热夫一进来就向左右两边鞠躬行礼，最后挤进来的是那位矮个儿大胖子。因有两位女士在场，他们略有顾忌，不敢太放肆，当然，只是在开始之前，在找借口，大喝一声，开始行动之前……到那时候，任何女士就都不放在他们眼里啦。

"怎么？你也在这儿，公爵？"罗戈任心不在焉地说道，在这儿遇见公爵，他多少有点儿惊异，"还戴着那副鞋罩，唉！"他叹了口气，接着就把公爵忘了，把目光转到纳斯塔西娅·菲利波芙娜身上，他向她身边慢慢移动，好像被磁铁吸过去似的。

纳斯塔西娅·菲利波芙娜也用不安和好奇的目光望着这帮客人。

加尼亚终于清醒过来。

"对不起，这到底是什么意思？"他大声说道，严厉地扫视了一下来客，但他主要是对罗戈任说话，"诸位，你们似乎并不是走进了马厩，这里有我的母亲和妹妹……"

"看见你的母亲和妹妹了。"罗戈任漫不经心地说道。

"看得出来，是母亲和妹妹。"列别杰夫为了摆威风，帮腔道。

那位紧握双拳的先生大概以为到时候了，开始猩猩然嘟囔着什么。

"但是，话又说回来！"加尼亚突然不适当地提高了嗓门，爆炸似的说道，"首先，请大家离开这里到起坐间去，其次，请问诸位是……"

"瞧，不认识我，"罗戈任站在原地不动，恶狠狠地龇着牙齿，"连罗戈任都不认识了？"

第一部

"就假定我在什么地方见过您吧,但是……"

"瞧,什么地方见过!总共才三个月,我刚把父亲的二百卢布输给你。老头子还没来得及打听明白,就给气死了。是你把我拉下水的,克尼夫做了手脚。都不认识我了?普季岑是见证!现在,只要我从兜里掏出三卢布,给你照个面,你就会四脚着地,跟着这三卢布爬到瓦西里岛①去——你就是这样!你的灵魂就这么下贱!我现在来,就为了用钱把你这人给买下来,你别瞧我现在穿着这样的破靴子,老子有的是钱,哥们,钱多得可以把你整个人买下来,连你家的所有大活人统统买下来……只要我愿意,就可以把你们一股脑儿全买下来!所有的东西全买下来!"罗戈任慷慨激昂地说道,似乎醉意越来越浓了。"唉!"他叫道,"纳斯塔西娅·菲利波芙娜!不要撵我,只要您说一句话:您是否要同他结婚?"

罗戈任提出这个问题,就像一个陷入绝境的人向神提出问题似的,但是又像一个被判死刑的人,有一股无所顾忌、豁出去了的蛮勇。他在极度苦恼中等待着回答。

纳斯塔西娅·菲利波芙娜用一种嘲笑而又傲慢的目光打量了他一眼,又扭过头看了看瓦丽娅和尼娜·亚历山德罗芙娜,接着又看了看加尼亚,猛地改变了腔调。

"根本没那么回事,您怎么啦?您怎么想到问这个问题?"她低声而又严肃地答道,似乎有点儿惊讶。

"没那回事?没那回事!!"罗戈任叫道,高兴得差点儿没发疯,"当真没那回事?!可是他们告诉我……哎呀!嗨!……纳斯塔西娅·菲利波芙娜!他们说,您已经同甘卡订婚了!同他!难道这可能吗?(我对他们所

---

① 彼得堡涅瓦河三角洲的最大岛屿,与冬宫和彼得保罗要塞隔河相望,是彼得堡的著名文化区。岛上有圣彼得堡大学、美术学院和珍宝馆等。

有的人都这么说！）花一百卢布，我就能把他整个人买下来，给他一千，嗯，就三千吧，他就会放弃结婚，在婚礼前逃跑，把新娘子留给我。不是这样吗，甘卡，你这混账东西！你是宁可拿三千卢布的！这是钱，钱就在这儿！我到这儿来就是叫您立个字据。我说买就一定买！"

"滚出去，你喝醉了！"脸色一会儿红一会儿白的加尼亚叫道。

他吆喝之后，蓦地听到有几个声音忽然爆炸，罗戈任的全班人马早就等待着他首先挑战。列别杰夫非常巴结地向罗戈任耳语。

"对，小公务员！"罗戈任回答，"对，醉鬼！嗨，豁出去了。纳斯塔西娅·菲利波芙娜！"他叫道，像疯子似的瞧着她，先是胆怯，然后又倏地精神抖擞，一副豁出去的模样，"这是一万八！"他说罢，唰的一声把用带子十字交叉捆好的一个白纸包放到她面前的小桌上，"全在这儿！而且……还有！"

他没敢把他想说的话全说出来。

"不不不！"列别杰夫又摆出一副非常害怕的样子向他低语，看那模样，猜得出来，他看到数目太大了，心里害怕，因此他建议能不能少给点，姑且用少得多的数目先试试。

"不，哥们，干这事你就外行了，不知道这样做就过头了……看来，我也是大笨蛋，竟跟你一起鬼混！"这时，在纳斯塔西娅·菲利波芙娜怒形于色的目光的逼视下，罗戈任猛地醒悟过来，打了个哆嗦，"唉！我胡说八道了，都是听了你的话。"他非常后悔地加了一句。

纳斯塔西娅·菲利波芙娜注视了一下罗戈任的沮丧的脸，忽然笑了。

"一万八，给我？一下子就露馅了，乡巴佬！"她倏地以一种无礼、放肆而又不拘形迹的口吻加了一句，从沙发上站起身来，好像要走似的。加尼亚在一旁看着这出戏，心停止了跳动。

"那就四万，四万，不是一万八！"罗戈任叫道，"万卡·普季岑和比斯库

第一部

普答应七点前拿四万来。四万！一次付清。"

这出戏已经演得越来越不像话了，但是纳斯塔西娅·菲利波芙娜继续笑着，并没有走开，仿佛存心要把这出戏拉长似的。尼娜·亚历山德罗芙娜和瓦丽娅也从座位上站起来，惊慌地、默默地等着这出戏怎么收场。瓦丽娅的眼睛在发光，但是这一切对尼娜·亚历山德罗芙娜产生的作用却是痛苦的：她浑身发抖，好像马上要晕倒似的。

"既然这样，就十万！今天就拿十万来。普季岑，拉兄弟一把，让你发笔不义之财！"①

"你疯啦！"普季岑快步走到他面前，抓住他的胳膊小声说，"你喝醉了，人家会去叫巡警的，你在哪儿，知道吗？"

"喝醉了酒，信口开河。"纳斯塔西娅·菲利波芙娜故意逗他似的说道。

"我才不是信口开河呢，说有就有！天黑前就有。普季岑，拉兄弟一把，你这吃利息的主儿，要多大利息由你，天黑前给我弄十万卢布来。我要证明，我决不吝惜！"罗戈任蓦地精神焕发、兴高采烈地说。

"我说这到底是怎么回事？"阿尔达利翁·亚历山德罗维奇怒气冲冲地走到罗戈任面前，猛然威严地一声断喝。老头子在此以前一直一言不发，现在突然发作，不免令人喷饭，传来了哄笑声。

"这人又是打哪来的？"罗戈任笑道，"走，老头儿，让你喝个一醉方休！"

"卑鄙，下流！"科利亚叫道，由于感到羞耻和恼怒大哭起来。

"难道你们中间就找不到一个人来把这个不要脸的女人拖出去吗？"瓦丽娅气得浑身发抖，忽然叫道。

"管我叫不要脸的女人！"纳斯塔西娅·菲利波芙娜鄙夷不屑而又快乐地

---

① 普季岑是放高利贷的商人。

驳斥道,"我倒跟傻瓜似的,一本正经请他们到我家去参加晚会!瞧,令妹是怎么作践我的,加夫里拉·阿尔达利翁诺维奇!"

在妹妹的乖戾行为发作的时候,加尼亚像遭雷击似的站在那里一动不动。但是他看到纳斯塔西娅·菲利波芙娜这回当真要走了,就发疯似的冲到瓦丽娅跟前,狂怒地一把抓住她的胳臂。

"你干的好事!"他看着她叫道,恨不得就在这里把她一口吃了似的。他简直慌了神,没了主张。

"我干什么了?你拽我到哪里去?莫非你让我向她赔罪,就因为她来侮辱了你母亲,让你全家受到奇耻大辱吗?你这下流东西!"瓦丽娅又喊道,扬扬得意地、挑战似的望着哥哥。

他俩四目对视,面对面地站了片刻。加尼亚仍旧用手抓住她的胳臂。瓦丽娅用力挣扎了一下、两下,但是终于忍不住了,突然忘乎所以地往哥哥脸上啐了口唾沫。

"这姑娘真行!"纳斯塔西娅·菲利波芙娜喊道,"太棒了,普季岑,恭喜您了!"①

加尼亚两眼发黑,他完全忘乎所以地用足全身力气挥手向妹妹打去。这一记耳光本来正好打到她脸上,但是,突然出现了另一只手,在半道上抓住了加尼亚的胳臂。

在他与妹妹之间站着公爵。

"算了算了!"他坚决地说,但是他也浑身发抖,就像受到十分强烈的震动似的。

"你怎么老挡我的道!"加尼亚咆哮道,他放开瓦丽娅的胳臂,用腾出来

---

① 瓦丽娅是普季岑的未婚妻,故有此说。

的那只手，极度疯狂地顺手一挥，打了公爵一记耳光。

"啊呀！"科利亚举起两手一拍，叫道，"啊呀，我的上帝！"

从四面八方传来了大呼小叫声，公爵面色苍白。他用感到奇怪而又谴责的目光直视着加尼亚的眼睛，他的嘴唇发抖，竭力想说什么话。一种异样的、完全不适宜的微笑掠过他那扭歪了的嘴唇。

"好，打我吧……可是打她……反正我不让！……"他终于轻轻地说。但是他忽然忍不住了，撇下加尼亚，用两手捂住脸，走到一边墙角，面对墙壁，用时断时续的声音说道："噢，您将会对自己的行为感到羞耻的！"

加尼亚果然不知所措地站在那里。科利亚急忙跑去拥抱公爵，亲吻公爵。罗戈任、瓦丽娅、普季岑、尼娜·亚历山德罗芙娜，所有的人，甚至老头儿阿尔达利翁·亚历山德罗维奇，也都跟在他后面挤过去。

"没什么，没什么！"公爵向大家嘟囔道，依旧带着那种不适宜的微笑。

"他会后悔的！"罗戈任叫道，"甘卡，你侮辱了这样一只……绵羊（他找不出其他词），你会感到害羞的！公爵，我的宝贝儿，离开他们！别理他们，咱们走！你会知道罗戈任多么够朋友！"

纳斯塔西娅·菲利波芙娜对于加尼亚的行为和公爵的回答也感到很吃惊。她那一贯苍白的、若有所思的脸同她刚才那种似乎做作出来的大笑一直很不协调，现在虽然被一种新的感情所激动，然而她似乎依旧不愿让这种感情表露出来，竭力让讥讽的微笑仍旧留在她脸上。

"真的，我在什么地方见过他的脸！"她蓦地又想起方才自己提的那个问题，忽然严肃地说。

"您也不觉得害臊！难道您就是您现在表现出来的这副模样吗？这可能吗！"公爵突然以一种深沉而又热烈的责备口吻叫道。

纳斯塔西娅·菲利波芙娜听到这话后觉得很惊讶，她微微一笑，但又好像在自己的微笑里藏着什么东西似的，她有点儿慌乱，抬头望了加尼亚一眼，便走出了客厅。但是，还没走到前室，又猛地扭过身来，快步走到尼娜·亚历山德罗芙娜面前，拿起她的一只手，举到自己的唇边。

"我确实不是这样的，他猜对了。"她蓦地涨红了脸，迅速地、热烈地低声说道，说罢便扭身走了出去，这回她走得那么快，谁也没来得及弄明白她回来究竟要干什么。大家只看到，她向尼娜·亚历山德罗芙娜低声说了句什么话，似乎还吻了吻她的手。但是瓦丽娅看见了，也听见了一切，她惊讶地目送着她走出了客厅。

加尼亚清醒过来，急忙跑去送纳斯塔西娅·菲利波芙娜，但是她已经走出房门。他跑到楼梯上才追上了她。

"不用送！"她向他喊道，"再见，晚上见！一定要来，听见了？"

他惶恐不安地、若有所思地回到房间，一个沉重的哑谜压在他的心头，而且比原先还沉重。公爵的影子又浮现在他脑海……他失魂落魄到这样的程度，差一点儿没看清罗戈任那帮人怎么从他身边走过去，在门口还撞了他一下，匆匆跟着罗戈任走出了房间的。大家都在异口同声地大声谈论着什么。罗戈任跟普季岑走在一起，一而再，再而三地向普季岑反复说着一件重要的、看来刻不容缓的事。

"输啦，甘卡！"罗戈任从他身旁走过时向他喝道。

加尼亚惊恐地望了望他们离去的背影。

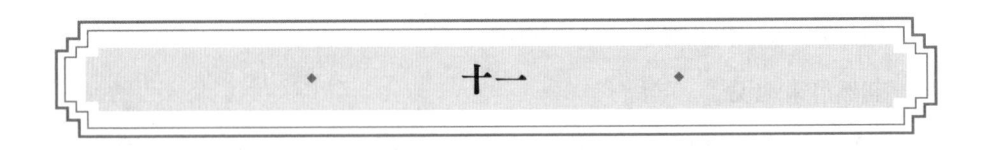

十一

公爵离开客厅，走进自己的房间，关上了门。科利亚立刻跑去看他，安慰他。这个可怜的孩子，看来，现在已经离不开他了。

"您走了倒好，"他说，"那边现在肯定比方才更乱了，我们家每天都是这样的，都是为了这个纳斯塔西娅·菲利波芙娜。"

"你们家各种各样的事真是层出不穷啊，科利亚。"公爵说。

"是的，层出不穷。我们家的事就不必说它了，都是自己造的孽。可是我有一个好朋友，这人更不幸。我让你们互相认识一下，愿意吗？"

"很愿意。您的同学吗？"

"对，差不多是同学。我以后再给您说明这一切……我看，纳斯塔西娅·菲利波芙娜很漂亮，您以为怎么样？我以前从来没有见过她，可是很想见到她。她漂亮得简直让人眼花缭乱。如果加尼亚真心爱她，我倒可以统统原谅他。他为什么要人家的钱呢，真糟糕！"

"是的，我不很喜欢您的哥哥。"

"哼，还用说！发生了这种事以后，您哪能……您知道，我最讨厌各种各样的诸如此类的看法了。比如说，有这么个疯子，或者混蛋、恶棍，跟发了疯似的给某人一记耳光，这人就算一辈子没脸见人了，非用血才能洗清这污点，①或者人家向他跪下来求饶。我看呀，这非但荒唐，而且霸道。莱蒙托夫的剧本《假面舞会》，就是用这做题材的，我看呀，这样写，未免糊涂。我想说，有点儿不自然。话又说回来，这剧本他差不多是在童年时代写的②。"

"我很喜欢您姐姐。"

"她居然敢啐甘卡的脸。这瓦丽卡③也真够勇敢的！您就没有这样啐他，我相信并不是因为您缺少勇气。瞧，这人也不经念叨，一提到她，她就来了。

---

① 指因受人侮辱提出决斗。
② 莱蒙托夫写《假面舞会》时已经二十一岁，不是童年。
③ 瓦尔瓦拉（即瓦丽娅）的昵称。

我早知道她会来的。她为人高尚，虽然有缺点。"

"你不用待在这里了，"瓦丽娅一进来就冲他说道，"到爸那里去。他没让您讨厌，公爵？"

"完全没有，我很喜欢他。"

"姐姐，你又来了！她就这点讨人嫌。对了，我早料到爸爸一定会跟罗戈任去的，现在大概在后悔。得去看看他当真怎样了。"科利亚出去时又加了一句。

"谢谢上帝，我把妈搀出去，让她躺下了，老毛病总算没犯。加尼亚很不好意思，心事很重。他也该好好想想了。多大的教训！……我是来向您再一次道谢，并且想问问您，公爵：您以前是不是认识纳斯塔西娅·菲利波芙娜？"

"不，不认识。"

"那您凭什么当着她的面说，她'不是这样的'呢？而且，好像还猜对了。也许，她确实不是这样的。不过我对她捉摸不透！当然，她是存心来气人的，这很清楚。我以前就听说过她的许多怪事。如果她真来请我们去参加晚会，一开头她怎么能那样对待母亲呢？普季岑很了解她，连他也说，方才也摸不透她究竟要干什么。还有对罗戈任？如果一个人尊重自己，在自己未来的……婆家，总不能那样说话吧。我妈对您也感到很不安。"

"不要紧的！"公爵说，挥了下手。

"她怎么会听您的话呢……"

"听我什么？"

"您对她说她应当感到害臊，她就突然整个儿变了。您具有影响她的力量，公爵。"瓦丽娅微微一笑，又加了一句。

门开了，完全出乎意料地进来了加尼亚。

他看到瓦丽娅后，竟没有犹豫。他在门口站了片刻，蓦地毅然决然地走到公爵面前。

"公爵,我的行为很卑鄙,请原谅我,好兄弟。"他蓦地带着强烈的感情说道,脸上也表现出极大的痛苦。公爵诧异地望着他,没有立即回答。"唉,请您原谅我,原谅我吧!"加尼亚急切地恳求道,"嗯,要是愿意,我这就来亲吻您的手①!"

公爵感到非常吃惊,他默默地伸出了两手,拥抱加尼亚。两人真诚地互相亲吻。

"我怎么,怎么也没想到您会是这样的,"公爵激动得几乎喘不过气来,但是他终于说道,"我还以为您 …… 不会呢。"

"不会来道歉吗? …… 我方才怎么会认为您是白痴呢! 您能看到别人永远看不到的东西。跟您是可以谈谈的,不过 …… 还是不谈为好!"

"这里还有个人,您必须向她道歉。"公爵指着瓦丽娅说。

"不,她们永远是我的敌人。请您相信,公爵,试过多次了,她们决不会真正原谅!"加尼亚脱口说道,说罢,便把头扭过去,不看瓦丽娅。

"不,我原谅你!"瓦丽娅蓦地说道。

"今天晚上你也到纳斯塔西娅·菲利波芙娜家去吗?"

"你让去,我就一定去,不过你最好先想想:我现在去合适吗?"

"要知道,她不是那样的女人。她是存心让我们猜谜! 耍小心眼儿!"说罢,加尼亚苦笑了一下。

"我也知道她不是那样的,而且爱耍小心眼儿,可是她耍的什么心眼呀? 再说,你瞧,加尼亚,她把你当什么人了? 尽管她吻了妈妈的手。尽管这是小心眼儿,但是她毕竟在嘲笑你,这就不止值七万五了,真的,哥哥! 你的

---

① 俄俗:用亲吻来表示和解和赔礼。

本质是好的，能迷途知返，所以我才跟你说这话。唉，你自己也不要去啦！唉，要当心！这事不会有好结果的！"

瓦丽娅非常激动，说完这话就匆匆走出了屋子。

"她俩老是这样！"加尼亚笑道，"难道她们以为我就不知道这个道理吗？我比她们清楚得多。"

说罢，加尼亚坐到沙发上，显然想把这次拜访继续下去。

"既然您也知道，"公爵怯怯地问道，"您既然知道受这种洋罪的确不止值七万五，又何必自讨苦吃呢？"

"我说的不是这事，"加尼亚讷讷道，"好，我就顺便请教，我非常想听听足下高见，您认为，拿七万五，值不值得受这样的'洋罪'呢？"

"我认为不值得。"

"您不说我也知道。这样结婚可耻吗？"

"很可耻。"

"那么，我告诉您，我决定娶她，而且非娶她不可。方才我还犹豫不决，现在已经不犹豫了！您别说了！我知道您想说什么……"

"我要说的并不是您想的。使我惊奇的是您那十足的自信……"

"自信什么？什么自信？"

"您自信，第一，纳斯塔西娅·菲利波芙娜肯定会嫁给您，而且十拿九稳；第二，即使她嫁给您，您又以为，那七万五肯定会直接落进您的腰包。当然，话又说回来，这里有许多情况我不知道。"

加尼亚使劲扭动了一下身子，向公爵靠了靠。

"您当然不知道全部情况，"他说，"不知道我为什么要背上这么沉重的包袱？"

"我觉得，这情形是常有的：有人跟金钱结婚，可是钱仍旧抓在妻子手里。"

第一部

"不，我们决不会这样……这里……这里有这么一些情况……"加尼亚在惊惧的沉思中讷讷道，"至于她会怎么答复，这已经毫无疑问了，"他又迅速加了一句，"您凭什么说她会拒绝我呢？"

"我除了看到的情况以外什么也不知道。刚才瓦尔瓦拉·阿尔达利翁诺芙娜不也说了……"

"唉！她们自己都不知道说了些什么。她倒是取笑罗戈任来着，请相信，这点我看得很清楚。这是看得出来的。我方才也有点儿害怕，可是现在看清楚了。也许，您说这话是根据她对我的母亲、父亲和对瓦丽娅的态度吧？"

"还有对您的态度。"

"也许吧。但这无非是老掉牙的娘儿们的报复行为。这是一个非常爱生气、非常多疑而又自尊心很强的女人。活像一个仕途失意没有过上官瘾的官。她想表现自己，想表现出她对他们……当然也是对我的全部轻蔑。这是真的，我不否认……可是她还是会嫁给我的。您简直想不到，一个人的自尊心会干出怎样千奇百怪的事情来，比方说，她认为我下流，就因为她是别人的姘妇，而我竟公然因为她有钱而娶她，可是她不知道，换了旁人，欺骗她的手段还会更卑鄙、更下流：他会死乞白赖地缠住她，向她天花乱坠地说许多自由主义的进步话，还会搬出各种各样的妇女问题来淆乱视听，于是她就像根线似的，穿进他的针眼，上了他的圈套。他还会向这个自尊心很强的傻女人保证（她会很容易地相信），他娶她无非是因为她'心地高尚，生活不幸'，但是说到底，他娶她还是因为看中了她有钱。我不受欢迎，就因为我不愿意耍花腔。其实就该这样。而她自己在干什么呢？还不是一模一样？既然这样，干吗还要看不起人，想出这些花招来呢？无非因为我不买她的账，我也很骄傲。好，等着瞧吧！"

"在这以前，您难道爱过她吗？"

"起初爱过。好，别提它了……有一种女人，只适合做情妇，此外，别无他用。我倒不是说她曾经做过我的情妇。如果她愿意规规矩矩地生活，我就同她规规矩矩地过日子；如果她想造反，我就立刻甩了她，把钱带走。我不愿意惹人耻笑，我最不愿意做的就是惹人耻笑。"

"我总觉得，"公爵小心地指出，"纳斯塔西娅·菲利波芙娜很聪明。她既然预见到要受这样的罪，何苦往火坑里跳呢？她不是也可以嫁给别人吗？我感到奇怪的也就是这个。"

"她自然有自己的打算！您还不知道个中奥妙，公爵……个中自有奥妙……此外，她坚信，我在疯狂地爱她，我向您发誓，您知道吗，我疑心她也在爱我，但爱法不同，正如俗话所说：'打是疼，骂是爱'嘛。她一辈子都会认为我是卑鄙小人（大概她需要的就是这个），但是她毕竟会用她自己的爱法来爱我；她受的是这样的教育，性格也是这样。实话告诉您吧，她是一个地地道道的俄国女人。①哼，我替她准备了一件她意想不到的礼物。方才跟瓦丽娅的那出戏是无意中发生的，但是对我很有好处：她现在看到了，并且坚信，我对她难舍难分、忠心耿耿，为了她我会断绝一切关系。由此看来，咱也不是傻瓜，请相信。顺便问一句，您不会认为我是个爱唠叨的人吧？亲爱的公爵，实话对您说吧，也许，我的行为确实很恶劣，不过那也是因为您是我遇到的第一个高尚的人，因此我才向您扑过去②，但是请您不要把'扑'字理解为一语双关的俏皮话。您为了方才发生的那事不会生我的气吧？啊？整整两年内，我大概还是第一次跟人说心里话。这里的正人君子实在太少了，就没有比普季岑更清白的人。③怎么，您好像在笑，是不是？卑鄙小人偏爱

---

① 指贤妻良母。
② 此处用作"相见恨晚"的意思。
③ 普季岑是放高利贷的，此处意为其他人连普季岑都不如。

正人君子——您大概不知道个中道理。可我……话又说回来，您凭良心说，我哪点卑鄙？为什么他们大家都学她的样子骂我卑鄙，骂我混账呢？您知道吗，我学他们和她的样子，也开始骂自己是卑鄙小人了！该是卑鄙就是卑鄙嘛！"

"现在，我再不会把您看作卑鄙小人了，"公爵说，"方才，我已经把您当作十足的坏蛋，可是现在您却使我刮目相看，我太高兴了，——这就是教训：不调查就不要妄下断语。现在我看到，非但不能把您看作坏蛋，而且也不能把您看作一个太坏的人。我看，您不过是芸芸众生中的一个十分普通的人，除了太软弱和毫无特点以外。"

加尼亚有苦说不出地苦笑了一下，但没有作声。公爵看到他的意见不受欢迎，觉得不好意思，也闭上了嘴。

"我父亲向您借过钱吗？"加尼亚突然问。

"没有。"

"会借的，别借给他。我记得，他从前也是个体面人，经常出入于上等人家。这些老的体面人物很快一个个完蛋了。外界一有变化，过去的一切便烟消云散，像火药似的烧得一干二净。他过去并不爱胡说八道，我可以向您保证。过去他只是容易冲动，——瞧，现在变成什么模样了！当然，这都是喝酒之过。您知道吗，他还养了个姘头！他现在已不只是个爱胡说八道的老天真了。我真不明白我妈怎么会这么长时间地容忍他胡闹。他跟您讲过围困卡尔斯的故事吗？或者讲什么他有一匹拉边套的灰马居然说起了人话？瞧，甚至信口开河到这种程度。"

加尼亚说罢忽然笑得前仰后合。

"您为什么这样看我？"他问公爵。

"我感到奇怪，您竟能这样真诚地大笑。真的，您竟能发出孩子般的笑声。方才您进来跟我言归于好的时候说：'要是愿意，我可以亲吻您的手。'——

这完全跟孩子们讲和一样。由此看来，您童心犹在，因为您还能说出这样的话和做出这样的动作来。可是您又会忽然大发宏论，大谈这类卑鄙龌龊的事和这七万五千卢布。真的，这一切似乎既荒谬又令人难以置信。"

"您想从这里得出什么结论呢？"

"我的结论是您的行为是否过于轻率，是否应该三思而后行呢？瓦尔瓦拉·阿尔达利翁诺芙娜说的话也许有道理。"

"啊，又讲大道理了！说什么我还是小孩，这，不说我也知道，"加尼亚热烈地打断他的话道，"单凭我跟您说这话就可窥见一斑。公爵，我甘愿做这种卑鄙龌龊的事，并不是想捞到什么好处，"他脱口说道，仿佛一个年轻人，自尊心受到了伤害，"如果想捞到什么好处，我肯定打错了算盘，因为我的脑子还不够灵活，性格也不够坚强。我这样做是想干一番大事业，因为我有一个宏大的目标。您肯定以为，我拿到这七万五以后一定会马上去买辆轿式马车。不，先生，我要把前年的旧上衣继续穿下去，把我在俱乐部里的朋友统统甩掉。我们这里的人虽然都放高利贷，但是很少有人肯吃苦耐劳，但是我要吃苦耐劳。这里的关键是必须坚持到底——这最要紧！普季岑十七岁的时候还睡在大街上，卖削笔刀，等于白手起家。现在他已经有六万卢布，不过他发财是在绞尽脑汁、历尽千辛万苦之后！现在我可以跳过这一阶段，直接用一大笔金钱开始创业。再过十五年，人家就会说：'好一个伊沃尔金，犹太人的王。'① 您刚才对我说，我这人毫无特点。请记住，亲爱的公爵，对于我们这个时代和我们这个民族来说，再没有比向人家说没有特点、性格软弱、没有别的才干，是个普普通通的人，更可气的了。您甚至不肯赏给我一个能干的混蛋这样的雅号，您知道，单凭这句话，方才我恨不得把您一口吃了！

---

① 源出《新约·马太福音》：在耶稣被钉死的十字架上方，安了一块牌子，上书"这是犹太人的王耶稣"。这里别有所指，指交易所之王或大财主。

第一部

您侮辱我比叶潘钦还厉害，他认为我会把自己的老婆卖给他（不用利诱，不用多费唇舌，单凭直觉，请注意这点）！先生，这事早就把我气得够呛，因此我需要钱。等我发了财，您瞧着吧，我就会变成一个神通广大、叱咤风云的人。金钱之所以最可鄙、最可憎，就因为金钱能使人增长才干，而且直到世界末日都会有这样的神通。您会说，这一切全是孩子气，或者说，颇有诗意——那又怎样呢，反正事业有成，我也就乐在其中了。我一定要坚持到底，吃苦耐劳到底。最后笑的人笑得最好！叶潘钦为什么这样欺侮我呢？难道因为他恨我？非也。无非因为我这人太渺小罢了。好，可是到那时候……不过，够了，就说到这儿吧。科利亚已经两次探头进来：他是来叫您去吃饭的。我要出门。我有时候会过来看看您。您住在我家，我们决不会亏待您，现在大家都会把您当作自己人看的。不过请您注意，不要泄露我的秘密。我觉得，咱俩不是朋友就是敌人。您以为怎样，如果方才我吻了您的手（我是自告奋勇、真心诚意的），我以后会成为您的敌人吗？"

"您一定会的，但不会永远这样，后来您坚持不下去了，会原谅我的。"公爵想了想，笑道。

"嘿！对您这人还真得留点儿神。鬼知道，您这话里就掺了毒药。谁知道呢，也许您就是我的敌人？说来也巧，哈哈哈！忘了问您：我觉得，您好像非常喜欢纳斯塔西娅·菲利波芙娜似的，是吗？"

"是的……喜欢。"

"爱上她了？"

"没——没有。"

"可是却满脸通红，害上了相思病。好啦，没什么，没什么，我不会取笑您的。再见。可是您知道，她可是个品德高尚的人，您能相信这点吗？您以为她现在还跟那个叫托茨基的同居吗？不，绝对不！早就不了。您注意到没有？她很怕难为情，方才有好几秒钟都害羞了。真的。这样的女人也最爱逞霸道。好，再见！"

加涅奇卡[①]出去的时候心情很好，比进来的时候随和多了。公爵约有十分钟光景坐着不动，若有所思。

科利亚又把头探进了房门。

"我不想吃饭了，科利亚。我方才在叶潘钦家用了早点，饱餐了一顿。"

科利亚走进了房门，递给公爵一张字条。这字条是将军写的，叠好并盖有封印。从科利亚的脸色看得出来，他心情沉重，很不乐意传递这张字条。公爵看完后站起身来，拿起了帽子。

"就两步路，"科利亚不好意思地说，"现在，他正坐在那里喝酒。他到底用什么办法赊账？—— 我闹不清。亲爱的公爵，请您以后千万别跟我们家的人提到我给您递条子的事！我已经一千遍发誓，决不递这种条子，可是又瞧他可怜。不过有一点，请您千万别跟他客气：给他几个零花钱就行了。"

"科利亚，我有个想法：必须见见令尊……有一事相求……走吧。"

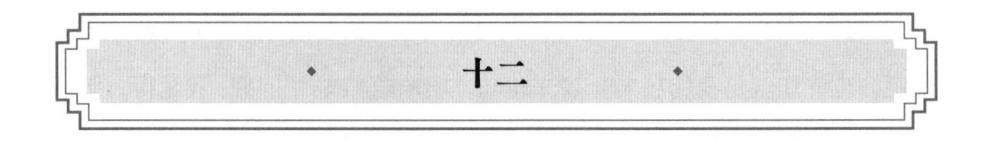

十二

科尼亚把公爵领到不远处，靠近翻砂街，进了一家临街底层兼设台球房的咖啡店。店的右墙角有个单独的小间，里面端坐着阿尔达利翁·亚历山德罗维奇。看上去像个经常光顾此地的常客。他面前的小桌上放着一瓶酒，手

[①] 加夫里拉(即加尼亚)的昵称。

第一部

里还果真拿着一份《比利时独立报》。他在等候公爵。他一看见公爵进来，就立刻把报纸放在一边，开始热烈而又啰唆地解释起来，但是他的解释公爵几乎一句也没听懂，因为将军几乎已经醉了。

"我没有十卢布，"公爵打断他道，"就这么一张二十五卢布的钞票，把它兑开吧，找给我十五卢布就成，因为除此以外，我身无分文。"

"噢，那毫无疑问。请相信，一会儿就行……"

"除此以外，将军，我有一事相求，您从来没有去过纳斯塔西娅·菲利波芙娜家吗？"

"我？我从来没有去过？您问我这事儿？好几次啦，亲爱的，去过好几次啦！"将军叫道，面带嘲笑，一副扬扬自得的模样，"但是我终于自动断绝了来往，因为我不想助长这种不体面的结合。您亲眼看到，您是今天上午的目击者：我已经做到了一个做父亲的所能做到的一切，——但那会儿是一个慈爱、宽厚的父亲，现在将要登场的则是另一种父亲，到那时候咱们就会看到，咱们将拭目以待：是一位战功卓著的老军人粉碎一场阴谋呢，还是一个无耻的风流娘儿们进入一个十分高贵的家庭。"

"我有一事相求，不知道您能不能作为朋友给我引荐一下，今天晚上带我去见纳斯塔西娅·菲利波芙娜？我今天非去不可，我有事，但是我完全不知道怎么进去。方才我曾经被介绍给她，但是没有受到她的邀请：今天那儿举行晚会，发了请柬。然而我准备越过某些礼数，哪怕他们取笑我，只要能想个办法进去就成。"

"我的年轻朋友，您的话完全，完全对了我的心思，"将军兴高采烈地叫道，"我叫您来决不是为了通融这点儿零钱！"他继续说道，顺手接过钱，放进了口袋，"我叫您来，就是邀请您结伴同行，前往纳斯塔西娅·菲利波芙娜家，或者不如说，去讨伐纳斯塔西娅·菲利波芙娜！伊沃尔金将军和梅什金公爵！这场面给她看看该有多威风！我呢，以祝贺她的生日为名，最后宣布我的看法——间接地，而不是直接地，但是毕竟也跟直接一样。那时候，就让加尼亚看着办吧：听父亲的话，听战功卓著以及……可以说吧……等等，等等，或者听……但是，听天由命吧！足下的主意非常好。我们九点出发，现在还有时间。"

"她住哪儿？"

"离这儿很远：靠近大剧院，梅托夫措娃公寓，差不多就在广场上，二楼……尽管她过生日，人肯定不会来得太多，散得也早……"

天早已断黑。公爵仍旧坐在那里，等着将军，听他高谈阔论。将军讲了许多奇闻逸事，多得数也数不清，但是哪个故事也没讲完。公爵来后，他又要了一瓶酒，足足喝了一小时才把它喝完，接着又要了一瓶，又喝完了。可以认为，在喝这两瓶酒的时候，将军已经把自己的身世全讲完了。最后，公爵站起身来，说他不能再等了。将军喝光了瓶底的残酒后，也站起身来，摇摇晃晃地走出了房间。公爵见状大失所望。他真不明白，他怎么能这么傻地轻信一个人。其实，他从来也没有轻信过将军，他只是指望依靠将军之力设法进去，见一见纳斯塔西娅·菲利波芙娜，哪怕闹出点儿乱子来也在所不惜，但是并不希望闹太大的乱子：将军却偏偏喝得酩酊大醉，鼓起如簧之舌，海阔天空，喋喋不休，甚至声泪俱下。他唠唠叨叨地说由于他家所有成员的恶劣品行，一切都毁了，现在应该是他们迷途知返的时候了。他们终于走到了翻砂街。仍旧是乍寒还暖的天气，凄凉、温暖、潮湿的风在街上呼啸，一辆辆马车在烂泥地里啪嗒啪嗒地走着。一匹匹身强力壮的或者筋疲力尽的马，奔驰在大街上，马蹄踩在石子路上发出响亮的嘚嘚声。浑身淋湿的行人三五成群，闷闷不乐地踯躅在人行道上，其中也常常遇到一些醉鬼。

"您看到那排灯火通明的二楼了吗，"将军说，"这里住的都是我的同僚，

第一部

他们当中我服役的年头最长，遭的罪也最多，可我现在却步履艰难地走到大剧院去，到一个可疑的女人家去！我胸膛里有十三颗子弹……您不信？当时，皮罗戈夫仅仅因为我就打电报到巴黎去，并且暂时离开被围困的塞瓦斯托波尔，①巴黎的太医奈拉通②为了科学四处奔走，好容易才弄到一张自由通行证，专诚来到被围困的塞瓦斯托波尔给我检查身体。这事连最高领导都知道：'啊，这就是那位身上有十三颗子弹的伊沃尔金！……'提到我都这么说！公爵，您看见这座房子了吗？这房子的二层楼上住着我的一位老朋友——索科洛维奇将军，他有一大家子人，个个心地高尚、光明磊落。这是一家，涅瓦大街上还有三家，海洋街上还有两家——这就是我现在的全部交游范围，也就是说，他们是我的私交。尼娜·亚历山德罗芙娜早就向环境屈服了。只有我还在……可以说，继续在我过去的同僚和下属的有教养的圈子里休养生息，而这些人直到今天都十分敬重我。这位索科洛维奇将军（不过，我已经很久没有上他家串门了，也没有看到安娜·费奥多罗芙娜了）……您知道吗，亲爱的公爵，当一个人自己不接见客人的时候，也会不由得中止对别人的拜访。然而……呃……您好像不相信……话又说回来，为什么我不可以给我的挚友兼总角之交的公子引荐一下，领他进去认识一下这个可敬可爱的家庭呢？伊沃尔金将军和梅什金公爵！您将会看到一位非常了不起的姑娘，而且不是一位，而是两位，三位，她们是京城之花，上流社会之花：美丽，有教养，而且风度翩翩……她们关心妇女问题③，又能诗善文，这一切加在

---

① 尼·伊·皮罗戈夫（1810—1881），俄国著名外科医生，1854—1855年参加塞瓦斯托波尔保卫战，沙皇尼古拉一世去世后政局动荡，遂于1855年离开塞瓦斯托波尔。
② 奈拉通（1807—1873），法国著名外科医生，巴黎医学科学院院士，但是他从未到过俄罗斯。
③ 妇女问题（即妇女平等问题）是19世纪60年代俄国报刊上争论得非常热烈的一个问题。保守派和民主派都就妇女问题发表过许多文章。

一起，就成了才貌双全、多才多艺的幸福的化身，这还不把每人至少八万卢布现金的陪嫁计算在内，不管是什么妇女问题和社会问题，钱是永远不会嫌多的……总而言之，我一定，一定，而且责无旁贷地把您引荐给她们。伊沃尔金将军和梅什金公爵！"

"马上？就现在？但是您忘了……"公爵刚想开口说下去。

"我什么也没忘，什么也没忘，走吧！上这儿，走上这座富丽堂皇的楼梯。奇怪，怎么没看门的，不过……今天是节日，连看门的都走了。他们居然还没把这个醉鬼撵走。这个索科洛维奇能有今天，他的全部荣华富贵，都应该归功于我，归功于我一个人，而不是任何其他人，不过……瞧，我们现在到了。"

公爵已经不再反对这次拜访了，因此也就乖乖地跟在他后面，以免触怒他，但是他满心希望这个索科洛维奇将军以及他的整个家庭，会慢慢地像海市蜃楼一样化为乌有，成为根本不存在的东西，因此他们也就能心安理得地下楼，回到外面去了。但是使他惊惧、使他大失所望的是：将军居然领着他上了楼梯。就像这儿当真有他熟悉的朋友似的，还不时穿插一些有关他的生平和他家地理位置的详情细节，而且充满了数学般的精确。最后，他们爬上二楼，停在右边一家阔气的寓所的大门前，将军伸手去拉门铃——一看这情况，公爵便下定决心逃之夭夭，但是一个奇怪的情况使他暂停了一分钟。

"您找错门了，将军。"他说，"门上写的是库拉科夫，您要找的是索科洛维奇。"

"库拉科夫……库拉科夫不说明任何问题。这是索科洛维奇家，因此我才拉铃找索科洛维奇。写着库拉科夫也不要紧……瞧，不是开门了。"

门果然开了。仆人向外张望了一下，说："主人不在家。"

"多遗憾，多遗憾，太不巧了，"阿尔达利翁·亚历山德罗维奇非常遗憾地重复了几遍，"亲爱的，主人回来后，请您禀报一下，就说伊沃尔金将军和梅什金公爵专诚前来拜访。因来访未晤，感到非常，非常遗憾……"

就在这时候，又有一张脸由房间里向开着的门外张望了一下，看来这是一名女管家，甚至可能是家庭教师，一位四十岁上下的女士，穿一身深颜色服装。她听到伊沃尔金将军和梅什金公爵的名字后，好奇而又不信任地走近前来。

"玛丽亚·亚历山德罗芙娜不在家。"她说，特别注视了一下将军，"跟亚历山德拉·米哈伊洛芙娜小姐去看外婆了。"

"连亚历山德拉·米哈伊洛芙娜也跟夫人一起去了吗？噢，上帝，多倒霉！您想想，太太，我总这么倒霉！恳请您转达我对夫人的问候，并请转告亚历山德拉·米哈伊洛芙娜，请她想想……总而言之，请转达我对她的衷心祝愿，祝愿她星期四晚上在听肖邦叙事曲时她对自己的祝祷能如愿以偿，小姐会记得的……请转达我的衷心祝愿！伊沃尔金将军和梅什金公爵！"

"我不会忘记的。"那位太太有点儿相信了，向他鞠躬道别。

下楼的时候将军的热情不减，继续表示惋惜：他们没能碰到主人，公爵失去了认识这么一个可敬可爱家庭的绝好机会。

"您知道吗，亲爱的，我有一些诗人气质，您没有发现这点吗？不过……话又说回来，好像，我们刚才去的地方不完全对头，"他突然完全出乎公爵意料地说道，"我现在想起来了，索科洛维奇家住在另一幢楼里，甚至，好像，现在住在莫斯科。对，我有点儿弄错了，但是……这也没什么。"

"我只想知道一点，"公爵垂头丧气地说道，"我是不是完全应该不再指靠您，干脆让我一个人去得了？""不再指靠我？您一个人去？但是，这又从何说起呢？对于我，这是一件举足轻重的大事，我全家的命运在许多方面都取决于这件事的成败。但是，我的年轻朋友，您太不了解我伊沃尔金了。谁提到'伊沃尔金'，就等于说'稳如大山'。我刚开始在骑兵连当差的时候，人家就说，依靠伊沃尔金就像依靠大山一样。我只是想顺路拜访一家人家，在经过出生入死、艰难困苦之后，已经好多年了，我的心只有在那里才能得到休息……"

"您想回家？"

"不！我想……去看看我从前的一位下属……甚至是位朋友……捷连季耶夫上尉的遗孀，捷连季耶娃太太。在这里，在这位太太家里，我的精神得到恢复，可以把我生活中和家庭里的种种烦恼带到这里……因为我今天肩负着很大的道德重担，所以我……"

"我觉得，我方才惊动大驾，"公爵喃喃道，"本来就做了一件十分愚蠢的事。何况您现在……再见！"

"可是我不能，不能放您走，我的年轻朋友！"将军着急道，"她是一位寡妇，孩子们的母亲，她在自己心里弹奏出的琴声，能在我全身引起共鸣。拜访她——五分钟而已，在这家人家我用不着客气，我差不多就住在这里。我先洗把脸，稍微修饰一下，然后咱们就雇辆马车直奔大剧院。请相信，今天我整个晚上都需要您……就是这幢楼，我们已经到了……啊，科利亚，你也在这儿？怎么，玛尔法·鲍里索芙娜在家吗？还是你自己也刚刚到？"

"噢，不是的，"科利亚回答，他恰好在这幢楼的大门口碰见他们俩，"我早就在这里了，陪伊波利特，他病得更重了，今天早晨躺倒的。我现在下楼到小铺去买副纸牌。玛尔法·鲍里索芙娜在等您。不过，爸爸，您怎么这样！……"科利亚注视了一下将军的步态和站相后，说道，"也好。咱们先上去看看。"

自从遇到科利亚后，公爵就想，不妨先陪将军到玛尔法·鲍里索芙娜家去一趟后再说，不过只能去一会儿。公爵的意思是想转请科利亚帮忙，至于将军，他打定主意一定要把他甩掉，他不能原谅自己方才竟想指望将军。他们走了很久才走到四楼，而且走的是后楼梯。

"您想让他们认识一下公爵？"上楼的时候科利亚问。

"是的,好孩子,我想让他们认识认识,伊沃尔金将军和梅什金公爵,但是怎么……玛尔法·鲍里索芙娜怎么啦……"

"我说爸爸,您还是不去为好!她会吃了您的!您三天不露面了,她等钱花。您干吗要答应给她钱呢?您老这样!现在就瞧您怎么脱身吧。"

在四楼,他们在一扇低矮的房门前停下了脚步。将军看来有点儿胆怯,把公爵推到前面。

"我就留这儿,"他嘟囔道,"我要让她喜出望外……"

科利亚头一个进去。一位太太浓妆艳抹,穿着便鞋和短棉袄,头发编成小辫,四十上下,从门里探出头来,于是将军的喜出望外便出乎意外地破灭了。那位太太一看见他就立刻喝道:

"原来是他呀,这个下流阴险的小人,我正望眼欲穿地等他来哩!"

"咱俩进去吧,这没什么。"将军向公爵喃喃道,还想对这种窘境天真地付之一笑。

但是,这并不是没什么。他们刚进屋,穿过又黑又矮的前室,走进狭窄的起坐间,屋里摆着半打藤椅和两张小牌桌,女主人就立刻用一种训练有素的带着哭腔的、习以为常的声音接着说道:

"你也不嫌害臊,也不嫌害臊,你这个蛮子,我们家的暴君,既野蛮,又凶狠!你敲骨吸髓,把我搜刮得一干二净,还不满意!我还要容忍你到什么时候呢,你这死不要脸的东西!"

"玛尔法·鲍里索芙娜,玛尔法·鲍里索芙娜!这位是……梅什金公爵。伊沃尔金将军和梅什金公爵。"将军战战兢兢、不知所措地嘟囔道。

"您相信吗,"上尉夫人蓦地对公爵说道,"您相信吗,这个死不要脸的东西,连我们这些孤儿寡母都不放过!把所有的东西都抢走了,把一切都当尽卖光,什么也不剩下。我拿着你的借据有什么用,你这又狡猾又没良心的东西?

你说呀，你这狡猾的骗子，回答我呀，你这黑了心的东西：我拿什么，拿什么来养活我这些孤苦伶仃的孩子呢？现在，他倒来了，醉得东倒西歪……我到底什么事触怒了上帝呀，你这卑鄙下流、岂有此理的骗子，你回答呀？"

但是将军顾不上回答。

"玛尔法·鲍里索芙娜，这是二十五卢布……这是我求助于一位高尚已极的朋友所能做到的一切。公爵！我不幸而大错矣！生活……就是这样……可现在……对不起，我四肢乏力，"将军站在房间中央，向四下里鞠躬致意，"我四肢乏力，对不起！列诺奇卡！把枕头拿过来……宝贝儿！"

列诺奇卡是个八岁的小女孩，她立刻跑去取枕头，拿来放在一张又硬又破的漆皮沙发上。将军坐到沙发上，还有许多话要说，但是他的身体刚一碰到沙发就立刻向一侧倒下，转过身去面对墙壁，像一个胸襟坦荡、问心无愧的人那样呼呼大睡。玛尔法·鲍里索芙娜既客气又伤心地请公爵在牌桌旁的一把椅子上坐下，自己坐在他对面，用手支住右腮，开始望着公爵，默默地叹气。三个小孩——两个女孩和一个男孩，其中列诺奇卡是老大——他们三人也走到桌子跟前，而且三人都把手放到桌子上，三人也都开始聚精会神地打量公爵。突然，科利亚从另一间屋里出来。

"科利亚，我很高兴能在这里遇见您，"公爵对他说，"能不能求您帮个忙？我一定要去找一下纳斯塔西娅·菲利波芙娜。我刚才请阿尔达利翁·亚历山德罗维奇帮忙，可是他睡着了。您带我去吧，因为我不知道街道，也不认识路。不过，地址我倒有：大剧院附近，梅托夫措娃公寓。"

"纳斯塔西娅·菲利波芙娜？她从来没在大剧院附近住过，如果您想知道的话，我父亲也从来没去过纳斯塔西娅·菲利波芙娜家。奇怪的是，您居然希望他能替您做什么。她住在弗拉基米尔街附近，靠近五角地，而且从这里去要近得多。您现在就去吗？现在九点半。好吧，我带您去。"

公爵和科利亚立刻走出门去。可叹的是公爵已经无钱雇马车，只能走着去了。

"我本想介绍您跟伊波利特认识一下，"科利亚说，"他是那位穿短棉袄的上尉太太的长子，他住另一间屋：身体不好，今天已经躺了一天。不过，他这人很怪，非常爱面子。我觉得他看见您会觉得不好意思的，因为您正好在这时候来……我就不像他那样不好意思，因为我这边是父亲，他那边是母亲，这事毕竟有区别，因为男人干这种事并没什么可耻。不过，男女两性在这种情况下孰轻孰重，孰是孰非，很难说，这也许是偏见。伊波利特是一个非常了不起的青年，但是他又是某些偏见的奴隶。"

"您说他害了痨病？"

"是的，看来还不如早死好。我要是他，一定希望死了拉倒。他舍不得弟弟妹妹，他们还小。如果可能，如果有钱的话，我一定跟他另租一套房子单过，跟我们两家一刀两断。这是我们的幻想。告诉您吧，我方才把您的事告诉他了，他居然非常生气，说什么谁挨了人家耳光，又轻描淡写地放过去，而不要求对方决斗的话，此人必定是个混账东西。不过，他的脾气很大，我已经懒得同他争论了。就这么回事，这么说，是纳斯塔西娅·菲利波芙娜立刻提出邀请，让您上她家去的啰？"

"问题就在于她没有请我。"

"那您怎么去呢？"科利亚叫道，甚至在人行道上站住了脚，"而且……还穿着这样的衣服，那儿可是发了请柬招待客人的晚会呀！"

"我真不知道我怎么才能进去。让我进去，很好，不让我进去，也只能拉倒。至于衣服，现在有什么办法呢？"

"你有事找她吗？还是不过想到'上流社会'去消磨消磨时间？"

"不，我其实……也就是说，我是有事才去的……我很难把这事说清楚，但是……"

"嗯,您到底有什么事,悉听尊便。我感到最要紧的倒是,您到那儿去不要仅仅为了要去参加晚会,踏进风流女子、将军和高利贷者组成的纸醉金迷的圈子。如果是这样,对不起,公爵,我就要嘲笑您,看不起您了。那儿极少正人君子,甚至没有人值得您真正尊敬。这就使人不由得瞧不起他们了,可是他们却要求别人尊敬他们。瓦丽娅就是头一个瞧不起他们的。公爵,您发现了没有,当代,人人都是冒险家!特别是在我们俄国,在我们亲爱的祖国。这一切究竟是怎么形成的——我不明白。看上去,基础似乎很牢固,然而现在怎么样?这话人人都在说,而且到处都在这么写。揭露成风,我们人人都揭露。父母首先打退堂鼓,自己都羞于谈从前的道德。瞧,在莫斯科,就有一个做父亲的劝儿子,只要能拿到钱,可以不择手段①,这事都见报了。再看我家的这位将军。唉,他成什么啦?不过,话又说回来,我觉得将军还算是正派人。真是这样的!不过老爱胡来和喝酒罢了。真是这样的!我甚至怪可怜他的,不过我不敢说,因为大家都笑我,可是真的,我怪可怜他的。那些聪明人又怎样呢?全放高利贷,无一例外!伊波利特还替放高利贷者辩护,说这样做是必要的,是经济冲击,是一种涨潮和退潮,鬼才明白这是什么谬论。他的这一套使我感到非常懊恼,但是他爱发火,您想想,他母亲,也就是上尉太太,从将军手里接过钱,转眼之间就以驴打滚的利息再转借给他,太可耻了!您知道吗,妈妈,就是我妈,将军夫人尼娜·亚历山德罗芙娜,常常帮助伊波利特,给他送钱,送衣服,送什么都有,甚至还通过伊波利特送给那些孩子,因为他们孤苦伶仃,无人照看。瓦丽娅也这样。"

"瞧,您说我国没有正人君子和强者,大家都放高利贷。瞧,现在出现强

---

① 作者暗示1866—1868年曾经轰动一时的达尼洛夫案。罪犯是一个十九岁的大学生,在父亲的唆使下杀死了高利贷者波波夫和他的女用人。

者了，您母亲和瓦丽娅就是强者。能在这样的环境下帮助别人，难道这不是一种道德力量的表现吗？"

"瓦丽卡这样做是出于自尊心，出于炫耀，表示她并不比母亲落后。可是妈妈这样做是真的……让我敬重。是的，我尊敬这种行为，认为这样做是正确的。连伊波利特也感觉到这是对的，而他的心差不多完全变硬了。他先是嘲笑，说妈妈这样做是等而下之的行为。但是现在，有时候他也感到这是对的了。咦！您刚才把这叫作力量？我要记住这话。加尼亚不知道，知道了一定会说这是纵容姑息。"

"加尼亚不知道？看来，许多事加尼亚都不知道。"公爵若有所思地脱口说道。

"听我说，公爵，我非常喜欢您。今天下午发生在您身上的那事我总也忘不了。"

"我也非常喜欢您，科利亚。"

"我说，您在这里打算怎么生活呢？我很快就可以找到职业，多少能挣点儿钱，我们住在一起吧，我、您和伊波利特，咱们租一套房间，三个人住在一起，让将军常常来看我们。"

"我非常乐意。但是我们，话又说回来，以后再说吧。我现在心里很……很乱。什么？已经到了？就这座公寓……多阔气的大门！还有门房。唉，科利亚，不知道这会出现什么结局。"

公爵心慌意乱地站在门口。

"您明天再原原本本地讲给我听吧！大胆点儿，别害怕。上帝保佑您成功，因为在一切方面，您的信念也就是我的信念！再见。我要回去讲给伊波利特听。毫无疑问，会让您进去的，别害怕！她是一个非常特别的女人。从一楼的这座楼梯上去，看门人会指给您看的。"

十三

公爵上楼时心慌意乱，因此一路上使劲给自己打气。他想："大不了不让我进去，以为我图谋不轨，或者让我进去了，当面取笑我……唉，我不在乎！"的确，这倒不使他十分害怕，但有一个问题："他到底要在那儿干什么，他去干吗？"对于这一问题，他简直找不到足以令他心安的回答。即使他想方设法抓住这个机会，告诉纳斯塔西娅·菲利波芙娜："不要嫁给这个人，别害了您自己，他并不爱您，他爱的是您的钱，这话是他亲口告诉我的，阿格拉娅·叶潘钦娜小姐也对我说过，我到这里来也就是为了把他们的话转告您。"从各方面看来，这样做也不见得对。此外，还有个问题没有解决，这问题是如此重大，以致公爵都不敢想它，甚至都不能，也不敢假定有这个问题存在，这究竟是什么问题呢，他也不知道，他只是一想到这个问题就脸红，就觳觫。但是，尽管有这些惊惧和疑问，他还是敲门进去了，而且求见纳斯塔西娅·菲利波芙娜。

纳斯塔西娅·菲利波芙娜住在一套虽然不很大，但装修得十分精致的房间。在她客居彼得堡的五年间，有一个时期，也就是最初，阿法纳西·伊万诺维奇特别舍得为她花钱。那时候，他还指望博得她的爱，想引诱她，主要是想用舒适和奢华来引诱她。他知道，养成奢侈的习惯是容易的，但是当奢侈成了必需，要摆脱它就难了。在这方面，托茨基永远忠于我国的优良古训，对它不做任何变更，无限尊重声色犬马所产生的不可战胜的力量。纳斯塔西娅·菲利波芙娜并不拒绝过奢侈生活，甚至还很喜欢这种生活，但是（这似乎令人非常诧异），她决不纵情奢侈，仿佛她任何时候都能弃奢侈而清贫，甚至还竭力申明她说到做到，这使托茨基很吃惊，也使他很不愉快。话又说回来，纳斯塔西娅·菲利波芙娜身上还有许多使阿法纳西·伊万诺维奇感到不快和吃惊的东西，后来这种不快和吃惊甚至达到了厌恶的程度。且不说有时候她爱接近不登大雅之堂的人，除此之外她还有某些非常奇怪的癖好：两种相反的气质居然会骇人听闻地结合在一起，她有一种得过且过的能力，满足于某些东西和某些条件，一个正派和趣味高雅的人甚至都难以想象，世界上居然还有这些等而下之的东西存在。说真格的，比方说，倘若纳斯塔西娅·菲利波芙娜突然表现出某种可爱而又高雅的无知，比如，她不知道乡下女人不可能穿她常穿的那种麻纱内衣，那阿法纳西·伊万诺维奇反倒会觉得十分有趣和得意。最初，按照托茨基的计划，纳斯塔西娅·菲利波芙娜所受的全部教育就是为了达到这些结果，而托茨基本人更是精于此道的行家里手。但是，说来可叹！结果竟如此奇怪。不过，尽管如此，在纳斯塔西娅·菲利波芙娜身上毕竟还留下了些东西，有时候，这些东西是如此新颖别致，如此招人喜爱，如此富有吸引力，以至使阿法纳西·伊万诺维奇都感到吃惊，甚至现在，当他对纳斯塔西娅·菲利波芙娜过去所抱的种种希望已经化为泡影的时候，他有时看了也会感到十分着迷。

出来迎接公爵的是一名年轻女仆（纳斯塔西娅·菲利波芙娜家的仆人从来都是女的），使公爵感到奇怪的是，她听到他求见女主人，请她惠予禀报的时候，竟毫无困惑不解的表情。他那肮脏的皮靴、宽边的礼帽、无袖的外套，以及他那局促不安的窘态，都没有使她产生丝毫动摇。她帮他脱下外套，请他进接待室稍候，就立刻进去禀报了。

今天聚集在纳斯塔西娅·菲利波芙娜家的客人，全是一些最最普通、经常见面的熟人。比起过去一年一度的生日聚会来，这次的人数甚至相当少。来客中首屈一指的贵客是阿法纳西·伊万诺维奇·托茨基和伊万·费奥多罗维奇·叶潘钦，两人都很客气，但是由于他俩在等候早就答应在今天宣布的关于加尼亚的事，所以都显出某种隐蔽的惴惴不安。除了这两位贵宾以外，不用说，还有加尼亚——也是十分闷闷不乐、若有所思，甚至几乎对人"很不客气"，他大部分时间远远地站在一边，沉默寡言。他没敢带瓦丽娅来，但是纳斯塔西娅·菲利波芙娜也没提到她为什么不来。然而她刚向加尼亚问了好，就提到不久前他跟公爵发生的那段插曲。将军还没听说过此事，便打听到底是怎么回事。于是加尼亚便冷冷地、克制地，但又十分坦率地把不久前发生的一切和盘托出，并说他已经去拜访过公爵，请求公爵原谅。在说这事的时候，他还热烈地发表了自己的看法：有人管公爵叫"白痴"，这是非常奇怪的，天知道因为什么，他对公爵的看法恰好相反，当然，这人城府很深。纳斯塔西娅·菲利波芙娜十分注意地听着他对公爵的这段评语，并且好奇地注视着加尼亚，但是大家的话题又立刻转到罗戈任身上，因为罗戈任是上午那件事的主要参加者，阿法纳西·伊万诺维奇和伊万·费奥多罗维奇也非常好奇地打听罗戈任是何许人。原来，能够提供罗戈任特别情报的应推普季岑，他几乎直到晚上九点都跟罗戈任在一起，为他的事情绞尽了脑汁。罗戈任一口咬定，今天非弄到十万卢布不可。"他倒是当真喝醉了，"普季岑介绍他的情况时说，"但是十万卢布，不管多难，还是会给他弄到的，只是不知道今天能不能弄到，能不能弄到全数。许多人都在替他出力，金德尔、特列帕洛夫、比斯库普等等，要多高利息他都给，当然，全因为他喝醉了，还因为头一回碰到这种喜事……"普季岑最后说道。大家听到这些消息后都很感兴趣，但也有点儿担心。纳斯塔西娅·菲利波芙娜默不作声，显然无意表态，加尼亚也是这样。私下里最担心的恐怕还是叶潘钦将军：他早上送来的那串珍珠，收倒是收下了，收下时也很客气，但也很冷淡，甚至还带着一种特别的嘲笑。在全体客人中，只有费德先科一人兴致勃勃、兴高采烈，有时候还哈哈

第一部

大笑，也不知道他笑什么，无非是他自告奋勇充当了小丑这一角色。至于阿法纳西·伊万诺维奇，过去他一向以能说会道而又谈吐风雅著称，在过去这类晚会上也一向由他左右和操纵谈话，今天看来他心绪不佳，甚至还处在一种他过去所不曾有过的忸怩不安中。其他来宾人数不多：一位是天知道为什么邀请来的教师——一个可怜巴巴的小老头，一位是不认识的非常年轻的小伙子，怯生生的，始终一言不发，还有一位是女演员，四十上下，看上去很活跃，最后一位是长得非常漂亮，穿得也非常好、非常讲究而又非常不爱讲话的年轻女士，他们不仅不能使谈话特别活跃起来，而且有时候简直不知道说什么是好。

因此，公爵的出现实在太巧了。听到女仆禀报公爵驾到，大家先是莫名其妙，继而又引来一些异样的微笑，特别是当他们看到纳斯塔西娅·菲利波芙娜露出惊奇的样子，才知道她根本就没有想到要邀请他的时候。但是在一阵惊奇之后纳斯塔西娅·菲利波芙娜突然表现出十分欢迎的样子，大多数人也就立刻准备笑逐颜开地来欢迎这位意想不到的客人了。

"即使他这样做是由于天真，"伊万·费奥多罗维奇·叶潘钦最后说道，"但是，无论如何，鼓励这种习气还是相当危险的，此时此刻他想到来登门拜访，虽然拜访的方式是如此奇特，说真的，倒也不坏：起码，就我对此人的了解而言，也许，他可以给我们寻寻开心也说不定。"

"何况他是不请自来的！"费德先科立刻插嘴道。

"这能说明什么呢？"将军冷冷地问，他恨费德先科。

"这就是说，应该买门票。"费德先科解释道。

"哼，梅什金公爵毕竟不是你费德先科。"将军忍不住说道，直到现在，他一想到他同费德先科处在同一交际场合，而且平起平坐，就觉得受不了。

"哎呀，将军，您就饶了我费德先科吧，"他嘻嘻笑着，答道，"我可是有特权的。"

"什么特权?"

"上回我曾经荣幸地向在座的诸位先生女士解释过这点,今天不妨给大人您再重复一遍。请看,大人:大家都会说俏皮话,就我没有这能耐。为了弥补这一不足,我便请求允许我说实话,因为大家知道,一个人说实话就因为他不会说俏皮话。再说我这人有仇必报,这也是因为我脑子笨,不会说俏皮话。人家不管怎么侮辱我,我都听着忍着,但是只忍受到那人开始失意落魄之前。他只要一失意,一落魄,我就立刻记起他过去给我的种种侮辱,并且立刻设法报复,用伊万·彼得罗维奇·普季岑损我的话来说,就是尥蹶子,当然,普季岑先生是从来不尥蹶子的。大人,您知道克雷洛夫的一则寓言,名叫《狮子和驴》吗?嘿,这就是咱们俩,写的就是咱俩。"

"看来,您又开始胡说八道了,费德先科。"将军发作起来。

"大人,您又何苦呢?"费德先科接口道,他早就等着大放厥词的机会,"大人,您放心,我知道自己的地位:既然我说咱们俩是克雷洛夫寓言中的狮子和驴,当然,驴这一角色由我来担任,而大人您当然是狮子,正如克雷洛夫寓言所说:

　　一头雄狮,威震林莽,
　　因为年老,失去力量。①

至于我,大人,就是那头驴。"

"最后那句话②,我同意。"将军不小心脱口说道。

---

① 源出克雷洛夫寓言《年迈的狮子》,引文略有改动。
② 这话一语双关:费德先科说的最后一句话是"我就是那头驴"。寓言《狮子和驴》中最后一句话是:"最让人受不了的是受驴的气。"

这话自然很无礼,而且预先经过特殊加工,但是费德先科扮演小丑的角色,大家也都习以为常了。

"人家肯用我,让我到这里来,为的就是让我说这类不三不四的话。"费德先科有一次感叹道,"说真格的,接待像我这样的一个人可能吗?我还有点儿自知之明。试想,难道能让我费德先科这样一个下三烂跟阿法纳西·伊万诺维奇这样一位高雅的绅士坐在一起吗?凡此种种,自然只有一个解释:让我跟他平起平坐,为的就是让这事不可想象。"

这话虽然无礼,但毕竟很尖刻,有时还十分尖刻,可能正是这一点正中纳斯塔西娅·菲利波芙娜的下怀。凡是非来她家不可的人,只能咬牙忍受费德先科这套尖酸刻薄的插科打诨。他认为他之所以受到接待,可能因为打第一次起,他就以自己的在座使托茨基感到难堪,这个想法很有道理,也许让他正好猜个正着。就加尼亚而言,他也受尽了费德先科的讽刺挖苦,费德先科在这方面对于纳斯塔西娅·菲利波芙娜还是大有用处的。

"公爵一来,肯定会给我们先唱一支时下流行的情歌。"费德先科说,一面察言观色,看纳斯塔西娅·菲利波芙娜作何反应。

"不会的,费德先科,请您不要太放肆了。"她冷冷地说。

"啊——啊!如果他受到特殊保护,我也只好嘴下留情了……"

纳斯塔西娅·菲利波芙娜已经站了起来,亲自前去迎接公爵,对费德先科的话不予理睬。

"很抱歉,"她突然出现在公爵面前,说道,"今天上午由于匆忙,我忘了邀请您到舍下来做客,您现在给了我一个机会,使我能够对您的毅然光临表示感谢和赞赏——对此我感到十分高兴。"

她说这话时仔细地打量着公爵,极力想弄清他这次来访的用意。

对她的盛情欢迎,公爵本来应当说点儿什么表示答谢,但是他这时目眩神迷、丧魂落魄，一句话也说不出来。纳斯塔西娅·菲利波芙娜看到他这样，心里很高兴。这天晚上，她盛装艳服，给人留下了非同一般的光彩照人的印象。她拉着他的手，让他去见客人。快到客厅门口时，公爵忽然停下脚步，非常激动，匆匆向她低语：

"您身上，一切都尽善尽美……甚至您形体消瘦，脸色苍白，也有一种特殊的美……我想象中的您就应该是这样……我非常想来看您……我……请原谅……"

"不必请求原谅，"纳斯塔西娅·菲利波芙娜笑道，"一请求原谅就会破坏奇特新奇之美。人家说您是个怪人，看来还真说对了。那么说，您认为我是一个尽善尽美的人啰，是吗？"

"是的。"

"虽然您是个猜谜能手，但是您猜错了。今天我就会让您看到，我远不是一个尽善尽美的人……"

她把公爵介绍给了来宾，其中绝大部分来宾已经认识他。托茨基立刻说了几句客套话。大家似乎略微活跃了些，一下子又说又笑起来。纳斯塔西娅·菲利波芙娜让公爵坐到自己身旁。

"但是，公爵的光临究竟有什么令人惊奇的地方呢？"费德先科大声说，声音比谁都大，"很清楚，这事本身就说明了一切。"

"太清楚了，事情本身就说明问题了，"一直沉默不语的加尼亚蓦地接口道，"自从今天上午公爵在伊万·费奥多罗维奇的桌上头一次看到纳斯塔西娅·菲利波芙娜的照片那一刹那起，我就不住地在观察他。我记得很清楚，而且当时就想到了这一点，现在则完全深信不疑，顺便说一句，对于这点，公爵自己也向我承认过。"

加尼亚说这一长串话时神情异常严肃，毫无玩笑之意，甚至神态抑郁，

第一部

这使人感到有点儿纳闷。

"我没有向您承认过，"公爵的脸红了，答道，"我只是回答了您的问题。"

"棒，太棒了！"费德先科叫道，"至少说的是实话，既绕开了问题，又如实以告！"

大家齐声大笑。

"您别嚷嚷，费德先科。"普季岑反感地向他低语道。

"公爵，我可没想到您还会干出这样的丰功伟绩，"伊万·费奥多罗维奇说，"您知道这套本领对谁合适吗？我还认为您只会坐而论道呢！好一位温文尔雅、不动声色的正人君子！"

"公爵无意中开了个玩笑，就像天真的少女一样满脸通红，由此可以断定，他是一位高尚的青年，胸有鸿鹄之志。"一位没牙的、直到现在一言不发的七十岁的小老头，也就是那位教师，蓦地而且完全出乎意料地说道，或者不如说，因为牙齿掉光了，含混不清地说道。对于此公，大家都没想到他会发言，还以为今天晚上是不会开口的了。听他说完，大家笑得更厉害了。小老头大概以为人家在笑他说的俏皮话，因此望着大家，也咧开嘴大笑起来，可是笑着笑着便剧烈地咳呛起来，纳斯塔西娅·菲利波芙娜立刻上前问长问短，亲吻他，吩咐给他再端杯茶来。纳斯塔西娅·菲利波芙娜不知道为什么非常喜欢这类古里古怪的老头和老太，甚至疯教徒①。她向一名进来的女仆要了件短斗篷，裹紧在身上，又吩咐再往壁炉里添点儿劈柴。她问现在几点钟了，女仆答道，已经十点半了。

"诸位，你们要不要来点儿香槟？"纳斯塔西娅·菲利波芙娜突然邀请大家喝酒，"我已经预备下了。也许，喝点儿香槟，你们的情绪会更愉快些。请，别客气。"

请大家喝酒，特别是用这种随便的口气，而且出自纳斯塔西娅·菲利波

---

① 东正教中一些被视为先知的疯疯癫癫或假充疯癫的教徒、乞丐或流浪汉。

芙娜之口，大家觉得很奇怪。大家知道，她过去举行晚会总是一本正经的。总之，晚会渐渐变得热闹起来，但又跟往常不同。然而，大家也不反对喝酒，首先，将军领头，接着是那位麻利的太太、小老头、费德先科，在他们之后大家伙一起举起酒杯。托茨基也拿起自己的酒杯，希望用酒来协调一下那即将来临的新调子，并尽可能赋予这调子一种轻松愉快的玩笑的性质。只有加尼亚滴酒未沾。纳斯塔西娅·菲利波芙娜今晚行为乖常，有时候心血来潮，变化莫测，她也拿起酒来，宣布她今晚要喝三大杯，她忽而歇斯底里地、无缘无故地大笑，忽而又一言不发，脸色忧郁，若有所思——对此，大家都觉得难以解释。一些人疑心她是否发疟疾了，最后大家才开始发现，好像她在等待什么，常常抬起头来看钟，显得十分焦躁和心不在焉。

"您好像有点儿打摆子吧？"那位麻利的太太问道。

"不是有点儿，而是很厉害，所以我才裹上了斗篷。"纳斯塔西娅·菲利波芙娜回答，她的脸色果然变得更苍白了，好像还不时强忍着身上的剧烈的颤抖。

大家开始坐立不安，惊慌起来。

"咱们是不是应该让女主人稍事休息一下呢？"托茨基望了望伊万·费奥多罗维奇，首先表态。

"绝对不必，诸位！我请诸位坐下。诸君光临舍下，特别在今天，对我非常重要。"纳斯塔西娅·菲利波芙娜忽然执拗地、别有深意宣布道。差不多全体来宾都知道今天晚上要做出十分重要的决定，所以她这句话的分量就显得异乎寻常了。将军和托茨基再一次交换了一下眼色。加尼亚则好像抽风似的动弹了一下。

"最好玩点什么小游戏①。"那位麻利的太太说。

---

① 指沙龙中玩的小游戏。

第一部

"我知道一样妙不可言的新小游戏，"费德先科接口道，"这游戏起码在上流社会只玩过一次，而且还没玩成功。"

"什么游戏？"麻利的太太问道。

"有一次，我们几个人聚在一起，当然，喝了点儿酒，忽然有人提议，让我们每人即席讲一段有关自己的故事，但是这故事必须是他扪心自问，认为是他毕生干过的最坏的事，但是必须诚实，主要是诚实，别扯谎！"

"怪主意。"将军说。

"越怪越好嘛，大人。"

"这主意也太可笑了，"托茨基说，"不过，不难理解：可以别出心裁，自吹自擂嘛。"

"也许，要的就是这股劲儿，阿法纳西·伊万诺维奇。"

"玩这样的游戏只会使人哭，不会使人笑。"麻利的太太说。

"玩这游戏是完全不可能的，也是荒唐的。"普季岑说。

"那一回玩成功了吗？"纳斯塔西娅·菲利波芙娜问。

"问题就在这里，没玩成功，结果糟透了，每人倒的确说了一段故事，许多人说的是真话，你们想，有些人还很乐意讲，可是后来大家都觉得很难为情，受不了。不过，整个说来，大家玩得很开心，别有风趣。"

"真的，这主意不错嘛！"纳斯塔西娅·菲利波芙娜突然兴味盎然地说道，"真的，不妨试试嘛，诸位！好像我们的确有点儿不开心。如果我们每个人都同意讲点什么……讲点这一类……自然，要他本人同意，完全出于自愿，好不好？也许，我们受得了呢，起码非常有趣，别有风味吧……"

"绝妙的主意！"费德先科接口道，"不过太太们例外，让男的先讲，像那回一样，用抽签的办法！一定要，一定要抽签！有人实在不愿意，自然就免了，不过这样就太不给面子了！好，诸位，请把你们写的签拿到我这里来，放在帽子里，由公爵抽签。题目非常简单，讲一件自己毕生所做的最坏的事——这太容易了，诸位！你们会立刻看到的！如果有谁忘了，我会立刻提醒他！"

这个主意谁也不喜欢。一些人皱起眉头，另一些人狡猾地微笑。还有些人则表示反对，但不很坚决，比如伊万·费奥多罗维奇，他不愿意使纳斯塔西娅·菲利波芙娜扫兴，因为他看到这个怪主意使她非常感兴趣。纳斯塔西娅·菲利波芙娜的任何愿望，只要一说出来，即使这愿望非常刁钻古怪，而且对她丝毫无益，她也要坚持到底，谁也拦不住，怎么求她也白搭。而现在她好似发了歇斯底里，东抓西挠，像抽风似的大笑不止，特别是取笑惊慌不安的托茨基所持的反对态度。她那乌黑的眼珠闪着光，苍白的脸蛋上堆起了红晕。某些客人脸上的无精打采和厌恶神情，反倒更燃起了她以此嘲弄某些人的愿望。也许她欣赏的正是这一主意的厚颜无耻和残酷无情。有些人以为她这样做肯定别有用意。然而大家还是同意了，无论如何，这很有趣，对许多人还非常有诱惑力。费德先科跑前跑后，比谁都忙。

"要是有些事……当着女士的面没法开口，咋办？"那个一直沉默寡言的青年胆怯地问。

"您不说这事不就得了。不讲它，丑事也少不了，"费德先科回答，"哎呀，您这小伙子！"

"可是我不知道我干过的事情里哪件最坏，咋办？"那位麻利的太太插嘴道。

"女士们可以免讲，"费德先科重申，"但只是免除而已，如果自己一时兴起，愿意讲，不胜欢迎之至。至于男人，实在不愿意，也予豁免。"

"又怎么来证明我不是撒谎呢？"加尼亚问道，"如果我不说实话，这游戏也就完全失去了意义。谁会不撒谎呢？任何人都会撒谎的，一定会撒谎。"

"即使有人撒谎，听他撒谎也蛮有意思嘛。至于你，加涅奇卡，倒不必特

第一部

别担心你会撒谎,因为你即使不说,大家对你最卑劣的行为也洞若观火。现在诸位要想的倒是,"费德先科突然兴致勃勃地叫道,"要想的倒是,说过这些故事后,比如明天,我们有何脸面再彼此相见?"

"难道当真要这样做?难道这样做当真是严肃的吗,纳斯塔西娅·菲利波芙娜?"托茨基俨乎其然地问道。

"怕狼就别进树林!"纳斯塔西娅·菲利波芙娜嘲笑道。

"但是,我倒要请问,费德先科先生,难道这样做当真能成为什么游戏吗?"托茨基越来越不放心,接着问道,"我敢保证,玩这类游戏永远不会成功,您自己不也说已经失败过一次吗?"

"怎么失败了!我上回就讲了偷三卢布的事,一咬牙不也就讲出来了!"

"就算这样吧。但是您要说得像真的一样,还得让别人相信,就不大可能了。方才加夫里拉·阿尔达利翁诺维奇说得非常对,只要听出一丁点儿虚假,这游戏就完全失去了意义。即使说真话,也纯属偶然,即趣味十分低劣,想要别出心裁地自吹自擂,但是,这样做,在这里是不可思议的,也非常不体面。"

"您真是一位老谋深算,工于心计的人,阿法纳西·伊万诺维奇,连我都服了您了!"费德先科叫道,"诸位想想,按照他的说法,我讲自己偷钱的事,不可能讲得像真的一样,阿法纳西·伊万诺维奇想借此委婉地暗示,我不可能当真去偷人家的钱(因为这事公开说出来是不体面的),虽然,也许,他私下里完全相信,我费德先科偷钱是完全可能的!但是闲话少说,诸位,言归正传,大家的签都收上来了,阿法纳西·伊万诺维奇,您也把自己那张签放进去了,如此看来,没有人反对这项游戏!公爵,您抽吧!"

公爵默默地把手伸进帽子,抽出的第一张签是费德先科的,第二张是普季岑,第三张是将军的,第四张是阿法纳西·伊万诺维奇的,第五张是他自己的,第六张是加尼亚的,等等。女士们没有把签放进去。

"噢上帝，真倒霉！"费德先科叫道，"我还以为第一名是公爵，第二名就该是将军了。但是，谢谢上帝，起码伊万·费奥多罗维奇在我后头，我也就得失相抵，心安理得了。嗯，诸位，我当然应该做一个好榜样，但是眼下我感到十分遗憾的是，我太渺小了，也太平凡了，甚至我的官衔也是最低的，唉，我费德先科做了什么卑鄙下流的事又有什么有趣的呢？那么，我做了最坏的事是什么呢？这就太多了。要不就讲那个偷钱的事吧，为了让阿法纳西·伊万诺维奇相信，一个人不是贼也会偷东西。"

"费德先科先生，您使我渐渐相信，虽然没人问您，如果您能讲出自己的下流行为，的确能使人感到一种陶醉般的乐趣……不过……请原谅，费德先科先生。"

"开始吧，费德先科，您的废话太多了，一唠叨就没完！"纳斯塔西娅·菲利波芙娜恼怒而又不耐烦地下令道。

大家发现，她刚才一阵发作和大笑不止以后，现在又蓦地变得阴沉、唠唠叨叨和爱生气了，但是她仍旧执拗地、专横地坚持玩这种令人难堪的游戏。阿法纳西·伊万诺维奇痛苦已极。可是，伊万·费奥多罗维奇居然若无其事地坐在那里喝香槟。甚至可能在考虑轮到他讲时他到底讲什么——看到这情景，阿法纳西·伊万诺维奇就更窝火了。

十四

"纳斯塔西娅·菲利波芙娜，我不会说俏皮话，所以净说废话！"费德先科在讲自己的故事前先感叹道，"如果我像阿法纳西·伊万诺维奇和伊万·彼得罗维奇那样会说俏皮话,那今天晚上我就会像阿法纳西·伊万诺维奇和伊万·彼得罗维奇那样始终坐在那里一言不发。公爵,请问高见,我总觉得,世界上的贼比非贼要多得多,世界上甚至没有一个一辈子没有偷过东西的正人君子。这是我的想法,然而,我决不是想由此得出结论,大家统统是贼,虽然,说真的,我有时候非常想得出这样的结论。请问阁下高见?"

"哎呀,您这话多浑。"达里娅·阿列克谢耶芙娜听罢立刻插嘴道,"真是胡说八道,哪能什么人都偷东西呢,我就从来没偷过东西。"

"您的确从来没偷过东西,达里娅·阿列克谢耶芙娜,但是我们先听听公爵的高见,瞧,他突然满脸通红。"

"我觉得,您说的是大实话,不过太夸大了。"公爵说,他真的不知道为什么脸红了。

"那么您,公爵,您没偷过东西吗?"

"哎呀!这话问得多可笑呀!别犯浑啦,费德先科先生。"将军起来打抱不平了。

"无非因为一入正题,您就不好意思往下说了,所以您想拉公爵陪绑,幸亏公爵好说话。"达里娅·阿列克谢耶芙娜口齿清楚地说道。

"费德先科,您要么说下去,要么就闭嘴,不要拉扯别人。您这唠叨劲真叫人受不了。"纳斯塔西娅·菲利波芙娜急躁而又恼怒地说道。

"我这就说,纳斯塔西娅·菲利波芙娜。但是既然公爵承认了,我坚持认为公爵等于承认了,那么,比方说,如果别的什么人(我不想点任何人的名)在什么时候也想说说实话的话,那么他对此有何高见呢?至于我,诸位,也就大可不必再讲了:这事很简单,但是既混账而又下流。不过,我向诸位保证,我不是贼。我偷了,但是不知道怎么偷的。这是两年前的事,在谢苗·伊万诺维奇·伊先科家的别墅,在某个星期天,他家请客。饭后,男人们留下来继续喝酒。我灵机一动，想请他的女儿玛丽亚·谢苗诺芙娜小姐出来弹几首钢琴曲。我走过犄角的一个房间，看到在玛丽亚·伊万诺芙娜一向干针线活的那张小桌上放着一张绿色的三卢布票子：她拿出来大概是做家用的。房间里没有一个人。我拿起这张票子，就放进了口袋，拿去干什么用——我也不知道。究竟什么鬼迷了我的心窍——我也不明白。我只是赶紧回去，在桌旁坐了下来。我一直坐在那里等候，心里七上八下，可是嘴里却不停地唠叨，又是讲故事，又是傻笑。后来，我又坐到太太们身边凑热闹。大概过了半小时，主人发觉了，盘问女仆。他们怀疑一个名叫达里娅的女用人。我当时表现出非凡的好奇和同情，我甚至记得，当达里娅完全慌了的时候，我竟开口说服她，劝她认错，并用脑袋担保玛丽亚·伊万诺芙娜一定会发善心，饶了她的，而且这些话我是当着大家的面公开说出来的。大家瞧着我，我心里感到非常得意，因为正当我高谈仁义道德的时候，那张票子却在我兜里静静地躺着。这三卢布，当天晚上我就去饭馆里喝光了。我走进饭馆，要了一瓶拉斐特酒。以前我还从来没有这样要过一瓶酒，而且干喝，其他什么也不要。我想赶快把这钱花光。无论当时还是以后，我都没有感到特别的良心责备。下回，我大概也不会再偷了。这事你们信也罢，不信也罢，悉听尊便，我无意置喙。好，就这些。"

"不过，这自然不是您做的最坏的事。"达里娅·阿列克谢耶芙娜厌恶地说道。

"这是一种心理，而不是行为。"阿法纳西·伊万诺维奇说。

"那女用人呢？"纳斯塔西娅·菲利波芙娜问，并不掩饰自己对这件事的极端厌恶的心理。

"那女用人，不用说，第二天就被开除了。这是一个治家颇严的家庭。"

"您就听之任之？"

第一部

"这话问得多妙！难道我还去自首不成？"费德先科嘻嘻笑着，但是大家听了他的故事后普遍感到很不愉快，这使他有点儿吃惊。

"这有多肮脏啊！"纳斯塔西娅·菲利波芙娜叫道。

"哎呀！您又要听人家讲最丑恶的事，又要它光彩照人，能行吗！最丑恶的事永远是十分肮脏的，我们现在就来听伊万·彼得罗维奇开讲。许多事表面看上去冠冕堂皇，而且还想摆出一副仁义道德的模样，无非因为有他自己的马车罢了。自己有马车的人多的是……可是用什么手段……"

一句话，费德先科越说越有气，终于如脱缰之马，以至忘乎所以，说了些过头的话，而且他的脸都气歪了。不管多么奇怪，但还是十分可能的，也就是说，他讲这个故事，希望得到的是完全不同的赞誉。正如托茨基所说，这种趣味低劣的"失算"和"别出心裁的自吹自擂"，就费德先科来说发生的次数实在太多了，也完全符合他的性格。

纳斯塔西娅·菲利波芙娜甚至气得打了个哆嗦，她瞪起眼睛看了看费德先科，费德先科立刻害怕起来，闭上了嘴，他害怕得差点儿全身发冷：说得太离谱了嘛。

"干脆到此为止，不讲了，好吗？"阿法纳西·伊万诺维奇诡计多端地问道。

"该轮到我了。但是我要使用给予我的优惠，不讲了。"普季岑断然道。

"您不想讲？"

"我没法讲，纳斯塔西娅·菲利波芙娜。总之，我认为这种游戏是令人难堪的。"

"将军，下一位好像该轮到您了吧，"纳斯塔西娅·菲利波芙娜对他说道，"如果您也不讲，那大家都学您的样，咱们这事就算吹了，我会觉得遗憾的，因为我本来打算在末了讲一讲'我自己身世'中的一件事，但是我要在您和阿法纳西·伊万诺维奇讲了之后再讲，因为你们先讲会给我增加些勇气。"她说罢大笑。

"噢，如果您也答应讲，"将军热烈欢呼，"那我情愿把我一辈子的经历都讲给您听。说实话，我在等候轮到我讲的时候，已经预备好了一个不寻常的故事……"

"仅仅根据将军大人的表现就可以看出，他已经用文学创作的特别乐趣给自己那个小小的故事加了工。"费德先科虽然还有几分窘态，可是仍旧壮起了胆子说道，而且话中带刺地微笑颔首。

纳斯塔西娅·菲利波芙娜抬起头瞥了将军一眼，也暗自好笑。但是可以看出，她心中的苦闷和愤激已经越来越强烈。阿法纳西·伊万诺维奇听到她也要讲，心里就更害怕了。

"诸位，我也像所有人一样，在我的一生中做过一些有伤大雅的事，"将军开讲了，"但是非常奇怪的是，我马上就要讲的这个简短的故事，我自己却认为它是我毕生所做的一件最最丑恶的事。不过，这事已经过去差不多三十五年了；但是，每当我想起这件事，我怎么也不能摆脱某种，可以说吧，扪心有愧的印象。不过话又说回来，这事做得非常混账：当时我还只是个准尉，在军队混口苦饭吃。嗯，大家知道，一个准尉：血气方刚，薪饷很少。当时我雇了一名勤务兵，名叫尼基福尔，他非常关心我的家务，替我省吃俭用，洗洗涮涮，缝缝补补，甚至到处去偷能够偷到的一切，以此来贴补家用，真是一个忠心耿耿、既诚实又可靠的人。不用说，我对他很严，但是也很公正。有一个时期，我们驻扎在一座小城。在城外，分给我一套住房，住在一位寡居的退职少尉太太家。这位少尉的遗孀是个老太婆，不是八十岁的话，起码也近八十了吧。她那座房子又旧又破，是座木板房，因为穷，连女用人也雇不起。但是，主要的，也是最糟糕的，是她家从前人丁兴旺，亲戚众多，但是随着岁月的流逝，一些人陆续死了，另一些人客居他乡，还有些人则把老

第一部

太婆忘了，而她丈夫在大约四十五年前就已故去。在此以前，倒也有个侄女同她住了几年，这侄女是个驼背，据说凶得像老妖婆，甚至有一次还咬了老太婆的手指，但是后来连这女人也死了，于是就只剩下了老太婆一个人，孤苦伶仃地过了三年苦日子。我住在她家感到很无聊，加上她家四壁空空，不用想在她身上捞到任何好处。最后，她偷了我一只公鸡。此事至今真相不明，但是除了她没有旁人会做这种事。为了公鸡的事我跟她吵了一架，而且吵得很厉害，这时候正巧碰到一个机会，我一提出申请，就让我搬到另一座房子去了，也在城外，但方向相反，这是个商人家，人丁兴旺。我现在还记得，这商人留着大胡子。我跟尼基福尔高高兴兴地搬走了，满腔恼怒地离开了那个老太婆。过了约莫三天，我从教练场回来，尼基福尔向我报告：'老爷，咱们不该把那个大汤盆留在从前那个女房东家，现在都没盆盛汤了。'不用说，我很吃惊：'怎么搞的嘛，咱们的汤盆怎么能留在房东家呢？'惊讶的尼基福尔继续报告说，我们搬家的时候，女房东不肯把我们的汤盆还给他，因为我把她的瓦罐打碎了，因此她扣下我们那只汤盆来赔偿她的瓦罐，而且这办法，据她说，还是我自己提出来的。她这么卑鄙下流，不用说，使我的气不打一处来。我热血沸腾，跳将起来，飞也似的跑了去。我找到老太婆时，可以说，我已经气糊涂了。我看见她在外屋，孤零零的一个人坐在墙角，好像躲在墙旮旯里怕太阳晒着似的，一只手支着腮帮子。我立刻向她大发雷霆，我说：'你这混账东西，你这老混蛋！'总之，用咱们俄国的骂人话把她狠狠地臭骂了一顿。再一看，她那模样有点儿怪：她坐着，脸冲我，瞪大了两个眼珠，一句话也不回答，而且眼神是那么怪，怪极了，仿佛身子还在摇晃似的。最后我火气消了，定睛看着她，问了她几句话，她还是一句话也不回答。我犹疑不决地站了一会儿，苍蝇在嗡嗡叫，夕阳西下，一片寂静。我终于十分惶恐不安地离开了那里。还没走到家门口，就让我去见少校，后来又到连部去了一趟，因此回家的时候天色已经很晚了。尼基福尔见到我后的头一句话就是：'您知道吗，老爷，咱们那女房东已经死啦。''什么时候死的？''今天傍晚，大约一个半小时前。'这就是说，正好在我骂她的时候，她过世的。这事使我大吃一惊，实话告诉你们，我当时都吓糊涂了，差点儿晕了过去。我老想着这事，甚至夜里做梦也梦见她。我当然不迷信，也不相信什么预兆，但是第三天，我还是到教堂里去参加了葬礼。一句话，时间过去得越久，想得就越多。倒不是有什么想不开的，反正有时候一想起这事，心里就不是滋味。最后我对这事是怎么想的呢？ 主要是：第一，一个女人，可以说，也就是所谓人吧，即当代所谓富有仁爱之心的生物，她活过，而且活了很久，终于活到了七老八十。从前，她也有过孩子、丈夫、家庭和亲戚，这一切都曾经在她周围，可以说吧，欢腾雀跃，这一切也可以说是生之微笑吧，可倏忽间 —— 俱往矣，一切都灰飞烟灭，留下了她一个人，就像 …… 一只从开天辟地以来就受到人们诅咒的苍蝇。于是最后，上帝领她魂归西天。在一个静静的夏天的傍晚，随着落日的余晖，我们那个老太太也就飞离了人间 —— 当然，这则故事里不可能没有劝善惩恶之意。就在这一瞬间，一个年轻的、血气方刚的准尉，非但没有一洒惜别悲悼的眼泪，反而两手叉腰，盛气凌人，为了丢失一只汤盆，就用俄国式的臭骂把她送离地面，使她飞离尘寰！ 我无疑错了，虽然随着岁月的流逝、性格的变化，我早就对自己的行为视若异己，但是我仍感到内心有愧。因此我再重复一遍，我甚至觉得奇怪，何况，我即使错了，也不全是我的错呀：她干吗偏偏在这个时候想到要一命归天呢？ 不用说，这只能有一种辩解：我的所作所为在某种程度上是一种心理行为，然而，尽管如此，我还是无法心安理得，直到大约十五年前，我把两位经常病病歪歪的老太婆送进了养老院，由我负责赡养，目的是使她们颐养天年，过上舒适的日子。我还想在自己身后留下一笔钱，永远资助那些孤寡老人。好了，就这些。我再重复一遍，我一生中也许做过许多错事，但是凭良心说，我认为这件事是我毕生所做的一件最最丑恶的事。"

"将军大人并没有讲他最最丑恶的事，而是讲了他一生中所做的一件大好事，将军骗了我费德先科！"费德先科作结论道。

"说真格的，将军，我没想到，您终究还有这么一颗善良的心，甚至不无遗憾。"纳斯塔西娅·菲利波芙娜漫不经心地说道。

"遗憾？那又为什么？"将军挂着亲切的笑容问道，不无得意之感地喝干了杯里的香槟酒。

但是现在轮到阿法纳西·伊万诺维奇开讲了，他也做了准备。大家猜想，他是决不会像伊万·彼得罗维奇那样拒绝讲的，而且由于某种原因，大家都以特别的好奇心等他开讲，与此同时，又不时偷觑纳斯塔西娅·菲利波芙娜的脸色。阿法纳西·伊万诺维奇摆出一副与他那堂皇的仪表完全相称的俨乎其然的气派，用低而和蔼的声音开始讲一段他自己的"可爱的故事"（顺便说说：他身材魁梧，相貌堂堂，高高的个儿，脑门微秃，两鬓略斑，身躯相当肥胖，面颊红润，不过肌肉略显松软，装着假牙。他的穿着宽大而又高雅，内衣也异常雅致。他那双胖胖的、圆乎乎的、白净的手，真叫人赞叹不已。右手食指上还戴着一枚昂贵的钻石戒指。），纳斯塔西娅·菲利波芙娜在他讲故事的整个过程中，一直全神贯注地端详着自己衣袖皱边上的花纹，用左手的两个手指轻轻地捏着，一次也没抬头看一眼那个讲故事的人。

"使我最容易完成这一任务的是，"阿法纳西·伊万诺维奇开讲道，"非要我讲一件我毕生所做的最坏的事不可，而不是随便讲点什么。既然这样，自然就无须犹疑了：我的良心和心中的记忆立刻提示我应该讲什么。我痛苦地承认，我一生中做过无数失于检点的……轻薄行为，但是其中有一件事至今仍然十分沉重地压在我心上。这事发生在约莫二十年前。当时，我下乡去看望普拉东·奥尔登采夫。他刚当选为贵族会议的首席贵族,带着年轻的妻子前来欢度冬天的几个佳节。这时又正好赶上安菲萨·阿列克谢耶芙娜过生日,于是决定举行两次舞会。当时小仲马的美妙动人的小说《茶花女》十分流行,在上流社会名噪一时,这是部史诗,依我看,这部史诗是不朽的,任何时候都不会过时。在外省,所有的女士都十分欣赏这本书,起码那些读过这部小说的人都赞不绝口。故事的优美动人,主人公命运新颖别致的安排,这个被刻画入微的引人入胜的世界,最后是书中随处可见的精彩细节(例如轮流使用红白两色茶花等情节)①,一句话,所有这些美妙动人的细节加在一起,几乎产生了轰动。茶花在当时非常时髦,大家都想弄到茶花,大家都在寻觅茶花。我请问诸位:在一个小县城,为了参加舞会,大家都要茶花,即使舞会不多,又能弄到几枝茶花呢?那时候,有个叫彼佳·沃尔霍夫斯科伊的可怜虫,对安菲萨·阿列克谢耶芙娜害了相思病。真的,我不知道他们之间有没有意思,我的意思是说,我不知道他是不是真有什么希望能够追上她?这个可怜虫为了能在天黑前弄到几枝茶花去参加安菲萨·阿列克谢耶芙娜的舞会,都快急疯了。有人打听到,省长夫人从彼得堡请来的贵客索茨卡娅伯爵夫人和索菲娅·别斯帕洛娃肯定会带来几束白茶花。安菲萨·阿列克谢耶芙娜为了出风头,想要弄一束红茶花。可怜的普拉东被支使来支使去,东奔西跑,疲于奔命,谁叫他是丈夫呢。他保证非弄到一束不可,可是,又谈何容易?在开舞会的前一天,一束茶花被一位姓梅季先娃,名叫卡捷琳娜·亚历山德罗芙娜的捷足先登,抢走了。梅季先娃处处同安菲萨·阿列克谢耶芙娜作对,她俩是死对头。不用说,又是大发脾气,又是晕死过去,普拉东都没辙了。显然,如果彼佳能在这个颇有意思的时刻到什么地方去弄回来一束茶花,那么他那

---

① 茶花女玛格丽特外出散步时,手持茶花,在一个月中的某几日用白茶花,其他日子则用红茶花。

第一部

好事就可能大大前进一步。在这种情况下，女人的感激是没有穷尽的。他像疯了一样到处奔走，但这事不用说是不可能的。忽然，在生日和舞会的头天晚上十一点钟，我在奥尔登采夫的邻居玛丽亚·彼得罗芙娜·祖布科娃家碰见了他。他满面春风。'你怎么啦？''找到了！有了！''我说老弟，你使我感到吃惊！在哪找到的？怎么找到的？''在叶克沙伊斯克（有这么一个小镇，离我们才二十俄里，但不属于我们县）。那里有个商人，叫特列帕洛夫，大胡子，大富翁，跟老伴住一起，他们没孩子，就养了一些金丝雀。他俩爱花成癖，他家就有茶花。''得了吧，这没把握，不给，咋办？''我就向他下跪，他不给，我就长跪不起。不达目的就不走！''什么时候去呢？''明天一大早，五点。''好吧，上帝保佑你！'——要知道，我真替他高兴。我回到奥尔登采夫家。最后，都一点多了，可是我还老惦记着这事。已经想上床睡觉了，蓦地冒出一个十分古怪的念头！我立刻跑进厨房，叫醒了车夫萨韦利，给了他十五卢布，'半小时内套好马车！'过了半小时，不用说，车子已经停在大门口了。有人告诉我，安菲萨·阿列克谢耶芙娜这时正在闹偏头痛，发烧，说胡话。——我坐上车就出发了。四点多，我已经在叶克沙伊斯克的一家大车店里了。一直等到天亮，等到天亮就行了。六点多，我已经在特列帕洛夫家。我如此这般一说，问道：'您有茶花吗？大爷，我的好大伯，帮帮我的忙，救救我吧，我给您下跪了！'我看到，那老头儿，高高的个儿，白须白发，板着脸——很可怕。'不，不，无论如何不行！不给！'我扑通一声向他跪下！就这样，四肢着地，趴下不起来。'您行行好吧，大爷，您行行好吧，大伯！'我苦苦哀求。'这可是人命关天的事啊！'我向他叫道。'既然这样，您就拿去吧，我算服了您了。'我立刻剪了很多红茶花！真太美了，他有一个小花房，满花房都是茶花。老头儿不住叹息。我掏出一百卢布。'不，先生，您可不能用这法子骂我。'我说：'既然您老人家不肯收，就劳您驾把这一百卢布捐给这里的医院,给病人改善一下生活和伙食吧。'他说:'那就又当别论了,先生,这是做好事,是高尚的慈善事业。为了保佑您平安,我替您交去吧。'我很喜欢这位俄国老人,他可以说是一位土生土长的典型的俄国人,真正土生土长的。因为旗开得胜,我喜出望外,立刻打道回府。我是绕道回去的,免得在半途遇见彼佳。我回来后就立刻派人把花送去。而且赶在安菲萨·阿列克谢耶芙娜快醒的时候送去,诸位可以想象得出她当时的狂喜、感激和因感激眼泪汪汪的情景! 昨天还垂头丧气、形同死人一般的普拉东,感动得伏在我胸脯上号啕大哭。唉,自从实施……合法的婚姻制度以来,所有当丈夫的无不如此! 说到这里,我不敢添油加醋,妄加一词。不过自从发生那段插曲以后,可怜的彼佳的那件好事也就彻底吹了。我起先以为,他知道这事以后一定会宰了我,我甚至准备好迎战。可是却出了一件令人难以置信的事:他晕倒了,天黑前说胡话,天亮前发高烧。他像孩子似的痛哭流涕,浑身抽风。过了一个月,刚恢复健康,他便请求调到高加索去了。这件风流韵事曾轰动一时,后来,他在克里米亚不幸阵亡,才算了了这桩公案。那时候,还是他哥哥斯捷潘·沃尔霍夫斯科伊当团长,他驰骋疆场,战功卓著。不瞒你们说,后来我一直受到良心的谴责,许多年席不安枕:我为了什么,又何苦要这样打击他呢? 倘若我自己爱上了那位女士,那还好说。要知道,这实际上不过是捣乱,无非想献献殷勤罢了。要不是我把他就要到手的这束花抢走,谁知道呢,也许他到现在还活着,而且活得很幸福,也许功成名就,根本不会想到要去打土耳其人[①]。"

阿法纳西·伊万诺维奇同他开讲的时候一样,以一种威严而又庄重的口吻闭上了嘴。大家看到,纳斯塔西娅·菲利波芙娜的眼睛仿佛闪出一种特别的光,阿法纳西·伊万诺维奇讲完以后,她的嘴唇甚至哆嗦了一下。大家好

---

① 1853—1856年俄国与土耳其交战,即克里米亚战争。

奇地看着他们俩。

"又骗费德先科了！骗得我好苦啊！哎呀，骗人骗到家了！"费德先科拉着哭腔叫道，他明白，这时候他可以而且应该插科打诨一番。

"谁叫您不识相呢？向聪明人学着点嘛！"近乎扬扬得意的达里娅·阿列克谢耶芙娜堵他的嘴道（她是托茨基的忠实的老友和同谋）。

"还是您说得对，阿法纳西·伊万诺维奇，小游戏的确非常无聊，应当赶紧结束这种游戏，"纳斯塔西娅·菲利波芙娜漫不经心地说道，"等我把我答应讲的故事讲完，大家就玩牌吧。"

"但是，您答应讲的故事应当先讲！"将军热烈地表示赞同。

"公爵，"纳斯塔西娅·菲利波芙娜忽地断然而又出乎意料地对他说道，"将军和阿法纳西·伊万诺维奇是我的老朋友了，他俩都想让我嫁人。请说说您的意见：我嫁呢还是不嫁？您怎么说，我就怎么做。"

阿法纳西·伊万诺维奇的脸唰地白了，将军也目瞪口呆。大家都瞪大了两眼，伸长了脖子。加尼亚在原地呆若木鸡。

"嫁……嫁给谁？"公爵用几乎听不见的声音问道。

"嫁给加夫里拉·阿尔达利翁诺维奇·伊沃尔金。"纳斯塔西娅·菲利波芙娜继续说道，声音依旧断然而坚决，但是一清二楚。

霎时间鸦雀无声，过了几秒钟，公爵仿佛使劲想说话，但又说不出来，似乎有一件非常重的东西压在他的胸口。

"不——不……您别嫁！"他终于低声说道，费力地喘了口气。

"就这么办！加夫里拉·阿尔达利翁诺维奇！"她威严而又似乎胜利地对他说道，"您听见公爵的决断了？好，这就是我的回答，这事就这么吹了，永远吹了！"

"纳斯塔西娅·菲利波芙娜！"阿法纳西·伊万诺维奇声音发抖地说道。

"纳斯塔西娅·菲利波芙娜!"将军用劝说的但又惊慌不安的声音说道。

大家都大惊失色,群情哗然。

"诸位,你们怎么啦?"她似乎惊奇地注视着客人,继续说道,"你们干吗这么惊慌? 瞧你们大家的脸!"

"但是……纳斯塔西娅·菲利波芙娜,您别忘了,"托茨基结结巴巴地嘟囔道,"您曾经答应……而且是自觉自愿地答应,您应该多少可怜可怜……这叫我多为难,而且……当然,也很尴尬,但是……总之,现在,在这样的时刻,而且当着……当着大家的面,这一切就这么……用这样的小游戏来结束一件严肃的事,一件有关名誉和感情的终身大事……这事,事关重大……"

"我不明白您的意思,阿法纳西·伊万诺维奇;您简直前言不对后语。第一,什么叫'当着大家的面'? 难道我们不是在亲密无间的要好朋友中间吗? 这跟'小游戏'有什么关系? 我的确想讲讲自己的一段非同寻常的故事,瞧,我不是讲完了;难道这故事不好吗? 那您为什么说'不严肃'呢? 难道这不严肃吗? 你们都听到了,我对公爵说'您怎么说,我就怎么做',如果他说是,我会立刻同意,但是他说了不,所以我拒绝了。我的终身大事就挂在这么一根细细的头发丝上,还有比这更严肃的吗?"

"但是公爵,这跟公爵有什么相干? 公爵又是什么玩意儿?"将军嘟囔道,公爵居然拥有这么气人的权威,他差点儿忍不住要发怒了。

"公爵是我毕生信得过的头一个人,我相信他,就像相信一个忠实可靠的正人君子。他一看见我就相信我,因此我也相信他。"

"纳斯塔西娅·菲利波芙娜对我……非常客气,对她的盛情我只能表示感谢,"脸色苍白的加尼亚终于用发颤的声音撇着嘴说道,"当然,也应该如此……但是……公爵……公爵掺和进来……"

"觊觎这七万五千卢布,是不是?"纳斯塔西娅·菲利波芙娜蓦地打断他的话道,"您想说这话吗?别赖,您一定想说这话!阿法纳西·伊万诺维奇,我还忘了加一句:这七万五千卢布您可以收回,实话告诉您,我让您自由,一文钱不要,白给。行了!您也该松口气了!九年零三个月!明天起——开始新的一页,而今天是我的生日,由我说了算,这辈子,这是头一回!将军,您把您这串珍珠也拿回去送给您的夫人吧,给,拿着。从明天起,我就从这套房子里彻底搬出去。从今以后,诸位,再不会举行什么晚会啦。"

她说完这话,蓦地站起身来,好像要离开似的。

"纳斯塔西娅·菲利波芙娜!纳斯塔西娅·菲利波芙娜!"四面八方齐声喊道。大家都骚动起来,大家都从座位上站起身来;大家都围住了她,大家都不安地听着这些激动、狂热、疯狂的话;大家都感到不对头,但是谁也弄不清,谁也解不透个中的奥秘。就在这时候,蓦地传来响亮的、猛烈晃动的门铃声,就跟今天上午有人猛拉门铃要进加涅奇卡家一样。

"啊——啊——啊!收场的时候到了!终于来了!十一点半!"纳斯塔西娅·菲利波芙娜叫道,"诸位请坐,这是收场!"

说完这话,她自己先坐了下来。她嘴上露出一丝奇怪的笑容。她坐着,一声不吭,看着房门,在焦急地等待。

"罗戈任和十万卢布,毫无疑问。"普季岑自言自语地喃喃道。

十五

女仆卡佳走进来,神态十分慌张。

"纳斯塔西娅·菲利波芙娜,外边不知道是怎么回事,有十来个人硬闯进来，喝得醉醺醺的，硬要到里边来，他说，他是罗戈任，您认识他。"

"没错，卡佳，立刻让他们进来，让他们统统进来。"

"难道……让他们统统进来，纳斯塔西娅·菲利波芙娜？要知道，有些人简直不像样子，可怕极了！"

"让他们统统，统统进来，卡佳，别怕，让他们统统进来，一个不落，要不然，你不让他们进来，他们也会进来的。你听他们那个嚷嚷劲儿，就跟前不久那回一样。"接着，她对客人们说："诸位，我当着大伙的面接待这帮人，请别见怪！我对此感到十分遗憾，请求诸位原谅，但是我非常，非常希望你们大家能够留下来，亲自目睹这出戏是怎么收场的，不过，话又说回来，是否留下，悉听自便……"

客人们继续在大惊小怪、窃窃私语、面面相觑，但是一望便知，这一切都是预先策划和安排好的，现在谁也休想叫纳斯塔西娅·菲利波芙娜回心转意，虽然她分明疯了。大家都心痒难抓，非常好奇。再说，也没有人感到十分害怕。女士只有两位：一位是达里娅·阿列克谢耶芙娜，她是一位麻利而又见过世面的太太，很难有什么事会使她尴尬。还有一位是长得很美但是不爱说话的陌生太太。这位不爱说话的陌生太太未必能听懂什么：她是一位刚来彼得堡不久的德国人，一句俄语都听不懂。此外，她的愚蠢似乎与她的漂亮同步，有多漂亮就有多愚蠢。她因为新来乍到，所以有人举行晚会，就邀请她作陪。她穿着艳丽的服装，梳着时新的发式，仿佛参加时装展览会似的。人们让她坐在一旁，恰如挂上一幅优美动人的画，以便给晚会增光添彩，正如有些人为了给自己的晚会添点儿摆设，向朋友们临时商借一幅画、一只花瓶、一尊雕像或一扇屏风似的。至于男客，那普季岑本来就是罗戈任的朋友；费德先科如鱼得水，正中下怀；加涅奇卡因为挨了当头一棒，还没清醒过来，但是，他模糊地但却不可遏制地感觉到一种强烈的需要：必须在自己的耻辱柱

第一部

旁站到底；那位老教师不大明白个中原委，他看到周围的人和纳斯塔西娅·菲利波芙娜一片惊惶，差点儿没哭出来，吓得真可说是浑身哆嗦，他非常喜欢纳斯塔西娅·菲利波芙娜，就像宠爱自己的小孙女一样，他宁可死也决不会在这样的时刻撇下她不管。至于说阿法纳西·伊万诺维奇，他当然不能在这场历险中使自己的名誉受损，但是他对这件事的成败得失又太关心了，虽然这事发生了如此疯狂的转变。再说纳斯塔西娅·菲利波芙娜无意中说了三两句有关他的话，因此不把事情弄个水落石出，他是无论如何不会走的。他打定主意要坐到底，但是不置一词，只作壁上观，这样做，当然也是他保持自己尊严所要求的。只有叶潘钦将军一人，在此以前他刚因纳斯塔西娅·菲利波芙娜那样不客气地、令人感到可笑地把礼物退还给他而感到十分恼火，现在又发生了这一连串非同寻常的咄咄怪事，还有罗戈任的到来，就更使他火上加火了。像他这样一个人，居然肯屈尊跟普季岑和费德先科平起平坐，就已经够俯就的了。虽然好色也是一种力量，但是它能做到的事最后也可能被责任感，被天职、官衔以及地位感，总之，被他的自尊心所战胜，所以，罗戈任及其一伙的出现，且在他将军大人在座的情况下，使他感到分外难堪。

"哎呀，将军，"他刚向纳斯塔西娅·菲利波芙娜提出抗议，她就立刻打断了他的话，"我倒忘了！但是，请放心，我早料到您会这样想的。如果您感到有辱尊严，我并不坚持和强迫您留下，虽然我现在非常希望能够在自己的身边看到您。不管怎么说吧，您我相识一场，您又对我体贴入微，我对此万分感谢，但是，如果您怕……"

"对不起，纳斯塔西娅·菲利波芙娜，"将军叫道，摆出一副骑士般的雍容大度，"您这话又从何说起呢？我即使出于对您的一片忠心，现在也要留在您的身边，比方说，万一有什么危险……何况，不瞒您说，我也非常好奇。我的意思是说，他们可能会弄坏地毯，或者打碎什么东西……依我看，大可不必让他们统统进来,纳斯塔西娅·菲利波芙娜!"

"罗戈任驾到!"费德先科庄严宣告。

"阿法纳西·伊万诺维奇,您以为怎么样,"将军向他匆匆低语,"她是不是疯了?我不是打比方,而是说她是否当真得了疯病?"

"我早跟您说过,她一向就有犯这种病的倾向。"阿法纳西·伊万诺维奇狡猾地低声答道。

"况且还忽冷忽热……"

罗戈任那帮人,跟今天上午一样,差不多是原班人马,只增加了一名糟老头儿,他过去当过一家小报的编辑,这家小报堕落已极,专门揭人隐私。关于此公流传着一段趣闻,据说,他曾把自己的几枚金牙取下来当了,换酒喝。此外还有位退伍陆军少尉,他跟上午那位拳头先生,就所干的行当和肩负的使命来说,是棋逢对手的竞争者,罗戈任那帮人中本来谁也不认识他,是在大街上拣来的,此公老在涅瓦大街向阳的一面拦住过往行人,用马尔林斯基[1]的文体请求资助,用心狡诈,借口"想当年,我也救济过别人,而且有求必应,逢人便给十五卢布"。这两位竞争者一见面就相互敌对。上午,自从大家接受那位"强求布施者"入伙后,拳头先生就认为自己受了怠慢,但是他生性不爱说话,所以有时候只能像头熊似的咆哮两声,并以深深的蔑视望着这位"强求布施者"对他的巴结讨好,可是这人却是位颇有上流社会风度而又善于应对酬酢的人。表面上看,这位陆军少尉在"动真格的"时候宁以灵巧和机智取胜,而不愿诉诸武力,再说他的身材也比拳头先生稍矮。他待人和蔼,并不介入明显的争论,但却大吹法螺,已经好几次暗示英国拳击善于出奇制胜的优点,总之,这位先生是位纯粹的西方派。拳头先生一听到"拳击"二字就嗤之以鼻,报以

---

[1] 俄国十二月党人作家亚·亚·别斯杜热夫(1797—1837)的笔名。他的文字雕琢,文体华丽。

第一部

轻蔑的微笑，他无意屈尊与他的竞争者做明显的争论，只在有时候，默默地，似乎无意中偶一为之似的，展示一下，或者不如说，有时候把一样完全民族性的东西推出来亮亮相——一只青筋盘结、骨节粗壮、长满棕红色茸毛的硕大无朋的拳头，于是大家倏地明白了，如果这个地地道道民族性的东西准确无误地落在一样东西上，那就非同小可，肯定会血肉模糊，惨不忍睹。

他们像上午一样没有一人喝得烂醉如泥，这全是罗戈任努力劝阻的结果，因为他整天念念不忘今晚他还要去拜访纳斯塔西娅·菲利波芙娜。他差不多已完全清醒了，然而，他在一生中这个乱糟糟的、最不像话的一天遇到的事情实在太多了，差点儿没把他弄得晕头转向。只有一件事经常盘旋在他的脑海和心头，每一分钟，每一刹那，都念念不忘。就为了这件事，从下午五点直到晚上十一点，他一面跟金德尔、比斯库普那帮人打交道，一面处在无尽无休的烦恼和惊慌不安中，那帮人也几乎发了疯，为了弄到那笔巨款，像疯子似的东奔西跑，到处张罗。这十万卢布现款，也就是纳斯塔西娅·菲利波芙娜捎带地、嘲笑地、十分含糊其词地暗示过的那笔款子，到底还是凑齐了，其利息之高令人咋舌，甚至比斯库普与金德尔私下交谈时，提到利息，因为羞于启齿，只能低声相告。

跟上午那回一样，罗戈任走在大家前头，其余的人则跟在他后面鱼贯而入，虽然完全意识到他们胜券在握，但是心里毕竟有些发怵。最主要的是，天知道为什么，他们一见纳斯塔西娅·菲利波芙娜就发怵。其中有的人甚至想，他们这伙人会被立刻统统"轰下楼梯"。作如是想的人中，也包括那个花花太岁和情场老手扎廖热夫。至于其他人，主要是拳头先生，虽然没有明说，但是他们心里却非常瞧不起纳斯塔西娅·菲利波芙娜，甚至十分憎恨她，他们来找她，犹如前来攻城略地似的。但是头两个房间的豪华陈设，他们闻所未闻、见所未见的摆设，珍贵的家具，名贵的油画和巨大的维纳斯雕像——

这一切都使他们肃然起敬，甚至感到恐惧。当然，这并没有妨碍他们渐渐放肆而又好奇地跟在罗戈任之后挤进了客厅，尽管心里有点儿害怕。但是，当拳头先生、"强求布施者"和其他一些人冷不防发现客人中有叶潘钦将军时，最初一刹那他们倏地全蔫了，甚至打起了退堂鼓，稍向后退，退进了另一间屋子。只有列别杰夫一人雄赳赳、气昂昂，信心十足，几乎与罗戈任一道，挺身前进，因为他心里明白，一百四十万净值资产，再加上现在，眼下，就有十万卢布在手，到底意味着什么。不过，我们必须指出，他们这伙人，甚至包括万事通列别杰夫在内，对于他们到底有多大神通，以及现在他们能不能当真为所欲为这个问题，还有些拿不准，吃不透。有几分钟，列别杰夫甚至准备发誓说，有钱能使鬼推磨，但在另一些时候，他又心怀鬼胎，为了防备万一，在心中默念法典上那些足以给他打气、使他宽心的条款。

纳斯塔西娅·菲利波芙娜的客厅对罗戈任本人产生的印象，恰好与他的所有同伴相反。门帘刚一掀起，他看到纳斯塔西娅·菲利波芙娜之后——其余的一切对于他就不再存在了，就像今天上午一样，甚至比今天上午还强烈。他的脸色唰地发白，霎时停住了脚步。不难猜到，他的心在剧烈跳动。他目不转睛地盯着纳斯塔西娅·菲利波芙娜，胆怯地、不知所措地看了几秒钟。蓦地，他仿佛失去了全部理性，步履蹒跚地走到桌子跟前，中途还碰了一下普季岑的座椅，他那肮脏的大皮靴还踩着了那位不爱开口的德国美人非常美丽的浅蓝色衣服的花边，他既没有道歉，也没有发现。他走到桌旁，把一件奇形怪状的东西放到桌上。他就是捧着这包东西走进客厅的。这是一个大纸包，大约三俄寸高、四俄寸长，用《交易所新闻报》包得紧紧的，四周都用绳子捆紧了，而且十字交叉地捆了两道，就像捆着一大包糖块似的。然后他站在那里，一言不发，垂下两手，仿佛等候宣判似的。他穿的那身衣服跟不久前穿的那身完全一样，只是加了条全新的真丝围巾，嫩绿色，绿地红花，围巾上别着一枚很大的甲虫形的钻石别针，右手的肮脏的手指上还戴着一枚很大的钻石戒指。列别杰夫走到桌子跟前差三步就站住了。其他人，正如上文所说，也逐一地挤进了客厅。纳斯塔西娅·菲利波芙娜的两名使女卡佳和帕莎也跑来看热闹，从掀起的门帘外向里张望，但那神态非常惊讶和害怕。

"这是什么玩意儿？"纳斯塔西娅·菲利波芙娜问，目光专注地、好奇地打量了一下罗戈任，接着便用眼睛指着那包"东西"。

"十万卢布！"他低声答道。

"啊，好样的，说话算数！请坐，坐这儿，坐在这把椅子上，一会儿我有话跟您说。谁陪您来的？还是上午那全班人马？好，让他们统统进来，全坐下，可以坐在那边的长沙发上，这边还有一张长沙发，那边还有两把扶手椅……他们怎么啦，不肯坐，是吗？"

的确，有些人感到很窘，退了回去，坐在另一间屋子里等候，但是也有些人应邀留了下来，并一一坐下，不过离那张桌子远远的，多半挤坐在旮旯里，一些人仍旧想悄悄溜走，还有些人，坐得越远，胆子就越大，而且胆子大得异乎寻常地快。罗戈任也在请他坐的那把椅子上坐了下来，但他稍坐片刻又站起身来，从此再没坐下。他慢慢、慢慢地开始辨认和打量在座的一个个客人。他看见加尼亚后冷笑了一声，自言自语地嘟囔道："德行！"他看了一眼将军和阿法纳西·伊万诺维奇，非但没有不安，甚至也不觉得特别好奇。但是，当他在纳斯塔西娅·菲利波芙娜身旁发现公爵后，他的眼睛久久地盯着公爵，感到万分惊讶，似乎摸不透怎么会在这里遇到公爵。可以料想，他有时简直神不守舍。除了今天他迭峰险巇，受到很大刺激外，他昨天一整夜都在火车上度过，而且差不多两天两夜没合眼了。

"诸位，这是十万卢布，"纳斯塔西娅·菲利波芙娜以一种热切的、迫不及待的挑战口吻向大家说道，"就在这个肮脏的纸包里。今天上午他像疯子一样大叫大嚷，说今天晚上准给我送十万卢布来，因此我一直在等他。他出价把我给买了：先出一万八，突然涨到四万，后来又变成现在这十万。他的确说话算数！哟，他的脸多苍白呀！……这是今天上午在加涅奇卡家发生的事：我去拜访他母亲，拜访我未来的婆家，可是他妹妹却冲我嚷嚷：'难道就不能把这不要脸的东西轰出去吗！'她说罢便向他哥哥加涅奇卡的脸上啐了口唾沫。是个有性格的姑娘！"

"纳斯塔西娅·菲利波芙娜！"将军用责怪的口吻喊道。他开始有点儿明白个中的关节了，不过是按照他自己的心思来理解的。

"怎么回事，将军？不成体统，是不是？够啦，别假正经啦！我曾经坐在法国剧院的二楼包厢里，像个高不可攀的美德的化身，过去五年，我曾经像野人似的逃避所有追求我的人，似乎很高傲、很贞洁，其实是冒傻气，假正经！可是现在，你们瞧，我过了五年守身如玉的生活以后，突然有人跑来，就在你们大家面前，把十万卢布放到桌上，他们想必在外边还停着几辆三套马车，在等我。他给我开的价是十万！加涅奇卡，我看，你到现在还在生我的气吧？难道你当真想把我娶过门去吗？娶我，娶一个卖给罗戈任的女人！公爵方才说什么来着？"

"我并没说您是卖给罗戈任的，您不属于罗戈任！"公爵用发抖的声音说道。

"纳斯塔西娅·菲利波芙娜，得了吧，亲爱的，得了，宝贝儿，"达里娅·阿列克谢耶芙娜突然忍不住说道，"你既然见到他们就恶心，就别理他们！难道给你十万卢布，你就愿意跟这样的人走吗？的确，十万卢布很可观！那你就把这十万卢布收下，再把他轰走，对他们这帮人就得这么对付。哎呀，我要是你呀，把他们统统……真是的！"

达里娅·阿列克谢耶芙娜越说越有气，说到后来都火了。这是一个好心肠的、非常爱动感情的女人。

第一部

"别生气，达里娅·阿列克谢耶芙娜，"纳斯塔西娅·菲利波芙娜向她微微一笑，"我刚才跟他说话时就没有生气，我并没有责备他，是不是？我简直不明白，我这人竟会这么糊涂，竟想嫁到一个清清白白的人家去。我见到了他的母亲，还吻了她的手。加涅奇卡，我今天上午在你家的确心存挖苦，我是故意这样的，我想最后一次看看：你这人究竟会堕落到什么地步？嗯，你真使我吃了一惊，真的。很多事我都料到了，就没料到这一点！你明知道，差不多就在你准备结婚的头一天，他送给我一串珍珠，而且我还收下了，难道你还能娶我？再说这个罗戈任，他就在你家，而且当着令堂和令妹的面，讨价还价，把我买了下来，在发生这样的事情以后，你居然还前来向我求亲，而且还差点儿没把令妹带来！罗戈任说，给你三卢布你就会趴在地上，一直爬到瓦西里岛，难道他这话当真？"

"他肯定会爬去的。"罗戈任忽地低声说，但是那神态坚信不疑。

"如果你快饿死了，还好说，可是人家说你薪金很高，收入也不薄呀！再说，姑且不算你所受的耻辱吧，你竟肯把一个你所憎恨的妻子娶过门去！（因为你恨我，我是知道的！）不，现在我信了，像你这样的人，为了几个钱是会杀人的！他们这帮人现在满脑子都是钱，而且贪得无厌，见钱眼开，什么傻事都做得出来。自己还乳臭未干，就挖空心思，想去放高利贷！前不久，我看到一条新闻，讲一个人把一块绸子缠在剃刀上，绑紧了，打后面悄悄跑过去，像宰头羊似的杀死了自己的朋友。[①]哼！你是个无耻之徒！我无耻，

[①] 1866年发生在莫斯科并于1867年11月开审的马祖林杀死卡尔梅科夫一案，曾对当时正在构思本书情节的陀思妥耶夫斯基产生一定的影响。莫斯科富家子弟马祖林在父亲死后继承了两百万卢布的遗产，但到作案时已挥霍殆尽。马祖林把珠宝商卡尔梅科夫请到自己家里来，从背后用剃刀杀死了他。事发后，除凶器剃刀外，在马祖林家还发现沾有血迹的菜刀一把。据马祖林供称，这把菜刀是他在作案之前很久买来家里用的。马祖林杀死卡尔梅科夫后，用一块美国漆布盖住尸体，并在旁边放了四瓶消毒除臭的日丹诺夫药水。尸体被藏在凶手家中上锁的箱凳里达数月之久。陀思妥耶夫斯基在本书中采用了上述若干细节。

你比我更无耻。我且不说那位手持花束前来祝贺我过生日的人了……"

"纳斯塔西娅·菲利波芙娜，您怎么变成这样！"将军十分伤心地举起两手轻轻一拍，"您从前是那么温文尔雅，谈吐是那么细腻委婉，可现在！这张嘴多厉害！说的话多尖刻！"

"我现在有了点儿醉意，将军，"纳斯塔西娅·菲利波芙娜突然笑道，"我想喝个痛快！今天是我的生日，我的节日，我的华诞，我早就在等待这一天了。达里娅·阿列克谢耶芙娜，您看见这位手持花束的人了吗？就是这位茶花先生？瞧他坐在那里冲我们笑哩……"

"我没有笑，纳斯塔西娅·菲利波芙娜，我在洗耳恭听。"托茨基庄重地反驳道。

"嗯，我干吗折磨了他整整五年而不放他走呢？值得这样对待他吗！他是罪有应得……他会认为我忘恩负义，对不起他：他会说，他让我受了教育，把我当伯爵夫人一样供养着，不知道花了多少钱，还在乡下就给我挑了个好婆家，这里又给我找了个加涅奇卡。你猜怎么着：这五年，我没跟他同居，可是钱还是向他拿了，我以为我这样做是对的！瞧，我都把自己弄糊涂了！你刚才说，十万卢布可以收下，如果觉得恶心，就把他轰走。这事也确实叫人恶心……其实，我早就可以嫁人了，倒不是说嫁给加涅奇卡，但是也叫人恶心透了。那为什么我又要愤愤然浪费这五年光阴呢！信不信由你，大约四年前吧，我有时候想，我何不当真嫁给我那位阿法纳西·伊万诺维奇呢？我那时候正在气头上，所以这样想。那时候，我头脑里翻来覆去，什么念头没有啊。要知道，我会强迫他娶我。你信不信，他曾经死乞白赖地求过我？他自然在撒谎，但这人非常好色，熬不住的。但是后来，谢谢上帝，我转念一想：他值得我这样恨他吗！当时，我突然觉得他很让我恶心，即使他亲自登门求亲，我也不会嫁给他。整整五年，我都在搔首弄姿，假作正经！不，还不如到街头鬼混的好，这才是我应该去的地方！要不就跟罗戈任一道寻欢作乐，要不，明天就去给人当洗衣妇！因为我身上没有一样东西是自己的。我要走，就把一切掷还给他，最后一件衣服都不留下，如果我什么也没有了，谁还会娶我呢，你问问加尼亚，他会娶我吗？连费德先科都不会娶我！……"

"费德先科也许不会娶的，纳斯塔西娅·菲利波芙娜，我这人有啥说啥，"费德先科打断她的话道，"可是公爵会娶的！瞧您坐在那里哭天抹泪的，倒是抬起头来瞧瞧公爵呀！我早就在冷眼旁观了……"

纳斯塔西娅·菲利波芙娜好奇地向公爵扭过头来。

"真的？"她问。

"真的。"公爵低语。

"娶一个一无所有的穷娘儿们！"

"我会娶的，纳斯塔西娅·菲利波芙娜……"

"又出了件天下奇闻！"将军嘟囔道，"不过也在意料之中。"

纳斯塔西娅·菲利波芙娜在继续打量公爵，公爵则用一种悲哀、严峻、洞察幽微的目光望着纳斯塔西娅·菲利波芙娜的脸。

"瞧，又出了个怪人！"她又向达里娅·阿列克谢耶芙娜扭过头去，突然说道，"要知道他确实出于好心，我了解他。我找到了个大善人！不过话又说回来，也许，人家说得对，说他……有点儿那个。你既然这样钟情于我，居然愿意娶一个卖给罗戈任的女人做自己的妻子，而且还让她嫁给自己，嫁给一个公爵，那你准备靠什么来养家糊口呢？……"

"纳斯塔西娅·菲利波芙娜，我娶的是清清白白的您，而不是一个卖给罗戈任的女人。"

"我还清白？"

"对，您。"

第一部

"嗯，这话是在那儿……从小说里找来的！亲爱的公爵，这是老掉牙了的胡说八道，现今这世道变聪明了，这全是一派胡言！再说你哪能结婚呢，你自己都需要找个保姆伺候！"

公爵站起来，虽然声音发抖而又胆怯，但与此同时，又以一种坚定不移的神态说道：

"我什么也不知道，纳斯塔西娅·菲利波芙娜，也没见过任何世面，您说得对，但是我……我认为，这是您给我面子，而不是我给您面子。我是一个微不足道的人，可是您却受苦受难，出污泥而不染，这就很了不起。您凭什么要感到羞愧，而且要跟罗戈任走呢？这是一时感情冲动……您把七万五千卢布退给了托茨基先生，还说要把这里的一切抛弃掉，这是这里的任何人都做不到的。我……纳斯塔西娅·菲利波芙娜……我爱您。我要为您去死，纳斯塔西娅·菲利波芙娜。我不许任何人对您说三道四，纳斯塔西娅·菲利波芙娜……如果我们穷，我会去工作的，纳斯塔西娅·菲利波芙娜……"

当他说最后几句话时，可以听到费德先科和列别杰夫的窃笑声，连将军也不以为然地从喉咙里发出一种鸭叫似的响声。普季岑和托茨基不能不粲然一笑，但是忍住了。其余的人惊奇得一个个张大了嘴。

"……但是我们，也许，不会穷的，而且会很富，纳斯塔西娅·菲利波芙娜，"公爵仍旧用刚才那种怯生生的声音说道，"不过，我没有把握，可惜今天一整天，直到现在，我还什么也没打听出来，但是我在瑞士的时候，收到由一位萨拉兹金先生从莫斯科寄来的信，他通知我，似乎我可以得到一笔很大的遗产。这就是那封信……"

公爵果真从口袋里掏出一封信。

"他不是说胡话吧？"将军嘟囔道，"真是一所疯人院！"

霎时间一片哑默。

Ф. Достоевский

"纳斯塔西娅·菲利波芙娜,我娶的是清清白白的您,而不是一个卖给罗戈任的女人。"

Идиот

"公爵,您刚才好像说,这封信是萨拉兹金写给您的?"普季岑问,"这是法律界很有名的一个人,他是很有名的事务代理人,如果真是他通知您的,那您可以完全相信。好在我认识他的笔迹,因为不久前我刚跟他打过交道……如果您让我看看,我也许可能给您说出些什么来。"

公爵手有点儿发抖地把信默默地递给了他。

"这是怎么回事,怎么回事?"将军猛地醒悟过来,像疯子似的望着大家,"难道当真有遗产?"

普季岑在看信,大家的视线全集中到他身上。普遍的好奇心这时又取得了一个新的异乎寻常的推动力。费德先科坐不住了。罗戈任莫名其妙地、非常不安地把目光一会儿投向公爵,一会儿投向普季岑。达里娅·阿列克谢耶芙娜如坐针毡地在等候下文。甚至列别杰夫也忍不住从自己那个旮旯里走出来,弯腰曲背地趴在普季岑背后,看那封信,那模样倒像担心有人会立刻给他一顿拳打脚踢似的。

十六

"确凿无误,"普季岑终于宣布道,他把信叠好后交给公爵,"根据令姨那份无可争辩的遗嘱,您可以毫无麻烦地拿到一笔非常大的巨款。"

"不可能!"将军像开枪似的嚷嚷道。

大家又张大了嘴。

普季岑解释道(主要对伊万·费奥多罗维奇),公爵有一位他本人从来没有见过的姨妈,她在五个月前死了,这姨妈是公爵母亲的亲姐姐,是莫斯科三等商人帕普申的女儿，帕普申早死了，死于贫穷和破产。但是这位帕普申有一位亲哥哥，也在不久前死了，他是有名的富商。他只有两个儿子，可是约莫一年前，差不多在同一个月先后死去。他因此受到很大的打击，过不多久，这老头儿也得病死了。他早年丧偶，除了公爵的姨妈，他的亲侄女以外，没有任何继承人。可是公爵的姨妈也非常穷，穷得只能寄人篱下。得到这笔遗产的时候，这位姨妈因得水肿病也已经快要死了，但是她立刻委托萨拉兹金寻访公爵的下落，并且立了遗嘱。看来，无论是公爵，也无论是大夫（也就是公爵在瑞士的时候住在他家的那位大夫），都不想坐等正式通知或者进行一番调查以后再采取行动，于是公爵便拿着萨拉兹金的这封信，决定亲自前来……

"我要告诉您的只有一点，"普季岑最后向公爵说道，"这一切都应该是无可争议的，千真万确的，萨拉兹金既然写信告诉您：您的事是无可争议的和合法的，那您就可以把萨拉兹金说的一切当作您口袋里揣着的现金。恭喜您了，公爵！也许您将要到手的也是一百五十万，或许还更多些。帕普申是个非常富有的商人。"

"太棒了，梅什金族中最后一位公爵！"费德先科大声呐喊。

"乌拉！"列别杰夫用喝醉酒的沙哑的嗓子叫道。

"可是我今天上午还借给这小可怜二十五卢布呢，哈哈哈！真是变幻莫测，说变就变！"将军说道，他差点儿给惊呆了，"好吧，恭喜，恭喜您了！"他说罢便从座位上站起来，走到公爵跟前拥抱他。在他之后，其他人也纷纷起立，挤到公爵身旁。甚至那些退到门帘后面去的客人，也纷纷出现在客厅，发出一片乱哄哄的说话声和感叹声，甚至有人提出快拿香槟来。大家挤过来挤过去，忙得不亦乐乎。一时间，差点儿没把纳斯塔西娅·菲利波芙娜都给忘了，她好歹是今天晚会的主人嘛。但是渐渐地，大家差不多猛地想起公爵刚才曾经向她求过婚。这一来，这事就显得比刚才三倍地疯狂和异乎寻常了。

十分吃惊的托茨基不时耸着肩膀,几乎只有他一个人至今还坐在那里,其余的一大帮人全都乱哄哄地挤在桌子周围。后来大家断定,就是从那一刻起,纳斯塔西娅·菲利波芙娜发了疯。她继续坐在那里,用一种奇怪而又惊讶的目光打量着大家,似乎不明白究竟出了什么事,在苦苦思索。看了大家一会儿后,她蓦地扭过头去看公爵,双眉深锁,仔仔细细地打量着他,但是这神态稍纵即逝,也许她突然感到,这一切不过是开玩笑,寻开心,但是公爵的表情立刻打消了她的疑虑。她陷入沉思,后来又微微一笑,似乎她自己也不明白她究竟在笑什么……

"这么说,我真成了公爵夫人!"她仿佛嘲笑地低声自言自语,接着无意中抬起头来看了看达里娅·阿列克谢耶芙娜,笑了。"这收场出人意外……我……没料到竟会这样……诸位,你们干吗站着,请诸位赏光,都坐下,给我和公爵道喜呀!刚才好像有人要香槟酒来着,费德先科,您去吩咐她们拿酒来。卡佳,帕莎,"她忽地在门口看见自己的女仆,"你们过来,我要出嫁了,听见了吗?嫁给公爵,他有一百五十万财产,他是梅什金公爵,他娶我!"

"上帝保佑您,亲爱的,也该结婚啦,千万不要错过这个机会!"达里娅·阿列克谢耶芙娜看到所发生的一切,深受震动,她喊道。

"公爵,你坐到我身边来,"纳斯塔西娅·菲利波芙娜继续说道,"就这样,瞧,酒也拿来了,给我们道喜呀,诸位!"

"乌拉!"许多声音齐声呐喊,许多人,包括罗戈任带来的几乎全班人马,都挤过去喝酒,但是尽管他们大呼小叫,或者准备大呼小叫,他们中的许多人,不管情况和环境的变化多么奇特,还是感觉到这出戏的布景在变换。另一些人则觉得很尴尬,不信任地等待着下文。许多人则在交头接耳,窃窃私语,说什么这种事本来就极普通,一个人当了公爵,就可以娶任何女人,连到处流浪的吉卜赛姑娘也可以娶。罗戈任则站在那里看,脸上挂着纹丝不动的、莫名其妙的微笑。

"公爵，亲爱的，你醒醒！"将军从一旁过去，拉着公爵的袖子，恐惧地低语道。

纳斯塔西娅·菲利波芙娜看到这情景，哈哈大笑起来。

"不，将军！我现在可是公爵夫人了呀，听见了没有——公爵是不会让我受人欺负的！阿法纳西·伊万诺维奇，您也得给我道喜呀，我现在跟尊夫人到处可以平起平坐了。拥有这样一位丈夫，好处大着呢，阁下以为如何？一百五十万再加上公爵这个头衔，据说还得饶上白痴这称号，还有比这更妙的吗？直到现在，我才开始真正地生活！你来晚啦，罗戈任！把你这包东西拿走吧，我要嫁给公爵了，我现在比你阔啦！"

罗戈任已经弄明白是怎么回事了。他脸上露出难以形容的痛苦。他举起两手轻轻一拍，胸膛里迸发出一声长叹。

"让给我吧！"他向公爵喊道。

周围发出一片哄笑。

"让给你？"达里娅·阿列克谢耶芙娜眉飞色舞地接口道，"瞧，把钱往桌上一摆，乡巴佬！公爵是来娶她，你是来胡闹！"

"我也娶她！马上娶，这会儿就娶！统统给她……"

"瞧，小酒馆里跑出来的醉鬼，应当把你轰出去！"达里娅·阿列克谢耶芙娜愤愤然嚷道。

笑声更大了。

"你听见了，公爵，"纳斯塔西娅·菲利波芙娜对他说，"这个乡巴佬就是这样讨价还价要买你的未婚妻的。"

"他喝醉了，"公爵说，"他很爱您。"

"你的未婚妻差点儿没跟罗戈任跑了，你以后不觉得可耻吗？"

"您那时候太冲动了,现在也十分冲动,尽说胡话。"

"以后人家会对你说,你的老婆做过托茨基的姘头,你不觉得可耻吗?"

"不,我不觉得可耻……您跟托茨基同居并非出于自愿。"

"你永远不会拿这件事责备我?"

"决不责备。"

"哼,当心,你不能担保你一辈子不这样做!"

"纳斯塔西娅·菲利波芙娜。"公爵低声说道,似乎充满了怜悯,"我方才对您说,如果您答应嫁给我,我将感到十分荣幸,是您给我面子,而不是我给您面子。您对我的这些话感到好笑,我听到周围的人也在笑。也许,我这样说很可笑,我自己也很可笑,但是我总觉得,什么是荣幸,我……我还是懂得的,而且我相信我说的是实话。您现在想毁了您自己,无可挽回地毁灭,因为您以后永远不会原谅您自己这样做的:而您是完全无辜的。说什么您的生活已经完全毁了,这是绝不可能的。罗戈任来找您,加夫里拉·阿尔达利翁诺维奇想要欺骗您,这有什么关系呢?您干吗没完没了地总要提这些事呢?我向您重申,您做过的事许多人都做不到,至于您想跟罗戈任跑,那是您发病的时候一时冲动决定的。您现在还在闹病,您最好去卧床休息。您宁愿明天去当洗衣妇,也决不会留下来跟罗戈任鬼混。您很高傲,纳斯塔西娅·菲利波芙娜,但是,也许因为您太不幸了,您竟以为自己真的有罪。应当多多地照顾您,纳斯塔西娅·菲利波芙娜,我会照顾您的。今天上午,我看到您的照片,就像看到一张熟人的脸似的。我当时就觉得,您好像在呼唤我……我……我一辈子都会尊敬您的,纳斯塔西娅·菲利波芙娜。"公爵突然把话结束道,仿佛蓦地清醒过来,脸涨得通红,终于明白他说这话时是当着怎样一些人的面。

普季岑甚至觉得公爵的话有污他的清听,垂下了头,看着地面。托茨基暗

第一部

自寻思:"一个白痴,居然也知道拍马屁最容易得到别人的欢心。真是本能嘛!"公爵也发现,从一个旮旯里,加尼亚投来闪闪发亮的目光,仿佛他想用这目光把公爵烧成灰烬似的。

"真是个大好人!"大受感动的达里娅·阿列克谢耶芙娜宣布。

"一个有教养,但是不可救药的人!"将军压低了声音,低语道。

托茨基拿起礼帽,预备站起来偷偷溜走。他和将军对看了一眼,想一起出去。

"谢谢你,公爵,直到现在还没有人这样跟我说过话,"纳斯塔西娅·菲利波芙娜说,"大家都在讨价还价地想买我,还没有一个规规矩矩的人向我求过亲。您听见了吗,阿法纳西·伊万诺维奇? 公爵说的话您觉得怎么样? 未免有伤大雅吧……罗戈任! 你等等,别走。我看,你也走不了。也许我还会跟你走的。你想带我到哪里去呢?"

"去叶卡捷琳娜宫①。"列别杰夫从一个旮旯里禀告道,罗戈任只是打了个哆嗦,瞪大了眼睛,望着周围的一切,好像不相信自己的耳朵似的。他完全变傻了,就像当头挨了一记可怕的闷棍似的。

"你怎么啦,你倒是怎么啦,亲爱的! 可别当真犯病了:你难道疯了吗?"惊慌失措的达里娅·阿列克谢耶芙娜气急败坏地喊道。

"你当真以为,"纳斯塔西娅·菲利波芙娜哈哈笑着,从沙发上跳起身来,"我要把这么一位具有赤子之心的人毁了吗? 这不正中了阿法纳西·伊万诺维奇的下怀:他就喜欢不谙世故的少男少女! 走吧,罗戈任! 把你那包钱准备好,你想娶我,这没什么,可是钱还得给。我是不是嫁给你还说不定。你以为只要你愿意娶我,这包钱就可以留在你身边吗? 休想! 我是个无耻的女

---

① 叶卡捷琳娜宫位于彼得堡西南郊的皇村,由彼得一世于1711年奠基建造,后以叶卡捷琳娜一世的名字命名。19世纪20年代下半叶起,辟为公园和游乐场。

人！我当过托茨基的姘头……公爵！你现在要娶的是阿格拉娅·叶潘钦小姐，而不是我纳斯塔西娅·菲利波芙娜，要不然，费德先科会在背后戳您的脊梁骨的！您不怕，我怕，怕害了你，怕以后落下埋怨！至于你声称，我嫁给你是我给了你面子，究竟是不是这样，托茨基心里明白。至于你，加涅奇卡，你把阿格拉娅·叶潘钦小姐错过了，你知道个中的奥妙吗？你倘若不跟她讨价还价，她肯定会嫁给你！你们大家全一样：或者跟不清不白的女人鬼混，或者跟清清白白的女人交往——只有一个选择！要不然的话，就会乱了套……瞧将军那模样，张大了嘴……"

"这是所多玛，所多玛①！"将军耸着肩膀，翻来覆去地说。他也从沙发上站起身来。大家又统统站了起来。纳斯塔西娅·菲利波芙娜像发了狂似的。

"莫非当真！"公爵拧着手指，痛苦地说道。

"你以为是假的？我是个无耻的女人，这无关紧要，但是，我也许还很高傲！你方才说我是个十全十美的女人，一个十全十美的人就应该一听到人家夸奖就把百万家私和公爵夫人这一美名统统踩在脚下，视同粪土，走到贫民窟去！嗯，这样，我还怎么做你的妻子呢？阿法纳西·伊万诺维奇，我倒把一个人的百万家产的确扔出了窗外！依您之见，我嫁给加涅奇卡，嫁给您的七万五千卢布，我会觉得三生有幸吗？这七万五千卢布您拿回去吧，阿法纳西·伊万诺维奇（十万都不到，罗戈任比你阔！），至于加涅奇卡，我倒有个主意，可以让他高兴一下，现在，我想上街逛逛，我本来就是个街头卖笑的女人嘛！我坐了十年监狱②，现在时来运转了！罗戈任，你怎么样？准备一下，咱们走！"

---

① 《圣经·旧约·创世记》第19章载，所多玛和蛾摩拉是罪恶之地。耶和华降硫黄与火，毁灭了这两座城市。之后，两城出现一片混乱。此处意为吵吵嚷嚷，乱七八糟，胡作非为。

② 意为过了十年监狱似的生活。

"咱们走！"罗戈任差点儿没高兴得发狂，他大叫，"喂，伙计们……统统来……来酒呀！哇！……"

"多准备点儿酒，我要喝。有乐队吗？"

"会有的，会有的！不许靠近！"罗戈任看见达里娅·阿列克谢耶芙娜向纳斯塔西娅·菲利波芙娜跟前走去，便发狂地大喝一声，"她是我的！一切都是我的！我的女王！你们完蛋啦！"

他高兴得上气不接下气，一个劲地绕着纳斯塔西娅·菲利波芙娜打转，怒叱所有的人："不许靠近！"这时，他们那伙人已经全部挤进了客厅。一部分人在开怀畅饮，另一部分人在嚷嚷和哈哈大笑，大家都十分兴奋，毫无拘束。费德先科在试着加入他们那一伙。将军和托茨基又拿起了帽子，想赶紧溜走。加尼亚也拿起了帽子，但是他默默地站着，仍旧目不转睛地看着在他面前展开的这幕活剧。

"不许靠近！"罗戈任还在嚷嚷。

"你嚷嚷什么呀！"纳斯塔西娅·菲利波芙娜对他哈哈大笑，"我还在自己家里，还是这家的主人，只要我愿意，还可以把你轰出去。我还没拿你的钱，钱还在那里放着。把钱拿过来！整包都拿来！十万卢布都在这包里吗？呸，多肮脏的东西！你怎么啦，达里娅·阿列克谢耶芙娜？你难道当真要我毁掉他吗？（她指指公爵。）他哪能成亲呀，他自己还要找个保姆呢。瞧，将军就能当他的保姆嘛——瞧，他老跟着公爵转！注意了，公爵，你的未婚妻收下了钱，因为她是一个放荡的女人，而你居然想娶她！你哭什么呢？你感到痛苦，是吗？依我看，你应该笑嘛，"纳斯塔西娅·菲利波芙娜继续说道，可是她自己也有两大颗明亮的泪珠挂在腮帮上，"要相信时间——一切都会过去的！宁可现在悬崖勒马，免得以后……你们怎么全哭了呢——瞧，卡佳也哭了！怎么啦，卡佳，亲爱的？我已经做了安排，我会把许多东西留给你

第一部

和帕莎的，不过现在再见了！你是一个清清白白的姑娘，我却让你来伺候一个放荡的女人……这样也好，公爵，真的，这样做倒好些，不然的话，以后你会看不起我的，咱俩也不会幸福！别发誓，我不信！而且这样做该多愚蠢啊！……不，咱俩不如好说好散，不然的话，我这人可爱幻想了，不会有好处的！难道我就不曾幻想过嫁一个像你这样的人吗？你说得对，我很早以前就幻想过，当时还住在乡下他的家里，当我孤身一人度过那五年凄凉岁月的时候，一个人想呀想呀，经常幻想来幻想去，老是想象着能够找到一个像你这样的人，又善良、又诚实、又好，像你一样带点儿傻气，他会突然来到我身边，对我说：'您是无辜的，纳斯塔西娅·菲利波芙娜，我非常非常爱您！'我经常这样想入非非，再往下想非发疯不可……可是来的却是这个人：每年来住一两个月，使我蒙受奇耻大辱，肆意欺凌我，引诱我，奸污我，然后一走了之，——我曾经无数次想跳河，可是我生性下贱，勇气不足。嗯，可现在……罗戈任，预备好了吗？"

"预备好了！不许靠近！"

"预备好了！"几个声音齐声答应。

"几辆三套车在外面等候，带铃铛的！"

纳斯塔西娅·菲利波芙娜伸出两手，抓住那包钱。

"甘卡，我想到一个主意：想给您补偿一下，因为凭什么你要失去一切，落得一场空欢喜呢？罗戈任，给他三卢布他就会爬到瓦西里岛去吗？"

"没错！"

"好，那么你听着，加尼亚，我想最后一次看看你的灵魂，你折磨了我整整三个月，现在该轮到我了。你看见这包钱了吗，里面有十万卢布！我这就把它扔进壁炉，扔到火里，而且当着大伙的面，大家都是见证！只要火把它全燎着了，你就把手伸进壁炉，不过不许戴手套，赤手空拳，挽起袖子，把

第一部

纸包从火里拽出来！只要拽出来，它就是你的，十万卢布统统归你！最多把手指烫伤一点儿，——你想想，这可是十万卢布呀！伸手把它拽出来，举手之劳而已！我要欣赏一下你的灵魂，看你怎样伸手到火里去拿我的钱。大家都可做证，这包钱就统统归你了！如果你不拿，就让它烧光：谁也不许动。躲开！统统躲开！我的钱！这是我跟罗戈任睡觉挣来的钱。是不是我的钱，罗戈任？"

"你的钱，宝贝儿！你的钱，女王！"

"那好，大家躲开，我想怎么做就怎么做！别碍手碍脚！费德先科，把火拨旺点！"

"纳斯塔西娅·菲利波芙娜，我下不了这手！"惊慌失措的费德先科答道。

"哎——哎呀！"纳斯塔西娅·菲利波芙娜喝道，抓起烧壁炉用的火钳，扒开两块微燃的劈柴，待火苗刚一升起，就把那包钱扔进了火里。

周围发出一片呼喊，许多人甚至画起了十字。

"疯了，简直疯了！"周围的人大呼小叫。

"咱们该不该……该不该……把她捆起来？"将军对普季岑低语，"要不然就派人去请……简直疯了，是不是疯了？岂不是疯了吗？"

"不——不，这也许不完全是疯。"普季岑低语，他脸色刷白，浑身哆嗦，但是他无法把眼睛从已经在隐隐燃烧的纸包上移开。

"疯子？不是疯子吗？"将军又掉过头去缠住托茨基。

"我对您说过，她是个别有风味的女人。"阿法纳西·伊万诺维奇嘟囔道，他的脸也多少有点儿苍白了。

"然而，要知道，这是十万卢布啊！……"

"主啊，主啊！……"周围发出一片呼喊。大家都挤到壁炉四周，大家都挤过来看，大家都连声叹息……甚至有人跳上椅子，从别人头顶向里张望。

第一部

达里娅·阿列克谢耶芙娜一溜烟跑到另一间屋子，恐惧地跟卡佳和帕莎低声说着什么。而那个德国大美人干脆逃跑了。

"我的娘！我的公主！我的无所不能的女王！"列别杰夫呼天抢地地嚷道，他两腿着地在纳斯塔西娅·菲利波芙娜面前爬着，把手伸向壁炉，"十万！十万哪！我亲眼看见的，当着我的面包上的！我的娘！我的仁慈的女王！你就让我钻进壁炉里去吧：我要整个儿钻进去，我要把整个白发苍苍的脑袋全钻进火里去！……我老婆有病，不能动弹，我有十三个孩子——全都孤苦伶仃，上星期我刚给先父下了葬，他是饿死的，纳斯塔西娅·菲利波芙娜！"他又哭又号，说罢就要往壁炉里钻。

"躲开！"纳斯塔西娅·菲利波芙娜把他推开，叫道，"大家闪开一条道！加尼亚，你干吗站着？别害臊嘛！爬呀！你时来运转啦！"

加尼亚在今天白天和今天晚上受到的刺激实在太多了，面对最后这出人意料的考验毫无准备。人群分成两半，在他们两人面前闪出了一条道，于是他跟纳斯塔西娅·菲利波芙娜四目对视，面对面地站着，离她只有三步远。她紧挨着壁炉，目不转睛地望着他，目光如火，凝视不动。加尼亚穿着燕尾服，手里拿着礼帽和手套，默默地站在她面前，一言不发，两手交叉，望着火。他的脸像手帕一样苍白，一丝疯狂的微笑荡漾在他的脸上。诚然，他无法把眼睛移开，移开已经开始隐隐燃烧的纸包，但是似乎有某种新东西升起来，闯入他的心扉。他好像发誓要经受住这场刑讯似的，他没有挪动一步。少顷，大家全明白了，他决不会去拿那个纸包，他不会去的。

"哎呀，会烧光的呀，赶明儿人家非说你是大傻瓜不可，"纳斯塔西娅·菲利波芙娜对他嚷道，"你以后会上吊的，我不是开玩笑！"

火起初在两块即将燃尽的木头之间忽悠忽悠地闪动，当纸包落到火上，把火压住的时候，火差不多熄了。但是还有一条小小的蓝色火焰在下面那段木头的一个角下，在忽上忽下地蹿动。最后，一个细长的火苗燎着了纸包，火抓住纸包以后，便顺着纸的边角往上爬，倏地，整个纸包在壁炉里燃烧起来，明亮的火焰腾地升起。大家一声惊呼。

"我的娘！"列别杰夫还在呼天抢地地哭号，这时又要往前冲，但是罗戈任把他拽回来，把他推到一边。

至于罗戈任自己，他都看呆了。他目不转睛地望着纳斯塔西娅·菲利波芙娜，他陶醉了，他上了七重天。

"这才是女王的气派！"他向周围的人不断翻来覆去地说，"这才是咱们应有的气派！"他忘乎所以地大叫，"喂，你们这帮骗子手，谁有种来玩这把戏，啊？"

公爵伤感地、默默地看着这一切。

"只要给我一千卢布，我就用牙齿把它叼出来！"费德先科建议。

"用牙齿，我也会嘛！"拳头先生灰心绝望已极，他在大家背后把牙咬得咯咯响，"见鬼！着啦，会烧光的！"他看到火焰后大叫。

"着了，着了！"大家齐声呐喊，几乎所有的人都向壁炉冲去。

"加尼亚，别假正经啦，我最后一次提醒你！"

"快伸手呀！"费德先科大叫，简直跟发疯似的冲到加尼亚跟前，使劲拽他的袖子，"快伸手呀，牛皮大王！会烧光的！噢，该——死——的——东——西！"

加尼亚使劲推开费德先科，转身向门口走去，但是还没迈出两步，身子一晃，扑通一声，摔倒在地。

"晕倒啦！"周围的人叫道。

"我的娘，会烧光的！"列别杰夫带着哭声号叫。

"会白白烧光的！"四面八方都在号叫。

第一部

"卡佳，帕莎，给他拿点儿水，拿点儿酒精来！"纳斯塔西娅·菲利波芙娜喊道，说罢便抓起烧壁炉用的火钳，把那包钱夹了出来。

外面包着的纸差不多全烧煳了，还在隐隐燃烧，但是一眼就可以看出，里面还没有燎着。包了三层报纸，里面的钱完好无损。大家都轻松地舒了口气。

"除了区区一千之数稍有损坏以外，其余均完好无损。"列别杰夫喜形于色地宣布。

"全归他！这包钱全归他！诸位，听见了吗！"纳斯塔西娅·菲利波芙娜宣布，把那包钱放在加尼亚身旁，"他终于没有去拿，经受住了考验！这表明，他的自尊心超过了他的贪心。不要紧，他会醒过来的！不然的话，他也许会杀人……瞧，他快要醒过来了。将军，伊万·彼得罗维奇，达里娅·阿列克谢耶芙娜，卡佳，帕莎，罗戈任，听见了吗？这包钱归他，归加尼亚。这钱完全归他所有，这是对他的奖励……至于那个，不管怎样，都给他吧！请你们告诉他，这包钱就放这儿，放在他身旁……罗戈任，走！再见了，公爵，我第一次看到一个真正的人①！再见了，阿法纳西·伊万诺维奇，谢谢！"

罗戈任的全班人马吵吵嚷嚷，大呼小叫，乱哄哄地紧跟在罗戈任和纳斯塔西娅·菲利波芙娜之后，穿过一个个房间，向门口走去。在门厅里，女仆把皮大衣递给她，厨娘玛尔法也从厨房里跑出来。纳斯塔西娅·菲利波芙娜跟她们一一吻别。

"太太，难道您要永远离开我们吗？您上哪儿？而且正赶上您过生日，在这样的日子里！"两名女仆痛哭流涕，吻着她的手，问道。

"我要上街去鬼混，卡佳，你不是听到了吗，那才是我该去的地方，要不就去当洗衣妇！我跟阿法纳西·伊万诺维奇混够了！请你们替我向他致意。

---

① 源出《圣经·新约·约翰福音》第十九章第五节："巡抚彼拉多看到耶稣出来，戴着荆棘冠，穿着紫袍，便对众人说：'这才是真正的人！'"

如果有什么对不住的地方，请多多包涵……"

公爵飞快地向门口跑去，这时大家正纷纷坐上四辆带铃铛的三套马车。将军在楼梯上追上了他。

"得了，公爵，你冷静点！"将军抓住公爵的胳臂说道，"算啦！你不是都看见了，她是怎样一个女人！我是以父辈的身份向你说这些话的……"

公爵看了看他，但是没说一句话，便挣脱胳膊，快步向楼下跑去。

将军看到公爵赶到大门口时，那几辆马车刚疾驰而去，公爵截住遇到的第一辆出租马车，向车夫喝道："去叶卡捷琳娜宫，紧跟着前面的三套马车。"接着，将军那辆由灰色大走马驾辕的轻便马车便驶近前来，把将军拉回家去了。将军一路上抱着新的希望和新的打算，怀里还揣着方才那串珍珠，将军到底还是念念不忘把它顺手拿走。在种种打算中，纳斯塔西娅·菲利波芙娜那迷人的形象曾有两三次在他眼前晃过，将军长叹了一声：

"可惜！真可惜！一个堕落的女人！发疯的女人！……总之，公爵现在该娶的不是纳斯塔西娅·菲利波芙娜……"

纳斯塔西娅·菲利波芙娜客人中有两位决定步行一段路。他们一面走，一面聊，也说了一些这一类略带劝谕性的互相赠别的话：

"我说阿法纳西·伊万诺维奇，听说日本人就常常这样，"伊万·彼得罗维奇·普季岑说，"一个人受了侮辱，就走到侮辱他的人面前，对他说：'你侮辱了我，因此我就当着你的面切腹自杀。'他说这话的时候果真当着侮辱他的人的面切开自己腹部，似乎他这样做就当真报了仇，也许还因此感到极大的满足。世界之大，真是无奇不有，阿法纳西·伊万诺维奇！"

"您以为方才的事也属于这一类性质吗？"阿法纳西·伊万诺维奇脸上挂着微笑回答道，"嗨！话又说回来，您说得很俏皮……而且打了个很好的比喻。但是，您亲眼看见了，最最亲爱的伊万·彼得罗维奇，我已经做了

Ф. Достоевский

最后，一个细长的火苗燎着了纸包，火抓住纸包以后，便顺着纸的边角往上爬，倏地，整个纸包在壁炉里燃烧起来，明亮的火焰腾地升起。大家一声惊呼。

Идиот

我所能做的一切。我不能做我做不到的事，对此足下想必有同感？不过话又说回来，您也得承认，这女人有一些最根本的优点……一些十分出色的特点。我方才甚至想对她大喝一声，如果在方才的一片混乱中我能允许自己这样做的话，她对我做了种种指控，但是她本人就是我对这些指控的最好辩解。唉，谁能不给这女人迷住呢，有时甚至令人着迷到忘掉理性、忘掉一切的地步！您看，这个乡巴佬罗戈任居然给他找来了十万卢布！即使方才所发生的一切是转瞬即逝的，富有浪漫色彩，不登大雅之堂，但是却绚丽多彩、有声有色、新颖别致。这点您必须承认。上帝，一个具有这样性格和这样美貌的女人，能做出怎样惊天动地的事来啊！但是，不管我们怎样努力，也不管她有多大学问——一切都毁啦！一块没有磨光的金刚钻——这话我已说过多次……"

阿法纳西·伊万诺维奇一声长叹。

白 痴
ИДИОТ

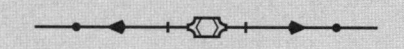

———◆—❖—◆———

第
二
部

ЧАСТЬ ВТОРАЯ

第二部

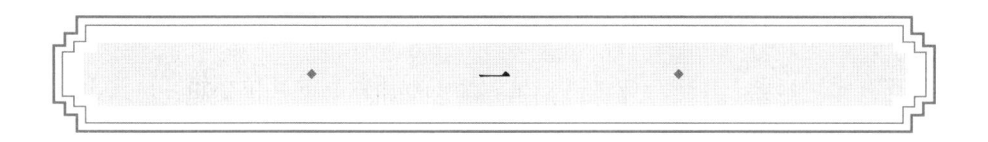

一

我们在本书第一部行将结束时讲到在纳斯塔西娅·菲利波芙娜的晚会上发生了一件奇怪的不寻常的事，这事过后大约两天，梅什金公爵就匆匆赶往莫斯科，办理领取那笔意外的遗产的事去了。当时风传，他行色匆匆，急于离开，可能还有其他原因。但是对此，诚如对于公爵在莫斯科和他离开彼得堡的整个期间，究竟还发生了些什么出人意料而又惊心动魄的事，我们知之甚少，因此无可奉告。公爵离京外出整整六个月，甚至那些多少有理由关心他的命运的人，对于他在这段时间内究竟干了些什么也了无所闻。诚然，也有一些谣言间或传到某些人的耳朵里，但是这些谣言多半是离奇的，而且几乎永远是自相矛盾的。最关心公爵行踪的自然是叶潘钦家，可是公爵行色匆匆，甚至没有来得及向叶潘钦家辞行。不过当时将军还是见过他的，甚至还见过两三次，他俩曾经严肃地讨论了一些问题。虽然叶潘钦本人跟他见过面，但是他并没有把此事告知自己的夫人和千金。总之，在最初一段时间内，也就是在公爵离开后的差不多整整一个月内，叶潘钦家都忌讳谈到他。只有将军夫人利扎韦塔·普罗科菲耶芙娜一个人一开头曾经说过，她对公爵的看法大错特错了。后来，过了两天或者三天，又加了一句，但这次没有指名道姓地点公爵的名，只是泛泛而谈，她毕生最最主要的特点就是在对人的看法上不断犯错误。最后，已经约莫十天以后了，在她不知因为什么生女儿们的气以后，又以治家格言的形式做了下述结论："错误诚多！宜不再犯。"我们在此不能不指出，在相当长的时间内，他们家中存在着一种不愉快的气氛。具有某种沉重、紧张、各执一词的难言之隐，大家愁眉深锁。将军日理万机，昼夜奔忙，很少看到他像现在这样忙忙碌碌，而且精力充沛——尤其在处理公务方面。家里人几乎与他难得一见。至于叶潘钦家的几位小姐，口头上自然什么也没有明说。也许，甚至在私下里，她们也绝少谈起。这几位小姐都自尊心很强，也很傲气，甚至私下里彼此四目相对，也羞于启齿，但是她们互相了解，不仅刚一开口就彼此心照，甚至匆匆一瞥也不言自明，因此有时候实在无须多说。

如果有旁观者在场，这位旁观者倒可以从中看出一点：即根据上述种种，虽然凭据不足，但不难看出，公爵虽然只到叶潘钦家去过一次，而且来去匆匆，他还是给叶潘钦家留下了某种特别深刻的印象。也许这印象也不过是公爵离奇的经历引起的普通的好奇罢了。不过，不管怎么说，印象还是留下了。

渐渐地，一度流布全城的谣言也湮没无闻了。诚然，一度风传，有这么一位公爵兼傻瓜（谁也无法确凿指出他的姓名），突然得到一大笔遗产，娶了一位从国外来此观光的法国女人为妻，这女人是在巴黎花宫①跳康康舞的著名舞女。但是又有人说，得到遗产的是一位将军，而娶那位来此观光的法国著名舞女的是一位家财无算的俄国商人，他在自己的婚礼上，为了摆阔而且又喝醉了酒，居然用蜡烛烧掉了价值七十万卢布的新近发行的有奖债券。但是，所有这些谣言很快就偃旗息鼓了，这多半因为情况有变，谣言不攻自破。例如，罗戈任那帮人中就有许多人会把事情真相讲出来，再说罗戈任的那班人马在去叶卡捷琳娜宫游乐场纵情狂饮（纳斯塔西娅·菲利波芙娜也参加了）之后，差不多过了整整一星期，又由罗戈任带队，浩浩荡荡地开往莫斯科去了。有人（即不多几个关心此事的人）根据某些谣传风闻，在去叶卡捷琳娜宫之后的第二天，纳斯塔西娅·菲利波芙娜逃跑了，而且逃得不知去向，后来

---

① 巴黎的一家娱乐宫。

才查明她去了莫斯科，因此罗戈任的莫斯科之行与这一谣传不无吻合之处。

关于加夫里拉·阿尔达利翁诺维奇·伊沃尔金也曾流传过一些谣言，而他在自己的圈子是相当有名的。他也发生了一个意外的情况，使一些对他不怀好意的故事迅速冷却下来，最后就完全烟消云散了：他生了一场大病，不仅不能在任何社交场合抛头露面，甚至都不能去上班了。他病了差不多一个月，后来病好了，但不知为什么完全辞去了股份公司的职务，他的职位由别人接替。病好后，他一次也没有去过叶潘钦家，因此就由另一名官员接替他到将军家去处理一应公务。加夫里拉·阿尔达利翁诺维奇的众多仇人甚至可能做出这样的推测：所发生的这一切使他感到十分尴尬，以致羞于上街。但是他的确生了点儿病，甚至得了忧郁症，成日价若有所思，心绪很坏。瓦尔瓦拉·阿尔达利翁诺芙娜在那年冬天就嫁给了普季岑，所有认识他们的人都说，这桩婚事无非是加尼亚不愿回公司工作造成的，他不仅不能赡养家庭，连自己都需要别人帮助，甚至差不多需要别人照顾了。

我们必须附带指出，叶潘钦家甚至从来都不提加夫里拉·阿尔达利翁诺维奇的事——好像不仅在他们家，甚至在世界上都没有存在过这个人似的。但是，叶潘钦家人人都知道（而且知道得非常快）一件关于他的十分惹人注目的事：在那个对于他非常不幸的夜晚，在纳斯塔西娅·菲利波芙娜家出了那件不愉快的意外事故以后，加尼亚回家后并没有躺下睡觉，而是十分激动而又迫不及待地等候公爵回来，可是公爵到叶卡捷琳娜宫去了，从那儿回来已是早晨五点多。这时，加尼亚便走进他的房间，把他晕倒后纳斯塔西娅·菲利波芙娜送给他的那包四边烧煳了的钱放在他前面的桌子上。他坚决请求公爵，一有机会就把这包礼物送还给纳斯塔西娅·菲利波芙娜。加尼亚刚进去找公爵的时候情绪对立，几乎不顾一切，但是他跟公爵说了几句话以后，竟在公爵屋里坐了两小时，而且自始至终失声痛哭，伤心已极。他俩分手时关系很友好。

这消息传到叶潘钦家后,大家就都知道了,后来证实,这消息完全属实。当然,这类消息居然传得这么快,而他们知道得又如此迅速,有点儿叫人觉得奇怪。比如说吧,纳斯塔西娅·菲利波芙娜家所发生的一切,叶潘钦家几乎第二天就知道了,而且连细节都毫厘不爽。关于加夫里拉·阿尔达利翁诺维奇的种种消息,我们可以推定是瓦尔瓦拉·阿尔达利翁诺芙娜带到叶潘钦家去的:不知道是怎么回事,她突然成了叶潘钦家三千金的座上客,而且很快就与她们过从甚密,这使利扎韦塔·普罗科菲耶芙娜感到非常诧异。但是话又说回来,虽然瓦尔瓦拉·阿尔达利翁诺芙娜不知为什么觉得有必要与叶潘钦家交好,但是却对她们绝口不提自己的哥哥,她也是一个相当傲气的女人,但是所谓傲气也只是就某一点来说罢了,她的哥哥几乎是被叶潘钦家赶出来的,可是她还是涎着脸跟她们交上了朋友。在此以前,她虽然跟叶潘钦家的三千金认识,却很少见面。不过,即使现在,她也几乎很少在客厅露面,而是从后门一溜烟似的跑进去。利扎韦塔·普罗科菲耶芙娜从来不赏识她,无论是过去还是现在,虽然她很敬重瓦尔瓦拉·阿尔达利翁诺芙娜的母亲尼娜·亚历山德罗芙娜。她感到很惊奇,也很生气,认为她的几个女儿与瓦丽娅来往是胡闹和自作主张,认为她们"在想方设法跟她作对"。尽管如此,瓦尔瓦拉·阿尔达利翁诺芙娜还是继续与小姐们来往,婚前如此,婚后则过从更密。

公爵离开后大约过了一个月,叶潘钦将军夫人收到了老太婆别洛孔斯卡娅公爵夫人的一封来信,公爵夫人是在大约两周前离京去莫斯科探望她业已出嫁的大女儿的。这封信对将军夫人产生了明显的影响。她虽然对信的内容只字未提,既没有告诉女儿们,也没有告诉伊万·费奥多罗维奇,但是家里人从种种迹象看得出来,她不知为什么特别兴奋,甚至十分激动。她不知怎么特别奇怪地跟女儿们唠叨个没完,而且净说些让人摸不着头脑的话。她显然有话要说,但不知为什么话到嘴边又咽了回去。在接信的当天,她对大家都十分和气，甚至还吻了阿格拉娅和阿杰莱达，对她们说自己错了，但究竟错在哪儿她们也莫名其妙。甚至对整整一个月都处于失宠状态的伊万·费奥多罗维奇，也忽然不咎既往，宽大为怀。不用说，到第二天，她又突然对自己昨天的多愁善感、感情用事大为生气，还在吃中饭前就跟所有的人吵了个遍，但是到傍晚又雨过天晴，地平线透出了亮色。总之，整整一星期，她的情绪相当开朗，这已是很久以来都不曾有过的事了。

又过了一星期，她又接到别洛孔斯卡娅的一封来信，这一次将军夫人已经拿定主意要把事情说出去了。她庄严地宣布，"老太婆别洛孔斯卡娅"（她在背后提到公爵夫人时从来都管她叫老太婆）告诉她一个令人十分欣慰的消息，这消息是关于那个……"怪人，嗯，也就是公爵！"老太婆在莫斯科到处寻找和查访他的下落，终于打听到一个非常好的好消息，后来，公爵便亲自去拜访她，给她留下了几乎异乎寻常的好印象。"她每天都请他上她家去做客，从一点到两点，公爵则有请必到，而且至今还没使她感到厌烦——这不就明摆着了嘛！"将军夫人由此做出结论，而且又加了一句，公爵经"老太婆"介绍，已在两三家门第高贵的人家受到了接待，成了他们的座上客。"他不再深居简出，不再像个傻瓜似的见人就脸红了，这就很好嘛。"小姐们被告知这一切以后立刻发现，信中还有许多话妈妈瞒着她们没有说。也许，她们是通过瓦尔瓦拉·阿尔达利翁诺芙娜知道这点的，因为凡是普季岑知道的关于公爵的事以及公爵在莫斯科的行踪，瓦尔瓦拉也可能知道，而且一定都知道。而普季岑知道的事可能比谁都多。他这人虽然在生意上从来守口如瓶，但是有些事，不用说，还是会对瓦丽娅说的。正因为如此，将军夫人也就立刻而且更不喜欢瓦尔瓦拉·阿尔达利翁诺芙娜了。

但是不管怎么说吧，坚冰已经打破，现在大家突然变得可以公开谈论公爵了。此外，也再一次明显地暴露出公爵在叶潘钦家所唤起的以及他走后所留下的非比寻常的印象和那无与伦比的浓厚的兴趣。来自莫斯科的消息居然会对将军夫人的三千金发生这么大的影响,将军夫人也感到十分诧异。而女儿们对自己的妈妈也感到很吃惊,她一方面郑重其事地向她们宣布:"她毕生最最主要的特点就是在对人的看法上不断犯错误,与此同时,她又拜托"神通广大"的老太婆别洛孔斯卡娅在莫斯科对公爵多加关照,再说,要求得到"老太婆"的关照并非易事,必须像求爷爷告奶奶似的苦苦哀求,因为"老太婆"在某些情况下是不大请得动的。

当坚冰刚被打破,吹起一阵新风的时候,将军也急着出来发表宏论了。原来,他也非常关心此事。不过他谈的仅仅是"问题的事务方面"。原来,他为了公爵的利益,曾拜托过两位非常可靠,就某一点来说在莫斯科非常有影响的先生密切注视他的行踪,特别应密切注视他的法律顾问萨拉兹金的所作所为。关于遗产的种种流言,"即是否真有遗产此事",经调查,发现还是确凿的,但是该遗产本身,说到底,却完全不像起先风传的那样可观。财产中有半数情况复杂,有债务,有人觊觎,而且不止一人,再说公爵,尽管有人替他出谋划策,还是做了一些非常外行的事。"当然,但愿上帝保佑他":现在,当"沉默的坚冰"已经打破,将军很乐意"真心诚意地"指出这一点,因为"这小伙子虽然有点儿那个",但毕竟值得有人为他操心。不过话又说回来,在这方面,他毕竟干了不少蠢事:比如,出现了几名那位已故商人的债主,出示了一些颇有争议,甚至毫无价值的凭据,还有些人鼻子很灵,打听到公爵为人,竟毫无凭据地前来要债——结果怎样呢?公爵几乎满足了所有人的要求,尽管朋友们一再劝他说这都是些小人,这些债权人根本无权前来要账等等。而公爵之所以满足他们的要求,是因为他们当中也的确有人蒙受了损失。

别洛孔斯卡娅在信上也提到了这点,将军夫人对此的反应是:"这太蠢了,简直太蠢了,蠢到不可救药。"她又不客气地加了一句,但是从她的脸上看得出来，她很喜欢这个"蠢货"的所作所为。最后，将军发现，他的夫人对公爵的关心就像对自己的亲生儿子一样，她不知为什么对阿格拉娅也变得分外和蔼可亲起来。伊万·费奥多罗维奇看到这一情形后，一时摆出了一副凡事尚宜权衡得失、三思而行的姿态。

但是，这整个愉快的情绪毕竟存在的时间不长。刚过两星期，又风云突变，将军夫人愁眉深锁，而将军耸了几次肩膀后，又屈服于"沉默的坚冰"的统治之下，噤若寒蝉了。事情是这样的：总共两星期前吧，他偶然接到一个消息，消息虽然简短，也不够清楚，但却是确凿可靠的。消息说，纳斯塔西娅·菲利波芙娜先在莫斯科失踪，后来又在莫斯科被罗戈任找到了，后来又不知去向，又被他找到了，最后才几乎一口答应嫁给他。可是总共才过了两星期，将军大人又突然接到另一个消息，说纳斯塔西娅·菲利波芙娜又第三次逃跑了，而且几乎是在就要举行婚礼时逃跑的，这次她跑到外省的某个地方，不知去向，与此同时，梅什金公爵也离开了莫斯科，把自己的全部事务都交给萨拉兹金代办。"是跟她一起走的呢，还是去追她——不得而知，但是这里肯定有鬼。"将军最后说。利扎韦塔·普罗科菲耶芙娜也接到一些令人不快的消息。最后，在公爵走后两个月，彼得堡有关公爵的所有传闻就几乎彻底风平浪静了，而叶潘钦家的"沉默的坚冰"再也打不破了。不过，瓦尔瓦拉·阿尔达利翁诺芙娜还是经常去拜访三千金。

在结束所有这些谣言和消息前，我们必须补充一点：即在开春前，叶潘钦家发生了种种变化，因此很难不忘掉公爵，再说公爵自己也没有，或许也不愿意让人知道他的行踪。在整个冬天，她们几经商量，终于决定出国消夏，也就是说由利扎韦塔·普罗科菲耶芙娜带着女儿们出去。将军自然是不肯把时间浪费到这种"无益的消遣"上去的。做出这一决定是因为小姐们闹着非去不可，是她们据理力争得来的。小姐们完全确信，她们的父母不肯带她们出国，是因为他们心心念念要把她们嫁出去，替她们到处物色未婚夫。也许做父母的最后终于豁然醒悟，未婚夫在国外也是可以找到的，出国消夏，也无非是去一个夏天而已，不仅不会打乱他们的任何计划，甚至还可能"玉成"几桩美满的婚姻。这里我们必须顺便指出，过去拟议中的阿法纳西·伊万诺维奇与叶潘钦家大小姐的婚事已经彻底吹了，他也根本没有向他们正式提过亲。这事好像是自然而然发生的，既没有大张旗鼓地唇枪舌剑，也没有发生过任何家庭龃龉。自从公爵离京他往之后，双方都突然绝口不提这门亲事了。这一情况也是引起叶潘钦家当时情绪烦闷的诸多原因之一，虽然将军夫人当时就表示她额手称庆，恨不得"举起双手画个十字"。将军虽然在夫人面前失宠，并且感到自己有错，但他还是生了好长一段时间闷气。他很惋惜失去了阿法纳西·伊万诺维奇这样一位乘龙快婿："有钱有势，人也精明能干！"过不多久将军就打听到，阿法纳西·伊万诺维奇被一位从国外来此观光的上流社会的法国女人迷住了，据说她是一位侯爵夫人和王权正统派。他们的婚事已定，而且要把阿法纳西·伊万诺维奇带到巴黎去，然后再把他带到布列塔尼①的某个地方。"也好，就让他跟法国女人一走了之吧。"将军暗自决定。

叶潘钦母女原准备在夏天来临前出国。这时忽然又发生了一个情况，使一切发生了新的变化，出国之行又只好延期了，这使将军和将军夫人都感到极大欣慰。有一位公爵，姓希，从莫斯科光临彼得堡，这是位名人，就某种非常、非常好的观点看，甚至可说是名闻遐迩。他是当代光明正大而又谦虚谨慎的诸多人物（甚至可以说是活动家）之一，他们真诚而又自觉地希望造福民众，工作一向勤勤恳恳，而且品德高尚，世间少有，因此日夜操劳，工作繁忙。这位公爵不爱抛头露面，也不爱出风头，极力避开党派间的唇枪舌剑

---

① 法国西北部濒临大西洋的一个半岛，气候冬暖夏凉，是有名的旅游胜地。

和夸夸其谈。他从不以首脑自居，但是他对当代发生的许多事情却了如指掌，洞察幽微。他从前做过官，后来又参加地方自治活动①。此外，他还是几个俄国学术团体的颇有建树的通讯会员。他曾与一位当技术员的朋友合作，用搜集到的材料和勘查到的数据帮助确定了正在设计中的一条非常重要的铁路的较为正确的走向。他约有三十五岁。他是"最上流社会"的人，此外，诚如将军所说，他还拥有不少"好的、举足轻重的、无可争议的"财产。将军因有一件相当重要的事去找他的上司（他是一位伯爵），因而有机会在伯爵那儿结识了希公爵。希公爵出于某种特别的好奇，从来不放过与俄国"实业界人士"结识的机会。希公爵也有幸认识了将军的宝眷。三姐妹中的二小姐阿杰莱达·伊万诺芙娜给他留下了颇为深刻的印象。开春前，公爵向她表白了爱情。阿杰莱达很喜欢他，利扎韦塔·普罗科菲耶芙娜也喜欢他，将军见状很高兴。不用说，出国之行只能延期了。婚礼定于春天举行。

其实，出国之举本来也不妨在仲夏和夏末成行，哪怕就让利扎韦塔·普罗科菲耶芙娜带着两个仍旧留在她身边的女儿出国玩一两个月呢，也多少可以驱散一点儿对于阿杰莱达出嫁的离愁别绪。但这时又发生了一件新鲜事：时届春末（阿杰莱达的婚礼稍微拖后了一点儿，延期到仲夏举行），希公爵把他的一位远亲，也是他的一位相当要好的朋友领进了叶潘钦家。他是一位名叫叶夫根尼·帕夫洛维奇·P的年轻人，年约二十七八，是沙皇的侍从武官，又是画一般的美男子，风流倜傥，出身"望族"，为人机智，聪明过人，"新派"，"非常有教养"，而且富甲天下，闻所未闻。关于这最后一点，将军一向谨慎。他经过一番调查后说道："倒的确有那么回事——不过尚需核实。"这位年轻的、"前途无量"的沙皇的侍从武官，经老太婆别洛孔斯卡娅从莫斯科来信一渲染，

---

① 俄国从1864年起进行地方自治改革。由当地贵族推选代表领导地方自治活动。地方自治局的权限主要是领导地方公用事业：修路、发展工农业、关心国民教育，等等。

更加身价百倍。不过他的名声有点儿微妙：有几件风流韵事，据说他"征服"过几颗不幸女子的心。他看到阿格拉娅后，就赖在叶潘钦家坐着不走了。诚然，他什么话也没有明说，甚至也没有做过任何暗示，但是做父母的还是认为，今夏的出国之行是大可不必考虑了。至于阿格拉娅本人，她也许另有看法。

这事几乎就发生在本书主人公在本书再度出场之前。在这以前，乍一看去，似乎可怜的梅什金公爵已经在彼得堡被人家完全忘记了。如果他现在蓦地出现在认识他的人中间，人家一定会以为他从天而降。然而，我们还是应该来补叙一件事，以此来结束我们的开场白。

科利亚·伊沃尔金，自从公爵走后，起初仍旧过着他从前过的生活：一是上中学，二是经常去看好友伊波利特，三是照看将军，四是帮瓦丽娅做点儿家务，也就是替她跑跑腿。但是房客一个个都搬走了。在纳斯塔西娅·菲利波芙娜家出了那场风波后的第三天，费德先科就搬到别处去了，而且很快就不知去向，杳无音信。有人说看见他在什么地方喝酒，但也不敢肯定。公爵去了莫斯科。房客走得一干二净。后来瓦丽娅出嫁，尼娜·亚历山德罗芙娜和加尼亚就同她一起搬到伊兹梅洛夫团[①]普季岑家去住了。至于伊沃尔金将军，几乎就在同一时候，发生了一件完全预料不到的情况：他被关进了债务监狱。使他锒铛入狱的就是他那位相好——上尉太太，凭据是他在不同时期签发给她的价值约两千卢布的借据。这一切发生得完全出乎他的意料，可怜的将军"无限信赖人心的高尚"，结果却成了这种信赖的"牺牲品"。他为了让自己心安已经养成一种习惯，动辄给人签发借据和期票，他根本就没想到这些借据什么时候还会生效，虽然他老以为这算不了什么。结果却并不是算不了什么。"看你以后还敢轻信人，看你以后还敢对人表现出高尚的信赖！"他

[①] 彼得堡一个地区的俗称，因沙皇的御林军伊兹梅洛夫团曾驻扎于此，故名。现名红军街区。

伤心地连声叹息，这时他正与自己的狱中新交坐在塔拉索夫牢房①借酒浇愁，正在给他们讲卡尔斯被围和一个士兵死而复生的故事。话又说回来，他在那里的日子过得倒也不错。普季岑和瓦丽娅说，这才是他应该去的地方，加尼亚完全赞同这一观点。只有可怜的尼娜·亚历山德罗芙娜一个人偷偷地伤心落泪（连自家人都感到吃惊），常常抱病到伊兹梅洛夫团②去探监，看望丈夫。

但是打从科利亚所说的"将军事件"之后，总之，自从姐姐出嫁以后，科利亚几乎完全不再听从他们管束，一直发展到近来甚至难得回家，也不在家住宿的地步。据传，他交了许多新朋友。此外，他在债务监狱里已经无人不知，尼娜·亚历山德罗芙娜每次去探监都离不开他。家里现在甚至也不以好奇来打搅他，向他问这问那了。瓦丽娅过去对他很严厉，现在对他终日四处游荡也丝毫不予追问。使家里人感到十分吃惊的是，加尼亚虽然得了忧郁症，现在跟科利亚说话却很友好，有时甚至跟他情同莫逆，这是过去从来没有过的，因为加尼亚已经二十七岁，对自己十五岁的弟弟自然不会有丝毫亲善和蔼的表示，过去他对弟弟一向很粗暴，而且要求家里所有的人对他严加管束，还经常威胁"要揪他的耳朵"，这就使科利亚"忍无可忍"。可以想象得出，现在加尼亚甚至有时候都离不开科利亚了。加尼亚居然会把那笔钱退回去，这使科利亚感到十分吃惊，仅此一点他就准备在许多事情上原谅他了。

公爵离京后过了大约三个月，伊沃尔金家听说，科利亚竟突然成了叶潘钦家的座上客，而且小姐们还非常欢迎他。瓦丽娅很快就知道了这一消息。不过，科利亚并不是经由瓦丽娅引见才认识叶潘钦家的，而是他"自己登门求见"的。渐渐地，叶潘钦家上上下下都喜欢上他了。将军夫人起初对他很不满，但是过不多久就对他和气起来，"因为他为人坦率，不爱奉承拍马"。

---

① 彼得堡的债务监狱即设在这所牢房里。这座房子的原主人为塔拉索夫，故名。
② 塔拉索夫牢房坐落在伊兹梅洛夫团第一连（今彼得堡第一红军街）。

说科利亚不爱拍马,这话完全正确。虽然他有时也给将军夫人念念书,读读报,那是因为他一向有求必应,助人为乐。他在叶潘钦家不卑不亢,跟他们完全平起平坐。不过也有两三次他跟利扎韦塔·普罗科菲耶芙娜吵得很凶,并公开对她说,她是个专制魔王,从此再也不到她家来了。第一次争吵是由"妇女问题"①引起的,第二次是因为争论究竟在哪一季节最适宜捕捉黄雀。虽然不可思议,但是在争吵后的第三天,将军夫人还是派仆人给他捎去了一张条子,请他务必光临寒舍。科利亚没有装腔作势,立刻就去了。唯有阿格拉娅不知道为什么经常对他不好,高高在上,对他不屑一顾。可是鬼使神差,正是他使她吃惊不小。有一次(这事发生在复活节),科利亚抓住一个只有他们两人在一起的机会,交给了阿格拉娅一封信,只说了声有人托他面交。阿格拉娅板着脸打量了一眼这个"自以为是的浑小子",但是科利亚说完这话后,没有等候答复就走了。她打开信,信上写道:

  您从前曾对我惠于信任。也许您现在已经把我完全忘了。那我怎么还要给您写信呢? 我也不知道。但是我出现了一种无法克制的愿望,想要使您(正是您)想起我。有多少次,我感到十分需要你们三姐妹,但是三姐妹中,我心目中只有您。我需要您,非常需要。关于我自己,我没有什么话要写信告诉您的,没有什么话要说,我也不想说什么。我最希望的是您能够幸福。您幸福吗? 这就是我要对您说的。

您的兄长列·梅什金公爵

阿格拉娅读完这封简短的、前言不对后语的信以后,倏地满脸通红,陷

---

① 妇女问题是当时(19世纪60年代)的热门话题,报刊经常就这一问题展开讨论和争论。

入了沉思。我们很难传达她当时的思绪。顺便说说，她当时问自己："要不要给别人看呢？"她好像有点儿不好意思。不过，她最后带着一种嘲弄的、令人纳闷的微笑把信扔进了自己的小桌。第二天，她又把信拿出来，把它夹进一本厚厚的精装书里（她对自己的信件一向这么处理，一旦需要的时候好找）。又过了一星期，她想看看这究竟是本什么书。竟是一本《堂吉诃德》。阿格拉娅哈哈大笑，笑得前仰后合——也不知道笑什么。①

也不知道她有没有把自己的这份收藏品给哪一位姐姐看过。

当她再一次读这封信的时候，她忽然灵机一动：这个自以为是的浑小子和牛皮大王该不是公爵挑来做通信员的吧，或许还是他在此地的唯一通信员也说不定？她虽然带着鄙夷不屑的神情，但终究还是把科利亚找来审问了。但是一向气呼呼的这个"浑小子"这次却毫不在乎她的轻蔑。他非常简短而又相当冷淡地向阿格拉娅说明，在公爵即将离开彼得堡之前，他虽然告诉了公爵他的永久通信处以备不时之需，并且表示愿意为他效劳，但是这还是他接到公爵的第一次请托，也是公爵写给他的第一封信，为了证明他的话句句属实，他还出示了他亲自收到的一封信。阿格拉娅并没有觉得不好意思，居然拿过信来看了。给科利亚的信中写道：

亲爱的科利亚，劳驾，请把随信附上的另一封打有封印的信交给阿格拉娅·伊万诺芙娜。

顺祝健康！

爱您的列·梅什金公爵

---

① 作者把梅什金公爵描绘成一个理想的、道德完美的、像基督似的正面人物，但又经常把他喻为堂吉诃德式的"可怜的骑士"——堂吉诃德的"可怜"在于他的可笑，而梅什金公爵的"可怜"在于他的天真。

"请这样一个毛孩子来办事,毕竟也太可笑了。"阿格拉娅把信还给科利亚时气呼呼地说,说罢便轻蔑地扭头而去。

这种态度让科利亚看了实在受不了:他为了办这件事,特意向加尼亚借了一条还是全新的绿色围巾(没有向他说明原因),并且戴上了它。因此,他生气极了。

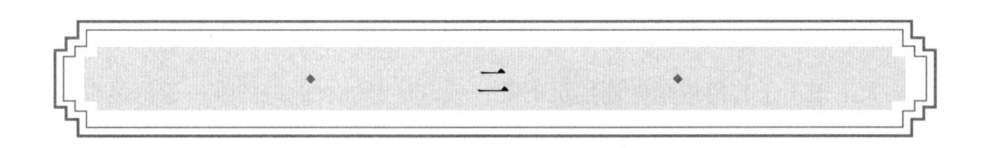

二

六月初旬,已经整整一星期了,彼得堡的天气少有的好。叶潘钦家在帕夫洛夫斯克①有一幢自己的豪华别墅。利扎韦塔·普罗科菲耶芙娜蓦地激动和忙碌起来。忙了不到两天,就全家搬到别墅去了。

叶潘钦家搬走后的第二天或者第三天,列夫·尼古拉耶维奇·梅什金公爵也乘早车从莫斯科来到了彼得堡。谁也没有到车站去迎接他,但是公爵下火车时似乎蓦地看到在围上来迎候旅客的人群中,不知什么人的两只眼睛向他投过一束奇怪而又炽热的目光。他定睛一看,已经什么也分辨不出来了。当然,这不过是幻觉,但是留下的印象却是令人不快的。再说,公爵本来就落落寡欢、若有所思,好像有什么心事似的。

一辆出租马车把他送到翻砂街不远处的一家旅馆。这家旅馆很差劲。公爵要了两个不大的房间,光线很暗,家具也差。公爵洗完脸,穿好衣服,什

---

① 帕夫洛夫斯克在彼得堡南郊,风景如画,层林叠翠,有沙皇的郊外行宫和众多别墅。

么东西也没要,就匆匆出去了,好像怕浪费时间或者怕出访不遇似的。

如果在半年前他初到彼得堡时就认识他的人们中间,现在有人抬起头来看看他,可能会发现他的外貌变了许多,变得好看多了。但是也不见得真这样。其实仅仅是衣服全变了,所有的衣服都变了样,都是在莫斯科由上好的裁缝定做的,但是这衣服也有缺点:做得太时髦了(一些做活老实本分,但手艺不十分高明的裁缝做起活来一向这样),再加上穿这身衣服的人对式样毫无兴趣,因此只要对公爵仔细看上一眼,热衷于取笑他的人也许就不难找到一些令他们哑然失笑的地方。但是有人没来由地硬要觉得可笑,我们又有什么办法呢?

公爵叫了辆出租马车,就动身上沙滩区①去了。在圣诞街的一条胡同里,他很快就找到了一座不大的小木屋。他感到很惊奇,这座小木屋居然看上去还很漂亮,而且干干净净,收拾得井井有条,房前还有座小花园,开满了鲜花。临街的几扇窗户都开着,从窗里传出一个人激昂慷慨、滔滔不绝的说话声,近乎喊叫,似乎有人在朗诵,甚至在发表演说,这人的声音间或被几个人的清脆的笑声所打断。公爵走进院子,登上台阶,求见列别杰夫先生。

"他们在里面呢。"一名厨娘把衣袖挽到胳膊肘上,出来开门,她用手指着"客厅"答道。

客厅里糊着湖蓝色的壁纸,收拾得干干净净,相当讲究:又是小圆桌,又是长沙发,又是罩着玻璃罩的青铜座钟,又是镶嵌在墙上的狭长穿衣镜,天花板上还用青铜灯链挂着一盏古色古香的带有小玻璃串的小型吊灯,列别杰夫先生本人正站在房间中央,背对着从门外走进来的公爵,他穿着坎肩,没有穿上衣,一身夏天打扮。他正在捶胸顿足、痛心疾首地就某一问题发表

---

① 彼得堡的小市民区和贫民窟。

演说。他的听众是一个十五六岁的男孩，一个二十上下的年轻姑娘，还有一个十三岁的小女孩。那男孩相当活泼，看上去人不笨，手里捧着一本书；那年轻姑娘一身丧服，抱着一个吃奶的婴儿；小女孩也穿着丧服，特别爱笑，一笑就张大了嘴，一副傻样。最后，旁听的人中，还有一位非常奇怪的小伙子，躺在沙发上，二十上下，长得相当英俊，肤色微黑，蓄长发，头发很密，眼睛又黑又大，面颊两侧和颔下胡须微露。这小伙子似乎常常打断正在慷慨陈词的列别杰夫，与他争辩。其他听众之所以发笑，恐怕也正是在笑这件事。

"卢基扬·季莫费伊奇，卢基扬·季莫费伊奇！你瞧！你倒是回过头来瞧瞧呀！……唉，你们这些人真讨厌！"

厨娘挥了下手，气呼呼地走开了，甚至气得满脸通红。

列别杰夫回过头来一看，看见了公爵，他像挨了晴天霹雳似的站了片刻，接着便满脸堆笑、谄媚地向他跑了过来，可是半道上又蓦地站住，结结巴巴地连声说道：

"公爵大——大——大人！"

他仿佛惊魂未定似的，转过身去，无缘无故地，先是向穿丧服、抱小孩的姑娘冲去，那姑娘由于他冷不防来这一下子，吓得后退了一步。但是他立刻又撇下她，扑向站在通向另一间屋子门口、大笑过后仍在傻笑的十三岁的小女孩。那小女孩经不住他的吆喝，一溜烟躲进厨房去了。列别杰夫还向她的背影连连跺脚，以示恐吓。他遇到公爵尴尬不安的眼神后，便急忙解释道：

"表示……恭敬，嘿嘿嘿！"

"您这一套大可不必……"公爵刚想开口。

"就来，就来，就来……说话就来！"

说罢，列别杰夫便一溜烟跑出了房间。公爵惊讶地望了望那位姑娘、那男孩和躺在沙发上的那年轻人，他们统统在笑。公爵也笑了。

"去穿燕尾服①了。"男孩说。

"真让人过意不去,"公爵刚要开口道,"我还以为……请问,他……"

"您以为他喝醉酒了?"躺在沙发上的那人叫道,"毫无醉意!也就喝了三四杯,最多五杯吧,这算得了什么呢——家常便饭。"

公爵本来想转身对沙发上的那个人说话,但是那位面容姣好的姑娘却开了口,她的神色十分坦然,她说道:

"他早晨从来不多喝。如果您找他有什么事,就趁现在说吧,正是时候。他晚上回来肯定烂醉如泥。现在他一到晚上就哭,给我们念圣经,因为我们的妈妈在五星期前死了。"

"他逃跑,肯定是因为难以回答您的问题,"躺在沙发上的那个年轻人笑道,"我敢打赌,他肯定会编出一套谎话来骗您,现在正在动脑筋。"

"总共才五星期!总共才五星期呀!"列别杰夫已经穿上了燕尾服回到房间,接着说道,他眨着眼睛,从口袋里掏出手帕,准备擦眼泪,"全成了没娘的孩子!"

"您怎么穿有破洞的衣服出来了?"那姑娘说,"门背后不是放着一件新上衣吗,没看见还是怎么的?"

"住嘴,就你事多!"列别杰夫向她嚷道,"哼,你呀!"他说时向她连连跺脚,但是这回她只是付之一笑。

"您别来吓唬人,我不是塔尼娅,不会给您吓跑的。倒是柳博奇卡,没准给您吵醒了,说不定得了急惊风……嚷嚷什么呀!"

"不会的,决不会的!让你舌头上长个疔……"列别杰夫蓦地非常害怕,抢前两步去看睡在女儿怀里的孩子,十分担心地在她身上画了个十字。"我

---

① 旧时欧洲人在正式场合穿的一种礼服。

主保佑，我主保佑她平平安安！她是我的亲骨肉，还在吃奶，是女儿，叫柳博芙，"他对公爵说，"她是我的结发妻子叶莲娜生的，她在分娩的时候死了。这个丑妞是我的女儿薇拉，穿着丧服……至于这个，这个，噢，这个……"

"怎么没词啦？"年轻人叫道，"往下说呀，别不好意思呀。"

"公爵大人！"列别杰夫突然一阵冲动，无限感慨地说，"热马林家的那件凶杀案①，您在报上看到了吗？"

"看到了。"公爵带着几分诧异地说。

"好，那么这就是杀害热马林一家的真正凶手，他就是凶手！"

"您在说什么呀？"公爵说。

"我这是打个比方，如果有未来的第二个热马林家，那么他就是未来的第二个凶手，他正准备下手……"

大家都笑了。公爵转而一想，列别杰夫也许当真在踌躇不决，装腔作势，无非因为他预感到公爵会问他一些问题，他不知道如何回答，所以在拖延时间，想办法对付。

"他正在耍阴谋，想造反！"列别杰夫仿佛怒不可遏地叫道，"难道我能够，难道我有权把这么一个专门搬弄是非的人，这么一个也可以说是浪子和恶棍吧，认为是自己的亲外甥，认为是我过世的妹妹阿尼西娅的独生子吗？"

"你给我得了吧，你是个醉鬼！公爵，您信不信，他现在异想天开，想去当律师，想去搞法庭诉讼，因此他就鼓起如簧之舌，成天价在家里跟孩子们滔滔不绝地慷慨陈词。五天前，他还当着民事法官的面替一个人做辩护。他为谁辩护呢？并不是替那个再三哭求他的老太婆（那老太婆被一个无耻的

---

① 发生在1868年3月1日的凶杀案，共有六人被杀害——热马林的妻子、他的母亲、十一岁的儿子、一位女亲戚、厨娘和一名扫院子的。凶犯维托尔德·戈尔斯基是中学生，陀思妥耶夫斯基认为他犯罪是受到60年代虚无主义理论的影响，该理论败坏了当时的一代青年。

第二部

高利贷者弄得倾家荡产，这家伙把她的五百卢布，把她的全部财产都拿走了），而是为一个专放高利贷的名叫扎伊德莱的犹太人辩护，因为他答应给他五十卢布酬金……"

"打赢了才给五十卢布，打输了只给五卢布。"列别杰夫突然解释道，跟他刚才说话的声音完全不一样，好像他根本就没有大叫大嚷过似的。

"他自然是信口雌黄，胡扯一通，要知道已经不是过去那世道了，直落得个贻笑大方。可是他还扬扬得意，说什么公正廉明的法官先生们，请大家想想，一位晚景凄凉的老者，卧病不起，一向勤勤恳恳、老老实实，现在却受人欺凌，都揭不开锅了。请大家想想一位立法者的至理名言：'法庭应以仁爱为本。'① 您信不信，他每天上午都在这里向我们重复他的这篇讲演，就像他在法庭上演说似的，今天已经唠叨第五遍了。您临来前他还在大声演说，得意极了。他自以为妙语连珠、语惊四座。他还在准备继续替什么人辩护。您大概是梅什金公爵吧？科利亚跟我说起过您，说他迄今为止在世界上还从未遇到过比您更聪明的人……"

"是的！是的！世界上再没有比他更聪明的人了！"列别杰夫立刻接口道。

"我看，这人是在信口胡说。一个是爱您才说这话，另一个是在拍您马屁，而我丝毫没有打算巴结您，这您是知道的。我看，您这人不会没有判断力：您来评评理，我跟他孰是孰非。我说，您愿不愿意让公爵来评评理呢？"他对舅舅说，"公爵，您的突然出现，我甚至感到高兴。"

"行啊！"列别杰夫坚决地大声说，但又不由得回过头去看看他的听众，这时大家又开始走拢来了。

"你们俩到底出了什么事呢？"公爵皱着眉头问。

---

① 沙皇亚历山大二世语（1856年），源出他与土耳其缔结的《停战宣言》。

他的确有点儿头疼，再说他越来越相信，列别杰夫在顾左右而言他，乐得把事情搁置一边，谈些无关紧要的事。

"先谈案由。我是他外甥，这话他没有说错，虽然他尽扯谎。我没有念完大学，但是想念完，并且坚持要念下去，因为我是一个有性格的人。为了谋生，我在铁路上找了个差使，月薪二十五卢布。此外，我承认他曾经帮过我两三次忙。我手头有过二十卢布，但是我把它输了。我说公爵，您信不信，我这人太卑鄙、太下流了，竟把钱给输了。"

"而且输给一个坏蛋，输给一个混账东西，就不该给他钱嘛！"列别杰夫叫道。

"是的，输给一个坏蛋，但是输了就该给人家钱，"年轻人继续说道，"至于说他是个坏蛋，我自己就能证明这一点，倒不是因为他曾经揍过你一顿。公爵，这人是个被革职的军官，退伍的陆军中尉，曾经在罗戈任那伙人里干过，教过拳术。自从罗戈任让他们散伙以后，他们现在就居无定所，到处流浪。不过最糟糕的是，我明知道他是个坏蛋、恶棍、小偷，还是坐下来跟他玩牌，在赌剩下最后一卢布的时候（我们玩的是'棍子'①），我私下里想：输了就去找卢基扬舅舅，只要我求他，他不会不给的。这就是下流了，简直太下流了！简直是一种明知故犯的卑鄙行为！"

"简直是一种明知故犯的卑鄙行为！"列别杰夫重复他的话道。

"哎呀，你先别得意呀，听我往下说嘛！"外甥不高兴地叫道，"他还高兴呢。我跑来找他，公爵，向他承认了一切。我这样做是光明磊落的，我没有为自己开脱。我在他面前把自己臭骂了一顿，这是大家亲耳听见的，可以做证。为了在铁路上做事，我非得多少置备一点儿像样的穿戴不可，因为我

---

① 扑克牌的一种玩法。

浑身上下破破烂烂，您瞧这靴子！要不然，我没法去上班，我要是不在指定的日期以前去报到，这位置就可能给别人占了，那时候我又会高挂在赤道上空，不知道何年何月才能另谋高就。现在我只求他借给我十五卢布，并且保证下不为例，此外，我还保证在三个月内把所有的债款统统还清，一戈比不落。我说话是算数的。我可以一连几个月坚持吃面包和克瓦斯①，因为我是个有性格的人。三个月内我可以拿到七十五卢布。加上以前欠他的，一共欠他三十五卢布，由此可见，这钱我是还得起的。好吧，要利息也行，要多少给多少，见鬼！他难道不知道我的为人吗？公爵，您可以问他嘛，他过去帮过我的忙，我还钱给他没有？为什么现在就不肯借呢？我还了那个中尉的赌账，他就火了。除此以外，没有别的原因！他就是这么个人——既不利己，又不利人！"

"还赖着不走！"别列杰夫叫道，"干脆躺在这里，赖着不走了。"

"我早把丑话说头里了，不给就不走。您好像在笑，公爵？您好像认为我不对？"

"我没有笑，不过，我看，您也确实有点儿不对。"公爵不高兴地回答道。

"您干脆说我全错了不得了，别支支吾吾，什么叫'有点儿'！"

"您不介意的话，那就全错了。"

"我不介意！可笑！难道您以为我不知道我这样做实属两难，有所不得已吗？钱是他的，借不借由他，我硬要他借，就是强迫。但是公爵，您……您不知道人情冷暖。不教训教训这种人，他就不懂得好歹。就得教训教训他们。要知道，我于心无愧。凭良心说，我不会让他吃亏，我会连本带利还给他的。他也能够得到一种精神上的满足：看到我在低三下四地求他。他还要

---

① 一种自制的带酸味的清凉饮料。

什么呢？这种不乐于助人的人，有什么用？得了吧，他自己到底在干什么？您问问他，他对别人干了些什么，他是怎么对人家坑蒙拐骗的？他用什么法子置下了这座房产的？如果过去他不是已经骗了您，现在也没有想方设法要继续骗您的话，就砍下我的脑袋！您在笑，您不信？"

"我觉得，这一切与您那事不完全对得上号。"公爵说。

"我躺在这里已经第三天了，什么事情没有看到呀！"年轻人对公爵的话充耳不闻，大声嚷道，"试想，他居然会怀疑这位天使，怀疑这位现在成了没娘的孩子的姑娘，我的表妹，他自己的女儿，他每天夜里到她屋里去捉奸！还偷偷跑到我这里来，在我的沙发下搜查，他犯了疑心病，病得发了疯，到处都看到有贼。他整夜不睡，时不时跳起来，一会儿看看窗户有没有关严，一会儿试试门有没有关好，一会儿又向炉子里张望，一夜总要折腾七八次。在法庭上他站在骗子手一边，可是夜里自己却三番五次地爬起来祈祷，就在这间客厅里，双膝下跪，叩头如捣蒜，每次半小时，而且还在为什么人祷告，念念有词地哭诉，因为喝醉了吗？他还为杜巴丽伯爵夫人做安魂祈祷，这是我亲耳听见的，科利亚也听见了。他完全疯了！"

"公爵，您瞧见了，您听见了，他怎么糟践我的！"列别杰夫的脸涨得通红，他真火了，叫道，"有一点他不知道，我虽然是个酒鬼和混蛋，强盗和恶棍，心却不坏，很可能，也是我活该，谁让我自讨苦吃呢，当这个爱糟践人的碎嘴子还是婴儿的时候，我曾经给他包过蜡烛包，替他在木盆里洗过澡，那时，我妹妹阿尼西娅刚守寡，一贫如洗，我也跟她一样一文不名，天天守夜，整宿不睡，伺候他们两个病人，到楼下去偷看门人的劈柴，饿着肚子唱歌给他听，打榧子逗他玩，总算把他拉扯大了，他现在就可以放肆地嘲笑我了！即使有一次我当真为杜巴丽伯爵夫人的灵魂能够得到安息在脑门上画过十字，这又关你什么事呢？公爵，大前天，我在一部百科词典里生平第一次读到了她的简历。你知道杜巴丽[1]是什么人吗？你说呀，知道吗？"

"哼，就你一个人知道？"年轻人面带嘲弄而又不乐意地嘟囔道。

"她是一位伯爵夫人，不顾羞耻，取代了皇后，执掌宫闱，有一位伟大的女皇[2]在给她的亲笔信中称她为'我的表妹'，还有一位红衣主教，教皇派来的使节，在晨服仪式上（你知道晨服仪式是什么意思吗？）曾自告奋勇要替她穿丝袜（她的两脚光着），并引以为荣——她就是这么一位既崇高而又十分神圣的人！你知道这个吗？我从你脸上就看得出来，你不知道。那么，她是怎么死的呢？你如果知道，你回答呀！"

"滚！你有完没有。"

"她是这样死的，她在享尽荣华富贵之后，一个名叫萨姆松的刽子手居然把这么一位从前的娘娘拽上了断头台，供那些巴黎的女摊贩逗乐，她吓得不明白到底出了什么事。她看到刽子手掐住她的脖子，把她摁到断头刀下，用膝盖往里顶她（台下那些人直乐），她就喊道：'再等一会儿，刽子手先生，再等一会儿！'这意思就是说：稍等片刻，刽子手先生，就等一会儿！也许就因为这一会儿，主饶恕了她，因为人心的苦难更甚于此者，实在难以想象。你知道 misère 这词是什么意思吗？反正苦难就是苦难。当我在书中一读到伯爵夫人的喊叫，一读到'再等一会儿'的时候，我的心就好像刀绞似的。我临睡前在祷词里提到这位大罪人的名字，跟你这个小爬虫又有什么关系呢？我提到她，为她祈祷，可能是因为开天辟地以来还从来没有一个人在脑门上为她画过十字，甚至都没有想到要这么做。如果她地下有知，知道人世间还有一个像她这样的罪人在为她祈祷，哪怕就祈祷一次呢，她在阴曹地府也会感到高兴的。你笑什

---

[1] 杜巴丽·玛丽-约翰（1743—1793）：伯爵夫人，法王路易十五的情妇，于1793年12月8日被革命法庭判处死刑，并处决。

[2] 指俄国女皇叶卡捷琳娜二世。

么？你不信，你这个无神论者。你怎么知道？你说你偷听了我的祈祷，这也是胡扯：因为我不仅为杜巴丽夫人一人祈祷，我的祷词是这样的：'主啊，让大罪人杜巴丽伯爵夫人以及与她类似的人安息吧！'这完全是两码事：因为有许多这样的大罪人，被命运女神播弄的苦命人，他们受尽磨难，现在又在那里惶惶乎不可终日，在呻吟，在期待。那时候我还为你，以及为像你这样寡廉鲜耻、存心与人作对的人祈祷，如果你当真偷听过我怎么祈祷的话……"

"好啦，够啦，别说啦，你爱替什么人祈祷随你便，活见鬼，瞧你那嚷嚷劲儿！"列别杰夫的外甥恼火地打断他的话。"他真是博览群书，公爵，您不知道？"他带着尴尬的笑容加了一句，"现在，他净读这一类五花八门的书和回忆录。"

"您舅舅毕竟……不是那种没心肝的人。"公爵不由得说道。他渐渐觉得这个年轻人非常讨厌了。

"您这么夸他非把他夸坏了不可！您瞧他把手按在心口，咧开大嘴，舔嘴咂舌那模样。也许他不是那种没心没肺的人，但他是个骗子，这最糟糕。再说成天价醉醺醺，浑身像散了架似的，东倒西歪，喝酒多年的醉鬼都是这模样，因此他浑身不舒服。就算他爱孩子吧，对我死去的舅妈也很敬重……甚至还很爱我，要知道，他在遗嘱里还当真给我留了份遗产……"

"我什么也不留给你！"列别杰夫激动地叫道。

"听我说，列别杰夫，"公爵掉过头去不理那个年轻人，断然说道，"我凭自己的经验知道，只要您愿意，您是一个很能干的人……我现在时间很少，如果您……对不起，我忘了，请问您的名字和父称怎么称呼？"

"季——季——季莫费。"

"还有呢？"

"卢基扬诺维奇。"

屋里的人都笑起来。

"胡说八道！"那外甥叫道，"连这种事都要扯谎！公爵，他根本不叫季莫费·卢基扬诺维奇，他叫卢基扬·季莫费耶维奇！嗯，你倒说说，你干吗要扯谎呢？真是的，你叫卢基扬也好，季莫费也好，不都一样吗，这跟公爵有什么相干呢？告诉您吧，他完全出于一种爱撒谎的恶习！"

"难道当真？"公爵不耐烦地问道。

"我的确叫卢基扬·季莫费耶维奇。"列别杰夫尴尬地点头道，他老老实实地低下了眼睛，又把手按在心口。

"您干吗要这样呢，唉，我的上帝！"

"出于自谦。"列别杰夫低声说，说时他把头低得更低了，态度也显得更老实了。

"唉，干吗要自谦呢！我只是想知道，现在在哪里可以找到科利亚！"公爵说，说罢便转过身去想离开。

"我可以告诉您科利亚在哪儿。"那个年轻人又自告奋勇地说。

"不——不——不！"列别杰夫气急败坏地上前阻拦道。

"科利亚昨天就住这儿，可是今天一早出去找他的将军了。公爵，天知道您为什么要把将军从监狱里保释出来。还在昨天，将军就答应晚上到这儿来住，但是没来。他很可能住在离这儿不远的天平旅店。因此科利亚不是在那儿，就是在帕夫洛夫斯克的叶潘钦家别墅。他身边有钱，昨天就想去了。因此，不在天平旅店，就在帕夫洛夫斯克。"

"在帕夫洛夫斯克，在帕夫洛夫斯克！……不过咱们上这儿来，上这儿的小花园来……喝点儿咖啡……"

列别杰夫拉住公爵的手，把他硬拽出去。他们走出房间，穿过一个小院，走进一座花园门。里面果然有一座很小、很美丽的小花园，因为天气好，园中已是春满枝头，一片新绿。列别杰夫请公爵坐在一张绿色的木头长椅上，面对一张埋在地下的绿色桌子,他自己就在公爵对面坐下。过一会儿,果然端来了咖啡。公爵没有拒绝。列别杰夫继续巴结而又目不转睛地观察着公爵的脸色。

"我不知道您还有这么好的房产。"公爵说,那神情似乎别有所思。

"没——没娘的孩子……"列别杰夫蜷缩着身子开口道,但话到嘴边又咽了回去。公爵心不在焉地望着前方,当然早已忘掉了自己刚才提的问题。又过了约莫一分钟,列别杰夫在窥视,在等待。

"啊,你说什么?"公爵仿佛倏地清醒过来似的问道,"哦,对了!列别杰夫,您自己也知道咱俩有什么事:我是接到您的信才来的。您说吧。"

列别杰夫犹疑不定,想说什么,但是话到嘴边又咽了回去:什么也没有说。公爵略等片刻,凄苦地一笑。

"我对您似乎还是很了解的,卢基扬·季莫费耶维奇:您大概没想到我会来吧。您以为我决不会一接到您的通知就从我所在的那个穷乡僻壤赶来,您写这封信只是为了洗刷一下自己的良心。可是我居然来了。好啦,得啦,别再骗我啦。别再搞一仆二主啦。罗戈任到这里来已经三星期了,这我全知道。您是不是像上回那样把她出卖给他了呢?您照实说吧。"

"这恶棍自己打听出来的,自己打听出来的。"

"别骂他啦,他那样对您当然不好……"

"把我痛打了一顿,心可狠啦!"列别杰夫突然十分激动地接口道,"在莫斯科,还放狗咬我,满街追我,那是一只跑得很快的猎狗,一只可怕的狗。"

"您把我当三岁小孩啦,列别杰夫。请您告诉我,她这回在莫斯科是当真离开他了吗?"

"当真,当真离开他了,又是在快结婚的时候。那家伙以为指日可待,可是她却跑到彼得堡来了,而且一下车就跑来找我:'救救我,把我藏起来,卢基扬，也别告诉公爵……'公爵，她怕您竟胜过怕他，这叫人百思不得其解！"

列别杰夫说罢，狡猾地伸出一个手指，指指脑门。

"现在您又把他们凑合在一起了？"

"公爵大人，我怎么能……我怎么能不让他们在一起呢？"

"好啦，够啦，我自己会全部打听出来的。不过请您告诉我，她现在在哪儿？在他那儿？"

"噢不！没有那事儿！她还是独自一人。她说，她是自由的。您知道吗，公爵，她非常坚持这点。她说，她还是完全自由的！她还住在彼得堡地区①，住在我小姨子家，跟我写信告诉您的时候一样。"

"现在还住那儿？"

"还住那儿，除非有时候天气好，到帕夫洛夫斯克去，住在达里娅·阿列克谢耶芙娜的别墅里。她说：'我是完全自由的。'昨天她还向尼古拉·阿尔达利翁诺维奇②夸耀了好一阵自己的自由呢。这不是好兆头，您哪！"

列别杰夫说罢咧开嘴笑了笑。

"科利亚常常到她那儿去吗？"

"这孩子做事不牢靠，让人莫名其妙，嘴上又没个把门的。"

"您是很久以前到她那儿去的吗？"

"天天，我天天去。"

"那么说，昨天也去了？"

"没有，还是大前天去的。"

"可惜您喝了点儿酒，列别杰夫！不然的话，我还有些话要问您。"

---

① 现名彼得格勒区，由涅瓦河三角洲的四个岛屿组成（药局子岛、彼得罗夫岛、兔子岛和彼得格勒岛），因彼得堡城始建于此，故名。

② 即科利亚。这是科利亚的大名和父称。

"没那回事,我一点儿没喝醉!"

列别杰夫把两眼睁得大大的,摆出一副洗耳恭听的模样。

"请问,您离开的时候她是什么样子?"

"若有所失……"

"若有所失①?"

"她好像把什么东西丢了,老在找什么东西似的。她一想到这桩婚事就恶心,就有气。至于对他,无非把他看作一块橘子皮罢了,充其量如此,也许还更甚于此,想起他来就害怕,就恐怖,甚至不许谈到他,除非万不得已才跟他见个面……他对这点也一清二楚!可是又拿她没辙!……她惶惶不安,冷嘲热讽,言行不一,脾气很坏……"

"言行不一,脾气很坏?"

"脾气很坏。上回,因为我说错了一句话,她差点儿没揪我的头发。于是我就用《启示录》给她祛病禳灾。"

"怎么回事?"公爵以为听错了,反问道。

"给她念《启示录》。她是个想象力十分活跃的女人,再说,就我观察所得,她非常喜欢严肃的话题,尽管这是不相干话题。她很喜欢人家跟她谈这类话题,甚至把这看成人家看得起她。是的。我讲解《启示录》很有一套,已经讲了十五年。她同意我的看法,现在我们正处在第三匹黑马的时代,即骑马人手里拿着天平的时代,现今这世道,一切都建筑在天平和契约上,人人寻找的都只是自己的权利:'一钱银子买一升小麦,一钱银子买三升大麦……'再有就是自由的精神,纯洁的心灵,健全的体魄,而且还想同时保有上帝恩赐的一切。但是只靠权利是保不住这些东西的,因为随之而来的是灰马,它的

---

① 这是一句双关语。原意有拍马、谄媚、逢迎的意思,故有此问。

第二部

名字叫死亡，而在它之后就已经是地狱了①……我们碰到一起的时候常谈这一类话——这对她影响很大。"

"您自己真这么信吗？"公爵用奇怪的目光端详了一下列别杰夫，问道。

"我信，所以才讲。因为我赤条条，一无所有，②是人生循环中的沧海一粟。有谁把我列别杰夫当人呢？任何人都在想方设法戏弄我，差点儿没用脚踹我踢我。可是在讲解《启示录》上，我却可以和达官贵人平起平坐。因为智慧高于一切！达官贵人坐在自己的安乐椅上揣摩圣义时……也在我面前发抖。前年，在复活节前，有一位大官尼尔·阿列克谢耶维奇听说有我这么个人（当时我还在他老人家的厅里供职），就特意让彼得·扎哈雷奇把我从值班室叫到他的办公室去，当其他人都出去以后，他问我：'你当真是研究敌基督③的行家吗？'我没有隐瞒，我说：'鄙人正是。'接着我便开始讲解，绘声绘色，非但没有减少恐怖，反而打开譬喻的画卷，以想象来加强恐怖，并且举了一些数字。④他老人家苦笑了，听到数字以及诸如此类的描述后发起抖来，请我把书合上后快走，过复活节的时候还对我传令嘉奖，可是过了复活节，他就把灵魂交给了上帝。"

---

① 参见《新约·启示录》第六章。《启示录》中含有基督教对于世界末日和末日审判的预言。在这一章和前面两章中讲到，天门洞开，天上出现一个宝座，宝座上坐着一位神，手持书卷，里面都写着字，用七印封严，只有羔羊配打开这封印。羔羊开第一印时，出现一匹白马，马上人手持弓箭，成为得胜的征服者；开第二印时，出现一匹红马，骑马人大权在握，大肆杀伐，世人互相残杀，没有了和平；开第三印时，出现一匹黑马，马上人手持天平，锱铢必较；开第四印时，出现一匹灰马，骑在马上的人，名字叫死亡，用刀剑、饥荒、瘟疫和野兽杀害地上四分之一的人。以后，开其他印时，则相继出现山崩地裂、日月无光、末日审判、世界末日。陀思妥耶夫斯基用这种象征性的譬喻形象，批判了资产阶级和资本主义文明，并暗示世界上的恶人都将在末日审判时下地狱，受永刑。

② 源出《启示录》第三章第十七节。原文是："你是那困苦、可怜、贫穷、瞎眼、赤身的。"

③ 基督教名词。这里指《启示录》中迫害基督徒的怪兽。

④ 据《启示录》说，侍奉主的基督徒必须被杀害到一定数目后才能得到救赎，升天堂，享永福。

"哪能呢，列别杰夫？"

"真是这样。吃过饭，从马车上摔下来……太阳穴撞到马路边的矮石柱上，于是就像个小孩一样，像个小孩一样，立刻咽了气。据履历表记载，他当时七十三岁，可是鹤发童颜，浑身洒满了香水，老是笑眯眯的，像小孩一样。据彼得·扎哈雷奇当时回忆：'这，不幸被你言中了。'他说。"

公爵站起身来。列别杰夫对公爵站起来感到很惊讶，甚至感到很为难。

"您居然无动于衷，嘿嘿！"他谄媚地大着胆子说。

"真的，我觉得不大舒服，可能因为旅途劳顿，脑子昏昏沉沉的。"公爵皱起眉头，答道。

"您应该去别墅稍事休息一下，您哪。"列别杰夫小心谨慎地提醒他道。

公爵沉吟片刻。

"再过三天，我自己也想带全家老小到别墅去住一阵，一方面为了保持这个新生的小鸟的健康，另一方面也想乘机把这房子全部装修一下。也去帕夫洛夫斯克。"

"你们也去帕夫洛夫斯克？"公爵蓦地问道，"这是怎么回事，你们这里的人都去帕夫洛夫斯克吗？ 您是说，您在那里也有自己的别墅？"

"不是大家都去帕夫洛夫斯克。伊万·彼得罗维奇·普季岑弄到几座便宜的别墅，让给我一座。那儿风景优美，地势也高，到处一片葱绿，价钱也便宜，而且趣味高雅，又有音乐①，所以大家都到帕夫洛夫斯克去。不过，我住的是厢房，至于那座别墅嘛……"

"租出去了？"

"不——不，还没……没说定。"

"租给我吧。"公爵忽然提议。

---

① 帕夫洛夫斯克车站旁有游乐场，经常有乐队演奏。

看来，列别杰夫说来说去就想达到这个目的。三分钟前，他脑子里就闪过这个念头。其实他已经不需要再去找房客了，因为想租这座别墅的人已经到他这儿来过，并且当面告诉他，这别墅他想租也说不定。列别杰夫心里明白，不是"也说不定"，而是肯定要租。但是他现在忽然闪过一个他自以为妙不可言的想法，何不利用以前那个承租人没有说定这个空子，把别墅转租给公爵呢？"冲突迭起，事情急转直下"这幅图画蓦地展现在他的想象力面前。他几乎兴高采烈地接受了公爵的提议，当公爵直率地问他房租的时候，他甚至连连摆手。

"好说，好说，我先去打听一下，不会让您吃亏的。"

他们俩边说边走出花园。

"如果您爱听，我倒有……倒有……一件非常有意思的跟那人有关的事奉告。"列别杰夫嘟囔道，高兴地在公爵身旁侧着身子转来转去。

公爵停住了脚步。

"达里娅·阿列克谢耶芙娜在帕夫洛夫斯克也有一座小别墅，您哪。"

"那又怎么样呢？"

"那位太太跟她是好朋友，大概，打算经常到帕夫洛夫斯克去拜访她，另有目的。"

"那又怎么样呢？"

"阿格拉娅·伊万诺芙娜……"

"啊呀，得了，列别杰夫！"公爵好像被人触到痛处似的，带着一种不快的感觉打断了他的话，"这一切……统统是误会。您最好告诉我，您准备什么时候搬过去？对我来说是越快越好，因为我住在旅馆里……"

他俩边说边走出了花园，没有再进屋去，而是穿过院子，走到门口。

"最好是，"列别杰夫终于想出了办法，"您从旅馆里直接搬到我这里来，而且今天就搬来，后天，我们一起到帕夫洛夫斯克去。"

"以后再说吧。"公爵若有所思地说，说罢便走出了大门。

列别杰夫看了看他离去的背影，他很惊讶，公爵怎么会突然心不在焉起来。他出去的时候甚至都忘了说"再见"，甚至连头也没点一下。这有点儿反常，因为列别杰夫知道公爵一向是彬彬有礼和礼貌周全的。

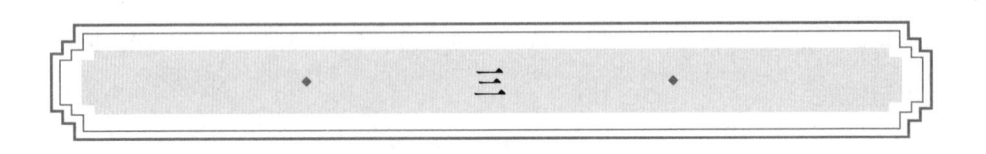

三

已经中午十一点多了。公爵知道，如果他到城里的叶潘钦府去，现在只能遇到将军一个人（他由于公务繁忙，一时不能脱身），而且也不见得碰得上。他寻思，将军说不定会拉住他，把他立刻带到帕夫洛夫斯克去的，可是他去帕夫洛夫斯克以前，还非常想去拜访另一个人。公爵决定先去寻访一个他很想进去看个究竟的人家，宁可冒险晚一点儿去拜访叶潘钦家母女，把帕夫洛夫斯克之行推迟到明天。

话又说回来，这次拜访就某一方面说对他是冒险的。他感到为难，踌躇再三。他知道这户人家就在离花园街不远的豌豆街，他之所以决定先到那里去，是希望在走到他要去的那个地方以前，能最后拿定主意。

走到豌豆街和花园街交叉的十字路口时，他非常激动，对此，他自己都感到吃惊，他没料到他的心会跳得这么疼。有一座房子，大概由于它的外貌特别，老远就开始引起了他的注意。公爵后来想起，他当时曾对自己说："一定就是那座房子。"他非常好奇地走到跟前，想验证一下自己的猜测是否正确。他感到，如果他猜对了，不知道为什么他会觉得特别不愉快。这座房子很大，阴森森的，三层楼，毫无建筑艺术可言，本来是绿色，但由于年久失修，已变得很脏。这类房子是在上世纪末建造的，虽然为数不多，甚至很少，但是其中有些房子还是几乎毫无变化地保留在彼得堡的这几条街道上，而彼得堡的变化是如此迅速，一切都变了。这些房子造得很坚固，墙很厚，窗户非常少，底层的窗户有时还装着铁栅栏。楼下开设的多半是钱庄。坐在钱庄里办事的全是阉割派[①]教徒，他们住在楼上，房子是租的。这种房子里里外外都给人一种不好客和冷冰冰的感觉，一切都仿佛鬼鬼祟祟，藏着掖着似的，至于为什么会这样，光从外表看，实在难以说明究竟，建筑学上的线条组合当然自有它的奥秘。住在这些房子里的几乎是清一色的买卖人。公爵走到大门前，看了一眼钉在门上的牌子，上面赫然写着"世袭荣誉公民罗戈任公馆"。

他不再踌躇不决，推开了玻璃门，这门随即在他身后砰的一声关上了。他登上正对大门的楼梯，上了二楼。这楼梯很黑，是用石头砌的，结构很粗糙。两旁的护栏漆着红色。他知道罗戈任及其母亲和弟弟占用着这座单调的楼房的整个二楼。有一名仆人给公爵开了门，未经通报就把他带了进去，走了很长一段路。他们先穿过一座正厅，正厅的墙壁是"仿大理石"的，地板是橡木拼花的，家具是二十年代的，又重又笨。他们又穿过一些鸽子笼似的小屋，曲里拐弯，转来转去，一会儿登上两三级台阶，一会儿又走下同样多的台阶，最后才去敲一扇房门。门是帕尔芬·谢苗内奇亲自开的。他一看到公爵，脸唰地白了，在原地呆若木鸡，一时间像具石雕似的，目光惊惧，凝然不动，嘴角扭动，嘴边掠过一丝微笑，表现出一种高度的困惑——他似乎觉得公爵的来访是不可能的，简直近乎奇迹。公爵虽然也料到可能会发生这类情况，但也感到很诧异。

[①] 俄罗斯正教会的一个教派，主张用阉割的办法来摆脱世俗生活，反对肉欲，拯救灵魂。

第二部

"帕尔芬，也许，我来得不是时候，我可以走。"他终于尴尬地说道。

"是时候！是时候！"帕尔芬终于清醒过来，"请进，进去呀！"

他们互相称你。在莫斯科的时候，他们俩常常见面，促膝谈心。晤谈之际，甚至有某些瞬间，他俩彼此心照，令人难忘。而眼下，他们已有三个多月不曾见面了。

罗戈任的脸还跟从前一样十分苍白，一阵阵抽搐仿佛时时掠过他的脸部。他虽然招呼客人进屋，但是好像仍旧十分尴尬似的。当他把公爵领到软椅前，请他在桌旁坐下的时候，公爵偶一回头，发现他那异常古怪而又沉重的目光，不由得停住脚步。他想起了不久前那沉重而又令人惆怅不已的往事。他没有坐下，而是一动不动地站着，呆呆地注视着罗戈任的眼睛，在最初一刹那，罗戈任的眼睛似乎更亮地倏地一闪。最后，罗戈任才微微一笑，但是仍有几分尴尬和似乎不知所措。

"你干吗这么死死地盯着我？"他嘟囔道，"坐呀！"

公爵坐了下来。

"帕尔芬，"他说，"你说句心里话，你是不是知道我今天要到彼得堡来？"

"我早料到你会来的，果然没猜错，"他苦笑了一下，又加了一句，"但是我怎么会知道你今天来呢？"

罗戈任用反问来代替回答，表现出某种骤然的冲动和令人奇怪的恼怒，这使公爵感到更吃惊了。

"即使你知道我今天来，何必这么生气呢？"公爵尴尬地低声说。

"你问这话是什么意思？"

"今天，我下火车的时候，看到一双眼睛，就跟你方才从背后看我的那双眼睛一样。"

"竟有这事！这是谁的眼睛呢？"罗戈任疑惑地嘟囔道。公爵感到他似乎

第二部

哆嗦了一下。

"不知道，在人群里倏忽一闪，我还以为是我的错觉。近来，我开始精神恍惚，老有一种幻觉。帕尔芬老兄，现在我老有一种恍恍惚惚的感觉，几乎跟五年前刚开始发病的时候一样。"

"也许是你的错觉吧，我不知道……"帕尔芬嘟囔道。

这时他脸上亲切的微笑与他的神态很不协调，仿佛在这个微笑中有什么东西断了，帕尔芬想使劲把它粘在一起，但又力不从心似的。

"怎么，又要出国去？"他问，又蓦地加了一句，"你记得吗，去年秋后，我们从普斯科夫起同坐一节车厢，我回彼得堡，而你……披着斗篷，记得吗，还有鞋罩？"

罗戈任说罢突然笑了起来，这次他的神情带着一种公然的怨愤，他似乎很高兴终于能够乘此机会发泄一下心中的怨气。

"您在这里完全住下来了？"公爵打量着书房问道。

"是的，住在自己家里。还能住哪儿呢？"

"咱们俩好久没见面了。关于你，我听到了许多事，乍一听简直不像你干的。"

"管它，爱说什么说什么。"罗戈任冷冷地答道。

"不过，你让那帮人全散伙了，你也待在老家，不出去惹是生非了。这就很好嘛。这房子是你一个人的，还是你们大家的？"

"这房子是我妈的。打这儿穿过走廊，就可以上她那儿。"

"你弟弟住哪儿？"

"我弟弟谢苗·谢苗内奇住厢房。"

"他成家了吗？"

"鳏居。你问这干吗？"

公爵看了看他，没有回答。他忽然陷入沉思，似乎没有听见他的问题。

罗戈任也没追问，静候他从沉思中清醒过来。两人默然有顷。

"我走过来的时候，还在一百步以外，就立刻猜到这是你家。"公爵说。

"为什么会这样呢？"

"我也莫名其妙。这宅子有一副你们整个家族和你们整个罗戈任家生活的面容，你倘若问我何以会得出这样的结论，我也说不清。当然是胡说八道。这使我感到很不安，甚至害怕起来了。我过去想都没想到你会住在这样的房子里，可是一看到你，又立刻想道：'他住的房子就应该是这样！'"

"瞧你说的！"罗戈任含糊其词地笑了笑，并不完全了解公爵含糊不清的意思。"这房子还是我爷爷盖的，"他说，"过去这楼住的都是阉割派①，赫卢佳科夫家族，而且现在还住这儿。"

"阴森森的。你这里也阴森森的。"公爵边说，边打量着书房。

这是一个大房间，很高，略显阴暗，摆满了各种家具——大部分是大型的办公桌、写字台、书橱，书橱里放着账本和各种文书。那张红色的宽大的羊皮沙发，显然是给罗戈任当床铺用的。公爵看见罗戈任请他在一旁就座的那张桌上放着两三本书，其中有一本是索洛维约夫的《历史》②，书页翻开，夹着书签。墙上挂着几幅油画，镜框是涂金的，业已晦暗，画面也是黑黢黢的，很难看清上面画的到底是什么。有一幅全身肖像很触目，引起了公爵的注意：画的是一位五十岁上下的人，穿着德国式的外套，但衣襟很长，脖子上挂着两枚奖章，胡子略带花白，稀而短，黄脸，面有皱纹，目光多疑，城府很深而又略带悲哀。

---

① 阉割派教徒中有许多人是百万富翁和大商人，在俄国的各大城市开钱庄、开首饰店或从事金银首饰加工，以嗜钱如命著称。

② 索洛维约夫（1820—1879），俄国历史学家，彼得堡科学院院士，莫斯科大学校长。这里的《历史》指他所著的29卷本《俄国史》（陀思妥耶夫斯基写本书时的1867年，已出17卷）。

"这恐怕是令尊吧?"公爵问。

"正是家父。"罗戈任带着一种不愉快的嘲笑答道,似乎一提到他已故的父亲,他就准备立刻开几句没礼貌的玩笑似的。

"他是不是属于旧礼仪派①?"

"不,他上教堂,他倒的确说过旧教派更正确。他对于阉割派也十分尊敬。这原来是他的书房。你为什么问他是不是旧教派?"

"你准备在这里举行婚礼吗?"

"是的。"罗戈任答道,由于这问题问得突如其来,他差点儿哆嗦了一下。

"很快就办吗?"

"你自己也知道,这事由不得我。"

"帕尔芬,我不是你的敌人,也决不会从中捣乱。从前,在几乎同样的时刻,我曾经向你申明过一回,现在我向你再重复一遍。在莫斯科的时候,你要办喜事,我没有阻挠,这你是知道的。头一回,是她自己跑到我这里来的,几乎就在举行婚礼的时候,求我'救救'她,帮她离开你。我现在向你重复的是她的原话。后来,她离开我跑了,你又找到了她,带她去结婚,有人说,这次她又离开了你,逃到这里来了。这是真的吗?列别杰夫是这么告诉我的,因此我就来了。至于你们俩在这里又和好了,我还是昨天在火车上第一次听说,是你过去的一个老朋友告诉我的,如果你想知道的话,他叫扎廖热夫。我到这里来是另有打算的:我想劝她出国去养病。她在身心两方面都严重失调,特别是脑子,我觉得,她的病需要好好调理一下。我并不想陪她出国,我想在无须我陪同的情况下把这一切都办妥。我对你说的全是真心话。如果千真万确,你们对这事又重新说妥了的话,那我也就不再跟她见面了,而且

---

① 旧礼仪派,亦称旧教派或反教堂派,是从俄罗斯正教分裂出来的一个教派,主张不上教堂,在家里祈祷,保持宗教旧礼仪。

从此再不来找你。你自己也知道，我是不会骗你的，因为我一向对你坦诚相待。我从来没有对你隐瞒过我对这事的态度，我一向说，她嫁给你非毁了不可。你也将同归于尽……也许比起她来，你还更惨。如果你们又分手了，我会感到十分满意，但是我无意在你们中间捣乱和搞破坏。你尽可以放心，也无须猜疑我。你自己也知道：我何尝做过你的真正的情敌呢，即使她跑来找我的时候也这样。瞧，你现在笑了，我知道你刚才冷笑什么。没错，我们在那里是分开过的，分住在不同的城市里，这一切你都知道得一清二楚。要知道，我过去就对你解释过，我爱她'不是出于爱情，而是出于怜悯'。我认为我这样说是符合实际情况的。你当时说，我说这话的意思你懂了，真的吗？你真懂了吗？瞧你这模样，好像有深仇大恨似的！我是来请你尽管放心，因为你是我的好朋友。我非常爱你，帕尔芬。我现在就走，而且永远不回来。别了。"

公爵站起身来。

"陪我再坐会儿嘛，"帕尔芬低声道，没有从座位上站起来，他垂下头，用右手托着，"咱俩好久没见面了。"

公爵坐了下来。两人又相对无语。

"列夫·尼古拉耶维奇，只要你一不在我身边，我就立刻对你充满敌意。在我没见到你的这三个月中，我每分钟都在恨你，真的。我真想下毒药把你立刻毒死！我真想这么做。现在你跟我坐在一起还不到一刻钟，我的满腔怨恨就全没有了，你又跟从前一样可亲可爱了。你陪我坐一会儿吧……"

"我在你身边，你就相信我，我不在你身边，你就马上不相信我，怀疑我。你真像你爹！"公爵答道，友好地微微一笑，极力不暴露自己的真实感情。

"我跟你坐在一起，听到你的声音，我就相信你。我心里很清楚，你我不能相比，你跟我……"

"你何必加上这句话呢？瞧你，气又来了。"公爵说，对罗戈任的变化无常感到很惊奇。

"老弟，这事并不需要征求我们的意见，"他答道，"这事不跟我们商量就定了。你瞧，我们的爱法也不同，一切都存在差异，"他沉默片刻后又继续低声道，"你说你爱她是出于怜悯，我对她就毫无怜悯之心。而且她也最恨我。现在我每天夜里都梦见她：她总跟别人在一起取笑我。实际情况也是这样，老弟。她说要跟我结婚，可是她心里根本就没有我，把我全忘了，好像换一只鞋似的。你信不信，我已经五天没见到她了，因为我不敢去找她，她会问我：'你来干什么？'她不仅羞辱我……"

"怎么会羞辱呢？哪能呀？"

"还装不知道呢！你刚才还说，在'即将举行婚礼'的时候她离开了我，跟你一起逃走。"

"你不是自己也不信……"

"难道在莫斯科的时候，她跟那个叫泽姆秋日尼科夫的军官没羞辱过我？我知道得一清二楚，她是存心让我出乖露丑，而且还是在她自己定下了婚期以后。"

"不可能！"公爵叫道。

"我知道得一清二楚，"罗戈任坚信不疑地肯定道，"你以为她不是这样的人吗？老弟，她不是这样的人，那是不消说的。全是胡说八道。跟你在一起，她的确不是这样的人，也许一想到这样的事就发怵，可是跟我在一起，她就是这样的女人。就这么回事。她把我看成一个最没出息的废物。我知道得很清楚，她跟凯勒尔，也就是跟那个动辄挥拳打架的军官一起编了套谣言，就为了把我当笑柄……你大概还不知道她在莫斯科的时候怎么作弄我的吧！我白花了多少，多少冤枉钱啊……"

"那……你现在怎么要结婚呢！……以后怎么办呢？"公爵恐惧地问。

罗戈任心情沉重而又神态可怕地看了看公爵，什么也没回答。

"我没有到她那里去，今天已经第五天了，"他沉默了一会儿，又接着说，"老怕她把我轰出去。她总爱说：'我自己的事自己做主。只要我愿意，就叫你彻底滚蛋，我自己上国外去。'（'这可是她自己对我说她要出国的'，他好像附带指出似的说道，而且有点儿异样地直视着公爵的眼睛）有时候自然是吓唬人。不知道为什么，她总觉得我很可笑。可是她有时候又确实愁眉深锁，无精打采，一句话都不肯说。我怕的就是这个。前一阵，我想：以后我不能空着两手去了——可是这样做只能让她感到好笑，接着便大动肝火。她把我送给她的一条围巾赏给了她的使女卡季卡[①]，即使她从前日子过得很阔气的时候，恐怕也没见过这么好的围巾。我都不敢向她提我们什么时候结婚的事。一个人连去看她都害怕，又能算是什么未婚夫呢？现在我坐在家里，实在憋不住的时候，就偷偷跑到她住的那条街上，在她的屋前走来走去，或者躲在什么角落里偷看。前些日子，我守在她家的大门附近，几乎一直守到天亮——我当时隐隐约约好像看到什么东西在眼前一晃。她可能向窗外偷看了一下，似乎在说：'哪怕看到我在骗你，你又能拿我怎么样呢？'我忍不住说：'你自己知道。'"

"知道什么？"

"我咋知道呢！"罗戈任凶狠地笑了起来，"在莫斯科的时候，虽然我跟踪了她很长时间，但是始终没有抓住她跟别人在一起的任何把柄。有一回，我硬拉住她，说道：'你答应过跟我结婚，嫁给一个清清白白的人家，可是你知道你现在是什么东西吗？'我说：'你现在是这个玩意儿！'"

"您对她说了？"

"说了。"

[①] 即卡佳。卡季卡是卡佳的爱称。

第二部

"后来呢？"

"后来她说：'你现在给我做用人，我也不见得要你，更不用说做你老婆了。'我说：'那我就赖着不走，反正玩完！'她说：'我马上去叫凯勒尔，让他把你轰出去。'于是我就向她扑过去，把她狠揍了一顿，打了个鼻青脸肿。"

"不可能！"公爵叫道。

"告诉你：的确揍了，"罗戈任两眼闪着光，低声肯定道，"后来我整整一天两夜不吃不喝不睡，也不走出她屋子，我向她双膝下跪，我说：'你不饶了我，我死也不出去，你让人拽我出去，我就跳河，因为没了你，我现在还活个什么劲儿？'那天一整天，她就像疯子似的，一会儿哭，一会儿要用刀宰了我，一会儿又骂我，挖苦我。她把扎廖热夫、凯勒尔和泽姆秋日尼科夫，把所有的人都叫了来，让他们看我出洋相，当面羞辱我。她说：'诸位，今天咱们大家都去看戏，他不愿意走，就让他在这里待着，我不能让他捆住了手脚。帕尔芬·谢苗内奇，我不在家的时候，底下人会给你送茶来的，今天您大概饿了吧。'她看戏回来时就她一个人，她说：'他们都是胆小鬼和混账东西，都怕你，还吓唬我说，他不会轻易走的，没准会杀了你。现在我要进卧室睡觉去了，而且进去后不锁门，瞧我怕不怕你！我要让你知道和看到这一点！你喝茶了吗？'我说：'没喝，也不想喝。''不喝拉倒，随你便，不过这对你不合适。'她说到做到，房间果然没上锁。第二天早上，她走出房间——笑了，她说：'你难道疯了吗？不吃不喝，不会饿死吗？'我说：'饶了我。''我已经说过：不想饶恕你，也不想嫁给你。难道你一整夜就在这椅子上坐着，也没睡觉？'我说：'是的，没睡。''多聪明！那你现在还不想喝茶和吃饭吗？''我说了不吃不喝——饶了我！'她说：'这可对你不合适，要知道，这就跟给牛配上马鞍似的。你是不是想吓唬我呢？你坐在那里挨饿，我有多不幸呀，可把我吓坏啦！'她生气了，但是生了不多一会儿气，又开始挖苦我。我瞧她那模样，觉得很奇怪，她的满腔怨愤怎么都没有了呢？要知道她这人是爱记恨的，常常对别人记恨很长时间！我当时想，她一定把我看得很下流，连正经八百地恨我都恨不起来。事实也真是这样。她说：'你知道什么是罗马教皇吗？'我说：'听说过。'她说：'帕尔芬·谢苗内奇，你一点儿没学过世界通史吧。'我说：'我啥也没学过。'她说：'那么，我让你听一段故事：从前有一位教皇，他对一位皇帝很生气，这皇帝在他那儿三天不吃不喝，光着两脚，在他的宫殿前长跪不起，非要教皇饶恕他不可。你猜怎么着，这皇帝跪了三天，他脑子里尽想些什么，他私下里发了什么誓呢？……等一等，'她说，'干脆我念给你听吧！'她跳起身来，拿来了一本书。她说：'这是诗。'她就对我念那首诗，这诗说的是这个皇帝在这三天里赌神罚咒，非向那位教皇报仇不可。①她说：'你难道不喜欢这故事吗，帕尔芬·谢苗内奇？'我说：'你念的那事儿是对的。''啊，你也说那是对的，这就表示，你大概也会发誓：她一旦嫁给我，我就找她算账，把她耍弄个够！'我说：'不知道，也许，我也有这个想法。''怎么会不知道呢？'我说：'真不知道，我现在还没心思考虑这问题。''那你现在想什么呢？''你一从座位上站起来，从我身边走过，我就看着你盯着你，你的衣服一发出窸窸窣窣的声音，我的心就往下沉，你一走出房间，我就回想你说过的每句话，用什么声音说的，说了什么。可昨天一整夜我什么也没想，一直在听，你睡着了是怎么呼吸的，又怎么动弹了两回……'她笑了：'你大概也想到打我的事吧，没想？也不记得了？'我说：'也许想了，我不知道。''如果我不饶恕你，也不嫁给你呢？''我说过，我就跳河自杀。''也许在跳河前，还得把我先杀了吧……'说罢，她就沉思

---

① 指德国诗人海涅的诗《亨利》。亨利指德皇亨利四世，教皇指罗马教皇格里戈里七世。后来，亨利四世果然打进了罗马，废黜了教皇格里戈里七世，并由克利门特三世继任罗马教皇。

起来。后来她生气了，走了出去。一小时后，她又从卧室里出来，闷闷不乐。她说：'我决定嫁给你，帕尔芬·谢苗内奇，倒不是因为我怕你，而是因为反正一样，都完蛋。哪会有什么更好的办法呢？坐吧，'她说，'马上就让她们给你端吃的来。'她又加了一句：'我既然嫁给你，就要做你忠实的妻子，这点你不用怀疑，也不用担心。'然后她沉默了一会儿，又说道：'你毕竟不是我的奴才，我从前却以为你是十足的奴才。'她立刻定下了婚期，可是一星期后她又离开我逃跑了，去找列别杰夫，跑到这儿来了。我一到，她就对我说：'我没有完全回绝你，我只想再等等，我爱等多久就等多久，因为我自己的事仍由我自己做主。你愿意，就等着。'我们现在的情况就是这样……你对这一切是怎么想的呢，列夫·尼古拉耶维奇？"

"你自己是怎么想的呢？"公爵反问道，凄苦地看着罗戈任。

"我难道还能想？"他脱口而出。他本来还想加上几句话，但是他沉浸在无边的苦恼中，欲言又止，默然无语。

公爵站起身来，又想告辞。

"我决不会从中作梗。"他若有所思地低声说道，仿佛在回答自己心中隐蔽的思想似的。

"嗯，我有句话要问你！"罗戈任蓦地兴奋起来，两眼开始闪出亮光，"我不明白你怎么对我这样迁就，一再相让？难道你已经完全不爱她了吗？你过去毕竟也为此苦恼过啊，这是我亲眼看到的。那你现在马不停蹄地拼命赶到这里来，又为了什么呢？出于怜悯？（他脸上浮现出刻毒的嘲笑。）嘿嘿！"

"你以为我骗你？"公爵问。

"不，我相信你，不过这事叫我摸不着头脑。你的怜悯心可能比我的爱还强烈！"

一种怨愤和一吐为快的神态，在他脸上燃烧起来。

"怎么说呢,你的爱和恨掺杂在一起,分不开,"公爵微微一笑,"一旦爱没有了,也许更糟。帕尔芬兄,我是直言不讳地对你说这话的……"

"我会杀了她?"

公爵打了个哆嗦。

"因为你现在的爱,因为你现在所受的全部痛苦,你会对她深恶痛绝的。我百思不得其解的是,她怎么肯再嫁给你? 我昨天一听到这话,差点儿不相信自己的耳朵,同时心里十分难过。要知道,她拒绝了你两次,在就要结婚时逃跑,这说明她有一种预感!……她现在需要你什么呢? 难道需要你的钱? 这是胡说。就说钱吧,你大概也花了不少了。难道就为了找个丈夫? 除了你,她不是也能找到丈夫嘛。找任何人都比你强,因为你也许会当真杀了她的,对于这一点,她现在也许太清楚了。你怎么会爱她爱得这么强烈呢? 没错,除非是这个……我曾经听人说,有这样一种人,专门寻找这样的爱……不过……"

公爵说了一半,停了下来,陷入沉思。

"你怎么又对我父亲的肖像冷笑呢?"罗戈任问,他一直密切注视着公爵脸上的一切变化,倏忽闪现的任何神态。

"我为什么笑? 因为我忽然想到,如果你没有这件倒霉事,没有发生这段走火入魔的爱,你说不定会变成跟令尊一样的人,而且会变得很快。那时候,你就会一个人默默地坐在这座楼里。娶一位百依百顺、寡言少语的妻子,你说话不多,正颜厉色,对任何人都不相信,也根本不需要相信任何人,只是板着脸,一声不响地赚钱。你充其量也不过夸奖一些古书[①],对用两个手指画十字[②]感兴趣,即使这样,也要到你快年老的时候……"

[①] 旧礼仪派只承认古代的宗教书籍,而对16世纪以后俄国正教会根据古希腊语和古斯拉夫语手稿对《圣经》俄译本所作的任何修订一概不予承认。
[②] 用两个手指画十字是俄国正教旧礼仪派画十字的方式。现代正教徒使用三个手指,代表圣父、圣子、圣灵。

"你嘲笑吧。她前不久也端详过这幅肖像,也说过跟你刚才所说的一模一样的话! 也怪,你俩现在好像穿连裆裤似的,看法全一样……"

"难道她已经到这儿来过?"公爵好奇地问。

"来过。她看着这幅肖像,看了很久,问了我许多关于先父在世时的事,最后,她冲我笑了笑,说:'你也会变成这样的人的。帕尔芬·谢苗内奇,你的情感很强烈,如果你犯浑,这强烈的情感就会把你发配到西伯利亚去服苦役,不过你这人很聪明,决不会做那种糊涂事。'(她就是这么说的,你信不信? 我第一次听到她说这种话!)'你快别像现在这样胡闹了。因为你这人没有受过任何教育,你就拼命攒钱吧,跟你父亲那样,同那帮阉割派教徒一起坐在这座楼里。也许到后来,你也会改信旧教的,并且爱上你手里的那些钱,不是攒二百万,没准能攒到一千万也说不定,然后守着你那一大麻袋一大麻袋的钱,活活饿死,因为你干什么都玩命,非把命搭上不可。'她就是这么说的,几乎跟原话一模一样。在此以前,她还从来没有这样跟我说过话! 她老是跟我东拉西扯地胡说一通,要不就嘲笑我,就是这回,她也是一边笑一边说,说到后来就板起了脸。她到处走了走,把这整个楼都看遍了,仿佛害怕什么东西似的。我说:'我要把这一切都换个样,重新装修,要不然的话就在结婚前另买一座房子。'她说:'大可不必,这里的一切都不要改动,我们就这么住。我做你的妻子后,我要挨着你妈住。'我带她去见我妈——她像亲生闺女似的对她很敬重。我妈在过去,已经有两年了吧,精神好像不很正常(她有病),我父亲死后,她就完全成了老小孩了,不会说话,也不会走路,老坐着,就是有一点,不管看到谁,她都向人家点头问好。看那模样,不喂她,她三天也不会想到吃喝。我拿起我妈的右手,把她的两个手指捏在一起,我说:'妈,您给她祝福吧,她要跟我结婚了。'她动情地吻了吻我妈的手。她说:'你母亲大概遭受过很多不幸吧。'后来,她看见我的这本书,就说:'你怎么开始读《俄国史》了？（还在莫斯科的时候，有一天她就亲自对我说过："你也想法子恢复点儿人样嘛，哪怕读读索洛维约夫的《俄国史》呢，瞧你什么都不懂。"）你这样做很好嘛，'她说，'就这样，往下读吧。我给你亲自开个书单，告诉你首先应该读哪些书，你愿意不愿意？'她过去从来，从来就没有跟我这么说过话，因此使我很惊讶。我头一次像个活人似的松了口气。"

"听到这话，我很高兴，帕尔芬，"公爵真心诚意地说道，"很高兴。谁知道呢，也许上帝会使你们俩结合在一起的。"

"绝对不会！"罗戈任热烈地喊道。

"听我说，帕尔芬，如果你这样爱她，难道你就不想赢得她的尊重吗？如果你想，你难道就不抱希望吗？我方才说过，我百思不得其解：她为什么要嫁给你？尽管我解不透这个谜，我还是毫无疑问地认为，其中必有某种充分的、合乎情理的原因。对你的爱，她是坚信不疑的。但是，她也一定深信你有某些优点，要不然，这是根本不可能的！你方才说的话也证实了这点。你自己也说，她认为她现在已经有可能用跟以前对你的态度和说话方式完全不同的另一种语言来跟你说话了。你多疑，又好忌妒，因此一发现什么不好的事，就过甚其词地加以夸大。当然，她也不像你说的那样，对你的想法就那么坏。要不然，她嫁给你，岂不是存心去跳河或挨刀吗？难道这可能吗？谁会存心去跳河或挨刀呢？"

帕尔芬脸上挂着苦笑听完了公爵这段热诚的话。看来，他的信念一经确立，已经不可动摇了。

"你现在多么痛苦地看着我呀，帕尔芬！"公爵带着一种沉重感脱口说道。

"跳河或者挨刀！"他终于说道，"哼！她嫁给我，恐怕就为的是等我给她一刀！公爵，难道你直到现在还当真没明白过来，这究竟是怎么回事吗？"

"我不懂你的意思。"

第二部

"好吧，你也许当真不懂，嘿嘿！难怪有人说你是……那个。她爱的是另一个人，你要明白这道理。就像我现在爱她一样，她现在也同样爱着另一个人。这另一个人你知道是谁吗？这人就是你！怎么，你不知道？"

"我！"

"你。她当时，从过生日那天起，就爱上了你。不过她认为她不能嫁给你，因为她怕嫁给你就似乎玷污了你，会葬送你的整个前程。她说：'大家都知道我是怎样一个女人。'她对这点至今直言不讳。这些话都是她亲口当着我的面直截了当地说的。她怕葬送你的前程和玷污你的名声，至于嫁给我，那就没什么了，嫁就嫁呗，——瞧，她把我看成什么玩意儿了，这点也请你注意！"

"那她怎么会离开你跑来找我，又……离开我跑去……"

"又离开你跑去找我！哼！她一会儿一个想法，反复无常！现在她整个人就像发疟子似的。一会儿向我喊：'嫁给你等于去跳河。快办喜事吧！'于是亲自跑来催我，定下了婚期，可是日子一近，她又害怕了，要不就想出别的念头——只有上帝知道，你不是看见了吗：哭呀，笑呀，像打摆子似的发抖呀。至于她又离开你逃跑，这有什么解不透的呢？她又离开你逃跑，那是因为她当时猛地醒悟她爱你爱得有多深。她没法在你那儿待下去。你方才说我在莫斯科找到了她，不对——是她自己从你那儿跑来找我的。她说：'你定日子吧，我想好了！来杯香槟！咱们去找吉卜赛姑娘！……'——她大喊大叫！……要不是有我，她恐怕早跳河了，我说的是实话。她没去跳河，大概是因为我比水还可怕。她是发狠才嫁给我的……假如她当真嫁给我的话，我敢肯定，她是发狠才嫁给我的。"

"你怎么能……你怎么能？……"公爵叫道，但是没把话说完，他惊惶地看着罗戈任。

"怎么不把话说完呀？"罗戈任龇牙咧嘴地接着说道，"要我把你这会儿心里想的东西说出来吗？你在想：'嗯，她现在怎么能嫁给他呢？怎么能让她走这一步棋呢？'你在想什么是明摆着的……"

"我不是为了这个才到这里来的，帕尔芬，我敢说，我心里想的也不是这事……"

"你不是为了这事才来的，想的也不是这事，这是可能的，不过你现在肯定是在想这事，嘿嘿！好啦，够啦！你干吗这么垂头丧气呢？你难道当真不知道这个吗？真叫我吃惊！"

"这全是忌妒，帕尔芬，这全是病态，你把这一切都过分夸大了……"公爵异常激动地嘟囔道，"你倒是怎么啦？"

"放下。"帕尔芬说，一把夺过公爵手里的小刀（这把小刀是公爵从桌上那本书旁顺手拿过来的），又放回原来的地方。

"我快到彼得堡的时候就仿佛知道，仿佛预感到……"公爵继续说，"我本来不想到这里来！我想把这里的一切都忘掉，把它们从心里连根拔掉！好，别了……你怎么啦？"

公爵说话的时候，心不在焉地又从桌上拿起那把小刀，罗戈任又从他手里把那小刀拿过来，扔到桌上。这小刀的形状很普通，刀柄是鹿角的，不是折刀，刀约三俄寸半长，刀宽也与之相当。

罗戈任看见公爵特别注意到他两次从他手里把刀夺过去的情形，就恼火地拿起刀子，夹进书里，把书扔到另一张桌上。

"你用它来裁书，是吗？"公爵问，但是他的神态有点儿恍惚，仿佛仍处在潜心沉思的重压下。

"对，裁书。"

"这不是果园里用的刀子吗？"

"是的，果园里用的。难道就不能用果园里用的刀子裁书吗？"

"不过这刀……是全新的。"

"嗯，新的又怎么样？难道我现在就不能买把新刀吗？"罗戈任越说越有气，终于狂怒地叫道。

公爵打了个哆嗦，定神看了看罗戈任。

"我们倒是怎么啦！"他忽然笑起来，完全清醒了过来，"对不起，老兄，当我像现在这样头重脚轻，而且这病……我变得越来越精神恍惚了，样子也十分可笑。我想问的完全不是这事……也不记得究竟想问什么了。别了……"

"不是走这儿。"罗戈任说。

"忘了！"

"走这儿，走这儿，走，我给你领路。"

四

他们又穿过公爵已经走过的那一个个房间，罗戈任稍微走在前面，公爵紧跟在他后面。他俩走进一座大厅。这里墙上挂着几幅油画，全是主教们[①]的肖像和风景画，由于画面黝黑，什么也看不清。在通向另一间屋子的房门的上方，挂着一幅形式相当奇特的油画，约两俄尺半宽，但是高不过六俄寸。上面画的是刚从十字架上卸下来的救世主[②]。公爵对这画匆匆一瞥，似乎想起了什么，但是没有停下来细看，就想走出门去。他感到心里很难受，想赶紧

[①] 1721年彼得大帝对俄罗斯正教会进行改革，取消牧首制，成立主教公会。1917年恢复牧首制。

[②] 指耶稣。

离开这所房子。但是罗戈任蓦地在这幅画前停了下来。

"瞧，这里所有的画，"他说，"都是拍卖的时候先父用一两个卢布买下来的，他喜欢画。有一位懂行的人把这里所有的画全看了一遍，他说：都是些废物，只有这幅，就是门上的这幅，也是花两卢布买来的，不是废物，居然有人出价三百五十卢布，向先父买这幅画，还有一位姓萨韦利耶夫的商人，名叫伊万·德米特里奇，他很喜欢画，甚至出到四百卢布。而上星期，居然有人向舍弟谢苗·谢苗内奇出到五百。我把这画硬留下了。"

"这……这是汉斯·霍尔拜因一幅画①的摹本。"公爵把这幅画端详了一遍后，说道，"虽然我不是了不起的行家，但是看得出来，这幅画临摹得很好。我曾在国外看到过这幅画，怎么也忘不了。但是……你怎么啦……"

罗戈任蓦地撇下画，从原来走的那条路向前走去。当然，罗戈任的心不在焉，再加上他身上突然出现的那种特别而又奇怪的激动情绪，也许可以说明他这样忽冷忽热的原因，但是公爵还是有点儿奇怪，谈话竟这么突然中断了：这话并不是他开的头，可是罗戈任居然不理睬他说的话。

"我说列夫·尼古拉耶维奇，我早就想问你，你是不是信仰上帝？"罗戈任走了几步后，又突然开口问。

"你问得多奇怪，而且……你的眼神也很怪！"公爵无意中说道。

"我喜欢看这幅画。"默然片刻后，罗戈任又嘟囔道，仿佛又忘了刚才提的那个问题。

"喜欢看这幅画！"公爵蓦地产生一个想法，他突然叫起来，"喜欢看这幅画！可是看了这幅画，有人会丧失信仰的！"②

---

① 指德国肖像画家小霍尔拜因（1497—1543）的油画《死基督》。陀思妥耶夫斯基曾于1867年在瑞士巴塞尔看到过这幅画，并对它印象深刻。下文作者通过伊波利特之口再次提到这幅画。
② 陀思妥耶夫斯基看过这幅画后，曾对夫人安娜·格里戈里耶芙娜说过同样的话。

第二部

"倒也是。"罗戈任出人意料地突然肯定道。这时他们已经走到紧靠出门的地方。

"怎么?"公爵蓦地站住,"你说什么呀! 我随便开句玩笑,你倒当真了! 再说,你干吗问我是不是信仰上帝?"

"没什么,随便问问,我从前就想问你。现在不是有许多人不相信上帝了吗? 有个人喝得醉醺醺地对我说,在我们俄国不信仰上帝的人比全世界不信仰上帝的人加在一起还多,你在国外住过,怎么样,这话对吗? 他说:'我们要做到这一点比他们容易些,因为我们走得比他们远。'……"

罗戈任苦笑了一下,他提完自己的问题后,就抓住门锁把手,蓦地打开了门,等公爵出去。公爵很惊讶,但还是出去了。罗戈任也跟在他后面走到楼梯平台上,随手关上了门。他俩面对面地站着,似乎两人都忘记了他们到什么地方,现在要干什么。

"别了。"公爵伸出手来说道。

"别了。"罗戈任说,紧紧地,但是完全机械地握着公爵伸给他的那只手。

公爵走下一级楼梯,又转过身来。

"关于信仰,"他微微一笑,开口说道(他显然不愿意就这样离开罗戈任),此外,他忽然想起一件事,一想到这事,他又兴奋起来,"关于信仰,上星期,我在两天内遇到了四件不同的事。早晨,我在一条新修的铁路上坐火车,在车上跟一位斯先生[①]谈了大约四小时,我跟他立刻成了朋友。我过去就常常听人家说起他,说他是无神论者。他这人的确很有学问,我很高兴能够跟一个真正有学问的人谈话。此外,他还是一个少有的非常有教养的人,因此他跟我说话时,竟把我看作一个在认识能力和理解能力上跟他完全相等的人。他

[①] 据考证,斯先生可能是指陀思妥耶夫斯基青年时代的一位好友,革命团体彼得拉舍夫斯基小组的成员斯佩什涅夫(1821—1882)。他的观点有明显的唯物论和无神论倾向。

不相信上帝。不过有一个情况使我很吃惊：他谈来谈去，好像根本没有谈到点子上，我吃惊，还因为我过去也遇到过许多不信仰上帝的人，我也读过许多这样的书，但是我总觉得，无论是他们说的还是书上写的，好像根本没有说到点子上，虽然表面上看好像在谈那个问题。我当时就向他说明了我的这一想法，但是也可能我没有说清楚，或者不善于表达，因为他什么也没听明白……晚上，我在县城的一家客栈里留宿，这家客栈刚发生一桩凶杀案①，就发生在头一天夜里，因此我一到就听见大家在谈这件事。两个农民，都上了年纪，都没有喝醉酒，而且早就互相认识，是朋友。他俩喝了茶，想睡在一起，住在同一间小屋里。但是最近两天，一个农民无意中发现另一个农民有一块银表，挂在一根用黄珠子穿的表链上，他从前大概不知道他有这块表。这人不是贼，甚至很清白，也很老实，按农民的生活水平看，也完全不穷。但是他非常喜欢这块表，这表对他很有诱惑力，他终于经不住诱惑：拿起刀来，趁朋友转身的时候，蹑手蹑脚地走到他身后，对准了，然后举首望天，画了个十字，痛苦地默默祷告：'主啊，看在基督分上，饶恕我吧！'——接着便当头一刀，劈死了他的朋友，就像宰头羊似的，掏走了他的表。"

罗戈任听罢笑得前仰后合。他哈哈大笑，好像生了病，病情发作似的。他刚才还愁眉不展，现在却大笑不止，看他这模样，真叫人心里纳闷。

"我就喜欢这个！不，简直妙极了！"他像抽风似的叫道，差点儿喘不上气来，"一个人根本不信上帝，另一个人非但信，而且信到杀人的时候还要祷告……不，公爵老弟，这决不是你杜撰得出来的！哈哈哈！不，这太妙了！……"

"第二天一早，我上街溜达，"罗戈任还在抽风和打摆子似的大笑不止，

---

① 据陀思妥耶夫斯基自述，这件凶杀案确有其事，发生在1867年，杀人犯是个农民，被杀的是个小市民，杀人动机是为了一块手表，凶手杀人时还向上帝默祷："主啊，看在基督分上，饶恕我吧！"

第二部

等他的笑声一停，公爵又接着说，"看见一个衣衫褴褛、喝醉酒的士兵在木板铺的人行道上东摇西晃地走着。他走到我跟前，说道：'老爷，买下这十字架吧，银的，总共才跟你要二十戈比，银的！'我看见他手里拿着一个十字架，大概刚从身上摘下来，还拴着根浅蓝色的、戴得很旧了的带子，但是一眼就看得出来，这不过是个真正的锡十字架，很大，呈八角形，上面刻满了拜占庭花纹。我掏出一张二十戈比的票子给了他，而且立刻把这十字架挂在自己身上，——从他脸上看得出来，他很得意，因为他居然把这个笨老爷骗了，而且毫无疑问，他会立刻前去把这用十字架骗来的钱买酒喝。我回到俄国后，老兄，各种千奇百怪的事见多了，我当时印象很深，感慨万千。过去，我对咱们俄国什么也不了解，像个不会说话的牲口一样渐渐长大，我在国外这五年，想起俄国时充满了幻想。我一边走一边想：不，先不要对这个出卖基督的人说三道四。只有上帝知道这些醉生梦死的人在想什么。一小时后，我在回客栈的路上又遇到一个乡下女人，怀里抱着吃奶的孩子。这女人很年轻，这孩子也才出生六七个星期。这孩子向她嫣然一笑，据她观察，这是他出生以来头一次笑。我看着她十分虔诚地画了个十字。我问她：'大姐，你干吗呀？'（我当时什么都问。）她说：'一个母亲发现自己的孩子头一次笑，做母亲的那份高兴呀，都这样，就像上帝在天上，每次看到一个罪人在他面前真心诚意地跪下来祷告时，所感到的喜悦一样。'这是那个女人对我说的，这几乎是她的原话，她说出了那异常深刻、异常透彻，而且真正符合宗教教义的思想，在这思想里，基督教的本质一下子全部表露出来了，也就是，应当把上帝看作我们的亲生父亲，把上帝对人的喜悦看作父亲对亲生孩子的喜悦——这就是基督的最主要的思想！①一个普普通通的女人！诚然，她是母

---

① 参见《新约·路加福音》第十五章第七节："我告诉你们，一个罪人悔改，在天上也要这样为他欢喜。"

亲……但是谁知道，也许这女人就是那个士兵的妻子呢。听我说，帕尔芬，你方才问我，这就是我的回答：宗教感情的实质既不能归结为任何论述，也不能归结为任何过失感和犯罪感，更不能归结为无神论对宗教的种种抵牾，这里别有一种不能言传的意蕴，永远别有一种意蕴。无神论的说三道四永远是隔靴搔痒，似是而非，永远说不到点子上。但主要的是，你可以在俄国人的心灵中最清楚、最迅速地看到这一点，这就是我的结论！这就是我离开俄国时带走的我的最主要的信念。是可以大有作为的，帕尔芬！请相信我。在我们俄国这块土地上还是可以大有作为的！你想想，咱俩在莫斯科的时候，有一个时期常常见面，也常常谈心……我根本就不承想现在会回到这里来！也根本，根本不承想要跟你见面！好了，有什么办法呢！……别了，再见！愿上帝不要离弃你！"

他转过身去，开始走下楼梯。

"列夫·尼古拉耶维奇！"当公爵走到第一个拐弯处的楼梯平台时，帕尔芬在楼上喊道，"你跟那个当兵的买的十字架带在身边吗？"

"是的，在我身上。"

于是公爵又停下来。

"拿上来给我看看。"

又出了怪事！他想了想，走上楼去，他给他看了看自己的十字架，但是没有把它从脖子上摘下来。

"送给我吧。"罗戈任说。

"干什么？你难道……"

公爵不想割爱，不想把这个十字架送人。

"我要戴它，我把自己的拿下来给你，你戴。"

"你想交换十字架吗？好，帕尔芬。如果是这样，我乐于从命，咱们就此结为把兄弟①。"

公爵摘下自己的锡十字架,帕尔芬则解下自己的金十字架,彼此进行了交换。帕尔芬默然不语。公爵心情沉重而又诧异地发现,过去那种不信任,过去那种近乎嘲笑的苦涩的微笑,似乎仍旧没有离开他那位结拜兄长的脸,起码在倏忽之间表现得很强烈。罗戈任最后默默地拿起公爵的手,站了片刻,似乎想干什么而又拿不定主意。最后他忽然拉着公爵就走,用很低很低的声音说道:"跟我走。"他们穿过二楼楼梯的平台,在他们刚才出来的那扇门的对面拉了拉门铃。有人很快给他们开了门,一位浑身伛偻、身穿黑衣、包着头巾的老妇人,默默地、低低地向罗戈任鞠了个躬。罗戈任匆匆问了她句什么话,也没停下来等她回答,就领着公爵穿堂入室,继续往前走去。他们又走过一些黑黢黢的房间,这些房间异乎寻常地清冷和干净,屋里陈设着古老的家具,蒙着干净的白布套,显得十分清冷、肃穆。罗戈任不经通报就把公爵领进一个不大的房间,看上去像客厅,中间用光亮的红木板壁隔开,两侧各有一门,其中一扇门的后面大概是卧室。在客厅一角,靠近壁炉,在一张安乐椅上坐着一位瘦小的老太太,从外表看还不算太老,甚至面容还相当健康、愉快,脸也圆圆的,但是已经满头白发,乍一看就可以断定,她已经完全返老还童,变成老小孩了。她身穿黑色的毛料长裙,脖子上围着一条黑色的大头巾,头戴一顶又白又干净、系着黑色缎带的包发帽。她的两脚搁在一张小板凳上。她身旁坐着另一个穿戴得很干净的老太婆,岁数比她略大,也穿着孝服,也戴着白色包发帽,看样子大概是什么陪伴老妪②吧,她在默默地织袜子。她们俩大概一直不言不语,默然相对。头一个老太婆一看

---

① 俄俗:结拜兄弟时彼此交换十字架。
② 一译女食客,指寄人篱下、依人为生的穷女人。她们的任务是陪女主人闲谈、玩牌或者念书。

到罗戈任和公爵，就向他俩微微一笑，和蔼可亲地向他们点了几下头，表示欢迎。

"妈，"罗戈任吻了吻她的手，说道，"这是我的好朋友列夫·尼古拉耶维奇·梅什金公爵，我跟他交换了十字架。在莫斯科的时候，有一个时期，他待我像亲兄弟一样，帮了我很多忙。妈，请你祝福他，就像给你亲生儿子祝福一样。等等，老人家，应当这样，让我来把你的手捏好……"

但是那位老太太还没有等罗戈任动手，就举起自己的右手，把三个手指捏在一起，虔诚地给公爵画了三次十字。接着又和蔼可亲地向他点了点头。

"好了，走吧，列夫·尼古拉耶维奇，"帕尔芬说，"我带你来就为了这事……"

当他们又走出门，走到楼梯上的时候，他补充说道：

"其实，跟她说话，她什么也不明白，我的话她一句也没听懂，可是她还是给你祝福了，这表明她是自愿的……好，别了，咱俩该分手了。"

他说罢便打开自己的房门。

"你真是个怪人，临别的时候也该让我拥抱你一下呀！"公爵以一种温存的责备神态望着他，大声说道，他想要拥抱他。但是帕尔芬刚举起两手，又立刻放了下来。他拿不定主意。他别转身去不看公爵，他不想拥抱他。

"甭怕！我虽然拿了你的十字架，但是决不会因为一块表杀人的！"他含含糊糊地嘟囔道，蓦地有点儿古怪地笑了起来。但是他的脸倏地全变了：他的脸白得可怕，嘴唇开始发抖，两眼也闪出了火花。他举起两手，紧紧地拥抱了一下公爵，然后气喘吁吁地说：

"你娶她吧，我认命了！她是你的！我让给你！……记住罗戈任！"

他说罢便甩下公爵，也不看他，匆匆走进了自己的房间，随手砰的一声关上了门。

五

已经很晚，差不多下午两点半了，公爵没有在叶潘钦家遇到将军。他留下名片后就决定到天平旅馆去寻找科利亚，如果他不在那里，便留张条子。天平旅馆的人告诉他，尼古拉·阿尔达利翁诺维奇"一大早出去了，不过他临走的时候关照，万一有人来找他，请告诉这位先生，他可能在下午三点之前回来。如果到三点半他还不回来，那就表示，他坐火车到帕夫洛夫斯克叶潘钦将军夫人的别墅去了，这就是说，要在那里用过饭后才回来"。公爵听罢便坐下来等候，顺便给自己要了点儿东西，吃午饭。

三点半，甚至四点钟，科利亚还没回来。公爵走出门去，无意识地迈开脚步信步走去。彼得堡的初夏，有时很美——阳光灿烂，风和日丽，静悄悄的。这天正好赶上这么个难得的好天气。公爵漫无目的地信步走去。他对这座城市不甚熟悉。他走走停停，有时伫立在街头的十字路口，停在一些房屋前，有时便站在广场和桥头，有一次他还走进一家食品店稍事休息。有时，他又非常好奇地打量一个个过往行人，但是他更多的是既没有注意行人，也没有注意自己走在什么地方。他处在一种痛苦的紧张和不安之中，与此同时，他又感到非常需要一个人静一静。他想一个人待一会儿，完全被动地听任这种痛苦的紧张状态继续下去，而丝毫不去寻找摆脱这一状态的出路。许多问题纷至沓来地涌上他的灵魂和心头，他不想解决，也讨厌去解决。"怎么，难道这一切都是我不对吗？"他喃喃自语道，几乎没有意识到自己在说什么。

快到六点的时候，他出现在皇村铁路①的站台上。他很快就感到受不了这种形单影只、孑然一身的情况，一阵新的冲动笼罩了他的心，使他感到热乎乎的。本来，他的灵魂在一片黑暗中感到抑郁和酸痛，可现在，霎时间出现了一道明亮的光，照亮了这黑暗。他买了一张到帕夫洛夫斯克的车票，而且迫不及待地想赶快动身，但是，当然，一定有什么东西在苦恼着他，这东西就是现实，而不是他可能乐于认为的那样，是一种想入非非。但是他刚上火车，又忽然将刚买到的车票扔在地上，走出了车站，心事重重，若有所思。少顷，在大街上，他又好像忽然想起了什么，突然明白了什么似的，他想起一件十分奇怪而又使他长久感到不安的事。他蓦地清楚地发现自己在做一件事，而且这事已经做了很久，但是他在此以前竟一直没有察觉：已经好几小时了，甚至还在天平旅馆的时候，甚至好像还在去天平旅馆之前，他就仿佛突然开始在自己周围寻找什么东西似的，找着找着，他又忘记了，甚至一忘就忘了很长时间，一忘就是半小时，接着，又不安地蓦地向四外张望，在四周寻找。

但是，他一发现自己身上这种病态的、至今完全无意识的，但是早就支配着他的行动以后，眼前又突然闪过一件使他异常感兴趣的回忆：他想起，正当他发现自己在四周寻找什么东西的时候，他恰好站在人行道上一家铺子的橱窗前，在十分好奇地端详着陈列在橱窗里的一件物品。他想核实一下，非核实一下不可：他刚才是否当真站在这家铺子的橱窗前，也许就在五分钟前，这会不会是他的一种错觉，他有没有把什么东西弄混了？这家铺子和这件商品是否真的存在？要知道，他今天确实感到自己处在一种特别病态的心绪中，几乎跟从前老毛病发作之初他所感到的那种情况一样。他知道，在这

---

① 皇村现名普希金城，皇村铁路是彼得堡的郊区铁路，沿皇村铁路可至帕夫洛夫斯克，仅一站之隔。

病发作前，他常常十分心不在焉，如果不是特别集中注意力，就常常会把一些东西和面孔搞混。但是，他之所以非常想核实一下他当时是否站在这家铺子前，还有一个特别的原因：在这家铺子橱窗里陈列的物品中，他曾经观看过一样东西，甚至给它估了价，值六十银戈比，尽管他非常心不在焉和心神不定，这事他还是记得的。因此，倘若这家铺子当真存在，陈列的商品中也确有这件东西的话，那么他停下来也就是为了这件东西。这就表明，这件东西含有使他产生浓厚兴趣的因素，所以能在他走出铁路车站后，甚至处在严重心神不定的状态下，吸引他的注意力。他走着，近乎烦恼地时时往右看，由于烦躁，心在剧烈地跳动。但是，瞧，前面就是那家铺子，他终于找到了！当他想折回去的时候，他离这家铺子只有五百步远了。瞧，这不就是那件值六十戈比的东西，"当然，只值六十戈比，再多就不值了！"他现在确认，接着便笑起来。但是他笑得有点儿歇斯底里，他觉得心情沉重。他现在记得很清楚，正是在这里，站在这面橱窗前的时候，他猛一回头，就像今天清早蓦地发现罗戈任的那两只眼睛在注视他一样。经核实，他相信自己没弄错（其实，不核实他对此也坚信不疑），便撇下这家铺子，急急忙忙走开了。这一切应当赶快考虑，一定要好好考虑。现在已经很清楚，在火车站，也不是他的错觉，他一定发生了件真实的、肯定与他过去的种种不安有关的事。但是他又产生了一种克制不住的厌恶心理，这心理又压倒了他原先的打算：他什么也不想考虑，也没有去考虑，他开始想一件完全不相干的事。

他顺便想到，他在发癫痫病的时候，几乎就在发作之前，还有一个预备阶段（倘若在他醒着的时候发作的话），就在他心中感到忧郁、沉闷、压抑的时候，他的脑子会霎时间豁然开朗、洞若观火，他的全部生命力会一下子调动起来，化成一股非凡的冲动。在闪电般连连闪烁的那些瞬间，他的生命感和自我意识感会增加几乎十倍，他的智慧和心灵会倏忽间被一种非凡的光照亮，一切激动、一切疑虑和一切不安，仿佛会霎时间归于太和，化成一种高度的宁静，充满明朗而又谐和的欢欣与希望，充满理性与太极之光。但是，这些瞬间，这些闪光，不过是对于那最后一秒钟（从来没有超过一秒钟）的预感，从这一秒钟起，这病就发作了。这一秒钟当然十分难受。后来，在他康复之后，他在思考这一瞬间的时候，常常对自己说：要知道，这种高度的自我感觉和自我意识，因而也是"最高存在"的所有这些倏忽即逝的闪光，无非是一种病态罢了，是对人的常态的破坏，如果这是对的，那么这根本不是什么最高存在，恰恰相反，只能算作最等而下之的状态。然而，话又说回来，他最后还是得出了一个十分奇怪的悖论："是病又怎么样呢？"他终于认定，"倘若结果本身，倘若康复之后回想起来并加以考察的这一瞬间的感觉，是一种高度的和谐与美，而且给人以一种前所未有和始料所不及的充实、恰到好处与心气平和，而且与生命的最高综合体热烈而又虔诚地融合为一体的话，即使这种紧张状态不正常，又有什么要紧呢？"这种含糊暧昧的说法，他自己倒觉得十分清楚，虽然词不达意，不能表达他的心意于万一。至于说这确实是一种"美和祈祷"，确实是一种"生命的最高综合"，他对此是毫不怀疑的，也不允许有任何怀疑。这一瞬间，他绝非梦见了幻影，就像服用了大麻、鸦片或者喝醉酒以后常常出现降低理性、扭曲灵魂的不正常、不存在的幻影那样，难道不是这样吗？对于这点，他在病态终止后是能够正确地判断的。这些瞬间只不过是自我意识的非凡加强（如果必须用一个词来表达这种状态的话，那就是自我意识），与此同时，也可以说是一种高度直接的自我感觉。如果在那一秒钟内，也就是在癫痫病发作前有意识的最后一刹那，他能够清楚而又自觉地对自己说："是的，为了这一瞬间可以献出整个生命！"那无异是说，这一瞬间本身就抵得上整个生命。然而，他并不赞成这一结论的辩证部分：他随之而来的神志不清、内心迷惘、白痴状态就是这些"最崇高的瞬间"

的彰明较著的后果。不用说，他对此无意正经八百地争辩。这一结论，即他对这一瞬间的评价也无疑含有错误，但是这种感觉的现实性还是使他略感困惑。说真的，他该怎样来看待这一现实呢？要知道，他的确常常发生这种状况，而且就在那一秒钟，他已经不止一次地对自己谈过，这一秒钟，鉴于他完全感觉得到的无边幸福，就抵得上整个生命。在莫斯科，当他们相聚在一起的时候，有一次他曾对罗戈任说："这一瞬间，我对于那句不寻常的话：'不再有时日了'①似乎有点儿了然于心了。"他又微笑着加了一句："这大概就是那一秒钟，患癫痫病的穆罕默德在翻倒的水罐还没有溢出之前，已经在那一秒钟内观察了真主的所有居所。"②是的，在莫斯科的时候，他和罗戈任常常碰头，谈的也不仅是这个。"罗戈任方才说，我当时跟他情同手足，他今天还是头一回说这话。"公爵心想。

他坐在夏园树荫下的一张长椅上，想着这事。这时大约在傍晚七点。花园里空无一人，一片黑影霎时遮住了西下的夕阳。天气很闷，大有雷雨欲来之势，虽然不会马上来。现在这种内省静观的状态对于他来说，自有一种令人陶醉的吸引力。他看到外界的每一件事物，就浮想联翩，思绪万千，他喜欢遐想：他总想忘掉当前那迫在眉睫的问题，但是他对四周匆匆一瞥，自己那种阴郁的想法又立刻浮上心头，他多么想甩掉这些想法啊。他想起方才在旅店吃饭时，曾跟一名跑堂谈起不久前发生的一件轰动一时的非常奇特的凶杀案。但是他刚一想起这事，又蓦地产生一个特别的想法。

一个异乎寻常的、无法抵御的、近似诱惑的愿望，突然攫住了他的全部

---

① 语出《新约·启示录》第十章第七节，指世界末日近了，"神的奥秘"即将呈现。
② 据传，伊斯兰教创始人穆罕默德患有癫痫病，发病时常伴有幻影和幻觉。有一天夜里，穆罕默德被天使长叫醒，让他骑上神马，转眼之间便穿过麦加到耶路撒冷，接着又上天入地，与真主、天使和先知交谈，看了烈火地狱……回来时，还来得及扶正被天使长碰倒的水罐，水尚未溢出。

第二部

意志。他从长椅上站起来，走出夏园，径直向彼得堡地区走去。方才，在涅瓦河的滨河街上，他就问过一名过路人，过涅瓦河到彼得堡地区怎么走。那人给他指了路，但他当时并没有过河到对岸去。① 退一步说，大可不必今天就去嘛，这他也知道。他早就有她的地址，可以很容易地找到列别杰夫的亲戚家，但是他心里明白，几乎十拿九稳，决不会在那里碰到她。"她一定到帕夫洛夫斯克去了，要不按约定，科利亚肯定会给天平旅馆留话的。"由此可见，他现在去，当然不是为了看她。另一种阴暗的、折磨着他的好奇心在诱惑他。他头脑里生出一个突如其来的新想法……

对他来说，开始往前走，而且知道往哪儿走，也就足够了：一分钟后，他又几乎不看路，信马由缰地走着。他立刻觉得，继续考虑那个"突如其来的想法"，不仅心里特别反感，而且几乎是不可能的。他拼命想集中注意力，打量着出现在他眼前的每一样东西，他看着天空，看着涅瓦河。他还跟一个迎面走来的小孩说了几句话。也许，他癫痫病发作的症状越来越厉害了。看来，雷雨当真就要来临了，虽然来的速度很慢。远处已经开始打雷，天气变得很闷……

不知道为什么，他现在老想到他今天上午见到的列别杰夫的外甥，就像有时候常常想到一个挥之不去、令人讨厌已极的音乐旋律一样。奇怪的是，他一想起那个外甥的样子就联想到那个凶手的模样，也就是今天上午列别杰夫向他介绍他的外甥时所提到的那个凶手。是的，关于这个凶手的行凶杀人案，他还是新近才看到的。自从他踏上俄国的土地之后，这类事他在报上看到很多，也听到很多，他密切注视着这一切。今天中午，他跟跑堂谈到杀害热马林全家的那件凶杀案的时候，甚至还产生了十分浓厚的兴趣。他想起，

---

① 夏园在大涅瓦河南岸，彼得堡地区在大涅瓦河北岸，由此及彼，须过桥。

第二部

这跑堂同意他的看法，他又记起了那个跑堂，这小伙子不笨，办事稳重而又出言谨慎，不过，"话又说回来，只有上帝知道他是什么样的人。初来乍到，对萍水相逢的人很难看透"。不过，他已经开始热烈地相信俄国人的灵魂了。噢，在这六个月里，他经受了多少对于他来说全新的、见所未见、闻所未闻、出人意料的事情啊！但是知人知面不知心，俄国人的灵魂也是捉摸不透的，许多人都捉摸不透。例如，他与罗戈任已非一日之交，情同"手足"，——可是他了解罗戈任吗？在这儿，在这一切之中，有时是多么混乱，多么杂乱无章，多么不像话啊！再说，不久前遇到的这个列别杰夫的外甥，又是一个多么讨厌、多么自以为是的浑小子啊！话又说回来，我倒是怎么啦？（公爵在继续幻想）难道是他杀死了这些人，这六个人的吗？我似乎弄混了……这多奇怪！我有点儿头晕……列别杰夫大女儿的脸多么讨人喜欢，多么可爱呀，也就是那个抱小孩的姑娘，她的表情多么天真啊，几乎还带点稚气，她笑起来也差不多跟孩子一样！奇怪的是，他几乎忘掉了这张脸，直到现在才想起它。列别杰夫虽然向她们跺脚，大概非常宠爱她们。但是最可靠，就像二二得四一样可靠的是，列别杰夫也一定非常宠爱自己的外甥！

不过话又说回来，他今天才到，何必急于盖棺论定，急于对他们宣读这样的判决呢？再说，列别杰夫今天给他出了一道题：嗯，他怎么会料到列别杰夫是这样的人呢？难道他从前知道列别杰夫是这样的人吗？列别杰夫和杜巴丽，——主啊！话又说回来，即使罗戈任要杀人，起码也不会这样随便乱杀，不分青红皂白。按照图纸定做凶器①和完全在迷乱状态中干掉六个人！难道罗戈任也有一件按照图纸定做的凶器吗……不过他有……但是……难道你能肯定罗戈任一定会杀人吗？公爵突然打了个哆嗦。"我公然做出这样

① 杀害热马林一家的凶手戈尔斯基，经法庭查实，除了预先弄到一支手枪外，还画了张图纸，交给铁匠定做了一把短柄链锤做凶器。

无耻的假设,岂不是形同犯罪,岂不是卑鄙无耻吗!"他叫道,深以为耻的红晕一下子布满了他的脸。他感到愕然,呆呆地站在马路中央。他蓦地想起方才去过的帕夫洛夫斯克站①,方才去过的尼古拉耶夫斯克站②,向罗戈任直截了当地提出的关于眼睛的问题,现在戴在他身上的罗戈任的十字架,他母亲的祝福(而且是罗戈任自己带他去见他母亲的),方才在楼梯上罗戈任最后抽风似的拥抱,以及他最后宣布他将从此放弃纳斯塔西娅·菲利波芙娜——在这一切之后,他又发现自己在四周不断地寻找什么,还有那家铺子,还有那件物品……多么卑鄙无耻啊!而在这一切之后,他现在又抱着某种"特别的目的",心里怀着某种特别的"突如其来的想法"向前走去!绝望和痛苦开始攫住他的整个心灵。公爵想要立刻回去,回到自己下榻的旅馆去,他甚至已经转过身,开步走了。但是走了不多一会儿,他又停下了脚步,寻思再三之后,又回到原来那条路上。

　　他已经到了彼得堡地区,他离那座楼房已经很近,不过他现在到那里去已经不是抱着从前的目的,也不是抱着某种"特别的想法"!怎么能那样呢!没错,他的毛病又要发作了,这是无疑的,也许这病今天就发作,一定在今天。他的整个晦暗的心理都是因为这病又要犯了,那个"想法"也因为老毛病又要犯了!现在晦暗已被驱散,魔鬼已被赶走,怀疑已不复存在,他心中充满了快乐!再说,他好久没有看见她了,他必须见到她,而且……是的,他很希望现在能够碰到罗戈任,如果能这样,他一定要拉着他的手,携手同去……他于心无愧。他怎么会是罗戈任的情敌呢?他明天就会亲自登门去告诉罗戈任,说他见到纳斯塔西娅·菲利波芙娜了,他匆匆忙忙赶到这里来,正如罗戈任方才说的,不正是为了见到她吗!他也许会碰到她的,要知道,她也不

---

　　① 俄国习惯:开向何方的车站,即以该地的名称命名。
　　② 现名莫斯科站(在圣彼得堡)。

一定就到帕夫洛夫斯克去呀!

是的,现在这一切必须弄个水落石出,应当彼此坦诚相见,不应当像方才罗戈任那样做出主动放弃的事——这放弃是违心的、欲罢不能的,应当一切听其自然,和……光明磊落。难道罗戈任就不能光明磊落吗?他说他爱她,但爱的方式不对,他心中没有同情,没有"任何这样的怜悯"。对了,他后来又加了一句:"你的怜悯也许比我的爱还强烈",——但是,他这是诋毁自己。唔,罗戈任在读书,——难道这不是"怜悯",不是"怜悯"的开始吗?难道这本书的存在本身不就证明了他已经完全意识到他对她应有怎样的关系吗?那么他方才讲的种种事呢?不,这不仅是情欲,这比情欲要深。难道她的脸就只会唤起情欲吗?甚至,这脸现在能够唤起情欲吗?它唤起的是痛苦,这痛苦占满着整个的心,这痛苦……以及炽烈的、痛心疾首的回忆,突然涌上公爵的心头。

是的,痛心疾首。他回想起,还在不久前他第一次看到她表现出精神错乱的迹象时,他是多么痛心啊。他当时感到的几乎是绝望。当她离开他跑去找罗戈任的时候,他怎么能够撇下她不管呢?他应当亲自跑去找她,而不是坐等她的消息。但是……罗戈任难道至今没有发现她身上有精神错乱的迹象吗?……唔……罗戈任把一切都看成另有原因,出于情欲!多么疯狂的嫉妒啊!他方才的假设想说明什么呢?(公爵突然脸红了,他心中仿佛有什么东西咯噔了一下。)

话又说回来,又何必去想这个呢?这事双方都有点儿疯狂。至于说他(公爵)热烈地爱这个女人——几乎是不可思议的,几乎是一种残忍和没有人性。是的,是的!不,罗戈任是在诋毁自己。他有博大的胸怀,既能痛苦,也能同情。当他得知全部真相,当他确信这个受人蹂躏、已经半疯狂的女人是一个多么可怜的人时——难道那时候他不会原谅她过去的一切,原谅他自己所受的种种痛苦吗？难道他不会成为她的仆人、兄长、朋友和保护神吗？同情心会促使罗戈任明白过来，会教会他做人的道理的。同情心是全人类得以生存的最主要的法则，也许还是唯一的法则。噢，他多么对不起罗戈任啊！他的过错是不可饶恕的，他的行为也不是光明磊落的。不，不是"俄国人的心捉摸不透"，而是他自己的心难以捉摸，因为他居然会想象出这么可怕的事情来。因为他在莫斯科说了几句热情的肺腑之言，罗戈任竟对他刮目相看，称他是自己的兄弟，而他……不过，这是病和胡说八道！这一切都会迎刃而解的！……方才罗戈任说他自己正在"失去信仰"，他说这话时万念俱灰！这人一定非常痛苦。他说他"喜欢看这幅画"，不是喜欢，而是说他觉得有这样的需要。罗戈任不仅是一个十分热情的人，说到底，他还是名战士：他想努力恢复自己失去的信仰。他现在非常需要信仰，需要到了痛苦的程度……是的！一定要信仰一种教义！信仰一个神！话又说回来，霍尔拜因的这幅画多奇怪呀……啊，就是这条街！可能就是这座房子，就是它，十六号，"十品文官夫人菲利索娃寓此"，就是这里！公爵拉了拉门铃，说他想见纳斯塔西娅·菲利波芙娜。

这座公馆的女主人亲自出来回答他说，纳斯塔西娅·菲利波芙娜一早就到帕夫洛夫斯克去找达里娅·阿列克谢耶芙娜了，"甚至可能留那儿住些日子"。菲利索娃是位个子小、眼睛尖、尖头猴腮的女人，四十上下，目光狡猾而锐利。她问他尊姓大名，她问这问题时好像故意赋予它以一种神秘的色彩似的，——公爵起初并不想回答这个问题，但是他又立刻返回，请她务必把他的姓名转告纳斯塔西娅·菲利波芙娜。菲利索娃对于他所说的"务必"二字特别注意，并且脸上还带着一种十分秘密的神态，显然想以此来表示："放心，我有数。"公爵的姓名显然给了她十分强烈的印象。公爵心不在焉地望了望她，接着便转过身去，回头向自己的旅馆走去。但是他出来时的神态已经不是他去拉菲利索娃家门铃时的那种神态了。仿佛刹那间，他心中又发生了特别的变化：他走着走着，脸色又变得苍白、虚弱、痛苦和激动，他两膝发抖，嘴唇发青，嘴上游动着一丝模糊的、不知如何是好的微笑；他那"突如其来的想法"霎时间得到了证实，说明他这想法是有道理的，于是——他又相信自己心中的魔鬼了！

但是，当真得到证实了吗？但是，当真有道理吗？为什么他又浑身发抖，为什么又出冷汗，还有这内心的晦暗和不寒而栗呢？是因为他刚才又看到了那双眼睛？但是他走出夏园不就是为了看到那双眼睛吗！他那"突如其来的想法"，也就要这样。他非常想再看到"今天清早看到的那双眼睛"，为的是确认他一定会在那里，会在那座楼附近遇到这双眼睛。这是他的一种不能克制的愿望，而他刚才果然看到了这双眼睛，那现在他为什么又感到如此压抑和大惊小怪呢？好像出乎意料似的！没错，这就是那双眼睛（就是那双眼睛，现在已经毫无疑问了！），就是今天清早他在尼古拉耶夫斯克站下车时从人群中向他倏忽一闪的那双，也就是后来他在罗戈任的书房里就座时蓦地在他身后发现的那双（千真万确就是那双！）。当时，罗戈任绝口否认：他冷冷地一声苦笑，问道："这到底是谁的眼睛呢？"不久前，他在皇村铁路车站上车，想去看阿格拉娅时，他又猛地看见了这双眼睛，这已经是这一天中的第三次了，——他当时想干脆走过去找罗戈任，对他说："这是谁的眼睛，就是你的眼睛！"可是他跑出了车站，直到站在刀子铺前面时才清醒过来，也就是他站在那里，为一件装有鹿角把的小刀估价六十戈比的时候才清醒过来。一个奇怪而又可怕的魔鬼缠住他不放，已经再也不肯离开他了。他坐在夏园的菩提树下正想得出神的时候，这个魔鬼趴到他的耳边低语道：如果罗戈任从一大早起就在盯他的梢，注意他的每一行动，那现在，当罗戈任得知他不到帕夫洛夫斯克去（这当然是对罗戈任的不祥消息），那罗戈任就一定会到那里去，到彼得堡地区的那座楼去，而且一定会在那里守候他，守候公爵，要知道，公爵在今天上午还向他保证"从此不再见她"，而且"他并不是因为这个才到彼得堡来的"。可是公爵却像抽风似的急匆匆向这座楼跑去，如果他果真在那里遇到罗戈任，又有什么大不了呢？他只会看到一个不幸的人，这人虽然心绪低沉，但还是可以理解的。这个不幸的人现在甚至都没有躲躲闪闪。是的，今天上午罗戈任不知为什么矢口否认，并且说了谎，可是在车站上他却公然站在那里，并不躲藏。其实躲躲藏藏的是他这个公爵，而不是罗戈任。而现在，在那座楼旁边，他站在街对面的人行道上，斜线距离约五十步，他抱着两臂，在等候。这次，他已经完全站在明处，好像故意要人家看见他似的。他站在那里，像个告发人和法官，而不是像……而不是像个什么呢？

那为什么他这个公爵现在不亲自走到他跟前去，而是装作什么也没有看见的样子掉头而去呢，尽管他俩的目光相遇在一起（是的，他俩的目光相遇了！而且四目对视，互相看了看。），他不是刚才还想跟他携手一同到那里去吗？他不是想明天亲自去找他，并且告诉他，他到她那里去过吗？他到那里去的半道上，当快乐突然充满他的整个心田的时候，他不是已经跟自己的魔鬼断绝关系了吗？要不就是在罗戈任身上确有某种东西，即在这个人今天的整个形象中，在他的言谈、举止、行动和目光的总和里确有某种东西，足以证明公爵的可怕预感，他心中的魔鬼令他愤怒的低语都是事出有因的？要不就是确有某种东西，虽然不言自明，但是难以分析和言传，也不可能用充足的理由为之辩护，尽管有这么多困难和不可能，可是它却给人以一种完整的、强烈的印象，而且这印象又不由自主地转化为最完全的信念。是不是这样呢？……

"信念——什么信念？（噢，这一信念和'这卑鄙的预感'的丑陋可怕和'不登大雅之堂'是如何折磨着公爵，而且他又怎样地不断自责啊！）你倒说说，如果你有胆量，这到底是什么信念？"他责备地和挑战地不断对自己说，"想一想怎么说嘛，胆子大点嘛，把你的想法全说出来，要清楚、准确，不要犹犹豫豫！啊，我这人太不光明磊落了！"他愤怒地重复道，他的脸都红了，"这辈子我还有什么脸再去见这个人呢！噢，多么荒唐的一天啊！噢上帝，真是一场噩梦！"

从彼得堡地区回来，在这段又长又痛苦的路程行将结束的时候，有这么一分钟，一个强烈的愿望倏地充塞了公爵的心——马上去找罗戈任，等他回来，满面羞愧和含泪地拥抱他，把一切原原本本告诉他，并从此与这一切一刀两断。但是他已经站在他下榻的旅馆前面了……今天一早，他多么不喜欢这家旅馆、这些楼道、这整座楼，以及他住的这个房间啊，而且乍一看就不喜欢。他这一天已经好几次十分厌恶地想到，到头来他还必须回到这儿来……"我这是怎么啦，像个生病的女人，今天怎么尽相信各种各样的预感呢！"他站在大门口，脸上挂着愤怒的冷笑想道。刚走进大门，他心头又涌起一股近似于绝望的令人难以忍受的羞愧，这种羞愧感使他呆呆地站在原地，木然不动。他在大门口滞留了片刻。这也是人之常情：每当有人蓦地想起使他难以忍受的往事时，特别是其中掺杂着羞愧，通常会使人不由得停下脚步，站在原地不动，沉思片刻。"是的，我是一个没良心的人和胆小鬼！"他把心里的话阴郁地重复了一遍，又匆匆向前走去，但是……他又停了下来……

旅馆大门的门廊本来就很暗，这时就更暗了：雷雨欲来，彤云密布，黄昏时分的一线亮光悉被吞没。当公爵快走到这座楼跟前的时候，乌云猛然绽开，暴雨如注。当他稍作停留，匆匆离开原地的时候，正好站在门廊的前端，即由大街进入大门的入口处。这时他蓦地在大门深处，在半明半暗中，在紧靠楼梯的入口旁，看见了一个人。这人好像在等候什么，但倏忽一闪就不见了。公爵没有看清这个人，当然也说不清他是什么人。再说，这里来来往往的人很多，这里是旅馆，不断有人来去匆匆地走进楼道走出楼道。但是他蓦地产生一个最充分而又不可抗拒的信念，他确信他认出了这个人，这人一定就是罗戈任。紧接着，公爵就跟在这人之后跑上了楼梯。他的心停止了跳动。"马上就会水落石出！"他带着一种奇怪的信念喃喃自语道。

公爵从门廊下快步跑上去的那段楼梯是通往一楼和二楼的楼道，旅馆的各个房间就分布在楼道两旁。这楼梯就像所有古老建筑中的楼梯一样，是用石头砌成的，又暗又窄，中间还有一根很粗的石柱盘旋而上。在楼梯转弯处的第一个楼梯平台上，这根石柱还有一个形似壁龛的凹洞，深约半步，宽不到一步。然而这里却可以容纳一个人。尽管楼梯上很暗，但是公爵跑上楼梯后立刻发现，在此处的壁龛里不知道为什么躲着一个人。公爵突然想走过去，不往右看。他已经向前跨了一步，但是忍不住又扭头往里看了看。

今天见过多次的那两只眼睛，也就是那双眼睛，突然与他的目光相遇了。躲在壁龛里的那个人，也从里面跨出了一步。霎时间，两人面对面地站着，几乎紧贴在一起，公爵猛地抓住他的肩膀，使他转过头来，面向楼梯，凑近亮光，他想更清楚地看看这张脸。

罗戈任的两眼倏地一亮，脸上挂着疯狂的微笑。他举起右手，手里的一件东西倏忽一闪，公爵没想到要抵挡。他只记得，他好像喊了一声：

"帕尔芬，我不信！……"

紧接着，他眼前就豁然开朗：一种非凡的内心的光照亮了他的灵魂。这一刹那大概继续了半秒钟，但是他清楚地、意识清醒地记得开始时的情况和那可怕的第一声惨叫。这一声惨叫是从他胸中自然而然迸发出来的，不管使多大劲也克制不住。接着，他的意识便霎时熄灭了，眼前出现了一片昏暗。

他很久没有发作的癫痫病又发作了。大家知道，癫痫病也就是羊痫风，是刹那间突然发作的。在这一刹那间，面孔，特别是眼神，会突然扭曲，神色大变。抽搐和痉挛会猛地控制全身和整个面孔。一阵可怕的、无法想象的、不成体统的号叫从胸膛里迸发出来，在这阵号叫中，似乎一切人之所以为人的东西都霎时灰飞烟灭，旁观者简直无法想象，起码是很难想象和设想，这是同一个人在喊叫。他甚至会以为，这个人里面似乎还应有一个人，是另一个人在喊叫。许多人起码都是这样解释自己的印象的。这个发羊痫风的人的模样，使许多人都产生一种难以忍受的巨大恐怖，甚至这种恐怖还含有某种神秘的东西。我们不妨设想，这时蓦然产生的这种恐怖印象，夹杂着其他形形色色的可怕印象，猛地使罗戈任大吃一惊，呆若木鸡，因而救了公爵，使他免受那已经向他身上落下来的、看来无法避免的一刀。紧接着，罗戈任还没来得及想到这是癫痫病发作，只看到公爵突然一个倒栽葱，脸朝上，摔倒在地，而且一直从楼梯上滚了下来，由于滚得太猛，后脑勺还撞到了石头楼梯上，罗戈任见状，便飞也似的跑下楼梯，绕过躺在地上的公爵，几乎丧魂失魄地跑出了旅馆。

由于抽搐、发抖和痉挛，病人的身体顺着楼梯（不超过十五级）滚下来，一直滚到楼梯尽头。很快，不超过五分钟，就有人发现这个躺在地上的人，接着就围上了一大群人。头旁的一大摊鲜血引起了人们的猜疑：究竟这人是自己摔伤的呢，还是"有人行凶"？但是很快就有人认出这是羊痫风，一名旅馆茶房认出了公爵就是那位刚来不久的旅客。由于偶然的巧合，这场骚乱终于非常完满地得到了解决。

科利亚·伊沃尔金本来说定四点前回天平旅馆的，可是他没回来，到帕夫洛夫斯克去了，由于某种突如其来的想法，他不肯在叶潘钦将军夫人家吃"便饭"，而是回到了彼得堡，并且急急忙忙赶往天平旅馆，大概在晚上七点钟回到了目的地。他见到留条后得知公爵已回彼得堡，便按条子上告诉他的地址急忙前来找他。他到这家旅馆后被告知，公爵出去了，于是他就下楼到小吃部等候，一面喝茶，一面听人摇风琴①。他偶然听到有人突然发病，便凭着准确无误的预感急忙来到现场，认出了公爵，立刻采取了必要的措施。大家七手八脚地把公爵抬进他的房间，他虽然醒过来了，但是相当长时间仍未完全恢复知觉。一位大夫被请了来检查摔伤的脑袋，给了外敷的药水，声称碰伤之处毫无危险。又过了一小时，公爵的神志已经相当清楚了，科利亚便叫了辆四轮马车，把他从旅馆送到了列别杰夫家。列别杰夫非常热情、非常巴结地收留了病人。为了公爵，他也就加快了移居别墅的事，第三天，大家已经都在帕夫洛夫斯克了。

六

列别杰夫的别墅不大，但是很舒适，甚至很漂亮。用于出租的那部分，更是装修一新。在一个相当宽敞的凉台上，即由室外进入室内的入口处，列别杰夫摆了好几棵栽种在绿色大木桶里的橙子树、柠檬树和茉莉花，使人看了赏心悦目。其中有好几棵树是他连同别墅一起买下来的。这些花木摆放在凉台上产生的效果使他大为赞赏，也是机缘凑巧，他便打定主意，趁他处拍卖，添置了一些栽种在木桶里的同样的花木，借以配套。当这些花木最后都运到别墅并且一一摆好之后，列别杰夫在那天一连好几次跑下凉台的台阶，从室外翘首欣赏自己的这块领地，每次都在盘算，并且逐步加码，向来此承租别墅的未来的房客索取租金的数目。公爵的身体很弱，心里也很闷，浑身

---

① 一种由流浪乐师背在背上演奏通俗乐曲的手摇风琴。

像散了架似的，但是他很喜欢这座别墅。可是，公爵搬到帕夫洛夫斯克来的那天，即癫痫病发作后的第三天，仅从外表看，已与健康人相差无几，虽然他心中感到自己尚未完全复元。在这三天里，他对在自己周围看到的所有人都很喜欢，他喜欢与他几乎寸步不离的科利亚，喜欢列别杰夫全家（那个不知去向的外甥除外），也喜欢列别杰夫本人，甚至还很高兴地接待了在城里就曾拜访过他的伊沃尔金将军。在他搬到这里来的当天，当时已近傍晚，来了许多客人，都围着他坐在凉台上：最先来的是加尼亚，公爵差点儿都认不出他来了——在这段时间里他变了许多，也瘦了许多。接着来的是瓦丽娅和普季岑，他俩也是帕夫洛夫斯克的避暑客。伊沃尔金将军则几乎一直住在列别杰夫家，甚至好像还是跟他一起搬来的。列别杰夫尽量不让他到公爵那里去打扰，让他待在自己住的那一边，他对将军的态度很友好，看来，他俩早就认识了。公爵发现，在这三天里，他俩有时候常常促膝长谈，也常常吵吵嚷嚷、发生争论，甚至谈的好像还是学术问题，这显然使列别杰夫很高兴。可以设想，他甚至很需要将军，离不开将军。但是，他对保护公爵所采取的种种防范措施，自从搬到别墅来以后，即使对于自己的家属，也同样遵守：他以不许打扰公爵为名，不许任何人接近他。尽管公爵再三请他不要赶走任何人，可是他只要稍有怀疑，疑心他的女儿们想到公爵所在的凉台上去，他就朝她们跺脚，向她们扑过去，追赶她们，连那个抱着孩子的薇拉也不例外。

"第一，如果由她们去，就太不礼貌了；第二，她们也太不成体统了……"公爵开门见山地追问，他才被迫解释道。

"那又何必呢？"公爵不以为然地说道，"真的，您采取的这套监视和保卫措施只会使我感到难受。我一个人待着，很闷，我好几次对您说过，您自己也老是不停地摆手，踮起脚尖走路，这只会使我感到更烦闷。"

公爵说这话是在暗示，列别杰夫虽然借口病人需要安静，把家里的孩子统统赶走，可是他自己在这三天里却几乎无时无刻不在偷偷进来看公爵，而且每次都是先开门，把头伸进来，打量一下房间，仿佛想检查一下：人在这儿吗？没有逃跑吗？然后就踮起脚尖，蹑手蹑脚地慢慢走到安乐椅旁，因此有时候，倒冷不防把公爵吓一大跳。他不断问公爵是不是需要什么，而当公爵忍无可忍，开始向他指出，请让他安静一下的时候，他顺从地、不声不响地转过身子，踮起脚尖回到门口，而且他每次出去的时候总是连连摆手，好像向人家表示，他不过随便进来看看，决不说一句话，现在他出去了，下次决不会再来了。可是过了十分钟，或者，极而言之，过了一刻钟，他又出现了。只有科利亚可以随便进来看公爵，这使列别杰夫非常伤心，甚至又气又恼。科利亚发现，列别杰夫常常站在门外偷听他和公爵说话，而且一站就是半小时，不用说，科利亚也把这个情况告诉了公爵。

"您好像把我占为己有，锁起来了似的，"公爵抗议道，"起码在别墅的时候，我希望不要这样，您心里要有数：我可以见任何人，而且爱上哪儿上哪儿。"

"这是毫无疑问的。"列别杰夫摆着手说。

公爵把他从头到脚仔细打量了一遍。

"我说卢基扬·季莫费耶维奇，您过去钉在床头的那只小壁橱搬到这里来了吗？"

"没有，没搬来。"

"难道留那里了？"

"没法搬，除非从墙里撬出来……钉得很牢，很牢固。"

"也许，这里也有同样的壁橱？"

"甚至比那还好，比那还好，我买这幢别墅的时候，原先就有壁橱。"

"啊——啊。您方才不让进来找我的那人是谁？一小时前。"

"这……这是将军。我的确没让他进来，他也没必要来找您。公爵，我对此公非常尊敬，这……这是一位伟人，您哪，您不信？好，以后您会看到的，不过话又说回来……公爵大人，您还是不见他为好，您哪。"

"请问为什么要这样？列别杰夫，您现在为什么老踮着脚尖，而且每次来看我总好像有什么秘密要悄悄告诉我似的？"

"低微，我感到自己地位低微，"列别杰夫出乎意料地答道，边说边激动地捶打自己的胸脯，"可是您不觉得将军对您太殷勤、太好客了吗，您哪？"

"太殷勤、太好客？"

"是太殷勤、太好客了点儿，您哪。第一，他已经准备住在我这儿了，想住就住吧，不过也太过分了，立刻跟我攀起了亲戚。他跟我已经攀过几次亲戚了，照他的说法，我们俩是姻亲。他昨天还对我说明，细细排起来，您还是他外甥。既然您是他外甥，那这样排下去，公爵大人，咱俩也是亲戚了。这还没什么，小小的一个弱点罢了，可是紧接着他又说，他这一辈子，从当陆军准尉起直到去年六月十一日，每天在他家吃饭的人从来就没有少于二百人。最后竟天花乱坠地瞎吹一通，说什么这些人一坐下来就不动窝了，连续三十年毫不间断地吃完午饭吃晚饭，吃完晚饭又喝茶，每昼夜十五小时连续吃喝，好容易才抽出点儿时间来让人更换桌布。一个人站起来刚走，另一个人就来了，而在逢年过节和皇家大庆时前来吃饭的人竟达三百之多。在俄罗斯建国一千年①之际竟多达七百人。吹牛也是一种嗜好，说大话说到这种地步，是很不好的迹象。请这样殷勤好客的人到舍下来甚至让人觉得可怕，所以我想，对于你我来说，这样的人是不是太殷勤、太好客了点儿？"

"但是，您跟他的交情大概非常好吧？"

"跟亲兄弟一样，我把这当作玩笑，就算我们俩是姻亲吧：我有什么，——

---

① 俄罗斯建国一千年，在1862年9月8日。

不胜荣幸之至。即使他吹什么二百名客人和俄罗斯建国一千年，我从中也看出他是一个很出色的人。我说的是真心话。公爵，您刚才谈到秘密，似乎我来看您是想告诉您一件秘密，秘密倒有一件：有一位太太刚才告诉我，她很想跟您秘密地会上一面。"

"干吗要秘密会面呢？那不行。我可以亲自去拜访她嘛，哪怕今天去都可以。"

"绝对，绝对不行，"列别杰夫连连摆手，"倒不是她怕您以为她怕那个人。顺便说说：那恶棍每天都来打听您的健康情况，您知道吗？"

"您干吗常常管他叫恶棍呢，这让我感到可疑。"

"您不必有任何怀疑，不必，"列别杰夫赶快把话题岔开，"我只想说明，这位太太不是怕他，她怕的是完全另一个人，完全另一个人。"

"怕谁，快说呀。"公爵望着列别杰夫鬼鬼祟祟、扭扭捏捏的样子，不耐烦地追问道。

"秘密就在这儿。"

说罢，列别杰夫微微一笑。

"谁的秘密？"

"您的秘密。公爵大人，您自己禁止我在您面前谈起这件事的……"列别杰夫嘟囔道，他看到已经把公爵的好奇心撩拨到心急火燎的不耐烦的程度，心里很得意，然后，猛然一语惊人："她怕阿格拉娅·伊万诺芙娜。"

公爵皱了皱眉头，沉默了大约一分钟。

"真的，列别杰夫，我要离开您的别墅了，"他蓦地说道，"加夫里拉·阿尔达利翁诺维奇和普季岑夫妇在哪儿？住在您那一边吗？您把他们也勾引到您那边去了？"

"他们马上就来，马上就来，您哪。连将军也跟他们一块儿来。我要把所有的门统统打开，把我的几个女儿都叫出来，统统叫出来，而且立刻去叫，立刻去叫。"列别杰夫害怕地低语道，他挥着两手，从一扇门奔向另一扇门。

这时候，科利亚从外面进来，出现在凉台上，他宣布，有几位客人：利扎韦塔·普罗科菲耶芙娜和她的三位千金，随后就到。

列别杰夫一听这消息吃了一惊，他连蹦带跳地走上前来，问道："现在让不让普季岑夫妇和加夫里拉·阿尔达利翁诺维奇进来呢？让不让将军进来呢？"

"干吗不让？谁愿意进来，让他们统统进来好了！老实告诉您，列别杰夫，您一开头就把我跟大家的关系理解错了，您总是一错再错。我毫无理由躲着藏着。"公爵笑了。

列别杰夫望着他，认为自己责无旁贷也应当跟着笑。尽管他心里非常不安，可是看来也非常得意。

科利亚通报的消息是真实的，为了提前通知他们，他比叶潘钦母女早走了两步，因此两家客人突然从两边一起驾到，从凉台上进来的是叶潘钦母女，从屋里出来的是普季岑夫妇、加尼亚和伊沃尔金将军。

叶潘钦母女刚刚从科利亚口中得知公爵病了，他就在帕夫洛夫斯克，在此以前将军夫人一直心事很重，而且困惑不解。还在前天，将军就把收到公爵名片的事告诉了自己的家庭，这张名片在利扎韦塔·普罗科菲耶芙娜的心里唤起了信心，她十拿九稳地相信公爵一定会紧跟着这张名片之后亲自前来帕夫洛夫斯克看她们。尽管小姐们说，一个半年都不写信的人也许根本就不着急，也许，即使不来看她们，他在彼得堡的事也够他忙活的了，可是她们的话她根本不听——你们怎么知道他有事？将军夫人非常生气，甚至要跟她们打赌：公爵第二天准来，这是极而言之，虽然"这已经晚了"。第二天，她等了整整一上午，中午等，傍晚等，天已经全黑了，还在等，利扎韦塔·普罗科菲耶芙娜看见什么都有气，跟所有的人都吵了个遍，不用说，在吵架的动因中一个字也没提到公爵。在整个第三天也没有一个字提到公爵。吃午饭的时候阿格拉娅无意中脱口说出，妈妈生气是因为公爵没有来，对此，将军立刻指出："这也不能怪他嘛。"——利扎韦塔·普罗科菲耶芙娜听到这话后就站起来，愤愤然离开了饭桌。最后，傍晚时分，科利亚来了，带来了各种各样的新闻，绘声绘色地描述了他所知道的公爵的种种遭遇。结果是利扎韦塔·普罗科菲耶芙娜取得了胜利，但是科利亚还是被狠狠地数落了一顿："要不一连好几天，整天在这里转悠，撵也撵不走，可这会儿，哪怕自己不想来，也给我们捎个信呀。"科利亚听到"撵也撵不走"这句话后本想立刻生气，但后来决定还是留到下次再说吧，要不是这话本身太气人了，说不定他也就完全原谅这句冒昧的话了：因为他看到利扎韦塔·普罗科菲耶芙娜一听说公爵病了，就显得十分激动和不安，这使他很高兴。她一再坚持必须立刻派人到彼得堡去把医学界的某某泰斗请来，请他乘坐明天早晨的第一趟火车立刻赶到此地，但是几位小姐劝阻了她。话又说回来，当她们看到妈妈眨眼之间就收拾好要去探望病人的时候，她们也不甘落后，要跟她一起来。

"他都快咽气了，"利扎韦塔·普罗科菲耶芙娜一面忙乱着，一面说道，"我们还在这里遵守什么礼节！他是不是我们家的朋友？"

"不过也不应该不问青红皂白地闯了去呀。"阿格拉娅说。

"好吧，那你就甭去了，这样倒好：要不，叶夫根尼·帕夫雷奇来了，没人接待。"

听到这话后，不用说，阿格拉娅也就立刻跟着大家一起去了，其实不说这话，她也打算这么做。希公爵本来同阿杰莱达坐在一起，她请他一起去，他就立刻同意陪女士们一道前往。从前，还在他跟叶潘钦家交往之初，他就听她们说起过公爵，因此对公爵非常感兴趣。原来，他认识公爵，他俩是不久前在某地认识的，而且在某个小城市还同住过一两个星期。这已是两三个月以前的事了。希公爵还跟她们讲了许多有关公爵的事，总之对他的印象极好，因此他现在非常乐意去拜访一下老相识。伊万·费奥多罗维奇将军恰好不在家。叶夫根尼·帕夫洛维奇也还没有光临。

从叶潘钦家到列别杰夫家的别墅总共不到三百步。利扎韦塔·普罗科菲耶芙娜看到公爵后第一个不愉快印象是，她碰到一大帮客人围在公爵周围，更不用提在这帮人中有两三个人是她深恶痛绝的了；第二个不愉快印象是惊讶：她原以为公爵应当是一个奄奄一息、快要断气的人，可是她看到迎上前来欢迎她们的却是一位看起来完全健康、衣着考究、笑嘻嘻的年轻人。她甚至莫名其妙地站住了，这使科利亚看了非常高兴。他其实在她还没有从自己的别墅动身之前，就可以向她说清楚，根本没有什么人奄奄一息，也根本没有人要断气，可是他硬不说明，他估计，她一见到自己的知心好友公爵很健康，一定很生气，他早就调皮地预感到将军夫人那副滑稽而又可笑的生气模样。而且科利亚竟公开把自己的猜测当众说了出来，这就显得太不客气了，这使利扎韦塔·普罗科菲耶芙娜大为恼火。他跟将军夫人虽然有交情，谁也离不开谁，但是又经常互相挖苦，有时还挖苦得很厉害。

"且慢，亲爱的，你别着急，先别得意得太早了！"利扎韦塔·普罗科菲耶芙娜一面在公爵让她坐的那把安乐椅上坐下，一面答道。

列别杰夫、普季岑、伊沃尔金将军急忙给小姐们端椅子。阿格拉娅坐的那把椅子是将军端来的，列别杰夫又给希公爵端来了一把椅子，在端椅子的时候，他弯腰曲背，一副毕恭毕敬的模样。瓦丽娅则跟往常一样，兴高采烈地小声向小姐们一一问好。

"这倒是真的，公爵，我原以为你卧病在床，一害怕，就把你的病情夸大了，我决不跟你撒谎，我方才看到你红光满面，心里很恼火，但是我敢对上帝起誓，这总共才一分钟，很快就想通了。我只要肯动脑筋，凡事想一想，那就无论说话或者做事都会变得聪明些。我想你一定也这样。说真格的，看见你已经痊愈，我别提多高兴了，即使我的亲生儿子（如果我有亲生儿子的话）病好了，也许还没有看到你病好更使我高兴呢。如果你不相信我方才说的话，那丢人的是你，而不是我。可是这坏小子却跟我开了个不大不小的玩笑。你大概想袒护他吧，那我要警告你，将来总有一天，请相信我，我会忍痛割爱，拒绝跟他来往的。"

"我错在哪里呢？"科利亚叫道，"即使我再三再四地告诉您，公爵几乎已经复元了，您也不会相信，因为想象他快咽气了要有趣得多。"

"您到我们这儿来长住吗？"利扎韦塔·普罗科菲耶芙娜问公爵。

"住一个夏天，也许再长些。"

"你不是就一个人吗？没结婚吧？"

"没有，没有结婚。"公爵对这种天真而带刺的话微微一笑。

"没什么可笑的，这是常有的事，我是讲别墅，你干吗不住到我们家去呢？我们那儿整个厢房都是空的，不过，随你便。这是向他租的吗？跟这个人？"她用头指了指列别杰夫，小声加了一句，"他怎么老是点头哈腰，装腔作势的？"

这时，薇拉跟往常一样抱着孩子从里屋走到凉台上。列别杰夫一直在椅子周围转来转去，巴结逢迎，简直不知如何是好，但是他又非常不愿意离开，这时他看见薇拉来了，便猛地向她扑过去，向她连连挥手，让她离开凉台，甚至忘形地向她跺起脚来。

"他是疯子？"将军夫人忽然加了一句。

"不，他……"

"也许喝醉了吧？你的这帮人太不登大雅之堂了，"她不客气地说，瞥了一眼其他客人,"不过这姑娘倒挺可爱的!她是谁?"

"她叫薇拉·卢基扬诺芙娜,是这位列别杰夫先生的千金。"

"啊!……很可爱。我倒想跟她认识认识。"

列别杰夫听到利扎韦塔·普罗科菲耶芙娜的夸奖后,已经亲自把女儿拽过来,向将军夫人引见。

"都是些没娘的孩子,没娘的孩子!"他一面走过来,一面感慨地说道,"她手里抱的这孩子也没了娘,是她的妹妹,也是我的女儿,叫柳博芙,她是贱内,刚刚去世的叶莲娜生的,贱内在六星期前,蒙我主恩召,在分娩时死了……是的,您哪……只能由她来当妈了,虽然她只是姐姐,不过是姐姐……不过是,不过是……"

"可是,先生,你不过是傻瓜,请恕我直言。好,够了,我想,什么意思你自己明白。"利扎韦塔·普罗科菲耶芙娜忽然非常恼怒地打断他的话道。

"千真万确!"列别杰夫毕恭毕敬地深深鞠了一躬。

"我说列别杰夫先生,有人说您会讲解《启示录》,真有这回事吗?"阿格拉娅问。

"千真万确……都第十五年了。"

"您的情况我听说过。您的事迹似乎也在报上登过?"

"不,这是讲另一位诠释家,另一位,您哪,不过他死了,我留下来代替他。"列别杰夫得意忘形地说道。

"劳您驾,看在咱们是邻居的分上,过两天给我讲解一下好吗?我对《启示录》一窍不通。"

"我不能不警告您,阿格拉娅·伊万诺芙娜,这一切无非是他冒充内行,招摇撞骗罢了,请相信我。"伊沃尔金将军突然插进来说道,他如坐针毡,一直在等待时机,千方百计地想要发表高论,他挨着阿格拉娅·伊万诺芙娜坐了下来，"当然，在别墅赋闲有自己的权利，"他接着说道，"也有自己的娱乐，接见这么一个非同一般的冒牌货，请他讲解《启示录》，应当说，跟其他娱乐一样，也是一种娱乐，甚至是一种启迪智慧、别开生面的娱乐，但是我……您似乎在很诧异地看着我？我有幸自我介绍一下，鄙人是伊沃尔金将军。我还抱过您呢，阿格拉娅·伊万诺芙娜。"

"很高兴能认识您。我认识令爱瓦尔瓦拉·阿尔达利翁诺芙娜和尊夫人尼娜·亚历山德罗芙娜。"阿格拉娅嘟嘟囔囔地说道，她极力忍住，以免忍俊不禁，笑出声来。

利扎韦塔·普罗科菲耶芙娜一下子火了。早就郁结在她心头的什么东西突然想乘机发泄一下。她最讨厌这个伊沃尔金将军了，虽然从前也认识他，不过那已是很久以前的事了。

"先生，你撒谎都成习惯了，你从来没有抱过她。"她愤怒地对他说道。

"您忘了，妈妈，他当真抱过我，在特维尔，"阿格拉娅忽然证实道，"那时候我们住在特维尔。我记得，我当时大概六岁。他给我做了一支箭和一把弓，他还教我射箭，我射死了一只鸽子。您记得吗，咱俩一起射死过一只鸽子？"

"我也记得，当时，他还给我拿来了一顶用硬纸板做的头盔和一把木头做的剑！"阿杰莱达也叫了起来。

"我也记得这事，"亚历山德拉证实道，"当时，你们俩还为这只受伤的鸽子吵起来，大人让你们罚站，阿杰莱达罚站时还戴着头盔、拿着剑。"

将军向阿格拉娅宣称他抱过她，也不过是随便说说，不过是为了借题发挥，大发宏论，因为他一旦觉得有必要与年轻人认识一下，交个朋友，几乎一向都是用这个办法入手开始交谈的。但是这一回他偏偏说对了，而他又偏偏把这件确实发生过的事忘记了。因此当阿格拉娅现在忽然证明确有此事，并且说他们还一道射死过一只鸽子的时候,他的记忆一下子豁然开朗,想起了一切,而且连最小的细节都记得一清二楚,就像一些人虽然年迈,也会想起一些遥远的往事似的。很难表达,在这回忆中到底是什么竟能如此强烈地打动可怜的、照例有几分醉意的将军,但是不管怎么说,他忽然不胜唏嘘,大受感动。

"我记得,什么都记得!"他叫起来,"我当时还是名陆军上尉。您还是小不点,长得很漂亮。尼娜·亚历山德罗芙娜……加尼亚……我在府上……承蒙接待。伊万·费奥多罗维奇……"

"瞧你现在落魄到什么地步了!"将军夫人接口道,"你既然这样感动,这说明,你还没有把自己的高尚情感统统喝光!你太太受了你多大的罪。你本来应当用这种感情教育孩子们,可是你却在债务监狱里蹲班房。出去,先生,从这儿出去,随便找个地方,站到门背后的犄角里,好好痛哭一场,想想自己过去是多么纯洁无瑕,说不定,上帝会饶恕你的。去吧,快去,我是正经八百地跟你说这话的。回忆过去,悔不当初,若要洗心革面,没有比这更好的办法了。"

其实,也无须一再跟他说什么人家是正经八百地劝他,因为将军像所有常常喝得醉醺醺的人一样,非常容易动感情,也像所有过分落魄的醉鬼一样,想到幸福的过去就会百感交集。他站起来,老老实实地向门外走去,这一来倒使利扎韦塔·普罗科菲耶芙娜立刻可怜起他来了。

"阿尔达利翁·亚历山德罗维奇先生!"她在他身后叫道,"请稍候,我们大家都是有罪的,[①]你一旦感到你的良心责备轻了点儿,就来舍间一叙,让我们坐在一起聊聊往事。要知道,我自己也许比你还罪孽深重五十倍。好,

---

[①] 指基督教徒与生俱来的原罪。按照基督教教义:人人都是罪人,须要上帝救赎。

现在再见了，你走吧，不必待在这里了……"她忽然怕他再回来。

"您还是别跟他去的好，"科利亚想跟着父亲出去，公爵拦阻道，"要不过会儿他会埋怨您的，这工夫就完全白费了。"

"这话也对，别理他，过半小时后再去。"利扎韦塔·普罗科菲耶芙娜肯定道。

"他虽然一辈子就说了这一次真话，结果却不大相同——被感动得掉下了眼泪！"列别杰夫大着胆子插嘴道。

"倘若我听到的话是真的，先生，你也不见得好到哪里去。"利扎韦塔·普罗科菲耶芙娜立刻堵住他的嘴。

聚集在公爵身旁的客人的相互态度渐渐明朗了。不用说，公爵能够看到，也确实看到了将军夫人及其女儿们对他十分关心，因此他也就真心诚意地告诉她们，在她们来访之前，尽管他有病，而且时间也晚了，他还是打算今天非到她们的府上去拜访不可。利扎韦塔·普罗科菲耶芙娜看了看他的客人，回答说，哪怕现在，要这样做也是可以的。普季岑是个有礼貌而且非常懂得人情世故的人，他一听这话，很快就站起来，悄悄溜进了列别杰夫住的厢房，他也非常想把列别杰夫一起带出去。列别杰夫答应马上就来。这时候，瓦丽娅跟几位小姐谈得正投机，因此也就留下了。她和加尼亚看见将军走了，感到非常高兴，加尼亚也很快跟在普季岑后面出去了。他在凉台上，面对叶潘钦母女度过的那几分钟，举止很谦虚，也很得体，尽管利扎韦塔·普罗科菲耶芙娜把他从头到脚打量了两遍，目光严峻，他也丝毫没有惊慌失措。说真的，过去认识他的人一定会觉得他变化很大。阿格拉娅看到这点后也很高兴。

"刚才出去的不就是加夫里拉·阿尔达利翁诺维奇吗？"她忽然像有时候常常爱做的那样打断别人的话，大声而又不客气地发问，但是又不具体问什么人。

第二部

"对。"公爵回答。

"差点儿认不出他来了。他变得很厉害……变得好多了。"

"我替他很高兴。"公爵说。

"他生了一场病,病得很重。"瓦丽娅带着快乐的同情加了一句。

"他哪点变好了?"利扎韦塔·普罗科菲耶芙娜气愤地、感到莫名其妙地、几乎非常惊恐地问道,"凭什么说他变好了。一点儿没变好。你认为他究竟哪一点变好了?"

"没有比'可怜的骑士'①更好的了!"科利亚一直站在利扎韦塔·普罗科菲耶芙娜的椅子旁,这时突然宣称。

"我也这么想。"希公爵说,说罢笑了起来。

"拙见也完全相同。"阿杰莱达也庄重宣告。

"什么'可怜的骑士'?"将军夫人问,她莫名其妙而又懊丧地打量着所有说话的人,但是一看见阿格拉娅的脸腾地红了,便生气地加了一句:"净胡说八道!什么叫'可怜的骑士'?"

"难道这个浑小子,您的宠儿,是头一回歪曲别人的话吗!"阿格拉娅以一种傲慢的愤怒答道。

每当阿格拉娅突如其来发怒的时候(而她发怒是很经常的),尽管她表面上一本正经地板着面孔,似乎心如铁石,但是几乎每次都要露出若干孩子气的、小学生般急躁的表情,她想掩饰这种表情,但又掩饰得不好,因此瞧着她那副模样,使人忍俊不禁,不能不笑,可是使阿格拉娅非常气恼的是,她又不懂人家在笑什么:"他们怎么敢笑,怎么笑得出来。"这一回她的姐姐和希公爵也都笑了,连列夫·尼古拉耶维奇公爵也不知道为什么先是脸一红,后

---

① 语出普希金的诗《世上有位可怜的骑士》。此处暗指梅什金公爵。

来也微微一笑。科利亚则得意非凡地哈哈大笑。阿格拉娅这一回当真生气了，可是她一生气就显得加倍妩媚，她一不好意思就显得分外动人，再加上她还为这不好意思在自己生自己的气，就显得更娇嗔可爱了。

"他歪曲您的话还少嘛。"她又加了一句。

"我说这话是有根据的，这根据就是您自己发出的一声长叹！"科利亚叫道，"一个月前，您在翻阅《堂吉诃德》时十分感慨地说了这句话，您说没有比'可怜的骑士'更好的了。我不知道您当时说谁：说堂吉诃德，还是说叶夫根尼·帕夫雷奇，或者还是说另一个人，反正是说一个人吧，这就说来话长了……"

"你别瞎猜了，亲爱的，我看，你也太放肆了。"利扎韦塔·普罗科菲耶芙娜懊恼地打断他的话。

"难道就我一个人吗？"科利亚不肯善罢甘休，"当时大家都这么说，而且现在还在说。刚才希公爵、阿杰莱达·伊万诺芙娜，所有的人都赞成'可怜的骑士'这一说法，可见'可怜的骑士'是存在的，也是确有其人的，依我看，要不是阿杰莱达·伊万诺芙娜呀，我们大家伙儿早就知道谁是'可怜的骑士'了。"

"怎么怪起我来了呢？"阿杰莱达笑道。

"叫您画一幅肖像，您不肯画嘛——这就应该怪您！阿格拉娅·伊万诺芙娜当时就请您画一幅'可怜的骑士'的肖像，甚至还给您讲了这幅画的整个题材，这题材是她自己编的，记得这题材吗？您硬是不肯嘛……"

"你叫我怎么画呀，画什么人呢？根据题材，这位'可怜的骑士'应该是：

从此再也不从脸上
摘除那钢质的面罩。

这脸怎么画法呢？画什么：就画面罩？画一个看不见尊容的人？"

"简直不明白你们在说什么，什么面罩长面罩短的！"将军夫人火了，其实她已经不言自明，这个"可怜的骑士"（大概早就彼此心照不宣地这么称呼他了）指谁。但是使她特别恼火的是，列夫·尼古拉耶维奇竟也不好意思起来，而且最后竟像个十岁的孩子似的闹了个大红脸。"怎么，这种愚蠢的玩笑是不是该收场了？能不能给我说说这个'可怜的骑士'到底是怎么回事？难道这是什么秘密，竟这么可怕，可怕到不容许别人过问吗？"

但是，大家继续笑而不语。

"只不过是一首令人奇怪的俄国诗，"希公爵终于出来解围，他显然想赶快岔开，变换一下话题，"说的是一位'可怜的骑士'，无头无尾，是一首长诗的一部分。约莫一个月前，大家在饭后说笑，照例为阿杰莱达·伊万诺芙娜未来的画寻找题材。您是知道的，为阿杰莱达·伊万诺芙娜的画寻觅题材，早就成了我们全家的共同任务。当时就有人想到这个'可怜的骑士'，至于是什么人第一个想起来的，我就记不清了……"

"是阿格拉娅·伊万诺芙娜！"科利亚叫道。

"也许是吧，我同意，不过我记不清了，"希公爵继续说道，"一些人嘲笑这个题材，另一些人则宣称没有比这更高雅的了，但是不管怎么说吧，要画这个'可怜的骑士'，总得有张脸才行。大家便开始逐一挑选所有熟人的脸，结果没一个人适合，这事也就搁下了，就这些。我不明白为什么尼古拉·阿尔达利翁诺维奇又要旧事重提，并把这件事搬出来？其实当时觉得很可笑，很合适，现在就感到索然无味了。"

"因为别有所指，是一种愚蠢的新的恶作剧，气人。"利扎韦塔·普罗科菲耶芙娜不客气地说道。

"除了表示深深的敬意以外，根本不是什么愚蠢的恶作剧。"阿格拉娅完全出人意料地用一种严肃而又一本正经的语调说道,她已经完全恢复过来了,方才那种又窘又急的神态已经一扫而光。不仅如此,瞧她那副模样,从某些迹象看得出来,她看到这玩笑越开越离谱,越开越有劲,现在甚至觉得很高兴,而且她心情的这一转变,正是在已经非常明显地可以看出公爵已变得越来越不好意思,而且他的不好意思已经达到了无以复加的地步这一时刻发生的。

"一会儿像疯子似的哈哈大笑,现在又突然冒出了深深的敬意!真是些疯子!为什么要表示敬意?快说,你为什么平白无故地突然冒出了这个深深的敬意?"

"我要对他表示深深的敬意,是因为,"阿格拉娅继续严肃而又一本正经地回答她母亲的近乎挖苦的问话,"是因为在这首诗里直接描写了一个人,他富有理想,其次,一旦树立了理想,他便坚信不疑,不仅坚信,而且盲目地把自己的整个生命献给了它。这种情况在我们这个时代并不是总能遇到的。那儿,也就是在这首诗里,并没有具体说明这位'可怜的骑士'的理想究竟是什么,但是看得出来,这是一个光辉的形象,'纯真之美的形象',于是在热恋中的骑士便用念珠代替围巾,系在自己的脖子上。不错,那儿还有一个含义模糊而又隐晦的铭文——字母 А.Н.Б.①,他把它写在自己的盾牌上……"

"是 А.Н.Д.②。"科利亚纠正说。

"我说的是 А.Н.Б.,我偏要这样说,"阿格拉娅恼火地打断道,"无论如何有一点很明显,这位可怜的骑士已经无所谓了:不管他的心上人是谁,也不管她过去做过什么事。他既然看上了她,相信她那'纯真之美'③,有这点也就够了,以后便终身崇拜她。他好就好在,哪怕她后来当了小偷,他仍旧对她坚信

---

① 后面两个字母 Н.Б.是纳斯塔西娅·巴拉什科娃的缩写。
② 科利亚也说错了,应为拉丁字母 A.M.D.(Ave, Mater Dei),意为"圣母啊,愿你欢欣"。
③ "纯真之美"这一说法,引自普希金的诗《致凯恩》。原诗为:"我记得那美妙的瞬间,你就在我的眼前降临,如同昙花一现的梦幻,如同纯真之美的化身。"

不疑，为她那纯真之美而舍生忘死，拼杀到底。诗人大概想把一个纯洁而高尚的骑士那种中世纪富有骑士之风的柏拉图式的爱这一大概念，通通纳入一个无与伦比的形象中。不用说，这一切不过是理想。在'可怜的骑士'身上，这种情感已经发展到顶点，发展到禁欲主义。应当承认，一个人能有这样的情感是难能可贵的，而且这样的情感定将在自己身后留下深深的，一方面也可以说极可赞许的痕迹，更不用说堂吉诃德了。'可怜的骑士'就是堂吉诃德，不过他是严肃的堂吉诃德，而不是滑稽可笑的堂吉诃德。[①] 我起初并不明白这个道理，取笑过他，可是现在我爱这位'可怜的骑士'，主要是景仰他的丰功伟绩。"

阿格拉娅结束了自己的讲演，瞧她那模样，甚至很难相信，她在说正经话还是在取笑人。

"哼，他一定是傻瓜，他的丰功伟绩也傻得出奇！"将军夫人断言，"还有你，小姐，你也是信口开河，竟给我们长篇大论地上起课来了。我看，你这样做很不合适。不管怎么说，是不允许的。什么诗？读出来给我听听，你肯定背得出来！我一定要知道这首诗。我这辈子最讨厌的就是诗，我好像有预感似的。看在上帝分上，公爵，你就忍耐一下吧，看来，现在咱俩都只能耐下性子听了。"她对列夫·尼古拉耶维奇公爵说。她听了阿格拉娅的这席话后感到非常懊丧。

列夫·尼古拉耶维奇公爵本来想说什么，但是因为他的窘态还没有消除，所以一句话也说不出来。只有那位放肆地在大发"宏论"的阿格拉娅，非但毫不害羞，反而显得很高兴似的。她立刻站起身来，依旧一本正经而又装腔作势地，那模样似乎早就做好准备，只待人家邀请她似的。她走到凉台中央，站在仍旧坐在自己那把安乐椅上的公爵对面。大家都带着几分惊讶望着她，

[①] 以上是作者通过阿格拉娅之口对梅什金公爵这一形象的概括，把他比作塞万提斯笔下的堂吉诃德和普希金笔下的"可怜的骑士"。

几乎所有的人，希公爵、两位姐姐和母亲，全都带着一种不愉快的感觉望着这个正准备开场的新的恶作剧，这无论如何闹得有点儿过火了。但是看得出来，阿格拉娅喜欢的正是她要一本正经地朗诵诗的那种装模作样的架势。利扎韦塔·普罗科菲耶芙娜差点儿没把她轰回她原来坐的地方去，但是就在阿格拉娅刚要开始朗诵这首著名的抒情叙事诗的时候，两位新客人一面大声交谈着，一面从外面走上了凉台。他俩是伊万·费奥多罗维奇·叶潘钦将军和跟在他后面的一名年轻人。这引起了一阵小小的骚动。

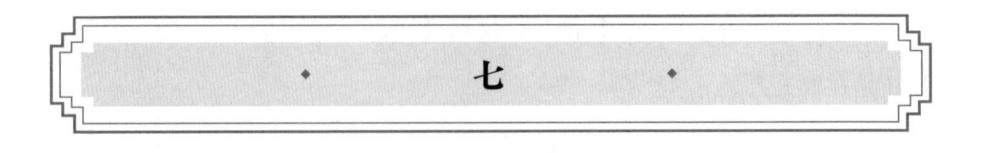

七

陪同将军前来的年轻人，约莫二十八岁，高高的个儿，匀称的体格，脸也长得很英俊、很聪明，一双黑黑的大眼睛闪闪发光，充满机智与嘲弄。阿格拉娅甚至没有回头看他，而且继续朗诵自己的诗歌，用一种装模作样的神态继续只望着公爵一人，也只对着他一个人朗诵。公爵心里很清楚，她这样做另有打算，另有特别的用意。但是不管怎么说，新客人的光临起码稍许改变了一下他的尴尬处境。他看见他们后，便微微欠了欠身子，客气地从远处向将军点了点头，同时打了个手势，叫他们不要打断阿格拉娅的朗诵，他自己也乘机退到椅子后面，用左胳膊肘靠在椅背上，继续听这首抒情叙事诗，他的姿势可以说已经比较自然了，不像坐在安乐椅上那样"可笑"了。至于利扎韦塔·普罗科菲耶芙娜，她也用命令的手势两次向新来的这两个人挥了挥手，让他们停下来，别再往前走了。公爵一面听一面对陪同将军前来的那位客人非常感兴趣，他清楚地猜到这就是那位叶夫根尼·帕夫洛维奇·拉多姆斯基，他对此人早有耳闻，听到过许多关于他的事，也不止一次想到过他。只是他那身便服使他感到纳闷，因为他听说叶夫根尼·帕夫洛维奇是一位军人。在朗诵诗的过程中，这位新客人的嘴上始终飘荡着一丝嘲弄的微笑，似乎关于这个"可怜的骑士"他也已经听到了一些闲言碎语。

"也许是他自己凭空想出来的。"公爵寻思。

但是阿格拉娅的神态却完全变了。她神情严肃，似乎对这篇诗作的精神和内涵深有体会，因而盖过了她开始朗诵时所表现出来的那种装模作样和俨乎其然的神态。她用一种深刻的理解力朗诵着诗中的每一个词，以高度的淳朴朗诵着全诗，因而在即将朗诵完毕的时候，不仅引起了大家的普遍注意，而且因为她传达出了这首抒情叙事诗的崇高精神，也就为她庄重地走到凉台中央，摆出一副过分装模作样的、郑重其事的神态作了部分辩解。在她这副郑重其事的模样里，现在大家看到的是她对于她所要传达的内容充满了无限的，甚至天真的敬仰。她的眼睛在闪光，她那漂亮的脸蛋上一两次闪现出一丝勉强可以看得出来的、由于灵感勃发和兴高采烈相结合而产生的轻微的战栗。她朗诵道：

> 世上有位可怜的骑士，
> 他沉默寡言，质朴异常，
> 他外表忧郁，脸色苍白，
> 但生性勇敢，为人直爽。

> 他眼前曾经浮现出
> 一个不可思议的幻象，
> 他心里深深铭刻着
> 一个令他难忘的印象。

从此他热血沸腾,

对女人目不斜视,

他至死坚贞不渝,

没跟女人说过一个字。

他把念珠套在脖颈上,

代替那围巾一条,

从此再也不从脸上

摘除那钢质的面罩。

他充满着纯洁的爱情,

他忠实于甜蜜的幻想,

他用鲜血在自己的盾牌上写上:

"圣母啊,愿你欢欣。"①

就在那时候,勇猛的骑士们,

在巴勒斯坦的荒原上驰骋,

他们高呼情人们的芳名,

在悬崖巉岩间冲锋陷阵。

神圣的玫瑰,天庭之光!②

---

① 原文为拉丁字母"A.M.D."。
② 原文为拉丁文。

只有那位放肆地在大发"宏论"的阿格拉娅，非但毫不害羞，反而显得很高兴似的。她立刻站起身来，依旧一本正经而又装腔作势地，那模样似乎早就做好准备，只待人家邀请她似的。她走到凉台中央，站在仍旧坐在自己那把安乐椅上的公爵对面。大家都带着几分惊讶望着她，几乎所有的人，希公爵、两位姐姐和母亲，全都带着一种不愉快的感觉望着这个正准备开场的新的恶作剧，这无论如何闹得有点儿过火了。但是看得出来，阿格拉娅喜欢的正是她要一本正经地朗诵诗的那种装模作样的架势。

第二部

他呐喊，他大声疾呼，

他的喊声像霹雳，

击溃了穆斯林。

他又回到遥远的城堡，

从此以后，闭门独居，

一言不发，满脸忧伤，

像个疯子，魂归上苍。

后来公爵回想阿格拉娅朗诵诗的情形，有一个问题他百思不得其解，一直苦恼着他：怎么可以把这种真实的、美好的情感同露骨的、恶毒的嘲笑结合在一起呢？他毫不怀疑这是嘲笑，他对这点心里很清楚，而且事出有因，阿格拉娅在朗诵诗的时候，竟把"A.M.D."三个字母偷换成了"Н.Ф.Б."①，并不是她读错了，也不是他听错了。——对于这点他确信不疑（后来也证实了这一点）。阿格拉娅的乖常举动（当然是开玩笑，虽然这玩笑也开得太过分了，太轻浮了）一定有预谋。大家早在一个月以前就谈论过（而且"取笑"过）这个"可怜的骑士"。然而，不管公爵以后怎么回忆，总觉得阿格拉娅说这三个字母的时候，不仅毫无玩笑之意，也没有丝毫嘲弄的味道，甚至也没有故意强调这三个字母，以便突出这三个字母的隐蔽涵义，而是恰恰相反，她说这三个字母的时候，依旧那么严肃，那么纯洁、天真、自然，使人不由得认为，诗里本来就有这三个字母，书上就是这么印的。一种沉重的不快感仿佛在啮咬着公爵的心。利扎韦塔·普罗科菲耶芙娜当然什么也不明白，既没有发现

---

① 纳斯塔西娅·菲利波芙娜·巴拉什科娃的缩写。

偷换了字母，也没有发现阿格拉娅在含沙射影。伊万·费奥多罗维奇只懂得他们在朗诵诗。至于其他听众，很多人都听懂了，而且对这种乖常行为的大胆和别有所指感到诧异，但是他们都讳莫如深，极力装出若无其事的样子。可是，叶夫根尼·帕夫洛维奇（公爵甚至愿意打赌）不仅听懂了，甚至还极力摆出一副样子表示他听懂了：他以一种过分嘲弄的神情微微一笑。

"简直太美了！"朗诵刚一结束，将军夫人就兴高采烈地叫道，"这是谁的诗？"

"普希金的诗。妈妈，您别给我们丢人了，这也不知道，多难为情呀！"阿杰莱达叫道。

"跟你们这些千灵百巧的人在一起，不成傻子才怪，而且要多傻有多傻！"利扎韦塔·普罗科菲耶芙娜伤心地答道，"真丢人！一会儿回去，把普希金的这首诗拿给我看看！"

"咱们家好像根本没有普希金。"

"打从很早以前起，咱们家就只有两卷破破烂烂的书，还不知道扔哪儿了。"亚历山德拉补充道。

"立刻派人到城里去买，派费奥多尔或者派阿列克谢乘头班火车去——就派阿列克谢去吧。阿格拉娅，你过来一下！亲亲我，你朗诵得非常好，但是，你朗诵这诗如果出于真心，"她几乎用耳语加了一句，"那我为你惋惜，如果你是为了讽刺他，那我不赞成你这样的做法，因此，不管你怎么说，最好根本不朗诵。你明白我的意思了吗？你去吧，小姐，一会儿我还有话跟你说，不过，我们在这里坐得太久了吧。"

就在这时候，公爵走过来向伊万·费奥多罗维奇问好，将军也把叶夫根尼·帕夫洛维奇·拉多姆斯基给他做了介绍。

"我在半路上把他拽来了，他刚下火车，听说我上这里来，我们家的人又都在这里……"

"我听说您也在这儿，"叶夫根尼·帕夫洛维奇打断他的话道，"我早就打算非跟您认识一下不可，而且想跟您交个朋友，因此就抓紧时间赶来了。贵体欠安？我也是刚听说……"

"我完全好了，很高兴能够认识您，我常常听人家说起您，甚至还跟希公爵谈起过您。"列夫·尼古拉耶维奇一面伸出手来，一面回答道。

两人互相客套了一番，彼此握手问好以后，又互相端详了一番。转眼之间，大家也都交谈了起来。公爵发现（他现在对任何事情都很注意，迫切地想探个究竟，甚至能看到根本不存在的东西），叶夫根尼·帕夫洛维奇穿的那身便服引起大家普遍的、非常强烈的诧异，甚至其余的一切印象都被暂时置之脑后，不予理会。可以设想，在这个服装变换中一定含有某种特别重要的内容。阿杰莱达和亚历山德拉疑惑不解地向叶夫根尼·帕夫洛维奇打听这到底是怎么回事。他的亲戚希公爵甚至表现出很大的不安，将军说话也很激动。只有阿格拉娅好奇地，但是完全平静地看了看叶夫根尼·帕夫洛维奇，她似乎想比较一下，他究竟穿军服好看呢，还是穿便服相宜，但是一分钟后，她又扭过头去，从此再也不看他了。利扎韦塔·普罗科菲耶芙娜也无意询问什么，虽然，也许，她也有点儿不安。公爵觉得，她似乎不喜欢叶夫根尼·帕夫洛维奇。

"真叫人纳闷，真叫人吃惊！"伊万·费奥多罗维奇对所有的问题都反复作着同样的回答，"我方才在彼得堡遇到他的时候，简直不敢相信。干吗这么突如其来呢？真叫人百思不得其解！带头嚷嚷的也是他，说什么决不能砸烂椅子①。"

---

① "砸烂椅子"典出果戈理的《钦差大臣》第一幕第一场，指过于激动。

从接踵而来的议论纷纷中发现，叶夫根尼·帕夫洛维奇很早以前就宣称他要解甲归田，洗手不干了，但是他每次说这话的时候神情都不严肃，因此也就不能信以为真。不过话又说回来，即使谈到什么严肃的事，他也一向半开玩笑半认真，叫人简直摸不着头脑，特别当他自己也不愿意让人摸清他的底细的时候，更让人疑信参半，如堕五里雾中。

"我的解甲归田不过是暂时的，几个月，最多一年。"拉多姆斯基笑道。

"毫无必要嘛，您的情况我起码还是清楚的。"将军仍很激动。

"巡视一下庄园也没有必要吗？您自己就劝过我，再说，我还想出趟国……"

然而，话题很快就转了。公爵一直作壁上观，但是按照他的看法，这种不安太特别了，而且现在仍在继续，毕竟超出了应有的限度，这事一定另有原因。

"这么说，'可怜的骑士'又登台了？"叶夫根尼·帕夫洛维奇走到阿格拉娅身边问道。

使公爵感到吃惊的是，阿格拉娅竟用莫名其妙和充满疑问的目光打量了他一眼，似乎想让他明白，关于"可怜的骑士"他俩无话可谈，她甚至不懂他在问什么。

"太晚啦，现在派人进城去买普希金的诗太晚啦，太晚啦！"科利亚拼命跟利扎韦塔·普罗科菲耶芙娜争辩说，"已经跟您说过三千遍了：太晚啦。"

"是的，现在派人进城的确晚了点儿，"叶夫根尼·帕夫洛维奇急忙撇下阿格拉娅，蓦地插嘴道，"我想，彼得堡的书铺已经关门了，快九点了嘛。"他掏出怀表来证实道。

"等了这么久都没想到要买，忍耐一下，等到明天总可以吧。"阿杰莱达插嘴道。

"再说，"科利亚补充道，"上流社会的人居然对文学有这么大的兴趣，也有失体面。不信，您问叶夫根尼·帕夫洛维奇。体面得多的应该是装有红轮子的黄色轻便马车嘛。"

"您又从书本上寻章摘句了,科利亚。"阿杰莱达指出。

"他就爱掉书袋,"叶夫根尼·帕夫洛维奇接口道,"喜欢大段背诵文学述评里的句子。我早就领教过尼古拉·阿尔达利翁诺维奇的谈话了。不过这一次他倒不是掉书袋。尼古拉·阿尔达利翁诺维奇显然是在暗示我那辆装有红轮子的黄色轻便马车。不过我已经换了马车,您说晚了点儿。"

公爵在倾听拉多姆斯基说话……他觉得他举止大方、谦虚而又谈笑自若,他特别喜欢看到他以一种完全平等的、友好的态度跟与他抬杠的科利亚说话。

"这是什么?"利扎韦塔·普罗科菲耶芙娜转过身来对列别杰夫的女儿薇拉说,薇拉站在她面前,两手捧着几册大开本的装潢精美而又几乎是全新的书。

"普希金,"薇拉说,"我们家的普希金文集。爸爸让我给您拿来。"

"这怎么可以?这怎么可以呢?"利扎韦塔·普罗科菲耶芙娜吃惊地说。

"不是送给您的,不是送给您的!想送,我也不敢呀!"列别杰夫从他女儿背后跳出来,"按原价出售,您哪。这是我家珍藏的祖传普希金文集,安年科夫版[①]的,现在已经找不到这个版本了,——按原价出售,您哪。我毕恭毕敬地给您拿来,是想转让给您,以此来满足夫人您高尚的、迫不及待想要欣赏文学的极其高雅的情感。"

"啊,卖给我,那就谢谢了。我不会让你吃亏的。不过,先生,请你别矫揉造作。我听说过你的情况,据说,你读过很多书,有机会咱们聊聊。你把书亲自给我送去吗?"

"恭恭敬敬而又……毕恭毕敬地送去!"列别杰夫非常得意,他从女儿手里夺过书,装模作样地说道。

[①] 安年科夫编辑出版的七卷本普希金文集(1855—1857),是普希金文集的第一个版本。

"好，给我送去是可以的，不过别弄丢了，也用不着毕恭毕敬，而且有个条件，"她又仔细地打量着他补充道，"只许送到门口，因为我今天不想接待你。如果派你女儿薇拉送去，即使现在去都可以，我很喜欢她。"

"您怎么不提那帮人呢？"薇拉迫不及待地对父亲说道，"您不理他们，他们会自己进来的：已经在大吵大嚷了。列夫·尼古拉耶维奇，"她对公爵说道，公爵已经拿起了礼帽，"那边早就来了几个人，要找您，一共四个人，在我们那边等着，骂骂咧咧的，可是爸爸不让他们进来。"

"什么客人？"公爵问。

"他们说有事，如果现在不放他们进来，他们就会半道上截住您。列夫·尼古拉耶维奇，还是让他们进来的好，以后就用不着担心了。加夫里拉·阿尔达利翁诺维奇和普季岑正在那里劝他们，他们硬是不听。"

"是帕夫利谢夫的儿子！是帕夫利谢夫的儿子！不值得，不值得一见！"列别杰夫连连摆手，"不值得听他们的无理取闹，公爵大人，您为了他们而使自己不得安静，未免有失体统。就这么回事，您哪。不值得理他们……"

"帕夫利谢夫的儿子！我的上帝！"公爵非常慌乱地叫起来，"我知道……可是这事，我……我拜托加夫里拉·阿尔达利翁诺维奇了呀。刚才加夫里拉·阿尔达利翁诺维奇还跟我说……"

加夫里拉·阿尔达利翁诺维奇已经从里屋走到凉台上了，跟在他后面的是普季岑。在紧挨着的另一间屋子里可以听到吵闹声和伊沃尔金将军的洪亮的声音，仿佛想把好几个声音一股脑儿压下去似的。科利亚立刻向吵闹的地方跑去。

"这倒很有意思！"叶夫根尼·帕夫洛维奇说出了声音。

"由此可见，他知道这事！"公爵想。

"帕夫利谢夫哪来的什么儿子？而且……帕夫利谢夫哪会有什么儿子

呢？"伊万·费奥多罗维奇将军莫名其妙地问道，他好奇地打量着所有人的脸，惊讶地发现就他一个人不知道这件新闻。

果然，这事引起了大家的普遍兴趣和期待。公爵非常诧异，这么一件纯属他个人的私事，居然会引起在座诸公如此强烈的兴趣。

"如果您能够立刻并且亲自把这件事给了结了，那就太好了，"阿格拉娅带着特别严肃的神情走到公爵面前，说道，"请允许我们大家都来做您的证人。他们想给您的脸上抹黑，公爵，您必须庄重地证明您是个正人君子，我非常高兴地预祝您胜利。"

"我也希望这种卑鄙下流的敲诈勒索能够一了百了，"将军夫人喊道，"给他们点厉害瞧瞧，公爵，别饶过他们！这件事喋喋不休地把我的耳朵都吵聋了，我没有为你的事情少生气。不过看看也挺有意思。叫他们来，咱们先坐下。阿格拉娅想出来的办法很好。您也听说过这件事吗，公爵？"她转身过去问希公爵。

"当然听说过，就在府上听说的。不过我倒非常想看看这帮年轻人。"希公爵回答。

"这就是那帮虚无派①吗？"

"不，他们倒不完全是虚无派，"列别杰夫跨前一步，也激动得差点儿浑身发抖，"他们是另一种人，别具特色。我外甥说，他们比虚无派还虚无派。将军大人，您别以为有您在旁做证，他们就会无地自容，他们是不会无地自容的。虚无派毕竟有时候还是些学有专长的人，甚至是学者，可是这些人就差远了，因为他们首先是些办实事、谋实利的人。其实，这是虚无主义产生

---

① 虚无派或虚无主义否定公认的历史传统、文化遗产、道德规范、人类理想和社会生活准则。19世纪俄国一部分进步知识分子曾用虚无主义一词表示他们对俄国农奴制度和封建思想的否定，而一部分保守派则用虚无派和虚无主义来攻击革命民主主义。陀思妥耶夫斯基在这部小说中反映了19世纪六七十年代俄国思想界对这一问题的论战。

的某种后果,但不是衣钵真传,而是道听途说、间接听来的,而且他们也不在杂志上写文章,公开亮相,而是直接付诸行动。他们并不谈什么,譬如说,普希金很无聊,没有意义,①也不谈,譬如说,俄国必须分裂成几部分,等等,这些他们都不谈,他们现在直截了当地认为他们有权,如果他们非常想得到什么东西的话,就有权不择手段,什么也阻挡不住他们,哪怕因此而需要杀八个人也在所不惜。但是,公爵,我还是奉劝您千万……"

但是公爵已经走去给客人开门了。

"您在诽谤,列别杰夫,"他笑着说道,"因为令甥伤透了您的心。别信他的话,利扎韦塔·普罗科菲耶芙娜。我向您保证,戈尔斯基和达尼洛夫之流②只是一种偶然,而这些人不过是……一时糊涂……但是我不想在这里,当着大家的面跟他们谈这件事。对不起,利扎韦塔·普罗科菲耶芙娜,他们进来后,让他们跟您照个面,我就把他们带走。请进,先生们!"

使他感到不安的倒是另一个令他苦恼的想法。他模模糊糊地觉得:会不会有人存心给他难堪,偏偏在现在,在此时此刻,而且偏偏当着这些人的面,有预谋地使他们亲自目睹,让他丢人现眼,而不是额手称庆呢?但是他对他自己居然有这种"荒谬的可憎的疑心病"感到十分难过。倘若有人晓得他脑子里现在竟有这样的想法,他一定会无地自容得恨不得死了拉倒,就在他的新客人走进来的那一刻,他真心诚意地愿意承认在他周围所有的人中,他是道德上最糟糕、最等而下之的人。

进来了五个人,四位是新客,第五位是紧跟在他们后面的伊沃尔金将军。伊沃尔金将军慷慨激昂,十分激动,正在滔滔不绝地舌战群儒。"这人一定

---

① 19世纪60年代有一些俄国的虚无主义者企图否定普希金。陀思妥耶夫斯基曾积极参加当时的论战。
② 第二部第二节和第一部第十二节中分别提到过的两件凶杀案中的凶犯。

是站在我这一边的！"公爵嘴上挂着微笑，想道。科利亚也跟大家一起溜了进来：他正在跟伊波利特热烈地说着话。伊波利特也忝居访客之列，一面听，一面微微冷笑。

公爵让客人们都坐下来。他们全都非常年轻，甚至都是一些未成年的人。看到这种情形以及由此而产生的种种礼节，使人不由得不感到十分诧异。例如，伊万·费奥多罗维奇·叶潘钦，因为他对这件"新案"一无所知，根本不懂个中奥妙，因此他看到来客都很年轻，不由得怒从中来，要不是他夫人出于对公爵的私人利益令他感到奇怪的热心，使他不便公开发作的话，他肯定会提出抗议的。不过，他还是留了下来，这一部分是出于好奇，一部分是由于他心肠好，甚至希望能为公爵出把力，因为权威这东西毕竟还是有用的。但是伊沃尔金将军进来后向他远远地一鞠躬，又使他十分恼火，他皱着眉头，决定闭紧嘴巴，一言不发。

然而在四位年轻的来访者中，有一位已经三十上下，是一位退伍的"陆军中尉"，原来在罗戈任那伙人中鬼混，也就是那位曾给予伸手求告者每人十五卢布、教人拳术的教师爷。不难猜出，由他陪同其他人前来，乃是为了助威，作为好朋友，如有必要，可以拔拳相助。在其余的人中，位居首位、充当主角的是那位自称"帕夫利谢夫公子"的主儿，尽管他自我介绍时说他名叫安季普·布尔多夫斯基。这是位年轻人，衣着寒酸，衣帽不整，穿着一件普普通通的上装，两只油渍麻花的袖子磨得像镜子般发亮，一件满是油污的背心一直扣到脖子底下，看不见的内衣大概缩在里面，脖子上围着一条黑色的绸围巾，满是油污，脏得不能再脏，而且团成了麻花，两手没洗，很脏，脸上满是粉刺，浅色头发，他的目光既天真而又厚颜无耻——如果可以这么说的话。他的个子不能算矮，瘦瘦的，二十二三岁。他脸上的表情既没有一丝一毫的讽刺，也没有一丝一毫的反躬自问的踌躇不决；相反，他脸上表现出一种对自身权利的完全而又愚钝的陶醉；与此同时，他脸上又有一种表情，似乎他有一种奇怪的、不断的需要——需要摆出一副受了老大委屈的模样。他说话时很激动，也说得很快，结结巴巴地，似乎言不尽意，就像一个笨嘴拙舌、不善辞令的人，或者像一个外国人，虽然就出身来说，他是地地道道的俄国人。

陪同他前来的，第一是读者已经认识的列别杰夫的外甥，第二是伊波利特。伊波利特很年轻，约莫十七岁，也可能是十八岁，长相聪明，但又经常显得很冲动，疾病在他脸上留下了可怕的痕迹。他瘦得像具骷髅，脸色苍白，白里透黄，但两眼炯炯有神，脸蛋上燃着两堆潮红。他不断咳嗽，每说一句话，几乎每呼吸一次，都伴随着喘不上气来的呼哧呼哧的声音。看得出来，他的痨病已经到了非常严重的地步。似乎，他最多也只能活两三个星期了。他显得很累，因此最先跌坐在椅子上。其他人进来的时候，稍许客套了一番，差点儿没露出难为情的样子，但是他们的神情很傲慢，大概怕有失身份，这跟他们否定上流社会所有无用的繁文缛节，否定一切偏见，否定除了他们自己利益以外的几乎世界上的一切这一令名，令人奇怪地感到不协调。

"鄙人叫安季普·布尔多夫斯基。"那个自称"帕夫利谢夫公子"的人声音急促而又结结巴巴地宣称。

"我叫弗拉基米尔·多克托连科。"列别杰夫的外甥清楚而又发音清晰地自我介绍道，仿佛夸耀他姓多克托连科似的。

"我叫凯勒尔！"那位退伍的陆军中尉嘟囔道。

"鄙人叫伊波利特·捷连季耶夫。"最后那位出人意外地尖着嗓子喊道。最后，大家都在椅子上坐了下来，面对公爵坐成一排。他们在自我介绍后又立刻皱起了眉头，为了壮胆，都把帽子从一只手倒到另一只手里，大家都准备要说话，但是又都不开口，以一种挑衅的姿态在等待什么，那副神态似乎在说："不，哥们，你胡说，你骗不了我！"感觉得出来，只要有人一开口说话，大家就会立刻一齐开口，争先恐后，抢先发言。

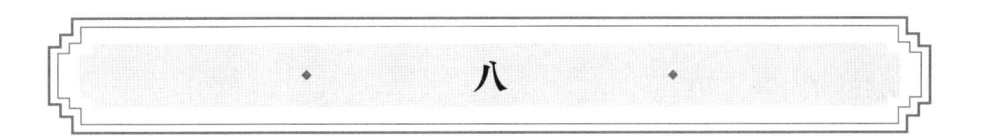

八

"先生们，你们中间的任何一位，我都没有料到会光临寒舍，"公爵开口道，"昨天我还在生病，您那件事（他对安季普·布尔多夫斯基说道），还在一个月以前我就拜托加夫里拉·阿尔达利翁诺维奇·伊沃尔金去办，而且这事我当时就通知了您。不过，我也不回避向您做当面解释，不过，你们也得承认，时间不早了……如果花费的时间不多的话，我建议你们跟我到另一间屋子去……我的朋友们现在在这里，请诸位相信……"

"朋友……来多少都不怕，不过，对不起……"列别杰夫的外甥虽然还没特别提高嗓门，却突然用一种十足教训人的口吻打断了公爵的话，"也让我们郑重声明，您对我们不妨礼貌一点儿，不应当让我们坐在您下人的房间里，足足等了两小时……"

"还有，当然……还有我……这是摆公爵的臭架子！还有这个……看得出来您是将军！我不是你们家的用人！而且我，我……"安季普·布尔多夫斯基突然非常激动地、结结巴巴地说道，说话时嘴唇发抖，声音哆嗦，一副受了老大委屈的模样，而且说起话来唾沫四溅，好像整个人破裂了或者决了口，又猛地越说越快，说到后来，简直不知所云。

"这是摆公爵的臭架子！"伊波利特用发抖的声音尖叫。

"如果这事落到我头上，"那位拳师猖猖然嘟囔道，"如果冲我这样一个具有侠义心肠的人这么干，我要是安季普·布尔多夫斯基的话……我……"

"先生们，上帝做证，我得知诸位光临，总共才不到一分钟。"公爵再次申明。

"公爵，不管您的朋友是谁，我们都不怕，因为我们有权向您兴师问罪。"列别杰夫的外甥又申明道。

"不过，我倒要请问，"伊波利特又尖声叫道，但是神情已经十分激昂，"您有什么权利把布尔多夫斯基的事让您的朋友们来说三道四？我们也许根本就不愿意听您的朋友们说三道四呢。明摆着，您的朋友们狗嘴里吐不出象牙！……"

"但是，布尔多夫斯基先生，说到底，如果您不愿意在这里谈，"公爵好不容易才插嘴说道，他对事情竟会这样开场感到很吃惊，"我已经跟您说过，我们可以马上到另一间屋子去，至于诸位大驾光临，我再说一遍，我是刚刚才听说的……"

"但是您没有权利，没有权利，没有权利！……让您的朋友们……就这么回事！……"布尔多夫斯基忽然又嘟嘟嚷嚷地说道，他腼腆而又胆怯地环顾四周，他越生疑，越怕见生人，心里就越急，"您没有权利！"他说完这句话后又猛地打住，好像一下子把话扯断了似的，他无言地瞪大了两只近视的、向外凸出得很厉害的、充满血丝的眼睛，全身前探，疑惑地盯着公爵。这一回倒弄得公爵也很惊讶，他也闭上了嘴，瞪大两只眼睛望着他，一言不发。

"列夫·尼古拉耶维奇！"利扎韦塔·普罗科菲耶芙娜突然叫他道，"快来看看这篇文章，快来看呀，就谈的你那事儿。"

她把一份属于幽默刊物的周报[①]匆匆递给他，并用手指了指其中的一篇文章。当客人们刚刚进屋的时候，列别杰夫就从一旁跑到利扎韦塔·普罗科

[①] 暗指当时的讽刺杂志《火花》。该杂志在1859—1873年出版，倾向俄国当时的革命民主主义，曾与各种反动势力和自由派做过斗争。但陀思妥耶夫斯基对此不以为然。

菲耶芙娜身边（他一直在讨好她），一句话不说，就从口袋里掏出这份报纸，一直塞到她的眼皮底下，指了指一栏圈出来的文章。利扎韦塔·普罗科菲耶芙娜读了这篇文章后大吃一惊，激动极了。

"最好不要念，"公爵十分尴尬，他喃喃道，"让我自己看……一个人……以后……"

"还是你来念好，快念，念出声来！念出声来！"利扎韦塔·普罗科菲耶芙娜不耐烦地从公爵手里夺过报纸（其实公爵的手才刚刚碰到报纸），对科利亚说，"你给大伙儿念念，大声点儿，让每个人都听得见。"

利扎韦塔·普罗科菲耶芙娜是个急性子的、容易冲动的女人，因此有时候常常心血来潮、不假思索地拔锚开航，也不问天气好坏就驶进公海。伊万·费奥多罗维奇不安地在座位上动了动身子。当大家起初不由自主地停下来，莫名其妙地等待下文的时候，科利亚已经打开报纸，从列别杰夫跑过来指给他看的那个地方开始念道：

贫民与贵胄，司空见惯的白昼行劫之一！进步！改革！公理！

在我们所谓神圣的俄罗斯，在我们这个改革和创办各种公司风起云涌的时代，在民族问题突然时髦和货币外溢每年达数亿卢布的时代，在鼓励发展工业和劳工纷纷失业的时代！等等，等等，难以一一列举，居然怪事迭出。读者诸君，让我们言归正传。在我国已成过去的地主老爷（从深处）[1]的一位后裔出了一件咄咄怪事。这类贵胄的祖辈，在轮盘赌中输了个精光，他们的父辈不得不外出谋职，当名士官生和陆军中尉，

---

[1] 原文为拉丁文。"从深处"是安魂祈祷的开始语，原句为："耶和华啊，我从深处向你求告。"（《圣经·诗篇》第一百三十篇）意即："愿死者早升天国！"

后来因有亏欠公款之嫌（其实不过是小小的账目失误而已），照例在吃官司时一命呜呼，于是他们的子弟便像我们这个故事的主人公一样，或者长成个白痴，或者甚至在某个刑事案中锒铛入狱，不过他们最后还是会被陪审员们宣告无罪，以示教育，使他们得以洗心革面，重新做人；或者有些人闹到后来，闹出了这样一些贻笑大方的事，使公众为之侧目，使我们这个本来就遭人非议的时代蒙受更大的耻辱。我们这位贵胄，大约半年前，脚上罩着老外的鞋罩，身上披着没有皮里的斗篷，冻得发抖，大冬天从瑞士回到了俄国。他在瑞士治疗白痴病（**注意！**①）。应当承认，此人时来运转，姑且不论他在瑞士治疗的那个有趣的疾病（试想，白痴病能治疗吗？！！），但是他却能够以他自身的经历证明俄国的一句成语"痴人自有痴福！"是正确的。请诸位考虑一下：父亲死后，他还是个吃奶的孩子。据说，他父亲是个陆军中尉，由于赌牌输了个精光，全连的公款不翼而飞，因此吃了官司，也可能因为苛责下属、鞭打过度（读者诸君，请记住这是在旧时代！），锒铛入狱，一命呜呼。可是我们这位男爵却被一位十分富有的俄国地主，慈悲为怀，收养了下来。这位俄国地主（我们姑且称他为帕②），在从前那个黄金时代拥有四千名农奴（农奴！读者诸君，你们懂得这一名词吗？我可不懂。应当去查查俄语详解辞典。③真是"传说记忆犹新，然而令人难以置信"④），他大概是一个俄国的懒汉和寄生虫，居然在国外无所事事，悠闲度日，夏天在矿泉疗养，冬天在巴黎的花宫作乐，在这些地方，他这辈子花钱无算。可以肯定，他以前搜刮来的农奴的租子，有三分之一都落进了巴黎花宫老板的腰包

---

① 原文为拉丁文。
② 帕夫利谢夫的首字母。
③ 俄国于1861年废除农奴制，故有此说。
④ 引自格里鲍耶陀夫的剧作《聪明误》第二幕第二场。

（瞧这人多好的运气！）。不管怎么说，这位无忧无虑的帕地主总算把这位父母双亡的小少爷抚养长大了，让他过上了公爵般的生活，还为他雇用了男女家庭教师各数名（女教师，无疑是花容月貌），而且还是他亲自从巴黎请来的。但是这族中最后一位小少爷却是一名白痴。花官来的家庭女教师爱莫能助，以致这位学生一直到二十岁还没有学会任何一种语言，俄语也不例外。不过最后这点倒还情有可原。最后，在帕这位农奴主的脑子里忽发奇想，可以请人在瑞士教这个白痴学会点儿聪明嘛——话又说回来，这一幻想还是符合逻辑的：一个寄生虫和财主自然会以为，只要有钱，连聪明也可以在市场上买到，何况又在瑞士呢。这位小少爷在瑞士一位名教授那里就医，五年过去了，花掉的钱数以万计：不用说，白痴并没有变成聪明人，但是听说，他毕竟变得开始有个人样了，无疑也只是凑合着有个人样儿罢了。蓦地，帕得急病死了。不用说，没留下任何遗嘱。他的产业照例一团糟，贪婪的继承人多得成堆，他们毫不理会那个由于帕慈悲为怀，而在瑞士治疗先天性白痴病的本族中最后一位苗裔。这位贵族子弟虽然是白痴，但却对自己恩人业已死亡这一消息讳莫如深，企图骗过那位教授，据说，他还在那位教授那里一钱不花，白白治疗了两年。但是这位教授也是很厉害的江湖骗子，他终于看到这个二十五岁的寄生虫既没有钱，饭量又很大，心里一害怕，就让他戴上自己的旧鞋罩，还送给他一件破破烂烂的旧斗篷，出于行善，让他坐上了火车的三等车厢，打发他回俄国去①——如释重负地让他离开了瑞士。看来，幸福女神转过身去，把屁股对着我们这位主人公了。然而满不是那么回事：命运女神宁可使我国的许多省份饿殍遍地，却将自己的所有

---

① 在原著中为德文。

恩惠一股脑儿地统统倾泻到这位贵胄头上去了，就像克雷洛夫寓言中的乌云，越过干旱的田野，在大海上下起了倾盆大雨。几乎就在他从瑞士到达彼得堡的同一时候，他母亲（不用说，是个商人的女儿）的一个亲戚在莫斯科病危。这老头儿孤苦伶仃，无儿无女，是个商人，大胡子，分裂派教徒①，居然留下了几百万遗产，这遗产全是无可争议的、相当可观的净值现金（读者，这给咱们俩该多好啊！），可是这一切都留给了我们这位贵胄，这一切都留给了我们这位在瑞士治疗白痴病的男爵！于是行情顿时改观，他抖起来了。我们这位男爵本来在拼命追求一位有名的大美人和某富翁的外室。这时便在这位脚戴鞋罩的男爵周围，顿时聚集起了一大帮亲朋好友，甚至出现了一大帮亲戚和大群大群待字闺中、渴望出嫁的名门闺秀，真是最好不过了：又是贵族，又是百万富翁，又是白痴——所有品德一应俱全，打着灯笼也找不到这样的好丈夫呀，哪怕定做也做不来呀！……

"这……这我就不明白了！"伊万·费奥多罗维奇非常气愤地叫道。

"别念了，科利亚！"公爵用央求的声音叫道。四面八方发出一片感叹。

"念！无论如何都要念！"利扎韦塔·普罗科菲耶芙娜断然道，显然费了老大的劲在克制心头的怒火，"公爵！如果不让念，我们会吵架的。"

没有办法，科利亚情绪激动、满脸通红，焦躁地提高了嗓门，继续念道：

然而，就在我们这位暴发户百万富翁处在所谓极乐世界的时候，竟发生了一件完全不相干的事。一天上午，有一位客人前去拜访他。此人

---

① 俄罗斯正教中的旧礼仪派，即旧教徒。

第二部

脸色平和而严峻，说话很有礼貌，但是谈吐不俗，而且理直气壮，穿着朴素而又大方，思想有明显的进步倾向。他三言两语地说明了来意：他是一位有名的律师，受一位年轻人之托办理一件民事纠纷，他这次就是以年轻人的名义前来登门拜访的。这位年轻人无独有偶，恰好是那位已故的帕先生的公子，虽然他用的是另一个名字。生性好色的帕在青年时代曾经勾引过一位清白而又贫穷，但是受过欧洲式教育（不用说，这里掺杂有过去农奴制时代大地主认为有权要这样做的理由）的仆人的姑娘。当这位帕先生发现他俩的这种关系不久将发生一种不可避免的后果后，就急忙把她嫁给了一位靠手艺为生，甚至还在衙门里当过差的年轻人。这人性格高尚，而且早就爱上了这位姑娘。起初，他曾经资助过这对新婚夫妇，但是由于她丈夫光明正大的性格，很快也就拒绝了他的帮助。过了若干时候，慢慢地，帕也就把这位姑娘以及与她同居时生下的那个儿子给忘了，后来，大家知道，他死了，对后事未做任何安排。当时，也就是他的儿子出生的时候，孩子的母亲已与别人合法地结了婚，所以他是姓别人的姓长大的。他母亲的丈夫性格高尚，把他完全视同己出。然而不幸的是，到后来，他养父也死了，留下他一个人，只好外出独立谋生，还要赡养一个家住边远省份、病病歪歪、十分痛苦、卧床不起的母亲，他自己则在我们的首善之区靠光明正大的劳动每天在一个商人家里教书，挣钱糊口。先是在一所中学里半工半读，后来考虑到自己的前程，又去大学旁听了一些对自己有用的课程。但是在一个俄国商人家里教书，教一节课才给十戈比，又能挣多少钱呢？何况他又有一个卧病在床的母亲，即使到后来，他母亲在边远的外省一命呜呼，也完全不能使他因此而略微轻松些。现在的问题是：我们这位贵胄应该怎样扪心自问，来判断这个是非呢？读者诸君，你们一定以为他会对自己说："我整个一生都受惠于帕，为了教育我，为了聘请家庭教师，为了治疗白痴病，在瑞士花去的钱数以万计。现在，我有数百万家产，而帕的性格高尚的儿子却在给人家教课，苦度岁月。他父亲纵然是个花花太岁，把他给忘了，但是他对于他父亲所犯的过失是完全无辜的。在我身上花费的这一切，照道理都应该花在他身上。在我身上花费的这一笔笔巨款，其实都不是我的。这不过是命运女神瞎了眼犯的错误，这些钱应归帕的儿子所有。应该用在他身上，而不应该花在花天酒地和善忘的帕一时心血来潮、恣意妄为的产物——我身上。如果我心胸高尚、为人公道，又能设身处地替别人着想的话，那我就应该把我整个遗产的一半奉送给他的儿子。但是因为我这人算盘很精，我很清楚，这件事并不犯法，大可不必把我的百万家私的一半轻率给人。但是，如果我现在不把帕为了医治我的白痴病花去的数万卢布归还给他的儿子，那我这人起码也太低级、太无耻了（这位贵胄忘了，这样做也是不划算的）。只有良心和公理能够判断这一切！如果帕当时不抚养我，而是弃我于不顾，去关心自己的儿子的话，那我又将如何呢？"

但是不，读者诸君！我们这些贵胄是不会这样考虑问题的。受那位年轻人之托的这位律师肯替他出面奔走，纯粹是出于交情，几乎是强人所难。可是这位律师无论怎样苦口婆心地劝他，晓之以理，动之以情，指出他应该顾全名誉、为人高尚、处事公道，甚至粗粗一算，他也吃不了亏，可是我们这位曾经侨居瑞士的帕的养子却心如铁石，不为所动，这又有什么办法呢？这一切倒还没什么，确实无法宽恕、用任何有趣的疾病都无法为之开脱的事是：这位刚刚摘下教授送给他的鞋罩的百万富翁，居然死不开窍，他不明白那位靠教书苦度岁月的、性格高尚的年轻人，并不是乞求他的恩赐和资助，而是索还他自己应有的权利，虽然不

第二部

是依法应得的，却也是受之无愧的权利，这甚至不是他提出的要求，而是他的朋友们替他出面仗义执言的。我们这位贵胄居然神气活现，自以为得计，竟以为可以利用自己的数百万家私不受惩罚地欺侮老百姓，他居然从兜里掏出一张五十卢布的钞票，以无耻的施舍的形式派人送给这位高尚的年轻人。读者诸君，你们不信？你们感到气愤，你们感到受了侮辱，你们情不自禁地发出愤怒的呼喊，但是他就这么做了嘛，瞧，竟有这样的事！不用说，这钱很快就退还给了他，即所谓当面掷还。那么这事究竟应当怎样解决呢？这事并不是法律问题，唯一的办法是公之于众！我们把这段奇闻奉告诸公，保证信实可靠。据说，我国的一位非常有名的幽默作家，曾经对此顺口编了一首绝妙的打油诗，这诗不仅应该在外省的我国风情散记，甚至在我国首善之区的风情录中占有一席之地：

廖瓦① 在五年之中，
把施奈德② 的外套③ 玩弄，
用单调无聊的把戏，
来填补时间的空虚。

戴着窄窄的鞋罩回国，
继承祖先的百万家当，
按照俄国人的方式祷告上苍，

---

① 那位贵胄列夫的小名。——陀思妥耶夫斯基原注
② 那位瑞士教授的名字。——陀思妥耶夫斯基原注
③ "施奈德"与俄语词"外套"发音接近。

却干出欺诈学生的勾当。①

科利亚念完后一言不发，急忙把报纸递给公爵，然后跑到墙角，一头钻进去，用两手捂住了脸。他感到羞愧无地，他那孩子般的、尚未习惯于人间污浊的敏感的心，感到非常气愤。他感到发生了一件不寻常的事，猛然破坏了一切，仅就他公然向人们念了这东西，他感到他自己就是这事的罪魁祸首。

而且所有的人似乎也都有类似的感觉。

小姐们觉得很尴尬、很可耻。利扎韦塔·普罗科菲耶芙娜强忍住心头的满腔怒火，也许在痛悔她不该介入到这件事情中来，现在她痛定思痛，一言不发。公爵心头也跟那些过分腼腆的人在类似情况下常常发生的情形一样：他对别人的行为感到羞耻，他为自己的客人感到羞愧，以致最初一刹那，他都不敢抬起头来看他们。普季岑、瓦丽娅、加尼亚，甚至列别杰夫——所有的人都似乎面有愧色。最奇怪的是，连伊波利特和"帕夫利谢夫的公子"也似乎吃了一惊，列别杰夫的外甥也明显地表示不满。只有那位拳师镇定自若地端坐不动，捻着嘴上的小胡子，略微低垂了眼睛，正襟危坐，但是这并不是由于不好意思，而是恰好相反，似乎是出于一种高尚的谦虚和露骨的得意。从各方面看，他非常欣赏这篇大作。

"鬼才知道这是什么玩意儿，"伊万·费奥多罗维奇低声咆哮道，"好像五十名奴才凑到了一块儿，七拼八凑，凑成了这篇文章。"

"先生，我倒要请问，您怎么能用这样的假设侮辱他人呢？"伊波利特申

---

① 这首诗是作者对萨尔蒂科夫－谢德林一首讽刺短诗的模拟。谢德林曾于1863年写过一首短诗，题为《过于自信的费佳》，讽刺陀思妥耶夫斯基，其中有云：费佳（陀思妥耶夫斯基的小名）不祷告上帝，说什么"没什么！"，自以为得计。老是偷奸耍滑头……弄巧成拙来不及！他曾经漫不经心，把果戈理的《外套》玩弄，用单调无聊的把戏，来填补时间的空虚……前面提到的"外省的我国风情散记"，也暗指萨尔蒂科夫－谢德林的名作《外省散记》。

明道，说时他全身发抖。

"这，这，这对于一位具有侠义心肠的人……您得承认，将军，如果是一位具有侠义心肠的人，这简直是侮辱！"那位拳师狺狺然咆哮道，他捻着嘴上的胡须，耸着肩膀，全身扭来扭去，不知道为什么也蓦地打了个冷战。

"第一，我不是您的什么'先生'，第二，我无意对您做任何解释。"显得异常焦躁的伊万·费奥多罗维奇不客气地回答道，他站起身来，一言不发地走向凉台出口，然后在最上面的一级台阶上站住，背对公众，——他对利扎韦塔·普罗科菲耶芙娜非常生气，因为她直到现在都没有想到该离座回家了。

"诸位，诸位，请允许我也说几句，诸位女士们先生们，"公爵伤心而又激动地大声说道，"有劳诸位大驾，让我们来开诚布公地谈一谈，以便互相了解。关于这篇文章，诸位，我无话可说，随它去。不过，诸位，文章里写的这一切都不是真的：我说这话，是因为你们自己也很清楚，甚至觉得很可耻。因此，如果这是你们中间的什么人写的，我将感到十分惊奇。"

"在此以前，我对这篇文章一无所知，"伊波利特申明，"我并不赞成这篇文章的观点。"

"我虽然知道有人写了这篇文章，但是……我也不主张发表，因为为时尚早。"列别杰夫的外甥加了一句。

"我是知道的，但是我有权……我……"那位"帕夫利谢夫的公子"嘟囔道。

"怎么！难道这一切都是您编出来的？"公爵问，好奇地望着布尔多夫斯基，"这不可能！"

"不过，也可以根本不承认您有提这类问题的权利。"列别杰夫的外甥在打边鼓助威。

"我只是感到惊奇，布尔多夫斯基先生居然能够……但是……我想说的是，你们既然已经把事情公之于众，那方才我当着朋友们的面提到这件事情的时候，你们为什么又要如此生气呢？"

"简直岂有此理！"利扎韦塔·普罗科菲耶芙娜愤怒地嘟囔道。

"我说，公爵，您老健忘，"列别杰夫忍不下去了，突然从椅子中间钻出来，几乎像打摆子似的叫道，"您老健忘，您接见他们，听任他们来无理取闹，完全出于您的自愿和您那无比的善心，他们根本没有这样要求的权利，何况您已经把这事委托给加夫里拉·阿尔达利翁诺维奇去办了，这样做也完全是因为您的心肠太好了，再说，公爵大人，您现在正在招待亲朋好友，决不能因为这些先生而置亲朋好友于不顾，因此您可以请这几位先生，立刻从这里滚出去，我作为本宅的主人，甚至非常乐意助您一臂之力……"

"完全正确！"房间深处突然爆发出伊沃尔金将军的雷鸣般的喊声。

"行了，列别杰夫，行了，行了……"公爵刚要开口，但是一连串愤怒的呐喊盖过了他说话的声音。

"不，对不起，公爵，对不起，现在这事不能就这么行了！"列别杰夫的外甥大叫，几乎压过了所有人的声音，"现在必须把这事清清楚楚、坚定不移地提出来，因为大家显然不明白这事的关键所在。这里掺杂了一些吹毛求疵的法律问题，由于这些吹毛求疵的问题，有人威胁说要把我们轰出去！我说公爵，难道您当真认为我们都是些傻瓜和笨蛋吗？难道我们自己就不明白我们这事远非法律问题，如果依法办事，我们无权问您索要一个卢布吗？但是我们偏偏懂得，这里固然没有法权，但却有人权，自然的人权，保持健全的理智权和良心的呼声，哪怕我们这一权利并没有写在任何陈腐的人类法典上，但是一个正人君子，也就是理智健全的人，即使法典上没有明文规定，也应当始终是一个正人君子。因此我们才冒着被人家轰出去的危险（您刚才就是这么威胁我们的），冒昧前来。就因为我们不是来请求，而是来要求，而且还因为这么晚了我们还来登门拜访（其实我们来得并不晚，而是你们硬要我们在下房里等候的），有失礼貌，你们就要把我们轰出去。因此我说，我们这次前来是无所畏惧的，因为我们假定您是一个理智健全的人，也就是说，是个顾全名誉的，多少有点儿良心的人。是的，这没错，我们不是诚惶诚恐地走进来的，不是像您的一帮食客和有求于您的人，而是像自由人那样昂首挺胸地走进来的，我们不是来向您请求什么，而是来自由而又自豪地提出要求（听见了吗，我们不是来向您请求，而是来向您要求，您要牢牢记住这一点！），我们充满自尊而又直截了当地向您提出一个问题：在布尔多夫斯基的这件事情中，您承认您是对还是不对？您是否承认帕夫利谢夫先生有恩于您，甚至可以说救了您的命？如果您承认（这是显而易见的），那您是否打算，或者扪心自问，您是否应该在接受了数百万遗产之后，多少拿点钱出来贴补贴补穷愁潦倒的帕夫利谢夫的公子，虽然他现在姓布尔多夫斯基？您说您应该还是不应该？如果应该，换句话说，如果您还有一点儿用你们的语言称之为荣誉和良心的东西，我们则更准确地用健全的理智这一称谓来表示这层意思的话，那您就应该满足我们的要求，事情也就算了了。满足我们的要求，而不是要我们来央求您，对您千恩万谢，您别指望我们会这么做，因为您这样做不是为了我们，而是分内应做的事。如果您不想满足我们的要求，也就是您回答不，那我们马上走，事情也算完了。但是我们要当着您的面，并且当着您的所有见证人的面，说您是个死不开窍和修养极差的人，而且从今以后您休想，也无权自命为一个有荣誉感和有良心的人，您想花几个臭钱就买下这一权利，也太便宜了吧。我的话说完了。我提出了问题。如果您有这个胆量，现在就可以把我们轰出去。您可以这样做，有权有势嘛。但是请您记住，我们不是来请求您，而是来向您提出要求的。是要求，而不是请求！……"

列别杰夫慷慨激昂的外甥说到这里停了下来。

"我们不是来请求，而是来要求，要求，要求！……"布尔多夫斯基嘟嘟嚷嚷地说，脸红得像只大虾米。

列别杰夫的外甥说完后，接着是全场一阵骚动，甚至七嘴八舌地掀起一片嗡嗡嘤嘤的声音，虽然除列别杰夫一人以外，在座诸公显然都不想介入这场是非之争。可是列别杰夫却像打摆子似的忽冷忽热。（奇怪的是：显然站在公爵一边的列别杰夫，听了他外甥的一席讲演后，现在却似乎感到几分家族的自豪和愉悦，起码带着几分特别的、颇为自得的神态扫视了一下在座的全体听众。）

"依照愚见，"公爵声音颇低地开口道，"依照愚见，多克托连科先生，您刚才的一席话，有一半是完全对的，我甚至认为有多于一半是对的，如果您不是在您的话里忽略了一些东西的话，我本来是可以完全同意足下的高见的。您究竟忽略了什么呢，我也说不清，但是为了使您的话无懈可击，当然还缺少点儿什么。不过我们还是言归正传吧，诸位，请你们告诉我，你们为什么要发表这篇文章呢？要知道，这里没有一句话不是诽谤，因此，诸位，依我看，你们是干了一件卑劣的事。"

"对不起！……"

"尊敬的先生！……"

"这……这……这……"激动的来宾同时发出了七嘴八舌的声音。

"关于这篇文章，"伊波利特尖声叫道，"关于这篇文章，我已经对您说过，我和其他人都不赞成！这篇东西是他写的，"他指了指坐在他身边的那位拳师，"我同意，写得很不像话，非但文理不通，而且文体也是像他这种退伍军人所常用的笔法。他非但愚蠢，而且是个骗子手，这我同意，我每天都要当着他的面直截了当地对他说这话，但是话又说回来，他毕竟有一半是对的，他有权这样做：将自己的看法公之于众是每个人的合法权利，因此，也是布尔多夫斯基的合法权利。至于他的话很荒唐，应由他自己负责。至于说我方才曾经代表大家反对您的朋友在场,那我认为有必要向诸君解释清楚,我之所以反对,唯一的原因是要表明我们有这样做的权利,其实我们甚至希望有人在场,方才,也就是在我们没有进来之前,我们四人就一起商量好了。不管您的见证人是谁,哪怕是您的朋友,他们也不能不同意布尔多夫斯基有这样做的权利(因为这权利显然跟数学一样精确无误),所以这些见证人如果是您的朋友的话,只会更好,真理将会变得更加显而易见。"

"没错,我们是商量好了的。"列别杰夫的外甥证实道。

"既然你们愿意这样,那方才刚一开口,为什么要大吵大嚷,吵得不亦乐乎呢!"公爵表示诧异道。

"关于这篇文章,公爵,"拳师插进来说道,他非常想发表一下自己的高见,他神情愉快、笑容可掬(不难看出,女士们的在场对他产生了明显的、强烈的影响),"关于这篇文章,我承认,作者的确是我,虽然我这位多病的朋友刚才对它多有诟病,但是,因为他体弱多病,我已经习惯了不跟他计较。但是我之所以写它,并在一家好友的杂志上发表,仅仅是作为一种通讯报道。只有其中的那首诗的确不是我写的,它的确出于一位著名的幽默作家的手笔。这篇文章我只念给布尔多夫斯基一个人听过,而且还没念全,就立刻取得他的同意拿去发表了,但是你们也应当承认,即使没有取得他的同意,我也可以拿去发表。说话、写文章、把事情公之于众,乃是普天下人都应享有的、光明正大并能产生良好的效果的权利。公爵,您那么进步,我希望您能开通一点儿,不至于否认我有这样做的权利吧……"

"我什么也不否认,但是您也得承认,在您的大作里……"

"措辞尖锐,您想说这话吗?但是这样做也是为了对社会有益,再说,您也得承认,怎么可以放过能够产生轰动效应的机会呢?这对行为有失检点的人固然不利,但是它首先有益于社会。至于说有某些不尽属实之处,即所谓夸张,那您也得承认,动机是最重要的,最要紧的是目的和用意,最重要的是能够产生良好效果的实例,然后再来分析个别事实,最后谈谈文体,可以说,这里需要的是幽默效应,说到底,您也得承认,大家全都这样写嘛!哈哈!"

"你们走的是一条完全错误的路!我敢肯定,诸位,"公爵大声说道,"你们发表这篇文章是出于这样的设想,满以为我说什么也不会同意满足布尔多夫斯基先生的要求,因此你们想吓唬我一下,想个办法报复一下。但是你们又怎么知道:我也许决定满足布尔多夫斯基的要求呢。现在我要当着大家的面向你们公开声明,我一定满足……"

"这才是一个聪明而又极其光明磊落的人所说的一句聪明而又光明磊落的话!"拳师庄严宣告。

"主啊!"利扎韦塔·普罗科菲耶芙娜脱口惊呼。

"真叫人受不了!"将军嘟囔道。

"劳驾,劳诸位大驾,让我来把事情的经过讲一讲,"公爵恳求道,"布尔多夫斯基先生,大概在五星期前,您的全权代表和辩护人,一位名叫切巴罗夫的先生到З.城来找我。凯勒尔先生,您在您的那篇文章里曾经十分赞扬地描写过他,"公爵忽然笑起来,对拳师说,"但是我非常不喜欢这个人。不过他第一次来访,我就全明白了:主要的问题全在这个切巴罗夫身上,坦白说,也许,正是他利用了您的单纯,唆使您这么干的,布尔多夫斯基先生。"

"您没有权利这样说……我……不单纯……这……"布尔多夫斯基激动地、吐字不清地说道。

"您没有任何权利做这样的假设!"列别杰夫的外甥又以教训人的口吻帮腔道。

"这太气人了!"伊波利特尖声说道,"这种假设是气人的、错误的、与事无关的！"

"对不起，诸位，对不起，"公爵急忙赔罪，"请诸位原谅。这是因为我想，咱们不如把心里想说的话完全摊开来说好，但是随你们便，悉听尊便。我当时对切巴罗夫说，因为我不在彼得堡，但是我可以立刻委托一位朋友全权处理这件事，后来我也把这个情况通知了您，布尔多夫斯基先生。我要直截了当地对你们说，诸位，我觉得这事其中有诈，切巴罗夫在捣鬼……喔，诸位，请勿见怪！看在上帝分上，请千万不要见怪！"公爵看到布尔多夫斯基脸有愠色，在他的朋友中也出现了骚动和抗议，便害怕地叫起来，"我说这事其中有诈，这跟你们本人无关，也不可能有什么关系！因为那时候你们中的任何一位我都不认识，也从未见过面，连你们的尊姓大名我都不知道。我说这话是冲切巴罗夫一个人说的，只是泛泛而论，因为……你们倘若知道自从我接受遗产以来受了多大的骗，你们也许就不会怪我了！"

"公爵，您太天真了。"列别杰夫的外甥嘲弄地说。

"更何况您是公爵，又是百万富翁！尽管您的心肠也许的确很善良、很单纯，但是您终究逃脱不了一条普遍的规律。"伊波利特庄严宣告。

"可能是这样，很可能是这样，诸位，"公爵急忙说道，"虽然我不懂你们说的是什么普遍规律，不过还是让我说下去吧，然而，请诸位不要见怪，我起誓，我毫无侮辱诸位的意思。这到底是怎么回事呢，诸位：我竟不能说句真心话，一说真心话，你们就要生气！但是，第一，使我大吃一惊的是，世上竟存在'帕夫利谢夫的公子'，而且还处在这样可怕的境况之中，就像切巴罗夫向我说明的那样，帕夫利谢夫是我的恩人和我父亲的朋友。（唉，凯勒尔先生，您在您的大作里干吗对家父写了这么多不真实的情况呢？他既没有挥霍连队的公款，也没有苛责下属——对于这一点我是深信不疑的，您怎么举得起手来写这种无中生有的事呢？）至于您写的关于帕夫利谢夫的话，更叫人完全无法容忍了：您居然称这位最高尚的人是贪淫好色的花花太岁，而且说得那么大胆、那么肯定，好像言之凿凿、千真万确似的，其实这是一位世上少有的最最洁身自好的人！他甚至是一位出色的学者，他与科学界的许多可敬的人有通信关系，而且花过很多钱资助科学。至于说他心肠好，做过许多好事，噢，当然，您写得很对，我当时几乎是白痴，什么也不懂（虽然俄语我还是会说的，也听得懂），但是我还是能够对我现在想得起来的一切作出自己的评价的……"

"对不起，"伊波利特尖声叫道，"这是不是太多愁善感了？我们不是小孩。您说要开门见山、言归正传，九点多了，请记住这点。"

"好吧，好吧，诸位，"公爵立刻表示同意，"在最初的不信任之后，我终于认为我也可能弄错，也许帕夫利谢夫的确有个儿子也说不定。但是使我感到十分吃惊的是，这儿子居然会这么轻易地，我是想说，居然会这么公开地把自己的出生秘密和盘托出，主要是，竟至于不惜玷污自己生母的名声，因为切巴罗夫还在当时就曾用公开这一秘密吓唬过我……"

"真蠢！"列别杰夫的外甥叫道。

"您没有权利……没有权利！"布尔多夫斯基叫起来。

"儿子不能对老子的放荡行为负责，而母亲是无罪的！"伊波利特热烈地尖叫道。

"那就似乎更应该体谅她呀……"公爵怯怯地说。

"公爵，您不只是天真，恐怕是天真得过了头。"列别杰夫的外甥冷笑道。

"您有什么权利！……"伊波利特用听起来极不自然的声音尖叫道。

"我没有任何权利，我没有任何权利！"公爵急忙打断道，"我承认，你们在这点上是对的，不过，这是情不自禁，而且我当时就马上对自己说，我的个人好恶决不应该影响事情的发展，因为即使出于感念帕夫利谢夫对我的恩情，我已经认为自己理应满足布尔多夫斯基的要求，那么无论在何种情况下，即不管我尊敬布尔多夫斯基先生与否，我都应该给予满足。我开头说这样的话，诸位，那是因为我看到做儿子的居然这样公开地揭露自己母亲的秘密，总觉得有悖常理……一句话，主要是因为我深信切巴罗夫一定是骗子，一定是他怂恿布尔多夫斯基先生设置骗局来进行这样的讹诈的。"

"简直岂有此理！"他的客人发出一片喧哗，有几个人甚至从座位上跳了起来。

"诸位！所以我才认定，这位不幸的布尔多夫斯基先生一定是个单纯的、无依无靠的人，容易上骗子们的当，因此我更应该帮助他，就像帮助'帕夫利谢夫的公子'一样——第一，反其道而行之，使切巴罗夫的阴谋不能得逞；第二，用我的忠实和友情开导他；第三嘛，我决定给他一万卢布，也就是按我的算法，帕夫利谢夫在我身上可能花掉的钱……"

"怎么！才一万！"伊波利特叫起来。

"好了，公爵，您的算术也太不高明了，或者说，您的算术也太高明了，虽然装出一副傻头傻脑的模样！"列别杰夫的外甥叫起来。

"一万卢布我不同意。"布尔多夫斯基说。

"安季普！你就同意了吧！"那位拳师趴在伊波利特的椅背上，探过头去，用快速而又清晰的低语提醒他道，"你就同意了吧，以后的事以后再说。"

"我说梅什金先生，"伊波利特尖叫道，"您要明白，我们不是傻瓜，更不是混蛋，您的所有的客人和这些女士，大概就是这么想我们的，瞧，这些女士正在十分愤怒地冲我们冷笑，特别是这位上流社会的先生（他指了指叶夫根尼·帕夫洛维奇），这位先生，当然，我还无缘相识，但是也多少听说了点儿……"

"对不起，对不起，诸位，你们没有听明白我的意思！"公爵激动地对他们说道，"第一，凯勒尔先生，您在您的大作里对我的财产估算得非常不准确：我根本没有得到几百万，也许我只有您假定我拥有的财产数的八分之一或十分之一；第二，我在瑞士的时候，他们并没有在我身上花掉数以万计的卢布：施奈德每年才收到六百卢布，而且总共也只是最初的三年；帕夫利谢夫从来没有到巴黎去请过漂亮的家庭女教师，这又是诽谤。我看，花在我身上的钱还远远不到一万卢布，但是我却拿出了一万卢布，你们自己也看到，我还要还债，因此我无论如何拿不出更多的钱来给布尔多夫斯基先生了，虽然我非常爱他，也爱莫能助，出于一种礼貌感，我是还他的债，而不是给他的施舍。诸位，我不知道，你们怎么连这个道理都不明白！但是我希望今后能用我的友谊来补偿这一切，用积极关心不幸的布尔多夫斯基先生的命运这一办法来补偿。他肯定上了人家的当，倘若不是人家骗他上当，他自己决不会出此下策，比如今天在凯勒尔先生的这篇大作里公然诋毁自己的母亲……诸位，你们到底怎么啦，怎么又冒起火来了呢！这样下去，我们会永远无法互相了解的！你们看，果然不出我之所料！我现在亲眼看到并且深信我的猜测是对的。"公爵着急地想说服他们，想平息他们心头的焦躁，但是他没有发现，他反而使他们的情绪更加激昂了。

"怎么？您深信什么？"大家几乎暴怒地对他群起而攻之。

"非常抱歉，第一，我已经亲眼看清了布尔多夫斯基先生的为人，我现在已经亲眼看到他是怎样一个人……他是一个涉世未深的人，但是大家都在欺骗他！他是一个无依无靠的人……因此我才应该体谅他；第二，我曾经把这事委托加夫里拉·阿尔达利翁诺维奇去办，我已经很久没有收到他的消息了，因为我在来彼得堡的路上，后来又在彼得堡病了三天，可是现在，也就是一小时前，在我们初次见面的时候，他突然通知我，切巴罗夫意欲何为他已经全部弄清楚了，并且有真凭实据，至于切巴罗夫的为人，恰如我所推想的那样。诸位，许多人都认为我是白痴，这，我是知道的，由于我名声在外，说我会把钱随随便便地送给别人，因此切巴罗夫就以为我会很容易上当，而他指望加以利用的也正是我对帕夫利谢夫的感情。但是现在主要是——请听我说完嘛，诸位，请听我说完嘛！——主要是，现在忽然弄清楚了，原来布尔多夫斯基先生根本就不是帕夫利谢夫的公子！这事是加夫里拉·阿尔达利翁诺维奇刚才告诉我的，而且他向我保证，他已经弄到了确凿可靠的证据。好了，诸位对此有何高见，要知道，在发生这一场轩然大波之后，简直使人没法相信！听着：证据确凿！不过，我还是不信，奉告诸位，我自己也不信，我还在怀疑，因为加夫里拉·阿尔达利翁诺维奇还没有来得及把一切详情细节原原本本告诉我，但是，至于说切巴罗夫是个骗子，现在已经毫无疑问了！他把你们所有的人都骗了，既骗了不幸的布尔多夫斯基先生，又骗了你们这些为朋友仗义执言的先生（因为他显然需要支持，这点我是明白的！），他非但骗了你们所有的人，而且把你们所有的人都裹挟进了这桩诈骗，因为这实际上就是坑蒙拐骗。"

"怎么是坑蒙拐骗！……怎么不是'帕夫利谢夫的公子'？……这怎么可能呢！……"发出一片感叹和大呼小叫，布尔多夫斯基那群人处在一种难以形容的骚乱中。

"这自然是坑蒙拐骗！如果布尔多夫斯基先生其实并不是'帕夫利谢夫的公子'，那么在这种情况下，布尔多夫斯基提出的要求，就是一种彰明较著的诈骗行为（当然，这是假定说他知道事实真相的话！），但现在的问题是人家骗了他，所以我才坚持必须替他说句公道话，因此我才说他是值得同情的，因为他太单纯了，不能没有人替他出来说话，否则，就这件事本身来说，他也就成了骗子。要知道，我自己早就深信不疑，他对个中内情的确一无所知！到瑞士去以前，我自己的情况也与他相仿，说起话来也咿咿唔唔，前言不对后语——想说又说不出来……这我明白。请恕我直言，因为我自己的情况也庶几近之，所以我非常同情他！最后，尽管现在已经没有了'帕夫利谢夫的公子'，这一切不过是一场骗局，我仍旧，我仍旧不改初衷，情愿奉还一万卢布，作为对帕夫利谢夫的纪念。要知道，我在遇到布尔多夫斯基先生这件事以前，就曾想拿出一万卢布来资助办学，作为对帕夫利谢夫的纪念，但是现在，资助办学或者给布尔多夫斯基先生，反正都一样，因为布尔多夫斯基先生即使不是'帕夫利谢夫的公子'，也跟是'帕夫利谢夫的公子'差不多：因为他本人上了人家的大当，他自己曾经当真以为自己是帕夫利谢夫的儿子！现在，请诸位先听听加夫里拉·阿尔利达翁诺维奇的情况说明，咱们就此结束此事，请诸位别生气，也别激动，请诸位先坐下！加夫里拉·阿尔达利翁诺维奇马上就会给我们说明一切，我承认，我也非常想知道全部内情。布尔多夫斯基先生，他说他甚至亲自到普斯科夫去找过您的母亲，她根本就没有像你们硬要在文章中写的那样，卧病在床、奄奄一息……请坐，诸位，请坐！"

公爵先坐了下来，又让座位上一个个跳将起来的布尔多夫斯基先生的那一群人也一一就座。在最后这十分钟或二十分钟内，他说话很激动，声音很大，说得跟连珠炮似的，很不耐烦，有点儿冲动，嗓门也比所有的人都高，喊得也比所有的人都响，以致后来他对现在脱口而出的有些话和假设深感后悔。如果不是别人刺痛了他，使他忍无可忍，他是不会允许自己这么露骨、这么匆忙地公然说出自己的某些猜测和过于开诚布公的话的。但是他刚一坐下，一阵炽烈的后悔就深深地刺痛了他的心。除了他公然假定布尔多夫斯基也患有他自己在瑞士治疗的那种病，因而"得罪"了布尔多夫斯基以外——他又作出了提供一万卢布，但不是资助办学的许诺，照他看来，这样做既失礼又不慎重，好像是给别人施舍似的，而且还当着众人的面公然说出来。"应当等一等，等到明天两人单独在一起的时候再提出来嘛，"公爵立刻想道，"现在看来，已经无可挽回了！我真是白痴，地地道道的白痴！"他暗自认定，突然感到一阵羞愧和非常痛心。

在此以前，加夫里拉·阿尔达利翁诺维奇一直置身事外，一言不发，这时便应公爵之请，走上前来，站在公爵身旁，镇静而又口齿清晰地开始作公爵委托他办的那件事的调查报告。本来大家在议论纷纷，霎时间便鸦雀无声。大家都怀着极大的好奇心洗耳恭听，特别是布尔多夫斯基那帮人。

九

"您当然不至于否认，"加夫里拉·阿尔达利翁诺维奇直接面对全神贯注地听他说话的布尔多夫斯基开口道；布尔多夫斯基惊讶得瞪大了眼睛，死死盯着他，看得出来，他心里非常慌乱，"您不至于否认，当然也不会想煞有介事地否认，您是在令堂和令尊——十等文官布尔多夫斯基先生正式结婚后过了整整两年才出生的吧。您的出生日期非常容易用事实来证明，在凯勒尔先生的那篇文章里公然歪曲这一事实，乃是对足下和令堂十分可气的事，这只能说是凯勒尔先生自己幻想出来的欺人之谈，他想用这种办法来强调您的权利有目共睹，从而有利于您。凯勒尔先生说，他在文章发表前曾经把这篇文章读给您听过，虽然读的不是全文……无疑，他并没有向您读到这个地方……"

"的确没有读到，"拳师打岔道，"但是，所有事实都是一位熟知内情的人告诉我的，我……"

"请原谅，凯勒尔先生，"加夫里拉·阿尔达利翁诺维奇阻止他继续说下去,"先让我把话说完。我向您保证,一会儿会谈到您这篇大作的,到那时候您再做解释也还不迟,现在最好让我们从头说起。完全是一个偶然的机会,我在舍妹瓦尔瓦拉·阿尔达利翁诺芙娜·普季岑娜①的帮助下,从她的一位要好的女友薇拉·阿列克谢耶芙娜·祖布科娃(一直寡居的女地主)那里,弄到了一封已故的尼古拉·安德烈耶维奇·帕夫利谢夫二十四年前从国外写给她的信。我在接近薇拉·阿列克谢耶芙娜之后,经过她的指点,又去求教一位名叫季莫费·费奥多罗维奇·维亚佐夫金的退伍上校,他是帕夫利谢夫先生的远亲和生前好友。我从他那里又得到了两封尼古拉·安德烈耶维奇也是从国外写给他的信。根据这三封信,以及信中注明的日期和讲到的事实,可以准确无误地证明,毫无推翻的可能甚至疑惑的余地,尼古拉·安德烈耶维奇出国的时候,正好在您布尔多夫斯基呱呱坠地的一年半之前,而且他一连三年侨居国外,没有回国。令堂从来没有离开过俄国,这,您是知道的……眼下我就不来读这几封信了,因为现在时间已晚,我只把事实先予点明。但是,布尔多夫斯基先生,您若有意,可以定个日子,哪怕明天上午也行,到我那里见面,把您的见证人(来多少人都行)和笔迹鉴定人都带来,你们将会确信我所讲的事实是有目共睹、确凿无疑的。这对于我已毫无疑问。如果是这样,那么这件事,不消说,也就不攻自破、不了了之了。"

他的话音刚落,又出现了一阵普遍的骚动和深深的激动不安。布尔多夫斯基蓦地从座椅上站起来。

"如果这话属实,那我上当了,上当了,不过不是上切巴罗夫的当,而是很早以前就上了人家的当。我不要找人鉴定笔迹,也不要同您见什么面,我相信您的话是真的,我拒绝……一万卢布,我不要……再见……"

---

① 前文已经提到,瓦尔瓦拉已与普季岑结婚,按照俄俗,女子出嫁后应从夫姓。

第二部

他拿起帽子，推开座椅，想要走开。

"布尔多夫斯基先生，如果您不介意，"加夫里拉·阿尔达利翁诺维奇低声而又亲切地阻止他，"请您再待一会儿，哪怕就待五分钟也行。与这件事有关，还发现了几件非常重要的事，特别对于您，无论如何非常值得一听。依愚见，您不应当不知道这些事，如果把这件事说清楚了，您心里也许会愉快些……"

布尔多夫斯基默然坐了下来，微微低下了头，似乎心事很重，若有所思。列别杰夫的外甥也跟着他坐了下来，他本来也站了起来，想陪他一起出去，此人虽然还没有到张皇失措和失去勇气的地步，但也显得很尴尬。伊波利特皱紧眉头，神态凄然，似乎感到很惊讶。然而，这时候，他又很厉害地咳嗽起来，甚至手帕都被咯出来的血弄脏了。拳师见状差点儿吓坏了。

"哎呀，安季普！"他痛苦地叫道，"我当时就跟你说过……好像就前天吧，我说，你可能的确不是帕夫利谢夫的儿子也说不定！"

有人扑哧一声笑了出来，有两三个人笑得最响。

"凯勒尔先生，您刚才点明的这个事实太珍贵了，"加夫里拉·阿尔达利翁诺维奇接着说道，"然而，根据非常准确的材料，我仍有充分的理由肯定，布尔多夫斯基先生虽然非常清楚他出生的时间，但是他完全不知道有关帕夫利谢夫侨居国外的情况：帕夫利谢夫在国外度过了大半生，即使回到俄国，也从来只作短暂的停留。此外，他当时出国这件事本身，平常已极，二十多年后已无人记得，甚至连帕夫利谢夫的至亲好友也已淡忘，更不必说当时尚未出生的布尔多夫斯基先生了。当然，现在要进行调查是不可能的。但是我也应该承认，我所取得的调查材料，得来纯属偶然，也很可能得不到。因此，在布尔多夫斯基先生，甚至在切巴罗夫看来，要进行这样的调查的确几乎是不可能的，即使他们想要调查也属徒然。但是他们也可能根本就没想到……"

"对不起，伊沃尔金先生，"伊波利特突然恼怒地打断他的话，"说这些废话干吗（请恕冒昧）？现在真相已经大白，我们同意其中的主要事实言之有据，干吗还要继续讲这些让人听了难受的气人的废话呢？您大概想借此夸耀一番您调查有功，手段高明，在我们和公爵面前显示一下您是一位多么能干的侦查员和侦探吧？或者您莫非打算原谅布尔多夫斯基，并为他开脱，说他是因为不了解真相才被卷入这件事情的？但是，先生，这也太狂妄了！您应该明白，布尔多夫斯基既不需要您替他开脱，也不需要您的原谅！他心里很委屈，本来就很难受，他的处境很尴尬，您应该看到，也应该懂得这一点嘛……"

"行了，捷连季耶夫先生，行了，"加夫里拉·阿尔达利翁诺维奇好不容易才打断了他的话，"您应当安静，不要激动，您好像很不舒服，是吗？我很同情您。既然如此，如果您愿意，我就结束自己的讲话，就是说，我无奈只能简要地讲一些事实，我深信，知道这些事实的全貌决不会是多余的，"他看到又出现了某些类似不耐烦的普遍的骚动，便加了一句，"我只想有根有据地告诉你们一件事，让一切与此事有关的人都知道。布尔多夫斯基先生，令堂能够独一无二地受到帕夫利谢夫的好感和关照，乃是因为尼古拉·安德烈耶维奇·帕夫利谢夫在非常年轻的时候曾爱过一名女仆，而令堂就是那名女仆的亲妹妹，但是这名女仆却得急病死了，否则他是一定会娶她为妻的。我有证据说明这件家庭隐私是千真万确和完全可靠的，不过这事鲜为人知，甚至已被完全遗忘。其次，我还可以说明，令堂还在十岁的时候就被帕夫利谢夫当作自己的亲属予以收养，并且拨给她一笔数目可观的嫁妆，于是所有这些无微不至的照顾，便在帕夫利谢夫的众多亲属中产生了一些令人颇堪忧虑的谣言，甚至有人以为，他将娶自己的养女为妻，但是结果却是在她十九岁的时候，她出于对土地测量员布尔多夫斯基先生的爱慕（对此我有非常确凿的证据）嫁给了布尔多夫斯基。此外，我还收集到一些确凿可靠的证据，证明令尊布尔多夫斯基先生虽然根本不是一个做买卖的人，可是他在得到令堂一万五千卢布的陪嫁以后，辞去了职务，跨入商界，结果受骗上当，丢掉了本钱，由于不胜苦恼，便开始借酒浇愁，结果一病不起，并在与令堂婚后的第八年不幸早逝。据令堂亲口证实，此后，她便一贫如洗，要不是帕夫利谢夫每年给她六百卢布这一经常而又慷慨大方的接济的话，她一定会一筹莫展、走投无路的。此外，还有无数证据证明，您还在孩提时代，他就非常喜欢您。根据这些材料，并得到令堂证实，我们发现，他之所以爱您，主要是因为您小时候说话不清，似有残疾，看上去十分可怜和不幸（而我根据确凿的证据得出结论，帕夫利谢夫一生对于一切发育不良和有先天性缺陷，特别是在孩子们身上，怀有一种特别的慈爱之心——我深信，这一事实对于咱们这事非常重要）。最后，我还可以夸耀一下我对主要事实确凿无误的调查，即帕夫利谢夫对您的这种特别宠爱（在他的努力下，您进了中学，并在上学时受到校方的特别监护），终于渐渐地在帕夫利谢夫的亲属和家人中产生了一种想法，以为您就是他的亲生儿子，而令尊不过是妻子另有外遇的丈夫。但是主要的是，这一想法直到帕夫利谢夫晚年才固定下来，一直发展到大家都信以为真，这时大家对遗嘱都提心吊胆，最初的事实已被遗忘，而调查又不可能。无疑，这一想法也传到了您的耳朵里，布尔多夫斯基先生，并且使您深信不疑。我有幸亲自见过令堂，令堂虽然知道这些谣言，但她至今不知道（我也讳莫如深），您，也就是她的儿子，居然也被这种谣言所迷惑。布尔多夫斯基先生，我在普斯科夫见到您这位高堂老母的时候，她正疾病缠身，生活异常困苦，自从帕夫利谢夫死后，她就一蹶不振，过着极其贫苦的生活。她含着感激的眼泪告诉我，她能活在世上，全是因为有您和您的帮助，她对您的未来寄予厚望，并热切地相信您一定能够鹏程万里……"

"这简直叫人受不了！"列别杰夫的外甥大声而又不耐烦地宣称，"您长篇大论地讲这段风流韵事，到底是何居心？"

"恶心而又不登大雅之堂！"伊波利特又咳嗽起来，咳得身体剧烈抖动。但是布尔多夫斯基什么也没有注意，甚至都没有动弹。

"是何居心？是何用意？"加夫里拉·阿尔达利翁诺维奇一面故作惊讶，一面准备挖苦地说出自己的结论，"第一，恐怕布尔多夫斯基先生现在已经完全相信，帕夫利谢夫爱他是出于一片仁爱之心，而不是因为他是自己的儿子。这一事实是布尔多夫斯基先生必须知道的。因为方才读完这篇文章后，他肯定并赞许了凯勒尔先生的说法。我这样说，布尔多夫斯基先生，还因为我认为您是正人君子。第二，经过调查后发现，这事毫无诈骗之意，连切巴罗夫亦然。这一点对于我也是很重要的，因为刚才公爵一激动，提到我与他抱有相同的看法，即认为在这件不幸的事情中有行骗敲诈之意。这事恰好相反，当事人各方都认为事实如此，因而确信不疑，即使拿切巴罗夫来说，他也许的确是个大骗子，但是在这件事情中，他充其量不过是名无孔不入而又诡计多端的书吏罢了。他希望能作为律师发笔大财，他的算盘不仅很精，很在行，而且以为万无一失：他的根据就是公爵仗义疏财，感念已故的帕夫利谢夫的大恩大德。最后，他的根据还有（这是最重要的），公爵对于荣誉和良心抱有某种颇有骑士之风的观点。至于布尔多夫斯基先生本人，甚至可以这样说，他由于自己的某些信念，同时又受到切巴罗夫和他周围那伙人的怂恿，开始办这件事的时候，几乎完全不是出于一己的私利，几乎认为这就是为真理、进步和人类服务。现在，当真相大白之后，大家一定很清楚，尽管有各种假象，布尔多夫斯基的为人还是清白的，公爵现在也一定比方才更加急于和乐意向他提供友好的协助和积极的支援，就像他方才谈到学校和帕夫利谢夫的时候提到的那种协助和支援一样。"

"别说啦,加夫里拉·阿尔达利翁诺维奇,别说啦!"公爵非常害怕地叫道,但是已经晚了。

"我说过,我已经说过三遍了,"布尔多夫斯基愤怒地叫道,"我不要钱!我不接受……干吗……我不要……滚一边去!……"

他差点儿没从凉台上跑出去。但是列别杰夫的外甥抓住了他的胳膊,悄悄对他说了些什么。他又迅速返回来,从口袋里掏出一只没有封口的大信封,扔到公爵身旁的一张小桌上。

"还您钱!……您休想……休想!……还您钱!……"

"这是您胆敢经由切巴罗夫之手赏给他的二百五十卢布。"多克托连科说明道。

"文章里说五十卢布呀!"科利亚叫道。

"是我不对!"公爵走到布尔多夫斯基面前说,"我非常对不起您,布尔多夫斯基,但是这钱我不是作为施舍给您的,请相信我。我现在做得也不对……我方才做得也不对。(公爵很难过,神情疲倦而又衰弱无力,说话也前言不对后语。)我说到诈骗等事情……但这不是说您,我错了。我是说您……您跟我一样,是病人。但是,又跟我不一样,您……还教课,还赡养母亲。我说,您说了有损于您母亲的话,但是您爱她,这是她自己说的……我以前不知道……加夫里拉·阿尔达利翁诺维奇方才没有把话跟我说完……我不对。我竟斗胆要给您一万卢布,我做得不对,我不应该这样做,而现在……更不行,因为您蔑视我……"

"这真是座疯人院!"利扎韦塔·普罗科菲耶芙娜叫道。

"没错,是座疯人院!"阿格拉娅忍无可忍,不客气地说道,但是她的话被淹没在一片喧闹声中。大家都在大声说话,大家都在议论纷纷,有的争论,有的笑。伊万·费奥多罗维奇·叶潘钦恼怒已极,带着一副有损他尊严的模样，在等利扎韦塔·普罗科菲耶芙娜一起回去。列别杰夫的外甥乘机插进了一句十分无礼的话：

"是的，公爵，应该对您说句公道话，您非常善于利用您的……所谓病（姑且说得冠冕堂皇点），善于用这种巧妙的形式来表示您的友谊和赏赐您的钱，以致现在使得一个正人君子无论如何不可能接受它。这若不是太天真了，就是太狡猾了……究竟怎样，您心里比谁都清楚。"

"对不起，诸位，"加夫里拉·阿尔达利翁诺维奇叫道，同时打开了装钱的封套，"里面根本不是二百五十卢布，总共才一百。公爵，我这样做是为了不致出现什么误会。"

"别管啦，别管啦。"公爵向加夫里拉·阿尔达利翁诺维奇连连摆手。

"不，不能'不管'！"列别杰夫的外甥立刻抓住不放，"公爵，您那个'别管啦'，使我们觉得受了污辱。我们并不遮遮掩掩，我们公开宣称：是的，里面只有一百卢布，而不是全部的二百五十卢布，但是难道这不都一样吗……"

"不，不一样。"加夫里拉·阿尔达利翁诺维奇摆出一副天真的莫名其妙的模样，插嘴道。

"别打岔，律师先生，我们并不像您想象的那样都是傻瓜，"列别杰夫的外甥十分恼怒地叫道，"一百卢布自然不等于二百五十卢布，二者的确不一样，但重要的是原则。我们主动把钱掷还给您，这才是最重要的，至于说少了一百五十卢布，这不过是小节。重要的是布尔多夫斯基不接受您的施舍，公爵大人，他把您的施舍当面掷还给您，在这个意义上，一百卢布也罢，二百五十卢布也罢，都一样。布尔多夫斯基没有接受一万卢布：您是看见了的，如果他是鸡鸣狗盗之徒，那就连一百卢布也不会拿来！其余的一百五十卢布，我们给了切巴罗夫，作为他去找公爵的盘缠。你们快取笑我们的笨拙，快取笑我们不善于办事吧，你们本来就已经使尽了浑身解数，极力使我们成为笑柄，但是不许你们说我们不够光明磊落。这一百五十卢布，先生，我们大家会一起凑钱还给公爵的，哪怕一卢布一卢布地凑起来，也要还给他，连本带利都还给他。布尔多夫斯基很穷，布尔多夫斯基并没有百万家私，而切巴罗夫从外地回来后又开来了一份账单。我们希望打赢这场官司……有谁换了他不会这样做呢？"

"怎么'有谁'？"希公爵叫道。

"我都快疯了！"利扎韦塔·普罗科菲耶芙娜叫道。

"这倒不由得使我想起，"一直站在一旁作壁上观的叶夫根尼·帕夫洛维奇笑道，"一位律师不久前所作的一篇著名的辩护词。他的当事人谋财害命，一下子杀了六个人。可是这位律师却提出他的当事人很穷，作为情有可原的理由，他忽然做出这样的结论：'我的当事人因为穷才起意去干杀人越货的事，杀了六个人，这是十分自然的，有谁换了他不会这样想，这样做呢？'反正是这一类的话吧，令人听了捧腹。"

"够了！"利扎韦塔·普罗科菲耶芙娜几乎气得发抖地突然宣布道，"该是结束这类胡说八道的时候了！……"

她非常激动，她威严地抬起脑袋，摆出一副傲慢、急切而又迫不及待的挑衅的神态，用熠熠发光的眼神扫视了一下在座的衮衮诸公，但这时她未必分得清谁是敌人谁是朋友。这是长久克制后终于爆发的一股无名之火，她这时的主要兴奋点就是立即投入战斗，立即向随便什么人尽快发泄心中的怒火。知道利扎韦塔·普罗科菲耶芙娜有这种脾气的人，立刻感觉到她的举动异常。第二天，伊万·费奥多罗维奇曾对希公爵说："她常常发生这种情形，但是像昨天那样一发而不可收拾却是少有的，大概每三年发作一次吧，决不会更多！决不会更多了！"他开导式地又加了一句。

"够了，伊万·费奥多罗维奇！别管我！"利扎韦塔·普罗科菲耶芙娜叫道,"您为什么现在才把手伸给我?您方才就没能耐把我带走嘛!您是丈夫,是一家之主,如果我不听您的话,不肯出去,您应当揪住我这混蛋的耳朵,把我硬拽出去呀。哪怕为了女儿们,关心一下我也好呀!可是现在,没有您我也能找到路,这种奇耻大辱足够我一年受用的了……且慢,我还要谢谢公爵哩!……公爵,谢谢您的款待!而我却坐下来听年轻人大放厥词……这太恶劣,太恶劣了!真是乱七八糟,一团糟,连做梦也不会梦见这种卑劣的事!难道他们全是这样?……住嘴,阿格拉娅!住嘴,亚历山德拉!不关你们的事!……别在我旁边来回转悠,叶夫根尼·帕夫洛维奇,您让我讨厌透了!……亲爱的,你当真要请求他们原谅,"她又转向公爵接着说道,"说什么'对不起,我竟斗胆想送给您钱'……你这爱吹牛皮的浑小子,你笑什么!"她又蓦地向列别杰夫的外甥嚷道,"你说什么'我们不要钱,我们是要求,而不是请求!'好像他不知道这个白痴明天就会颠颠颠地跑去找他们,向他们表示友谊并送钱给他们!你不是要去吗?你去不去?"

"去。"公爵用低低的、心平气和的声音说道。

"听见了吧!你指望的也正是这一点,"她又转过身去对多克托连科说,"所以这钱就等于在你兜里揣着一样,所以你才会吹牛皮,才会自吹自擂地想蒙我们……不,亲爱的,这种傻瓜你另找吧,我可把你们看透了……看透了你们的全套把戏!"

"利扎韦塔·普罗科菲耶芙娜!"公爵叫道。

"咱们离开这里,利扎韦塔·普罗科菲耶芙娜,早该走啦,把公爵也带走。"希公爵微笑着,尽可能平静地说道。

小姐们近乎害怕地站在一旁,将军简直吓坏了,大家普遍感到惊讶。有些人站得远些,在暗自窃笑和交头接耳地低声说着什么,列别杰夫的脸上则活现出异常兴高采烈的模样。

第二部

"太太，不像话和一团糟的事到处可以找到。"列别杰夫的外甥别有所指地说，然而他也显得很尴尬。

"即使不像话，即使糟糕，诸位，也决不会像你们现在这样！"利扎韦塔·普罗科菲耶芙娜幸灾乐祸地，好像歇斯底里发作似的接口说道，"你们能不能别管我，"她向规劝她的人嚷嚷道，"不，叶夫根尼·帕夫洛维奇，既然您自己刚才都说，连辩护人都会在法庭上声称，再没有什么比因为穷而杀死六个人更自然的事了，我看，世界末日当真到啦。我还从来没有听说过这样的奇谈怪论。现在我可开窍了！就拿这个结巴来说，难道他不会杀人吗（她指了指布尔多夫斯基，他十分纳闷，莫名其妙地望着她）？我敢打赌，他肯定会杀人！你的钱，就是那一万卢布，他兴许不会拿，他不拿，可能因为于心有愧，可是夜里他却会进屋杀人，把钱从钱匣子里拿走。问心无愧地拿走！他这样做并不是鸡鸣狗盗、杀人越货！这叫'因高尚的绝望铤而走险'，这叫'否定'，或者鬼知道叫什么……呸！一切都颠倒了，大家都脚朝上走路了。一个姑娘，从小在家里长大，忽然跑到大街上，纵身一跳，上了一辆轻便马车①：'妈妈，前些日子，我嫁给了一位名叫卡尔雷奇的或者伊万内奇的人，再见！'你们看，这样好吗？值得尊敬吗？自然吗？这就是所谓妇女问题？瞧，就是这个浑小子（她指了指科利亚），前几天还跟我争辩说，这就是所谓'妇女问题'。即使母亲是混蛋，你还是必须把她当人看待！……你们方才干吗雄赳赳气昂昂地走进来？'不许靠近'，我们来了。'把一切权利都交给我们，不许你在我们面前说半个不字。你必须对我们毕恭毕敬，表示从来不曾有过的敬意，可是我们却把你当作最下贱的奴才看待，甚至还不如奴才！'他们在寻找真理，似乎理直气壮，可是他们自己却像异教徒似的，在文章里对他

---

① 暗指车尔尼雪夫斯基的《怎么办？》第二章第二十节中薇拉·帕夫洛芙娜和母亲告别的场面。

极尽诽谤污蔑之能事。'我们要求，不是请求，您休想从我们嘴里听到半句表示感谢的话，因为您是为了满足您自己的良心才这么做的！'多么充足的理由：既然你不会表示任何感激，那公爵也满可以这样来回答嘛：因为帕夫利谢夫做好事是为了满足自己的良心，所以他对帕夫利谢夫也就不会有任何感激之情了。要知道，你的希望就是寄托在他对帕夫利谢夫的感恩戴德上：要知道，他并没有向你借过钱，他也不欠你的债，你不把希望寄托在他对帕夫利谢夫的感恩图报上，还能寄托在什么上呢？你自己又怎么能否认一个人应有的感恩戴德之情呢？真是些疯子！因为公众当中对一个被勾引的少女嗤之以鼻，他们就认为这社会野蛮和没有人性。既然你认为这社会没有人性，可见，你也认定这少女对这社会只会感到痛心疾首啰。既然痛心疾首，那你干吗还要把她在报上披露，向这个社会揭露她的丑事，可是又要求她不痛苦呢？真是些疯子！都是虚荣心作怪！他们不信上帝，不信基督！要知道，你们被虚荣和骄傲所腐蚀，到头来非狗咬狗不可，我把丑话说在头里。这岂不是一片混乱，岂不是一团糟，岂不是糟糕透顶吗？看到这种情况后，这个不要脸的人竟还死乞白赖地请求他们宽恕！难道你们都是一丘之貉吗？你们笑什么：笑我跟你们在一起玷污了自己的名声吗？既然玷污了，还能有什么法子！……你别笑，你这坏东西！（她突然对伊波利特嚷道）自己就差一口气了，还带坏别人。你把这浑小子（她又指了指科利亚）就给我带坏了，他动不动就提到你，净胡说八道，你教他无神论，你不信仰上帝，得把你狠狠地揍一顿，先生，你们呀，让人恶心透了！……那么说，你要去啰，列夫·尼古拉耶维奇公爵，你明天要去找他们？"她几乎上气不接下气地又回过头来问公爵。

"是的。"

"你要去，咱们就一刀两断！"她迅速转过身，本想匆匆而去，但是突然又回转身来。"也去找这个无神论者？"她指了指伊波利特，"你干吗对我冷笑！"她似乎有点儿不太自然地叫道，因为受不了他那辛辣的嘲笑，她突然向伊波利特扑了过去。

"利扎韦塔·普罗科菲耶芙娜！利扎韦塔·普罗科菲耶芙娜！利扎韦塔·普罗科菲耶芙娜！"蓦地从四面八方叫了起来。

"妈妈，这样多丢人呀！"阿格拉娅大声叫道。

"您放心，阿格拉娅·伊万诺芙娜，"伊波利特镇静地回答，这时，冲到他身边的利扎韦塔·普罗科菲耶芙娜一把抓住他的胳臂，而且不知道为什么紧紧抓住了不放，她站在他面前，用疯狂的目光紧紧地盯着他，"您放心，令堂一定会看到，我都快死了，是不能跟我干仗的……我准备解释一下：我为什么笑……如蒙应允，将不胜欣慰……"

这时，他突然可怕地咳嗽起来，咳了足有一分钟，怎么也克制不住。

"都快死了，还老爱长篇大论地讲话！"利扎韦塔·普罗科菲耶芙娜叫道，说罢放开他的胳臂，恐怖地看着他擦去嘴唇上的血迹，"你哪能说话呀！你就该躺下……"

"我会躺下的，"伊波利特用轻轻的、喑哑的、几乎像耳语似的声音答道，"我今天一回去，就立刻躺下……据我所知，再过两星期，我就要死了……这是上星期博大夫①亲自对我宣布的……因此，如果您允许的话，我倒想跟您说两句话，也算是临终遗言吧。"

"你难道疯了吗？真是胡说八道！现在哪能说话呀，应该养病！快去，快去躺下！……"利扎韦塔·普罗科菲耶芙娜害怕地叫道。

"我一躺下就起不来了，只能等死，"伊波利特微微一笑，"我昨天就想躺

---

① 指当时俄国著名的内科医生谢尔盖·彼得罗维奇·博特金（1832—1889）。1865年，博特金给陀思妥耶夫斯基看过病。

下，从此再不起来，干脆等死，但是后来又改了主意，想拖到后天再说，因为两条腿还站得住，还能走……我想跟他们今天一起到这里来……就是太累了……"

"那坐下，坐下，干吗站着！给你椅子。"利扎韦塔·普罗科菲耶芙娜跑过去，亲自给他端来了一把椅子。

"谢谢您，"伊波利特低声往下说道，"您就坐在我对面，咱们好好聊聊……咱俩一定要好好聊聊，利扎韦塔·普罗科菲耶芙娜，现在我坚持要这样做……"他又向她微微一笑，"您想想，我今天出来，跟大家待在一起，是最后一次了，再过两星期，我一定会长眠黄土。今天好像在跟大家和大自然告别。我虽然不是一个非常多愁善感的人，但是您想想，这一切发生在这里的帕夫洛夫斯克，我还是挺高兴的：起码可以看看绿叶纷披的树。"

"现在哪能说话呢，"利扎韦塔·普罗科菲耶芙娜越来越害怕了，"你浑身在发烧。方才还尖着嗓子嚷嚷，现在差点儿都喘不过气来了，上气不接下气的！"

"一会儿就歇过来了。您干吗不肯满足我的最后一点儿愿望呢？……您知道吗，我早就幻想能够同您认识认识，利扎韦塔·普罗科菲耶芙娜，我常常听人家说起您……是听科利亚说的，几乎只有他一个人从来不离开我……您是一位奇特而又古怪的女人，一位异乎寻常的女人，我现在总算亲眼见到了……您知道，我甚至有点儿喜欢您。"

"主啊，说真格的，我却差点儿没把他给打了。"

"您给阿格拉娅·伊万诺芙娜拉住了，我没弄错吧？她就是令嫒阿格拉娅·伊万诺芙娜吧？她长得太漂亮了，虽然我从来没有见过她，可我方才头一眼就猜出是她。您哪怕就让我这辈子最后一次看看这位大美人呢，"伊波利特不好意思地微微苦笑一下，"瞧，公爵也在这里，您先生也在这里，大家都在这里。您干吗要拒绝我的最后一点儿愿望呢？"

"椅子！"利扎韦塔·普罗科菲耶芙娜叫道，但又亲自跑去端了一把椅子，坐在伊波利特对面。"科利亚，"她吩咐道，"你立刻陪他走，送他回家，明天，我一定亲自……"

"如果您允许的话，我倒想跟公爵讨杯茶喝……我太累了。我说利扎韦塔·普罗科菲耶芙娜，您刚才似乎想请公爵到您府上喝茶，您就留在这儿吧，咱们一块儿聊聊，公爵一定会让咱们大家喝茶的。对不起，我越俎代庖了……但是我知道您心地善良，公爵的心肠也好……我们大家都太善良了，善良到了滑稽的程度……"

公爵忙着张罗让大家喝茶。列别杰夫跑出了房间，薇拉也跟他跑了出去。

"没错，"将军夫人断然说，"不过你说话小点儿声，别太激动了。你使我的心变软了……公爵！你不配让我留在你这里喝茶，不过也就算了，我留下来，虽然我不向任何人请求原谅！不向任何人！休想！……话又说回来，公爵，刚才我把你狠狠地骂了一顿，请多包涵——如果你愿意我这样做的话。不过，我也不硬拽着任何人留下，"她忽然怒容满面地对丈夫和女儿们说，仿佛他们做了一件非常对不起她的事情似的，"我一个人也能回家……"

但是他们并没有让她把话说完。大家都过来围住她，表示愿意奉陪。公爵立刻开始劝所有的人都留下来喝茶，并对自己至今没想到这一点表示歉意。连将军也变得和颜悦色了，嘟嘟囔囔地说了几句请主人不必介意的话，甚至还和颜悦色地问利扎韦塔·普罗科菲耶芙娜："真是的，你在凉台上不觉得太凉吗？"他甚至差点儿没问伊波利特："你哪一年开始上的大学？"但是没有问出口来。叶夫根尼·帕夫洛维奇和希公爵也突然变得和颜悦色和笑逐颜开，阿杰莱达和亚历山德拉虽然还有几分诧异，但脸上已经明显地表现出愉快。总之，大家看到利扎韦塔·普罗科菲耶芙娜的怒气已经过去，都喜形于色，只有阿格拉娅一人皱紧眉头，一言不发，坐得远远的。其他人也都留了下来，谁也不想走，连将军也不想走了。不过，列别杰夫顺便向将军低声说了句什么话，大概这话他听了不十分愉快，因此立刻悄悄地溜到角落里去了。公爵也走上前去，邀请布尔多夫斯基及其一伙统统留下来喝茶。他们板着脸嘟囔说，他们可以稍候，等伊波利特一起走，说罢便立刻退到凉台的一个最远的角落，重新互相紧挨着坐了下来。大概，列别杰夫早把茶预备好了（原预备自己喝的），因此立刻端了上来。钟敲十一点。

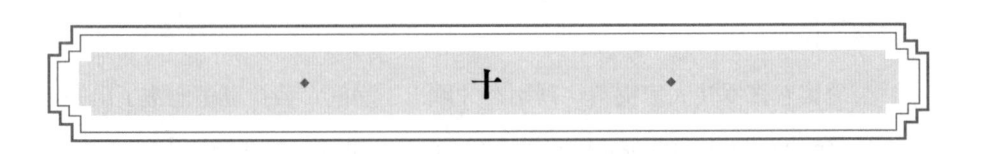

十

伊波利特在薇拉·列别杰娃端来的茶杯里润了润嘴唇，就把茶杯放到小桌上，似乎不好意思起来，有点儿难为情地环顾了一下四周。

"利扎韦塔·普罗科菲耶芙娜，您瞧这些茶杯，"他有点儿奇怪地匆匆说道，"这些茶杯大概是上等的瓷器，过去一直放在列别杰夫的玻璃柜里锁着，照例从来不用……这是他妻子的陪嫁……这些东西照例从来不用……可这回他把茶杯拿出来了，不用说，为了招待你们，他太高兴了……"

他本来还想说几句，但是没找到适当的词儿。

"我早料到他会不好意思的！"叶夫根尼·帕夫洛维奇蓦地向公爵耳语，"这可危险呀，啊？这征兆十拿九稳，现在，他怀恨在心，一定会做出什么惊人之举，这样，利扎韦塔·普罗科菲耶芙娜就坐不住了。"

公爵疑惑地望了望他。

"您不怕他做出惊人之举吗？"叶夫根尼·帕夫洛维奇追问道，"我也不怕，甚至准备洗耳恭听。说实在的，我真希望我们这位亲爱的利扎韦塔·普罗科菲耶芙娜受到惩罚，而且就在今天，马上，不看到我就不走。您好像在发寒热？"

"以后再说，别打岔。是的，我有点儿不舒服。"公爵心不在焉，甚至不耐烦地答道。他听见了自己的名字，伊波利特正在谈他。

"您不信？"伊波利特歇斯底里地笑道，"这不足为奇，可是公爵肯定一说就信，而且丝毫不会感到奇怪。"

"听见了吗，公爵？"利扎韦塔·普罗科菲耶芙娜转过身来问公爵，"听见了吗？"

周围的人都笑了。列别杰夫急急忙忙探身向前，在利扎韦塔·普罗科菲耶芙娜面前转来转去。

"他说，这装腔作势的家伙，也就是你的这位房东……给那位先生改过文章，就是方才宣读的诋毁你的那篇文章。"

公爵诧异地望了望列别杰夫。

"你干吗不作声？"利扎韦塔·普罗科菲耶芙娜甚至向他跺了跺脚。

"也没什么，"公爵喃喃道，继续打量着列别杰夫，"我早就看出来是他改的。"

"真的？"利扎韦塔·普罗科菲耶芙娜又迅速转过身去问列别杰夫。

"千真万确，将军夫人！"列别杰夫将手贴在心口，肯定而又毫不犹豫地答道。

"好像还挺得意似的！"她差点儿没从椅子上跳起来。

"我卑鄙，卑鄙！"列别杰夫嘟囔道，一面说，一面捶打自己的胸脯，低下了头，而且越垂越低。

"我才不管你卑鄙不卑鄙呢！他以为一说卑鄙就没事了。公爵，我再说一遍，你成天跟这些小人鬼混，不觉得羞耻吗？我永远不能原谅你！"

"公爵会原谅我的！"列别杰夫颇有信心而又十分感动地说道。

"纯粹出于哥们义气，"凯勒尔突然跳过来，径直对利扎韦塔·普罗科菲耶芙娜大声地、响亮地说道，"纯粹出于哥们义气，夫人，决不落井下石，决不出卖朋友，我方才隐瞒了关于他参与修改这件事，尽管他方才还提议让我们滚出去，这话您自己也听见了。为了还事实以真相，我承认，我的确曾经请教过他，给了他六卢布，但决不是请他作文字上的修改，而仅仅是为了请他提供一些我多半不知道的事实，因为他是知情人。其中有关鞋罩的事，有关住在瑞士教授家狼吞虎咽的事，有关五十卢布，而不是二百五十卢布的事，一句话，所有这类事，统统出自他，给了他六卢布，但是文字上没做修改。"

"我必须指出，"列别杰夫在一片哄堂大笑声中，心急而又迫不及待地用吞吞吐吐的声音打断凯勒尔的话，"我只修改了这篇文章的头一半，因为中间部分我们的意见不合，同时又对其中的一个提法发生了争论，因此后一半我没改，因此所有文理不通之处（其中有许多文理不通的地方），本人概不负责……"

"瞧，他操心的就是这个！"利扎韦塔·普罗科菲耶芙娜叫道。

"请问，"叶夫根尼·帕夫洛维奇问凯勒尔，"这篇文章是什么时候修改的？"

"昨天上午，"凯勒尔说，"我们见了一次面，双方保证严守秘密。"

"也就是正当他在你面前奉承巴结，口口声声向你保证效忠的时候！唉，都是些卑鄙小人！我不要你的普希金了，你女儿也不用上我家去了！"

利扎韦塔·普罗科菲耶芙娜本想站起来，但又突然怒气冲冲地对笑而不语的伊波利特说道：

"怎么啦，亲爱的，你想让我在这里供人耻笑吗！"

"哪有这事，"伊波利特苦笑道，"但是，最使我吃惊的还是您那非常古怪的性格，利扎韦塔·普罗科菲耶芙娜。我承认，我是故意使坏才提到列别杰夫这事的，我知道您一听肯定会暴跳如雷，而且就您会这样，因为公爵肯定会原谅他的，而且大概已经原谅他了……甚至在脑子里早想好了道歉的话也说不定，是不是这样，公爵，我说得对不对？"

他说着说着，又喘了起来，一种奇怪的激动状态随着他说的每句话不断加剧。

"是吗？……"利扎韦塔·普罗科菲耶芙娜愤怒地说，对他阴阳怪气的声调感到奇怪，"是吗？"

"我经常听人家说起您，都不外这一类……我十分高兴……学会了十二万分地尊敬您。"伊波利特接着说道。

他说的是一套，可是好像话里有话，想说的是完全另一套。他话里带刺，与此同时又显得异常激动，疑神疑鬼地东张西望，说话很乱，前言不对后语。因此，这一切，再加上他那一副痨病鬼的模样和奇怪的、闪亮的、仿佛发狂似的眼神，不由得继续引起人们对他的注意。

"话又说回来，我这人完全没有见过世面（我承认这点），但是我感到很惊奇，您不仅自己留下来，跟我们这些您认为是下三流的人为伍，而且您还把这几位……小姐留下来听这种乌七八糟的事，虽然她们读过小说，什么都知道。然而，也许，我不知道……因为我说话颠三倒四，但是，无论如何，除了您以外，谁还会留下来呢……而且应一个毛孩子之请（是的，一个毛孩子，我又只好承认），跟他促膝长谈，而且对一切……都表示同情……就为了……第二天令人想起来都觉得羞耻……（话又说回来，我同意，我可能词不达意），我对这一切都十分赞赏，并且表示深深的敬意，虽然从您丈夫将军大人的脸上可以看出来，这一切对于他是多么不愉快……嘻嘻！"他嘻嘻嘻地笑起来，说话完全乱了套，接着又突然咳嗽起来，约莫有两分钟没法接着说下去。

"瞧他上气不接下气那样儿！"利扎韦塔·普罗科菲耶芙娜冷冷地、不客气地说道，同时板起脸，好奇地打量着他，"嗯，好孩子，跟你聊够了。该回家啦！"

"先生，请允许我也对您说几句话，"伊万·费奥多罗维奇失去了最后一点儿耐心,突然怒气冲冲地说道,"内人留下,是因为列夫·尼古拉耶维奇公爵住在这里,而公爵是我们大家的朋友和邻居,因此无论如何轮不到您这个年轻人来对利扎韦塔·普罗科菲耶芙娜的行为说三道四,至于我脸上的表情,也同样轮不到您来当着我的面公开点破。内人之所以留在这里,先生,"他又接着说下去,几乎越说越有气,"倒毋宁说是觉得奇怪和出于如今人人都能理解的好奇心,想看看你们这帮奇怪的年轻人。我自己也留下来了,就像我有时候也会伫立街头,看到什么可看的东西,想看个究竟一样,只是为了看……看……看……"

"看个稀罕。"叶夫根尼·帕夫洛维奇提醒他道。

"对极了,非常正确,"一时找不到比喻的将军大人非常高兴,"正是为了看个稀罕。但是无论如何我感到最惊讶,甚至最伤心的是,如果这样说不是有悖常理的话,有人居然不懂,利扎韦塔·普罗科菲耶芙娜现在留下来陪您,乃是因为您有病(如果您当真快死了的话),也可以说出于同情心吧,因为您说了那些可怜的话,先生。但是,任何污泥浊水无论在何种情况下也玷污不了她的令名、品德和地位……利扎韦塔·普罗科菲耶芙娜!"满脸通红的将军结束他的话道,"如果你想走的话,就跟咱们这位好心肠的公爵告辞,并且……"

"谢谢您给我上了一课,将军。"伊波利特若有所思地望着他,蓦地严肃而又出人意料地打断了他的话。

"咱们走吧,妈妈,还磨蹭什么呀!……"阿格拉娅从座位上站起来,不耐烦而又愤愤地说道。

"再等两分钟,亲爱的伊万·费奥多罗维奇,如果您不介意的话,"利扎韦塔·普罗科菲耶芙娜不失尊严地转过身来对自己的丈夫说道,"我觉得他浑身发烧,简直在说胡话,我坚信我没有看错,从他的眼睛看得出来,不能就这么撇下他不管。列夫·尼古拉耶维奇! 他能不能在你这里过一夜再走呢,别让他今天再回彼得堡了，行吗？亲爱的公爵，您觉得无聊？"她不知为什么又突然对希公爵说道，"亚历山德拉，过来，把你的头发整理整理，孩子。"

她给女儿整理了一下头发（虽然她的头发根本无须整理），吻了吻她，叫她来就为了干这个。

"我认为您是会变的……"伊波利特从若有所思中清醒过来，又开口道，"是的！我要说的就是这个，"他很高兴，仿佛他终于想起来了似的，"就说布尔多夫斯基吧，他真心诚意地想保护他的母亲，不是吗？可结果却正是他玷污了她的名声。再比如说公爵吧，他本想帮助布尔多夫斯基，真心诚意地向他奉献自己温厚的友谊和钱财，也许，在你们所有的人当中，就他一个人对他没有反感，可是他们俩却互相敌对，好像有什么深仇大恨似的……哈哈哈！你们大家都恨布尔多夫斯基，就因为在你们看来，他对自己的母亲太不温文尔雅了，是不是这样呢？是不是，是不是呢？要知道你们大家最讲究的就是形式上的温文尔雅，不是吗？（我早就疑心你们讲究的就是这个！）那么，实话告诉你们，你们中间也许没有一个人能像布尔多夫斯基那样爱自己的母亲！公爵，我知道您已经偷偷地让加涅奇卡给布尔多夫斯基寄钱去了，这事我敢打赌（嘻嘻嘻！——他歇斯底里地大笑），我敢打赌，布尔多夫斯基现在肯定会指责您采取这种形式的不礼貌和对他母亲的不尊重，上帝做证，肯定会这样，哈哈哈！"

他说到这里又喘不过气来，开始咳嗽。

"嗯，就这些吗？现在都说完了吧？好，你现在去睡觉吧，你在发烧，"利扎韦塔·普罗科菲耶芙娜一直不安地注视着他，这时不耐烦地打断了他的话，"唉，主啊！他还硬撑着要说话呢！"

"您好像在笑？您干吗老笑我呢？我发现您老在笑我？"他突然不安而又生气地对叶夫根尼·帕夫洛维奇说。他的确在笑。

"我只想请问您，伊波利特……先生……请原谅，我把您的姓忘了。"

"捷连季耶夫先生。"公爵说。

"对,捷连季耶夫,谢谢您,公爵,您方才说过,但是我转眼就忘了……我想请问您,捷连季耶夫先生,我听说,您对自己有这样的评价:只要您站在窗口跟老百姓谈上一刻钟,他们就会立刻同意您的全部观点,并且立刻跟您走,这话是真的吗?"

"很可能说过……"伊波利特仿佛追忆什么事情似的回答道,"一定说过!"他突然加了一句,又活跃起来,他定神望了望叶夫根尼·帕夫洛维奇,"说过又怎么样?"

"不怎么样,我只是想了解一下,作为补充。"

叶夫根尼·帕夫洛维奇闭上了嘴,可是伊波利特却仍旧看着他,急切地等他说下去。

"嗯,怎么,说完了吗?"利扎韦塔·普罗科菲耶芙娜问叶夫根尼·帕夫洛维奇,"有话就快说,先生,他该去睡觉啦。还是您想说又说不出来呢?"(她懊恼极了。)

"好吧,我很乐意再补充几句,"叶夫根尼·帕夫洛维奇笑着说道,"捷连季耶夫先生,我刚才听到您的朋友说的一切,以及您刚才以无可置疑的才华所阐述的一切,依愚见,可以归结为'权利压倒一切论',把权利置于首位,其他均在所不计,甚至排除其他一切,甚至把它置于探讨权利到底应包括何种内涵之前,对不对? 也许我把您的意思弄错了?"

"当然弄错了,我甚至不明白您的话……还有呢?"

角落里传来了窃窃私语声,列别杰夫的外甥在低声嘟囔什么。

"我差不多没什么话要说了,"叶夫根尼·帕夫洛维奇接下去说道,"我只想指出一点,由此出发,很可能一直滑到强权论上去,即个人有权使用铁腕和个人有权为所欲为,话又说回来,世界上的事弄到最后经常就是这么结束的。蒲鲁东①最后就选择了强权。美国战争②中,许多最进步的自由派到头来就表现出,他们的观点其实是有利于农场主的,也就是黑奴就是黑奴,就比白种人低,因此强权应属于白种人……"

"是吗?"

"就是说,由此可见,您也不否认强权啰?"

"还有呢?"

"您跟他们是一脉相承的,我只想指出,从强权到老虎和鳄鱼的权利,甚至到达尼洛夫和戈尔斯基③,近在咫尺。"

"我不知道,还有呢?"

伊波利特勉强听着叶夫根尼·帕夫洛维奇的高论,他虽然也对他说"是吗"和"还有呢",也似乎多半出于谈话中相互应对的老一套的习惯,并不是因为注意听和好奇。

"我没什么要说的了……就这些。"

"不过,我并不生您的气,"伊波利特蓦地完全出人意料地说道,而且边说边伸出手去(未必完全意识到),甚至还面含微笑。叶夫根尼·帕夫洛维奇起初很惊讶,但仍以非常严肃的神态碰了一下向他伸过来的那只手,好像接受他的饶恕似的。

"我不能不补充的是,"他仍用那种含意不清、貌似恭敬的口吻说道,"谢谢您注意地听我把话说完,因为,据我多次观察,我们的自由派是从来不允许别人有自己的特殊观点的,他们会立刻用谩骂回答自己的论敌,或者甚至

---

① 蒲鲁东(1809—1865),法国经济学家和社会学家,无政府主义创始人之一。别林斯基小组和彼得拉舍夫斯基小组都曾对他的著作产生过兴趣,陀思妥耶夫斯基在流放前也曾钻研过蒲鲁东的著作。
② 指1861—1865年的美国南北战争。
③ 第一部第十二节和第二部第二节中分别提到过的两件凶杀案中的凶犯。

比这更糟……"

"此话言之有理。"伊万·费奥多罗维奇说，他倒背着手，以一种感到十分无聊的神态信步向凉台的出口走去，在那里恼火地打了个哈欠。

"好啦，你的话说够了吧，先生，"利扎韦塔·普罗科菲耶芙娜突然向叶夫根尼·帕夫洛维奇说，"你们真把我烦死了……"

"该走啦，"伊波利特突然忧心忡忡，差点儿以一种害怕的神态站起身来，仓皇四顾，"我耽搁了诸位的时间，我想把我想说的话全告诉你们……我想大家……最后一次……这不过是幻想……"

可以看得出来，他的兴奋是一阵阵的，一会儿几乎说胡话，一会儿又突然清醒，但也只有片刻工夫，他会突然非常清醒地想起什么来，但说话又大部分断断续续，这些话也许是他卧病在床，在长久而又无聊的孤独中，在失眠时早就想好和背熟了的。

"好吧，再见！"他蓦地断然道，"你们以为我对你们说'再见'①心里很轻松吗？哈哈！"他对自己这个使人尴尬的问题懊丧地付诸一笑，蓦地，他好像恨自己总说不出自己想说的话似的，大声而又激动地说道："将军大人！我荣幸地邀请您参加我的葬礼，假使您肯枉驾光临的话，并且请……所有的人，诸位女士们先生们，跟将军一起来！……"

他又笑起来，但这已经是发狂的笑了。利扎韦塔·普罗科菲耶芙娜害怕地向他跟前挪近了点儿，抓住他的手。他注意地看着她，带着同样的笑，但笑声已经不再继续，似乎停滞不动，冻结在他的脸上。

"你们知道，我到这里来，是为了看这些树的吗？就这些树……（他指了指公园里的树），这岂不是很可笑吗，啊？要知道，这事没有任何可笑的

---

① 此处的俄文单词"再见"还有"永别"的意思。

第二部

地方，对不对？"他一本正经地问利扎韦塔·普罗科菲耶芙娜，但又蓦地陷入沉思。后来，过了不大一会儿，他又抬起头来，开始好奇地用眼睛在人群中寻找。他在找叶夫根尼·帕夫洛维奇，他站得不远，跟刚才一样站在从前的老位置上，——但是他已经忘了，却在四周寻找。"啊，您没走！"他终于找到了他，"您方才老取笑我想要在窗口讲话，讲上一刻钟……您知道吗，我已经不止十八岁了：我在这枕头上躺着，望着这窗外，躺多久就望多久，思前想后……什么都想到了……我想……您知道吗，死人是没有年龄的。还在上星期，我夜里醒来的时候，就想到了这一点……您知道您最怕什么吗？您最怕我们的真诚，虽然您瞧不起我们！这也是那天夜里我在枕头上想到的……利扎韦塔·普罗科菲耶芙娜，您以为我方才想嘲笑您吗？不，我没有嘲笑您，我只是想夸您……科利亚告诉我，公爵管您叫小孩……这可太好啦……对了，我想说什么来着……我还有话要说……"

他用手捂住脸，沉思起来。

"哦，我想起来了：你们方才起身告辞的时候，我忽然想：瞧这些人，从此人鬼永隔，再也见不着他们了！这些树也是，只有这堵砖墙依旧，一堵红墙，梅耶罗夫公寓的墙……在我的窗户对面……嗯，你不妨把这一切说给他们听听……你试试，说呀。瞧这个大美人……你是死人，你就自我介绍说：'我是死人。'你说：'死人是什么话都可以说的。'……连玛丽亚·阿列克谢耶芙娜夫人也不会骂你[①]，哈哈！……你们该不是在取笑我吧？"他不信任地扫视了一下周围的人，"你们知道吗，我在枕头上百感交集……你们知道吗，我确信造化最爱作弄人……你们方才说，我是无神论者，可是你们知道吗，这造化……你们干吗又笑呢？你们的心肠真狠！"他望着大家，突

---

① 暗指格里鲍耶陀夫的剧本《智慧的痛苦》中法穆索夫最后一段独白的结尾（第四幕第十五场）："啊呀！我的上帝！她会说什么呢，我的玛丽亚·阿列克谢耶芙娜夫人！"

然凄凉而又恼怒地说道,"我并没有带坏科利亚。"他似乎忽然想起了什么事,用完全不同的、既严肃而又坚信不疑的声调说道。

"您放心,这里谁也没有,谁也没有取笑你!"利扎韦塔·普罗科菲耶芙娜几乎痛苦地说道,"明天要新来一位大夫,过去那位大夫弄错了。你坐下吧,你都站不住了! 在说胡话 …… 哎呀,现在拿他怎么办呢!"她张罗着,扶他坐到椅子上。一颗晶莹的泪珠在她腮帮上闪了一下。

伊波利特站住了,看到她这模样几乎大吃一惊,他举起手来,害怕地把手伸过去,摸了摸这颗泪珠。他像孩子似的微微一笑。

"我 …… 爱你们 ……"他快乐地说道,"你们不知道,我是多么地爱你们 …… 他跟我谈到你们的时候从来都那么兴高采烈,我是说科利亚 …… 我喜欢看到他兴高采烈。我并没有带坏他! 我只是让他留在我身边 …… 我想把大家都留下来,把大家 —— 但是并没有任何'大家',除他以外,什么人也没有 …… 我想成为一个活动家,我有这个能力 …… 噢,我想做多少事啊! 我现在什么也不想了,什么也不愿意想了,我曾经下定决心什么也不想了,就让大家,就让大家撇下我去寻找真理吧! 是的,造化就爱作弄人! 它干吗,"他忽然热烈地说下去,"它干吗创造出最优秀的人物又回过头来尽情作弄他们呢? 造化的安排是,只有一个人是人世间公认的至善至美的人 …… 造化的安排是,把这人展示给人们看过以后,就注定让他说一些至理名言,然后再为这些至理名言去大量流血,假如让这血一下子全流出来,世界上的芸芸众生一定会憋死、淹死、呛死! 噢,好在我快死了! 要不然,也许我也会说出弥天大谎来的,造化就爱这么作弄人! …… 我没有带坏任何人 …… 我只想活着为大众造福,为发现和宣告真理而活着[①] …… 我望着窗外梅耶罗

[①] 作者在这里暗指当时的"社会主义"活动家彼得拉舍夫斯基、车尔尼雪夫斯基和杜勃罗留波夫。

夫公寓的那堵墙，只想说一刻钟的话，把大家，把大家全说服了，我毕生只有这一次遇到了……你们，而不是遇见人民大众！但是结果又怎样呢？毫无结果！结果只是让你们蔑视我！可见我这人毫无用处，可见我是个大傻瓜，可见我应该死了！我未能给人们留下任何回忆。既没有留下声音，也没有留下痕迹，既没有留下一件事业，也没有传播一个信念！……请不要嘲笑一个笨伯！忘了他吧！大家都忘了他吧……请大家都忘了吧，请你们心肠不要这么狠！你们知道吗，如果不是碰巧得了这肺痨病，我非自杀不可……"

他好像还有许多话要说，但是没有说完，就跌坐在椅子上，用两手捂住脸，像小孩似的哭了起来。

"唉，现在拿他怎么办呢？"利扎韦塔·普罗科菲耶芙娜叫道，她奔到他面前，抱着他的头，紧紧地、紧紧地贴在自己胸口。他两肩抽动着号啕大哭。"得了，得了，得了，别哭了，得了，够啦，你是好孩子，因为你无知，上帝会饶恕你的。好了，别哭了，勇敢点儿……再说，以后你会觉得害臊的……"

"我还有，"伊波利特说，使劲抬起头来，"我还有一个弟弟，几个妹妹，都还小，穷，但是天真无邪……她会把他们带坏的！您是位圣徒，您……自己就跟孩子一样，——救救他们吧！把他们从她手里抢过来……她……可耻啊……噢，帮帮他们吧，上帝会百倍地报答您的，看在上帝分上，看在基督分上！……"

"您倒是说话呀，伊万·费奥多罗维奇，现在怎么办！"利扎韦塔·普罗科菲耶芙娜激动地叫道，"劳您大驾，打破您那装腔作势的沉默吧！您如果不拿主意，实话告诉您，那我只好留在这里过夜了。您一贯横行霸道、专制独裁，我受够了！"

利扎韦塔·普罗科菲耶芙娜发问的时候既热忱又愤怒，并且立等回答。但是在这种情况下，在座的人即使很多，多半也只能报之以沉默和消极的好奇，而不愿意主动承担责任，即使表态，也要过很长时间。在座诸公中，也有些人准备即使坐到第二天早晨也不置一词，例如瓦尔瓦拉·阿尔达利翁诺芙娜，整个晚上都坐得远远的，一言不发，而且一直非常好奇地倾听着，说不定，她这样做有自己的道理。

"我的意见是，亲爱的，"将军表态了，"我们与其在这里干着急，还不如去找个助理护士来，或者找个稳当可靠、头脑清醒的人来陪夜。反正这事得问公爵，而且……立刻让他休息。明天咱们再来一起拿主意。"

"现在已经十二点了，我们要走了。他跟我们一块回彼得堡还是留您这儿？"多克托连科生气而又恼怒地问公爵。

"如果你们愿意，可以跟他一起留下，"公爵说，"有地方睡。"

"将军大人，"凯勒尔先生出人意料而又扬扬得意地跑到将军身边，"如果您需要一个合适的人陪夜，我愿意为朋友牺牲……这是一个很好的人！我早就认为他很伟大，将军大人！当然，我一向忽视对自己的教育，因此他常常批评我，真可说字字珠玑，将军大人！……"

将军失望地转过身去。

"如果他能留下，我很欢迎。当然，他回去有困难。"公爵对利扎韦塔·普罗科菲耶芙娜话中有气的问题回答道。

"你怎么打不起精神来？如果你不愿意，先生，我就让他上我那里去住！主啊，他自己也快站不住脚啦！你莫非病了？"

刚来这里的时候，利扎韦塔·普罗科菲耶芙娜没有看到公爵奄奄一息，于是根据他的外表高估了他的健康状况，但是，他刚犯病不久，这次犯病带来了沉重的回忆，一晚上忙忙碌碌很疲倦，"帕夫利谢夫的公子"的这件事，再加上现在伊波利特的事——这一切都刺激了公爵那多病而敏感的神经，使他几乎像发疟子似的忽冷忽热。此外，现在，他的眼神里另有一种忧虑，甚至恐惧，他担心地望着伊波利特，仿佛怕他还会出什么事似的。

伊波利特蓦地站起来，脸色苍白得可怕，脸也变了样，显出一副可怕的、近乎受到奇耻大辱的模样。这主要表现在他那眼神里（他仇恨而又胆怯地望着大家），以及在他不住抖动的嘴唇上显露出来的那种茫然、苦涩、游移不定的嘲笑里。他立刻垂下了眼睛，跟跟跄跄地、蹒跚地，不过脸上仍旧挂着微笑，向布尔多夫斯基和多克托连科走去，他俩都站在凉台的出口处：他要跟他们一起走。

"唉，我就怕他不肯！"公爵叫道，"果然不出我之所料！"

伊波利特狂怒地向他猛然转过身来，他脸上的每根线条似乎都在突突地跳动和说话。

"啊，您就怕我不肯！'果然不出您之所料'？那么您听着，如果我在这里恨什么人的话，"他声嘶力竭地大叫，嘴里往外喷着白，"我恨你们大家，恨所有的人！但是世界上我最恨的是您，您这个口蜜腹剑的伪君子、白痴、假仁假义的百万富翁！我刚听到有关您的情况的时候，我就一眼看穿了您，恨您，对您恨之入骨……现在这一切都因为您使坏，这是您让我旧病复发的！是您让我这个快要死的人受到这种奇耻大辱的，您，您，您应当对我现在这种可耻的沮丧负责！只要我还活着，我非杀死您不可！我不要您的恩赐，我不接受任何人的恩赐，您听着，任何人的任何东西我都不要！我刚才是说胡话，你们不要得意得太早了！……我诅咒你们大家，永远诅咒你们！"

说到这里，他简直喘不过气来了。

"他对自己的眼泪感到羞耻！"列别杰夫悄悄对利扎韦塔·普罗科菲耶芙娜说，"'果然不出所料！'公爵真有眼力！把他看透了……"

但是利扎韦塔·普罗科菲耶芙娜连正眼也不瞧他。她挺胸凸肚地站着，昂起脑袋，用一种貌似好奇，骨子里不胜轻蔑的神态打量着"这帮卑鄙小人"。

伊波利特说完后，将军耸了耸肩，但是他还没耸完，利扎韦塔·普罗科菲耶芙娜就愤愤地把他从头到脚打量了一遍，似乎在责问他这样做究竟是什么意思，接着又立刻扭过头向公爵说道：

"谢谢您，公爵，您是我们家的一位古怪的朋友，谢谢您给我们大家举行了这么愉快的晚会。现在您大概很高兴：居然把我们也卷进了您干的这件荒唐事……够啦，我们家的好朋友，谢谢您，总算让我们看清了您的为人！……"

她愤愤然开始整理自己的短斗篷，等"那帮人"先走。这时候有一辆出租马车驶近前来，在"那帮人"身边停了下来。这辆马车是一刻钟前由多克托连科差遣列别杰夫的儿子（一个中学生）去雇来的。将军在夫人说完话后，也立刻乘机说道：

"公爵，这确实出乎我的意料……而且发生在这一切之后，在亲亲热热、不分彼此的友好交谈之后……而且，最后，利扎韦塔·普罗科菲耶芙娜……"

"又怎么啦，怎么会这样呢！"阿杰莱达叫道，她匆匆走到公爵面前，向他伸出手。

公爵以一种茫然若失的神态向她微微一笑。

突然传来一串热烈的、急促的耳语。

"如果您不马上离开这些卑鄙小人，我恨您一辈子，一辈子就恨您一个人！"阿格拉娅向他悄声说道，她仿佛处在一种狂乱的状态中，但是公爵还没来得及抬起头来看她，她就扭身走了。不过，他已经没有东西可以抛弃，没有人可以离开了：这时候，患病的伊波利特已被他们凑合着扶上了马车，接着马车便驶走了。

"怎么，这事究竟要到什么时候呢，伊万·费奥多罗维奇？您对此有何看法？这些坏小子的胡作非为，我还要忍受多久呢？"

"我，亲爱的……我，不用说，随时，而且……公爵……"

然而，伊万·费奥多罗维奇却向公爵伸出了手，但是还没来得及跟他握手，就尾随利扎韦塔·普罗科菲耶芙娜匆匆而去。利扎韦塔·普罗科菲耶芙娜嘟嘟囔囔、怒气冲冲地走下了凉台。阿杰莱达和她的未婚夫以及亚历山德拉，诚挚而又客气地一一上前跟公爵告辞。叶夫根尼·帕夫洛维奇也一样，只有他一个人心情十分愉快。

"我的神机妙算果然应验了！遗憾的是让您这小可怜儿受苦了。"他带着十分亲切的微笑低语道。

阿格拉娅不辞而别。

但是这天晚上的不测风云并未就此结束，利扎韦塔·普罗科菲耶芙娜还要经历一次完全出乎意料的途中邂逅。

她还没来得及走下凉台，踏上花园外边的马路，忽然有一辆豪华的带弹簧的轻便马车，套着两匹白马，驶过公爵的别墅。马车里坐着两位非常漂亮的太太。但是马车还没驶过十步路，突然停了下来，其中一位太太迅速扭过头来，好像突然看到一位她急需寻找的朋友似的。

"叶夫根尼·帕夫洛维奇！你在这儿呀？"突然一个清脆而又甜美的声音叫道。听到这声音后，公爵（可能还有什么人）打了个哆嗦，"哎呀，我多高兴呀，终于找到你啦！我派人特地到城里去找你，派了两个人！找了你一整天！"

叶夫根尼·帕夫洛维奇站在凉台的台阶上，有如挨了雷击似的目瞪口呆。利扎韦塔·普罗科菲耶芙娜也站住了，但并不像叶夫根尼·帕夫洛维奇那样恐惧和呆若木鸡：她同样高傲，同样冷淡和轻蔑地望了望这个放肆的女人，就像五分钟前她望着那帮"卑鄙小人"一样，在匆匆一瞥之后，她旋即把专注的目光移向叶夫根尼·帕夫洛维奇。

"有桩新闻！"那个清脆的声音接着说道，"你不用为库普费尔的期票担心啦，罗戈任用三万卢布买了下来，我劝他买的。你至少可以安安静静地再度过三个月。至于同比斯库普和所有那帮坏蛋，咱们凭老交情总能够谈妥的！所以，你瞧，一切都很顺利。你放宽心吧。明儿见！"

马车驶离原地，很快不见了。

"真是个疯子！"叶夫根尼·帕夫洛维奇终于叫道，他气得满脸通红，莫名其妙地东张西望，"我简直不懂她说什么！什么期票？她是什么人？"

利扎韦塔·普罗科菲耶芙娜又继续看了他两三秒钟，最后，她扭身迅速向自己的别墅走去，大家都跟在她后头，足足过了一分钟，叶夫根尼·帕夫洛维奇非常激动地又回到凉台上找公爵。

"公爵，说实话，您不知道这是演的哪出戏吗？"

"我什么也不知道。"公爵回答，他自己也处在一种异乎寻常而又病态的紧张中。

"不知道？"

"不知道。"

"我也不知道，"叶夫根尼·帕夫洛维奇蓦地笑了，"真的，我跟这些期票毫无瓜葛，请相信我，我以人格担保！……您怎么啦，您要晕倒了？"

"噢，不，不，放心，不会的……"

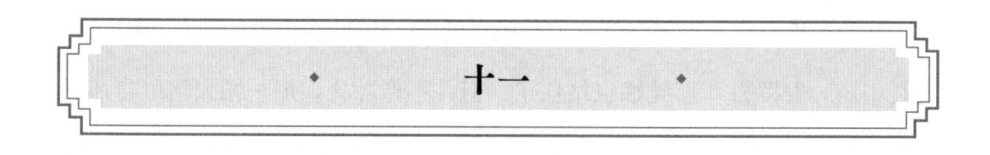

十一

直到第三天，叶潘钦一家才大发慈悲，既往不咎。公爵在许多方面照例一味自责，并真诚地等候惩罚，尽管如此，他还是从一开始就十分自信，利扎韦塔·普罗科菲耶芙娜是不会当真生他的气的，看来，她多半在生自己的气。因此，这么长时间的敌对，到了第三天，就使他的内心十分郁闷，而且百思不得其解。他之所以如此，还因为有其他情况，但主要是其中一个情况。这三天中，因为公爵犯了疑心病，从不久前起，公爵就不断自责，认为自己走了两个极端：一是"毫无意义而又挥之不去"的极端轻信；二是与此同时发生的"阴暗而又卑鄙的疑心"，而且这情况愈演愈烈。总之，在第三天末，坐在自己马车里跟叶夫根尼·帕夫洛维奇说话的那个怪女人发生的那件怪事，已经在他心里达到一种心神不定和百思不得其解的地步。这个谜的实质，除了事情的其他方面以外，在公爵看来，还在于一个痛定思痛的问题：他是不是这件新的"荒唐透顶的事"的罪魁祸首，或者只是……不过，他没有说出这个人的名字。至于那几个缩写字母 Н.Ф.Б①，他认为不过是一种天真的淘气，甚至是一种非常幼稚的淘气，因此他若对这个问题思前想后，非但于心有愧，甚至就某一方面说几乎是可耻的。

然而，在这个不像话的"晚会"后的第二天（他是使这次晚会造成混乱的"罪魁祸首"），清早，他很高兴地在自己的房间里接待了希公爵和阿杰莱达，他们是顺道来访，主要是来了解一下他的健康状况，他俩出来散步，顺道来看看他。阿杰莱达刚才看到公园里有一棵树，一棵美极了的古树，枝叶婆娑，满目青翠，树枝长长的、弯弯的，树上有个树洞，树干上有道裂缝。她拿定主意非把它画下来不可！因此她来访的头半个小时，讲来讲去几乎全是这话题。希公爵照例很客气、很可爱，问公爵一些过去的事，回想他俩初次相识时的一些情况，因此关于昨天的事几乎只字未提。最后，阿杰莱达熬不住了，微微一笑，承认他们这次来访是微服私访，但是，她的坦白也就到此为止了，虽然从这个微服私访中，已经可以看出她的两位高堂，主要是利扎韦塔·普

---

① 同前。纳斯塔西娅·菲利波芙娜·巴拉什科娃的缩写。

罗科菲耶芙娜，心里似乎特别不痛快。但是无论关于她，关于阿格拉娅，甚至关于伊万·费奥多罗维奇，阿杰莱达和希公爵在这次来访中都只字未提。他俩离开继续散步时，也未邀请公爵同行。至于请公爵到他们那里做客，连个暗示都没有，关于这点，阿杰莱达甚至冒出一句非常典型的足以说明问题的话，她讲到，她画了一幅水彩画，很想给他看看。"怎么能够尽快办到这点呢？等等！我今天就派人给您送来，要不，倘若科利亚来，我就让他给您捎来，要不，明天我跟公爵出来散步，亲自给您带来吧。"她进退两难，终于想出了一个两全其美的办法，这样既巧妙，又对大家来说顺理成章，因此心里很高兴。

最后，已经差不多要告辞了，希公爵才好像突然想起来似的，说道：

"啊呀，对了，"他问，"亲爱的列夫·尼古拉耶维奇，您不知道昨天从马车里向叶夫根尼·帕夫洛维奇嚷嚷的那个女人是谁吗？"

"这是纳斯塔西娅·菲利波芙娜，"公爵说，"难道您没认出来这是她吗？至于跟她一起的那女人是谁，我就不知道了。"

"知道，听说了！"希公爵接口道，"但是这嚷嚷是什么意思呢？说真的，这对我是个谜……对我、对别人都是个谜。"

希公爵说这话时带着非常明显的诧异神情。

"她说到叶夫根尼·帕夫洛维奇的什么期票，"公爵很平淡地回答道，"这些期票，应她之请，从一位放高利贷的人手里转给了罗戈任，罗戈任可以稍等，并不急于让叶夫根尼·帕夫洛维奇马上兑现。"

"听说了，听说了，我亲爱的公爵，不过，这不可能呀！叶夫根尼·帕夫洛维奇现在决不可能出任何期票呀！他有这么多财产……当然，他过去因为轻浮也出过事，还是我出面给他解的围……但是他有这么多财产，却去向一个放高利贷的人出期票借钱，而且还为这些期票如何兑现担心——这是不可能的。他也不可能跟纳斯塔西娅·菲利波芙娜这么要好，居然跟她你我相称——更使我百思不得其解。他发誓说他简直莫名其妙，我完全相信他的话。但是问题在于，亲爱的公爵，我倒想问问您，您是否知道什么，也就是说，是否有什么传闻鬼使神差地传到您的耳朵里来？"

"不，我一无所知，我向您保证，我与这事毫无瓜葛。"

"哎呀，公爵，您这从哪儿说起呀！今天我都不认识您了。难道我会疑心您是这种事情的参加者吗？……得了，您今天的心绪不好。"

他拥抱了公爵，并吻了他。

"什么'这种'事情的参加者？我怎么看不出任何'这种'事情？"

"毫无疑问，这女人在想方设法跟叶夫根尼·帕夫洛维奇过不去，并在众目睽睽之下对他栽赃陷害，使人家认为他有一种他没有也不可能有的品德。"希公爵相当冷淡地答道。

列夫·尼古拉耶维奇公爵很尴尬，但是他仍旧注意地、疑惑不解地望着希公爵，希公爵却闭上了嘴，不再作声。

"不会就是期票吧？不会当真跟昨天说的一模一样吧？"公爵终于不耐烦地喃喃道。

"您听我说呀，您想想，叶夫根尼·帕夫洛维奇跟……她，再加上这个罗戈任，能有什么共同点呢？我再说一遍，他有一笔很大的财产，这，我知道得一清二楚，他叔叔还可能留给他另一笔财产。纳斯塔西娅·菲利波芙娜简直……"

希公爵蓦地又闭上嘴，显然因为他不想在公爵面前继续谈论纳斯塔西娅·菲利波芙娜。

"这么说，他一定认识她？"列夫·尼古拉耶维奇公爵沉默了一会儿，又突然问道。

"可能认识,他是个花花公子!但是话又说回来,即使认识,也是很早以前的事了,还在从前,也就是两三年以前。要知道,他也认识托茨基。至于现在,绝不可能有这种事,他俩永远不会你我相称!您自己也清楚,她一直不在本地,不在这里的任何地方。许多人还不知道她又出现了。我看到那辆马车也才两三天,极而言之,也就两三天罢了。"

"一辆非常漂亮的马车!"阿杰莱达说。

"是的,马车很漂亮。"

他俩走了,临别时他俩对列夫·尼古拉耶维奇很友好,甚至可以说情同手足。

可是,对于本书主人公来说,这次拜访却包含着某种十分重大的意义。纵然从昨天夜里起(也许,更早些),他自己也非常怀疑,但是直到他俩来访之前,他还不能断然认定他的担心是完全正确的。现在已经越来越清楚了:希公爵对事情的解释当然是错误的,但毕竟也有几分道理,他毕竟懂得这里有阴谋。(公爵寻思,也许,希公爵已洞若观火,只是不想当面说出来罢了,所以故意做出这种错误的解释。)最清楚不过的是,现在竟有人(而且偏偏是这位希公爵)来找他,希望得到某些说明。如果真是这样,那他们简直把他看作这件阴谋的参加者了。此外,如果这一切果真如此,并且的确很重要的话,那么她一定抱有某种可怕的目的,究竟是什么目的呢?简直可怕!"怎么才能阻止她这样做呢?要想阻止她是无论如何不可能的,如果她坚信这样做是对的话!"这点,公爵是知道的,而且屡试不爽。"真是疯子,疯子。"

但是这天上午无独有偶,凑在一起的还有其他许许多多无法解释的问题,实在太多太多了,而且都赶在同一时候,都要求立刻解决,因此公爵十分忧郁。后来,薇拉·列别杰娃抱着柳博奇卡来找他玩,一面笑,一面说东道西,才使他稍微分了点儿心。她来以后,紧接着,她的妹妹张大了小嘴也来了。

第二部

她们走后,列别杰夫的儿子,那个中学生也来了,他硬说,《启示录》中有一颗星,名叫"苦涩",也就是落在江河泉源上的那颗星①,据他父亲解释,这也就是遍布欧洲的铁路网。公爵不相信列别杰夫会做这样的解释,于是决定一有适当的机会,直接去问问他本人。公爵从薇拉·列别杰娃那里听说,凯勒尔从昨天起就搬来跟他们同住了,从各种迹象看,他缠上他们后是不会轻易就走的,因为他在这里找到了搭档,跟伊沃尔金将军交上了朋友,不过他宣称,他留在这里仅仅为了充实自己的学识。总之,对于列别杰夫的几个孩子,公爵一天比一天喜欢。科利亚一整天都没露面:他一大早就上彼得堡去了。列别杰夫天一亮也出了门,去办一点儿自己的私事。公爵迫不及待地等待的是加夫里拉·阿尔达利翁诺维奇的来访,他今天肯定会来看他。

他直到傍晚六点多,大家刚吃完饭才来。公爵一看到他,心里就琢磨开了,至少这位先生肯定会正确无误地知道这件事情的全部底细——他身边有瓦尔瓦拉·阿尔达利翁诺芙娜和她的丈夫这样的帮手,怎么能不知道呢?但是公爵和加尼亚的关系总好像有点儿特别。比如,公爵虽然委托他办理布尔多夫斯基的事,并且特别拜托他,请他多多费心,但是尽管公爵这么信任他以及他俩过去的那层关系,他们俩总好像还有某些过节,彼此难于启齿。公爵有时候觉得,加尼亚也许很想主动做出一些完全诚恳和友好的表示。比如,就拿现在说吧,他一进来公爵就立刻感觉到,加尼亚坚信,此时此刻已经到了他们俩在一切问题上打破坚冰的时候了。(不过,加夫里拉·阿尔达利翁诺维奇似乎来去匆匆,他妹妹在列别杰夫家等他,他们急着要去办什么事。)

---

① 参见《新约·启示录》第八章第十一节,其中讲到,在接近世界末日的时候,有一颗星名叫"苦涩"(一译"茵陈"),掉到三分之一的河流和一切水源上,于是水的三分之一变苦了。因为水变苦,许多人喝了这水就死了。列别杰夫把《圣经》中的这一神秘形象解释为与人类敌对的物质文明。

但是，如果加尼亚当真以为公爵会向他提出一连串迫不及待的问题，会不由得向他吐露心曲、倾诉衷肠，当然，那就大错特错了。在他来访的整整二十分钟内，公爵一直若有所思，一副心不在焉的样子。加尼亚满以为他会提出的种种问题，或者不如说，那个最主要的问题，看样子，他是不会提出来了。因此，加尼亚决定尽可能讲得藏而不露。他滔滔不绝地讲了整整二十分钟，一面说，一面笑，跟公爵十分亲热地聊着天，说得很快，也很随便，但是对于那个主要问题却只字不提。

加尼亚顺便谈到，纳斯塔西娅·菲利波芙娜到帕夫洛夫斯克来总共才三四天，可是已经引起了大家对她的普遍注意。她住在一条名叫水手街的地方，住在达里娅·阿列克谢耶芙娜的一座其貌不扬的小房子里，可是她的马车却在帕夫洛夫斯克几乎名列第一。她周围已经聚集起了一大群喜欢拈花惹草的老少爷们，这些人有时就骑着马，前呼后拥，护送她的马车外出兜风。纳斯塔西娅·菲利波芙娜像过去一样，十分挑剔，只有她看得上眼的人才允许登门。尽管如此，她身边还是形成了一大队人马，必要时，替她说话、给她撑腰的人有的是。在众多的别墅客中，有一位正式的未婚夫，为了她已经跟自己的未婚妻大吵了一场。还有一位老将军，几乎诅咒了自己的儿子。她坐车出去兜风的时候，还经常带着一位千娇百媚的少女，这女孩才满十六岁，是达里娅·阿列克谢耶芙娜的一房远亲，这女孩歌唱得很好——因此每天傍晚，她们住的那座小房子就十分引人注目。纳斯塔西娅·菲利波芙娜的作风非常正派，穿戴也不华丽，但款式却非常高雅，因此太太小姐们"对她的审美趣味、美貌和马车都十分羡慕"。

"昨天那件不寻常的举动，"加尼亚脱口说道，"当然是有预谋的，当然不应该算数。如果硬要对她吹毛求疵，除非存心找碴儿或者无事生非，不过，这是立刻就会发生的。"加尼亚最后说道。他以为公爵听到这话后一定会问他："为什他把昨天的那件事称为有预谋的？为什么会立刻发生？"但是公爵没有问这个。

关于叶夫根尼·帕夫洛维奇，也是加尼亚说到话头上自己提出来的，并没有人特意问他，这就叫人纳闷了，因为他平白无故地把叶夫根尼·帕夫洛维奇扯进了话题。照加夫里拉·阿尔达利翁诺维奇的看法，叶夫根尼·帕夫洛维奇并不认识纳斯塔西娅·菲利波芙娜，就是现在，也只能算是点头之交，因为三四天前，在一次散步的时候，他才被什么人介绍给她，他也未必会跟旁人一起到她家做客，恐怕一次也没有去过。关于期票云云，倒也是可能的（这事，加尼亚知道得一清二楚），叶夫根尼·帕夫洛维奇的财产当然很多，但是"庄园上的某些事也确实有点儿乱"。加尼亚谈到这个有趣的话题时，突然打住了。关于纳斯塔西娅·菲利波芙娜昨天那桩出人意料的举动，除了上面捎带提到的一点儿以外，他只字未提。最后，瓦尔瓦拉·阿尔达利翁诺芙娜来叫加尼亚过去，她待了不多一会儿后就宣布（也没有人请她）：叶夫根尼·帕夫洛维奇今天，也可能是明天，要到彼得堡去，她的丈夫（伊万·彼得罗维奇·普季岑）也在彼得堡，差不多也是为了张罗叶夫根尼·帕夫洛维奇的那桩事去的，那儿的确出了点儿事。临走时，她又补充道，利扎韦塔·普罗科菲耶芙娜今天的心绪极坏，但是最叫人纳闷的是，阿格拉娅跟全家所有的人都吵遍了。不但跟父母亲吵，甚至也跟两位姐姐吵，她说："这非常不好。"把最后这条消息（对公爵意义十分重大）似乎捎带告诉他以后，兄妹俩就走了。关于"帕夫利谢夫公子"的事，加涅奇卡也只字未提，这也许因为假作谦虚，也许是"体谅公爵的感情"，但是公爵还是再一次向他表示了感谢，多谢他竭诚帮忙，圆满结束了这桩公案。

大家终于都走了，留下了他一个人，公爵感到很高兴。他走下凉台，穿过马路，走进公园，他要好好想想下一步该怎么走。但是这一"步"根本不是该想不该想的事，而是根本不必去想，拿定主意就行了：他突然非常想撇下这里的一切，干脆回去，哪来就回哪去，或者跑得更远些，跑到荒无人烟的穷乡僻壤，甚至不跟任何人告别，说走就走。他有一种预感，只要他留在这里，哪怕再待几天，他一定会无可挽回地被卷进这个是非世界，而这个是非世界今后就会落到他头上，由他承担全部责任。但是他还没有考虑十分钟，就立刻认定，逃跑是"不可能"的，这几乎是一种软弱的表现，许多问题摆在他面前，他现在没有任何权利不去解决它们①，起码也应当竭尽全力，尽可能设法解决。他抱着这样的想法又回到别墅，恐怕外出散步还不到一刻钟。这时，他感到非常不幸。

列别杰夫还没有回来，因此，傍晚时分，凯勒尔便闯进了公爵住的屋子，不过他并没有醉意，他是来找公爵谈心和倾诉衷肠的。他跟公爵开门见山地说，他来找公爵谈谈自己的一生，而他之所以留在帕夫洛夫斯克，也是为此。要轰他走是根本办不到的：他无论如何不肯走。凯勒尔是准备来长谈的，但准备得前言不对后语，他的话几乎刚开头，就突然跳到了末尾，他声称，他已经"道德败坏，不可救药"（完全因为他不信仰至高无上的神）到了偷东西的地步。——"您能想象到这点吗！"

"我说凯勒尔，我如果是您，倘若没有特别需要，最好不要承认这一点，"公爵开口道，"不过，您也许是故意贬低自己，说自己的坏话吧？"

"对您，仅仅对您一个人，而且完全是为了有利于自己改邪归正，我才说这话的！除此以外，我决不会对任何人说。我死了，就把我的秘密带进棺材！但是，公爵，如果您知道就好啦，如果您知道就好啦，在咱们这年头，弄点儿钱有多难哪！此外，我要请问，又能上哪弄钱呢？回答只有一个：'拿黄金来，拿钻石来，用它们作抵押就借给你钱。'这正是我没有的东西，您能够

---

① 这里的基本思想取自《新约·约翰福音》（第八章第二十一、二十二节）：耶稣又对他们说"我要去了……我所去的地方，你们不能到"，"你们是属于这世界的，我不是属于这世界的"。

想象到这点吗？我终于生气了，站了一会儿，我问：'我用祖母绿作抵，您借不借？'他说：'用祖母绿作抵也行。'我说：'那太好了！'我戴上帽子，走了出来。见鬼，这帮混账东西！真混蛋！"

"您难道有祖母绿？"

"我哪来的祖母绿呀！哦，公爵，您对生活的看法还是那么光明，那么天真，甚至可以说，跟牧歌一样！"

公爵终于产生了一种倒不是惋惜，而是仿佛问心有愧似的感觉。他甚至闪过一个念头："能不能对这人施加某种好的影响，使他改邪归正，有所作为呢？"由他自己来施加影响，由于某些原因，他认为太不合适了——倒不是出于自我贬低，而是由于他对事物有某种特殊的看法。慢慢地，他俩畅谈起来，竟至于达到相见恨晚、难舍难分的地步。凯勒尔对他推心置腹、无话不谈，简直不能想象，一个人怎么能坦率到这种程度，有些事怎么开得了口。他每讲一件事，总要拍着胸脯保证悔不当初，现在一想起来心里就难过，"眼泪往肚子里流"，可是听他的口气，倒好像对自己的行为不以为耻反以为荣似的，与此同时，有时又十分可笑，以致讲到后来，他和公爵像疯子似的大笑不止。

"主要是您身上有一种天真的轻信和非同一般的诚实，"公爵终于说道，"您知道吗，单凭这一点就可以将功折罪了。"

"我堂堂正正、光明磊落，跟骑士一样光明磊落！"凯勒尔感动地肯定道，"但是您知道吗，公爵，一切不过是幻想。可以说，不过是醉生梦死罢了，事实上永远不会有任何结果！为什么会这样呢？我也弄不懂。"

"不要绝望。现在可以肯定，您已经把您的全部底细都告诉我了，起码我觉得在您现在所讲的事情以外，您已经没有什么可以补充的了，难道不是这样吗？"

"没有什么可以补充的了？！"凯勒尔似乎遗憾地叹了口气，"噢，公爵，您还是用瑞士的方式来了解一个人，您也太天真了啊。"

"难道还有什么可补充的吗?"公爵惊讶而又胆怯地问道,"那么,您到底希望从我这里得到什么呢? 凯勒尔,请告诉我,您为什么要到我这里来推心置腹地忏悔呢?"

"想从您这里得到什么? 第一,光看看您那副忠厚老实的样子也是愉快的,跟您坐坐,聊聊天,也很愉快。我起码知道,在我面前的是一位人品极其高尚的人,至于第二嘛……第二……"

他犹豫不定,难于启齿。

"也许,您想借钱吧?"公爵很严肃,也很随便地提醒他道,甚至还好像有点儿胆怯似的。

凯勒尔猛地一怔,他像刚才那样,惊讶地急速看了公爵一眼,直视公爵的眼睛,用拳头猛击了一下桌子。

"哎呀,您这一下可把人搞蒙了! 哪能这样呢,公爵,您一会儿是连黄金时代也闻所未闻的忠厚老实和纯洁无瑕,与此同时,您又突然用非常深刻的心理观察,像利箭似的洞穿一个人的肺腑。但是,公爵,请让我解释一下,因为我……我简直给您搞蒙了! 当然,说到底,我的目的是借钱,但是您问我是否想借钱的时候,那神态好像您看不出这事有什么可以指责的地方,好像是理所当然似的。"

"是的……对于您是理所当然的。"

"您不觉得愤慨?"

"是的……凭什么要愤慨呢?"

"我说公爵,我从昨晚起就留住在这里,第一是出于对法国大主教布尔达卢①的由衷景仰(我们在列别杰夫那里开怀畅饮,一直喝到下半夜三点钟);第二,

---

① 布尔达卢(1632—1704),法国耶稣会士,天主教传教士。凯勒尔说这话语义双关,指与"布尔达卢"谐音的法国"彼尔多"葡萄酒。

也是最主要的（我可以向上帝画一千个十字，我说的是大实话），我留下来是因为我想对您，可以说吧，一吐心曲，表示由衷的忏悔，从而鞭策自己改过自新。我正是抱着这个想法，眼泪汪汪地在半夜三点多入睡的。您现在是否相信一个极其光明磊落的正人君子说的话：我入睡时心中是泪，脸上可以说也满是泪痕（因为我终于号啕大哭了，这我记得很清楚），就在我行将入睡的那一刻，我脑海里突然浮现出一个罪该万死的想法：'怎么样，最后，等我忏悔完了，能不能向他借几个钱花呢？'就这样，我准备好了一篇忏悔词，可以说吧？就像做好一种'香辣泪汁'似的，目的是用眼泪开路，使您一被打动就借给我一百五十卢布。您看，这岂不卑鄙吗？"

"这一定不是真的，不过刚好凑到一块儿罢了。两个想法刚好凑到了一块儿，这是常有的事。我就常常发生这种情形。不过话又说回来，我觉得这不好，您知道吗，凯勒尔，每当发生这种情形的时候，我就狠狠地责备自己。您现在好像就在讲我自己，我有时候甚至还有这样的想法，"公爵十分严肃地继续说道，他确实对这个问题很感兴趣，"大概对所有的人都是这样，因此我也就对自己的想法不以为非了，因为跟这种双重的思想斗争的确非常难，我对此深有体会。只有上帝知道这些思想是怎么出现和怎么产生的。可是您却开门见山地把这称为卑鄙！现在我又开始害怕这些双重的思想了。不过话又说回来，我无权对您说三道四。但是依我看，还是不能够把这种现象直截了当地称为卑鄙，足下高见？您想出了个花招，想用眼泪来骗点钱花，但是您自己不是也发过誓吗，您说您的忏悔还有另一个目的，光明正大的目的，而不仅仅是为了钱。至于说到钱的事，您是想用钱买醉，痛饮一番，是这样吗？在做了这样的忏悔之后，自然是性格软弱的表现。但是要戒酒也不是一朝一夕能办到的，是不是？因为这是不可能的。怎么办呢？最好还是留给您自己的良心去解决吧，足下高见？"

公爵非常好奇地望着凯勒尔。关于双重思想的问题显然早就使他产生了兴趣。

"嗯，既然这样，为什么还有人管您叫白痴呢，我真不明白！"凯勒尔叫道。

公爵微微涨红了脸。

"那个传教士布尔达卢是不体谅人的，① 可是您却能体谅人，把我当人来判断孰是孰非！为了惩罚我自己，也为了表示我受了感动，我不要一百五十卢布了，借给我二十五卢布就行！我需要的就这些，起码够我花两星期了。两星期之内，我决不再来向您借钱。我本来想让阿加什卡高兴一下，可是她不值得我这么干。噢，亲爱的公爵，愿主祝福您！"

最后，列别杰夫进来了，他刚回家，发现凯勒尔手里拿着一张二十五卢布的钞票，皱了皱眉头，但是凯勒尔一有钱就急着想走，而且毫不耽搁地溜了出去。列别杰夫立刻开始说他的坏话。

"您这么说不公平，他的确是真心悔过。"公爵终于说道。

"什么悔过！就像我昨天说的'我卑鄙，卑鄙'，不过是句空话，您哪！"

"那么您说的也不过是空话啰？我还以为……"

"好吧，就对您，就对您一个人说句真话吧，因为您把人看透了：言与行，谎言与真话——我都兼而有之，而且都是真诚的。真话与表里如一表现在我的真诚忏悔中，信不信由您，但是我可以发誓，空话与谎言则存在于我像地狱般的（而且是我永远固有的）思想中，怎么想方设法把一个人捉住，怎么想方设法用悔恨的眼泪骗人！真的，就是这样！对别人我是不肯说这话的——无非惹人耻笑或者招人唾骂罢了。但是公爵，您把我当人，您会对我的言行做出公正的判断的。"

"真有意思，跟他刚才对我说的一模一样，"公爵叫道，"而且两人都好像在自卖自夸似的！您甚至使我感到惊讶，不过他比您真诚，您简直把这种做

---

① 布尔达卢在传教中以揭露人的恶习著称，并参见前注。

法变成了职业。好了，够啦，别皱眉了，列别杰夫，也别把手贴在心口啦。您是不是有什么话要告诉我呢？您没有事是不会进来的……"

列别杰夫开始拱肩缩背、扭扭捏捏起来。

"我等了您一整天，想问您一个问题，希望您一开始就说真话，哪怕一辈子就说这一次真话呢：您是不是或多或少地参加了昨天那桩马车事件呢？"

列别杰夫又开始拱肩缩背，嘻嘻嘻地笑，搓着两手，甚至最后还接连打了几个喷嚏，但还是拿不定主意是不是该把心里的话说出来。

"我看，肯定参加了。"

"不过，那是间接的，仅仅是间接的！我说的是千真万确的大实话！我的所谓参加，仅仅是及时告诉那主儿，我家里来了一大帮人，其中有某某人某某人，等等。"

"我知道，您打发令郎到那里去过，他方才告诉我了，但是这究竟是什么阴谋呢？"公爵不耐烦地叫道。

"不是我搞的阴谋，不是我搞的，"列别杰夫连连摆手，"这是别人，别人，可以说吧，这不是阴谋，仅仅是一种幻想。"

"看在基督分上，您倒说呀，这究竟是怎么回事？难道您不明白这与我直接有关吗？这不是给叶夫根尼·帕夫洛维奇抹黑吗？"

"公爵！最尊敬的公爵！"列别杰夫又开始胁肩谄笑，"是您不让我把全部真相说出来嘛，我已经开始对您说实话了，而且不止一次，您不让我说下去嘛……"

公爵沉默了一会儿，想了想。

"那么好吧，您把真相说出来。"他心情沉重地说道，显然经过了激烈的思想斗争。

"阿格拉娅·伊万诺芙娜……"列别杰夫立刻开口道。

"别说了,别说了!"公爵狂叫,愤怒得(也许是羞得)满脸通红,"这不可能,这全是胡说八道! 这一切都是您或者像您一样的疯子编出来的。但愿以后我再也听不到您说这种话!"

晚上,已经很晚了,约莫十点多,科利亚来了,带来了一大筐消息。他的消息分两种:彼得堡的消息和帕夫洛夫斯克的消息。他匆匆说了点儿彼得堡的主要消息(主要是关于伊波利特的情况和昨天那事),先提一提,准备回过头来再说,接着就急急忙忙讲起了帕夫洛夫斯克的消息。约莫三小时前,他从彼得堡回来,没有先回来看公爵,而是直接去了叶潘钦家。"那儿简直闹翻了天!"不用说,首当其冲的是那辆马车,但是一定还发生了什么其他事,他和公爵都不知道的事。"我自然不会去做包打听,也不想去问任何人,可是她们却对我很好,好得出乎我的意料。但是,公爵,她们对您却只字不提!"最主要也最有趣的是,阿格拉娅因为加尼亚方才跟家里人大吵了一场,至于个中详情——你我不得而知,不过这争吵确是由加尼亚引起的(您想象一下这当中的奥妙吧!),甚至吵得很凶,可见其中必有重要原因。将军回来得很晚,双眉深锁,他是跟叶夫根尼·帕夫洛维奇一道回来的,她们对叶夫根尼·帕夫洛维奇好极了,叶夫根尼·帕夫洛维奇也喜笑颜开、和蔼可亲。最重要的消息是,利扎韦塔·普罗科菲耶芙娜悄悄地把坐在小姐们身旁的瓦尔瓦拉·阿尔达利翁诺芙娜叫到自己房间,把她给永远驱逐出了她的家门,不过驱逐的方式还是非常客气的——"这话是瓦丽娅亲口告诉我的。"但是,当瓦丽娅从利扎韦塔·普罗科菲耶芙娜房间出来跟小姐们告别的时候,连她们也不知道她已被永远拒之门外,她如今是最后一次跟她们话别。

"但是瓦尔瓦拉·阿尔达利翁诺芙娜七点钟的时候还到我这里来过呀?"公爵惊奇地问。

"对她下逐客令是在七点多或者八点的时候。我非常可怜瓦丽娅,可怜加尼亚，毫无疑问，他们一直在搞阴谋，不搞阴谋，他们就没法活。我永远弄不清他们到底在策划什么，也不想去弄清。但是，我亲爱的好公爵，我向您保证，加尼亚是有良心的。当然，这人在许多方面很堕落，但是在许多方面毕竟还有可取之处，应该发掘他的优点，我永远也不能饶恕自己，因为我从前太不了解他了……自从瓦丽娅被驱逐之后，我现在都不知道是否应该继续干下去了。不错，我从一开始起就是完全独立和单独行动的，不过毕竟应该好好想想。"

"您也不必太可怜您哥哥了，"公爵对他说道，"既然事情已经发展到这步田地，可见，加夫里拉·阿尔达利翁诺维奇在利扎韦塔·普罗科菲耶夫娜看来，已经成了危险人物，可见，他的某些希望还是有一定根据的。"

"什么，什么希望！"科利亚惊奇地叫起来，"您是不是以为阿格拉娅……这不可能！"

公爵默然。

"您是一个十足的怀疑派，公爵，"过了两三分钟后，科利亚又接着说道，"我发现，从某个时候起，您逐渐变成了一个极端的怀疑派，您开始对什么也不相信，认为什么都有可能……我在这种情况下用了'怀疑派'这词，用得对不对？"

"我以为是对的，虽然话又说回来，我也不能肯定。"

"但是我又改了主意，我要收回'怀疑派'这个说法，我找到了新的解释，"科利亚突然叫道，"您不是怀疑派，您是醋坛子！您对一位骄傲的小姐醋劲大发，吃加尼亚的醋。"

科利亚说罢，跳了起来，哈哈大笑，笑得前仰后合，也许他从来也没有这么笑过。科利亚看到公爵满脸通红，就笑得更厉害了。一想到公爵竟为阿格拉娅吃醋，他心里非常开心，但是，他发现，公爵听了他的话后真的很难过，也就立刻闭上了嘴。接着他们又严肃而又担心地谈了一小时或者一个半小时。

第二天，公爵因有急事到彼得堡去，在彼得堡待了整整一上午。回到帕夫洛夫斯克的时候，已经是下午四点多了，他在火车站与伊万·费奥多罗维奇不期而遇。伊万·费奥多罗维奇立刻抓住他的胳膊，仿佛害怕似的向四周张望了一下，便急忙把公爵拉进了头等车厢，跟他坐在一起。他急切地想跟他商量一件重要的事。

"第一，亲爱的公爵，请你别生我的气，如果我有什么对不住你的地方，请多多包涵。我昨天就想亲自来看你，但是不知道利扎韦塔·普罗科菲耶芙娜会对我这样做有何看法……舍下……已经吵翻了天，一个谜一样的斯芬克司①住了进来，我简直什么也不明白。至于你，我看，你毫无责任，起码比我们大家的责任要小，虽然许多事情都是由你引起的。你瞧，公爵，做一个慈善家是好的，但也不见得很好。你也许已经尝到这苦果了。我当然以行善为乐，而且很尊敬利扎韦塔·普罗科菲耶芙娜，但是……"

诸如此类的话将军还说了很多，但是他的话前言不对后语，上下没有一点儿联系。看得出来，他为一件令他简直莫名其妙的事感到震惊和异常困惑。

"你跟这事没一点儿关系，这对我是没有疑问的，"他终于比较清楚地说道，"但是我友好地请求你，在一段时间内，最好不要来看我们，直到风向变了再说。至于叶夫根尼·帕夫洛维奇，"他异常热烈地叫道，"这一切统统是无聊的诽谤，诽谤中的诽谤！这是诬蔑，这里有阴谋，想破坏一切，挑拨离间。你要明白，公爵，我跟你说句悄悄话吧：我们和叶夫根尼·帕夫洛维奇彼此还没有明确表过态，你明白吗？我们没有任何约束，——但是表态是迟早的事，甚至很快，也许，甚至非常快！所以有人想要破坏！至于她究竟要干什么，为什么要这样做——我始终不明白！这是一个奇怪的女人，非同寻常的女人，我真怕她，怕得差点儿睡不着觉。多漂亮的马车，两匹白马，阔极了，那气派，就是法国

───────
① 希腊神话中的狮身女怪，它让过往行人猜谜，猜不出者即被当场杀死。

人称为别具一格的那种派头！这到底是谁送给她的？真作孽，前天我居然怀疑起叶夫根尼·帕夫洛维奇来了。后来才发现根本不可能，既然不可能，她在这里捣乱又为了什么呢？这真使我，真使我百思不得其解！她莫非看上了叶夫根尼·帕夫洛维奇？我再说一遍，我敢向上帝起誓，他根本不认识她，所谓期票云云，全是凭空捏造出来的！她竟会这样不要脸地你呀你地满街乱叫！纯粹是阴谋！很明显，我们应该对此嗤之以鼻，对叶夫根尼·帕夫洛维奇则应该倍加尊敬。我就是这么对利扎韦塔·普罗科菲耶芙娜说的。我现在跟你说句知心话，但这话不足为外人道：我坚信，她这样做是出于对我个人的报复，你记得吗，为了过去那桩事，虽然我从来没做过任何对不住她的事情。一想到过去我就脸红。现在她又出现了，我还以为她销声匿迹了呢。真怪，这个罗戈任跑哪去了呢？我还以为她早成了罗戈任太太了呢。"

一句话，把人完全给弄糊涂了。在几乎整整一小时的路程中，就他一个人说话，自己提出问题，自己解答，还不断跟公爵套近乎，起码在一个问题上他说服了公爵，他想都没有想到要怀疑公爵参与了什么事儿。这对公爵是很重要的。他最后讲到叶夫根尼·帕夫洛维奇的那位亲叔叔，他是彼得堡某厅的厅长，"地位显赫，七十高龄，爱寻欢作乐，讲究吃喝，总之，是个很平易近人的老家伙……哈哈！我知道，他听到纳斯塔西娅·菲利波芙娜的芳名和艳史以后，甚至还追求过她。方才我顺道去拜访他，不接见，推说身体不好，但是他很有钱，很有钱，地位也高……愿上帝保佑他长命百岁，但是这一切到头来还是得归叶夫根尼·帕夫洛维奇……是的，是的……不过，我还是怕！我也不明白究竟怕什么，就是觉得怕……好像有什么东西在空中飞来飞去，像蝙蝠一样，灾祸在空中翱翔，真叫人害怕，害怕！……"

最后，我们在前面已经讲过，直到第三天才出现叶潘钦家与列夫·尼古拉耶维奇公爵的正式和好。

十二

傍晚七点，公爵正准备到公园去。突然，利扎韦塔·普罗科菲耶芙娜一个人跑来找他。她走上凉台，开口道：

"第一，你别以为我是来求你原谅的。没门！因为你全错了。"

公爵不作声。

"你有没有错呢？"

"我有错，您也有错，一半一半。不过话又说回来，咱俩都没错，因为咱俩都不是故意的。前天，我曾经以为自己错了，现在仔细一想，觉得不是那么回事。"

"你原来是这样呀！那好，你坐下，听我说，因为我不想站着说话。"

两人坐了下来。

"第二，对那些坏小子不许提一个字！我就坐一会儿，跟你谈十分钟，我是来找你调查一桩事的（天知道你以为我来干什么的？），如果你敢有一个字提到那些无法无天的浑小子，我站起来就走，而且从此跟你一刀两断。"

"好。"公爵回答。

"我问你：两个月以前或者两个半月以前，在复活节前后，你有没有托人给阿格拉娅捎去一封信？"

"写——写过。"

"有什么目的？信里说了些什么？把信拿给我看看！"

利扎韦塔·普罗科菲耶芙娜两眼放光，心急得差一点儿要发抖。

"信不在我这儿，"公爵很惊奇，也非常胆怯，"如果信还在，还没撕掉的话，应该在阿格拉娅·伊万诺芙娜手里。"

"别耍滑头！信上写什么了？"

"我没耍滑头，也不怕什么。我看不出有任何理由不让我给她写信……"

"住嘴！有话以后再说。信上说了些什么？你为什么脸红了？"

公爵想了想。

"我不知道你在想什么，利扎韦塔·普罗科菲耶芙娜。不过我看得出，您很不喜欢这封信。您得承认，我本来是可以不回答这样的问题的，但是为了向您表明我并不因这封信而感到害怕，对于我所写的内容也并不感到遗憾，也决不会因这封信而脸红（公爵的脸又红了，差点儿比刚才红了一倍），我可以给您把这封信的内容背出来，因为我好像记熟了，背得出来。"

公爵说罢便把这封信按照原样一字不差地背了出来。

"真是胡扯！你说，这种胡说八道能表示什么呢？"利扎韦塔·普罗科菲耶芙娜非常注意地听完这封信后，不客气地问道。

"我也闹不清，只知道我的感情是真诚的。当时，我充满了生的喜悦和非常大的希望。"

"什么希望？"

"我也说不清，不过，绝不是您现在也许认为我会有的那种希望……嗯，一句话，那是一种对未来的希望和对生的喜悦，我在想，也许我在那里并不是一个陌生人，并不是一个老外。我突然非常喜欢祖国的一切。在一个阳光明媚的早晨，我拿起笔就给她写了这封信。为什么偏写给她呢——我也不知道。有时候，一个人总希望身边有个朋友，我大概想要有个朋友吧……"公爵沉默了一会儿，又加了这句话。

"你爱上什么人了吗？"

"不——不是的。我……我是把她当妹妹写信给她的，署名也是用'兄长'二字。"

"哼,故作姿态,我懂。"

"我很难回答您的这些问题,利扎韦塔·普罗科菲耶芙娜。"

"我知道您难于启齿,但是你难不难与我不相干。听着,你给我说实话,好像面对上帝一样:你有没有撒谎?"

"我没有撒谎。"

"您没有爱上什么人,说的是实话吗?"

"好像完全是实话。"

"瞧你说的,'好像'!是那个浑小子捎去的吗?"

"我是请尼古拉·阿尔达利翁诺维奇……"

"浑小子!浑小子!"利扎韦塔·普罗科菲耶芙娜激动地打断他的话道,"我听都不要听什么尼古拉·阿尔达利翁诺维奇!就是浑小子!"

"尼古拉·阿尔达利翁诺维奇……"

"跟你说,浑小子!"

"不,不是浑小子,是尼古拉·阿尔达利翁诺维奇。"公爵坚定地回答道,虽然说话的声音很低。

"哎呀,好吧,宝贝儿,好吧!这事先给你记在账上。"

她极力压住心头的激动,休息了一会儿。

"什么叫'可怜的骑士'?"

"我根本不知道,我是局外人。大概是开什么玩笑吧。"

"等我打听清楚了,再来收拾你!话又说回来,难道她会对你感兴趣吗?她不是管你叫'丑八怪'和'白痴'吗?"

"您大可不必把这话告诉我。"公爵责怪地、细声低语地说道。

"你也甭生气。这姑娘自幼娇生惯养,而且自以为是,像个疯子——她一爱上什么人，肯定会大声骂他，当面取笑他。我从前也跟她一样。不过，你也别太得意了，宝贝儿，她决不会嫁给你。我不信会有这种事，也永远办不到！我说这话，无非是让你马上采取措施。听着，你发誓，你没有跟那女人结婚。"

"利扎韦塔·普罗科菲耶芙娜，您说什么呀，哪能呢？"公爵惊讶得差点儿跳起来。

"你不是差点儿跟她结婚吗？"

"是差点儿跟她结婚。"公爵低声说道，耷拉了脑袋。

"好吧，既然这样，你爱上她了，是不是？现在，你是为了她才回来的？为了那女人？"

"我不是回来结婚的。"公爵回答。

"你在世上还有没有神圣的东西？"

"有。"

"那你起誓：你不是为了娶她才回来的。"

"我起誓，要我怎么起誓都行！"

"我相信你的话，亲亲我。我终于松了口气。但是你要明白：阿格拉娅并不爱你，要快点想办法，只要我还活着，她就不会嫁给你！听见了吗？"

"听见了。"

公爵的脸红得都不敢抬起头来看利扎韦塔·普罗科菲耶芙娜。

"你要牢记。我曾经像等待上天安排一样等待你回来（你不值得我这样待你！），我每天晚上眼泪汪汪，把枕头都哭湿了——不是为你哭，宝贝儿，你放心，我另有心事，另有伤心事，没完没了，永远是同样的伤心事。但是我为什么要这样迫不及待地等你回来呢？因为我仍旧相信，上帝亲自派你来，是派你来做我的朋友和亲兄弟的。跟我谈得来的，除了那个老太婆别洛孔斯卡娅以外，就没有旁人了，可是连这老太婆也远走高飞了，再说她上了年纪，笨得像头山羊。你知道前天她干吗在马车里大喊大叫吗？现在我只要你干干脆脆地回答：知道还是不知道？"

"我用名誉担保，这事我没有参加，什么也不知道！"

"行了，我相信你的话。现在我对于这事已经另有看法，但是昨天上午我还一个劲地埋怨叶夫根尼·帕夫洛维奇哩。前天一整天和昨天一上午。现在，我当然不能不同意他们的看法是对的：太清楚了嘛，人家是把他当傻瓜，取笑他，作弄他，反正居心不良、别有用意就是了（单凭这点就很可疑！这样做也不光彩嘛！），——但是，实话告诉你吧，阿格拉娅是决不会嫁给他的！即使他是好人，这门亲事也成不了。我从前就犹豫不决，现在更是拿定了主意：'你们先把我装进棺材，埋进土里，再谈女儿出嫁。'我今天就是这样对伊万·费奥多罗维奇斩钉截铁地说的。你看，我把心里话都告诉你了，看见啦？"

"我看见了，我明白。"

利扎韦塔·普罗科菲耶芙娜目光锐利地注视着公爵，也许她很想看看有关叶夫根尼·帕夫洛维奇的消息对他产生了什么影响。

"关于加夫里拉·伊沃尔金的事，你什么也不知道吗？"

"可以说……知道得很多。"

"你知不知道他跟阿格拉娅有来往呢？"

"完全不知道，"公爵很惊奇，甚至打了个哆嗦，"什么，您说，加夫里拉·阿尔达利翁诺维奇跟阿格拉娅·伊万诺芙娜有来往？不可能！"

"时间倒不长，就在不久以前。她妹妹给他开了一冬天的路，跟耗子打洞似的。"

"我不信，"公爵沉思了一会儿，心里很激动，接着断然道，"如果真有这事，我肯定知道。"

"说不定他还会亲自跑来，扑到你胸脯上，痛哭流涕地向你披露心曲呢！

唉，你呀，真是个大笨蛋，大笨蛋！大家都在骗你，把你当……当……你还信任他，不害臊吗？你难道没有发现他把你骗得好苦吗？"

"他有时候骗我，我是清楚的，"公爵不情愿地低声说道，"他也知道我了解这点……"他又加了一句，但是没把话说完。

"知道，还信任他！有你这么傻的吗！话又说回来，你这样做也在意料之中。有什么可以大惊小怪的呢。主啊！什么时候有过另一个像他这样的人呢！呸！你知道吗，这甘卡，或者这瓦丽卡，居然还把她跟纳斯塔西娅·菲利波芙娜拉上了关系，你知道吗？"

"把谁？！"公爵叫起来。

"把阿格拉娅。"

"我不信！那是不可能的！这样做有什么目的呢？"

他从椅子上跳起来。

"我也不信，虽然人赃俱在。阿格拉娅这丫头常常一意孤行，充满幻想，像个疯子！这丫头脾气坏透了，坏透了，坏透了！我要重复一千年，千肯定万肯定地说：脾气坏透了！我现在的这几位小姐全是这样，连那个没主意的亚历山德拉也是这样，但是这丫头更是坏得出格。即使这样，我也不信！也可能是因为我硬不肯相信，"她又好像自言自语地加了一句，"你为什么不上我家来？"她蓦地转过身又对公爵说道，"为什么一连三天都不来？"她再一次急躁地向他嚷嚷。

公爵刚要开口说他没上她们家去的原因，她又打断了他的话。

"大家都把你当傻瓜，骗你！你昨天进城，我敢打赌，你一定是去向那个混账东西下跪，求他收下这一万卢布，是不是？"

"绝无此事，我甚至没想到要这样做。我甚至都没看到他，此外，他也不是混账东西。我收到了他的一封信。"

"把信拿给我看看。"

公爵从皮包里取出一封便函，递给利扎韦塔·普罗科菲耶芙娜。信中写道：

先生：在人们眼里，我当然没有丝毫权利拥有自己的自尊心。按照人们的看法，我实在太渺小了，渺小得不配有自己的自尊心。但是，这是在人们眼里，而不是在您的眼里。我深信，先生，您也许比其他人要好。我不同意多克托连科的看法，正是在这一点上我同他的看法有分歧。我永远不会拿您一分钱，您帮助过我的母亲，因此我对您十分感谢，虽然这也是我软弱的一种表现。总之，我对您是另眼相看的，并认为有必要让您知道这一点。除此以外，我认为，我们之间不可能再有任何其他交往了。

安季普·布尔多夫斯基

又及：前款不足二百之数，日后定当奉还不另。

"写得乌七八糟！"利扎韦塔·普罗科菲耶芙娜把信扔还给他时说道，"不值一读。你笑什么？"

"您得承认，读到这封信，您也感到愉快。"

"什么！读到这种浸透了虚荣心的胡言乱语还愉快！难道你没有看到，他们由于骄傲和虚荣心作祟，一个个都疯了吗？"

"是的，但是他毕竟认错了，跟多克托连科脱离了关系，他的虚荣心越强，他为虚荣心付出的代价就越高。噢，您真是个小孩，利扎韦塔·普罗科菲耶芙娜！"

"你是不是想让我给你一记耳光？岂有此理！"

"不，我毫无得罪您之意。我说这话，是因为您看到这信很高兴，但是又不肯说出来。您为什么要因自己的感情而感到害羞呢？而且您在所有方面都这样。"

"现在不许你跨进我家的门槛一步，"利扎韦塔·普罗科菲耶芙娜跳起来，气得脸色发白，"从今以后永远不许你进我家的门！"

"再过三天，您自己就会跑来，叫我到府上去的……唉，您怎么不感到惭愧呢？这是您最美好的感情呀，干吗要为这种美好的感情感到害羞呢？这岂不是在自己折磨自己吗？"

"我宁可死也决不来叫你！我要把你的名字忘掉！我已经忘掉了！！"

她扭头急匆匆地离开了公爵。

"您即使不说这话，我也被禁止到府上拜访了！"公爵朝她的背影喊了一句。

"什——么！谁不许你去了？"

她顿时回过身来，好像有人用针扎了她一下似的。公爵迟疑不定，拿不定主意要不要回答她，他感到他无意中说了一句他完全不该说的话。

"谁不许你去了？"利扎韦塔·普罗科菲耶芙娜狂叫。

"阿格拉娅·伊万诺芙娜不许……"

"什么时候？您倒说——呀！！！"

"今天上午，她派人来说，永远不许我登府上的门。"

利扎韦塔·普罗科菲耶芙娜听到这话后呆若木鸡，但是她在思索。

"她捎什么来了？打发谁来了？又是通过那个浑小子吗？是口信？"她突然又喊叫起来。

"我收到了一封信。"公爵说。

"信在哪儿？快拿来！快！"

公爵想了一会儿，终究还是从背心口袋里掏出一张写得十分潦草的字条，上面写道：

第二部

　　列夫·尼古拉耶维奇公爵！在发生了过去种种以后，如果您还敢冒昧拜访我们的别墅的话，请您相信，即使别人欢迎您，我也决不欢迎。

　　　　　　　　　　　　　　阿格拉娅·叶潘钦娜

　　利扎韦塔·普罗科菲耶芙娜寻思片刻，然后突然冲到公爵跟前，一把抓住他的胳膊，拉了他就走。

　　"快！快走！非快不可，说话就走！"她叫道，蓦地非常激动，心急火燎地催他动身。

　　"但是您会让我挨……"

　　"挨什么？真是个天真烂漫的大笨蛋！简直不像个男子汉！好了，现在我就要亲眼看到这一切了……"

　　"起码也得让我拿顶帽子呀……"

　　"这不是你那顶破帽子嘛！快走！连像样的款式都不会挑！……这是她……这是她在发生上午那件事以后……在气头上写的，"利扎韦塔·普罗科菲耶芙娜嘟囔道，一面走，一面拽着公爵，一刻也不松手，"今天上午，我为你抱不平，说你是傻瓜，因为你不来……不然的话，她决不会写这么封没头没脑的信！一封不成体统的信！写这么封信，对于一位高贵的、有教养的、聪明绝顶的姑娘是不成体统的！……唔，"她接着说下去，"当然，最气人的还是你不去，不过她没有考虑到，给一个白痴这样写是不行的，因为他肯定会从字面上去理解，果然不出所料。你怎么偷听我说话？"她喊道，猛地发现自己说漏了嘴，"她需要一个像你这样的小丑，好久不见了，这就是她请你去的缘由！她现在肯定会刺你、挖苦你，我真高兴，太高兴了！你也只配人家对你这样。她就爱挖苦人，噢，别提那小嘴多厉害啦！……"

白　痴

ИДИОТ

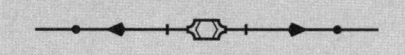

第三部

ЧАСТЬ ТРЕТЬЯ

第三部

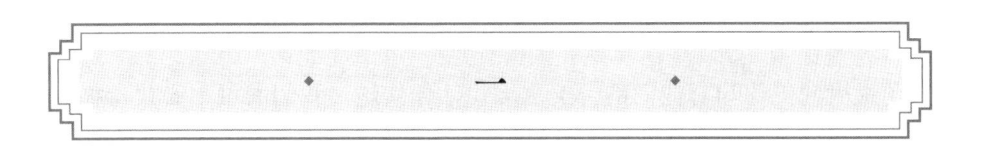

一

时常有人抱怨我国没有干实事的人，比如，搞政治的人很多，将军也很多，至于各种主管，不管要多少，立刻可以找到，而且爱找什么样的就可以找到什么样的，——但是干实事的人却没有。起码大家都抱怨没有。据说，在某些铁路上甚至连像样的服务人员都没有，在随便什么轮船公司想搞个勉强过得去的行政机构，据说也绝对办不到。听说，在某地一条新近投入运营的铁路线上，有火车相撞或者在桥梁上翻倒了。也有人报道，在某地有一列火车差点儿在积雪的原野上过冬，有人刚坐上火车，开了还没几小时，就在雪地里停了五天。也有人说好几万普特[①]的货物堆放在一个地方，等候发运，一等就是两三个月，在那里霉烂变质。据说，那里有一位行政长官，大概是什么主任吧，有一名商店伙计催他赶快发货，结果货没有发成，却被这位主任赏了两记耳光，事后，他解释自己的这一行政行为乃是因为他"一时急躁"。看来，国家公务中各类官署之多，令人咋舌，人人做过官，人人在做官，人人想做官——如此说来，有这么多热心公务的人才，怎么就组织不起一个像样的轮船公司管理班子呢？

人们对此的回答有时候非常简单——简单到甚至使人无法对这样的解释信以为真。诚然，据说，在我国，人人做过官或者人人在做官，这是仿效最优秀的德国人的榜样，由远祖直到子子孙孙，一脉相承，已经沿袭了二百年，——但是，做官的人，也就是最没有实际本领的人，以致发展到

[①] 1普特约等于16.38千克。

在做官的人中间，甚至在不久以前还公认，崇尚清谈和缺乏实际本领几乎成了最大的美德和对他们的誉美之词。话休絮烦，我们大可不必议论做官人的短长，其实，我们想讲的还是那些做实事的人。无可置疑的是，谨小慎微和完全缺乏主见，在我国经常被认为是一名从事实际工作的人最主要，也是最优秀的特征，——甚至直到现在，大家还这么认为。如果我们认为这种意见是一种指责的话，那我们又何必偏偏责备我们自己呢？任何地方，甚至全世界，自古以来，都认为缺乏创见乃是一个干练的、能干的实用人才的第一美德和对他的最佳评语，起码百分之九十九的人永远持有这种看法，过去和现在总有百分之一的人常常意见相左。

发明家和天才在开创他们事业之初（也常常发生在末尾），常常在社会上被认为充其量不过是些傻瓜罢了——这已是一个老掉牙了的尽人皆知的陈腐见解。譬如说，在过去数十年中，大家都把自己的钱存在钱庄，月息四厘，一存就是几十亿，如果没有了钱庄，由着大家爱干什么干什么，不用说，这些成百万、成千万、上万万的钱的大部分，肯定会在狂热的股票交易中丧失殆尽，落到骗子们的手里——这还是顾全体面和品行端正的做法。确实如此。如果品行端正的谨小慎微和体面的缺乏创见，按照公认的信念，至今还是我国一员干练而又正派的人不可或缺的品质的话，倘若猝然加以改变，那就太不成话，也太不成体统了。譬如说，一位宠爱子女的母亲，一旦看到自己的儿子或者女儿稍微越出常轨，怎能不感到害怕，同时吓出毛病来呢："不，宁可让他规规矩矩，幸福和富足地过一辈子，不要标新立异。"每一个母亲在摇着自己的孩子，哄他入睡的时候，都会这么想。而我们的保姆在哄孩子入睡时，自古以来都会念念有词地唱道："宝宝宝宝，快长大，穿的是金，戴的是银，当大官，做将军！"由此可见，连我们的保姆也认为将军这一头衔是俄国人幸福的极限，因而也是标志富贵安乐，举国公认的民族理想。说真的，

第三部

凑凑合合地通过考试，再在各种衙门里混上三十五年——到头来谁会当不上将军①，谁在钱庄里不能够存上一大笔现款呢？由此可见，一个俄国人几乎可以毫不费力地最终混到个干练而又讲求实际的人应得的头衔。说实在的，在我国当不上将军的只有那种标新立异的人，换句话说，即不安分的人。说到这里，可能会产生某种误会，但是一般说，这样讲，似乎还是对的，因为我们这个社会在为一个讲求实际的人确定他应有的理想时，一向以公平合理著称。尽管如此，我们的废话还是讲得太多了。其实，我们不过是想为我们所熟悉的叶潘钦将军家说几句话，作为解释。这些人，或者该府中最爱说长道短的人，常常犯有一种家族病，与我们刚才在上面谈到的那些美德正好南辕北辙，大相径庭。他们虽然并不完全了解事实真相（因为了解也难），可是有时候却爱怀疑，他们家的一切与别的人家相比，似乎总有点儿不一样。别人家里都顺顺当当，他们家里却老是磕磕碰碰；别人家里都循规蹈矩，按部就班，他们家里却老出麻烦；别人家里都兢兢业业、谨小慎微，他们家里却老要反其道而行之。诚然，利扎韦塔·普罗科菲耶芙娜甚至有点儿过分胆小怕事，但这毕竟还不是他们一心想要具备的那种上流社会的兢兢业业和谨小慎微。话又说回来，也许只有利扎韦塔·普罗科菲耶芙娜一个人在提心吊胆：小姐们毕竟还年轻（虽然她们洞察幽微，又喜爱讽刺），将军虽然也有所察觉（难免有点儿迟钝），但是遇到棘手的事情时，就只会"唔唔"连声，到临了，还是只能把全部希望都寄托在利扎韦塔·普罗科菲耶芙娜身上。这样一来，责任也就全落到了她肩上。倒不是说，这家老小真有什么主见，也不是他们故意想标新立异，因而常常越出常轨——真要这样，那就有失体统了。噢不！绝对不是这样的，也就是说，并没有任何自觉的目的，不过到头来总觉得有

---

① 指旧俄相当于将军衔的三级以上文官。

点儿那个，也就是说，叶潘钦将军家虽然十分可敬，但是与其他一般可敬的家庭相比，总好像有点儿不大对头。在最近一段时间内，利扎韦塔·普罗科菲耶芙娜开始认为一切都只能怪她自己，怪她那"倒霉"的性格，因而又增添了她的苦恼。她常常责骂自己是"又蠢又不成体统的怪物"，经常犯疑心病，惶惶乎不可终日，即使遇到一件最最普通的麻烦事，也会手足无措，不知如何是好，经常过甚其词、夸大不幸。

在本书开卷之初，我们就提到叶潘钦将军府受到全社会普遍的和真正的尊敬。甚至伊万·费奥多罗维奇将军本人，虽然出身微贱，但是无可争辩，他到处受到欢迎和敬重。他之所以值得人们敬重，第一，因为他有钱，而且不是"排在最后"；第二，因为他为人正派，虽然智商不高。就说头脑略嫌迟钝吧，如果这不是任何活动家几乎不可缺少的品德，起码也是任何一个正经攒钱养家的人不可或缺的素质。最后，将军作风正派，为人谦虚，在不需要开口的时候善于沉默，同时又不让别人在台下踢脚，暗中使坏，这倒并不是仅仅靠他那将军的头衔，而是因为他是个光明磊落、堂堂正正的人。最重要的恐怕还是因为他的靠山过硬。至于利扎韦塔·普罗科菲耶芙娜，我们在上面已经说过，她出身世家。尽管在我国对门第并不十分重视，假如没有必要的上层关系的话。但是她二美俱备，也有一些举足轻重的关系，而且这些人颇敬重她，喜欢她，在这些人物的影响下，自然也就人人应该敬重她，对她刮目相看了。无疑，她的那些家庭烦恼是没有根据的，原因渺不足道，而且被夸大到了可笑的程度。但是，诚如有人在鼻子上或者脑门上长了个瘊子，就总觉得世界上的人过去和现在只有一件事可做，就是看您脸上长的那个瘊子，嘲笑这个瘊子，并因为这个瘊子而对您品头论足，哪怕您同时发现了美洲也无济于事。毫无疑问，社会上的确认为利扎韦塔·普罗科菲耶芙娜是个"怪物"，但是也无可争辩得很尊敬她。但是后来，利扎韦塔·普罗科菲耶芙娜对人家都很尊敬她也就不相信了——她的全部不幸正在于此。她望着自己的女儿，心里感到很苦恼，因为她疑心自己做错了什么事，不断损害着女儿们的前程，她又疑心自己的性格显得既可笑又不像话，令人无法忍受——她的脾气变得这样坏，不用说，她一概归罪于女儿们和伊万·费奥多罗维奇，跟他们成天争吵；与此同时，她又非常爱他们，爱到忘我的地步，近乎一种狂热。

最使她苦恼的是，她疑心她的女儿们越来越变成她那样的"怪物"，像她们这样的姑娘世上没有，也不应该有。"一个个都成了虚无派！"她经常自言自语。最近一年来，特别是最近一段时期，这个令她伤心的想法在她脑海里越来越根深蒂固了。"头一条，她们为什么不肯出嫁？"她常常问自己，"无非是想让母亲伤心罢了——她们认为这就是她们的人生目的，一定是这样，因为这一切都是新思想，这一切都是那该死的妇女问题！大约一年半前，阿格拉娅不就想剪掉她那十分漂亮的头发了吗？（主啊，想当年，连我都没有这样好看的头发呀！）连剪刀都拿在手里了，还不是我向她下跪，苦苦哀求，她才没剪！……姑且假定，这丫头这样做是存心气我，让我难受，因为这丫头脾气坏透了，既娇生惯养，又一意孤行，但主要是脾气坏，脾气坏，脾气坏！但是那胖丫头亚历山德拉，难道不也学她的样要把自己的头发剪掉吗？不过，她倒不是存心气我，也不是任性，而是像个傻瓜似的真心诚意地想剪掉头发——阿格拉娅居然说服了这个傻丫头，说什么剪掉头发后，她会睡得安稳些，头也不会疼了。瞧，已经五年了，有多少，多少人上门求亲啊？说真的，其中也有好人，甚至非常好的人！她们到底等什么呢？有什么不合适的呢？无非想气母亲罢了——除此以外，没有任何原因！没有任何原因！"

最后，她做母亲的那颗心中终于升起了太阳，总算有个女儿，总算阿杰莱达有了归宿。"总算有个女儿了了我的一件心事。"在需要当众表态时，利扎韦塔·普罗科菲耶芙娜常常这样说（她在私下里自言自语时却无比温柔）。

整个事情都办得很好，很体面，甚至上流社会讲起这件事的时候也满怀仰慕之意。未婚夫是个有名望的人，既是公爵，又有财产，人品也好，再说，她也感到很可心，跟她很般配，还有什么比这更好的呢？但是，即使在从前，她对阿杰莱达的担心也比对其他两个女儿要少，虽然她那画家的气质常常使利扎韦塔·普罗科菲耶芙娜多疑的心感到不安。"但是她性格开朗、通情达理，看来这丫头吃不了亏。"想到最后，她也就放心了。她最不放心的是阿格拉娅。顺便说说，关于长女亚历山德拉，利扎韦塔·普罗科菲耶芙娜自己都不知道怎么办：要不要替她担心？她一会儿觉得，"这丫头算彻底完蛋了"，都二十五岁了——可见，老处女是当定了。而且"人又这么美！……"。利扎韦塔·普罗科菲耶芙娜每到夜深人静的时候，一想到亚历山德拉就哭，可是就在她伤心落泪的那些夜晚，亚历山德拉·伊万诺芙娜却处之泰然，睡得很香。"她到底唱的哪一出呢，是虚无派，还是简单地犯傻呢？"她绝不是傻瓜——对此，利扎韦塔·普罗科菲耶芙娜是毫无疑问的：她对亚历山德拉·伊万诺芙娜的许多见解都非常尊重，而且有事也爱跟她商量，至于说她"蔫蔫呼呼"——这倒是毫无疑问的："她倒沉得住气，推都推不醒！话又说回来，'蔫蔫呼呼'的人也沉不住气呀——唉，我给她们全弄糊涂了！"利扎韦塔·普罗科菲耶芙娜对亚历山德拉·伊万诺芙娜有一种无法解释的近乎怜悯的同情心，她对她的同情和关切甚至超过她视同偶像的阿格拉娅。但是，她动不动就发脾气（她这做母亲的对孩子的关切和同情主要以这种形式表现出来）、没碴儿找碴儿，以及说女儿"蔫蔫呼呼"等，只能使亚历山德拉发笑。有时候，一件最不足挂齿的事，也会使利扎韦塔·普罗科菲耶芙娜按捺不住，大发雷霆。比如，亚历山德拉·伊万诺芙娜爱睡懒觉，而且经常做梦，但是她做的梦常常既空洞又天真——一个七岁的孩子做这样的梦还差不多，但是，就连做梦天真，不知道为什么也会触怒她母亲。有一回，亚历山德拉梦见九只母鸡，就为这桩小事母女竟吵得不可开交——为什么？谁也说不清。有一回，也就这么一回，她总算梦见了一桩看似奇特的事——她梦见一个修士，就一个人，待在一间黑屋子里，可她一直不敢走进这屋子。两个妹妹听了这梦后哈哈大笑，并且立刻喜气洋洋地将这梦转告了利扎韦塔·普罗科菲耶芙娜，但是妈妈听后又大发脾气，并且骂她们姊妹仨统统是傻瓜，"哼！她倒跟傻瓜似的沉得住气，简直'蔫蔫呼呼'，推都推不醒，她倒也会发愁，有时一副愁眉苦脸的样子！她愁什么呢，到底发什么愁呢？"有时候，她也向伊万·费奥多罗维奇提出这个问题，而且照例是歇斯底里地、威严地立等回答。伊万·费奥多罗维奇"唔唔"连声，皱起眉头，耸耸肩膀，最后摊开两手，说道："该给她找婆家了！"

"但愿上帝赐给她的丈夫别跟您一样，伊万·费奥多罗维奇，"利扎韦塔·普罗科菲耶芙娜终于像炸弹似的爆炸了，"可别跟您一样举棋不定、优柔寡断，伊万·费奥多罗维奇；可别跟您一样说话粗鲁、俗不可耐，伊万·费奥多罗维奇……"

伊万·费奥多罗维奇立刻逃之夭夭，利扎韦塔·普罗科菲耶芙娜在自我引爆之后也逐渐变得心气平和了。不用说，到这天的傍晚时分，她免不了要对伊万·费奥多罗维奇，对自己这个"说话粗鲁、俗不可耐"的伊万·费奥多罗维奇，对自己这个又和善又可爱、又招人心疼的伊万·费奥多罗维奇特别关心、特别温柔、特别亲切和特别敬重，因为她一辈子都爱自己的伊万·费奥多罗维奇，甚至对他十分钟情，伊万·费奥多罗维奇本人对此也十分清楚，因此，他对自己的贤妻利扎韦塔·普罗科菲耶芙娜也无限敬重。

但是她主要的心病，经常使她苦恼的是阿格拉娅。

"跟我一样，各方面都跟我完全一样，"利扎韦塔·普罗科菲耶芙娜自言自语道，"一个自作主张、讨人嫌的淘气包！虚无派、怪物、疯子，脾气坏透了,坏透了!噢,主啊,她将会多么不幸啊!"

但是,诚如我们已经说过的那样,旭日东升,把一切都暂时冲淡了,照亮了。在利扎韦塔·普罗科菲耶芙娜的生活中,几乎有一个月,她无牵无挂、无忧无虑地得到了彻底休息。由于阿杰莱达即将举行婚礼,上流社会自然也就由此及彼,谈到了阿格拉娅,与此同时,阿格拉娅也到处表现得举止优雅、风度绰约、谈吐聪明,甚至扬扬得意、眉飞色舞,要知道,这副神态跟她有多么相称呀!整整一个月,她对母亲也非常和气孝顺!("不错,对这个叶夫根尼·帕夫洛维奇还必须好好观察一番,把他弄个水落石出,再说,阿格拉娅对他似乎也不特别垂青!")不管怎么说吧,她突然出落得花容月貌、艳若桃李——多漂亮呀,上帝,她多漂亮呀,而且长得一天比一天漂亮!可是……

可是自从出现了这个破公爵,这个糟糕的大白痴以后,一切又被重新搅浑了,家里的一切都乱了套!

然而,到底出了什么事呢?

在别人看来,大概,什么事也没有出。但是利扎韦塔·普罗科菲耶芙娜却与众不同,她能在最普通的事物的错综复杂的组合中,通过她那一向就有的唯恐出事的性格,一向都能看到某种有时足以把她吓病的东西——这是一种疑神疑鬼的恐惧,一种无法理喻的恐惧,因而这种恐惧也最让人受不了。本来,她心头的种种不安都是可笑的、无中生有的,没有道理的,可是现在透过茫无头绪的种种不安突然当真显露出某种似乎确实很重要,似乎确实值得为之惊慌、怀疑和疑心的东西时,她心里又该是何等忐忑不安啊!

"他们怎么敢,怎么敢给我写这封该死的匿名信,而且信上还说这个骚娘儿们跟阿格拉娅有来往?"利扎韦塔·普罗科菲耶芙娜拽着公爵一路回去时想道;到家后,她让公爵坐在全家已经围坐着的圆桌旁时,仍念念不忘。"他们怎敢出此下策?如果我有一丝一毫信以为真,或者我把这封信拿出来给阿格拉娅看的话,我一定会羞死的!这是对我们,对叶潘钦将军家的公然嘲笑!这都是因为伊万·费奥多罗维奇,都因为您,伊万·费奥多罗维奇!唉,我们干吗不到叶拉金岛①去呢:我不是说过要到叶拉金岛去嘛!很可能,这封信是瓦丽卡写的,我知道,或者,也许……这一切的一切,都要怪伊万·费奥多罗维奇!这骚娘儿们闹出这种玩笑来,是要取笑他,说明他们过去关系暧昧,出他的洋相,就像上回,他送给她珍珠项链,她把他当傻瓜,取笑他,牵着他的鼻子走一样……到头来,我们还是被卷进去了,您的女儿们也被卷进去了,伊万·费奥多罗维奇,您的黄花闺女、千金小姐、待字闺中的名门闺秀,她们当时都在场,就站在那儿,全都听见了,还有跟那些浑小子的事,也被卷进去了,您高兴吧,您乐吧,她们当时也在场,也都听见了!我饶不了,决饶不了这个破公爵,永远饶不了他!为什么阿格拉娅这三天歇斯底里大发作,为什么跟两位姐姐几乎吵遍了,甚至跟亚历山德拉也大吵大闹?她可是一向把她当母亲一样吻她的手,非常尊敬她的呀。为什么她在这三天里净给大家打哑谜?这跟加夫里拉·伊沃尔金有什么关系呢?为什么她昨天和今天直夸加夫里拉·伊沃尔金,还大哭了一场呢?为什么在这封匿名信里要提到那个该死的'可怜的骑士',可是她连公爵给她的信都没给姐姐们看过呀?为什么……干吗,我干吗要没来由地跑去找他,现在又跑回来,亲自把他拽了来呢?主啊,我疯啦,我现在惹是生非,做出什么事情来了啊!居然跟一个青年男子谈我女儿的秘密,而且……而且还是几乎与他直接有关的秘密!主啊,幸亏他是白痴,而且……而且……又是至亲好友!不过,难道阿格拉娅当真迷上了这个窝囊废吗!主啊,我胡说什么呀!呸!我们都是些怪人……应当把我们大家都罩在玻璃罩里任人

---

① 彼得堡涅瓦河口最北面的一个小岛。

参观，我是第一名，十戈比一张门票。我不能原谅您这一点，伊万·费奥多罗维奇，永远不能原谅您！为什么她现在不给他难堪呢？说要给他难堪，可是又不给他难堪！瞧，瞧，她睁大了两眼在看他，可是一言不发，也不走开，站在那里，不是她自己不让他登门的吗……他坐在那里，满脸苍白。可这个该死的，该死的多嘴多舌的叶夫根尼·帕夫洛维奇，一个人垄断了全部谈话！瞧他滔滔不绝的那劲儿，连句话也插不进去。只要我一开口，稍施伎俩，立刻就能弄个水落石出……"

公爵坐在圆桌旁，脸色确实有点儿苍白，与此同时，又似乎非常害怕，可是霎时间又处在一种连他自己都莫名其妙的、激动得连气都透不过来的狂喜之中。噢，他多么害怕看那边，看那个角落啊，因为那边有两只他所熟悉的黑眼睛在注视着他，与此同时，他又幸福得透不过气来，因为在她写过不欢迎他来那句话以后，他又坐在她们中间，又将听到那个他所熟悉的声音了。"主啊，她现在就要说话了呀！"他本人还没有说过一句话，一直聚精会神地听着叶夫根尼·帕夫洛维奇的"高谈阔论"。叶夫根尼·帕夫洛维奇很少像现在，像今天晚上这样心满意足、兴高采烈的了。公爵听着他说话，可是很长时间几乎一句话也没有听懂。除了伊万·费奥多罗维奇还没有从彼得堡回来以外，该来的人都来了。希公爵也在座。看来，他们准备稍候片刻，在喝茶前先去听音乐。现在的谈话，看来在公爵到来之前就开始了。过不多久，科利亚不知从什么地方跑了来，溜上了凉台。"可见，这里还跟从前一样欢迎他。"公爵暗自寻思。

叶潘钦家的别墅是一座豪华别墅，具有一种瑞士农家风味，周围姹紫嫣红、绿树成荫，收拾得十分优雅别致。别墅四周是一座虽然不大，但却十分美丽的小花园。大家跟在公爵那儿一样，全坐在凉台上，不过这儿的凉台略微宽敞些，设备也考究些。

现在的话题，似乎不合许多人的胃口，可以看得出来，这场谈话是由一个双方都忍不住的争执开始的,当然,大家都想改变一下谈话内容,但是,叶夫根尼·帕夫洛维奇却好像越来越固执,也不看看大家的反应。公爵的光临好像更助长了他的谈兴。利扎韦塔·普罗科菲耶芙娜皱紧双眉,虽然他们谈什么她并不全懂。阿格拉娅坐在一旁,几乎缩在角落里,她没有走,她在听,但是小嘴紧闭,始终一言不发。

"且慢,"叶夫根尼·帕夫洛维奇热烈地反驳道,"我没有说过任何反对自由主义的话。自由主义并不是罪过,这是整体的一个必不可少的组成部分,没有它,整体就会瓦解或者僵化。自由主义与最方正贤良的保守主义一样,具有同样的生存权。但是我却要抨击俄国的自由主义,不过我再次重申,我之所以抨击它,无非因为俄国的自由派其实并不是俄国的自由派,而是非俄国的自由派。你们把俄国的自由派请出来,我就立刻当着你们的面亲吻他。"

"还得有个前提,如果他愿意亲吻您的话。"亚历山德拉·伊万诺芙娜异常激动地说,甚至她的两颊也一反平常,堆上了两朵鲜艳的红晕。

"你瞧,"利扎韦塔·普罗科菲耶芙娜暗自寻思,"一会儿浑吃浑睡,推都推不醒,一会儿又猛然奋起,一年就这么一回,说些令人啼笑皆非的话。"

公爵无意中发现,亚历山德拉·伊万诺芙娜似乎很不喜欢看到叶夫根尼·帕夫洛维奇谈笑风生的模样,谈论一个严肃话题时似乎慷慨激昂,同时又好像在开玩笑。

"公爵,您光临之前,我刚刚发表了一个观点,"叶夫根尼·帕夫洛维奇接着说道,"直到如今,俄国的自由派仅仅来自两个阶层:一是过去的地主(已废除),二是学校的学生。[1] 因为这两种人最后都变成了地道的帮派,变成了

---

[1] 这句话中的"学校"指旧俄的宗教学校(正教中学)。两类人暗指在宗教学校读过书的杜勃罗留波夫和车尔尼雪夫斯基以及地主出身的屠格涅夫和萨尔蒂科夫-谢德林。

某种游离于民族之外的特殊阶层，而且愈演愈烈，代代相传，所以无论过去和现在，他们所做的一切完全不是民族的……"

"什么？这么说，所做的一切——一切都不是俄罗斯的？"希公爵不同意道。

"不是民族的。虽然做法是俄国式的，但不是民族的。我国的自由派不是俄国的自由派，我国的保守派也不是俄国的保守派，无一例外……请相信，我们的民族决不承认地主和学生所做的一切，无论现在还是将来……"

"这倒是妙论！如果这么说是严肃的，您怎么能发表这种奇谈怪论呢？我决不能容忍有关俄国地主的这种有悖常理的论点，而且您本人就是俄国地主。"希公爵热烈反对道。

"要知道，我所说的俄国地主，并不是您所理解的俄国地主。这是一个可敬的阶层，仅从我也属于这一阶层便可想见；特别是现在，这一阶层已不复存在的时候……"

"难道我国文学也毫无民族的东西吗？"亚历山德拉·伊万诺芙娜打断他的话道。

"对于文学，我是门外汉，在我看来，连俄国文学也全部不是俄国的，当然罗蒙诺索夫、普希金、果戈理除外。"

"第一，这就不少；第二，其中一人来自民间，其他两人就是地主。"阿杰莱达笑道。

"完全正确，但是不要高兴得太早。因为迄今为止，所有俄国作家中也只有这三人还能够每人说出一些的确属于他自己的、本人的、不是从别人那儿鹦鹉学舌得来的东西，单凭这一点，这三人也就立刻成为民族的了。俄国人中只要有人说出、写出或做出某种自己的、与他自己不可分割的、不是鹦鹉学舌得来的东西，这人就必定会成为民族的，尽管他的俄国话也许说得不地道。我认为这是一条公理。但是我们开始谈的并不是文学,我们开始谈的是社会主义者,并由社会主义者而生发出整个话题。于是我就肯定地说,我国没有一个俄国的社会主义者,现在没有,过去也没有,因为我国的所有社会主义者也来自地主或者学生。所有那些臭名昭著、招摇撞骗的社会主义者,无论是我国本土的还是来自外国的,无非是一些农奴制时代地主出身的自由派。你们笑什么? 你们不妨把他们写的书拿出来,把他们的学说,把他们的回忆录拿出来,我虽然不是文学评论家,但是我可以给你们写一篇鞭辟入里的文学评论,我要明如白昼、一清二楚地证明给你们看,他们所写的书本、小册子、回忆录中的每一页,都首先出自一个俄国前地主的手笔。他们的恼恨、愤怒和俏皮话,都是地主式的(甚至还是法穆索夫[①]以前的地主)! 他们的欢欣、眼泪,真正的也许还是真诚的眼泪,也无非是一个地主流下的眼泪! 一个地主或者学生流下的眼泪……你们又笑了,您也笑了,公爵? 您也不同意我的观点?"

的确,大家都笑了,公爵也微微一笑。

"我还无法直截了当地回答您,我同意还是不同意,"公爵说道,突然收敛了笑容,打了个哆嗦,那副模样活像一个被当场捉住的中学生,"但是我向您保证,我正在兴味盎然地聆听足下的高论……"

他说这话的时候,差点儿没上气不接下气,甚至脑门上都冒出了冷汗。这是他坐在这里迄今为止所说的第一句话。他曾经想看看四周,但又不敢造次。叶夫根尼·帕夫洛维奇发现了他的这一微妙的神态,微微一笑。

"诸位,我要告诉你们一件事实,"他又用原来的腔调接着说道,即一方面似乎异常昂奋和激烈,同时又似乎在嘲笑自己说的话,"对于这一事实的观

[①] 格里鲍耶陀夫的剧本《智慧的痛苦》(又译《聪明误》)中的俄国地主。

察，甚至发现，我认为是我立的一大功劳，甚至只应当归功于我一个人，起码关于这一问题，还没有在任何地方说过或者写过。这一事实道出了我所说的那类俄国自由主义的全部本质。第一，何谓自由主义？如果泛泛而论，无非是攻击（攻击得合理还是错误——这是另一个问题）现有的社会秩序。是不是这样呢？好，我所举的这一事实正在于说明，俄国的自由主义并不是攻击现存的社会秩序，而是攻击我们这个社会最本质的东西，攻击我们的社会本身，而不是仅仅攻击秩序，不是仅仅攻击俄国的秩序，而是攻击俄国本身。我所说的自由派居然发展到否定俄国本身，也就是敌视和鞭挞自己的母亲。俄国每发生一件不幸和挫折，都会使他①欢天喜地，几乎是兴高采烈。他仇恨民间的风俗习惯，仇恨俄国的历史，仇恨一切。如果硬要替他辩护的话，那就只能说他不明白他在做什么，他以为他对俄国的仇恨就是最大最好的自由主义（噢，你们将会在我国常常遇到一种其他人对他拍手叫好的自由派，其实他不过是最荒唐、最迟钝、最危险的保守派，而且他自己还不知道！）。还在不多久以前，我国的某些自由派居然把这种对俄国的仇恨几乎当作对祖国的真正的爱，甚至还自吹自擂地说什么他们比别人看得更清楚什么是爱国。但是现在他们已经比较露骨了，甚至把'爱国'二字也引以为耻，甚至把'爱国'这一概念也当作有害的和渺不足道的东西给清除和取消了。这一事实是确凿的，我坚持这一观点，但是……总有一天，我们必须把真理简单而又坦率地完全说出来。但是，与此同时，这一事实，自古迄今，无论何时何地，在任何一个民族里都没有，也不曾有过，由此可见，这一事实是偶然的，是会转瞬即逝的，这，我同意。任何国家都不会有那种仇恨自己祖国的自由派。可是又该怎样来解释我国发生的这一切呢？只能用我们过去用过的办法来解

---

① 暗指屠格涅夫。参看作者1867年8月28日给迈科夫的信。

释，即俄国的自由派至今还不是俄国的自由派。我看，除此以外，别无解释。"

"我把你说的一切只能当作玩笑，叶夫根尼·帕夫洛维奇。"希公爵一本正经地反驳道。

"我没有见过所有的自由派，因此不敢妄下断语，"亚历山德拉·伊万诺芙娜说，"但是我听了您的想法后感到很气愤：您把个别现象上升为普遍规律，因此是诬蔑。"

"个别现象？啊——啊！这话真是掷地有声啊，"叶夫根尼·帕夫洛维奇接口道，"公爵，足下有何高见，这是个别现象吗？"

"我也应该说，我孤陋寡闻，很少跟……自由派打交道，"公爵说，"但是我觉得您的话可能有几分道理，至于您刚才说的那种俄国的自由主义，的确一部分人有仇恨俄国的倾向，而不仅仅是仇恨它的社会制度。当然，这只是一部分人……至于说全体，这样说自然有欠公允……"

他因难于措辞没有把话说完。尽管他内心很不平静，但是他对谈话还是非常感兴趣的。公爵有一个特点，就是非常淳朴，无论他注意听他感兴趣的问题，还是别人向他提问时他所作的回答，他的态度都非常淳朴。他的脸上，甚至在他身体的姿势上，似乎都反映出他的这种朴实无华和相信他人决不会嘲笑他和讽刺他。虽然叶夫根尼·帕夫洛维奇在跟他说话时总带有几分异样的讪笑，他的这种作风由来已久，可是现在，听了公爵的回答以后，他却立刻收敛起笑容，很严肃地看了看他，好像根本没有料到他会这样回答似的。

"是吗……不过您说得多奇怪呀，"他说道，"您是在当真严肃地回答我的问题吗，公爵？"

"难道您不是在严肃地问我吗？"公爵诧异地反问。

大家都笑了。

"要相信他的话，"阿杰莱达说，"叶夫根尼·帕夫洛维奇一向喜欢拿大家寻开心！您知道，他有时候说话是非常严肃的！"

"我看，这种谈话很枯燥，根本不应该谈它，"亚历山德拉不客气地说，"本来想出去散步……"

"咱们走呀，这夜多美啊！"叶夫根尼·帕夫洛维奇叫道，"但是，为了向诸位证明，我这次说话非常严肃，我主要是为了向公爵证明这一点（公爵，您的话使我很感兴趣，我向您发誓，我决不是表面上的那种空虚的人，虽然我确实是一个空虚的人！）。此外……如果诸位不介意的话，我出于个人好奇，还要向公爵提最后一个问题，咱们说完这事就结束。这问题好像存心似的，两小时前就钻进了我的脑子（公爵，您瞧，有时候我也会思考严肃的问题），这问题我已经解决了，但是让我们来看看，公爵对此有何高见。刚才大家谈到'个别现象'，这话在我国含义深长，而且经常可以听到。前不久，大家都在谈到和写到一个……年轻人一举杀死六个人的可怕的凶杀案，又谈到一位律师的奇怪的辩护词，说什么罪犯处在穷困情况下，也就自然而然会想到去杀这六个人。①这不是他的原话，但意思好像没错，或者大意如此。据我个人看来，这位辩护律师在宣布这一奇怪的看法的时候，一定自以为他说的是当代所能说出的最自由主义、最人道和最先进的思想。嗯，足下对此有何高见：对于概念和信念的这种曲解，而且居然有人会对这类事情产生如此歪曲和如此引人注目的观点，这是个别现象呢，还是普遍现象？"

大家哈哈大笑起来。

"个别现象，当然是个别现象。"亚历山德拉和阿杰莱达笑道。

"叶夫根尼·帕夫洛维奇，请允许我提醒你，"希公爵补充道，"你开的这玩笑是不是太陈腐了呢？"

---

① 指本书第二部第二节讲到的戈尔斯基一案。类似的辩护词刊载在俄国自由派办的报纸《呼声报》1868年5月14日第133号上。

第三部

"足下有何高见，公爵？"叶夫根尼·帕夫洛维奇没听完他的话，就发觉列夫·尼古拉耶维奇公爵向他投来一瞥好奇而又严肃的目光，"您觉得这是个别现象呢，还是普遍现象？我承认，这问题我是特意给您想出来的。"

"不，不是个别现象。"公爵虽然低声，但却坚定地回答。

"哪能呢，列夫·尼古拉耶维奇，"希公爵不无遗憾地叫道，"难道您看不出来，他在存心找您的话把吗？他在挖空心思地取笑您，就想抓住您的笑柄。"

"我认为，叶夫根尼·帕夫洛维奇说话是严肃的。"公爵的脸红了，垂下了眼睑。

"亲爱的公爵，"希公爵接着说道，"您回想一下，大约三个月前吧，有一次我们在一起说过的话，我们俩提到，在我们新成立的年轻法院里，可以说人才辈出，已经出现了许多卓有才华的辩护律师[①]！而陪审员所做的裁决又多么英明！您对此是多么高兴啊，当时，我又多么为您的高兴而高兴……我们说，真令人自豪……而这个措辞欠当的辩护词，这类奇怪的论据，当然是一种偶然现象，只是千千万万之中的极其个别的现象。"

列夫·尼古拉耶维奇公爵想了想，虽然声音很低，甚至还好像怯生生的，但却十分坚定地答道：

"我只是想说，在我国，对观念和概念的曲解（诚如叶夫根尼·帕夫洛维奇所说），是屡见不鲜的，不幸，这不是个别现象，而是非常普遍的现象。如果这种曲解不是这样普遍的话，或许也就不会发生这类令人发指的罪行了……"

"不会发生这类令人发指的罪行？但是我敢肯定，跟这一模一样的罪行，也许还更可怕，过去也屡见不鲜，而且永远会有，不仅我国有，而且到处都有，我看，这类行凶作案还会长时间地不断重演。区别在于，我国过去较少将这

---

① 在19世纪的六七十年代的俄国，关于司法改革（1864年）后的律师制度进行过激烈的辩论，陀思妥耶夫斯基认为当时有些律师在法庭上的辩护，是典型的狡辩。

类案例公之于众，现在则公开谈论，甚至在报上加以披露，因此给人一种错觉，好像这些罪犯现在才开始出现似的。您的错误也就在此，这是一种非常天真的错误，公爵，我不骗您。"希公爵嘲弄地微微一笑。

"我也知道，同样可怕的罪行过去也非常多。不久前，我到过许多监狱，认识了一些罪犯和被告。甚至还有比这主儿更可怕的罪犯，他们分别杀死过十个人，而且毫无悔罪之意。但是我也同时看到这样一点：即使最怙恶不悛和最无悔罪之意的凶犯，也知道他是罪犯，也就是说，他从良心上认为他做得不对，虽然他毫无悔罪之意。而且他们当中每个人都如此。可是刚才叶夫根尼·帕夫洛维奇讲到的那些人，却不肯承认自己是罪犯，反而自以为他们有权……甚至自以为做得很对，也就是说，想法大致如此。我看，最可怕的差别也就在这里。请注意，这些人都是青年，这种年龄最容易受观念歪曲的影响，也最没有防卫能力。"

希公爵已经不笑了，他困惑地听完了公爵的宏论。亚历山德拉·伊万诺芙娜早就想说些什么，但是她没有开口，仿佛有个特别的想法使她欲言又止似的。至于叶夫根尼·帕夫洛维奇，他简直十分诧异地看着公爵，而且这次已经毫无嘲笑之意。

"先生，您为什么这样惊讶地看着他，"利扎韦塔·普罗科菲耶芙娜突然插嘴道，"难道他就比您笨，不能跟您一样思考问题吗？"

"不，您哪，我不是这个意思，"叶夫根尼·帕夫洛维奇说，"不过，我倒要请问，公爵（请恕冒昧），既然您看到并发觉了这一点，您怎么（再一次请您原谅）在这桩奇怪的案例中……也就是前几天发生的那桩……布尔多夫斯基（好像叫这个名字吧）一案中，您怎么就没有发现对观念和道德信念的同样的歪曲呢？要知道，那是一模一样的肆意歪曲啊！我当时就觉得，您似乎完全没有注意到这一点。"

"我说先生,"利扎韦塔·普罗科菲耶芙娜激动地说,"我们大家都注意到了,并且坐在这里,向他大吹大擂,可是他今天却收到了一封信,是他们中间那个首要人物写来的,也就是脸上长粉刺的那个,你记得吗,亚历山德拉?他在信中请求公爵原谅,虽然用的是他自己那种道歉方式,并且告诉他,他已经抛弃了当时唆使他这么干的同伙——你记得吗,亚历山德拉?并且说,他现在更相信公爵的话。而我们还没有收到过这样的信,虽然我们无师自通,在这里趾高气扬,不把他放在眼里。"

"而且伊波利特刚才也搬到我们的别墅来住了!"科利亚叫道。

"怎么!已经来了?"公爵不安起来。

"您跟利扎韦塔·普罗科菲耶芙娜前脚刚走,他后脚就来了,我帮他搬来的!"

"哼,我敢打赌,"利扎韦塔·普罗科菲耶芙娜又激动起来,完全忘了她刚才还夸奖公爵来着,"我敢打赌,他昨天肯定进城爬上阁楼去找他,跪在地下,恳求他原谅,请这个爱发脾气的混账东西赏光,搬到你这儿来住。你昨天是不是进城了?你方才不是还承认了吗?到底去还是没有去?你有没有下跪?"

"根本没有下跪,"科利亚叫道,"恰好相反:伊波利特昨天拉着公爵的手,亲吻了两次,我亲眼看见的,他们之间的误会也就这么消除了。此外,公爵也只是说,如果他搬到别墅去住,病状会减轻些,伊波利特也就立刻同意等他的病好点儿就搬过来住。"

"您用不着,科利亚……"公爵站起来,拿起帽子,喃喃道,"您干吗讲这个呢,我……"

"您上哪儿?"利扎韦塔·普罗科菲耶芙娜阻止道。

"您放心,公爵,"兴高采烈的科利亚接着说道,"您别去打搅他了,他一路来,累了,睡着了。他很高兴,您知道吗,公爵,我看,你们今天不见面会好得多,甚至可以拖到明天,不然的话,他又会难为情的。他今天上午还说,已经整整半年了,他没有感到身体像今天这样好过,人也这样精神,甚至咳嗽也轻多了,减少了一大半。"

公爵注意到阿格拉娅忽然从自己坐的地方走到桌子跟前。他不敢看她,但是他整个身心都感觉到她此刻正在看他,也许神情还很威严,她那乌黑的眼睛里一定充满了愤怒,而且面红耳赤。

"尼古拉·阿尔达利翁诺维奇,我觉得您大可不必带他上这儿来,如果您说的是那个生痨病的,当时痛哭流涕,请我们去参加他的葬礼的年轻小伙子的话,"叶夫根尼·帕夫洛维奇说道,"他当时那么娓娓动听地谈到邻楼的那堵墙,我敢肯定,他现在一定又要思念这堵墙了。"

"这倒是真的:跟你大吵大闹、大打出手之后,便扬长而去,好像就没事了!"

利扎韦塔·普罗科菲耶芙娜说罢,便煞有介事地把针线筐往身边挪了挪,她忘了大家都已经站起身来,要出去散步。

"我记得,他那天对这堵墙自吹自擂了一番,"叶夫根尼·帕夫洛维奇又接口道,"似乎没有这堵墙他就无法在巧舌如簧中死去,而他非常想鼓起如簧之舌死去。"

"那又怎么样呢?"公爵喃喃道,"如果您不想原谅他,他也就只能在您不原谅他的情况下死了……现在,他搬到这里来住,是为了这片树木。"

"噢,就我来说,我原谅他的一切。您可以把这话转告他。"

"这事不应该这么来理解,"公爵低声而又似乎不很乐意地答道,他继续看着地板上的某个点,并不抬起眼睛,"您也应该同意接受他对您的原谅。"

"这跟我有什么关系? 我有什么对不住他的地方?"

"您不明白就算了……不过您心里是明白的。他那天想……祝福你们大家,并得到你们的祝福,就这些……"

"亲爱的公爵，"希公爵跟在座的某些人交换了一下眼色，赶紧小心翼翼地接口道，"人间天堂不是轻易能够达到的，可是您却把希望有点儿寄托在这个天堂上。天堂是可望而不可即的东西，公爵，比您那美好的心灵所想望的要难于达到得多。我们最好不要再幻想了，不然的话，我们也许会无地自容的，到那时……"

"咱们去听音乐吧。"利扎韦塔·普罗科菲耶芙娜生气地从座位上站起来，断然说道。

随她之后，大家也都站了起来。

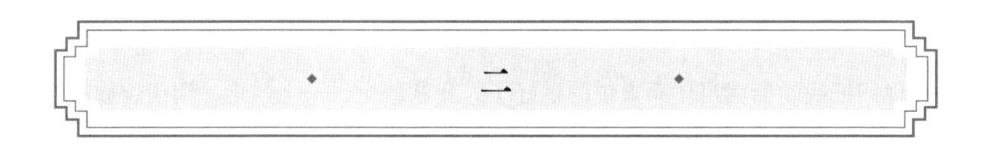

二

公爵突然走到叶夫根尼·帕夫洛维奇面前。

"叶夫根尼·帕夫洛维奇，"他拉住他的手，奇怪而又激动地说道，"请您相信，尽管您有不足之处，但是我认为您是一个极其高尚和非常好的人，请您相信我的话……"

叶夫根尼·帕夫洛维奇甚至惊讶得后退了一步。霎时间，他忍不住想捧腹大笑，但是硬压了下去。他凑近一看，发现公爵似乎有点儿反常，起码有点儿特别。

"我敢打赌，"他大声说道，"公爵，您想说的完全不是这个意思，也许，您这话完全不是对我说的……但是您怎么啦？您感到不舒服？"

"可能，很可能，您一语破的，也许，我想找的并不是您！"

他说完这话，似乎奇怪地，甚至滑稽地微微一笑，但是突然又好像激动起来，叫道：

"请诸位再不要谈起我三天前的所作所为了！对这三天我感到很羞愧……我知道我错了……"

"那……那您到底做了什么可怕的事呢？"

"叶夫根尼·帕夫洛维奇，我看到，您大概因为我而感到无地自容。瞧，您的脸红了，这说明您有一颗美好的心。我马上就走，请放心。"

"他到底怎么啦？难道他每次发病都是这样开头的吗？"利扎韦塔·普罗科菲耶芙娜恐惧地问科利亚。

"请别在意，利扎韦塔·普罗科菲耶芙娜，我没有犯病。我马上就走。我知道，我……有先天缺陷。我生了二十四年病，从出生直到二十四岁。现在你们把我的话就当作病人说的话好了。我这就走，马上就走，请诸位放心。我并不脸红，——因有病而脸红岂不滑稽吗，对不对？——但是我在社会上是个多余的人……我并不是因为自尊心作怪才说这话的……我在这三天里思前想后，终于决定一有机会就把这一切真诚地、坦率地告诉诸位。有这么一些观念，崇高的观念，是我不应该开口谈的，因为我一开口肯定会贻笑大方。希公爵刚才就提醒过我这点……我的举止很不得体，也缺乏分寸感。我说话词不达意，不能表达相应的思想，而这是对这些思想的凌辱。也因为我无权……再说我这人多疑，我……我坚信，在尊府，大家决不会欺侮我，大家都爱我，而且爱我胜过我应该得到的爱，但是我知道（我心里一清二楚），经过二十年的疾病缠身之后，一定会留下某种后遗症，因此我的行为不可能不引起大家哑然失笑……我说有时候……不是这样吗？"

说罢，他便东张西望，仿佛在等候人家的回答和决定似的。大家对于这种出乎意料的、病态的、似乎在任何情况下都是无缘无故的乖常行为都感到既难受又莫名其妙。但是这一乖常行为却引起一段奇怪的插曲。

"您何必在这里讲这种话呢？"阿格拉娅突然叫道，"您何必跟他们讲这个呢？跟他们！跟他们这号人！"

看来，她愤怒已极：她的两眼闪着怒火。公爵站在她面前哑口无言，他的脸唰的一下白了。

"这里没有一个人值得您对他们说这种话！"阿格拉娅发作道，"这里所有的人，所有的人都抵不上您的一个小指头，都赶不上您聪明，赶不上您心好！您比所有的人都诚实，都高尚，都好，都善良，都聪明！您刚才把手帕掉了，这里就有人连弯腰给您拾手帕都不配……您干吗要自轻自贱，把自己看得不如大家呢？您干吗要糟蹋自己的一切，您干吗没一点儿自豪感呢？"

"主啊，简直难以想象！"利扎韦塔·普罗科菲耶芙娜举起两手一拍。

"可怜的骑士！乌拉！"科利亚陶醉地叫道。

"住口！……他们怎么敢在这里，敢在您家公开欺侮我！"阿格拉娅突然冲着利扎韦塔·普罗科菲耶芙娜嚷道，她已经处在一种不顾一切、什么也阻挡不住的歇斯底里状态，"为什么大家无一例外地都来折磨我！公爵，为什么他们接连三天，为了您，跟我纠缠个没完没了呢？我无论如何不会嫁给您！您要明白，我无论如何不会嫁给您，永远不会嫁给您！您要放明白点！难道能嫁给一个像您这样可笑的人吗？您不妨拿镜子照照您现在这副尊容！……他们干吗，干吗戏弄我，说我一定会嫁给您呢？您应该知道！您也是跟他们串通一起的！"

"从来没人逗她，戏弄她呀！"阿杰莱达害怕地嘟嚷道。

"谁也没有想过，也没有说过这样的话呀！"亚历山德拉·伊万诺芙娜叫道。

"谁逗她了？什么时候逗她了？谁会对她说这种话呢？她是不是在说胡话？"利扎韦塔·普罗科菲耶芙娜气得发抖，问大家道。

"所有的人都说了，无一例外，说了整整三天！我永远，永远不会嫁给他！"

阿格拉娅喊完这话后，突然失声痛哭，用手帕盖住脸，跌坐在椅子上。

"而且，他也没向您求过……"

"我也没向您求过婚呀，阿格拉娅·伊万诺芙娜。"公爵突然脱口说道。

"什——么？"利扎韦塔·普罗科菲耶芙娜突然又诧异、又愤怒、又恐惧地拉长声音叫道，"你——说——什——么？"

她简直不相信自己的耳朵。

"我想说……我想说……"公爵战战兢兢地说道，"我只是想对阿格拉娅·伊万诺芙娜说清楚……能够很荣幸地向她说明，我毫无向她求婚之意……将来也永远不敢存此妄想……我对此毫无过错，真的，毫无过错，阿格拉娅·伊万诺芙娜！我从来没有存此妄想，也从来没有这样想过，即使将来也决不敢存此妄想，您会看到的：您放心好了！一定有什么坏人在您面前说了我坏话！您尽管放心！"

他一面说话，一面走近阿格拉娅。她拿开刚才盖住脸的手帕，匆匆瞥了他和他那惊慌失措的身影一眼，琢磨了一下他说的话，突然扑哧一声，冲着他的脸哈哈大笑起来——她笑得那么愉快，那么乐不可支，那么滑稽和充满嘲弄，以至使阿杰莱达第一个忍俊不禁，特别是当她看了一眼公爵的模样之后，便一扭身扑到妹妹身上，搂着她，也像她一样乐不可支地、像个女学生似的哈哈大笑起来。公爵看着她俩笑得前仰后合的样子，自己也突然笑了，并带着一副快乐的、幸福的表情一而再，再而三地说道：

"好了，谢谢上帝，谢谢上帝！"

这时候，连亚历山德拉也忍俊不禁，开心得开怀大笑。这三人的哈哈大笑声似乎永远没完没了。

"哎呀，真是些疯子！"利扎韦塔·普罗科菲耶芙娜喃喃道，"一会儿把人吓得要死，一会儿又……"

但是，连希公爵也笑了，叶夫根尼·帕夫洛维奇也笑了，科利亚也大笑不止，公爵看着大家也哈哈大笑起来。

"咱们去散步吧，去散步吧！"阿杰莱达叫道，"大家一起去，一定要让公爵也跟咱们去。您不用走，您是一个很可爱的人！阿格拉娅，你看他多可爱呀！妈妈，您说对不对？此外，我还一定要，一定要亲吻他和拥抱他，以奖赏——奖赏他刚才对阿格拉娅的表白。妈妈，亲爱的，您让我亲吻他吗？阿格拉娅！就让我吻吻你的公爵吧！"这个爱淘气的姑娘叫道，她果真连蹦带跳地跑到公爵面前，吻了吻他的前额。公爵也拉着她的两只手，紧紧地握了握，使阿杰莱达差点儿没叫出来。他带着无边的欢乐望了望她，突然把她的一只手拉近嘴边，连连亲吻了三次。

"走呀！"阿格拉娅叫道，"公爵，您陪我一起走。这样做可以吗，妈妈？可以让一个拒绝向我求婚的男人陪我一起走走吗？公爵，您不是已经永远拒绝娶我了吗？不是这样，不能这样把胳臂伸给一个女士，难道您不知道应当怎样挽一个女士的胳膊吗？这就对啦，走吧，咱俩走在大伙前面。您愿意走在大伙前面吗，单独在一起？"

她不停地说着，一面说一面咯咯地笑个不停。

"谢谢上帝！谢谢上帝！"利扎韦塔·普罗科菲耶芙娜不停地说道，她自己也不知道为什么这么高兴。

"都是一些十分古怪的人！"希公爵想，自从跟他们结识以来，他也许是第一百遍这样想了，但是……他喜欢这些怪人。至于说公爵，他也许不太喜欢他。当大家都走出门去散步以后，希公爵微微皱起眉头，仿佛有什么心事似的。

叶夫根尼·帕夫洛维奇似乎兴致很好，一路上直到游乐场，他不断引亚历山德拉和阿杰莱达发笑，她们俩对他所说的笑话也仿佛特别乐意笑似的，笑到后来，连他也不由得疑心，她俩也许根本就没听他在说什么。一想到这个，他没有说明理由就蓦地哈哈大笑起来，笑到最后，已经非常真心诚意地在笑了。（他的性格就是这样！）话又说回来，姊妹俩一路兴高采烈，不断瞭望走在前面的阿格拉娅和公爵。看来，小妹妹给她们打了一个大哑谜。希公爵极力跟利扎韦塔·普罗科菲耶芙娜讲一些不相干的话，也许想分散她的注意力，结果却使她腻烦透了。她似乎心里很乱，思想支离破碎，怎么也集中不起来，不是答非所问，就是根本不回答。但是，阿格拉娅·伊万诺芙娜今晚的哑谜还没有到此结束。最后一个哑谜就只落到公爵一个人头上了。当他们俩走出别墅，走了一百来步的时候，阿格拉娅用急促的低语向那噤若寒蝉、一言不发的男伴说道：

"往右看。"

公爵看了一眼。

"注意点儿看。瞧那边公园里，有三棵大树的地方……您看见一张长椅……一张绿色长椅了吗？"

公爵答道："看见了。"

"您喜欢这位置吗？有时候，一清早，早晨七点左右，大家还睡着的时候，我常常一个人跑到这里来坐坐。"

公爵嘟囔道："这位置美极了。"

"现在您离我远点儿，我不想跟您挽着胳膊走路了。要不，还是挎着胳膊走吧，但是不许跟我说一句话。我要一个人想想心事……"

这警告其实是不必要的，一路上，即使没有人命令他不许说话，公爵大概也不会说一句话。他听到关于那张长椅的话后，心开始猛烈地跳动起来。一分钟后，他醒悟过来，惭愧地赶走了自己那种荒唐的想法。

第三部

在帕夫洛夫斯克游乐场，大家都知道，起码大家都这么肯定，平日光临此地的游客比星期天和其他节假日到此地来的人要"上等些"，因为每逢节假日，便人群杂沓，"三教九流的人"从城里蜂拥而来。人们平日来此，虽非节日打扮，倒也服饰优雅。他们是到这里来听音乐的。这里的乐队也许的确是我国公园乐队中较好的一个，经常演奏一些新乐曲。虽然这里总的说来有某种家庭聚会，甚至亲近随便的气氛，但却显得异常庄重典雅。熟人们都是附近的避暑客，到这里来无非为了彼此见见面。许多人很高兴能有这样一个轻松聚谈的机会，他们到这里来仅仅为了以乐会友。但是也有人是完全为了欣赏音乐才来的。吵吵闹闹的事难得一见，但是话又说回来，即使平日，磕磕碰碰的事也是有的，争吵在所难免。

这一回，夜色迷人，而且游客众多。乐队在演奏，乐队周围已经座无虚席。我们谈到的这一伙人坐在略微靠边一点儿的椅子上，挨着游乐场最左边的出口。纷至沓来的人群，优美的音乐，使利扎韦塔·普罗科菲耶芙娜神情开朗了些，也使小姐们的愁闷为之一扫。她们已经跟某些熟人照过面，远远地向某些熟人客气地点过头，已经打量了人们穿的衣服，发现了某些不顺眼的地方，品头论足了一番，讥讽地微微一笑。叶夫根尼·帕夫洛维奇也经常向人家鞠躬问好。阿格拉娅和公爵仍旧待在一起，已经引起了一些人的注目。很快，有些相识的年轻人便走到妈妈和小姐们身边，有两三个人留下来说话，这些人都是叶夫根尼·帕夫洛维奇的朋友。他们中间有一位既年轻而又十分潇洒的军官，性格非常开朗，也十分健谈，他急忙跟阿格拉娅攀谈起来，想方设法极力引起她的注意。阿格拉娅对他很宽容，笑呵呵的，一说话就乐。叶夫根尼·帕夫洛维奇请公爵允许介绍他同这位朋友认识认识，公爵好不容易才弄明白他们要他做什么，但还是彼此做了介绍，两个人互相鞠躬，彼此伸出手去。叶夫根尼·帕夫洛维奇的朋友向他提了一个问题，但是公爵好像没有回答，或者非常怪地嘟囔了一句什么，以至使那位军官莫名其妙地定睛看了看他，接着又扭过头去看了一眼叶夫根尼·帕夫洛维奇，这时他才明白叶夫根尼·帕夫洛维奇想做这个介绍的用意，他会意地微微一笑，又转而跟阿格拉娅说起话来。只有叶夫根尼·帕夫洛维奇一人注意到，阿格拉娅这时候陡地脸红了。

公爵甚至没有发现别人在跟阿格拉娅说话和献殷勤，甚至有时候他也差点儿忘了他就坐在她身边。有时候，他真想离开这里，随便到什么地方去，从这里完全销声匿迹，他甚至希望到一处荒无人迹的地方去，只要能让他独自一人去想他的心事就行，并且不让任何人知道他的行踪，要不的话，至少也让他待在自己家里，待在凉台上，但是必须身边没有任何人，既没有列别杰夫，也没有孩子们。让他倒卧在自己的沙发上，把脸埋进枕头，就这样躺他一天、一夜，再躺上一天。倏忽间，他又浮想联翩，想到那连绵的群山，想到群山中他所熟悉的某个地方，他十分怀念这地方，常常想起它，他过去在国外的时候，也常常喜欢到这地方去，从那儿遥望山下那座村庄，遥望山下那忽隐忽现像一条白带似的瀑布，遥望远处的朵朵白云，遥望那座荒凉的古城堡。噢，他多么想现在能够到那儿去啊，就想一件事①——噢！一辈子就想这个——足够他想一千年！就让，就让这里的人完全忘了他好了。噢，如果他们根本不认识他，而这一切不过是梦幻，这甚至很必要，甚至更好。不过这究竟是梦，还是现实，反正一样！有时候，他又猛然开始端详阿格拉娅，每次五分钟，目不转睛地看着她。但是他的目光十分古怪：他看她的那副神态，就像看一件离他两俄里远的东西似的，或者像看她的肖像画，而不是看她本人。

"您干吗这样看我，公爵？"她蓦地打断跟周围人的愉快的说笑，问他道，

---

① 指想人的生死之谜。

"我真害怕您这模样,老觉得您想伸出手来摸我的脸似的。不是这样吗? 叶夫根尼·帕夫洛维奇,他的眼神多怪呀!"

公爵听到人家跟他说话,似乎很奇怪,他想了想,没完全明白究竟是怎么回事,因此没有回答,但是他看到她和大家都在笑,于是他也咧开嘴笑了起来。周围的笑声更大了。那名年轻军官大概很爱笑,居然扑哧一声大笑起来。阿格拉娅突然愤怒地低声道:

"白痴!"

"主啊! 难道她把这样的 …… 难道她完全疯了吗!"利扎韦塔·普罗科菲耶芙娜暗自咬牙切齿地说道。

"这是说着玩的。就跟那回说'可怜的骑士'一样,说着玩的,"亚历山德拉向她耳边悄悄地断然说道,"没有别的用意! 她又耍她那一套了,拿他寻开心,逗乐。不过这玩笑也开得太出格了。别让她胡闹啦,妈妈! 方才她跟个女演员似的装模作样,淘气得把我们吓了一跳……"

"还好,她骂的是这样一个白痴。"利扎韦塔·普罗科菲耶芙娜向她低语。女儿的话毕竟使她心头轻松了些。

人家管他叫白痴,公爵毕竟还是听见了,他打了个哆嗦,倒不是因为人家管他叫白痴。"白痴"云云他马上就忘记了。但是,在离他坐的地方不远处的人群里,在他侧面的某个地方(他也说不清究竟在什么地方),有一张脸一闪而过,这是一张苍白的脸,头发鬈曲,发色较深,脸上挂着他所熟悉的,非常熟悉的笑容和眼神,—— 这脸一闪而过,霎时就不见了。很可能,这是他想象出来的。而这整个幻象留在他脑海里的,只有那一丝苦笑、一双眼睛,以及系在那一闪而过的先生脖子上的浅绿色的讲究的领带。这位先生究竟是走了还是匆匆走进了游乐场,公爵不得而知。

但是过了一分钟,他突然迅速而又不安地左顾右盼起来,这第一个幻象很可能是第二个幻象的前兆和先驱。肯定是这样。在他们动身来游乐场的时候，他难道就忘了会与他不期而遇吗？诚然，他进游乐场的时候，似乎并不知道他会到这里来——他处在迷迷糊糊的状态。如果他善于或者能够集中精神，注意观察的话，那一刻钟以前他就可能发现，阿格拉娅偶尔也仿佛有点儿不安似的在捎带地左顾右盼，好像也在自己周围寻找什么东西似的。现在，当他的不安变得十分明显的时候，阿格拉娅的激动和不安也随之增长，只要他一回头东张西望，她几乎也会立刻回过头去左顾右盼。随后，这一焦虑很快就得到了证实。

从游乐场最靠边的那道门里，即靠近公爵和叶潘钦一家就座的那道旁门，突然走出了一大群人，起码有十个人左右。走在人群前面的是三个女人，其中两人出落得十分漂亮，因此她们身后跟着一大群爱慕者，也就丝毫不足为怪了。但是这些爱慕者和这些女人却与众不同，跟到这里来听音乐的其他游客也迥然有别。他们立刻几乎被所有的人发现了，但是大部分人极力装出一副根本没有看见他们的模样，除了有几个年轻人，冲他们微微一笑，彼此低声转告着什么。看不见他们是根本不可能的：他们的行动太显眼了，又说又笑，声音很大。不难发现，他们中的许多人喝醉了酒，虽然有些人表面上穿得很讲究、很雅致，但是其中也有不少人外表十分奇特，穿戴也很怪，脸色怪异，而又亢奋。他们中还有几名军人，也有些人已经不年轻了，有些人穿得很舒适，宽袖大袍，衣服缝制得也很讲究，戴着戒指、领扣和袖扣，戴着上好的乌黑油亮的假发，蓄着长长的连鬓胡子，仪表堂堂，虽然让人看了有点儿恶心，上流社会见到这种人，常常像躲避瘟疫一样敬而远之。在我们那些郊外的避暑客中，有些人非常循规蹈矩，名誉也极好，但是，即使最谨慎的人，也无法每分钟都防范从邻家房舍上掉下来的砖头瓦块。可是这块砖头现在却准备落到围坐在乐队周围听音乐的循规蹈矩的听众们头上了。

第三部

从游乐场出来，走到乐队所在地的广场，必须走下三级台阶。可是这群人却在台阶旁停了下来，拿不定主意要不要走下台阶，但是其中一个女人却挺身而出，往前走去，她的随员中敢跟她往前走的只有两个人。一个是模样相当稳重的中年人，从外表看，各方面都很正派，但那模样却像一个十足的孤家寡人，也就是属于那种从不与人交往、任何人也不与他交往的那号人。紧跟在那位女士之后的另一人，是一名外表十分可疑的十足的流浪汉。此外，就再没有人跟在那个怪女人后头了。她走下台阶的时候，甚至没有回过头来看看，仿佛她根本不在乎有没有人跟在她后头似的。她仍旧大声地又说又笑。她的穿戴非常讲究，非常华丽，但略嫌花哨了点儿。她经过乐队向广场的另一端走去，那儿有辆私人马车正在等候什么人。

公爵已经有三个多月没有看见她了。回到彼得堡以后的这些日子，他一直准备到她那儿去；但是，也许有种神秘的预感，使他想去而没有去。起码，他无论如何也想象不出，一旦遇见她，他会产生什么印象，他有时候满怀恐惧地极力想象可能产生的印象。有一点他很清楚——他俩的久别重逢将是痛苦的。在这六个月里，他好几次想起他从照片上看到这个女人的脸时，这脸给予他的最初的感觉。但是，他想起即使在仅由照片而产生的印象中，也有太多的令人痛苦的东西。在外省的那一个月，他几乎每天都跟她见面，这一个月对他的影响是可怕的，可怕到他有时候甚至想驱散对于这个不久以前的时光的回忆。在这女人的脸上永远有一种使他感到痛苦的东西，公爵在跟罗戈任谈话的时候，用一种无限哀怜之感来形容他的这一感觉，这样说是正确的：这张脸还在照片上就曾在他心头唤起过痛苦的哀怜。对于这女人的同情，甚至为这女人而感到的痛苦，从来没有离开过他的心，而且直到现在也没有离开。噢不，甚至比这感情还要强烈。但是公爵并不满意他对罗戈任所说的话，直到现在，直到她现在突然出现的这一刹那，他才明白，也许凭直觉才明白过来，他对罗戈任说的话里究竟缺少了什么。缺少的正是足以表示恐怖的言辞，是的，就是恐怖！他直到现在，直到这一分钟，才完全感觉到了这一点。他相信，而且由于自己的某些特别的原因，他深信，这女人一定疯了。倘若你爱一个女人胜过爱世上的一切，或者预感到有产生这种爱的可能性，可是你却突然看到她钉着脚镣、戴着手铐，关在铁栅栏里，在看守的棍棒下悲惨度日——那么这种印象也许与公爵现在的感觉庶几相近。

"您怎么啦？"阿格拉娅抬头看着公爵，天真地拉了拉他的手，迅速低语道。

他向她转过头来，看了看她，望了望她那乌黑的、此刻在莫名其妙地闪闪发光的眼睛，他想对她微微一笑，但是倏忽间，又好像突然把她忘了，又把眼睛转向左边，又开始跟踪自己那奇特的幻象。这时，纳斯塔西娅·菲利波芙娜正好走过小姐们的座椅。叶夫根尼·帕夫洛维奇在继续跟亚历山德拉·伊万诺芙娜说一件什么事，大概这事很可笑，也很有趣，他说得很快、很兴奋。公爵记得，阿格拉娅倏地低声说道："这女人多……"

这话模棱两可，也没有说完，她蓦地忍住了没再说别的，但是就这点也足够了。纳斯塔西娅·菲利波芙娜旁若无人地走了过去，但是又忽然向他们这边扭过头来，仿佛现在才发现叶夫根尼·帕夫洛维奇似的。

"哎——呀！他不就在这儿吗！"她突然停下来叫道，"这人真是神出鬼没：派多少人出去也找不到他，他倒干脆坐这儿，谁想得到呢……我还以为你在那儿……在你叔叔那儿哩！"

叶夫根尼·帕夫洛维奇面红耳赤，狂怒地看了看纳斯塔西娅·菲利波芙娜，又急忙扭过头去，故意不看她。

"什么？！你难道不晓得？你们想想，他还不知道呢！开枪自杀啦！今天早上你叔叔开枪自杀啦！我还是方才，下午两点的时候听说的，现在已经半个京城都知道了。有人说他亏空了三十五万公款，有人说五十万。我还老指望着，他会留给你一大笔遗产呢，全给他挥霍光啦。这老头子是个老色鬼……好了，再见，祝你好运！你当真不想去吗？怪不得你提前退伍呢，真坏！其实这都是废话，你知道，早知道啦，也许昨天就知道啦……"

虽然在这无耻的纠缠里，在她故意显示本来不存在的交情和亲密无间里，一定另有目的，而且对于这点现在已经毫无疑问了，但叶夫根尼·帕夫洛维奇起初还想置若罔闻，不了了之，对这个故意前来寻衅的女人视而不见，置之不理。但是，纳斯塔西娅·菲利波芙娜的话却像一声霹雳打得他晕头转向，他一听到叔叔死了，脸就唰地白了，白得像块手帕，他不由得向那个报告噩耗的女人扭过脸去。就在这时候，利扎韦塔·普罗科菲耶芙娜迅速从座位上站了起来，并且叫大家跟她一起站起来，从那儿跑了出去。只有列夫·尼古拉耶维奇公爵在原地多待了一秒钟，似乎犹豫不决，叶夫根尼·帕夫洛维奇则仍旧站在那里，还没有从失神状态中清醒。叶潘钦一家离开后，还没走上二十步，就爆发了一场可怕的几乎大打出手的骚乱。

那位曾经跟阿格拉娅说过话的军官，是叶夫根尼·帕夫洛维奇的好友，他看到这情形后怒不可遏。

"应该用马鞭抽她，要不然，降不住这臭娘儿们！"他几乎大声说道。（他想必过去就是叶夫根尼·帕夫洛维奇的心腹。）

纳斯塔西娅·菲利波芙娜顿时向他转过身来，两眼倏地一闪。她向站在离她两步远，但素不相识的年轻人奔过去，那年轻人手里拿着一根小巧的藤编手杖，她从他手里一把夺过手杖，用足气力由斜刺里向那个胆敢侮辱她的军官脸上抽去。这一切都发生在一刹那间……那军官气糊涂了，怒不可遏地向她扑去。纳斯塔西娅·菲利波芙娜的身旁已经没有随从了，那位文质彬彬的中年绅士早已溜之大吉，那位略有醉意的先生则站在一旁，使劲哈哈大笑。再过一分钟，当然，警察就会赶来，但是，此刻，如果没人出乎意料地挺身而出替纳斯塔西娅·菲利波芙娜解围的话,她肯定要吃大亏。公爵也站在离她两步远的地方,他倏地从后面抓住了军官的两只手。那军官一面把自己的一只手挣脱出来,一面使劲推了一下他的胸脯,公爵被他推得倒退三步,跌坐在一把椅子上。但这时纳斯塔西娅·菲利波芙娜的身旁又出现了两个人保护她。站在试图行凶的军官面前的就是那位拳师,也就是读者已经熟悉的那篇文章的作者,罗戈任过去那帮打手中的正式成员。

"我叫凯勒尔,退伍陆军中尉!"他神气十足地做了自我介绍,"如果您有意徒手交战的话,上尉,我将代替这位弱不禁风的女子奉陪到底。鄙人精通全套英国拳术。别推推搡搡的,上尉,我很同情您受了奇耻大辱,但是,我不允许在大庭广众之中对一个女子拔拳相向。堂堂正正的正人君子就应该采取另一种办法,那才是体面的,如果这样——不用说,您应当懂得我的意思了,上尉……"

上尉已经清醒过来,已经不再听他唠叨。这时,从人群里走出了罗戈任,他迅速挽起纳斯塔西娅·菲利波芙娜的胳臂,把她带了出去。罗戈任也似乎受到极大震动,脸色苍白,浑身发抖。他把纳斯塔西娅·菲利波芙娜带走的时候,还恶狠狠地当面嘲笑了那个军官,并用踌躇满志的买卖人的口吻说道:

"得了!活该!瞧你那德行,满脸是血!得了!"

军官已经清醒,已经彻底明白他在跟谁打交道。这时公爵已经从椅子上站了起来,军官客气地(不过用手帕捂住了脸)对公爵说道:

"您就是我刚才有幸结识的梅什金公爵吗?"

"她是疯子!她疯了!真的,请相信我!"公爵不知为什么向他伸出两只发抖的手,用哆哆嗦嗦的声音说道。

"我自然不敢夸口我在这方面是包打听,但是我需要知道您姓甚名谁。"

他点点头,走开了。在最后两位登场人物离开后又过了整整五秒钟,警察才赶到现场。话又说回来，这场争斗的持续时间最多也不超过两分钟。听众之中已经有人站起身来走了，另一些人则挪动了一下位置，还有些人对这次吵闹感到很开心，其余的人则议论纷纷，对此很感兴趣。一句话，事情也就不了了之了。乐队又开始奏乐。公爵跟在叶潘钦母女之后走了出去。如果他被人推倒坐在椅子上的时候，想到或者来得及向左看一看的话，他就会看到，在离他大约二十步远的地方，阿格拉娅正停下来观看这场乱作一团的活剧，这时她母亲和姐姐已经走远了，叫她，她也充耳不闻。希公爵跑到她身边，终于说服了她，劝她快走。利扎韦塔·普罗科菲耶芙娜记得，阿格拉娅回到她们身边的时候，神情十分激动，刚才她们叫她，她大概没有听见。整整过了两分钟，她们走进公园之后，阿格拉娅用平常那种冷漠而又任性的声音说道：

"我想看看这幕喜剧怎么收场。"

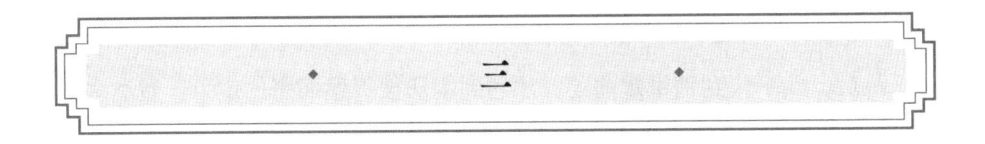

三

游乐场发生的事使母亲和女儿们几乎惊恐万状。在一片惊慌和激动中，利扎韦塔·普罗科菲耶芙娜跟她的女儿们从游乐场出来，差点儿一路跑回家去。按照她的看法和见解，在这件事情中发生和暴露了许多问题，因此，尽管她脑子里一时还理不出头绪，心里又非常害怕，但已经萌生了一些坚定不移的想法。大家也都明白，刚才发生了一件重大的事，也许还算幸运，开始暴露出一个大秘密。尽管过去希公爵一再保证和解释，这回叶夫根尼·帕夫洛维奇还是"被亮了相"，露了馅，暴露在光天化日之下，"正式表明他跟这骚娘儿们有关系"。利扎韦塔·普罗科菲耶芙娜就是这么想的，甚至她的两个大女儿也是这么想的。从这个结论得到的好处，就是一个哑谜接着一个哑谜，把人搞得更糊涂了。小姐们看到妈妈被吓成这副模样，而且如此明显地在逃跑，虽然心里很恼火，但是并未怒形于色，在慌乱之初也没敢问长问短去打搅她。此外，不知为什么，她们总觉得，她们的小妹妹阿格拉娅·伊万诺芙娜，对于这件事要比她们俩和妈妈三个人加在一起知道得还多。希公爵阴阳怪气，闷闷不乐，而且若有所思，好像心事很重。利扎韦塔·普罗科菲耶芙娜一路上没跟他说一句话，而他好像根本就没有发觉这点。阿杰莱达试探地问他："刚才说的是哪个叔叔？在彼得堡究竟出了什么事？"但是他只嘟囔了几句作为回答，露出一副酸不溜丢的苦相，说什么还有待调查等既不肯定也不否定的话，又说这一切当然纯属荒唐，不足挂齿。"这是毫无疑问的！"阿杰莱达回答，除此以外就再没问他什么了。阿格拉娅显得好像特别平静，一路上只说了一句话：她们跑得太快了。有一次，她回过头去，看见了公爵正在追她们。她看到他使劲追她们的那股傻劲儿，嘲弄地微微一笑，从此就再没向他回过头去。

最后，几乎快到别墅跟前了，才遇到刚从彼得堡回来的伊万·费奥多罗维奇向她们迎面走来。他一开口就立刻打听叶夫根尼·帕夫洛维奇出了什么事。但是，将军夫人威严地从他身旁擦肩而过，不回答他的问题，甚至连正眼也没瞧他一眼。他从女儿们和希公爵的眼神中立刻猜到家里风云突变，暴风雨就要来了。但是，即使没有发生上述种种，他自己那副尊容也反映出了一种非同寻常的不安。他立刻挽了希公爵的胳臂，请他在大门旁稍停片刻，几乎用耳语跟他悄悄说了几句话。后来，从他们俩走上凉台向利扎韦塔·普罗科菲耶芙娜跟前走去时那种惊慌不安的模样，不难想象，他们俩都听到了某种惊人的消息，慢慢地，大家一个个都上了楼，聚集在利扎韦塔·普罗科菲耶芙娜身旁，最后在凉台上就只剩下了公爵一个人。他坐在角落里，似乎在等待什么，但是说白了，连他自己也不知道他究竟来干吗。他看到这家上

Ф. Достоевский

她从他手里一把夺过手杖，用足气力由斜刺里向那个胆敢侮辱她的军官脸上抽去。这一切都发生在一刹那间……

Идиот

上下下一片混乱，根本就没想到要走。他似乎忘记了整个宇宙，不管人家让他坐哪儿，他都会一直坐下去，哪怕一连坐上两年，也不会动窝。他有时候听到楼上传来一阵阵惊慌的谈话声。他自己也说不清他在这里坐了多少时候。天色渐晚，天已经完全断黑了。阿格拉娅蓦地走出来，上了凉台，从外表看，她很平静，虽然面色有点儿苍白。阿格拉娅显然没有"料到"会在这里遇到公爵，而且坐在犄角的一把椅子上。她看到他后，微微一笑，似乎很尴尬。

"您在这里干吗？"她走到他身边。

公爵不好意思地嘟囔了一句什么，从椅子上跳起身来，但是阿格拉娅立刻挨着他坐下，他只好又坐了下来。她很注意地突然打量了他一眼，然后望望窗外，仿佛毫无所思，接着又扭过头去望了望他。"也许，她想取笑我吧，"公爵不由得想道，"不会的，要笑，当时她早笑了。"

"也许，您想喝点儿茶吧，我让她们端茶来。"她沉默片刻后说道。

"不——不，……我不知道……"

"哎呀，这事怎么能不知道呢！啊，对了，我想问您一句话：如果有人找您决斗，您准备怎么办？方才我就想问您。"

"那……这人是谁呢……谁也不会找我决斗的。"

"嗯，如果有人找您决斗，咋办？您一定很害怕吧？"

"我想我会很……很害怕的。"

"当真？那您是胆小鬼啰？"

"不——不，也许不是的。胆小鬼是那种因怕而逃跑的人，至于怕但是并不逃跑，这人还不能算胆小鬼。"公爵寻思片刻后，莞尔一笑。

"那，您不会逃跑吗？"

"也许不会逃跑。"他终于对阿格拉娅的问题笑了出来。

"我虽然是女人，但是决不逃跑，"她几乎生气地说道，"不过您在笑我，而且按照您的老习惯,矫揉造作,以便引起人们对您的更大兴趣。请问:开枪的间距通常是十二步吗?是不是有相距十步开枪的?这么说,这是非死即伤,无可幸免啦?"

"决斗时,大概很少命中。"

"怎么很少命中?普希金不是被打死了吗。"

"也许,这是偶然的。"

"完全不是偶然的,那是一场你死我活的决斗,因此他被打死了。"

"子弹命中的位置很低,大概,丹特士①瞄准的位置要高些,对准了胸部或者头部,谁也不会像那颗子弹命中时那样瞄准的,因此,子弹打中普希金很可能是偶然的,打偏了。这可是一些内行人告诉我的。"

"我曾经跟一个当兵的聊过天,他告诉我,当他们散开射击时,根据操典,特意命令他们向半身瞄准,用他们的说法就是'半身射击'。可见,既不是向胸部,也不是向头部,而是特意命令他们向半身射击。后来我又问过一个军官,他说此言有理,正是这样。"

"如果远距离,当然是对的。"

"那您会开枪吗?"

"我从来没打过枪。"

"难道连装子弹都不会?"

"不会。就是说,这事应该怎么做,我懂,但是我自己从来没装过。"

"嗯,这样。这么说,您不会。因为这需要实践!您听着,并且牢牢记住:首先,您要买一点儿好的手枪火药,不要买湿的(据说,不能用湿的,要很干很干的),要买小颗粒的,您一定要买这种,不要买开炮用的。至于子弹,

---

① 在决斗中杀死普希金的法国保皇党人,他自法国七月革命后逃亡俄国。

据说是自己想办法浇铸的。您有手枪吗？"

"没有，也不需要。"公爵蓦地笑了。

"哎呀，别废话了！一定要买：买好的，法国的或者英国的，据说，这是最好的手枪。然后，拿一丁点儿，也许，两丁点儿火药，装进去。还是多装点儿好。用一块毛毡压紧（据说，不知为什么一定要用毛毡），这东西哪儿都能弄到，床垫里有，或者从门上抽点儿出来，人们有时候用毡包在门上。把毛毡塞进去后再装子弹，——听好，先装火药，再装子弹，不然的话，打不出去。您笑什么？我希望您每天练几次射击，而且一定要学会命中目标。办得到吗？"

公爵含笑不语，阿格拉娅气得跺了跺脚。她说这话时那种一本正经的样子，使公爵感到有点儿奇怪。他隐隐约约地感到，他应当向她打听些什么事，问她什么话——反正是比怎么装手枪更要紧的事。但是，这一切都从他脑子里飞出去了，此时，他感觉到的只有一点：她坐在他面前，他望着她，至于她究竟说了些什么，此时此刻，对于他，几乎无所谓。

终于有人走下楼来，上了凉台，这人是伊万·费奥多罗维奇。他双眉深锁、忧心忡忡，但又毅然决然地准备到什么地方去。

"啊，列夫·尼古拉耶维奇，是你呀……现在上哪儿？"他问道，尽管列夫·尼古拉耶维奇根本就没想离开，"咱俩一起走，我有句话要告诉你。"

"再见。"阿格拉娅向公爵伸出了手，说道。

凉台上已经相当黑，公爵此刻看不大清她的脸。少顷，他跟将军已经走出了别墅，这时，他突然满脸绯红，紧紧攥住自己的右手。

原来，伊万·费奥多罗维奇跟他同路。尽管时间已晚，伊万·费奥多罗维奇还是急着要出去找个什么人，谈件什么事。但是眼下，他却突然跟公爵攀谈起来，他的话说得既快又慌慌张张，而且前言不对后语，谈话中常常提到利扎韦塔·普罗科菲耶芙娜。如果公爵这时候能够注意一点，也许，他不难看出，伊万·费奥多罗维奇想要顺便向他刺探些什么，或者不如说，想开门见山地问他一些什么，但是他说来说去，总也说不到最主要的点子上。说也惭愧，公爵精神恍惚，一开始的时候，甚至什么也没听见，等将军在他面前停下脚步，向他提了一个十分激动的问题时，他才不得不向将军承认，他什么也没听懂。

将军耸了耸肩膀。

"你们简直变成了怪人，而且在所有方面，"他又开口说下去，"我刚才对你说，我不明白利扎韦塔·普罗科菲耶芙娜到底在想什么和担心什么。她歇斯底里，哭哭啼啼，说什么我们丢人现眼，受尽了奇耻大辱。谁丢我们的脸？怎么丢我们的脸？跟谁？什么时候？又因为什么？我承认，我有错（这点，我是意识到了的），有很大错误，但是，这个……不安分的女人（加之行为恶劣）的一再纠缠，说到底，是可以叫警察来加以限制的，我今天就打算去见一个人，跟他打声招呼。一切都可以平平静静、和和美美，甚至客客气气地经由后门处置好，决不会闹出丢人现眼的事。至于将来从此多事，有许多事说不清，这我也同意。这里一定有阴谋。但是，如果对这事一无所知，当然也就无从说清楚。如果我没听见，你没听见，他没听见，其他人也什么都没听见，那么我倒要请问，到底是谁听见了呢？照你看来，这应该做何解释呢？除非十有八九，此事乃捕风捉影，压根不存在，就像，比如说，月光……或者，别的幽灵。"

"她是疯子。"公爵嘟囔道，突然痛苦地想起了不久前发生的一切。

"如果你说的是那女人，咱俩想到一块去了。我多多少少也曾经有过这样的想法，于是我也就心安理得地睡着了。但是我现在看到，她们想的也许更有道理，因此也就不信她疯了的说法了。退一步说，就算这女人爱找碴儿吧，她精于此道，决不会是疯子。就拿她今天说的卡皮通·阿列克谢伊奇那件事说吧，就是有力的证明。就她来说，是存心坑人，起码行为狡诈、别有用心。"

"您说哪位卡皮通·阿列克谢伊奇？"

"哎呀，我的上帝，列夫·尼古拉耶维奇，你根本没听我说话呀。我一开头就跟你谈到这个卡皮通·阿列克谢伊奇的事。我大吃一惊，直到现在，我的手脚还在发抖。就是因为这事，今天我才在城里给耽搁了。卡皮通·阿列克谢伊奇·拉多姆斯基，就是叶夫根尼·帕夫洛维奇的叔叔呀……"

"是吗！"公爵叫起来。

"他今天早晨开枪自杀了呀，一大早，七点钟。一个受人敬重的老头儿，行年七十，伊壁鸠鲁主义者①——她说得一点儿没错——一笔公款，很大的款子！"

"她到底从哪儿……"

"从哪儿知道的吗？哈哈！要知道，她刚一出现，她四周就形成了一个参谋部。你知道，是些什么样的人现在经常登门拜访她，寻求'荣幸'地一睹芳颜吗？她自然会从客人那里听到些什么，因为现在全彼得堡已经都知道了，而这帕夫洛夫斯克也已经有一半人知道了，说不定全帕夫洛夫斯克都知道了。听人家告诉我，她提到军服的事，也就是叶夫根尼·帕夫洛维奇未雨绸缪，先行退伍的事，这看法多细呀！这种旁敲侧击也太阴险了嘛！不，这不能表明疯狂。我当然不信叶夫根尼·帕夫洛维奇能够未卜先知，早就知道即将大祸临头，也就是说，早知道某年某月某日七点钟会发生什么事，等等，等等。但是，他可能会预感到这一切。可是我，我们大家和希公爵，还指望他叔叔会留给他一份遗产呢！可怕！太可怕了！不过话又说回来，你要明白，我毫无责怪叶夫根尼·帕夫洛维奇之意，我急于向你说明这点，但是话又说回

---

① 指爱寻欢作乐的享乐至上主义者。

来，这终究可疑。希公爵非常吃惊。这一切发生得也太怪了嘛。"

"但是叶夫根尼·帕夫洛维奇的行为究竟有什么可疑之处呢？"

"毫无可疑之处！他的所作所为非常光明磊落。我也没做任何暗示。我想，他本人的财产不会有丝毫损失。不用说，利扎韦塔·普罗科菲耶芙娜听都不想听……但是重要的是，所有这些家门不幸，或者最好说是所有这些闲言碎语，叫人简直不知道怎么称呼它好了……说句掏心窝的话，列夫·尼古拉耶维奇，你是我们家的朋友，想想看，原来是这么回事，虽然并不确凿：似乎叶夫根尼·帕夫洛维奇在一个多月前就已经向阿格拉娅求过爱，但他得到的却似乎是她的断然拒绝。"

"不可能！"公爵激动地叫起来。

"你难道知道什么吗？你瞧，亲爱的，"将军猛地一怔，感到很吃惊，他目瞪口呆地停下脚步，站在原地不动，"我也许不该对你信口开河，说了一些不成体统的话，但是这无非是因为你……你……可以说吧，是这样的人。也许，你知道什么特别的情况吗？"

"关于叶夫根尼·帕夫洛维奇……我什么也不知道。"公爵嘟囔道。

"我也不知道！她们想把我……小老弟，简直想把我活埋了，她们这样干的时候都不肯想想，一个人落到这样的地步心里有多难受，我肯定会受不了的。刚才又大吵大闹了一场，闹得不可开交！我是把你当亲儿子一样跟你说这话的。主要是，阿格拉娅似乎在笑话母亲。说什么她大约在一个月前似乎拒绝了叶夫根尼·帕夫洛维奇，又说什么他俩做过一次相当正式的谈话——这是两个姐姐作为一种猜测……不过是很肯定的猜测说出来的。但是，要知道，这孩子非常任性，而且爱幻想，真叫人一言难尽！她待人宽厚，心肠好，人也聪明——这一切在她身上也许都有，但是与此同时，任性而又爱挖苦人——总之，是一种魔鬼般的性格，再加又爱幻想。刚才她当面笑话她母亲，笑话她姐姐，笑话希公爵，对我就更不用说了，她很少有不笑话我的时候，但是我能拿她怎么样，谁让我喜欢她呢，甚至她笑话我，我也喜欢她——似乎正因为这点，这小鬼也特别喜欢我，也就是说，她似乎喜欢我胜过喜欢其他所有的人。我敢打赌，她一定抓住什么事尽情地取笑过你了。方才，在楼上大吵大闹之后，我又碰到你们俩在谈话，她跟你坐在一起，好像若无其事似的。"

公爵满脸通红，攥紧右手，但是一言不发。

"我亲爱的、好心肠的列夫·尼古拉耶维奇！"将军蓦地动情地、热烈地说道，"我……甚至还有利扎韦塔·普罗科菲耶芙娜本人（话又说回来，她又开始糟蹋你了，而且还捎带上了我，都是为了你，但是到底因为什么，我也说不清），我们毕竟是爱你的，真心真意地爱你和尊敬你，尽管表面上看去你也不无缺点。但是，你得承认，亲爱的朋友，你自己也得承认，突然冒出了个让人猜不透的哑谜，听到这样的话怎能叫人不懊丧呢：这小鬼也真沉得住气（因为她当着母亲的面，对我们提的所有问题，特别是对我提的问题，摆出一副极端蔑视和不屑一顾的样子，因为我，让魔鬼把我抓去吧，突然犯傻，想要摆出一副一家之长的威风来——唉，瞧我这股傻劲），这个冷血动物似的小鬼，突然嘲笑地宣布，说那个'疯女人'（她就是这么说的，我感到纳闷，她竟跟你说的话如出一辙，她说：'难道你们至今都没能看出这点来吗？'），那个疯女人'竟异想天开，无论如何想让我嫁给列夫·尼古拉耶维奇公爵，因此她要把叶夫根尼·帕夫洛维奇从我们家撵出去'……她竟说了这话。此外，没做任何解释，只哈哈大笑，我们目瞪口呆，张口结舌，她却砰的一声带上门，出去了。后来，有人告诉我她跟你不久前发生的那件怪事……还有……还有……我说亲爱的公爵，你不心胸狭窄，而是个很有头脑的人，你身上的这一特点我早就发现了，但是……请不要见怪：真的，她在取笑你，像小孩似的取笑你，因此你也不必生她的气，但确实是这样。你也不必胡思乱想——她无非是在拿你、拿我们大家寻开心，因为无事可做。好了，再见！你知道我们的感情，我们对你的真诚的感情吗？这种感情是始终不渝的，无论何时何地……但是……我要往这边走了，再见！我很少像现在这样心绪不宁、魂不守舍①（俗话是怎么说来着？）……住别墅竟住到这份上了！"

公爵独自一人留在十字路口，向四下里张望了一下，迅速穿过马路，走近一家别墅的亮着灯光的窗口，打开刚才跟伊万·费奥多罗维奇谈话时一直紧紧攥在右手里的小纸条，凑近微弱的灯光，读道：

明晨七时，我将在公园的绿色长椅上等您，不见不散。我决定和您谈一件跟您直接有关的非常重要的事。

又及：希望您不要把这张字条给任何人看，虽然给您下这样的指示我感到很惭愧，但是转而一想，对您别无他法，因此就写了，——同时，我也为您那可笑的性格感到脸红。

又又及：就是不久前我指给您看的那张绿色长椅。您应当感到害羞！我不得不给您加上这句话。

这张便条很可能是阿格拉娅临来凉台前匆匆写成的，折得也马马虎虎。公爵心里有一种说不出的、仿佛恐惧似的激动，他又把那张字条紧紧攥在右手里，像个受了惊吓的小偷似的赶紧离开窗口，离开灯光。但是就在他这么做的时候，突然跟一位出现在他身后、紧挨着他的先生贴面相撞。

"公爵，我一直在保护您。"这位先生说道。

---

① "魂不守舍"的原文是一句成语，直译应为"不在自己的盘子里"，源出法文"ne pas être dans son assiette"。

"是您呀,凯勒尔?"公爵惊讶地叫起来。

"公爵,我一直在找您。我先是在叶潘钦家的别墅旁等候您,自然,我进不去。后来您跟将军一路走出来的时候,我就跟在你们后面。公爵,我听候您的差遣,让凯勒尔做什么都可以。如果有此必要,我甘愿为您牺牲一切,甚至死。"

"这又……干吗呢?"

"嗯,一定会找您决斗,这个莫洛夫措夫中尉。我认识他,不过并无私交……他这人不是好惹的。对我们这号人,也就是对我和罗戈任,不用说,他看得一文不值,也许,我们本来就是堆废物,因此,必须对此负责的就剩下您一个人了。这笔酒钱得归您付了①,公爵。他问了您的姓名,我听见了。大概,他的朋友明天就会光临府上,也许现在已经在恭候大驾了。如果您肯赏脸选我做证人的话,我甘愿为您效劳,即使戴上红帽子②也在所不惜。因此我才来找您,公爵。"

"连您也说决斗了!"公爵忽然哈哈大笑起来,这使凯勒尔感到非常惊奇。他笑得前仰后合。凯勒尔自我推荐要在决斗中充当证人,在未得到满足前简直如坐针毡,现在他看见公爵乐不可支,哈哈大笑,几乎生起气来。

"可是,公爵,那会儿您可是抓住了他的手的。一个贵族,在大庭广众之中,对于这样的事是很难容忍的。"

"他还推了我的胸部呢!"公爵笑嘻嘻地叫道,"我们俩没必要决斗! 我去向他赔个礼,不就完了。如果硬要决斗,那就决斗吧! 让他开枪,我还巴不得呢。哈哈! 我现在会装手枪了! 您会装手枪吗,凯勒尔? 应当先买点

---

① 源出法文成语"payer les bouteilles",这里的意思是:必须对所发生的事情负责,或决斗,或赔礼道歉。

② 指因参与决斗而被抓去当兵,以示惩罚。

儿火药，手枪用的火药，不要买湿的，也不要买开炮用的大颗粒的，然后先装火药，再从房门上随便揪下块毛毡，然后把子弹塞进去，不能先装子弹再装火药，因为这样做打不出去。哈哈！难道这不是非常有道理吗，我的朋友凯勒尔？啊，凯勒尔，您知道吗，我现在多么想拥抱您，吻您啊。哈哈哈！那会儿，您怎么会突然出现在他面前的？请您赶快到我那里去喝香槟酒吧。咱们一醉方休！您知道吗，在列别杰夫的地窖里，我放了十二瓶香槟酒。这是前天，也就是我搬到列别杰夫别墅来的第二天，他'碰巧'卖给我的，于是我就全买下了！我要请大家伙都来！怎么，今天晚上您准备睡觉吗？"

"跟往常一样，公爵。"

"好，那就祝您睡个好觉！哈哈！"

公爵穿过马路，转眼之间便消失在公园里，把有几分疑惑不解的凯勒尔一个人留在那里，摸不着头脑。他还没见过公爵这样异样地兴高采烈，在此以前简直无法想象。

"也许在发热病，因为这人有点儿神经质，这一切对他刺激太大了，但是，当然，他决不会临阵退缩。这些人嘛，也不是胆小鬼，真的！"凯勒尔寻思道，"哇，香槟！这倒是个令人感兴趣的消息。十二瓶，一打，不错，这倒是支可观的驻防军。我敢打赌，列别杰夫一定是作为抵押品把这批香槟酒给收下的。唔……话又说回来，这位公爵相当可爱，说真格的，我就喜欢这样的人。不过，不要浪费时间了……既然有香槟酒，可真是来得早不如来得巧哇……"

至于公爵似乎在发热病，不用说，这话言之有理。

他在黑魆魆的公园里走来走去，走了很久，最后，他"发现自己"漫步在一条林荫道上。在他的意识里只留下回忆：他沿着这条林荫道，从那张长椅到一株高大而又醒目的古树，总共大约走了一百步，而他在这条林荫道上已经来回走了三十次或四十次了。在这公园里，他至少徘徊了一小时，至于在这整整一小时里他到底在想什么,他怎么也记不起来,即使他想记起来,记忆中也一片茫然。然而,他忽然发现自己在想一件事,这事使他捧腹大笑,虽然这事并没什么可笑的,但是他忍俊不禁,总想笑。他不由得想象,关于可能发生决斗的这一推测,恐怕不仅在凯勒尔一人的头脑里可能产生,因此,关于如何装手枪这事,恐怕也决不是偶然的……"哦!"他蓦地停下脚步,产生了另一想法,若有所悟,"她方才下楼,上了凉台,发现我坐在角落里,居然十分惊讶,于是就笑了……还问我要不要喝茶。要知道,那时候她手里已经有这张字条了,可见,她一定知道我坐在凉台上,那她干吗要表示惊讶呢?哈哈哈!"

他从口袋里掏出那张字条,亲吻了一下,但是又立刻停下了脚步,陷入沉思。

"这多么奇怪!这多么奇怪呀!"一分钟后,他喃喃自语道,甚至带着某种忧伤:在强烈感受到欢乐的时刻,他自己也不知道为什么常常感到忧伤,他定睛看了看周围,感到很惊讶,他怎么会跑到这里来的。他感到很疲倦,走到长椅旁,坐了下来,周围非常静。游乐场的音乐会已经结束。公园里也许已经一个人都没有了。当然,这时决不会少于十一点半。夜很静,很暖和,也很亮①——这是一个六月初的彼得堡之夜,但是在枝叶繁茂、绿荫蔽天的公园里,在他所在的林荫道上,却几乎一片漆黑。

如果这时候有人对他说,他已经坠入情网、在热恋,他一定会惊讶地对这一想法嗤之以鼻,也许还会很气愤。如果有人加上一句,说什么阿格拉娅的这张便条是一封情书,是约他幽会的,他一定会因这人的无礼而感到受了奇耻大辱,也许还会向这人挑战,跟他决斗。这一切是完全真诚的,他一次也没疑心过,也决不允许自己有丝毫"双重"的想法,自以为这姑娘有可能爱

---

① 彼得堡在6月初逐渐进入白夜。

上他，或者甚至是他有可能爱上这姑娘。这姑娘可能爱上他，爱"一个像他这样的人"，他会认为，这是件荒诞不经的事。如果这里当真有什么的话，那也无非是她闹着玩和逢场作戏罢了。但是他对这种淘气本身，抱着一种完全无所谓的态度，并认为这太合乎情理了，完全不足为奇。而他自己日夜操心的完全是另外一件事。方才，将军十分激动，脱口而出，说什么她在嘲笑大家，特别是在嘲笑他，嘲笑公爵——这话他完全相信。他对于这事并不感到受了丝毫侮辱；照他看来，这是理所当然的。对他来说，一言以蔽之，最主要的是，明天一早，他又可以见到她了，他将挨着她坐在那张绿色长椅上，听她讲人家怎样装手枪，看她，瞧她。除此以外，他一无所需，也一无所求。她究竟打算跟他说些什么，那件与他直接有关的要紧事又究竟是什么？这个问题曾在他脑子里闪现过一两次。此外，人家找他去，说有"要事"相商，他一分钟也没有怀疑过确有这件"要事"存在，但是现在关于这件要事，他几乎完全没有去想，甚至没有感到有一丝一毫想它的冲动。

　　林荫道的沙地上传来轻轻的脚步声，促使他抬起了头。有个人走到长椅旁，在他身旁坐了下来。在黑暗中很难看清这人的脸。公爵急忙向那人挪近一点，几乎紧挨着，才看清罗戈任那张苍白的脸庞。

　　"我早料到你一定会在这里的什么地方遛弯儿，不费力气就找到了。"罗戈任含含糊糊地嘟囔道。

　　自从他们在旅馆楼道狭路相逢以后，他们还是第一次见面。罗戈任的突然出现使公爵吃了一惊，公爵一时间思想集中不起来，一种痛苦感又在他心里复活了。罗戈任想必心里也明白他的突然出现所产生的影响。虽然他起初有点儿前言不对后语，说话时也似乎摆出一副做作出来的十分随便的样子，但是公爵很快就感觉到，他没有任何做作的地方，甚至也没有任何特别的窘态。如果说在他的姿势和谈话中显得有点儿别扭的话，那也无非表面看上去如此罢了。这人的心态是不可改变的。

"你怎么……会在这里找到我的？"公爵没话找话地问道。

"听凯勒尔说的（我上别墅找你来着），他说：'到公园去了。'嗯，我想，果然不出所料。"

"什么叫'果然不出所料'？"公爵惊慌地抓住这句脱口而出的话。

罗戈任微微一笑，但笑而不答。

"我收到了你的信，列夫·尼古拉耶维奇。你这又何苦呢……大可不必！……现在我就是从她那儿跑来找你的：她一定让我来叫你，有话要告诉你。她请你今天就去。"

"我明天去。我现在要回家。你……上我那儿去吗？"

"去干吗？要说的话我全说了。再见。"

"难道你不肯去？"公爵低声问他。

"你这人真怪，列夫·尼古拉耶维奇，你做的事真叫人纳闷。"

罗戈任挖苦地微微一笑。

"为什么？你为什么现在还对我抱有这么大的敌意？"公爵伤感而又热烈地接口道，"你现在自己也明白，你所想的一切都不是真的。不过我想，你之所以至今没有消除对我的敌意，你知道为什么吗？你曾加害于我，因此你怀恨在心，念念不忘。跟你实说了吧，我只记得一个罗戈任，也就是那天与我交换十字架，结拜为兄弟的帕尔芬·罗戈任。我已经把这话在昨天那封信里告诉你了，目的就是使你忘了这件荒唐事，想也不用去想它，从此再不要跟我提起这事。你干吗老躲着我？你干吗不肯伸出手来跟我言归于好呢？实话对你说吧，当时发生的一切，我始终认为是一件毫无意义的荒唐事。我现在对你那天的心情了然于胸，就像了解我自己一样。你自以为存在的东西，实际上并不存在，也不可能存在。我们之间的敌意又何必存在下去呢？"

"我哪儿会有什么敌意!"罗戈任又笑了,他用笑来回答公爵这篇突如其来的热情演说。他确实后退了两步,把手藏在背后,躲着他。

"我现在根本就不应该再上你那里去,列夫·尼古拉耶维奇。"最后,他慢条斯理而又带着教训人的口吻加了一句。

"难道就这么恨我?"

"我不喜欢你,列夫·尼古拉耶维奇,因此我又何必上你那里去呢?哎呀,公爵,你就像个小孩,想要玩具——就得给你立刻拿来,放在你眼前,可是却一点儿不懂事。你现在说的话,已经在信里一字不差地告诉我了,难道你的话我还信不过?你说的每句话我都信,并且知道你从来不骗我,将来也不会骗我。尽管如此,我还是不喜欢你。你在信中写道,你把一切都忘了,只记得有个结拜的兄长罗戈任,而不记得当时曾经举起刀来想干掉你的那个罗戈任。你怎么会知道我当时的心情呢?(罗戈任又苦笑了一下。)至于我,也许从那时起,我一次也没有认为那件事做错了,可是你却把你那饶恕弟兄的话①给我捎了来。也许,那天傍晚,我想的已经完全是另一回事,而关于这事……"

"都忘了去想!"公爵接口道,"还用说吗!我敢打赌,你那天就直接坐火车到帕夫洛夫斯克来听音乐,就跟今天似的,混在人群里,注视着她,盯着她。哎,你不这样才怪呢!要是你那天不处在这样的状态,只能想一件事,也就不会向我举刀砍来了。那天一早,我瞧着你那模样就有一种预感。你知道你当时是什么模样吗?交换十字架的时候,我脑子里就有这个想法在蠕动。你当时为什么要带我去见老太太呢?想以此来束缚自己的手脚吗?说你曾经有过这样的想法,这是不可能的,只不过感觉到罢了,像我一样……我们当

---

① 源出《新约·马太福音》第十九至二十二章:"那时彼得进前来,对耶稣说:'主啊,我弟兄得罪我,我当饶恕他几次呢?到七次可以吗?'耶稣说:'我对你说,不是到七次,乃是到七十个七次。'"

时的感觉雷同。假如你当时不曾想加害于我（上帝把你的手挪开了），我现在在你面前又将成为什么样的人呢？要知道，不管怎样，我反正怀疑你，怀疑你迟早会这么干，可见我们俩犯的罪是相同的，二者如出一辙！① （你不要皱眉！唉，你笑什么呢？）你说：'并无认错之意！'即使你想这么做，恐怕也无法认错，因为还要加上一个你不喜欢我。即使我在你面前像天使一样无罪，你还是会讨厌我，只要你认为她爱的不是你，而是我，你就饶不了我。可见，这是嫉妒。不过话又说回来，这星期我想了很多，帕尔芬，我告诉你：你知道吗，也许她现在最最爱的是你，甚至是这样，她越折磨你，就越爱你。她是不会把这话告诉你的，但是你必须有看到这点的本领。她为什么到头来还是决定嫁给你呢？她迟早会把这个道理亲自告诉你的。有些女人就愿意人家这样爱她们，而她也就是这样性格的女人！而你的性格和你的爱，应当反过来征服她！你知道吗，一个女人能够用残忍和嘲笑来折磨一个男人，而不感到任何于心有愧，因为她每次瞧着你那痛苦的模样就想：'我现在虽然折磨他，使他痛不欲生，但是我以后会用我的爱给他补偿的……"

罗戈任听完公爵的话后哈哈大笑。

"怎么样，公爵，你是不是自己也碰到过这样的女人呢？如果传言非虚，那我也听说过一些关于你的事。"

"什么，你能听到什么？"公爵突然打了个哆嗦，停下脚步，感到非常尴尬。

罗戈任继续大笑不止。他不无好奇，也许还不无愉快地听完了公爵的话。公爵快乐而又热烈兴奋的话使他很吃惊，也使他很振奋。

"不仅听到了，而且现在还亲自目睹了这话不假，"他又补充道，"你什么时候像现在这样说过话？这样的话好像不是从你嘴里说出来似的。我要是没有听

---

① 按基督教教义：不能怀疑他人，否则与犯有此罪的人同罪。

到关于你的这类传闻,我也就不会到这里来了,而且是半夜三更跑到公园里来。"

"我一点儿都不明白你的意思,帕尔芬·谢苗内奇。"

"她早就对我说过你的情况,方才我又亲眼看到了你跟那位小姐坐在一块儿听音乐。她向我对天发誓,昨天和今天都向我发誓,说你像只猫似的爱上了阿格拉娅·叶潘钦娜小姐。公爵,对于这事我完全无所谓,而且这也不是我管得了的:即使你不爱她了,但是她还没有不爱你呀。你也知道,她一定要成全你和那姐的婚事,她下过这样的保证,嘿嘿! 她对我说:'办不到这点,就不嫁给你,他俩进教堂①,咱俩也进教堂。'这到底是怎么回事,我不懂,也从来没有弄懂过:要不就是爱你爱得没了边,要不就是 …… 既然爱你,为什么又要让你跟别人结婚呢? 她说:'我希望看到他幸福。'可见,她爱你。"

"我对你说过,也写信告诉过你,她 …… 精神失常。"公爵痛苦地听完了罗戈任的话后说道。

"上帝知道! 这事也许你弄错了 …… 不过,今天,当我把她从音乐会带走的时候,她向我说定了办喜事的日子:三星期后,也许不出三星期,她说,咱俩一定结婚。她发了誓,取下圣像吻了它。这么着,公爵,现在就看你啦,嘿嘿!"

"这全是胡说! 你刚才说的关于我的事,永远,永远办不到! 明天我就上你们那儿去 ……"

"她怎么是疯子呢?"罗戈任说,"其他人都认为她神经正常,怎么唯独你一个人认为她是疯子呢? 那她怎么会写信到那里去呢? 如果是疯子,人家从信上也看得出来的呀。"

"什么信?"公爵害怕地问道。

"写到那里去的,给那位小姐,那位小姐也看了。你难道不知道? 嗯,

---

① 指去教堂举行婚礼。

迟早会知道的，她一定会亲自拿给你看的。"

"这事简直叫人没法相信！"公爵叫起来。

"唉！你呀，列夫·尼古拉耶维奇，看来，这条道你跑得还太少，依我看，你还只能算新手。慢，你可以雇个私人侦探嘛，也可以亲自出马，日夜守着她嘛，把她的一举一动都探听清楚，只要……"

"行了，再不要提这事了！"公爵叫起来，"我说帕尔芬，你没来以前，我刚才在这里走来走去，突然笑了，笑什么，我也不知道，笑的原因是我想起了明天恰好是我的生日。现在差不多十二点了，走吧，去庆祝我的生日！我有酒，咱们一醉方休，你来祝贺我，可是我自己现在也不知道应该祝贺我什么，你一定要祝贺我，我也要祝你大喜。要不然，就把十字架还我！要知道，第二天①你并没有把十字架托人还给我呀！你不是戴着它吗？你现在还戴着吗？"

"戴着。"罗戈任说。

"那好，咱们走吧。你不来，我就不想去迎接新生活了，因为我的新生活开始了！帕尔芬，你不知道我的新生活今天开始了吗？"

"现在我亲眼看到，也亲自知道你的新生活开始了。我就这样去向她报告。但是你若有所失，完全变了样，列夫·尼古拉耶维奇！"

四

公爵陪同罗戈任走近自己别墅的时候，异常惊讶地发现，他那凉台上灯

---

① 指罗戈任和公爵结拜兄弟后又企图刺杀公爵的第二天。

火通明，高朋满座，人声鼎沸。一大群人在高高兴兴地哈哈大笑，又喊又唱，看上去似乎在争论什么问题，争得不可开交，一看就令人感到，他们正在非常快乐地消磨时光。果然，他走上凉台后发现，大家在喝酒，喝香槟，似乎已经喝了很久了，在饮酒作乐的人中，已经有许多人变得十分兴奋。所有的来客都是公爵的熟人和朋友，但奇怪的是，他们怎么会一下子全来了，好像受到了邀请，可是公爵并没有请任何人，连自己的生日也是他刚才无意中想起来的。

"你大概向谁宣布过，说你要开香槟酒，因此他们全跑来了，"罗戈任跟随公爵之后走上凉台时嘟囔道，"他们这副德行咱知道，只要对他们吹声口哨，就屁颠屁颠地全来了……"他似乎怀着敌意地补充道，显然想起了他不久前的情况。

大家都用欢呼和祝贺迎接公爵，把他团团围住。有些人吵吵嚷嚷，十分热闹，有些人则安静得多，但是大家一听说今天是公爵生日，就都挤过来祝贺他。有些人的在场，比如布尔多夫斯基，使公爵很高兴。但是最令他惊讶的是，这伙人里面居然有叶夫根尼·帕夫洛维奇，公爵看到他后差点儿不相信自己的眼睛，几乎吓了一跳。

就在这时候，列别杰夫喝得满脸通红，几乎手舞足蹈地跑过来解释，他已经醉态可掬，喝得相当可以了。从他唠唠叨叨的话里可以听出，大家不约而同地到这里来是十分自然的，甚至可以说是不期而遇。傍晚前，最先来的是伊波利特，他觉得自己的病好多了，想坐在凉台上等公爵回来。他斜躺在沙发上，然后列别杰夫，接着是他全家，也就是伊沃尔金将军和他的几个女儿，下楼来看他。布尔多夫斯基是陪伊波利特一起来的。加尼亚和普季岑是路过这里，顺道来访，似乎也刚来不久（他们来的时候正是游乐场出事那工夫）。接着，凯勒尔来了，告诉了大家今天是公爵的生日，要求开香槟。叶

第三部

夫根尼·帕夫洛维奇也是顺道来访，刚来约莫半小时。喝香槟以示祝贺，此举主张最力的是科利亚。列别杰夫也就痛痛快快地把酒拿了出来。

"不过，拿的是我自己的，自己的！"他大着舌头对公爵说，"由我做东，以示祝贺，一会儿还要上甜食，上下酒菜，这事小女正在张罗。公爵，您知道时下流行的是什么话题吗。您总记得哈姆雷特'生存还是毁灭？'这句名言吧。这是当代的热门话题，您哪，热门话题！提问与回答……捷连季耶夫先生很感兴趣……都不想睡了！香槟他只呷了一口，不会影响健康的……公爵，您坐过来点儿，给我们说说您的高见！大家都在等您，等着听您的远见卓识……"

公爵发现薇拉·列别杰娃那可爱而又亲切的目光，她也急急忙忙地穿过人群挤上前来。公爵置众人于不顾，第一个向她伸出手去，她高兴得满脸通红，祝愿他"从这天起幸福美满，万事如意"。说完这话后就一溜烟跑进了厨房，她正在那儿准备下酒菜，在公爵到来之前她就开始忙活了——刚才她好不容易才撂下手里的活儿，跑出来一会儿——跑到凉台上，费了老大劲听那些略带醉意的客人热烈地争论那些她听来十分奇怪、玄之又玄的问题。她妹妹张着小嘴，在邻近的一间屋子的箱子上睡着了，但是那小男孩，列别杰夫的儿子，却站在科利亚和伊波利特身旁，从他那兴奋的脸色看得出来，他准备一动不动地站在那里边听边欣赏，哪怕一直站下去，连续站上十个小时也不嫌累。

"我一直在等您，看见您回来时十分幸福，感到分外高兴。"公爵在紧接薇拉之后，走过去跟伊波利特握手时，伊波利特道。

"您怎么知道我'十分幸福'呢？"

"从您脸上看得出来。您向诸位先生问候之后，赶快坐到我们这边来。我一直在等您。"他又加了一句，特别强调他在等他。公爵说："你坐到这么晚，可别影响健康呀！"他回答说他自己也觉得奇怪，三天前他就想死了，可是今天晚上却觉得好多了，而且从来都没这么好过。

布尔多夫斯基迅速站起来，嘟囔地说，他是"这样的……"，他和伊波利特一起……是"陪他来的"，他也很高兴；又说他在信中"说了些废话"，而现在"简直很高兴……"他没把话说完就紧紧握了握公爵的手，坐到椅子上。

公爵跟大家寒暄完毕后，走到叶夫根尼·帕夫洛维奇跟前。叶夫根尼·帕夫洛维奇立刻挽起了他的胳膊。

"我只要对您说两句话，"他低声道，"有个非常重要的情况，咱俩先到一边去，就一会儿。"

"就两句话。"另一个声音在公爵的另一只耳朵旁低声说道，接着另一只手从另一边挽起了他的胳膊。公爵诧异地发现一个头发蓬乱、面孔通红、向他边使眼色边笑的人，公爵立刻认出这人是费德先科，也不知道从哪儿冒出来的。

"记得费德先科吗？"这人问。

"您从哪儿冒出来的？"公爵叫道。

"他悔不当初！"凯勒尔跑过来叫道，"他躲在一边，不敢出来见您，躲在那边旮旯里，他追悔莫及，公爵，他自觉有罪。"

"他有什么错呢，这是哪儿的话呀？"

"我碰到了他，公爵，我刚才碰到了他，就把他带来了。他是我的朋友中少有的……但是他后悔了。"

"看到二位，我很高兴，请过去坐，跟大家坐一块儿，我马上回来。"公爵终于甩开了他们，匆匆向叶夫根尼·帕夫洛维奇走去。

"府上真有意思，"叶夫根尼·帕夫洛维奇说道，"我很高兴地等了您半个来小时，终于把您等来了。是这么回事，亲爱的列夫·尼古拉耶维奇，我已经跟库尔梅舍夫把一切都谈妥了，所以特地前来请您放心，您大可不必担心，他对这件事的态度还是很讲道理的，更何况，依我看，也是他自己不对。"

"跟哪位库尔梅舍夫？"

"就是今儿傍晚您抓住他手的那位呀……他非常恼火，本来明天就想派人到府上来要求解释。"

"啊，真荒唐！"

"不用说，这事很荒唐，真要闹起来，结果也一定很荒唐。但是咱们这儿，这帮人就这德行……"

"您到这儿来也许另有贵干吧，叶夫根尼·帕夫洛维奇？"

"噢，不用说，是有一点儿别的事，"他笑道，"亲爱的公爵，明天一大早我就要动身到彼得堡去办那件倒霉事了（嗯，也就是我叔叔那事），您想想：这一切都是确凿的，而且，除了我以外，大家都已经知道了。这一切使我吃了一惊，我都来不及上那儿（叶潘钦家）去了，明天我也去不了，因为我要去彼得堡，您明白吗？我也许有三两天不在这里——一句话，我的事有点儿憷头。虽然这事并不非常重要，但是我还是认为有必要跟您开门见山地谈谈，而且还要不失时机，也就是在离开这里以前跟您解释清楚。如果您不介意，我现在先坐一会儿，等这帮人散了以后再说。何况，除此以外，我也无处可去。我非常激动，反正躺下也睡不着。最后，我这样死乞白赖地缠着人家，虽然于心有愧，也不够正派，但是我还是要坦率地告诉您:我是来寻求您的友谊的，我的亲爱的公爵，您是一个无与伦比的好人，也就是说，无论何时何地都不撒谎，也许根本就不会撒谎，而我现在有件事需要找个朋友商量商量，因为我现在倒霉透了……"

他又笑起来。

"糟就糟在这里，"公爵沉思有顷，"您想等他们散了以后再说，可是上帝知道他们什么时候散。倒不如咱俩现在到公园里去，让他们稍候片刻，我表示一下歉意就行了。"

"不——不，我这样做自有道理，我怕人家怀疑咱俩心急火燎地要谈什么事，别有用心。这里有人对咱俩的关系非常感兴趣——您不知道这情况吗，公爵？倒不如让他们看到咱俩的关系本来就非常好，而不是需要紧急修补，这样要好得多——您明白吗？再过两三个小时，他们也就散了，到时候，我再打扰您二十分钟，嗯——半小时吧……"

"好，那就请便，即使您不解释，我也太高兴了，对于您所说咱俩关系友好等美言，在下不胜感激之至。请原谅我今天心不在焉，您知道，不知道为什么我这时的注意力怎么也集中不起来。"

"看出来了，看出来了，"叶夫根尼·帕夫洛维奇带着一种微微嘲笑的神态嘟囔道，"今天晚上，你老乐呵呵的。"

"您看出什么来了？"公爵蓦地一怔。

"亲爱的公爵，您没有怀疑，"叶夫根尼·帕夫洛维奇没有直接回答他的问题，继续笑道，"您没有怀疑，我到这里来的目的无非是想欺骗您，顺便向您刺探些什么情况吗，啊？"

"您想来探听些什么，这是毫无疑问的，"公爵终于笑起来，"甚至于，也许，您还想来稍稍地骗我一下。但是这有什么，我不怕您。再说，我现在怎么着都无所谓，您信不信？而且……而且……而且因为我首先深信，您毕竟是个非常好的人，说不定咱俩当真能成为好朋友。我非常喜欢您，叶夫根尼·帕夫洛维奇，您……依我看，是个很，很正派的人！"

"嗯，跟您打交道，不管打什么交道吧，至少十分愉快，"叶夫根尼·帕夫洛维奇最后说道，"咱们走吧，我要为您的健康干杯，我能跟您交往感到非常满意。啊！"他突然停下来，"这位伊波利特先生搬到您这里来住了？"

"是的。"

"我看，他还不至于马上死吧？"

"什么？"

"没什么，随便说说，我在这里跟他待了半小时……"

伊波利特在这段时间里一直在等公爵，当公爵和叶夫根尼·帕夫洛维奇在一旁说话的时候，他不断地望着他们俩。当他们俩回到桌子跟前的时候，他十分激动，顿时兴奋起来。他的神情不安而又兴奋，额上渗出了虚汗。他的眼睛在闪闪发光，除了经常流露出一种迷惘的不安以外，还流露出一种隐隐约约的不耐烦。他的目光漫无目的地从一件东西转到另一件东西，从一张脸转到另一张脸上。虽然他至今一直在积极参加大家七嘴八舌的谈话，但是他的兴奋还是忽冷忽热。说实在的，他神情恍惚，对谈话也似听非听，他的争论东一榔头西一棒槌，冷嘲热讽而又漫不经心地标新立异，似是而非。他常常没把话说完，就把一分钟前自己狂热地发表过的看法弃之不顾。公爵惊讶而又惋惜地发现，这天晚上，大家竟不加劝阻地让他喝了两大杯香槟，而且现在摆在他面前的那杯已经喝过几口的酒，已经是第三杯了。但是他发现这点已经是后来的事了，当时，他的观察力并不很强。

"您知道吗，您的生日恰好在今天，我感到非常高兴！"伊波利特大声说。

"为什么？"

"您以后会知道的，快坐下来。第一，因为您的……那帮人，都来了。我早料到会有人来的，我生平第一次猜对了。遗憾的是我不知道今天是您的生日，不然的话，应当带点儿礼物来……哈哈！是的，我也许会带礼物来的！离天亮还有多长时间？"

"离天亮两小时都不到了。"普季岑看了看怀表说。

"眼下，何必等天亮？天不亮，外面也能看见书。[①]"有人指出。

---

① 指彼得堡著名的白夜——黄昏还未过去，就紧接着出现黎明。

"因为我要看看太阳喷薄欲出的情景。公爵,您以为怎样,可以为太阳的健康干杯吗?"

伊波利特的问话很生硬,对大家都不客气,仿佛在向别人发号施令似的,可是,好像,他自己并没有发现这一点。

"也行,咱们为太阳干杯,不过您应该保持平静,伊波利特,行不行?"

"您总让我睡觉,公爵,您成了我的保姆了!等太阳一出来,天上'发出声响'(谁在诗歌里这么说的'在天上,太阳发出了声响'①?虽然没意义,却很美!),咱们就睡觉。列别杰夫!太阳不是生命的源泉吗?《启示录》里所谓'生命的源泉'指什么呢?公爵,您听说过'苦涩星'吗?"

"我听列别杰夫说,这颗'苦涩星'就是遍布欧洲的铁路网。"

"不,对不起,不能这样,您哪!"列别杰夫叫道,他跳起来,连连摆手仿佛想阻止刚才引起的哄堂大笑似的,"对不起,跟这些先生……所有的先生,"他蓦地转过身来对公爵说,"要知道,无非在某些方面是这样,您哪……"他说罢便不懂礼貌地在桌上连敲了两下,这使大家更加乐不可支。

列别杰夫虽然处在往常的"晚间"状态②,但这次却过于兴奋了,加之受到在此以前长时间的"学术"辩论的刺激——在这种情况下,他对自己的论敌一向抱着毫不掩饰的无边轻蔑。

"这样做欠妥,您哪!公爵,我们在半小时前就已经约定,别人说话的时候不得打岔,不得哈哈大笑,要让人家把话说完,然后,即使是无神论者,只要他们愿意,也可以反驳。我们曾公推将军做主席,可不是吗!要不然,成何体统?要不然,任何人的话都可以打断,而且正当他在阐述崇高而又深

---

① 源出歌德《浮士德》的开篇《天上序幕》,俄译者为尼·亚·霍洛德科夫斯基(1858—1921)。

② 指喝得醉醺醺的。

刻的思想的时候……"

"您说嘛，说下去嘛，没人打断您！"好几个声音说道。

"说下去吧，不过别信口开河。"

"'苦涩星'到底是怎么回事？"有人问道。

"我一窍不通！"伊沃尔金将军回答，他神气活现地坐在不久前公推他做主席的那个座位上。

"我最爱听这些争得面红耳赤的辩论了，公爵，我指的自然是学术辩论，"这时凯勒尔嘟囔道，他兴致勃勃而又迫不及待地在座位上扭来扭去，"学术辩论和政治辩论，"他突然转过身去对叶夫根尼·帕夫洛维奇说，叶夫根尼·帕夫洛维奇几乎就坐在他身旁，"您知道吗，我最爱读报纸上有关英国议会的报道了，有意思的不是他们在议论什么（您知道，我不是政治家），最有意思的是他们怎样彼此说明自己的看法，可以说，作为政治家的谈吐和风度吧，比如：'坐在对面的尊贵的子爵'，'同意愚见的尊贵的伯爵'，'以自己的提案使欧洲感到吃惊的我的尊贵的论敌'，就是说，所有这类谈吐，自由人民的这一套议会制度——正是这点使吾辈感到神往！我感到迷醉，公爵。内心深处，我永远是个艺术鉴赏家，我向您起誓，叶夫根尼·帕夫洛维奇。"

"照这种说法，这成什么了，"加尼亚在另一个角落里激动地说，"照您的说法，铁路成为可诅咒的，它给人类带来毁灭，它是落到地上，搅浑'生命的源泉'的祸根，是不是？"

这天晚上，加夫里拉·阿尔达利翁诺维奇特别兴奋，公爵觉得他甚至很快活，几乎兴高采烈。他跟列别杰夫自然是开玩笑，存心逗他，但是说到后来，他自己也激动起来。

"不是铁路，不是的，您哪！"列别杰夫反驳道，在怒形于色的同时，又感到十分心满意足，"仅仅是铁路，还不至于搅浑生命的源泉，而是把这一切加在一起，统统是可诅咒的，我们最近几个世纪以来的整个趋向，整体说来，即在科学和实践两方面，也许的确是可诅咒的，您哪。"①

"是真该诅咒呢，还是仅仅是也许？在当前的情况下，这是非常重要的。"叶夫根尼·帕夫洛维奇问。

"该诅咒，该诅咒，千真万确地该诅咒！"列别杰夫狂热地肯定道。

"别急嘛，列别杰夫，每逢上午，您的脾气要好得多。"普季岑笑嘻嘻地说道。

"可是每到晚上要坦白些！每到晚上要诚恳些、坦白些！"列别杰夫转过身来对他热烈地说道，"忠厚些、明朗些、诚实些、可敬些，虽然我这样说可能给你们以可乘之机，但是我不在乎。我现在要向你们大家，向所有的无神论者挑战：你们准备用什么来拯救世界，你们究竟给世界找到了一条怎样正当的路？——我倒要请问你们这些搞科学、搞工业、搞各种联合会、领取工资等等的人，用什么？用信贷？什么是信贷？信贷究竟会把你们带到什么地方去？"

"瞧您那刨根问底的劲儿！"叶夫根尼·帕夫洛维奇说。

"我的意见是，谁不关心这类问题，谁就是上流社会的二流子！"

"信贷起码可以促进利益的普遍一致和均等。"普季岑说。

"仅此而已，岂有他哉！除了满足个人的私利和物质需要以外，不承认任何道德基础？普遍和平和普遍幸福，均出于这一需要！我斗胆请问，亲爱的先生，您的意思我了解得对不对？"

"要知道，吃、喝、住是人类的普遍需要，说到底，一种最完全而又科学的信念就在于，没有利益的普遍结合和协调一致，您就无法满足这些需要，看来，这是一个很有道理的想法，足以成为人类未来几个世纪的立足点和'生

---

① 列别杰夫认为欧洲产业革命以来的整个人类文明发展，如果缺乏道德基础，便是万恶之源，是社会上各种罪恶的渊薮。

命的源泉'"。"已经十分激动的加尼亚说道。

"吃、喝这种需要，无非是一种自我保存感……"

"即使是自我保存感，难道还少吗？要知道，自我保存感是人类的正当法则……"

"这话是谁告诉您的？"叶夫根尼·帕夫洛维奇蓦地喊道，"不错，这是法则，但是破坏的法则，也许还有自我破坏的法则也同样是正当的。难道就只有自我保存是人类的正当法则吗？"

"嘿！"伊波利特叫道，他向叶夫根尼·帕夫洛维奇迅速转过身子，以一种强烈的好奇心打量着他。但是他看见叶夫根尼·帕夫洛维奇在笑，也笑了起来，接着他又推了推站在他身旁的科利亚，问他现在几点了，甚至亲自伸出手来，把科利亚的银表拉到跟前，贪婪地看了看时针。接着，他似乎忘掉了一切，在沙发上伸直身子，把手枕在脑后，开始看天花板。半分钟后，他又坐在桌旁，正襟危坐，注意地听已经激动到极点的列别杰夫的絮叨。

"这一说法是居心叵测和嘲弄人的，是一种使人难堪的想法！"列别杰夫紧紧抓住叶夫根尼·帕夫洛维奇的奇谈怪论，"这一说法是别有用心的，目的在于挑动敌对双方大打出手，——但是这一想法却是有道理的！因为您是上流社会中专爱嘲笑别人的人，是一名骑兵军官（虽然并非没有才能！），而且您也不知道您的这一想法有多深刻，有多正确！是的，您哪。自我破坏的法则和自我保存的法则，在人类中起着同样的作用！魔鬼同样统治着人类，直到我们不知道的那个时间的界限①。您在笑？您不相信有魔鬼？不相信有魔鬼是法国人的思想，是一种浅薄的思想。您知道什么是魔鬼吗？您知道他叫什么名字吗？您连他的名字都不知道，却嘲笑他的外形，跟伏尔泰那样，嘲

---

① 指世界末日，魔鬼被投入火湖受永刑。参见《新约·启示录》第十二章第十二节："只是地与海有祸了，因为魔鬼知道自己的时候不多，就气忿忿地下到你们那里去了。"

笑你们杜撰出来的魔鬼的蹄子、尾巴和双角①。恶魔乃一种神通广大和可怕的精灵,而不是你们杜撰出来的长着蹄子和双角的怪物。但是现在的问题不在魔鬼!……"

"您凭什么说现在的问题不在魔鬼呢?"伊波利特蓦地叫道,好像突然犯病似的哈哈大笑。

"这说法很妙,而且别有所指!"列别杰夫夸奖道,"但是,问题并不在此,我们的问题是'生命的源泉'是否枯竭了,随着……"

"随着铁路的到处出现?"科利亚叫道。

"并不是铁路这一交通工具,狂热的年轻小伙子,而是这整个潮流,也就是铁路可能给它充当所谓图像这一艺术表现形式的整个潮流。据说,它车声隆隆、来去匆匆,为的是造福人类! 一位退隐的思想家抱怨道:'人类变得太喧闹、太工业化了,缺乏精神上的安宁。'另一位周游列国的思想家胜利地回答他道:'让它去闹吧,但是,给饥饿的人类运去粮食的火车的隆隆声,或许,远胜于精神上的安宁。'他说罢便趾高气扬地扬长而去。我列别杰夫纵然鄙陋,我就不相信那些给人类运粮的火车! 因为给全人类运粮的火车,倘若缺乏行为的道德基础,很可能十分冷漠地把人类的大部分排除在享有这些粮食的权利之外,而这一情形已屡见不鲜……"

"火车这大车会十分冷漠地排除?"有人接茬儿问道。

"这一情形已屡见不鲜,"列别杰夫不理睬这一问题,重申道,"已经有过一位自称人类朋友的马尔萨斯②。但是,道德基础摇摇欲坠的人类的朋友,便是食人生番,且不说他的虚荣心,因为人类的朋友数不胜数,但是您只要伤害他们当中任何一人的虚荣心,他们就会出于浅薄的报复心,立刻准备四处

---

① 这是一般基督徒心目中的魔鬼形象。
② 马尔萨斯(1766—1854),英国经济学家,马尔萨斯人口论的创立者。

放火，焚烧世界，——不过说句公道话，我们中间的任何人也一样，其中也包括我这个最最卑贱的小人，因为我也许会头一个抱来劈柴，然后逃之夭夭。但是问题也不在这里！"

"那到底在哪里呢？"

"真没意思！"

"问题在于数世纪前发生的一则奇闻，因为我必须向诸位讲一讲发生在数世纪前的这则奇闻。在当代，在我们祖国，我希望，诸位，你们跟我一样热爱我们的祖国，因为就我而言，我甚至愿意流尽我的全部鲜血……"

"说下去！说下去！"

"在我们祖国，正如在欧洲一样，据可能做到的统计，也根据我的记忆所及，现如今，每隔四分之一世纪，换句话说，就是每隔二十五年，不会更多，人类就会遇到一次普遍的、饿殍遍地的、可怕的饥荒。这数字正确与否，我无意争论，但是相比之下，这算极少的了。"

"跟什么相比？"

"跟十二世纪和跟它前后相邻的几个世纪相比。因为当时，据著作家们的记载和证言，每隔两年，最多每隔三年，人类就会遇到一次普遍的饥荒，因而在这样的情况下，迫于无奈，人甚至采取了人吃人的办法，虽然秘而不宣。有这么一个寄生虫，临近晚年，谁也没有强迫他，就自动宣布，他在艰难困苦的漫长一生中，在严守秘密的情况下，竟亲手弄死并吃掉了六十名修士和若干名俗家婴儿——最多不过六名，也就是说，与他吃掉的神职人员相比，数目要小得多。至于成年的俗家人，据了解，他倒从来没有抱着这一目的去碰过。"

"这不可能！"身为主席的将军差点儿用非常生气的声音叫道，"诸位，我常常跟他讨论和争辩诸如此类的说法，但是他常常说些荒诞不经和不堪入耳的事，毫无真实可言！"

"将军！想想围困卡尔斯的事，那才叫荒唐哩。诸位，你们迟早会知道，我的这段奇闻是毫不夸张的事实。我要说，几乎任何现实，虽然自有它无可争辩的法则，但是几乎永远是不可思议的和似乎不真实的。甚至越现实，有时显得越不真实。"

"难道真能吃掉六十名修士吗？"周围的人笑道。

"显然，他不是一下子把他们全吃掉，也许在十五年或二十年间才吃掉这么多，那就完全可以理解，而且是一件十分自然的事了……"

"还自然？"

"就是自然嘛！"列别杰夫以一种学究式的固执反唇相讥道，"除此以外，天主教的修士，就其本性来说，天生容易上钩而又十分好奇，可以轻而易举地把他们骗进森林或者随便什么背静的地方，然后用上述办法杀而食之，——至于被吃掉的人是不是显得太多了，甚至达到了食人无算、漫无节制的地步，对此我无意争论。"

"诸位，这是真的也说不定。"公爵蓦地说道。

在此以前，他一直默默地听着争论双方的意见，无意介入谈话。常常，紧接着一声哄堂大笑之后，他也发出会心的微笑。看得出来，他看见大家这么开心、这么热闹，非常高兴；甚至看见他们开怀畅饮，也非常高兴。整个晚上，他一句话不说也可以，但是不知怎么一来，他突然想说话了。他的话说得非常严肃，以致大家都好奇地突然转过头来看他。

"诸位，我想说的是，过去的确常常发生这样的饥荒。虽然我对历史知之甚少，不过这样的事我也听说过。看来，想必是这样的。我曾经到过瑞士的山区，非常吃惊地看到一座座古代骑士的废弃的城堡，这些城堡建筑在山坡上，下临悬崖峭壁，这些悬崖至少有半俄里高（如果从盘山小道攀援而上，足有好几俄里高）。城堡是什么，不言而喻：就是一大堆石头。工程浩大，令人难以想象！这当然都是那些贫苦的农奴建造的。再说，他们还要缴纳各种赋税，养活神职人员。他们哪里还能养家糊口和种地呢？他们当时的人数很少，想必活活饿死了，也许根本就没有东西吃。我有时候甚至想：在当时，这些人怎么没有完全绝种呢，他们居然没有出什么事，他们是怎么咬牙挺过来的呢？肯定有一些视人命如草芥的人，也许这种人还很多，列别杰夫在这一点上无疑是对的。不过我不明白，他为什么偏偏要把修士拉扯进来，他想用这事说明什么呢？"

"他大概想借此说明，在十二世纪只有修士尚可一吃，因为只有修士身上有膘。"加夫里拉·阿尔达利翁诺维奇说。

"这说法极妙，而且很有见地！"列别杰夫叫道，"因为他根本就没有碰过俗家子弟。在六十名神职人员中居然没有一名俗家子弟，这是一种可怕的想法，富有历史观的想法，由统计得出的想法，最后，便由一位能人根据这样的事实写成了历史，因为他把下面这件事提高到数学般精确，即神职人员起码比当时的所有其他人过得幸福、舒适六十倍。也许起码比所有其他人也要胖六十倍……"

"夸大了，夸大了，列别杰夫！"周围的人哈哈大笑。

"我同意，这是一个具有历史观的想法，但是您究竟要说明什么呢？"公爵继续问道。（他说话的态度十分严肃，大家都在嘲笑列别杰夫，但是他对列别杰夫却毫无取笑和嘲弄之意，在这帮人的普遍调侃声中，他说话的口吻听起来就不由得有点儿滑稽了。再过不大一会儿，大家就会反过来嘲笑他了，但是他对这点却视而不见。）

"公爵，难道您看不出来他是个疯子吗？"叶夫根尼·帕夫洛维奇向他弯过腰去说道，"方才这里有人告诉我，他想当律师和发表辩护演说想得发了疯，他还想去参加考试。我倒想看看他怎么出洋相。"

第三部

"我要得出一个重大结论，"这时，列别杰夫大声吼道，"但是先让我们分析一下案犯的心理和法律状况。我们看到，这一案犯，或者可以称之为我的当事人吧，尽管他再也找不到其他吃的东西，在他那奇异经历的整个过程中，他也曾经几次表露出悔罪之意，即放弃吃神职人员。我们从下列事实可以清楚地看到这点：我曾经提到，他毕竟吃了五名或六名婴儿，相比较而言，这一数字微不足道，但是从另一方面说，还是意味深长的。看得出来，他受到可怕的良心谴责（因为我的这位当事人是笃信宗教的、有良心的，我将在下面向诸位证明这点），他为了尽可能减轻自己的罪孽，作为尝试，他六次将吃修士改为吃俗家人。至于说这是一种尝试，那是没有疑问的，因为如果仅仅为了改换一下口味，那六名婴儿这一数字就未免太微不足道了：为什么仅仅六名，而不是三十名呢（我以一半对一半来说）？但是，如果这只是一种尝试，仅仅出于害怕亵渎神灵和侮辱教会的话，那么'六'这一数字就变得很好理解了，因为尝试肯定不会成功，所以尝试六次也足以消除良心的谴责了。第一，依我看，婴儿未免太小，太小就是不大，所以在一定时间内，吃俗家婴儿之数，就比吃神职人员之数多出二至四倍，所以他的罪孽虽然从一方面说减轻了，可是说到底，从另一方面说，罪孽还是增加了，质没有增加，量却增多了。我所以能够这样来判断，诸位，这是因为我，当然啰，深入到十二世纪的一名案犯的心田之中。至于说我，我是十九世纪的人，我的看法可能与过去有别，特此奉告，因此，诸位，你们大可不必向我龇牙咧嘴，而将军，您这样做，就更加有失体统了。第二，根据我个人的意见，婴儿缺乏营养，也许，甚至太甜，也太腻了，因此满足不了他的需要，只会留下良心的谴责。现在是结局，是终场，诸位，古代和当代一个十分重大问题的答案就包含在这一终场之中！到头来，这案犯却去向修道院自首，自动向政府投案。请问，根据当时的法令，等待他的将是怎样的酷刑啊——车裂还是火刑？是谁敦促他去自首的呢？他为什么不简简单单地停在六十这一数字上，从此洗手不干，严守秘密，直到咽气呢？为什么不简简单单地从此不再吃修士，隐姓埋名，忏悔苦修，了此余生呢？最后他为什么不自己去当修士呢？问题的答案就在这里！可见，自有一种比火刑，甚至比二十年的吃人习惯更强大的东西！可见，自有一种无比强大的思想，压倒了所有这些不幸、歉收、折磨、瘟疫、麻风病，以及所有这些地狱般的痛苦，如果人类没有这一思想，就无法忍受这地狱般的痛苦了——这思想就是一种约束力，它为人指点迷津，使生命之泉更充沛，更能孕育生灵和万物！请诸位多多指教，在我们这个罪恶充斥和铁路密布的时代，有没有什么东西类似于这种约束力……本来我应当说在我们这个轮船充斥和铁路密布的时代，但是我把它说成了：在我们这个罪恶充斥和铁路密布的时代①，因为我喝醉了，但是我这样说自有道理！请问，现在有没有一种思想，足以把现在的人类团结在一起，哪怕只有古代那种约束力、凝聚力的一半呢？最后，请你们敢不敢说，在这颗'星'②下面，在把人们禁锢住的这面网下面，生命之泉尚未枯竭，没有被搅浑呢？大可不必用你们的丰衣足食，用你们的财富、饥荒减少和交通发达来吓唬我！财富多了，但是约束力、凝聚力少了，把人们团结在一起的思想没有了，一切都变得软绵绵的，一切都萎靡不振，大家都萎靡不振！我们大家，大家，大家都萎靡不振！……但是够了，现在的问题不在这里，现在的问题是，最最尊敬的公爵，我们是不是该张罗早就给客人们预备下了的下酒菜呢？"

列别杰夫的皇皇宏论本来几乎把他的某些听众弄得怒不可遏（应当指出，在所有这段时间里，酒瓶不断在开），但是他的演说最后竟以下酒菜这一出人

---

① 在俄语中，"罪恶"（порок）与"轮船"（пароход）发音相像，故有此说。但列别杰夫这样说是故意的，借以说明资本主义带来的罪恶。
② 指《新约·启示录》中所说的"苦涩星"，一译"茵陈"。

意料的收尾作结，立刻使所有的论敌与他言归于好了。他自己称这一结尾是"妙不可言地、律师式地使事情急转直下"。又响起了愉快的笑声，客人们又活跃起来，大家都从桌旁站起来，舒展一下四肢，在凉台上走动走动。

只有凯勒尔对列别杰夫的皇皇宏论不满，而且神态异常激动。"攻击文明，宣扬十二世纪的残暴，装腔作势，没有纯洁的心灵。请问，他自己是靠什么置备了这座房产的？"他拦住所有的人，然后又逐一拦住每个人，公然说道。

"我见过一位真正诠释《启示录》的人，"将军在另一角落，对另外一些听众，其中也包括普季岑，说道，他一边说一边抓住普季岑衣服上的纽扣，"这就是已故的格里戈里·谢苗诺维奇·布尔米斯特罗夫：他的话简直能烧穿人的心。第一，他戴上眼镜，然后打开一大本黑皮精装的古书，此外，还有一部雪白的长髯，再加因捐献有功而得到的两枚奖章。他开讲时神态十分威严，将军们在他面前肃然起敬，女士们都吓晕了过去，哼——可是这人却以下酒菜作结！简直不成体统！"

普季岑一边听将军说话一边微笑，仿佛准备去拿礼帽似的，但是又好像拿不定主意，或者不断忘记自己想做什么。还在大家从桌旁站起来之前，加尼亚就蓦地停止喝酒，把酒杯从身边推开，一片阴云掠过他的脸庞。当大家从桌旁站起身来以后，他就走到罗戈任身旁，挨着他坐下，给人的印象似乎他俩关系极好。起初，罗戈任也有几次想要悄悄走开，可是现在却低下脑袋，坐在那里一动不动，似乎也忘了他本来是想走的。整个晚上，他滴酒未沾，一声不吭，若有所思，只是偶尔抬起头来，看看大家每个人。现在他给人的印象是，似乎他正在这里等候一件对于他非常重要的事，所以决定暂时不走。

公爵总共才喝了两三杯，只显得有点儿兴奋。他刚从桌旁站起身来，就遇到叶夫根尼·帕夫洛维奇的目光，想起了他俩之间即将举行的相互表白，便和气地向他微微一笑。叶夫根尼·帕夫洛维奇也向他点点头，又突然摆头示意，让他看伊波利特——当时，他正在聚精会神地观察伊波利特。伊波利特挺直四肢在沙发上睡着了。

"请问，这浑小子钻到您这儿来干吗，公爵？"他突然带着一种明显的懊丧和敌意说道，这使公爵很诧异，"我敢打赌，他不怀好意！"

"我发现，"公爵说道，"起码我有这样的感觉，他今天使您非常感兴趣，叶夫根尼·帕夫洛维奇，这话对不？"

"应该再加上一句：就我目前的情况看，我自己应该考虑的问题就够多了，因此我自己都感到惊奇，居然整个晚上目不转睛地不能不看这副令人讨厌的面孔！"

"他的脸很漂亮……"

"瞧，瞧，您瞧！"叶夫根尼·帕夫洛维奇拉拉公爵的袖子，叫道，"瞧！……"

公爵再一次惊奇地打量了一下叶夫根尼·帕夫洛维奇。

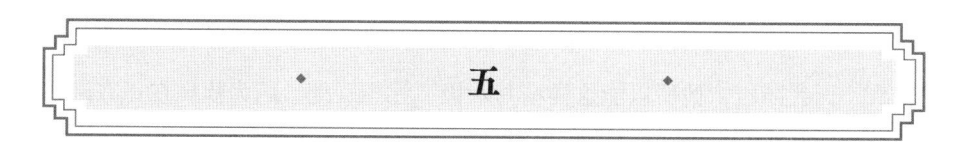

五

在列别杰夫的"论文答辩"行将结束时，伊波利特突然在长沙发上睡着了，现在又突然醒过来，好像有人从旁推了他一把似的，他打了个哆嗦，抬起身子，仓皇四顾，脸色发白，他甚至惊恐地向四周看了看。但是，当他想起了一切，弄明白是怎么回事以后，他脸上几乎显出一种恐怖的表情。

"怎么，他们要散了？完了？全都完了？太阳升起了？"他抓住公爵的胳膊，惊慌地问，"几点了？看在上帝分上：一点了？我睡过头了。我睡了很久吗？"他用一种几乎绝望的表情又加了一句，仿佛因为睡过了头耽误了一件与他整个命运有关的大事似的。

"您睡了约莫七八分钟。"叶夫根尼·帕夫洛维奇答道。

伊波利特定睛看了看他,思索了片刻。

"啊……才这么一会儿!这么说,我……"

他说罢,深深地、如释重负地吐了口长气。他终于弄明白,什么也"没有完",天还没有亮,客人们从桌旁站起来只是为了去吃点儿下酒菜,至于说完了,充其量不过是列别杰夫的唠叨完了。他微微一笑,肺痨引起的潮红像两片鲜艳的彩霞,开始在他的脸庞上飘忽。

"我睡着的时候,您竟算了一共有几分钟,叶夫根尼·帕夫洛维奇,"他嘲弄地接口说道,"您整个晚上目不转睛地盯着我,我看见了……啊!罗戈任!我刚才做梦还梦见他来着,"他皱起眉头,向公爵低语,朝坐在桌旁的罗戈任摆了摆头,"啊,对了,"他忽然又跳到另一话题,"刚才慷慨陈词的列别杰夫呢?那么说,列别杰夫说完了?他说什么来着?公爵,有一次您是不是说过,'美'能拯救世界?诸位,"他向大家大声喊道,"公爵断言美能拯救世界!而我断言,他所以能这样精骛八极,浮想联翩,因为他现在正在谈情说爱。诸位,公爵恋爱啦。方才,他一走进来,我就看出了这点。公爵,别脸红嘛,要不,我怪可怜您的。什么样的美能拯救世界呢?这话是科利亚学给我听的……您是一位热诚的基督徒吗?科利亚说您自称基督徒。"

公爵注意地打量着他,没回答他提的这一问题。

"您不回答我?您也许以为我非常爱您吧?"伊波利特又蓦地加了一句,仿佛脱口而出似的。

"不,我不这么认为。我知道您不喜欢我。"

"怎么!甚至发生了昨天那件事以后?昨天我不是对您很真诚吗?"

"昨天我就知道您不喜欢我。"

"那是说，因为我忌妒您，总忌妒您吗？您老是这么想，而且现在还这么想，但是……但是我干吗跟您说这个呢？我想再喝点儿香槟酒，请您给我倒一杯，凯勒尔。"

"您不能多喝，伊波利特，我不让您喝……"

公爵说罢把酒杯从他身旁挪开。

"倒也是……"他若有所思地立刻同意道，"也许有人会说……我才不管他们说什么呢！难道不对吗？难道不对吗？让他们以后去说三道四好了，对不，公爵？以后的事跟我们大家又有什么相干……话又说回来，我还没睡醒。我刚才做了一个多么可怕的梦啊，这会儿才刚刚想起来……公爵，我并不希望您也做这样的梦，虽然我也许真的不喜欢您。话又说回来，即使不喜欢一个人，何必希望他坏呢，对不对？也真是的，我怎么老问，老问个没完没了呢！请把您的手给我，我要紧紧地握握您的手，就这样……您到底还是向我伸出了手，可见，您知道，我会真心诚意地跟您握手的，对不对？……我大概不会再喝酒了。几点了？不过，不必了，我知道现在几点。时间到了！现在正是时候。那边在干什么，在那边角落里摆了下酒菜吗？那么说，这张桌子不用？那太好了！诸位，我……不过，这些先生都不在听我说话……我打算念一篇文章，当然，吃点儿下酒菜更有意思，不过……"

突然，完全出乎意外地，他从衣服上方一侧的口袋里，掏出一只办公室用的大型封套，封套上还盖着一个很大的红漆封印。他把封套放在他面前的桌子上。

这件出人意外的事，在对此毫无准备，或者不如说，虽有准备但并未料到会这样的人群中产生了效果。叶夫根尼·帕夫洛维奇甚至从自己的座椅上微微地跳起身来，加尼亚则迅速凑近桌子，罗戈任也探过身去，但念念有词，似乎不无遗憾，好像他明白个中奥妙似的。出现在近旁的列别杰夫，带着好奇的目光走了过去，他看着封套，在极力猜测其中到底有何奥妙。

"您这是什么呀？"公爵不安地问。

"公爵，我曾经说过，太阳刚一升起，我就躺下休息，我用人格担保：你们会看到的！"伊波利特叫道，"但是……但是……你们难道以为我不能打开这封套吗？"他又加了一句，并用一种挑战的神态环顾四周所有的人，似乎对所有人都一视同仁，不加区别。公爵发现他在浑身发抖。

"我们谁也没有这么认为，"公爵替大家回答道，"为什么您以为有人会这么想呢，而且……您怎么突发奇想要念一篇什么东西呢？您这里面到底是什么呀，伊波利特？"

"到底是什么呀？他又出什么事了？"周围的人问道。

大家都一边吃着下酒菜，一边走拢来。那盖有红漆封印的封套，像磁铁般吸引着大家。

"这是我昨天亲自写的，公爵，也就是我答应您一定到这里来住以后立刻写成的。昨天我写了一整天，夜里又接着写，今天早晨才写完，昨天夜里，快天亮的时候，我做了一个梦……"

"明天念不好吗？"公爵胆怯地打断他的话道。

"明天就'不再有时日了'！"伊波利特歇斯底里地微微一笑，"不过，请诸位放心，只要四十分钟就可以读完，嗯，最多一小时吧……您瞧，大家多么有兴趣，大家都走过来了，大家都在看我的封印，我假如不把文章装进封套，就不会产生这么大的效果！哈哈！瞧，一种神秘感就有这么大的威力！诸位，要不要打开？"他异样地哈哈笑着，两眼闪着光，叫道，"秘密！秘密！公爵，您记得是谁晓谕众生'不再有时日了'①吗？宣布这话的是《启示录》

---

① 见《新约·启示录》第十章第六节。

里一位神通广大的天使。"

"还是不念的好!"叶夫根尼·帕夫洛维奇蓦地叫了一声,他的神态很不安,这是许多人没有料到的,也使许多人感到奇怪。

"别念了吧!"公爵用手按住封套,喊道。

"念什么呀? 现在吃下酒菜要紧。"有人说。

"文章? 给杂志投稿?"另一人问。

"也许很枯燥吧?"第三个人又加了一句。

"这到底是什么呀?"其余的人问。公爵胆小的姿态仿佛使伊波利特自己也感到害怕了。

"那么……不念?"他似乎提心吊胆地向公爵低语,发青的嘴唇上露出一丝苦笑,"不念?"他喃喃讷讷地问,用目光扫视着全体观众,扫视着所有的眼睛和脸,似乎又用从前那种向大家寻衅似的感情用事的神态抓住大家不放,"您……害怕?"他又转过身去问公爵。

"什么?"公爵问,神情越来越紧张。

"谁有二十戈比,一枚二十戈比硬币?"伊波利特仿佛有人拽了他一下似的从座位上跳起来,"随便什么硬币?"

"给!"列别杰夫立刻掏出一枚硬币给了他,他寻思:伊波利特本来有病,现在没准发疯了。

"薇拉·卢基扬诺芙娜!"伊波利特急忙请她帮忙,"拿去,扔到桌上:是鹰①还是字? 是鹰,就念!"

薇拉害怕地看了看硬币,看了看伊波利特,然后看了看父亲,接着便仰起头,似乎坚信她自己是不应该看硬币的,然后别别扭扭地把它扔到桌上。落下的是鹰。

---

① 指硬币上的沙俄国徽上的图案双头鹰。

"念！"伊波利特似乎被命运的决定所压倒，低声说。即使向他宣读了死刑判决书，他的脸也不会像现在这样苍白。"不过话又说回来，"他沉默半分钟后，突然打了个哆嗦，"这是怎么回事？难道我刚才想孤注一掷？"他用与刚才同样的貌似坦率的神态打量了一下四周所有的人。"但是，要知道，这是一种奇怪的心理特点！"他转向公爵，突然十分惊讶地叫道，"这……这是一种令人百思不得其解的特点，公爵！"他肯定道。他神情活跃，似乎渐渐清醒过来，"公爵，您把这点记下来，不要忘了，您好像在收集有关死刑的材料……我听说了，哈哈！噢，上帝，多无聊多荒唐的事啊！"伊波利特坐到沙发上，用两只胳膊支在桌上，抱住脑袋，"要知道，这甚至叫人怪难为情的！……我才不管它难为情不难为情呢。"他几乎立刻抬起了头，"诸位！诸位，我这就打开封套，"他似乎突然横下一条心宣布道，"我……我，不过我并不强求大家非听不可！……"

他用两只激动得发抖的手打开封套，从封套里取出几张写得密密麻麻的信纸，把它放在面前，用手抻开。

"这是什么？这究竟是什么东西？念什么？"一些人阴阳怪气地嘟囔道，另一些人则沉默不语。但是大家都坐了下来，好奇地看着。也许，他们当真在等待出现什么不寻常的事。薇拉抓住父亲坐的椅子，吓得差点儿哭出来，科利亚也差不多处在同样的恐惧状态中。列别杰夫本来已经坐下了，这时又突然欠起身子，拿起烛台，让烛台离伊波利特更近，念的时候光线更亮。

"诸位，这……你们马上就会看到这是什么了，"伊波利特不知为什么加了这句话，接着就忽然开始念道，"《必要说明》！篇前题词'我死后哪怕洪水滔天'①……嘿，见鬼！"他好像被灼伤似的叫了起来，"难道我竟会正儿八经地

---

① 据传，这是法王路易十五的一句名言，后来不胫而走，成为人们的常用语。

拿这句蠢话做题词？……请听下去，诸位！……我向你们保证，这一切说到底也许不过是一些不足挂齿的小事！这里记载的不过是我的某些想法……如果你们以为，这里……有什么神秘的或者……违禁的东西……总之……"

"别说开场白啦，念吧。"加尼亚打断他的话道。

"尽绕弯子！"又有人加了一句。

"尽说废话。"一直沉默不语的罗戈任插嘴道。

伊波利特蓦地抬起头来看了看他，当他俩的目光相遇之后，罗戈任咧了咧嘴，发出一声尖酸刻薄的苦笑，慢条斯理地说出一句让人摸不着头脑的话：

"小伙子，这玩意儿不该这么干，不对头……"

罗戈任究竟想说什么，谁也闹不清，但是他的话却对大家产生了一种相当古怪的影响；至于对伊波利特，这句话产生的影响甚至是可怕的，他浑身发起抖来。公爵见状，急忙伸出手来，扶住他，倘若不是他的嗓音突然暗哑，他肯定会叫出声来。足有一分钟，他说不出话来，呼吸沉重，一直看着罗戈任。最后，他才气喘吁吁，费了老大劲，说道：

"原来是您……您去了……您？"

"什么去了？我又怎么啦？"罗戈任莫名其妙地答道，但是伊波利特倏地满脸通红，几乎疯狂地（突然一阵疯狂攫住了他）厉声大叫：

"上星期，下半夜，一点多，也就是上午我上您家的当天，您到我家去过，就是您！！老实说吧，是不是您？"

"上星期，下半夜？您是不是真的疯了，小伙子？"

这"小伙子"又沉默了约莫一分钟，他举起食指抵住脑门，仿佛在思索，但是在他那苍白的、因恐惧而扭曲的微笑里，蓦地掠过一丝看上去好似狡猾的，甚至得意扬扬的神情。

"这家伙就是您呀！"他终于低声重复道，但却显得非常有把握，"您跑到我家来，默默地坐在我家窗口的椅子上，坐了整整一小时，一小时多。在下半夜一点钟前后。后来，在两点多钟的时候，您站起身来，走了……这家伙就是您，您！您为什么来吓唬我，您为什么来折磨我——我不明白，但肯定是您！"

他的目光里蓦地掠过无限的仇恨，虽然他害怕得仍在不住发抖。

"诸位，你们立刻就会知道这一切的，我……我……请听我念……"

他又急匆匆抓住他的那几张纸，纸都散了，乱了，他努力把它们叠在一起。他的手在发抖，纸也跟着手抖动。他花了好长时间才把纸拾掇好。

终于开始念那篇东西了。起初，大约五分钟，这篇出人意外的文章的作者，仍旧气喘吁吁，念的时候也前言不对后语，上气不接下气。但是念到后来，他的声音坚定了，也能够充分表达所念的内容了。不过有时候相当剧烈的咳呛迫使他不时中断朗读。文章念到一半时，他的声音嘶哑了，而且哑得很厉害。他越读越兴奋，最后竟达到慷慨陈词的地步，而他对听众所产生的病态影响也同步增长。这篇"文章"的全文如下：

我的必要说明

"我死后哪怕洪水滔天！"

昨天上午公爵来看我，顺便劝我搬到他的别墅去住。我早料到他一定会坚持这样做的，并且坚信他会冒冒失失地对我说，住到别墅去，按照他的说法，就是"死在人们和绿树中间，我会舒坦些"。但是今天他没有说到"死"字，而是说"会过得舒坦些"，然而就我目前的病情说，我认为几乎都一样。我问他，他总提到树呀树的，究竟是什么意思，为什么他老用这些"树"来跟我纠缠不清，——我惊奇地发现（是他告诉我的），这话似

第三部

乎是我自己说的，我在那天晚上说，我这回到帕夫洛夫斯克来是想最后看看这些绿树。我对他说，死在绿树下，或者看着窗外的那堵砖墙死去，反正是死，一共才剩下两星期了，不用那么客气，他立刻点头称是。但是，照他看，青草、绿树和新鲜空气肯定会使我的体质发生某些变化，我的激动和我的梦肯定会变的，也许还会有所减轻。我又笑嘻嘻地对他说，他说起话来倒像个唯物主义者。他也微笑着回答我说，他本来就是唯物主义者。因为他从来不撒谎，这句话肯定别有所指。他的微笑很美。我现在注意力比较集中，看清了他的相貌。我不知道我现在是不是喜欢他，我现在没工夫考虑这个问题。应当指出，我对他长达五个月的仇恨，在最近一个月里开始完全消除了。谁知道呢，也许我之所以到帕夫洛夫斯克来，主要是为了看他。但是……当时我为什么要离开我的房间呢？既然被判死刑，就不应该离开自己的安身之地。如果我现在还没有做出最后决定，我也许会反其道而行之，准备坐以待毙，当然，也就无论如何不会离开自己的房间了，也决不会接受他劝我搬到帕夫洛夫斯克来"死"的这个主张了。

我必须赶紧写好这篇说明，一定要在明天以前写完。这样一来，我就没有时间再读一遍并予修改了。明天再读吧，反正明天我要向公爵和三两个见证人（打算在他那里现找）宣读这篇文章的。因为这里决不会有一句谎话，统统都是大实话，千真万确而又庄严肃穆，因此我倒想预先好奇地猜测一下，当我重读这篇东西的时候，这些掷地有声的话会对我本人产生怎样的印象？其实，我写上"千真万确而又庄严肃穆的大实话"，完全是多余的。为了两个星期，本来就不值得撒谎。这是最好的证明，说明我写的全是大实话。（注意[1]：别忘了想想，我在这一分钟里，

---

[1] 在原著中是拉丁文。

也就是有时候，我是不是疯子？我听到人家硬说，害痨病的人到了晚期有时候是会发疯的，虽然发疯的时间不长。明天读这篇东西的时候，倒要根据听众的印象来检验一下这事。这问题必须落实，弄个水落石出，否则任何事也没法下手。)

我觉得，我刚才写了一些奇蠢无比的话，但是我说过，我没有工夫修改了。再说，我曾经向自己保证，在这份手稿中决不改动一行字，甚至连我自己发现每隔五行就有一些自相矛盾的地方也在所不惜。明天读的时候，我要弄清楚，我的逻辑思路是否正确，我能不能发现自己的错误，在这六个月里，我在这屋子里反复思考的这一切是否正确，或者不过是想入非非，胡说八道。

还在两个月前，倘若我也像现在这样不得不永远离开自己的房间，永远告别梅耶罗夫公寓这堵墙的话，我相信我一定会难过的。可是现在，我无动于衷，事实上，我明天就要离开这个房间和这堵墙了，而且从此不再回来！可见，我相信，为了活两个星期已经不值得惋惜，或者沉湎于任何感觉了，这一信念已经战胜了我的天性，可能，现在已经在支配我的整个感情了。但这是真的吗？我的天性现在当真被完全征服了吗？如果现在有人对我严刑拷打，我一定会喊叫，决不会说不值得喊叫，也不值得感到疼痛，因为我活着只剩下两星期了。

但是我当真只能活两星期，而不能多活一些时候吗？那天，我在帕夫洛夫斯克说的是假话：博大夫什么也没有对我说，也从来没有见过我，倒是一星期前，有人带来一位大学生，名叫基斯洛罗多夫[①]，就他的观点看，他是一名唯物主义者、无神论者和虚无派，正因为这点，我才把他

[①] 这个姓是陀思妥耶夫斯基杜撰出来的，原意为"氧气"，意在讽刺虚无派和唯物主义者只知道"氧气"，而不知道人的心。

第三部

请了来。我需要有个人把赤裸裸的真实告诉我，不必温良、委婉，也不用客气。他也真的这么做了，很乐意，一点儿不客气，而且似乎还很高兴（依我看，这就未免过分了）。他直截了当地告诉我，我大概还能再活一个月，如果环境好，稍长一点儿也说不定，但是，也许，说死就死，时间要早得多。据他看，我可能突然死去，说不定明天就死：这样的事是常有的，充其量大概前天吧，有一位年轻的女士，得了痨病，情况与我相仿，住在科洛姆纳，她正准备去市场采购食物，突然感到难受，躺到沙发上，叹了口气就死了。基斯洛罗多夫告诉我这一切的时候，颇有些神气活现，故意摆出一副无动于衷、大大咧咧的模样，似乎他这样做是看得起我，以此表明他一视同仁，把我也看成跟他一样是一个否定一切的高等动物，跟他一样视死如归，不足挂齿。说到底，他毕竟给这事画了个框框：充其量一个月！我完全相信，他的话不会有错。

使我十分惊讶的是，公爵刚才怎么会猜到我经常做"噩梦"呢，他的原话就是这样说的，在帕夫洛夫斯克，"我的激动和梦"肯定会变的。为什么是梦呢？他要么是医生，要么真的绝顶聪明，许多事一猜就透。（但是他说到底不过是"白痴"，这也是毫无疑问的。）说也凑巧，就在他来之前，我做了一个好梦（话又说回来，我近来做了几百个这样的好梦）。我睡着了——我想，大概是在他来以前一小时——我梦见我住在一个房间里（但不是我自己的这个房间），这房间比我的房间大些，也高些，家具也好，房间也亮，有大立柜、五斗柜、长沙发，我睡的那张床又大又宽敞，床上铺着绿绸棉被。但是，在这房间里，我看到一个可怕的动物，简直像怪物。看上去像蝎子，但又不是蝎子，比蝎子还丑，还可怕得多，所以可怕，因为天底下根本没有这样的动物，它出现在我这里是别有用心的，其中似乎蕴含着某种秘密。我看得很清楚：它是一只棕色的，长

第三部

有硬壳的小爬虫，约四俄寸①长，脑袋有两指厚，越到尾巴越薄，因此尾巴尖还不到一俄分厚。离头部一俄寸处，躯干上伸出两只爪子，与身体成四十五度角，一边一只，长约两俄寸，因此从上面看去，整个动物就像一把三叉戟。它的头部我没有看清楚，但是我看到两根触须，不长，形状像两枚硬针，也呈棕色。尾巴尖和每只爪子的尖端，也都长有两根触须，加在一起，一共八根。这小动物满屋子跑，跑得很快，用爪子和尾巴着地，跑时躯干和爪子扭来扭去，像条蛇似的，动得快极了，尽管它自身有壳，但行动异常迅速，看到这情景我感到十分恶心。我非常怕它螫我。我听说，这东西有毒，但是最使我痛苦的是，是谁让它到我房间里来的？他们想对我干什么？这里究竟有什么秘密？它一会儿钻到五斗柜下，一会儿又钻到大立柜下，一会儿又爬到屋子四面的旮旯里。我提起腿来坐到椅子上，把腿盘在身底下，它沿着斜线迅速穿过整个房间，又在我的椅子旁倏地不见了。我恐惧地东张西望，但是因为我盘腿坐着，因此希望它不要爬到椅子上来。我猛地听到我身后，几乎就在我脑袋旁，发出一种喀喀喀的响声。我回头看见那只小爬虫正缘墙而上，已经爬到跟我脑袋平行，尾巴甩来甩去，转得快极了，甚至碰到了我的头发。我吓得跳起来，那动物也随之不见了。我不敢上床，怕那东西钻到枕头底下去。这时，我母亲和她认识的一个人走进了房间。他们开始捉那只小爬虫，他们比我镇静，甚至也不害怕，但是他们什么也不懂。突然，这爬虫又爬了出来，这一回爬得很慢，似乎别有用心，慢慢地甩来甩去，样子更叫人恶心，它又斜穿过房间，向门口爬去。这时，我母亲打开门，叫了一声诺尔马，我们家养的那只狗——这是一只很大的纽

---

① 1俄寸约等于4.45厘米。

第三部

芬兰狗[1]，黑色，披着一身细密的长毛，不过这狗五年前就死了。它应声冲进房间，站到小爬虫身旁，一动不动。这小爬虫也停住不动，但是仍在那里甩来甩去，用爪尖和尾巴尖敲击着地板。如果我没有弄错的话，动物是不会感到神秘的惊恐的，但是我此刻觉得，在诺尔马的惊恐中似乎有一种非同一般的、与神秘主义庶几近之的东西，可见，这狗也与我一样预感到这动物身上蕴含着某种在劫难逃的东西和某个秘密。这小爬虫缓慢而又谨慎地向狗爬去，狗在它的逼近下慢慢后退。它似乎想猛地向狗扑去，狠狠地螫它一口。但是诺尔马尽管惊恐万状，吓得浑身哆嗦，看上去仍十分凶狠。它忽然慢慢地张开它那血盆大口，露出那令人望而生畏的牙齿，前爪蹲地，两眼圆睁，一跃而起，倏地用牙齿咬住了那只小爬虫。大概是那爬虫使劲挣扎了一下，想要脱身，因此它滑出口外时，诺尔马又一次逮住了它，并且张了两下大嘴把它吞进了肚里，好像狼吞虎咽、生吞活剥似的。它那硬壳在狗的牙齿间发出喀喀的响声。这东西露出狗嘴外的尾巴和爪子，在使劲扭动，动得极快。蓦地，诺尔马一声惨叫：这爬虫还是乘机螫了一下它的舌头。狗疼得尖声嗥叫着张开了嘴，我看到那只被咬断的小爬虫，还横在它的嘴巴里扭动，从那被咬烂的躯体里流出许多白汁，流到狗的舌头上，就像被踩死的黑蟑螂流出来的白汁一样……这时候我醒了，公爵走了进来。

"诸位，"伊波利特突然中断朗读，甚至有点儿不好意思地说道，"我没有再读一遍，看来，我的确写了许多废话。这梦……"

"有这么点儿。"加尼亚急忙插嘴道。

---

[1] 原文源出加拿大纽芬兰岛的法文名称。

"我同意，这里个人的感受太多了些，就是说，说的都是我自己……"

伊波利特说这话的时候，神情很累，有气无力，他掏出手帕，擦了擦脑门上的虚汗。

"是的，您哪，您太关心自己了。"列别杰夫低声嘀咕道。

"诸位，我重申，我不勉强任何人，谁不想听，可以走开。"

"假如我们大家都一下子站起来，都走，咋办？"直到此刻都不敢妄置一词的费德先科，蓦地说道。

伊波利特突然低下眼睛，抓住手稿，但他又立刻抬起头来，眼里闪着光，面颊上泛起两片潮红，两眼紧盯着费德先科，说道：

"您压根就不喜欢我！"

响起了笑声，不过，多数人没有笑。伊波利特的脸唰地变得通红。

"伊波利特，"公爵说，"把您的手稿收起来，交给我，您先在这里，在我屋子里躺下睡觉。在睡觉前和明天，咱俩再好好谈谈，不过有个条件：永远不要再打开这些稿纸。行吗？"

"难道这可能吗？"伊波利特非常诧异地看了看他。"诸位！"他叫道，又狂热地活跃起来，"我举止失措，这是一个愚蠢的插曲。我要念到底，再不中断。谁爱听就听……"

他从杯子里匆匆喝了口水，把胳膊肘急忙支在桌子上，避开大家的目光，开始执拗地继续念下去。不过，他那窘态很快就过去了……他继续念道：

一想到只能再活几星期，就觉得实在不值得再活下去，这一想法使我十分苦恼，大约一个月前吧，当我还能再活四星期的时候，我就这么想，但是三天前，当我在帕夫洛夫斯克参加那次晚会以后，这一想法才完全占据了我的心头。我第一次完全地、直接地对这一想法心领神会，

第三部

是在公爵的凉台上，即正当我想做活下去的最后尝试，想看看人和树（就算这话是我说的吧）的那一刹那，当时我正慷慨激昂，据理力争，维护"他人"的权利，即布尔多夫斯基的权利，当时我幻想，他们一定会猛地张开双臂，拥抱我，请求我宽恕，我也请求他们宽恕[①]。一句话，到头来，我却成了一个没出息的傻瓜而出尽了洋相。也就在这时候，我心头倏地涌出了我的"最后的信念"。现在我感到奇怪，我怎么能没有这"信念"而活了整整六个月！我心里很清楚，我得的是痨病，而且这是不治之症。我没有欺骗自己，我对这事了然于胸。但是我对于自己的病情了解得越清楚，就越神经质地想活下去。我拼命抓住生命不放，无论如何也要活下去。我时乖命蹇，命运想把我踩成齑粉，像踩死一只苍蝇一样。我承认，我当时对于对我求生的愿望置若罔闻的黑暗命运可能很愤慨，当然，我不知道我这样恨它又有何用，但是我为什么不限于愤慨就完事呢？虽然我明知道我已经不可能再活下去了，为什么我还要重打锣鼓另开张地当真想活下去呢？虽然我明知道已没有什么可试的了，为什么还偏偏要试着再活下去呢？那时候，我连书都读不下去，只能停止读书，只能再活六个月，读书又有何用，又何必去求知呢？这一想法促使我不止一次地丢开书本，掷书三叹。

是的。梅耶罗夫公寓的这堵墙可以告诉你们许多事！我在这堵墙上写下了许多辛酸。这堵肮脏的墙上没有一个斑点我不记得烂熟。可诅咒的墙！尽管如此，它对于我还是比帕夫洛夫斯克的所有树木都宝贵，如果我现在不是对一切都无所谓的话，那它对于我一定比所有的人还宝贵。

我现在想起来，当时我以多么强烈的兴趣注视着他们的生活啊，这

[①] 暗指《圣经》中的"最大诫命"："要爱人如己"（见《利未记》第十九章第十八节，《马太福音》第二十二章第三十九节，《马可福音》第十二章第三十一节）。

么大的兴趣过去从来不曾有过。我的病越来越重，都不能走出屋子了，我有时候迫不及待地等候科利亚到来，心里在骂他。我考虑一切鸡毛蒜皮的事，而且对任何谣言都感兴趣，我似乎成了个爱搬弄是非的人了。比如，我不明白，这些年富力强、精力充沛的人，怎么就成不了富翁，发不了财（话又说回来，现在我也不明白）。我认识一个穷人，后来听说他饿死了，记得，听到这个消息后，我怒不可遏：倘若能使这个穷人重新活过来，我一定要把他臭骂一顿。有时候，接连好几个星期，我的病情略有好转，能够出去走走了，但是街上的一切终于使我十分恼怒，我宁可坐在家里，接连几天，足不出户，虽然我跟大家一样身体很好，可以外出去走走。我实在受不了人行道上，在我身旁，那些穿梭似的来去匆匆、忙忙碌碌，永远忧心忡忡、神情忧郁、惊慌不安的人。他们为什么总是那样心事重重、焦急不安和忙忙碌碌呢？他们为什么总是那样神情忧郁、满面怒容（因为他们动不动就发脾气）呢？他们虽然能坐享六十年高寿，却显得很不幸，也不会生活，这又是谁的错呢？扎尔尼岑本来可以活到六十岁，为什么却让自己饿死呢？每个人都指着自己的破衣服，伸出自己的劳动的双手，怒气冲冲地嚷嚷道："我们像牛马一样工作，我们劳动，可是我们却像狗一样挨饿和贫穷！其他人不工作，不劳动，可是却很富！"（说来说去永远是这一套！）就在他近旁，住着一个"贵族"出身的倒霉鬼伊万·福米奇·苏里科夫（就住在我们那座公寓，在我们楼上），他跑来跑去，从早忙到晚，永远是一副寒酸相，胳膊肘磨破了，纽扣也快掉了，他给各种各样的人跑腿，替人家办事，而且从早到晚没一刻清闲。您要是能跟他谈谈心里话，他会告诉您："贫穷，困苦，一文不名，老婆死了，没钱买药，冬天冻死了孩子，大女儿给人家当了外室……"——他总是抽抽搭搭、淌眼抹泪地诉苦！噢，无论现在还是过去，我对这类傻瓜毫无怜悯之心——我可以自豪地说这话。他自己为什么当不了罗思柴尔德①？他没有罗思柴尔德拥有的百万家私，他没有堆成山似的帝俄金币和拿破仑金币，没有谢肉节货棚下堆成高山一样的金山和银山，这又能怪谁呢？既然他活在世上，就事在人为，就能够做到一切！他不明白这点，又能怪谁呢？

噢，我现在已经无所谓了，我现在已经没有工夫义愤填膺、发牢骚了。可是当时，当时，我再重复一遍，我简直气得整夜咬我的枕头，撕我的被子。噢，我当时多么想，多么希望，多么诚心地希望把我这个衣不蔽体、穷无立锥之地的十八岁青年一下子轰到大街上，让我孤身一人，没有房子住，没有工作做，没有面包吃，在这个首善之区的大都会里举目无亲，没有一个熟人，腹中空空，遍体鳞伤（这样更好！），但是身强力壮，这时候，我就要大显身手……

显什么身手呢？

噢，难道你们以为我不知道我的这份说明本来就已经使我斯文扫地了吗！唉，有谁不认为我是一个不知人生乐趣的干瘪老头呢？不这样认为的人忘了我已经不是十八岁了，忘了在这六个月里我过的日子已经不啻活到了白发苍苍！让大家笑话我吧，让大家去说这一切不过是痴人说梦吧。我的确在痴人说梦。我用这办法来打发漫漫长夜，我现在清清楚楚地想起了这迷离惝恍的梦境。

但是，难道我现在还要把这些迷离惝恍的梦境再说一遍吗？——现在，对于我来说早已过了痴人说梦的年龄了，而且又向谁去说呢！要知道，我用这办法来苦度光阴，是因为我看到，我想学一点儿希腊语法，

---

① 罗思柴尔德家族是18至19世纪欧洲最著名的银行世家，在俄国几乎成了百万富翁的代用语。

可是人家偏不许我学，才不得已出此下策，其实我当时也想到了："还没学到句法，可能就要死了。"我刚翻开语法书的第一页就这么想，把书扔到了桌子底下。这书现在还扔在那儿，我不许马特廖娜把这书捡起来。

我的这个说明可能会落到什么人手里，这人又耐心地把它读完了，就让这人认为我是个疯子吧，甚至认为我是个中学生，而最可能的是认为我是个被判死刑的人，这人自然会认为，除他以外的所有的人，都太不珍惜生命了，都养成了虚掷光阴的习惯，活着也太懒惰、太没良心了，因此所有这些人，无一例外，都白活了！那又怎样呢？我宣布，我的这位读者错了，我的信念与我的死刑判决毫无关系。你们不妨，不妨去问问他们，他们大家（直至每个人）是否明白什么是幸福？噢，请相信，哥伦布感到幸福之时，不是在发现美洲大陆之后，而是在将发现而未发现美洲大陆的时候。请相信，他感到最幸福的时刻，是在他发现新大陆的三天前，即起来造反的全体船员在绝望中差点儿没把船掉过头去，返回欧洲的时候！这里的问题并不在新大陆，即使它化为乌有也无所谓。哥伦布实际上几乎没有看见新大陆就死了，他也不知道他究竟发现了什么。问题在于生活，仅仅在于生活——在于发现它，永远不断地发现它，而根本不在于发现了什么！但是这还用说吗！我怀疑，我现在所说的一切，多么像老生常谈啊，有人一定会认为我是一名低年级的小学生，正在做作文，题目是《日出》，或者有人会说，我也许的确有话要说，但是尽管我非常想，却不会……"借题发挥"。但是话又说回来，我想补充一点，在任何天才的思想或者属于人的任何新思想里，或者不过是在某人头脑里产生的任何严肃的属于人的思想里，总有一些不可言传的东西，即使您著作等身，花了三十五年光阴来阐述您的思想，总还会留下某些东西，怎么也不愿意跑出您的脑壳，而且将永远留在您的脑海里，您只能把它带进棺材，没有告诉任何人，也许这还是您的思想中的最主要的东西。但是，如果说我现在也不善于把我这六个月里朝思暮想的一切统统写出来告诉大家的话，起码大家也会明白，我在达到我现在的"最后信念"之前，我为它付出了也许是过于高昂的代价，这就是我为了达到我的某种目的，认为有必要在我的说明里先行吐露的一点儿心曲。

不过，还是言归正传吧。

六

我不想说假话：在这六个月里，现实不断地引我上钩，有时竟使我如此迷恋，忘记了我的死刑判决，或者不如说，我不愿去想它，甚至还找点儿事情来做。顺便说说我当时的情况。约莫八个月前，我的病情变得十分严重的时候，我停止了我的一切交往，谢绝了我过去的所有同学。因为我一向是个相当忧郁的人，所以同学们也很快把我忘了。当然，即使没有这个情况，他们也会忘记我的。我在家里，也就是"在我家庭里"的环境，也是孤独的。大约五个月前，我就把自己永远反锁在屋里，使自己跟家里的其他房间完全隔绝。家里人对我总是百依百顺，除了在规定的时间进来打扫房间和给我送饭以外，谁也不敢进我的房间。我有时候也让母亲到我的房间里来，我让她干什么，她总是战战兢兢地唯命是从，甚至都不敢当着我的面哭哭啼啼。她常常为了我揍弟弟妹妹，不许他们吵闹，不许他们打扰我，可我还是常常埋怨他们又喊又叫，问题恰恰是想必他们现在还很爱我！"我的至交科利亚"（我管他叫至交），我想，我把他也折磨得够呛。近来，他也折磨我：这一切本来就很自然，人之所以是人，就是要互相折磨。但是我发现，他似乎向自己发过誓要原谅病人，所以常常默默地忍受我动辄发怒的坏脾气。自然，这使我的气更加不打一处来。但是，看得出来，他想仿效公爵"基督徒逆来顺受"的精神，这就使人觉得有点儿可笑了。他是一位年轻而又热情的少年，当然爱模仿一切，但是有时候我觉得，有许多事情他也该自己动动脑子了。我非常爱他。我也折磨过住在我们楼上从早到晚替别人跑腿的苏里科夫。我常常援引别人的例子对他说，他穷是因为他自己没出息，他听了我的话后终于害怕了，从此不再来找我。他是一个非常老实的人，凡事逆来顺受（注意①：听说，逆来顺受是一种可怕的力量，这问题应当问问公爵，因为这话是他说的）。但是三月里我上楼去想想看他所说的他们怎么"冻死了"孩子的时候，无意中嘲笑了他的孩子的尸体，因为我又对苏里科夫说，这都怪他"自己没出息"，这个窝窝囊囊的人听到这话后，嘴唇倏地哆嗦起来，他一只手抓住我的肩膀，另一只手向我指着门，低声地，像耳语似的对我说道："您走吧！"我走了出去，心里感到很开心，甚至当他撵我出去的时候我心里也很开心；但是后来，每当我想到这件事的时候，他的话在很长时间内都让我产生一种压抑感，这是一种奇怪的感觉——既看不起他，又可怜他，其实我根本无意可怜像他这样的人。甚至在受到这般侮辱的时候（我觉得我确实侮辱了他，虽然是无意的），甚至在这样的时候，这个人都不会发怒！当时，他的嘴唇开始发抖，但完全不是因为愤怒：我敢起誓，他抓住我的胳膊，毫无恼怒之意地说了那句一以当十的话"您走吧"。他说这话时充满了自尊，甚至与他

---

① 在原著中是拉丁文。

这人很不相称（因此，说实话，这不禁令人哑然失笑），但是丝毫无动怒之意。也许他只是突然蔑视我罢了。从那时起，我有两三次在楼梯上遇到他，他突然在我面前脱帽致敬，而过去从来没有这样做过，但是已经不像从前那样停下来，而是神情尴尬地匆匆跑了过去。如果他真的蔑视我，那也是按照他自己的方式蔑视我：他是"逆来顺受地"对我"不屑一顾"。也许，他对我脱帽无非出于害怕，因为他经常欠我母亲的钱，而且债台高筑，而我是这个债主的儿子。这看法可能性最大。我本来想跟他把事情挑明，而且很有把握，再过十分钟，他一定会向我赔罪，请求我原谅，但是我想了想，对他还是不理睬为好。

就在这时候，也就是苏里科夫"冻死"孩子前后，在三月中旬，我的病不知道为什么一下子好多了，而且这情况持续了两周左右。我开始出去走走，多半在暮色四合的薄暮时分。我很喜欢三月的黄昏，这时天气变冷，华灯初上，煤气灯亮了，我有时候走得很远。有一回，在六铺街，在黑暗中有一位貌似"贵族"的人匆匆走到我前面，我没有看清他的脸。他兜里揣着个纸包，纸包里好像包着什么东西，他穿一件又短又寒酸的破大衣——就当时的季节看未免单薄了些。当他走到我前面十来步远的街灯近旁时，我看到，从他衣兜里掉下来一样东西。我急忙上前捡了起来——捡得正是时候，因为就在这时候有位穿俄式男长衫的人一个箭步窜了过来，但是他看见东西已经在我手里，无意争执，只匆匆瞟了一眼我的两只手，就打一旁溜走了。这东西是只羊皮的、老式的、里面塞满了东西的大皮夹，但是不知道为什么我乍一看就猜到，不管里面是什么东西，但决不会是钱。那个丢失东西的人行色匆匆，在我前面已有四五十步远，很快就消失在人群里，转眼之间就不见了。我跑前几步，张开嘴喊他，但是除了"喂"以外我不知道喊他什么，因此他也没有回过头来。他突然向左一拐，走进一座公寓的大门。当我跑进大门时，门洞里黑乎乎的，门里面已经什么人也没有了。这公寓很大，是那些赚黑心钱的人修建的，分成一套套小住房的庞然大物。这类公寓有时候多达上百套房间。我穿过大门后，仿佛看到，在右边，在这个大院的后边角落里，有个人在走动，虽然院子里很黑，我只勉强辨认出有个人影。我跑到那个角落后，才看到这里是个入口，里面有楼梯，这楼梯很窄，肮脏极了，而且黑黢黢的，没有点灯，但是听得出来有个人还在高处跑着，正拾级而上。我急忙走上楼梯，满心指望，当什么地方给他开门时，能够追上他。结果果真这样。每段楼梯都短极了，但是楼梯的数目却没完没了，因此我跑得气喘吁吁。五楼上有人打开门，又顺手关上了，当时我与五楼还隔着三段楼梯，但是我猜到是五楼。等我跑到上面，等我在楼梯的平台上喘了喘气，等我东张西望地寻找门铃，已经过去了几分钟。终于有个女人给我开了门，她那时正在一个不点儿大的小厨房里生茶炉。她默默地听完我的问题后，当然，什么也没听明白，就默默地给我打开了另一个房间的门，这也是个小房间，矮得可怕，里面的家具粗鄙而简陋，里面放着一张又宽又大的大床，床前挂着布幔，床上躺着捷连季奇（那女人这样叫他），看上去他好像喝醉了酒。桌上有一只夜间照明用的铁制烛台，上面点着一根蜡头，即将燃尽，桌上还有一只几乎喝空了的酒瓶。捷连季奇躺着向我嘟囔了一句什么话，向另一边的一扇门摆了摆手，而那女人已经走了，我没有别的法子，只好去推开那扇房门。我这么做了，又走进了另一个房间。

　　这房间比刚才那间还窄，还挤，我甚至不知道在哪儿转身。屋子的一角放着一张狭窄的单人床，好像占去了很大一片地方。其他家具就只有三把普普通通的椅子，上面堆着各种破烂衣服，再就是一张破旧的漆布长沙发，沙发前放着一张最最普通的厨房里用的木头桌子，因此在桌子和床之间挤得差点儿走不过去。这儿的桌上也跟那边一样，放着一只夜间照明用的铁制烛台，上面点着蜡烛，床上则有一个不点儿大的小孩在啼哭，从哭声听得出来，这孩子大概还没满月，也许总共才三星期。一个病恹恹的、脸色苍白的女人，在给他"换尿布"，也就是给他换襁褓。这女人似乎很年轻，但是衣履不整，穿着十分随便，可能是产后刚下床。那孩子不停地啼哭，哭叫着，等候着干瘪的乳房。沙发上还睡着另一个孩子，一个似乎用燕尾服盖在身上的三岁女孩。桌旁站着一位身穿十分破烂的上衣的先生（他已经脱下大衣，大衣扔在床上），他正在把一个蓝纸包打开，里面包着约莫两俄磅①白面包和两根小香肠。此外，桌上还放着一把茶壶，乱扔着几块黑面包。床下露出一只没有关好的皮箱和两个包着什么破烂的包袱。

一句话，到处乱七八糟。乍一看，我就觉得，他们俩（先生和太太）都是规矩人，但是穷愁潦倒，已经落魄到了破罐破摔的地步，乱就让它乱去吧，谁也不想去收拾。屋里的那股乱劲有增无已，而且越来越乱，他们痛苦地感到乐在其中，似乎存心想在这股乱劲中寻找一种既痛苦又快乐的报复之感。

我进去时，这位先生也刚刚在我之前走进房间，一面把食品打开，一面急促地、热烈地跟妻子说着什么。妻子虽然还没换好尿布，但已经开始嘤嘤啜泣。他带回来的消息，想必跟往常一样糟透了。这位先生看上去有二十八岁上下，脸又黑又瘦，两边长着黑黑的络腮胡子，可是下颏却刮得精光发亮。我觉得这人的相貌相当正派，甚至给人一种愉快感。

---

① 1俄磅约等于409.51克。

他满脸忧愁,目光忧郁,但是又隐隐露出一种病态的骄傲,极易受到刺激的骄傲。我进去后,发生了一场奇怪的争吵。

有些人在自己又恼火又委屈的心情中常常会找到一种极度的快感,特别是他们的这种心情发展到(这种心情总是发展得很快)登峰造极的时候。在这一刹那,他们似乎觉得受人欺侮比不受人欺侮甚至更愉快些。这些动辄生气的人,到后来总是追悔莫及,十分痛苦,不用说,假如他们很聪明,能够想到他们发火未免过了头,已经十倍于常态的话。这位先生惊讶地看了我一会儿,他的妻子则惊恐地看着我,仿佛有人会到他们家来是一件天大的怪事似的。但是,他突然近乎狂怒地向我猛扑过来,我还没来得及嘟囔上两句话,他就认为,特别是他看到我衣冠端正,就认为他受到了极大侮辱,因为我竟敢无礼地闯进他的住所,看到他自己都引以为耻的穷愁潦倒的环境。当然,他仕途失意,潦倒半生,能有机会随便找个人发泄一下心头的怒气,还是觉得很高兴的。开头那一会儿,我还以为他冲过来要打架,他脸色苍白,好像女人闹歇斯底里似的,把他妻子都吓坏了。

"您怎么敢随便进来?滚!"他叫道,气得浑身发抖,差点儿说不出话来。但是他忽然看到我手里拿着他的皮夹。

"好像是您丢的。"我尽可能平静而又干巴巴地说道。(话又说回来,本来就应该这样嘛。)

他十分害怕地站在我面前,一时似乎摸不着头脑,接着很快摸了摸自己的衣兜,吓得张大了嘴,伸手捶了下自己的脑门。

"上帝!您在哪儿捡到的?怎么捡到的?"

我三言两语地向他说明了情况,尽可能说得平淡些,我怎么从地上拾起皮夹,怎么跑去追他,喊他,一直到最后,根据推测,几乎是歪打

第三部

正着地跟在他后面跑上楼梯。

"噢上帝!"他转身向妻子叫道,"我们的全部证件,我最后几件医疗器械都在里面,一切都在里面……噢先生,您可知道,您对我做了一件多大的好事啊!不然的话,我就完了!"

就在这时候,我抓住了门把手,想不告而别,但是我自己却气喘吁吁,心头的激动突然变成了剧烈的咳呛,咳得我前仰后合,差点儿趴下。我看见这位先生东奔西跑,想给我找一把空椅子,最后他终于抓起一把椅子上的破烂,扔到地上,急忙给我端了过来,并小心翼翼地扶我坐下,但是我仍旧咳嗽不止,咳了约莫三分钟。当我清醒过来时,他已经坐在我身旁的另一把椅子上(可能,也是把椅子上的破烂先扔到地上),在注意地打量我。

"您,好像……有病吧?"他说话的口气,就像一个大夫开始给病人看病时通常用的那种口气,"我本人……是医生(他没有说'大夫'),"他说完这话,不知道为什么伸出手来向我指了指房间,仿佛对自己现在的处境提出抗议似的,"我看,您……"

"我有痨病。"我尽可能简短地说,说罢便站起身来。

他立刻跳起来。

"也许,您夸大了,而且……服药以后……"

他说着说着就说糊涂了,好像还没有清醒过来似的,他的左手仍旧抓着那只皮夹。

"噢,您甭担心,"我抓住门把手,又打断了他的话,"上星期博大夫(我又拉扯上了博大夫)给我看过病——我的事已成定局。对不起……"

我又想去开门,又想离开这位尴尬的、对我满怀感激之情,但又被羞愧压得抬不起头来的大夫,但是该死的咳嗽偏偏又在这时候抓住我不放。这时,我那位大夫坚持要我再坐下来休息会儿,他转身向妻子示意,于是这位太太便在原地对我说了几句表示感谢和欢迎的话。她说话时显得很尴尬,甚至她那蜡黄的、干瘦的面颊上都堆上了两朵红晕。我留了下来,但是每秒钟都显露出一种唯恐使他们感到拘束的神情(本来就应该这样)。我那位大夫对自己刚才的冒失举动感到追悔莫及,我看出了这点。

"如果我⋯⋯"他开口道,说话时断时续,从这句跳到那句,"我对您感激不尽,心中实在有愧⋯⋯我⋯⋯您看见了⋯⋯"他又指了指屋子,"我目前的处境⋯⋯"

"噢,"我说,"不用看,事情明摆着,您想必丢了工作,到这儿来申诉,想另外找个差事,是吗?"

"您怎么⋯⋯怎么知道的?"他诧异地问。

"一眼就看出来了,"我不由得嘲讽地回答道,"许多人满怀希望地从外省到这里来,到处奔走,都过着这样的生活。"

他突然嘴唇哆嗦着热烈地说起话来,他开始诉说,开始申述,说实在的,我都听入了迷。我在他们家差不多坐了一个小时。他向我讲了自己的身世,话又说回来,这身世也十分平常。他是外省的一名医生,在官府供职,但是后来发生了一些男女私情,竟把他的妻子也卷了进去。他出言不逊,发了通脾气,结果是省里的长官变了脸,偏袒他的仇人。有些人便对他暗中使坏,在背后说他的坏话,他丢掉了差事,不得已用最后一点儿钱来到彼得堡,向上级申诉。在彼得堡,明摆着,他的申诉很久无人受理,后来受理了,又被驳回,后来又答应再研究研究,后来又被严词驳回,后来又让他写个条陈,后来又拒绝他的条陈,让他另递禀帖——总之,他已经奔走了四个多月,把一切都吃光了:妻子的最后几件破衣服也拿去抵押了,偏偏在这时候又生了个孩子,而且,而且⋯⋯"今天又对我递的禀帖下了最后驳复,而我几乎没有了面包,没有了一切,妻子又生了。我，我……"

他从椅子上跳起来，别转了头。他妻子则在角落里嘤嘤啜泣，孩子又开始啼哭。我掏出笔记本，记下了有关情况。我写完后站起身来，这时，他站在我面前，以一种又害怕又好奇的神情看着我。

"我记下了您的名字，"我对他说，"嗯，还有其余的一切：何处供职，贵省省长的大名，以及年月日等。我有位同学，还是中学里的同学，姓巴赫穆托夫，他有个叔叔，叫彼得·马特维耶维奇·巴赫穆托夫，四等文官，现在任总办……"

"彼得·马特维耶维奇·巴赫穆托夫！"我那位医生差点儿浑身发抖地叫道，"您知道，几乎一切都取决于他呀！"

的确，在我那位医生的身世和结局中，我无意中帮了他一个大忙，一切都顺理成章地得到了圆满解决，简直就跟小说里一样，好像上天故意这么安排好了似的。我对这两位可怜的人说，请他们务必不要对我抱任何希望，因为我本人也是个穷学生（我故意夸大了自己的低下身份，其实我已经中学毕业，不是学生了），至于我姓甚名谁，他们也不必知道，但是我将即刻前往瓦西里岛去找我的同学巴赫穆托夫，因为我确有把握，他的叔叔是四等文官，鳏居，没有孩子，非常宠爱自己的侄儿，而且溺爱他，把他看作自己族中最后一根苗裔，"也许，我的这位同学能够为你们，也为我做点儿什么，当然，必须通过他的叔叔……"

"只要能让我向这位大人当面申诉一下就行！只要我承蒙错爱，有幸向他口头解释一番就行！"他叫道，像打摆子似的浑身发抖，两眼闪着泪花。他就是这么说的：承蒙错爱。我再一次重申，事情很可能告吹，这样，一切就都成了废话，说到这里，我又加了一句，如果明天上午我不来找他们，那就是说事情完蛋了，请他们不必等我。他们连连鞠躬，把我送了出去，他们高兴得差点儿发狂。我永远忘不了他们脸上的表情。我雇了辆马车，即刻上瓦西里岛去。

我在念中学的几年里，一直跟这位巴赫穆托夫不和。在我们学校里，他一直被认为是贵族，起码我是这么称呼他的：衣冠楚楚，坐自己的马车来上学，但是毫无自吹自擂之意，是一个非常好相处的同学，天性豪爽，永远乐呵呵的，有时说话甚至还很俏皮，虽然此人的智力十分平庸，尽管他在班上永远名列前茅，而我无论干什么都没有得过第一。除了我一个人以外，所有的同学都喜欢他。在这几年里，他曾经几次想接近我，但是我每次都板着脸，怒气冲冲地对他扭头不顾。现在我差不多有一年时间没见到他了，他在上大学。当我八点多钟到他府上登门求见时（规矩很大，须由下人先行通报），他出来见了我，先是十分诧异，甚至没有一点儿欢迎的样子，但立刻快活起来，看着我，忽然哈哈大笑。

"您怎么会想到光临寒舍来找我的，捷连季耶夫？"他叫道，他那神情一向既亲切而又随随便便，虽然有时候显得有点儿放肆，但决无侮辱他人之意，我非常喜欢他的这一神态，也为这种神态而非常恨他。"不过，这是怎么回事，"他惊恐地叫道，"您竟病成了这副模样！"

咳嗽又开始折磨我，我跌坐在椅子上，差点儿喘不过气来。

"不用担心，我有痨病，"我说，"我找您有一事相求。"

他诧异地坐了下来，于是我便把那位大夫的事一五一十地告诉了他，并说明道，因为他本人对他叔叔有非同寻常的影响，也许可以为他们做点什么。

"一定，一定照办，而且明天就去找我叔叔。我甚至感到很高兴，您把这事又讲得如此生动……话又说回来，捷连季耶夫，您怎么会想到来找我的呢？"

第三部

"因为这事与令叔有很大关系,再说咱们俩,巴赫穆托夫,一向是仇敌,而您是一位光明磊落的人,因此我想,您决不会不给您的仇敌一点儿面子的。"我讽刺地加了一句。

"就像拿破仑向英国乞和一样!①"他叫道,哈哈大笑起来。"照办,一定照办!可以的话,马上去都行!"他看见我板着脸,神情严肃地从座位上站起来,急忙加了一句。

果然,这件事出乎意料地办得十分顺利,圆满得不能再圆满了。过了一个半月,我们这位医生在另一省又得到了一份工作,拿到了差旅费,甚至还拿到了津贴。我疑心,动不动就去找他们的巴赫穆托夫(因为这事,当时我故意不上他们家去,有时大夫跑来看我,我对他也几乎很冷淡)——正如我所疑心的,巴赫穆托夫竟说动了大夫,使大夫接受了他的借款。在这六星期中,我跟巴赫穆托夫见过两次面,后来给大夫送行的时候,我们又第三次相遇,巴赫穆托夫在自己的公馆里为大夫践行,举办了香槟酒会,大夫的妻子也出席了酒会,但是她没有待多久,就急忙回去看孩子了。这事发生在五月初,黄昏时天色十分明媚,一轮巨大的落日渐渐沉进海湾②。巴赫穆托夫送我回家,我们走上尼古拉桥,两人都略有醉意。巴赫穆托夫说他很高兴,这事竟这么圆满地解决了,他对我表示感谢,说他做了这件好事后现在心里很痛快,他还一再说,这事的全部功劳都应当归我,如今有许多人好为人师地大肆宣传个别的行善毫无意义,是没有根据的。我也非常想说说我的意见。

"谁否定个别的'施舍',"我开口道,"谁就是否定人的天性,蔑视

---

① 拿破仑于1815年滑铁卢失败和第二次退位后准备逃往美国。但因英国舰队封锁了法国的罗什福尔港,拿破仑被迫与他的老对手英国谈判,最后被流放到大西洋上的圣赫勒拿岛。
② 指彼得堡瓦西里岛西侧的芬兰湾。

人的个人尊严。但是,组织'社会救济'和维护个人自由的问题,乃是两个性质不同,但是并不互相排斥的问题。个别的善是永存的,因为这是个人的一种需要,这是一个个人对另一个个人施加直接影响的迫切需要。莫斯科过去住着一位老人,一位老'将军',也就是四等文官①,从他的姓看像是个日耳曼人。他整个一生都奔走于监狱和罪犯们之间,每一批解送到西伯利亚去的罪犯都预先知道会有一位'老将军'到麻雀山②来看他们。他做事非常严肃和虔诚。他到来之后,就逐一巡视站在他周围的一排排流放犯,在每个人面前停下来,询问他们需要什么,他几乎从来不对任何人说教,管他们大家叫'亲爱的'。他送给大家钱,送来各种必需品——包脚布、裹腿、麻布,有时候还拿来一些劝人行善的书,将这些书分发给每个识字的人,深信他们会在路上读这些书,由识字的人读给不识字的人听。他很少问这些人到底犯了什么罪,除非犯人自动讲出来,他才听。所有的犯人在他眼里都是平等的,没有差别。他跟他们说话就跟同亲兄弟说话一样,但是最后连他们自己也开始把他看作自己的父亲了。如果他看到某个抱着孩子的女犯人,就会走过去,抚摩孩子,弹弹手指头,逗孩子笑。多年来他一直这样做,真是鞠躬尽瘁,死而后已。他的英名不胫而走,全俄国、全西伯利亚的人都知道他,也就是所有的犯人都知道他。有一个曾经在西伯利亚待过的人告诉我,他亲眼看到有些罪大恶极的犯人,至今还念念不忘将军,其实,将军去看他们,至多也只会发给每人二十戈比。诚然,他们怀念他时也并不热诚,或者

---

① 指帝俄时代相当于将军衔的高级文官(从四等文官到一等文官)。这里所说的"将军",指莫斯科监狱医院主任医官费奥多尔·彼得罗维奇·哈斯(1780—1853)。在沙皇尼古拉一世时代,他为在押犯和流放犯做过许多好事,免费为犯人看病,把自己的东西施舍给他们,在俄国老百姓中名气很大,认为他是大好人。
② 即现在莫斯科的列宁山。

也不十分严肃。这些'不幸的人'中有一个人，杀害过十二条人命，残害过六名小孩，仅仅因为一时兴起（据说，这样的人是常有的），忽然有一天，也许是长达二十年岁月中的头一次，忽然无缘无故地叹了口气，说道：'不知道那位老将军怎么样了，是不是还活着？'他说这话时，也许还会发出一声冷笑——也不过如此而已。可是，您又从何得知，这位他二十年都没有忘记的'老将军'在他心里永远投下了一颗怎样的种子呢？巴赫穆托夫，您又从何得知，一个个人接近另一个个人，在被接近的这个人的命运中将会具有怎样的意义呢？……要知道，这是整个生命之树以及我们看不见、摸不着、无从知晓的多得不可胜数的分权。最优秀的象棋选手，他们中脑子最灵的人，也不过能预先看出几步棋。有人写到一位法国选手能预先看出十步棋，就认为这简直是奇迹。这里究竟有多少步棋，有多少我们不知道的未知数呢？您投下您的一颗种子，投下您的一份'施舍'，以及您不论用什么形式做的一件好事，也就是向别人献出了您身上的一部分，并把他人身上的一部分化为己有。你们彼此互相接近了，再稍加注意，您就会得到报酬，非但增加了知识，而且还会有些完全出乎意外的发现。您最后一定会把您所从事的事业看作一门学问，它一定会使您鞠躬尽瘁，死而后已，而且还会使您的整个生活得到充实。从另一方面说，您的全部思想，您投下的所有种子，也许您自己都忘了，却会生根发芽和成长壮大。而从您手里得到这颗种子的人，又会转送给别人。您怎么知道，您在解决人类的未来命运中又将起到怎样的作用呢？假如您有知识，而且又毕生从事这项工作的话，最后一定会使您臻于至善，您就可能投下一颗巨大的种子，使您的丰硕的思想遗产传诸后人，流芳百世，那么……"如此等等，我当时说了许多。

"说这话的时候不妨想想，您已风雨飘摇，不久于人世了！"巴赫穆托夫似乎在热烈地谴责什么人似的叫道。

说这话的时候，我们正站在一座桥上，凭栏眺望涅瓦河。

"您知道我产生了一个什么念头？"我伏在桥栏上，探身向前，问道。

"难道想跳河？"巴赫穆托夫几乎惊恐地叫起来。也许，他从我的脸上看出了我的想法。

"不，我目前只有一个想法，我想：我现在只能再活两三个月，也许四个月，但是，比如说吧，总共只剩下两个月了，可是我却非常想做一件好事，可是这事要求做很多工作，需要奔走和张罗，就像我们这位大夫的事情一样，那么，在这种情况下，由于我剩下的时间不多了，我只能放弃干这事，另外再去找一件小一些的、力所能及的'好事'（如果我不能自己，非常想做好事的话）。您得承认，这是一个很有趣的想法！"

可怜的巴赫穆托夫非常替我担心，他把我一直送到家门口，而且非常知趣地一次也没来安慰我，几乎一直保持着沉默。跟我告别的时候，他热烈地跟我握了手，并请求我允许他常常来看我。我回答说，如果他来看我是想"安慰"我（因为即使他保持沉默，还是想给我以安慰，我向他说明了这点），那么他的每次来访无非让我更多地想到我已死期不远。他耸耸肩膀，但是不得不同意我的看法。我们分手时相当客气，这甚至是我开头没有料到的。

但是，在这天晚上和这天夜里，却投下了我"最后的信念"的第一颗种子。我贪婪地抓住我的这一新想法，贪婪地分析这一想法的所有细微曲折之处和它的所有表现形式（我整夜没睡），我想得越深，领会得也就越深刻，因此也就更加害怕。可怕的恐惧终于向我袭来，而且这种恐惧在以后的几天里一直没有离开过我。有时候，当我想到我的这种经常不断的恐惧时，又蓦地被一种新的恐怖弄得不寒而栗：我根据这种恐惧可

第三部

以得出结论，我的这一"最后信念"在我心中已经根深蒂固，它一定会得到解决。但是真要解决它，我又缺少决心。又过了三星期，一切都完了，决心也下定了，但是下定这一决心是因为出了一件非常奇怪的事。

在我的这个说明里，我标明了所有这些数字和日期。其实标也罢，不标也罢，我都无所谓，但是现在（也许，仅仅在此时此刻）我希望那些将要评论我的所作所为的人能够清楚地看到，我的"最后信念"是从怎样的一连串逻辑结论中得出来的。我刚才在上面写到，我缺乏实行我的"最后信念"的最终决心，后来终于有了这一决心，但是好像完全不是从逻辑结论中得出来的，而是因为某个奇怪的推动，因为出了一件怪事，也许这事跟事情的进程毫无关系。约莫十天前，罗戈任因为一件私事前来找我，所为何事，恕不赘述。我过去从来没有见过罗戈任，但是关于他的情况我时有耳闻。我向他提供了他所需要的情况，他很快就走了，因为他此行的目的就是了解情况，因此我们之间的事也就完了。但是他却使我产生了浓厚的兴趣，这天一整天，我都处在一些奇怪的想法的影响下，因此我决定第二天亲自上他府上回访。罗戈任显然并不欢迎我来，甚至还"客气地"向我暗示，我们没有必要继续来往。但是，我还是度过了饶有兴趣的一小时，大概，他也是这样。我们两人之间存在极大的反差，这一点我们俩不能不表露出来，尤其是我：我是一个日薄西山、来日无多的人，他却是个精力充沛、身强力壮、只关心眼前的人，根本不去考虑"最后的"结论、命数或者与那事无关的任何事，即……即……与那件使他发狂的事无关的任何事。请罗戈任先生恕我直言，因为我是一个蹩脚的文人，不知道应该怎样来表达自己的思想。尽管他对我很不客气，我还是觉得他是一个有头脑的人，他对许多事是能够理解的，虽然他对不相干的事兴趣索然，无暇理会。我没有向他暗示我的

"最后信念",但是不知道为什么我总觉得,他在听我说话的时候已经猜到了我的心思。他始终一言不发,他非常不爱说话。我临走时向他暗示,尽管我们之间正好相反,有这么多不同,但是**相反相成**(我用俄语向他作了说明),因此,他本人也许并不像表面上看来那样与我的"最后信念"完全格格不入。他对我的这句话报以一个非常阴郁的苦笑,接着便站起身来,亲自给我找到了帽子,摆出一副似乎我自己想走的模样,其实是他把我撵出了他那阴森森的房子,可是却装模作样地像在恭恭敬敬地送我。他那房子使我吃了一惊:像座公墓,他似乎很喜欢这房子,不过,这也是可以理解的:他身强力壮、精力充沛,本身就很充实,不需要环境来衬托。

这次对罗戈任的拜访使我精疲力竭。此外,从早晨起,我就感到不舒服。傍晚,我感到很虚弱,就躺到床上,可是我偶尔感到烧得很厉害,甚至有时候还说胡话。科利亚一直陪我坐到十一点钟。不过他说了什么和我们两人说了什么,我还是都记得的。但是有时候,当我合上眼睛,伊万·福米奇的形象就常常呈现在我眼前,他似乎发了财,得了几百万。他绞尽脑汁,始终想不出来把这些钱放哪儿是好,他生怕别人来偷他的钱,怕得浑身发抖,最后才决定把钱埋在地底下。后来,我给他出了个主意,与其把这么一大堆金币白白埋在地底下,还不如用这堆金子给那个"冻死"的孩子做一口金棺材呢,为此就必须把这孩子再从地下挖出来。我这个嘲弄性的建议,苏里科夫居然含着似乎感激的眼泪接受了,并且动手立即执行这一计划。我好像啐了口唾沫,离开他走了。当我完全清醒过来以后,科利亚对我说,我根本没睡,在这段时间里一直在跟他谈苏里科夫。我有时候非常苦闷,十分惊慌,因此科利亚离开我的时候很不放心。当我站起来等他走出去以后锁门的时候,我突然想起了不

第三部

久前在罗戈任家一间阴森森的客厅的房门上方看到的一幅画①。这幅画是他路过那儿时亲自指给我看的,我在这幅画前足足站了好像五分钟。这幅画在艺术上并没什么可取之处,但却在我身上引起了某种奇怪的不安。

这幅画画的是刚刚从十字架上卸下来的基督。我觉得,画家们画钉在十字架上的基督或从十字架上卸下来的基督时,一般都习惯于把他的脸画得依旧非常美,甚至在他经受最可怕的痛苦时,他们也在想方设法保留这种美。但是在罗戈任家的那幅画里却毫无美可言。这完全是一具尸体,还在他被钉上十字架以前,当他背着十字架、摔倒在十字架下的时候,就受了无数的苦、无数的伤、无数的折磨以及狱卒的鞭打和众百姓的殴打,最后,又在长达六小时(根据我的计算,起码有六小时)中经受了被钉十字架的痛苦。当然,这是一个刚刚从十字架上卸下来的人的脸,也就是说,脸上还留有很多活的、温暖的气息。他脸上的表情还没来得及僵硬,因此死者的脸上还看得出痛苦,似乎他现在还感觉得到的痛苦(这位画家很好地抓住了这点)。然而这脸却画得毫不留情,这完全合乎人之常情,一个人,不管他是谁,在经过如许痛苦之后,他的尸体的确应当如此。我知道,基督教会在耶稣纪元之初就认定,基督受难并不是象征性的,而是确有其事,因此他的肉体在十字架上也应当完全、彻底地服从自然法则。这幅画上,他的脸被打得皮开肉绽,十分可怕,脸被打肿了,脸上有一块块青紫,可怕地肿了起来,而且血迹斑斑,张开两眼,眼珠歪斜,暴露在外的两大块眼白,发出死人般的、形同玻璃似的光泽。但是,令人纳闷的是,当你看着这具受尽苦难的人的尸体时,不由得会产生一种特别的、令人好奇的问题:如果他的所有门徒,他未

---

① 参见本书第二部第四节。

来的主要信徒们看到这样一具尸体（这尸体想必一定是这样的），那些跟随他并站在十字架旁的妇女们，以及所有那些信仰他、崇拜他的人看到这样一具尸体后，又怎会相信这位受苦受难的基督能够复活呢？这不由得使人产生一个想法，既然死亡这么可怕，自然法则又这么强大，那怎样才能战胜它们呢？那个人在自己生前曾经不止一次地战胜过自然，自然对他唯命是从，当他喊"大利大古米"①——这闺女就起来了，喊"拉撒路，出来"——那死人就出来了②，可是现在连他都战胜不了自然法则，我们又怎能克服这些法则呢？在看这幅画的时候，就使人产生一种幻觉，仿佛自然是一头巨大的、心如铁石的、不会说话的野兽，或者不如说，不如更正确得多地说，虽然说来奇怪，像一台结构新颖的硕大无朋的机器，它毫无意义地一把抓起了伟大的无价之宝——人，把他碾成齑粉，一口吞进肚里，既冷漠又无情——可是这个人的价值却抵得上整个大自然、它的一切法则和整个大地，也许大地之所以创造出来，完全是为了这个人能够降临人世！这幅画所要表现的似乎正是这一概念，即世上有一种无耻而又毫无意义的、永恒的黑势力，一切都听命于它，而看着这幅画，你们也会身不由己地产生这一想法。那些站在死人周围的活人（这幅画上，这样的人一个也没有），在一下子粉碎了他们的一切希望和几乎是信仰的这个晚上，该感到多么可怕的悲哀和惊慌啊。他们一定会在极大的恐怖中四散逃走，虽然他们每个人心中带走了一个永远无法从他们心中拔除的了不起的想法。如果这位人类的导师能够在行刑之前看到自己的这一形象，他还能这样从容地走上十字架，像现在这样从容就义吗？

---

① 意为：闺女，我吩咐你起来。
② 以上的话和故事，分别见《新约·马可福音》第五章第四十一、四十二节和《新约·约翰福音》第十一章第四十三节。

第三部

看这幅画的时候，心头会不由得产生这样的问题。

科利亚离开后的整整一个半小时里，我时断时续、若隐若现地看到了这一切，也许的确是在生病，做噩梦，但是有时候又形象逼真。难道没有形象的东西能够幻化成形象吗？但是有时候我似乎觉得，我看得见这个没有穷尽的力量，看得见这个冷酷、黑暗、默默无言的活物，但是它的外形奇特，简直难以想象。我记得，似乎有人拉着我的手，手里擎着蜡烛，指给我看一只又大又恶心的毒蜘蛛，并告诉我说，这就是那个最黑暗、最冷酷无情而又无所不能、无所不为的活物，接着他便开始嘲笑我的愤怒。我房间的圣像前，夜里总点着一盏长明灯——光线暗淡而又微弱，但是可以看清一切，凑在灯下还能读书。我估计，那时已经十二点多了。我躺在那里，完全睡不着，睁大了双眼。蓦地，我的房门打开了，罗戈任走了进来。

他进来后，关上了门，默默地看了看我，接着便轻手轻脚地走到墙角的一张桌子旁，这张桌子几乎就放在那盏长明灯下面。我很惊讶地看着他，看他准备做什么。罗戈任把胳膊肘支在小桌上，抬头默默地望着我。这样过了两三分钟，我记得，他的沉默使我十分生气和非常懊丧。为什么他不肯说话呢？他这么晚还到我这里来，我当然觉得奇怪，但是我记得，我并没有因为这点而大惊小怪。甚至恰好相反：今天上午我虽然没有向他明明白白地说出自己的想法，但是我知道他是懂得我的意思的，而这一想法性质严重，为了这事，当然，可以再来谈一次，哪怕时间很晚，来谈谈总是可以的。我以为他就是为这件事来的。上午，我们分手的时候，有点儿互相敌对，我甚至记得，他以嘲讽的态度望了我两三次。现在我在他的目光里就看到这种嘲弄的神态，他使我生气的也正是这一表情。至于这人就是罗戈任，不是幻影，也不是幻觉，一开始我就不曾有过丝毫怀疑。甚至连想都没想过。

当时，他一直坐在那里，还是用那种嘲笑的神态一直望着我。我恶狠狠地在床上翻了个身，也用胳膊肘支在枕头上，也存心一声不吭，即使这样一直坐下去，也在所不惜。不知道为什么，我非要他先开口不可。我觉得，这样过了大约二十分钟。突然，我生出一个想法：倘使这人不是罗戈任，只是个幻影，那怎么办？

无论生病的时候和生病以前，我从来就不曾见过一个鬼魂。但是我小时候，甚至现在，也就是不久以前，我总觉得，倘若我当真看到了鬼魂，哪怕就一次，我就会立刻当场死去，尽管我从来不相信任何鬼魂。但是，当我突发奇想，觉得这人不是罗戈任，只是个鬼魂时，我记得，我一点儿也不害怕。非但不害怕，甚至对此还很恼怒。奇怪的事还有，如何解决这一问题（即这人到底是鬼呢，还是罗戈任本人？）——不知道为什么，我对此毫无兴趣，也不感到惊慌，其实，对这个问题是应当感到惊慌和不安的。我觉得我当时想的是另一个问题。比如说，当时使我兴趣大得多的另一个问题是，为什么今天上午罗戈任穿的是家常便服和便鞋，现在却穿上燕尾服和白坎肩，戴上了白领结？我也闪过这样的想法：倘若这是个鬼魂，而我并不怕他，那我为什么不站起来，走到他身边去，亲自验证一下呢？话又说回来，也许是我不敢和心里害怕吧。但是，我刚一想到我可能害怕时，突然浑身冰冷，不寒而栗。我感到背上冰凉，我的两个膝盖也哆嗦起来。就在这一刹那，罗戈任仿佛猜到我害怕了，他把支着的那只胳臂放了下来，挺直了身子，开始张开嘴，似乎想笑，他的两眼死死地盯住我。我感到一阵狂怒，恨不得向他扑过去，但是因为我曾经发誓决不先开口，因此仍旧躺在床上，再说，我还不能肯定，这人是不是罗戈任？

我记不清这到底持续了多长时间，也记不清是不是有时候我昏睡过去了。反正到后来，罗戈任站起来了，像刚才进来时那样，慢条斯理而又聚精会神地端详了我一番，但是他已不再嘲笑，而是轻轻地，几乎蹑手蹑脚地走到门口，打开门后，又把门虚掩上，走了出去。我没有起床，也不记得我睁大了两眼又躺了多长时间，我一直在想，天知道我在想什么，也不记得我后来是怎么昏睡过去的。第二天上午，九点来钟的时候，有人敲我的门，我醒了过来。我曾经跟家里人讲定，如果我在九点前自己不开门，也不叫人给我送茶来，那么马特廖娜就应当主动来敲我的门。我给她开开门后，立刻出现了一个想法：门是锁着的，他怎么进来的呢？弄清了情况后，我深信，真正的罗戈任是不可能进来的，因为我们家的所有的门夜里都是上锁的。

我不厌其详地描写的这一特别情况，就促使我完全"下定了决心"。由此可见，促使我彻底下定决心的，不是逻辑，也不是合乎逻辑的信念，而是厌恶。我决不能再留在人世了，因为活在人间竟会有这样一些奇怪的、使我恼火的表现形式。这个鬼魂使我感到屈辱。我无法屈从形同毒蜘蛛的黑势力。直到暮色苍茫，我才终于感到下了最后的决心，这时，我的心头才松快了些。这仅仅是第一回合，我是到帕夫洛夫斯克来迎接第二回合的，但是这已经说得够多了。

七

我有一支小小的袖珍手枪，还是我小时候买的，当时我还处在那种可笑的年龄，我一下子喜欢上了决斗和强盗抢劫的故事，喜欢幻想人家向我挑战，找我决斗，我又怎样高尚地站在枪口下。一个月前，我检查了一下这支手枪，做好了准备。我在放手枪的抽屉里找到了两颗子弹，又在火药筒里找到了够上三次膛的火药。这支手枪很糟，一打就歪，总共才能打十五步远，但是把手枪紧按在太阳穴上，当然还是能把天灵盖掀到一边去的。

我决定死在帕夫洛夫斯克，在日出时分，并且到公园去，以免打搅别墅里的任何人。我的这个说明一定能向警察说清楚全部情况。爱好研究心理的人和其他有兴趣的人，将会从中得出他们想要得出的结论。但是，我不愿意将我这份手稿公之于众。我请公爵把这手稿留一份在自己身边，将另一份送给阿格拉娅·伊万诺芙娜·叶潘钦小姐，由她掌管。这是我的遗愿。我死后可将我的遗骨送给医科大学，作科学研究用。

我不承认想要审判我的任何法官，我知道我现在逍遥法外，任何审判都奈何不了我。不久前，我突发奇想，令我大笑不止：如果我现在想杀人，随便杀什么人，哪怕一下子杀死十个人，或者做出一件在这世上被认为是最可怕的事中的最可怕的事，而我只有两三个星期好活了，我国又废除了刑讯和拷打，面对像我这样一个人，我国的法院又将怎样进退两难、狼狈不堪啊？我可以舒舒服服地死在他们的医院里，既暖和，又有大夫的细心治疗，也许比死在自己家里要舒服得多和温暖得多。我真不明白，有些人处在与我相同的情况下，怎么就不曾想到与我同样的念头呢？哪怕只是为了开开玩笑也不错呀！话又说回来，也许有人想到过，天性快乐的人在我国可不乏其人啊！

尽管我不承认想要审判我的任何法庭，但是我终究还有自知之明，当我变成耳不能听、口不能言的被告时，人家还是要审判我的。我不愿意不留下答复就离开人世，——我的答复是自由人的答复，不是强迫的，更不是为了替自己开脱，——噢不！我无须请求任何人宽恕任何事，因为这样做是我自愿的。

第一，我在此有个奇怪的想法：究竟什么人，有什么权利，出于什么动机，现在居然想要对我两三个星期的生存权提出异议？什么法庭爱管这个闲事？究竟什么人想要使我不仅受到判决，还要我规规矩矩地服满刑期呢？难道当真有人需要我这样做吗？为了伸张道义？如果我身强力壮，而又蓄意加害我这条"也许对他人有用"的生命的话，那么道义上也许可以按照陈规，责备我未经许可就自作主张，萌生轻生之念，或者它自己知道我还可能有什么罪状，如果这样，我还庶几能懂。可是现在，现在已经向我宣读了我的刑期判决了呀？什么道义除了要您一命归阴以外还偏要听听您即将咽气时发出的最后呼哧呼哧的声音呢？而且还要在临死时听着公爵安慰您的话——公爵按照他那基督徒的论据，一定会得出一个十分美满的想法：您要死了，实际上倒更好。（像他这样的基督徒一定会得出这一想法：这是一匹他们心爱的马儿——津津乐道的命题。）他们可笑地说什么"帕夫洛夫斯克的绿树"，他们说这话究竟想干什么呢？想要宽解我弥留人世的最后几小时吗？难道他们不明白，我越是忘乎所以，越是迷恋于这个生和爱的最后的幻影（他们想用这一幻影使我看不到我那梅耶罗夫公寓的墙，以及非常坦率和老老实实地写在墙上的一切），他们只会使我更不幸吗？我要你们的大自然、你们的帕夫洛夫斯克公园、你们的日出和日落、你们的蓝天和你们志得意满的面孔（而这个不散的宴席从一开始就认为我一个人是多余的），又有何用？现在我每分钟每秒钟都必须知道，而且不得不知道，甚至现在在我身旁的阳光中嗡嗡叫的这只不点儿大的小苍蝇，连它都是这个人间宴席和人间歌队的参加者，知道自己的地位，爱自己的地位，而且感到幸福，只有我一个人是个不足月的产儿，只是因为我胆怯，所以至今不愿了解这点的时候，我要这一切的美又有何用！噢，我知道得很清楚，公爵和他们大家多么想使我不再说这一套"阴险而又狠毒"的话，而是乐天知命地为了道德的胜利而高唱米尔武阿那著名的经典诗句：

噢，但愿对我的离去置若罔闻的朋友，

能够看到您那神圣的美！

但愿他们安享天年，死时有人痛哭流涕，

但愿他们死得其所，

亲朋在旁悲伤哭泣！ ①

但是，老实巴交的人啊，你们要相信，要相信啊，在这首法国诗里，在这节乐天知命的诗句中，在这个学院派对于世界的赞颂里，蕴含着多少隐痛，多少不可调和的、只能用韵文自我宽慰的怨恨啊，也许连诗人自己也误入歧途，把这怨恨误以为是感动的眼泪，因而含恨而死。愿他的灵魂安息！要知道，对自己的渺小和软弱的认识中，耻辱也有极限，一个人决不能超出这个极限，一超出这个极限，就会在自己的耻辱中感到莫大的享受……嗯，逆来顺受就这一点说来的确是一种巨大的力量，我姑且承认这是可能的——虽然我的意思与宗教把逆来顺受当成一种力量判然有别。

宗教！我认为，也许有永恒的生命存在，也许，我一向就是这么认

---

① 这首诗并非法国诗人米尔武阿（1782—1816）所作，真正的作者是法国诗人日尔伯（1751—1780）。原诗名是《颂歌——仿圣经诗篇》。陀思妥耶夫斯基在引用时略有改动。

为的。那就让至高无上的力量把意识点燃，让意识回过头去看一看这世界，并且说："我存在！"接着，又让这个至高无上的力量忽然下令它必须自行消灭，因为上天由于某种原因需要这样，甚至不必说明因何如此，我就要这样，就让它是这样吧，这一切我都假定是可能的，但是，毕竟又会出现一个永恒的问题：既然这样，为什么需要我逆来顺受呢？难道就不能痛痛快快地把我一口吃掉，而不要求我对我的被吃歌功颂德吗？难道因为我不愿意再等两星期，那里真有什么人会因此见怪吗？我不相信真有这事。最可能的倒是，姑且这么假定：人世间之所以需要我这个微不足道的人（我不过是沧海一粟）活下去，无非为了让整体的普遍和谐显得更圆满，为了某种加与减，为了某种反差，以及其他等等，就像每天需要许多活物的生命作牺牲，没有它们的死，其余的世界就不能存在一样（虽然必须指出，这样想本身就不是一种慷慨大度、舍己为人的想法）。但是，且由它去！我同意，如果不这样做，也就是说，如果世界万物不是不断地互相吞噬，那么要维持这个世界是无论如何不可能的。我甚至同意这样的假定，我对这种弱肉强食的机制一窍不通。但是有一点我知道得很清楚：既然让我意识到"我存在"，那么说什么世界这样安排有错误，否则世界就不可能存在云云，与我有何相干？既然如此，什么人，他又凭什么要审判我①？不管你们说什么，反正这一切是不可能的，也是不公道的。

然而，尽管我非常愿意这样想，但是我从来不能想象，未来的生活②天命是不存在的。很可能，这一切都有，但是我们对未来的生活及其法则一窍不通。如果这事这么难于理解，甚至完全不能理解，难道倒要我来负无法理解这个不可思议的事的责任吗？诚然，他们会说，公爵

---

① 指世界末日来临时所有世人都将接受上帝的最后审判（基督教教义之一）。
② 指人死后，得到救赎的灵魂升入天堂，与上帝同享永福；不思悔改者入地狱，受永罚。

当然也会跟他们一起持有相同的见解，说什么现在需要的是顺从，不要说三道四，要乐天知命，由于我的驯良，我一定会在那个世界里得到补报的。我们也太贬低天意了，竟把我们的理解硬加在它头上，这无非是因为我们无法了解天意而感到懊丧所致。但是话又说回来，如果了解天意是不可能的，那么我再说一遍。既然上天没有让人理解，人也就很难对此负责。既然如此，又怎能因为我不能理解上天的真正意志和诫律[①]而来审判我呢？不，我们还是撇开宗教不谈为好。

不过也够了。当我明天读到这里的时候，太阳一定已经升起，并"在天上发出响声"，于是普天之下洒满了它那不可胜计的庞大的力量。由它去！我要直面力量和生命的源泉死去，我不要这生命了！如果我有权不出生，我一定不接受在这样嘲弄人的环境下生存。但是我还有权去死，虽然我能够交还的日子已经屈指可数了。这权既不大，这反也造得渺不足道。

最后一个说明：我要死完全不是因为我无法把这三星期熬过去，噢，只要我愿意，我就有足够的力量，只要我一意识到我受的屈辱，就足以自慰而力量倍增。但是我不是那个法国诗人，也不想得到这样的安慰。最后，还有一个诱惑：造化宣判我只能再活三星期，这就极大地限制了我的活动，也许，只有自杀才是我按照自己的意志还来得及开始和来得及结束的我唯一能做的事。也罢，也许我偏想利用一下这件事的最后可能性呢？抗议有时候也是非同小可……

说明念完了，伊波利特终于停了下来……

一个人到了日暮途穷的时候，就会无所不用其极，采取一种厚颜无耻的开

[①] 指上帝授予摩西的十条诫命，基督教奉为最高律法，或称戒律。

门见山的态度——这时，一个神经质的人便会大动肝火、怒不可遏，天不怕地不怕，甚至准备破罐破摔，非但不以为耻，反以为乐。他会向人们挑衅，而他自己这时却有一个虽不明确但却坚定的目标，即再过一分钟，一定要从钟楼上奋身跳下去，从而一了百了，一下子解决当时可能出现的一切误解。一个人身亏体虚，体力即将耗尽，通常也是产生这一状态的迹象。在这以前，是一种异乎寻常的、几乎不自然的紧张状态支持着伊波利特，现在这种紧张状态已经达到极限。这个被疾病弄得虚弱已极的十八岁男孩，就其自身说，就像从树上吹落的一片瑟瑟发抖的树叶，看上去很弱。但是当他的目光扫视了一下他的听众后（在最近这整个一小时内这还是第一次），在他的目光和微笑里，立刻显露出一种非常傲慢、充满了蔑视和委屈的厌恶之情。他急于抛出自己的挑战。但是听众也十分恼怒。大家吵吵嚷嚷，恼火地从桌旁站起来。疲倦、酒和神经绷得太紧，更加剧了混乱，眼前似乎成了一片印象的泥塘（如果可以这样说的话）。

伊波利特从椅子上猛地一下跳起来，好像有人把他从座位上拽下来似的。

"太阳出来了！"他看到闪亮的树梢，便指点着让公爵看，仿佛这是什么奇迹似的，"出太阳啦！"

"难道您以为太阳从此不出来了吗？"费德先科说。

"又是个大热天，"加尼亚懊恼而又漫不经心地嘟囔道，他两手拿着礼帽，伸着懒腰，打着哈欠，"再旱一个月，怎么得了啊！……走不走，普季岑？"

伊波利特吃惊地、近乎目瞪口呆地听着他说话，蓦地，他的脸色变得煞白，浑身开始发抖。

"您摆出一副无动于衷的样子，无非想侮辱我，但是您的手段很不高明，"他两眼逼视着加尼亚，对他说道，"您是混蛋！"

"唉，鬼知道是怎么回事，竟出言不逊，破口大骂！"费德先科吼道，"懦弱得少见！"

"真浑。"加尼亚说。

伊波利特稍许克制了些自己的感情。

"我明白,诸位,"他开口道,依然浑身发抖,每句话都说得断断续续,"我理应得到你们的报复,而且……很遗憾,我用这个胡说八道(他指了指手稿)把你们折磨苦了,话又说回来,很遗憾,我根本就没有折磨你们……(他愚蠢地微微一笑),折磨您了吗,叶夫根尼·帕夫洛维奇?"他突然转身问他,"是不是折磨您了? 说呀!"

"拖得略微长了些,不过……"

"您把要说的话都说出来嘛! 您一生中哪怕就这一次不说谎呢!"伊波利特一面发抖,一面命令。

"噢,我完全无所谓! 劳驾,求您了,让我安静一下吧。"叶夫根尼·帕夫洛维奇厌恶地转过了身子。

"晚安,公爵。"普季岑走到公爵跟前,说道。

"他会立刻自杀的,你们倒是怎么啦! 瞧他那模样!"薇拉喊道,她非常害怕地冲到伊波利特身边,甚至抓住了他的两只手,"他不是说了吗,太阳一出来,他就开枪自杀,你们倒是怎么啦!"

"他不会自杀的!"有几个人,包括加尼亚,幸灾乐祸地嘟囔道。

"诸位,当心!"科利亚叫道,他也抓住伊波利特的一只手,"你们瞧他那模样! 公爵! 公爵,您倒是怎么啦!"

在伊波利特身边围上了薇拉、科利亚、凯勒尔和布尔多夫斯基,四个人都用手抓住了他。

"他有权,有权!……"布尔多夫斯基嘟囔道,不过他也完全手足无措了。

"慢,公爵,您有何吩咐?"列别杰夫走到公爵面前,喝得醉醺醺的,一副凶神恶煞的样子。

"什么吩咐？"

"那不行，您哪，对不起。我是主人，您哪，虽然我无意喧宾夺主。就算您也是主人吧，但是我不愿意看到在我家发生这样的事……就这话。"

"他不会自杀的，这小子在胡闹！"伊沃尔金将军出乎意外地叫道，既愤怒而又自信。

"将军还真行！"费德先科响应道。

"我知道他不会自杀，将军，最尊敬的将军，但是毕竟……谁让我是主人呢。"

"我说，捷连季耶夫先生，"普季岑突然说道，他跟公爵告别后，又向伊波利特伸出手来，"您好像在您那个小本里说到您的遗骨，准备身后捐献给医科大学，是不是？您这是说您的遗骨吗？您自己的？也就是说，您准备在您身后把您的骨头捐献出来？"

"对，我的骨头……"

"那就对了。不然的话，很可能弄错：听说，已经发生过类似的情况。"

"您逗他干吗呀？"公爵突然叫道。

"人家都要哭出来了。"费德先科加了一句。

但是伊波利特根本没哭。他想从座位上站起来，但是把他团团围住的四个人，突然一下子抓住了他的手。周围发出一片哄笑。

"他说了半天就是要人家来抓住他的手，就是为了这个，他才念了他那个小本上写的玩意儿，"罗戈任说，"再见了，公爵。唉，坐了老半天，坐出了这德行，骨头都坐疼了。"

"捷连季耶夫，如果您当真想自杀，"叶夫根尼·帕夫洛维奇笑道，"听到这样的恭维话以后，我要是您呀，就偏不自杀，存心气他们。"

"他们非常想看到我是怎么自杀的！"伊波利特不客气地回敬道。

他说这话的时候好像要向他扑过去似的。

"看不到,他们会觉得遗憾的。"

"那么,您也以为看不到吗?"

"我无意煽动您,相反,我认为您很可能开枪自杀。最要紧的是您别生气……"叶夫根尼·帕夫洛维奇拉长了声音说道,他以一种保护人的口吻故意把自己的话拉长。

"我现在才看到,给他们念这个本子犯了大错误!"伊波利特说,他蓦地用一种十分信赖的神态看着叶夫根尼·帕夫洛维奇,好像向一位朋友请教好意的忠告似的。

"您现在的处境很可笑,但是……说真的,我也不知道该替您出个什么主意。"叶夫根尼·帕夫洛维奇微笑着回答。

伊波利特板着脸,目不转睛地逼视着他,一言不发。可以想象,他有时几乎完全忘记了周围的一切。

"不行,您哪,对不起,这样做太那个了,您哪,"列别杰夫说,"说什么'我到公园里去自杀,免得人家感到不安'!他自以为走下台阶,向花园迈出三步,就不会使人家感到不安了。"

"诸位……"公爵想开口。

"不行,您哪,对不起,您哪,最尊敬的公爵,"列别杰夫拼命抓住他不放,"因为您自己也看到,这可不是开玩笑的事,再说,起码有一半客人也持有相同的看法,并且坚信,现在,他刚才说了那番话以后,已经骑虎难下,出于面子,也非开枪自杀不可,我是主人,因此当着诸位目击者的面,我宣布,我请您助我一臂之力!"

"要我做什么呢,列别杰夫?我很乐意助您一臂之力。"

"做这样几件事:第一,让他立刻交出他向我们大吹大擂的那支手枪及全部弹药。如果他交出来，鉴于他有病，我同意让他今天在这幢房子里过夜，当然必须接受我的监督。但是明天，他一定得走，爱上哪儿上哪儿。对不起，公爵！假如他不交出武器，我就立刻上前抓住他的手，我抓住一只，将军抓住另一只，立刻派人去报告警察，那时候，这事就移交警察局审理了。费德先科先生，凭咱俩的交情，您去一趟，行不？"

掀起了七嘴八舌的一片骚乱，列别杰夫越说越来火，渐渐过了头。费德先科准备到警察局去，加尼亚喋喋不休地硬说，没有任何人会开枪自杀的。叶夫根尼·帕夫洛维奇则一声不吭。

"公爵，您跳过钟楼吗？"伊波利特忽然低声问他。

"没——没有……"公爵天真地答道。

"难道您以为我没有预见到有人会对我这样恨之入骨吗？"伊波利特又低声问道，两眼闪着光，望着公爵，仿佛当真在等候他回答似的。"够了！"他突然向全体听众喊道，"我错了……大错特错了！列别杰夫，给您钥匙（他掏出一个小钱包，又从里面掏出一个钢制的钥匙圈，上面挂着三四把不大的钥匙），就这把，倒数第二把……科利亚会告诉您的……科利亚！科利亚呢？"他叫道，眼睛看着科利亚，但是没看见他，"对……他会告诉您的，他方才跟我一起归置口袋来着。您领他去，科利亚。就在公爵书房的桌子底下……我那只布口袋……用这把钥匙开，在布袋下面的一只小箱子里……我的手枪和火药筒。方才，他亲自归置的，列别杰夫先生，他会告诉您的。但是有个条件，明天一早我回彼得堡时，您必须把手枪还给我。听见了吗？我是为了公爵才这么做的，不是为了您。"

"这样就好了嘛！"列别杰夫一把抓住钥匙，恶狠狠地冷笑着，跑到隔壁屋里去了。

科利亚欲行又止，似乎有什么话要说，但是列别杰夫把他拉走了。

伊波利特望着喜笑颜开的众宾客。公爵发现他的牙齿在作对儿厮打，仿佛在打非常剧烈的冷战似的。

"这些人真是混蛋！"伊波利特怒气冲冲地又对公爵低语。他对公爵说话的时候，总是弯下身子说悄悄话。

"别理他们，您身体太弱……"

"我马上，马上……马上走。"

他蓦地拥抱了一下公爵。

"您大概以为我是疯子吧？"他看了看他，异样地笑起来。

"不，但是您……"

"马上，马上，您别说话，什么也别说，您站好……我想看看您的眼睛……就这么站着，让我看看。我在跟一个真正的人告别。"

他站着，一动不动地望着公爵，一言不发，看了约莫十秒钟，他的脸十分苍白，两鬓都被汗水打湿了，他伸出一只手，异样地抓住公爵，仿佛怕把他放跑了似的。

"伊波利特，伊波利特，您怎么啦？"公爵叫道。

"马上……够了……我要躺下。我要为太阳的健康喝口酒……我要，我要，别管我！"

他从桌上迅速抓起酒杯，从原地一个箭步冲了出去，转眼之间就到了凉台的出口处。公爵本想跟他跑出去，但是无独有偶，偏偏在这当口，叶夫根尼·帕夫洛维奇向他伸出手来，跟他告别。过了一秒钟，凉台上突然发出一片惊叫。紧接着，慌乱的时刻便来临了。

原来，发生了这么一件事：

伊波利特走到凉台出口的边上的时候，便停了下来，左手拿着酒杯，右手插在右侧的大衣口袋里。凯勒尔后来肯定说，伊波利特还在这以前就一直把手插在右边的口袋里，当时，他正跟公爵说话，左手抓住公爵的肩膀和领子，据凯勒尔说，插在口袋里的这只右手，似乎一开始就引起他的疑心。不管怎么说吧，凯勒尔心里的某种不安，促使他紧随伊波利特之后跑了出去。但是连他也措手不及。他只看见，在伊波利特的右手，忽然有什么东西一亮，而且就在这一刹那，一把小型的袖珍手枪紧紧顶住了他的太阳穴。凯勒尔一个箭步冲过去抓住了他的手，但是就在这一刹那，伊波利特扣动了扳机。发出一声刺耳的、滞涩的扳机扣动声，但是没有听见随后的枪响。当凯勒尔一把抱住伊波利特的时候，伊波利特便倒在了他的怀里，似乎失去了知觉，也许他真的以为他已经被打死了。手枪已经抓在凯勒尔的手里。有几个人上前搀起伊波利特，端来了椅子，让他坐下，大家走过来把他团团围住，问长问短，又叫又嚷。大家都听到了扳机的扣动声，但是大家又都看到连皮也没有碰掉一块的那个大活人。伊波利特自己也坐在那里，不明白究竟出了什么事，他用莫名其妙的目光来回看着他周围的人。就在这时候，列别杰夫和科利亚跑了进来。

"没打响？"周围的人七嘴八舌地问。

"也许，没装火药吧？"另一些人猜测。

"装了！"凯勒尔检查着手枪，宣布道，"不过……"

"当真没打响？"

"根本就没火帽。"凯勒尔告诉大家。

随后的狼狈场面简直一言难尽。最初的普遍恐惧开始被一片哄笑声所代替，有些人甚至放声大笑，从中找到一种幸灾乐祸的快感。伊波利特歇斯底里地号啕大哭，绞着手，跑到所有人面前诉说，甚至跑到费德先科面前，用两手紧紧抓住他，向他赌神发咒，说他忘了，"完全无意地，并非故意地忘了"放火帽，说什么"这些火帽全在这里，就在坎肩的口袋里，大约有十枚"（他拿出来给周围所有的人看），他之所以没有预先放进去，是因为怕手枪放在口袋里无意中走火，他自以为，需要的时候，临时装也来得及，谁知道一下子竟忘了。他跑过去找公爵，找叶夫根尼·帕夫洛维奇，又向凯勒尔苦苦哀求，请他把手枪还给他，说他要立刻向大家证明，"他的名誉，名誉"……说他现在已经"名誉扫地了！……"

他跌倒在地，终于真的失去了知觉。大家把他抬进了公爵的书房，列别杰夫的酒也完全醒了，他立刻派人去请大夫，他自己则跟女儿、儿子、布尔多夫斯基和将军一起留在病榻旁，伺候病人。当把失去知觉的伊波利特抬出去以后，凯勒尔往房间中央一站，一字一顿、掷地有声地当众宣布：

"诸位，你们当中，如果有谁当着我的面，再一次怀疑火帽是故意忘了放进去的，并且硬说，这位不幸的年轻人不过在演戏，那么你们当中的这家伙就别怪我对他不客气了。"

但是没人搭理他。客人们终于三三两两和急急忙忙地走了。普季岑、加尼亚和罗戈任也一起走了出去。

公爵觉得很诧异，叶夫根尼·帕夫洛维奇竟改变初衷，不加说明地就要走了。

"您不是想等大家走了以后跟我谈谈吗？"他问他。

"没错，"叶夫根尼·帕夫洛维奇说，他突然又坐到椅子上，让公爵坐到自己身旁，"但是，现在我又临时改了主意。对您实说了吧，我有点儿心神不定，而且您也是这样。我的思想全乱了。此外，我想跟您说明的那事，对于我非常重要，对您也一样。您瞧，公爵，我想，一生中哪怕就做这一次完全光明磊落的事呢。就是说，我完全没有见不得人的想法，但是我觉得，我现在，也就是当前，我还无法做出这种完全光明磊落的事，您大概也是这样……所以……这事……咱俩还是以后谈吧。我现在要到彼得堡去待两天，如果我们能再等三两天，事情也许会明朗些，无论对于我，对于您，都有利。"

他说到这里又从椅子上站起来,因此让人纳闷,那他刚才又何必坐下去呢。公爵也觉得,叶夫根尼·帕夫洛维奇似乎心存不满,肝火很旺,神态也似有敌意,他的眼神也跟刚才完全不同了。

"顺便问问,您现在要去看那个内心十分痛苦的人吗?"

"是的……我怕……"公爵说。

"甭怕,肯定能活六七个星期,甚至说不定待在这里病还会好起来。但最好还是明天让他滚蛋。"

"也许真是我从后面轻轻地推了他一把,因为……我一言不发,他大概以为我也在怀疑他不会开枪自杀吧?您对此有何高见,叶夫根尼·帕夫洛维奇?"

"绝无此事。您居然会操心这样的事,您的心也太好了。这事我倒听说过,但从来没有亲眼所见,一个人会因为别人夸奖他,或者因为别人没夸奖他干这种事,狠下一条心,存心要自杀。主要是我不相信一个生性懦弱的人会这样坦率!说到底,明天还是让他滚蛋得了。"

"您觉得,他会再次自杀吗?"

"不会的,现在决不会自杀了。不过,您倒要提防咱们那些土生土长的拉赛奈[①]!再说一遍,犯罪是这类无能、急躁而又贪婪的宵小之徒司空见惯的避难所。"

"难道他是拉赛奈?"

"本质一样,虽然也许扮演的角色不同。您会看到的,如果这位先生不会一下子杀死十个人才怪,而且仅仅为了开'玩笑',就像刚才他在说明里念到的那样。现在,他的这些话一定会使我夜不贴席。"

"您也许过虑了吧。"

---

① 拉赛奈·彼得-法朗苏阿(1800—1836),法国19世纪30年代轰动一时的刑事案中的主犯,杀人凶手,行凶手段极其残忍。陀思妥耶夫斯基在《罪与罚》和《少年》的草稿中也曾提到过拉赛奈的名字,并曾将拉赛奈案的经过加上他本人作的序,刊载在1861年的《时代》杂志上。

"公爵,您真叫人纳闷,您不相信,他现在会杀死十个人吗?"

"我害怕回答您这个问题,这一切太奇怪了,不过……"

"好吧,悉听尊便,悉听尊便!"叶夫根尼·帕夫洛维奇怒气冲冲地结束道,"再说,您这人胆子很大,不过,您自己可别掉进这十个人的数目里去呀。"

"八成,他任何人也不会杀。"公爵若有所思地望着叶夫根尼·帕夫洛维奇说。

叶夫根尼·帕夫洛维奇发出一声冷笑。

"再见,该走了!您注意到了没有,他嘱咐把他的自白书副本交给阿格拉娅·伊万诺芙娜保存?"

"是的,我注意到了,而且……正在考虑此事。"

"这就对啦,万一有十个人因此而毙命的话……"叶夫根尼·帕夫洛维奇又笑起来,边笑边走了出去。

一小时后,已是凌晨三点多,公爵走进了公园。他本来想在屋里假寐片刻,但是因为心跳得很厉害,睡不着。不过,屋里的一切都已安排好了,大家也尽可能地平静了下来,病人睡着了,大夫来后宣布说,没有任何特别的危险。列别杰夫、科利亚、布尔多夫斯基就睡在病人住的房间里,以便轮流守护,因此丝毫不用担心。

但是,公爵心头的不安每分钟都在增加。他在公园里彳亍,心不在焉地望着自己周围,当他走到游乐场前面的小广场上,看到一排空空的长椅和乐队的乐谱架时,他惊奇地停了下来。这地方使他心有余悸,不知道为什么他觉得这地方非常不像样子。他从那儿往回走,顺着昨天跟叶潘钦家母女走到游乐场去的那条道,一直走到那个指定的约会地点——那张绿色长椅旁,他在椅子上坐了下来,蓦地纵声大笑,笑声刚停,他又立刻对自己的傻笑异常愤怒。他的心头仍充满悲哀,他想离开这里……但是又不知道到哪儿去好。

第三部

一只小鸟，正在他头顶的树上唱歌，他用眼睛在树叶间寻找它。突然，小鸟从树上振翅飞走了，就在这时候，他不知道为什么不由得想起了伊波利特写的"在炽热的阳光下"的那只"小苍蝇"，"他知道自己的地位，而且是人间歌队的参加者，只有他一个人是不足月的早产儿"。这句话还在当时就使他很吃惊，他现在又想起了这事。一件早被遗忘的往事开始在他心头蠕动，蓦地豁然开朗，往事如画。

这事发生在瑞士，他在国外就医的第一年，甚至还在最初几个月。当时他还完全是白痴，连话都说不好，有时候简直弄不清别人要他干什么。有一天，在一个阳光明媚的日子，他信步走进山里，来回踯躅，走了很久，心头有一个痛苦的，但却怎么也想不明白的念头。他面前是灿烂的天空，山下是湖泊，周围是一大圈亮亮的、无穷无尽的地平线，无边无际。他看了很久，心头很痛苦。他现在想起，当时他曾伸出两手，伸向那些明亮的、一望无际的蓝天，潸然泪下。使他感到痛苦的是，对于这一切，他完全是局外人。这算什么人间宴席？这算什么万古不变的伟大节日？这节日没有穷尽，很早以前，从童年时代起，他就一直对它心向神往，可是他怎么也没法恭与盛会。每天早晨都升起同样的灿烂的太阳，每天早晨，瀑布上都闪出一片彩虹，每天傍晚，那儿，在远处，在天边，一座高高的雪山被夕阳染红，腾起一片紫红色的火焰。每只"小苍蝇都在他身旁的炽热的阳光下嗡嗡地叫，它是这整个人间歌队的参加者：它知道自己的地位，热爱自己的地位，并且感到幸福"；每棵小草都在生长，并且感到幸福！一切都有自己的路，一切都知道自己的路，唱着歌去，又唱着歌来。只有他一个人什么也不知道，什么也不明白，既不明白人，也不明白声音，对于一切，他都是局外人，都是不足月的早产儿。噢，当时他当然说不出这样的话来，也提不出这样的问题，他像聋哑人似的默默忍受着煎熬。但是他现在觉得，他当时就曾说过这一切，说过这些同样的话，至于说到"小苍蝇"云云，那是伊波利特从他那里，从他当时说的话和流的眼泪里学去的。他坚信这点，而想到这个，不知为什么他就心跳……

他在长椅上昏昏睡去，但是他心头的惊悸连在梦中也没有放过他。在进入梦乡前，他想起了伊波利特会杀死十个人的说法，他对这荒唐的假设付诸一笑。他周围美丽如画，星光灿烂，一片寂静，只有树叶在窸窣作响，这就使得周围变得更幽静了。他做了很多梦，一个个都是令他心悸、战栗的噩梦。最后，来了一个女人，他认识她，认识到痛苦的程度，他看见她就能说出她的姓名，并指出她是谁，但是说来奇怪，她现在的脸跟他一向认识的那脸完全不一样了，他痛苦地不愿意承认她就是那个女人。这张脸上有着这么多的忏悔和惊恐，使人不由得感到她是一名可怕的罪犯，刚犯下了弥天大罪。眼泪在她苍白的面颊上颤动，她招手让他过去，并且举起一个手指，按在嘴上，似乎叫他悄悄地跟她走，脚步要轻。他的心停止了跳动，他无论如何，无论如何也不愿意承认她是罪犯，但是他感到，将会立刻发生一件可怕的事，将会使他终生痛悔不已。她似乎想指给他看一件东西，就在这儿不远，在公园里。他站起来，准备跟她走，但是他身旁蓦地发出不知道谁的爽朗悦耳的笑声，那人的手倏地出现在他手里，他抓住这只手，紧紧地握了握，就醒了。站在他面前的是阿格拉娅，她在放声大笑。

八

她在笑，但是她也在生气。

"您在睡觉！您睡觉啦！"她以一种既轻蔑又惊讶的神情叫道。

第三部

"是您呀！"公爵睡眼蒙眬，诧异地发现是她，喃喃道，"哎呀，对了！约会……我倒在这里睡着了。"

"看见了。"

"除了您，谁也没来叫醒过我吗？除了您，别人没来过吗？我还以为这里……另一个女人……来过了呢。"

"这里来过另一个女人？！"

他终于完全清醒了。

"这原来是梦，"他若有所思地说道，"奇怪，这时做这种梦……坐吧。"

他拉住她的手，让她坐在长椅上，自己则坐在她身旁，陷入沉思。阿格拉娅没有开口说话，只是注意地端详着对方。他也打量着她，但是有时候又好像对她完全视而不见似的。她被他看得脸腾地红了。

"啊，对了！"公爵打了个哆嗦，"伊波利特开枪自杀了！"

"什么时候？在您那儿？"她问，但是没有大惊小怪，"他昨天晚上好像还活着，不是吗？发生了这一切之后，您在这里怎么还睡得着觉？"她蓦地活跃起来，叫道。

"可是他没死呀，手枪没打响。"

阿格拉娅硬要公爵把昨夜发生的事原原本本地立刻讲给她听。他一面说，她一面催他快讲，可是她自己又总提出一些几乎不相干的问题把他的话打断。顺便说说，她十分有兴趣地听了当时叶夫根尼·帕夫洛维奇对公爵说的话，甚至还追问了几次。

"好，够了，必须快点儿，"她把事情经过全部听完以后说道，"我们在这儿只能待一小时，待到八点，因为八点钟我一定要在家里，免得她们知道我到这里来过，而我是因为有事才到这里来的，有许多话要告诉您。可是现在您把我的思路全打乱了。我在想伊波利特的事，他的手枪没有打响是很自然的事，这才更符合他的性格。但是您能肯定他一定想自杀，这事不会是什么骗局吗？"

"毫无欺骗之意。"

"这倒比较可信。他让您把他的自白书送给我，他是这么写的吗？您干吗不拿来呢？"

"因为他没死呀。我再问问他。"

"您一定得给我拿来，不用问了。这样做，他肯定非常高兴，也许他自杀就是为了达到这一目的。让我以后读他的自白书。请您对我刚才的话不要发笑，列夫·尼古拉耶维奇，因为很可能是这样。"

"我没有笑，因为我自己也相信，就某个方面说，很可能是这样。"

"您也相信？难道您也这样想？"阿格拉娅突然非常惊讶地问。

她问得很快，说得也很快，但是有时候又似乎东拉西扯，常常欲言又止，不时着急地关照他什么。总之，她显得非常慌张，虽然看起来很勇敢，形似挑战，但是说不定心里多少有些胆怯。她穿着一身普普通通的家常便服，跟她的身材十分般配。她常常发抖、脸红，坐在长椅边上。公爵证实她所说伊波利特之所以自杀，是想让她读他的自白书，这话使她感到非常吃惊。

"当然，"公爵解释道，"他希望，除了您以外，我们大家也都能夸他好……"

"怎么夸他好？"

"也就是说，这……这话怎么说呢？这很难说清楚。不过他肯定希望大家能够把他团团围住，对他说，他们都爱他，尊敬他，大家都苦口婆心地恳求他活下去。很可能，他最不能忘怀的是您，因为他在这样的时刻还提到您……虽然，也许，他自己也不知道他对您念念不忘。"

"这我就莫名其妙了：忘不了我，又不知道自己忘不了我。话又说回来，

第三部

我好像明白了：您知道吗，我自己曾经有过约莫三十次，甚至当我还是十三岁的小女孩的时候，就想服毒自杀，想给父母亲写封遗书，把一切都写进去，我也曾想象，我怎么躺在棺材里，大家怎么在我身旁哭泣，怎么痛心疾首地谴责自己对我太心狠……您怎么又笑了？"她皱起双眉，急促地加了一句，"当您独自一人沉思遐想的时候，您心里还在想什么？您也许想象自己是位元帅吧，打败了拿破仑。"

"对了，说真的，我倒是常想这事，特别是似睡非睡，就要进入梦乡的时候，"公爵笑了，"不过我打败的不是拿破仑，而是奥地利人。①"

"我根本不想跟您开玩笑，列夫·尼古拉耶维奇。我要亲自跟伊波利特见次面，请您先跟他打个招呼。至于您，我认为，您这样做很不好，因为像您对伊波利特说三道四那样，观察和评论一个人的心灵，是十分粗暴，也是十分无礼的。您的心太硬了：只知道实话实说，因此——不公平。"

公爵若有所思。

"我觉得，您对我的评价有欠公允，"他说，"要知道，我并没有认为他这样想有什么不好，因为大家都可能这么想嘛。再说，他可能根本就没有这样想，只是想这样……他想最后一次跟大家见见面，博得大家的尊敬和爱：这本来是非常美好的感情，只是不知为什么事与愿违，这可能因为他有病，还有别的什么！再说，有些人干什么都很顺手，可是有些人却总是一团糟……"

"您加上这话，大概是说您自己吧？"阿格拉娅说。

"是的，说我自己。"公爵回答，并没有发现这问题有何幸灾乐祸之意。

"话虽这么说，我要是您，是无论如何睡不着的，这说明，无论把您搁哪儿，您都会马上睡着的，您这样很不好。"

---

① 这是作者自况，据陀思妥耶夫斯基夫人回忆，陀思妥耶夫斯基常常做梦，梦见凶杀和大火，而梦见得最多的是流血、打仗，打奥地利人。

"我可是一夜都没睡觉呀，后来又一直走来走去，还去看了咱们听音乐的地方……"

"什么听音乐的地方？"

"就是昨天演奏的地方，后来又走到这里，坐下，想呀想呀，就睡着了。"

"啊，原来是这样？这就情有可原了……那您为什么到听音乐的地方去呢？"

"不知道，随便走走……"

"好吧，好吧，以后再谈，您老把我的思路打断，您到听音乐的地方去，关我什么事？您梦见什么女人了？"

"这……这女人……您见过……"

"明白了，明白得很。您对她很……您怎么梦见她的，她什么模样？话又说回来，我对此毫无兴趣，"她突然恼恨地断然说道，"别打断我的思路……"

她等候片刻，仿佛在鼓足勇气或者在努力驱散心头的恼恨似的。

"我叫您来无非为了这么件事：我想跟您交个朋友。您突然张口结舌地盯着我干吗？"她几乎愤怒地加了一句。

这时候，公爵的确在目不转睛地端详着她，他发现，她又开始涨红了脸，而且涨得绯红。在这样的情况下，她越是脸红，似乎就越生自己的气，这副神态十分明显地表现在她那闪烁的眼神里。通常是，一分钟后，她就会把自己的愤怒发泄到跟她谈话的人身上，不管这人有没有错，而且开始跟这人吵架。她知道，也感觉到自己这种蛮不讲理和动辄害羞的毛病，因此平常很少说话，比她两个姐姐更不爱说话，有时候甚至显得太不爱说话了。特别是在这种微妙的情况下，她非开口说话不可的时候，她一开始说话就显得异常傲慢，仿佛在向人挑衅似的。当她开始脸红或者快要脸红的时候，她总有一种未卜先知的预感。

"您大概不愿意跟我交朋友吧？"她傲慢地望了望公爵。

"噢不，我愿意，不过这是完全不必要的……也就是说，我怎么也没想到必须这样一本正经地提出来。"公爵忸怩道。

"那您想到什么了呢？我叫您到这里来干吗？您动什么鬼念头了？话又说回来，您也许像我们家的人那样，认为我是个小傻瓜吧？"

"我不知道别人认为您是傻瓜，我……可不这么认为。"

"您不这么认为？您说得很聪明，说法尤其巧妙。"

"我看，您有时候也许甚至很聪明，"公爵继续说道，"您刚才突然说了句非常聪明的话。您说的是我对伊波利特的怀疑：'您只知道实话实说，因此——不公平。'这话我一定记住，好好想想。"

阿格拉娅一听这话高兴得脸都红了。她脸上的这一切变化表现得异常公开，而且进行得非常迅速。公爵也很高兴，甚至看着她，快乐得笑了起来。

"您听我说呀，"她又开口道，"我等了您很久，想把这一切告诉您，自从您从外地写给我那封信以后，甚至更早，我就在等您了……昨天，您已经听我说了一半：我认为您是一位最诚实、最实在的人，比所有的人都诚实、都实在，至于有人说您脑子……也就是说，您有时候脑子有毛病，这是不公平的，我认定是这样，也跟别人争论过，因为虽然您的脑子的确有毛病（我这样说，您当然不会生气，我是用高标准说的），但是您主要的智慧却高于他们所有的人，这样的智慧，他们甚至连做梦都没有梦见过，因为有两种智慧：大智若愚和耍小聪明[1]。对不对？您说，倒是对不对呀？"

"也许是对的。"公爵勉强说道，他的心在发抖，在怦怦直跳。

---

[1] 原文为：主要的和非主要的。

"我就知道您会懂的,"她郑重其事地继续说道,"希公爵和叶夫根尼·帕夫洛维奇对于这两种智慧云云就一窍不通。亚历山德拉也不懂,可是您想想,妈妈倒懂。"

"您很像利扎韦塔·普罗科菲耶芙娜。"

"此话怎讲? 当真?"阿格拉娅很惊奇。

"没错,是这样的。"

"我谢谢您了,"她想了想后说道,"我很高兴能像妈妈。这么说,您十分敬重她啰?"她又加了一句,根本没发觉她这问题提得太天真了。

"非常,非常敬重她,您一听就明白,我也很高兴。"

"我也很高兴,因为我发现有时候别人常常……取笑她。但是您听我说最要紧的事:我考虑了很久,终于选定了您。我不愿意家里的人取笑我,我不愿意人家认为我是小傻瓜,我不愿意人家拿我逗乐……我把这一切一眼就看穿了,因此我斩钉截铁地回绝了叶夫根尼·帕夫洛维奇,因为我不愿意人家心心念念地想让我出嫁! 我想……我想……嗯,我想私奔,我选定了您,希望您能助我一臂之力。"

"私奔!"公爵叫起来。

"对对对,私奔!"她突然怒容满面地叫起来,"我不愿意,不愿意让他们永远迫使我脸红。我不愿意在他们面前,在希公爵面前,在叶夫根尼·帕夫洛维奇面前,在任何人面前脸红,因此我才选定了您。我想跟您无话不谈,等我一高兴,甚至把最要紧的话也告诉您;反过来,您也不应当向我隐瞒任何事。我想,哪怕就把一个人视同知己,跟他无话不谈呢! 他们忽然没头没脑地说什么我在等您,我爱您。他们说这话还在您没来彼得堡之前,而且我也没有给他们看您的信,现在已经闹得满城风雨,都在说三道四了。我要做一个勇敢的人,什么也不怕。我不愿意参加他们的舞会,我要做有益于大众

Ф. Достоевский

他在长椅上昏昏睡去，但是他心头的惊悸连在梦中也没有放过他。

Идиот

的事。我早就想走了。我二十年被他们禁锢在家里,他们一个劲地就想让我出嫁。我还只有十四岁的时候就想逃走,虽然我当时傻得可以。现在我已经把什么都考虑好了,就等您来详细问问国外的情况。我没见过一座哥特式大教堂,我想到罗马去,我想去参观所有的学术研究室①,我想到巴黎去上学。最近这一年,我一直在准备和学习,读了许许多多书,所有的禁书都读遍了。亚历山德拉和阿杰莱达什么书都读,她们可以,就是不让我读有些书,监视我。我不想跟姐姐们争吵,但是我早就向母亲和父亲宣布过,我要彻底改变我的社会地位。我决定从事教育,我把希望寄托在您身上,因为您说您爱孩子们。咱俩可以一起搞教育,哪怕现在不行,将来干总行吧?咱们俩将一起做有益于大众的事。我不想做将军的女儿……请告诉我,您是很有学问的人吗?"

"噢,完全不是的。"

"可惜,我还以为……我怎么会这样以为呢?不过您还是应当指导我,因为我选定了您嘛。"

"这是荒谬的,阿格拉娅·伊万诺芙娜。"

"我想,我想私奔嘛!"她叫道,她的眼睛又开始闪亮,"如果您不同意,我就嫁给加夫里拉·阿尔达利翁诺维奇。我不愿意家里认为我是个坏女人,天知道给我罗织些什么罪名。"

"您的脑子没出问题吧?"公爵差点儿没从座位上跳起来,"给您罗织什么罪名?谁给您罗织罪名了?"

"家里,大家,母亲、姐姐、父亲、希公爵,甚至您那个坏透了的科利亚!即使没有明说吧,心里也在这么想。我曾经对他们大家当面说过这一看法,

---

① 暗指作者夫人住在德累斯顿时(1867年),把所有的科学陈列室都看了个遍,无论矿物、地质,还是植物。

对母亲和父亲都说过。妈妈那天有病，病了一整天，可是第二天，亚历山德拉和爸爸就对我说，我自己也不明白我胡说了些什么，说了多么难听的话。我当时就开门见山地对他们说，我已经不是小孩子了，我什么都懂，什么话都明白，还在两年前我就特地读了保尔·德·科克①的两部小说，为的是扩大知识面。妈妈一听这话，差点儿没晕了过去。"

公爵忽然闪过一个奇怪的想法。他注意地看了看阿格拉娅，微微一笑。

他真不敢相信，坐在他身旁的就是那位高傲已极的姑娘，就是从前曾经那么傲气和侮慢地向他念过加夫里拉·阿尔达利翁诺维奇的信的姑娘。他真不明白，这么一位傲气和冷若冰霜的大美人，竟会变成这么一个甚至到现在都听不懂大人所有的话的小女孩。

"您一直都待在家里吗，阿格拉娅·伊万诺芙娜？"他问，"我是想说，您从来没出去上过学，没在女子中学里念过书吗？"

"我哪儿也没去过，也从来没出过门，一直待在家里，就像装在瓶子里，加上了塞子，将来就从瓶子里倒出来，立刻去嫁人。您怎么又冷笑了？我发现，您似乎也跟他们一鼻孔出气，在取笑我，"她皱紧眉头，板着脸，又加了一句，"别惹我生气了，我心里本来就不痛快，不知道我到底怎么啦……我敢肯定，您到这里来一定十拿九稳地以为我爱上了您，我是叫您来幽会的。"她恼恨地断然说道。

"我昨天倒的确害怕是这样，"公爵老老实实地说，但是说漏了嘴（他很不好意思），"但是今天我深信，您……"

"什么！"阿格拉娅叫起来，她的下嘴唇突然开始发抖，"您怕我……您竟敢以为我……主啊！您大概疑心，我叫您来是故意设下圈套，然后让人

---

① 保尔·德·科克（1793—1871），法国多产作家，主要描写巴黎生活，稍有色情描写，在当时的欧洲和俄国都很流行。

家正好碰上我们,强迫您娶我……"

"阿格拉娅·伊万诺芙娜!您怎么好意思说这样的话?您那纯洁而又天真的心里怎么会产生这样肮脏的想法?我敢打赌,您自己都不相信您说的任何一句话,而且……您自己都不知道您在说什么!"

阿格拉娅坐着,使劲低着头,仿佛她自己也被她所说的话吓着了似的。

"我根本没什么不好意思的,"她嘟囔道,"您怎么知道我的心是天真的?当时,您怎么敢给我写情书?"

"情书?我的信——情书!那封信是我毕恭毕敬地写的,是在我一生最痛苦的时候,从我的心里倾吐出来的!我当时一想到您,就仿佛看到了光明①……我……"

"哎呀,好啦,好啦。"她突然打断他的话,但是说话的口气完全变了,她非常后悔,几乎有点儿害怕,甚至弯过身子,凑到他身边,仍旧不敢正视他,似乎想要伸出手去拍他的肩膀,以便更加诚恳地请他务必不要生气。"好啦,"她又加了一句,感到非常内疚,"我感到,我刚才说了一句很浑的话。这是我信口开河……想试探您一下。您就当我没说这话得了。如果我惹您生气了,请您多多原谅。请您不要这样死死地盯着我,身体转过去点儿。您刚才说,这是很肮脏的想法:我这么说是存心气您。有时候,我自己想要说的话,我自己都感到害怕,可是又突然冒出来了。您刚才说,您那封信是在您一生最痛苦的时候写的……我知道究竟在什么时候。"她又低下头看着地面,低声说道。

"噢,如果您能够知道全部底细就好啦!"

"我全知道!"她叫道,又激动起来,"当时,您跟那个坏女人一起逃走,住在同一座公寓里,住了整整一个月……"

---

① 阿格拉娅这个名字源出希腊语,有"光明""光辉"和"闪光"之意。

她说这话时已经不脸红了，而是脸色发白，她说罢又忽然从座位上站起来，好像忘乎所以似的，但是清醒过来后，又立刻坐了下来。她的嘴唇还在发抖，而且抖了很长时间。沉默继续了约莫一分钟。公爵对这种突如其来的举动感到非常吃惊，不知道究竟是怎么回事。

"我根本不爱您。"她蓦地毫无顾忌地断然说道。

公爵没有回答，两人又沉默了约莫一分钟。

"我爱加夫里拉·阿尔达利翁诺维奇……"她像放连珠炮似的说道，但声音很低，头也低得更厉害了。

"这不是真的。"公爵也几乎耳语似的悄声道。

"这么说来，我说谎啰？这是真的，前天，就在这张长椅上，我答应了他。"

公爵吃了一惊，沉思片刻。

"这不是真的，"他又断然重复了一遍，"这一切都是您编出来的。"

"说得非常有礼貌。要知道，他已经改过自新，他爱我胜于爱自己的生命。他曾经当着我的面烧自己的手，仅仅为了证明他爱我胜于爱自己的生命。"

"烧自己的手？"

"是的，烧自己的手。信不信由您——我无所谓。"

公爵又哑然不语。阿格拉娅的话并不像开玩笑，她在生气。

"那么说，他随身带了蜡烛，如果这事在这儿发生的话？要不然，我想不出……"

"对……带了蜡烛。这有什么想得出想不出的？"

"带了整支蜡烛，还是插在蜡台上端来的？"

"嗯，对……不假……带了半支蜡烛……一支蜡烛头……一整支蜡烛——反正一样，别缠我了！……如果您想问，他还带了火柴。他点上蜡烛，手指在火上烧了整整半小时。难道这也不可能吗？"

"我昨天见过他，他的手指好好的，没烧伤呀。"

阿格拉娅忽然扑哧一声笑了出来，完全像个孩子。

"您知道我刚才为什么撒谎吗？"她突然向公爵转过身来，带着充满孩子气的十分信赖的神态，嘴角上还跳动着笑声，"因为一个人撒谎的时候，十分巧妙地插进一些不完全平常而又稀奇古怪的事情，嗯，您知道吗，插进一些非常难得一见，甚至根本不存在的事情的话，那么这谎话就会变得可信得多。这窍门我早发现了。因为我没本事，结果露了馅……"

她似乎醒悟过来，又忽然皱紧了眉头。

"我那天，"她严肃地，甚至忧伤地看着公爵，说道，"我那天虽然向您朗诵了《可怜的骑士》，我本来想借此……夸奖您的品行，但是又立刻改了主意，转而想抨击您的所作所为，同时向您表示我全知道……"

"您对我……以及对您刚才用那么难听的话提到的那个不幸的女人，非常不公平，阿格拉娅。"

"因为我全知道，统统知道，所以我才这样说她！我知道，半年前，您曾当着所有人的面向她求过婚。别打断我，您瞧，我说这话，不加任何评论。后来，她跟罗戈任跑了，后来，您又跟她住在某个农村或者城市里，她又离开了您，到别人那里去了（阿格拉娅说到这里满脸绯红）。后来，她又回到罗戈任身边，罗戈任像……像个疯子似的爱着她。后来，您这么一个也是很聪明的人，一打听到她已经回到彼得堡，又立刻马不停蹄地赶到这里来找她。昨晚，您奋不顾身地保护她，刚才睡着了又梦见她……您瞧，我全知道。要知道，您是为了她，为了她才到这儿来的呀，不是吗？"

"是的，为了她，"公爵低声回答，伤感而又若有所思地垂下了头，没料到阿格拉娅竟会向他投来那样闪亮的一瞥，"为了她，我只是为了弄个明白……我就不相信她跟罗戈任在一起会幸福,虽然……一句话,我不知道我能够在这里为她做些什么,用什么办法才能够帮助她,但是我还是来了。"

他打了个哆嗦,抬头望了望阿格拉娅,阿格拉娅愤愤地听着他所说的一切。

"您既然不知道来干什么,可见您非常爱她啰。"她终于说道。

"不,"公爵回答,"不,我不爱她。噢,要知道,每当我想起与她相处的那些日子,心里有多恐怖啊!"

他说这话时,甚至全身不寒而栗。

"您有话就全说出来吧。"阿格拉娅说。

"这里没有任何您不能听的话。为什么我偏偏要对您讲述这一切,而且就对您一个人讲呢——我不知道,也许因为我过去的确确非常爱您。这个不幸的女人深信,她是世界上最堕落、最坏的女人。噢,请您不要辱骂她,不要往她身上扔石头。① 她因自惭形秽已经把自己折磨得够受的了,多冤枉啊!她有什么错呢。噢,我的上帝! 噢,她不时狂叫,不承认自己有罪,她是被别人糟蹋了的牺牲品,被淫棍和坏蛋糟蹋了的牺牲品。但是,不管她对您说什么,要知道,她自己先就不相信自己,恰恰相反,她用自己的整个良知相信,她……她自己是有罪的。我曾经想驱散她心头的这个阴影,可是我越说,她就越痛苦,只要我还记得这些可怕的日日夜夜,我心头的创伤就永远不会痊愈。我的心像被刺穿了似的彻底碎了。她从我身边逃走,您知道为了什么吗?就为了向我证明,她是个贱货。但是这里最可怕的是,她自己恐怕也不清楚,她出走就为了向我证明这一点,她之所以出走,因为她一定想要,心里想要,非得做出一件可耻的事来不可,然后她就可以振振有词地对自己说:'瞧,你

---

① 源出《新约·约翰福音》第八章第三百一十七节:文士和法利赛人带着一个犯奸淫罪的妇女来见耶稣,问耶稣怎么办,耶稣回答说:"你们中间谁是没有罪的,谁就可以拿石头打她。"

又做了一件新的可耻的事，可见，你是个贱货！'噢，您大概不会懂得这个道理的，阿格拉娅！您可知道，在这种不断的自惭形秽中也许包含着某种可怕的、不自然的乐趣，仿佛在向什么人报复似的。有时候，我苦口婆心地开导她，使她仿佛又看到她周围是一片光明，但是她立刻又怒不可遏，痛苦地指责我，说我自以为了不起，看不起她（其实我毫无此意），最后，对于我的求婚，她向我直截了当地宣布，她既不需要任何人高傲的怜悯和帮助，也不需要任何人赐予的'荣华富贵'。您昨天见到她了，难道您认为她跟那帮人在一起很幸福吗，她就应当跟那帮人同流合污吗？您不知道她的知识有多渊博，理解力有多高！有时候，她甚至使我感到惊奇！"

"在那里，您也向她这样念念有词地……说教吗？"

"噢不，"公爵若有所思地继续说道，并没有注意她问这句话时话里有刺，"我几乎一直沉默不语。我倒是常常想说点儿什么，但是说真的，又不知道说什么好。您知道，在有些情况下，还是根本不说话好。噢，我曾经爱过她，噢，爱得很深……但是后来……后来……后来她看出来了。"

"看出什么来了？"

"她看出我只是可怜她，而且我……已经不爱她了。"

"您怎么知道，她也许当真是爱上了那个跟他一起离开农村的……地主了呢？"

"不会的，我全知道，她只是冷嘲热讽地取笑他。"

"她从来没有取笑过您吗？"

"没——没有。她气不过才取笑我。噢，当时她曾经狠狠地责备过我，而且很生气，但是她自己也很痛苦！但是……后来……噢，别提了，别跟我提这件事了！"

他伸出双手，捂住了脸。

"您知道吗？她几乎每天都给我写信。"

"那么说，这是真的！"公爵惊慌地叫道，"我听说过，但是我不愿意相信这是真的。"

"听谁说的？"阿格拉娅害怕地突然警觉起来。

"昨天罗戈任告诉我的，不过他说得很含糊。"

"昨天？昨天上午？昨天什么时候？去听音乐之前，还是之后？"

"之后，晚上，十一点多钟的时候。"

"啊——啊，既然是罗戈任……您知道，她在这些信里对我说了些什么吗？"

"她说什么我都不会感到奇怪，她是疯子。"

"这就是信（阿格拉娅从口袋里掏出分别装在三只信封里的三封信，扔到公爵面前）。已经整整一星期了，她恳求我，说服我，引诱我，让我嫁给您。她……嗯，对了，她很聪明，虽然疯疯癫癫，您说她比我聪明得多，这话很对……她在信中告诉我，说她爱上了我，每天都在寻找机会哪怕远远地看看我。她在信中说，您爱我，这事她知道，而且早发现了，又说，您在那里常常跟她谈起我。她希望看到我俩幸福。她也相信，只有我才能给您幸福……她的信写得很怪……叫人看了纳闷……这些信我没有给任何人看过，我在等您。您知道，这到底是怎么回事吗？您什么也猜不出来？"

"这是疯狂，说明她疯了。"公爵说，他的嘴唇开始发抖。

"您不是在哭吧？"

"不，阿格拉娅，不，我没哭。"公爵抬起头来望了望她。

"我眼下该怎么办呢？您能给我出出主意吗？我不能总收到这样的信呀！"

"噢，别理她，求您了！"公爵叫起来，"这么昏天黑地的，您能有什么办法。我要想尽一切办法不让她再写信给您。"

"如果这样,您这人就太没良心了!"阿格拉娅叫道,"难道您看不出来,她爱上的不是我,而是你,她只爱你一个人吗!难道她身上的一切您都看得见,就看不出这一点吗?您知道这是怎么回事,这些信说明什么吗?这是嫉妒,这是比嫉妒还嫉妒的嫉妒!您以为她……当真会嫁给罗戈任,像她在这里,在信里所说的那样吗?只要我们一结婚,第二天她就自杀!"

公爵不寒而栗,他的心停止了跳动。但是他仍旧惊讶地望着阿格拉娅:说也奇怪,但是他不得不承认,这小女孩早已经是大姑娘了。

"上帝可以做证,阿格拉娅,为了使她恢复平静和使她幸福,我情愿献出自己的生命,但是……我已经不能爱她了,她是知道这个的!"

"那您可以牺牲自己呀,那才像您哩!因为您是个大慈大悲的大善人。别叫我'阿格拉娅'……您刚才就直接叫我的名字①,管我叫'阿格拉娅'……您应当,您必须使她起死回生,您应当再次跟她出走,宽解、安抚她那颗破碎的心。您不是现在还很爱她吗!"

"我不能这样牺牲自己,虽然有一次我曾经想这样做……也许,我现在还想。但是我敢肯定,她跟我在一起会毁了她自己的,因此才离开了她。我应当在今天七点钟去见她,现在我说不定就不去了。她很高傲,所以她永远不会原谅我对她的这种爱——因此,我们俩会同归于尽的!这不正常,不过这里的一切都不正常,您说她爱我,但是难道这是爱吗?在我痛心疾首、痛定思痛之后,难道还可能有这样的爱吗!不,这是另一种感情,不是爱!"

"您的脸变得多苍白呀!"阿格拉娅忽然害怕起来。

"没关系,我睡得太少了,浑身乏力……我……我们当时的确谈到过您,

---

① 俄俗:除非关系极亲密的人可以彼此直呼其名以外,应称名字加上父称,以示尊敬。

阿格拉娅……"

"那么这话当真？您真的会跟她谈到我吗？而且……总共才见过我一面，您怎么会爱上我呢？"

"我也不知道是怎么搞的。我当时感到一片黑暗，我在想象中看到……也许模模糊糊看到了新的曙光。我不知道我怎么会首先想到您。我当时在给您的信上写的都是实话，我真的不知道。这一切不过是幻想，由于当时的恐怖……后来我就开始工作。我本来可以三年都不回来的……"

"那么说，您来是为了她？"

阿格拉娅的声音里似乎有什么东西在发抖。

"是的，为了她。"

双方都忧郁地保持着沉默，过了约莫两分钟，阿格拉娅从座位上站起来。

"既然您说，"她用不很坚定的口吻开始道，"既然您自己都相信，这个……您那个女人……是疯子，那么她那疯狂的幻想，就与我风马牛不相及了……列夫·尼古拉耶维奇，请您收下这三封信，替我掷还给她！要是她，"阿格拉娅忽然叫道，"要是她胆敢再给我写信，哪怕就一行字，那么您告诉她，我就要向我父亲告状，送她进疯人院……"

公爵跳起来，恐惧地看着阿格拉娅突然发怒的神态，似乎一片迷雾蓦地降落在他面前……

"您不能这样感情用事……这不是真的！"他喃喃道。

"这是真的！真的！"阿格拉娅差点儿忘乎所以地大叫。

"什么叫真的？什么是真的？"他俩身旁突然有人惊恐地问道。

他们面前站着利扎韦塔·普罗科菲耶芙娜。

"真的就是，我要嫁给加夫里拉·阿尔达利翁诺维奇！我爱加夫里拉·阿尔达利翁诺维奇，明天就跟他私奔！"阿格拉娅冲她母亲嚷嚷道，"您听见了吗？您的好奇心得到满足了吧？这下您满意了吧？"

说罢，她就向家里跑去。

"不，先生，您现在不能走，"利扎韦塔·普罗科菲耶芙娜挡住公爵的去路，"劳驾到舍下来一趟，我有话要问您……真让人把心都操碎了，本来就整宿没睡……"

公爵只能跟在她后面。

九

回到家后，利扎韦塔·普罗科菲耶芙娜在第一间屋里停了下来，她再也走不动了，跌坐在沙发榻上，筋疲力尽，甚至忘了请公爵坐下。这是一间相当大的客厅，客厅中央放着一张圆桌，一旁有壁炉，窗户旁的花架子上摆着许多鲜花，后墙上有一扇玻璃门通花园。紧接着，阿杰莱达和亚历山德拉也走了进来，疑惑而又莫名其妙地望着公爵和母亲。

在别墅里，小姐们通常在九点钟左右起床，只有阿格拉娅一个人最近两三天起得略微早些，到花园里去散散步，但是也不是在七点，而是在八点，或者还要晚些。利扎韦塔·普罗科菲耶芙娜由于好些事放心不下，确实一宿没睡好觉，她在八点钟左右起床，她估计阿格拉娅已经起床了，就特意到花园去找她，但是无论在花园还是在卧室，都没找到她。她立刻慌张起来，没了主意，便把其他两个女儿叫醒了。她们听女用人说，阿格拉娅·伊万诺芙娜早在六点多钟的时候就到公园里去了。两位小姐对于爱幻想的妹妹想入非非的新做法不禁哑然失笑，她们对妈妈说，如果她到公园去找阿格拉娅，她说不定会发脾气的,现在,她肯定坐在那张绿色长椅上看书。还在三天前她就说起过这张长椅,而且为了这张长椅差点儿没跟希公爵吵起来,因为他认为这张长椅的位置丝毫没有什么特别引人注目的地方。利扎韦塔·普罗科菲耶芙娜走进公园后,恰好遇到他俩约会,又听到女儿说了一些奇奇怪怪的话,由于多种原因,她吃惊不小,但是现在把公爵领到家来以后,她又胆怯起来,她害怕把这事摆到桌面上后,人家会问:"为什么阿格拉娅就不能跟公爵在公园里见面和说话呢?即使他俩预先约好在那里会面,又怎么样呢?"

"公爵先生,"她定了定神后说道,"您别以为我是把您拽来审问的……亲爱的,自从出了昨天晚上的那档事以后,我都不想见您了……"

她一时找不出词来,停了停。

"但是,您一定很想知道,我今天是怎么遇见阿格拉娅·伊万诺芙娜的吧?"公爵非常镇静地把她心里想说的话说了出来。

"想又怎么样!"利扎韦塔·普罗科菲耶芙娜立刻发起火来,"我不怕打开天窗说亮话,因为我不想跟任何人过不去,也无意跟任何人过不去……"

"哪能呢,谈不上跟什么人过不去嘛,想知道个中原因也是很自然的嘛,您是母亲。由于昨天阿格拉娅·伊万诺芙娜的邀请,我于今天早晨七点整,在那张绿色长椅旁与她会面。昨天,她给我写了一张便条,告诉我她想见我,想跟我谈一件重要的事。我们见面后,谈了整整一小时,谈的事也仅涉及阿格拉娅·伊万诺芙娜一个人。就这些。"

"当然就这些,先生,这是毫无疑问的,就这些。"利扎韦塔·普罗科菲耶芙娜煞有介事地说道。

"太好了,公爵!"阿格拉娅突然走进屋来说道,"谢谢您,由衷地谢谢您,因为您也认为我决不至于在这里有失体面地说谎骗人。妈妈,您盘问得够了吧,或者您还想继续审问?"

"你知道，迄今为止，我还没有因为什么事在你面前感到脸红过……虽然你也许会因此感到高兴。"利扎韦塔·普罗科菲耶芙娜用一种教训人的口吻答道，"再见，公爵，对不起，打搅您了。我希望，您会仍旧相信，我对您的尊敬是始终不渝的。"

公爵立刻向她们母女鞠躬告辞，默默地走了出去。亚历山德拉和阿杰莱达微微一笑，彼此窃窃私语，也不知道她俩在说什么。利扎韦塔·普罗科菲耶芙娜板起面孔，看了看她俩。

"妈妈，我们笑的不过是，"阿杰莱达笑道，"公爵鞠躬的样子真帅：有时候笨手笨脚，可现在又突然像……像叶夫根尼·帕夫洛维奇那样潇洒自如。"

"彬彬有礼和潇洒自如，是一个人的心灵素质，而不是舞蹈老师教的。"利扎韦塔·普罗科菲耶芙娜像宣读治家格言似的说道，说罢便上楼回到她自己屋里去了，甚至都没看阿格拉娅一眼。

公爵回到别墅后，已是九点钟左右，他在凉台上遇见了薇拉·卢基扬诺芙娜和一名女仆。她俩正在归置和打扫昨晚弄得乱七八糟的房间。

"谢谢上帝，总算在您回来之前收拾完了！"薇拉快乐地说道。

"你们好，我有点儿头晕，我没有睡好，我想睡一会儿。"

"跟昨天一样，就在这凉台上？好吧。我告诉大家别吵醒您。爸爸出门了。"

女仆出去了，薇拉本想跟她一起出去，但是刚走了两步又回过头来，心事重重地走到公爵身旁。

"公爵，可怜可怜这个……不幸的人吧，今天请您别撵他走。"

"我绝对不会撵他走的，由他自便好了。"

"他现在决不会给您添乱的，您……可别对他太凶呀。"

"噢，不会的，干吗要这样呢！"

"还有……请您别取笑他,这最要紧。"

"噢,绝对不会!"

"我居然对您这样的人说这种事,我也太蠢了,"薇拉的脸红了,"您虽然显得很累,"她半转过身子,准备出去,笑道,"可是您的两只眼睛这时候却显得很美……很幸福。"

"难道很幸福吗?"公爵兴奋地问,他快乐地笑了。

薇拉本来是个心地忠厚、像男孩一样随随便便的姑娘,但是这时候不知为什么突然害臊了,她的脸也红得更厉害了,她一面笑,一面匆匆地走出了房间。

"多么……好的一个姑娘……"公爵想道,但是立刻又把她忘了。他走到凉台一角,那里有一张沙发榻,榻前放着一张茶几,他坐了下来,伸出两手捂住了脸,坐了大约十分钟,突然又慌慌张张地把手匆匆伸进一侧的口袋,掏出了三封信。

这时,门又开了,科利亚走了进来。因为可以把信重新放回口袋,让那个时刻晚点儿到来,公爵似乎感到很高兴。

"唉,出了这档子事!"科利亚坐在沙发榻上,就像他这类男孩常做的那样,直截了当、开门见山地说道,"现在您怎么看伊波利特? 嗤之以鼻?"

"那又为什么呢……但是,科利亚,我累了……再说,又回过头去谈这事,未免让人太伤心了……不过,他怎么样?"

"睡着了,可能还要睡两小时。我懂,您没有在屋子里睡觉,在公园里走来走去……当然,您心里很乱……还用说吗!"

"您怎么知道我在公园里走来走去,没有在屋里睡觉呢?"

"薇拉刚才告诉我的。她劝我别进来,我熬不住,硬闯了进来,一会儿就走。这两小时,我一直守在他的病榻旁,现在我让科斯佳·列别杰夫替我值班。布尔多夫斯基走了。那，您睡觉吧，公爵，祝您晚……对了，祝您日安！不过，您知道吗，我感到非常吃惊！"

"当然……这一切……"

"不，公爵，不是的，我感到吃惊的是那份自白书。主要是谈天意和未来生活的那一段。其中包含着一种涵盖一切的看法。"

公爵和蔼地看了看科利亚，他到这里来的目的显然是尽快找公爵谈谈那个涵盖一切的看法。

"但是，主要的，主要的问题，并不仅仅在看法上，而在这整个环境。如果这是伏尔泰、卢梭、普鲁东写的，我会读它、记住它，但是决不会大吃一惊，而且吃惊到如此程度。但是，一个人明知道他只能再活十分钟了，却说出这样的话来——这就是高傲！要知道，这是一种卓尔不群、遗世独立的自我尊严感，要知道，这意味着一种公然的逞强好胜……不，这是一种巨大的精神力量！而在这之后还硬说，他故意不把火帽放进枪膛——这就未免太卑鄙，太不近人情了！您知道吗，他昨天说的话是骗人的，他耍了个花招，我压根儿没有，也从来不曾帮他收拾过背袋，我也从来不曾见过那支手枪，一切都是他自己收拾的，因此他把我一下子搞糊涂了。薇拉说，您让他住在这儿，我发誓，这不会有危险的，何况我们大家还寸步不离地守在他身边呢。"

"昨天夜里，你们是哪些人守在他身边的？"

"我、科斯佳·列别杰夫、布尔多夫斯基，凯勒尔待了不多一会儿，后来就到列别杰夫家睡觉去了，因为咱们这儿没有可以睡觉的地方，费德先科也睡到列别杰夫家了，今天早上七点走的。将军一向都在列别杰夫家住，现在也走了……列别杰夫也许马上会来找您，他不知道有什么事在找您，问了我两次。您要是睡下了，就别让他进来了，好吗？我也想去睡觉。啊，对了，我还想告诉您一件事，方才，将军的举动使我感到很奇怪：布尔多夫斯基六点多钟的时候把我叫醒,让我去值班,可能就在六点钟左右吧。我出去了一小会儿,突然遇到了将军,他宿酒未醒,都没有认出我来。他像根木头似的茫然站在我面前,清醒过来以后,就气势汹汹地向我嚷道:'病人怎么样?我是来打听病人的情况的……'我向他一五一十地报告了伊波利特的病情。他说:'这么说,一切都很好,但是,我到这里来的主要目的,也就是我之所以早起,是想跟您打声招呼,我有理由认为,当着费德先科先生的面,决不能把所有的事和盘托出……应当有所顾忌。'您明白他这话的意思吗,公爵?"

"当真?话又说回来……对于我们,也无所谓。"

"对,这是没有疑问的,无所谓,我们又不是共济会①会员!所以,将军因为这事天不亮就特地跑来叫醒我,我倒觉得有点儿奇怪了。"

"您说费德先科走了?"

"七点走的,他顺便进来看了看我,我正值班!他说,他想到维尔金家去把没有睡足的觉补回来。有这么个醉鬼,叫维尔金。好了,我要走了!您瞧,卢基扬·季莫费伊奇②来了……卢基扬·季莫费伊奇,公爵要睡觉了,掉转头,回去!"

"深受尊敬的公爵,就一小会儿,有一件在我看来十分重要的事。"列别杰夫走了进来,很不自然地用一种仿佛推心置腹的口吻悄声说道,说罢又装模作样地鞠了个躬。他刚从外面回来,甚至都没来得及回家,因此手里还拿着礼帽。他的神色似乎忧心忡忡,同时眉宇间又显出一种特别的、非同一般的自尊自重的神态。公爵请他有话不妨坐下来再说。

"您曾经找过我两次?您大概还在担心昨天夜里发生的那事吧……"

"公爵,您是指昨天那小伙子的事?噢,不,您哪。昨天,我的思想很

---

① 俄国和欧洲的一种秘密宗教团体。此处意为"我们又不搞什么秘密活动"。

② 即列别杰夫。这是他的名字和父称。

乱……但是今天我已经无意跟您的任何看法争辩了。"

"争……您说什么？"

"我说的是争辩，这是个法国词，就跟俄语中的许多外来词一样，已成了俄语的一部分，但是这种'洋泾浜'俄语，我也不特别赞成。"

"您今天倒是怎么啦，列别杰夫，一副神气活现和严肃的样子，说起话来一板一眼，抑扬顿挫的。"公爵笑道。

"尼古拉·阿尔达利翁诺维奇！"列别杰夫几乎用一种哀婉的口吻对科利亚说道，"我有件私事要告诉公爵……"

"是啊，还用说，这用说嘛，跟我不相干！再见，公爵！"科利亚立刻走了出去。

"我喜欢这孩子，这孩子懂事，"列别杰夫望着他的背影说道，"这孩子眼明手快，做事麻利，就是爱刨根问底，烦死人了。深受尊敬的公爵，我遭到一件非常大的不幸，不知道是昨天晚上呢，还是今天一大早……确切时间我一时说不准。"

"出什么事了？"

"深受尊敬的公爵，我从一侧的口袋里丢了四百卢布，让人偷了！"列别杰夫的嘴上挂着苦笑，又加了一句。

"您丢了四百卢布？太可惜了。"

"尤其可惜的是，这是一个贫穷的、以自己的劳动谋生糊口的光明正大的人。"

"当然，当然。这到底是怎么丢的呢？"

"酒后误事，您哪。深受尊敬的公爵，我来看您，就像来谒见一位神明。昨天下午五点，我从一位债户手里收到四百银卢布，随后就坐火车回来了。钱就放在口袋里的一只钱包里。我脱下制服，换上家常穿的便服，就顺手把钱装进了衣兜，我是想随身带着，打算晚上转道手再借出去……我在等一位中间人。"

"顺便问一句，卢基扬·季莫费伊奇，据说，您在报上登过广告，以金银首饰或器皿作抵押，借钱放债，是否真有此事？"

"我通过中间人转道手再借出去，我并不披露自己的姓名，更不用说住址了。我有一点微不足道的资本，再说因为拉家带口，又添了个娃娃，因此将本求利自己也会赞同的，我这是公平交易……"

"是啊，是啊，我也不过顺便问问罢了，请原谅我打断了您的话。"

"中间人没来。就在那时候，他们把那位不幸的年轻人①送了来。吃完午饭后，我已经处在一种似醉非醉的微醺状态。后来，这些客人就来了，喝了……茶，而且……我也兴奋起来，也是我活该破财。天色已经很晚，那位凯勒尔走了进来，宣布今天是您的生日，应予庆贺，他一迭声地吩咐开香槟，因此我，亲爱的和深受尊敬的公爵，我有一颗心（您大概已经看出来了，因为我理应受到这样的报应），我有一颗心，虽不能说十分多愁善感，但却知恩必报，而且我也因此而自豪，——我为了使您的生日显得隆重起见，并等待着亲自向您祝贺，我灵机一动，便去把我穿的那件又旧又破的衣服换了下来，换上我回家后脱下来的那件文官制服，我也就这么做了，公爵，您大概已经发现，我整个晚上都穿着那件制服。在换衣服的时候，我把那件衣服里的钱包给忘了……俗话说得好，上帝若想惩罚一个人，必先夺去他的理智。直到今天，已经七点半钟的时候，我醒来后才发疯似的跳起来，第一件事就是走过去一把抓起我那件家常穿的便服——口袋里空空如也，什么也没有！钱包不翼而飞。"

---

① 指伊波利特。

"哎呀,真倒霉!"

"倒霉透了。您说话真有分寸,一下子就找到了这个恰当的说法。"列别杰夫不无狡猾地加了一句。

"当然啰,不过话又说回来……"公爵很不安,若有所思,"这是一件严重的事。"

"严重透了—— 公爵,您又找到了一个词用来表达……"

"哎,得了,卢基扬·季莫费伊奇,这有什么找不找的?重要的不在于说什么话,用什么词……您认为,您喝醉了酒,是否有可能把钱从口袋里弄丢了呢?"

"有可能。一个人喝醉了酒,什么事都可能发生,您这话说得很对,深受尊敬的公爵!但是,请您考虑一下:如果我在换衣服的时候钱包从口袋里掉了出来,那么掉出来的东西应当还在原来的地板上呀。请问,这东西又跑到哪里去了呢?"

"您不会把它塞进抽屉里,放在抽屉里的什么地方吗?"

"全都找遍了,到处翻遍了,再说我根本就没有藏起来,也没有开过任何抽屉,这点我记得清清楚楚。"

"柜子里看了吗?"

"最早看的就是柜子,您哪,而且今天又看了好几遍……再说,我怎么会把它塞到柜子里去呢,备受尊敬的公爵?"

"说实在的,列别杰夫,这事使我感到很不安,这么说,有人在地板上捡到了?"

"或者有人从口袋里偷走了!只有两种可能,非此即彼,您哪。"

"这事使我很不安,因为究竟是谁呢……问题在这儿!"

"毫无疑问,这是主要问题。您非常准确地找到了说明这种情况的词和想法，万分尊敬的公爵。"

"唉，卢基扬·季莫费伊奇，别取笑啦，这……"

"取笑！"列别杰夫举起两手一拍，叫了起来。

"得得得，好了，我不见怪，这完全是另一回事……我是替别人担心。您究竟怀疑谁呢？"

"这问题就很难说了，而且……这问题也极其复杂！对于女用人我没法怀疑：她一直坐在厨房里。对于自己的亲生孩子也……"

"那自然。"

"这么说，一定是客人中的什么人啰，您哪。"

"但是，这可能吗？"

"完全不可能，也非常不可能，但是一定是这样。但是，我可以假定，甚至坚信不疑，如果是偷窃，那么绝不是在晚上，大家都在的时候偷的，而是在夜里，甚至在即将天亮的时候，在这儿留宿的什么人偷的。"

"啊呀，我的上帝！"

"布尔多夫斯基和尼古拉·阿尔达利翁诺维奇①，我自然得把他们排除在外，他们俩根本就没有走进我的屋子，您哪。"

"那自然，即使进去过，也不可能！哪些人在您家留宿了？"

"把我算在内，在这儿留宿的共有四人，住在两间紧挨着的屋子里：我、将军、凯勒尔和费德先科先生。反正是我们四人中的一个，您哪！"

"应当说是三人中的一个，但是，这究竟是谁呢？"

"为了公平合理起见，我把自己也计算在内，但是您必须承认，公爵，我总不至于自己偷自己的钱吧，虽然监守自盗的事世上也时有发生……"

---

① 科利亚的名字和父称。

"啊呀，列别杰夫，别瞎扯了，没意思！"公爵不耐烦地叫起来，"谈正经事吧，干吗拖泥带水的呢……"

"那么说，就剩下三个人啦，第一个是凯勒尔先生，这是一个反复无常的人，一个醉鬼，而且在某种情况下是个自由派，我是指他对别人的口袋常常采取自由主义的态度，您哪。至于其他方面，他倒不是自由派，可以说，还颇有些古代骑士的风度。他起先是在这儿，在病人的房间里过夜的，直到半夜他才搬到我们那边住，借口是和衣睡在地板上硌得慌。"

"您怀疑他？"

"曾经怀疑过，您哪。当我在早晨七点多钟像个疯子似的跳起来，用手捶打自己的脑门时，立刻把正在坦然地呼呼大睡的将军叫醒。我们俩都注意到费德先科奇怪地不见了，单凭这一点就引起了我们的怀疑，于是我们俩立刻决定搜查凯勒尔，他那时候正像……正像……根钉子似的躺着，您哪。我们把他从头到脚搜了一遍：口袋里没有一分钱，甚至找不出一个没有破洞的口袋，只找到一块带格的蓝布手帕，脏得不成样子。此外，还找到一封情书，是一个女用人写给他的，写信问他要钱，并且还威胁说，如果不给，就要怎么样怎么样，再就是您知道的写那篇杂文的碎纸片了，您哪。将军认定他无罪。为了证实确凿无误起见，我们把他本人叫醒了，费了老大劲才把他推醒。他好不容易才弄清楚究竟是怎么回事，张大了嘴，醉眼蒙眬，脸上的表情既荒唐又天真，一副傻呵呵的模样——不是他，您哪！"

"哦，我真高兴！"公爵快乐地松了口气，"我担心的就是他！"

"担心？那么说，您已经有这方面的根据啦？"列别杰夫微微眯起了眼睛。

"噢不，我是随便说的，"公爵没词了，"我说得太蠢了，什么担心不担心。劳您大驾，列别杰夫，千万别告诉别人……"

"公爵，公爵！您的话埋在我心里……埋在我的心灵深处！我守口如瓶，滴水不漏！……"列别杰夫举起礼帽，按在心口，眉飞色舞地说道。

"好，那就好！……那么说，是费德先科啰？也就是说，我想说，您怀疑费德先科啰？"

"还能是谁呢？"列别杰夫两眼直视着公爵，低声说。

"是啊，不用说……还能是谁呢……不过话又说回来，有什么罪证吗？"

"当然有罪证啦。第一，七点钟，甚至早晨六点多钟的时候，他就不辞而别。"

"这，我知道，科利亚告诉我了，他去找过科利亚，对他说，他没有睡够觉，要找个地方补回来，想到一个朋友家去睡觉，到……我忘了到谁家去了。"

"到维尔金家去。那么说，尼古拉·阿尔达利翁诺维奇已经对您说过啦？"

"关于偷钱的事，他什么也没说。"

"他也不知道，因为我对此案暂行保密。总之，他到维尔金家去了，一个醉鬼去找另一个跟他一样的醉鬼，似乎毫不足怪，虽然那时候天才蒙蒙亮，而且毫无理由，您哪。但是也恰好在这里露出了马脚：他临走的时候留下了地址，告诉了他的去向……现在，您注意，这里有个问题：他干吗要把地址留下来呢？……他干吗要绕道特地去找尼古拉·阿尔达利翁诺维奇，并且告诉他说：'我没有睡够觉，要到维尔金家去补觉'呢？谁会对他走了，而且到维尔金家去感兴趣呢？何必没来由地告诉别人呢？不，事情妙就妙在这里，做贼心虚嘛！他是想以此表明：'我特意不隐瞒自己的行踪，我既然这样做了，哪儿会是贼呢？难道贼会告诉你们他的去向吗？'这人聪明得过了头，他想解除别人的疑心，也就是我们所谓的欲盖弥彰吧……深受尊敬的公爵，您明白我的意思了吗？"

"明白了，而且非常明白，但是单凭这一点，终究是不够的呀！"

"第二条罪证是：他的行踪是假的，他给的地址不准确。一小时后，也就是在八点钟的时候，我已经在敲维尔金家的门了，他就住在这里的第五街，这人我认识，您哪。那里根本就没有什么费德先科。我好不容易才从一个耳朵完全聋了的女仆那里打听到，一小时前，倒的确有个人敲过他们家的门，而且敲得很凶，甚至把他们家的门铃都扯断了。但是这女仆没有开门，因为她不想叫醒维尔金先生，也许，也是因为她自己不愿意起来开门。这种情况是常有的。"

"这就是您发现的全部罪证吗？这也不够呀。"

"公爵，但是您说还能怀疑谁呢？"列别杰夫拿腔拿调地说道，在他的讪笑中透出一副故弄玄虚的神态。

"您应当把这两个房间和所有的抽屉再仔仔细细看一遍！"公爵沉思有顷，忧心忡忡地说。

"我看过了，您哪！"列别杰夫又拿腔拿调地长叹了一声。

"咳！……您又何苦，何苦把那件上衣换下来呢！"公爵叫道，懊恼地敲了敲桌子。

"这是在一出古老的喜剧里提出的问题。但是，我的大慈大悲的公爵！您把我的不幸也太放在心上了！我不值得您如此关切。也就是说，我这个人不值得您如此关切。但是您是不是也为这名罪犯……为这个不足挂齿的费德先科先生感到难过呢？"

"嗯，是的，是的，您的确使我很焦急，"公爵心不在焉而又不悦地打断了他的话，"既然您这样有把握，您认为这是费德先科干的……那么您究竟打算怎么办呢？"

"公爵，深受尊敬的公爵，不是他，又能是谁呢？"列别杰夫更加拿腔拿调地故弄玄虚，"既然想不出别的怀疑对象，也就是说除了费德先科先生以外，怀疑任何人都是完全不可能的，这是不利于费德先科的又一罪证，这已经是

第三条罪证了！除此以外又能是谁呢？我总不能怀疑布尔多夫斯基先生吧？嘿嘿嘿。"

"又来了，别胡说啦！"

"还有，总不能怀疑将军吧！嘿嘿嘿。"

"您胡说什么呀！"公爵差点儿生气地说道，他不耐烦地在座位上扭过身去。

"不是胡说又是什么呢！嘿嘿嘿！有个人真把我笑死了，这人就是将军！今天一大早，我跟他一起跟踪追击，到维尔金家去……我必须向您指出，当我发现失窃，首先把他叫醒以后，他比我还感到吃惊，甚至脸色都变了，红一阵白一阵，最后竟勃然大怒，义愤填膺，连我都没料到他会激动到这种程度，您哪。这是一位人格十分高尚的人！他积习难改，经常信口开河，不过他是一个具有崇高感情的人，同时他又不谙世事，十分天真，从而博得了人们对他的充分信任。深受尊敬的公爵，我已经跟您说过，我不仅对他存有偏爱，甚至还十分尊敬他，您哪。突然，他在马路中央停了下来，敞开衣服，露出胸脯，说道：'请你搜查我，你搜查了凯勒尔，干吗不搜查我呢？办事应当公道嘛！'他说这话时，手脚都在哆嗦，甚至激动得脸都白了，样子十分可怕。我笑了，说道：'听我说，将军，如果别人胆敢在我面前说你，我一定亲手砍下自己的脑袋，把它放在一只大盘子里，并且亲自把它用盘子端到一切心存怀疑的人跟前，我要对他们说："瞧，你们瞧见这颗脑袋了吧，我要用自己这颗脑袋替他担保，不仅是这颗脑袋，哪怕赴汤蹈火，也在所不辞。"我说，我要这样来替你担保，证明你是清白无辜的！'我说罢，他就扑到我的怀里，这都发生在大街之上，您哪，他感动得眼泪汪汪，浑身哆嗦，把我紧紧搂到胸前，搂得我好不容易才咳嗽了声，清了清嗓子，他说道：'你是在我半生潦倒中的唯一知己！'真是位重感情的人！嗯，不用说，他立刻一面走路，一面乘机对景抒怀地讲了个故事，他说，他还在青年时代就被人怀疑过，说他偷窃了五十万卢布，但是他却在第二天冲进一座烧着的房子的大火里，从火中救出了当时怀疑过他的伯爵和待字闺中的尼娜·亚历山德罗芙娜。伯爵拥抱了他，从而产生了他与尼娜·亚历山德罗芙娜的结合，而在第二天，在大火之后的废墟中，人们找到了那只装有丢失的钱的匣子。这是一只铁盒，英国部件，装有暗锁，不知怎么掉到地板底下去了，因此谁也没有发现。经过这场大火，它才被找到了。完全是信口开河，您哪。但是，当他讲到尼娜·亚历山德罗芙娜的时候，甚至还不胜唏嘘。尼娜·亚历山德罗芙娜虽然一听见我的名字就有气，却是一位极其高尚的女性。"

"你们俩不认识？"

"几乎不认识，您哪，但是我真心诚意地希望认识她，哪怕仅仅为了向她表白一下我是清白无辜的。尼娜·亚历山德罗芙娜对我有意见，似乎是我带坏了她的丈夫，使他酗酒，不务正业。其实，我不仅没有带坏他，反而使他收敛了，也许我还使他逐渐离开了那帮狐朋狗友。况且他又是我的好朋友，您哪，实话对您说吧，我现在决不会离开他，撇下他不管，也就是说，他上哪儿，我也上哪儿，因为对他这样的人只能动之以情，感化他。现在，他甚至完全中断了与那个上尉太太的来往，虽然他在私心深处很想去看她，甚至有时候还唉声叹气地对她念念不忘，特别是在每天早上起床和穿靴子的时候，我不知道他为什么偏偏在这时候想她。糟就糟在他手里没钱，而要去看她，不带钱去是不行的。深受尊敬的公爵，他没有跟您借过钱吗？"

"没有，没借过。"

"他不好意思，但心里是想的：他甚至向我承认过，他想来打扰您，但是不好意思，因为您刚借给他不久；此外，他认为，您是决不肯借钱给他的，他曾经把我当作好朋友倾吐过心里的这点衷曲。"

"那您没有借钱给他吗？"

"公爵！深受尊敬的公爵！不仅是钱，为了这个人，可以说吧，我甚至连命……不，话又说回来，我不想过甚其词——谈不上命……不过，假如，可以说吧，他害了疟疾，长了脓疮，或者说，得了咳嗽，如果有此必要，而且非如此不可的话，上帝做证，我甘愿替他受这份罪，因为我认为他是一位伟大的、被埋没了的人！就这么回事！您哪，不仅是钱！"

"那么说，您借钱给他了？"

"没借，您哪，我没有借给他，因为他自己也知道我是决不肯借钱给他的，但是这完全为了使他有所节制，幡然悔悟。现在，他又死乞白赖地要跟我上彼得堡去了。我要到彼得堡去，我要跟踪追击，追捕费德先科先生，因为我十拿九稳，他已经回到彼得堡了。我的这位将军心急火燎，急得不得了。但是我怀疑，一到彼得堡，他肯定会从我身边溜走，去看上尉太太。说实在的，我甚至想故意让他离开我，因为我们已经商量好了，一到彼得堡就兵分两路，各自东西，以便更有利于捉拿费德先科先生。就这样，我准备先让他走，然后迅雷不及掩耳地在上尉太太家把他拿获，——说实在的，我这样做，无非是为了让他知道羞耻，因为他是一个有老婆孩子的人，是一个懂得礼义廉耻的人。"

"不过请您不要吵吵嚷嚷，列别杰夫，看在上帝分上，不要大肆张扬。"公爵非常不安地低声说。

"噢，不会的，我这样做，无非为了让他懂得羞耻，同时我也想看看他那副狼狈相——因为，深受尊敬的公爵，许多事情都可以从他那副尊容看得出来，尤其像他这样一个人！唉，公爵！虽然我的个人遭遇也够不幸的了，但是即使现在，我也不能不替他着想，希望他能够幡然悔悟、改过自新。深受尊敬的公爵，我对您有个不情之请，甚至说实在的，我就是为了这个才到这里来的。您跟他们家的人已经很熟了，甚至还在他们家住过，大慈大悲的公爵，如果您能在这件事情上帮帮我的忙，说实在的，这仅仅为了将军，为了他好……"

列别杰夫甚至将两手合在一起，像在祈祷似的。

"帮什么忙？怎么帮法？您要相信，我是非常愿意完完全全地了解您的，列别杰夫。"

"正因为我相信这一点才来找您！可以通过尼娜·亚历山德罗芙娜来促成此事。在他自己的家里观察他，或者经常监视将军大人的行动。不幸的是我不认识他们……再说，他们家还有位尼古拉·阿尔达利翁诺维奇，可以说，他以他的整个年轻的心在崇拜您，他也可以帮忙……"

"不——不行……上帝保佑，决不能把尼娜·亚历山德罗芙娜也牵扯进来！……也不能把科利亚……话又说回来，也许，我还没有弄明白您的意思，列别杰夫。"

"您这会儿也完全不必明白什么！"列别杰夫甚至从椅子上跳了起来，"只要，只要动之以情，以柔克刚——这就是治疗我们这位病人的灵丹妙药。公爵，您能允许我认为他是个病人吗？"

"这甚至表明，您很有礼貌，也很聪明。"

"我来向您解释，为了把问题说清楚，先打个实际生活中的比方吧。您瞧，他是这么个人，他有一大弱点，就是不能忘情于这位上尉太太，但是要去见她，不带钱去是不行的，而且我今天还打算在上尉太太家把他当场捉住，我这样做，也是为了他好，您哪。但是，我们姑且假定，这与上尉太太不相干，假如他犯下了甚至真正的罪行，比如说吧，他做了一件非常不光彩的事（虽然他根本不可能做出这种事），那怎么办呢？我说，只要光明正大地对他动之以情，就能功德圆满地大功告成，因为他是一个非常重感情的人！请相信，不出五天，他就会忍不住自己说出来，眼泪汪汪，哭哭啼啼，承认一切——

尤其是如果做法巧妙，而且光明磊落，通过您和他们家，双管齐下，来监视他的一言一行和一切行踪的话……噢，大慈大悲的公爵！"列别杰夫甚至兴致勃勃地跳了起来，"我可没有说，肯定是他……可以说吧，我恨不得为他立时三刻流尽我的全部鲜血，虽然您也得承认，纵酒无度、酗酒终日，再加上这位上尉太太，这一切加在一起，是什么都做得出来的。"

"为了达到这样的目的，我当然永远乐意帮忙，"公爵站起来说道，"不过，我想跟您说句掏心窝的话，我现在非常担心，请问，您现在还……一句话，您不是自己也说，您怀疑费德先科先生吗？"

"不怀疑他又能怀疑谁呢？最最真诚的公爵，不怀疑他又能怀疑谁呢？"列别杰夫装腔作势地微笑着，又故作姿态地将两手合在一起。

公爵皱起眉头，从座位上站起身来。

"我说，卢基扬·季莫费伊奇，最可怕的是弄错。这个费德先科……我倒并不想说他的坏话……但是这个费德先科……就是说，谁知道呢，也许是他也说不定！……我是想说，比起别人来，他也许的确更有可能干出这种事来……"

列别杰夫睁大了眼睛，竖起了耳朵。

"您要明白，"公爵语无伦次起来，他双眉深锁，皱得越来越紧，在房间里忽前忽后地走来走去，极力不抬头看列别杰夫，"有人向我示意……向我提到费德先科的事，似乎他除了种种不堪以外，还是这样一种人，在他面前应当有所顾忌，不要说任何……不应该说的话——您明白了吗？我的意思是说，也许，比起别人来，他的确更有可能……不过最主要的是不要弄错，您明白我的意思吗？"

"费德先科先生的事是谁告诉您的？"列别杰夫追问。

"没什么，是悄悄地跟我说的。不过，我自己也不相信这是真的……使我感到十分懊恼的是，我又不得不把这话说出来，但是，请您相信我，我自己也不相信这话……这简直是胡说八道……唉，我做得多蠢啊！"

"您要明白，公爵，"列别杰夫居然浑身发起抖来，"这很重要，现在这太重要了，也就是刚才说的关于费德先科先生的事，以及这话怎么会传到您耳朵里来的。（说这话时，列别杰夫跟在公爵后面跑前跑后，极力跟他的步调一致。）公爵，我现在想告诉您一件事：今天一大早，我跟他一起去找那个维尔金的时候，也就是在他已经跟我讲了那段回禄之灾以后，他突然义愤填膺（这是不言而喻的），含沙射影地向我讲了费德先科先生的同样的话，但他讲得语无伦次，前言不对后语，这使我不由得向他提了几个问题，不问倒好，一问我就完全明白了，这一套胡诌，不过是将军大人的一时心血来潮……说实在的，这不过是他一时路见不平，见义勇为而已。因为他即使撒谎，也仅仅是因为他不能克制自己好动感情的习惯。现在我倒要请问：即使他胡诌一气（我深信他在胡说），那么关于这事您又怎么会听到的呢？公爵，您要明白，这不过是他一时心血来潮，瞎编出来的——那么说，这话又是谁告诉您的呢？这很重要，而且……可以说……"

"这话是刚才科利亚告诉我的，而他是一大清早听他父亲说的，他在六点钟的时候，是六点多的时候，因为有什么事出去，在外屋遇到了他父亲。"

接着，公爵把事情经过详详细细地告诉了他。

"嗯，这就对了，您哪，这就是所谓线索，"列别杰夫得意地搓着两手，不出声地笑着说，"果然不出我之所料！这说明将军大人早在五点多钟的时候就特意打断自己的酣睡，去叫醒自己心爱的儿子，告诉他跟费德先科先生隔室相处是非常危险的！人们听了这席话以后，费德先科先生就成了个真正危险的人物了，而将军大人的慈父般的不安又是多么动人啊，嘿嘿嘿！……"

"我说列别杰夫，"公爵感到心烦意乱，一时没了主意，"我说，您要悄悄行动！不要吵吵嚷嚷！我请求您，列别杰夫，我恳求您……如果是这样的话，我发誓，我一定帮您的忙，但是要人不知鬼不觉地做，不要让任何人知道！"

"您尽管放心，大慈大悲、最真诚、最高尚的公爵，"列别杰夫志得意满地叫起来，"您尽管放心，这一切将永远埋葬在我这颗高尚无比的心里！咱俩轻手轻脚地一起行功！既轻手轻脚，又互相配合！我甚至可以把我的满腔热血……最最尊敬的公爵大人，我心胸狭窄，精神低下，但是您可以去问任何一个混账东西，不仅去问地位低下的人，他到底跟谁交往好：跟他一样的混账王八蛋呢，还是跟您这样一位最最高尚的正人君子好？最最真诚的公爵！这人肯定会说，应当跟正人君子交往，这就是美德的胜利！再见，深受尊敬的公爵！轻手轻脚……轻手轻脚……而且……互相配合，您哪。"

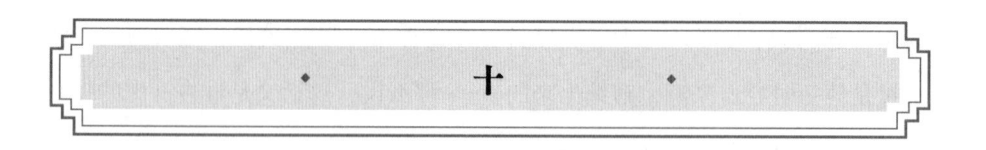

十

公爵终于明白了，为什么他每次碰到这三封信的时候就不寒而栗，他为什么硬要把读这三封信的时间推迟到晚上。还在今天上午，当他躺在沙发榻上昏睡过去时，他还没下定决心打开这三封信中的任何一封，他又做了一个令他心情沉重的梦，那个"女罪人"又来到了他的身边。她又如泣如诉地望着他，长长的睫毛挂着晶莹的泪珠，她又向他招手，让他跟她走，然后他又像不久前那样醒了，痛苦地追思着她的面容。他真想立刻就去看她，但是又办不到。最后，他几乎绝望地打开了信，开始阅读。

这些信也像梦一样。有时候，人们常会做一些奇怪的梦，既不可能，也

第三部

不自然，醒过来后梦境历历在目，您对这个奇怪的事实会感到惊讶：您首先记得，在您做梦的整个时间内，理智一直没有离开过您，您甚至回想得起来，有一些杀人凶手把您团团围住，他们跟您故弄玄虚，掩盖自己的别有用心，跟您十分友好，其实他们这时候枪上膛、剑出鞘，但等一声令下，就开始行动，这一切持续了很长时间，但是在这很长很长的时间里，您一直有条不紊，应付得十分巧妙。您还回想得起来，您终于巧妙地骗过了他们，躲了起来，后来您才明白，他们早已看穿了您的整个骗局，只是不动声色，假装不知道您躲在哪里而已，但是您又用计骗过了他们，所有这一切您都记得很清楚。可是与此同时，为什么您的理智能够公然容忍充满您的梦境的这种明显的荒唐和不可能的事呢？企图加害于您的众多凶手中，有一名凶手，当着您的面摇身一变，变成了一个女人，接着又从女人变成了一个又小、又狡猾、又可恶的小矮人——而您立刻把这一切当成既成事实予以承认，几乎没有一点儿困惑，可是与此同时，从另一方面看，您的理智又高度集中，表现出非凡的力量，工于心计，能够看穿一切，富有逻辑。为什么您从梦中醒来，已经完全回到现实中来以后，几乎每次，有时印象还十分深刻，您总感到，随着梦境的消失，您也留下了一些捉摸不定和猜不透的东西呢？您对您的梦的荒唐付诸一笑，与此同时，您又感到，把这些错综复杂的、荒诞无稽的事结合在一起，其中似乎包含着某种思想，但是这思想已经是现实中存在的，是属于您的真实生活中的某些东西了，是存在于您心中，而且一向存在于您心中的某种东西了。您的梦境似乎告诉您某种新的，带有预言性的，您朝思暮想的东西。您得到的印象是强烈的，它是快乐的或者痛苦的，但是这印象究竟是什么，它又告诉了您什么呢——这一切您既无法理解，也想不起来。

读过这三封信后，情况也几乎相同。但是，在信还没有打开前公爵就感到，居然存在着这三封信和有可能存在这三封信，这件事实本身就像场噩梦。

她怎么会打定主意写信给她呢？傍晚，他一个人在外面漫步时（有时候连他自己都不记得他到过什么地方），他问自己道，她怎么能把这种事写到信里，这种疯狂的幻想怎么会在她头脑里产生的呢？但是这个幻想已经付诸实施了，他感到最惊讶的是，当他读这几封信的时候，连他自己都几乎相信这幻想是可能的，甚至还为这种幻想辩护。是的，当然，这是梦，一场噩梦和一种疯狂。但是，其中却包含着某种既痛苦又现实，既令人感到痛心又是理所当然的事，足以为这梦，为这场噩梦和这种疯狂辩护。接连几个小时他仿佛念念有词地反复念叨他在信中读到的内容，他不时想起信中的片段，思前想后，反复琢磨。有时候，他甚至想对自己说，这一切他早就预感到了和猜到了，他甚至觉得，仿佛在很早很早以前，这一切他早就读过，而且从那时起，他所思虑的一切，他为之感到痛苦和害怕的一切，都包含在这几封他似乎早就读过的信里面。

当您打开这封信的时候（第一封信的开头是这样写的），您应当先看看信末的署名。信末的署名将告诉您一切，向您说明一切，因此我大可不必向您辩白，也大可不必向您解释。倘若我能够跟您多多少少平起平坐的话，您一定会因为我的鲁莽和放肆感到生气，但我是什么东西，您又是什么人？咱们俩是彼此相反的两个极端，在您面前，我是个等而下之的人。因此，我即使想惹您生气，也无论如何办不到。

往下，在另一处，她又写道：

请您别把我的话当成一个脑子有病的人的病态的狂热，但是，在我看来，您是一个十全十美的人！我见过您，我每天都见到您。我并不想对您评头论足，我并不是用理智得出您是一个十全十美的人这一结论的，我不过是确信不疑罢了。但是我也有获罪于您的地方：因为我爱您。对于一个十全十美的人是不能够爱的，对于一个完人，只能够把他当作一个完人来看待，高山仰止，景行行止，不是这样吗？然而我却爱上了您。虽然说，爱能够使人人平等，但是请放心，我并没有把您与我等量齐观，甚至在我的思想深处也从没有这样想过。我在上面写道："请放心"，难道您能不放心吗？……倘若可以的话，我一定要趴下来吻您的脚留下的足迹。噢，我无意跟您平起平坐……请看署名，快看信末的署名吧！

话又说回来，我注意到（她在另一封信上这样写道），我把您跟他撮合在一起，可是一次也没有问过您，您是不是爱他？他只看见您一次，就对您一往情深。他思念您如同思念"光明"一样，这是他的原话，这话我是从他那儿听来的。但是他即使不说，我也明白，您对于他就是光明。我在他身边住了整整一个月，在这过程中我明白了，您也爱他。在我看来，您同他是合二而一的。

这是怎么回事（她又写道），昨天，我在您身边走过的时候，您好像脸红了？这是不可能的，不过是我的错觉罢了。即使把您带进最肮脏的淫窟，让您看暴露无遗的罪恶，您也不应当脸红，即使有人给您难堪，您也无论如何不会怒形于色。您可以恨一切卑鄙无耻之徒，但决不是为了您自己，而是为了别人，为了那些受到他们欺凌的人。谁也不能欺侮您。要知道，我觉得，您甚至应当喜欢我才是。我心目中的您，就同他心目中的您一样：是光明的天使，而天使是不能恨，也不能爱的。我常常向自己提出这样的问题：能不能爱大家，爱所有的人，爱除自己以外的所有的人？当然不能，这样做甚至有悖人之常情。在对人类的抽象的爱中，能爱的几乎永远是自己一个人。但是，我们不能做到这点，而您就是另一回事了。任何人都无法跟您相比，您凌驾于任何个人委屈和任何个人恼怒之上，像您这样的人怎么能不爱什么人呢？只有您一个人能够无私地爱，能够不是为了自己而爱，而是为了您所爱的人而爱。噢，倘若我知道您因我而感到羞耻和愤怒的话，我心里该多么痛苦啊！这下您完了：您一下子屈尊跟我相提并论了……

昨天，遇到您后，我回到家来，构思了一幅画。所有的画家在画基督的时候，根据的都是《福音书》上的传说，如果让我来画，我就要另辟蹊径：我只画他一个人，因为有时候他的门徒常常撇下他一个人。我只留下一个小孩跟他待在一起。这小孩在他身边玩耍，也许正用他那孩子气的语言对他说一件什么事，基督正在听他说话，但是现在他若有所思，他情不自禁地伸出手来，忘情地用手抚摩着这孩子长着浅色头发的脑袋。他望着远处，望着地平线，他的目光里透露出像整个世界一样博大的思想，面带愁容。那小孩说完话后，便把胳膊肘支在他膝头上，一手托腮，抬起头，若有所思，就跟孩子们有时也会若有所思那样，凝神注视着他。夕阳西下……这就是我要画的那幅画！您天真烂漫，您的完美也就在于您的天真。噢，您要记住这点呀！虽然我对您一往情深，这跟您有什么相干呢？您现在已经是我心中的偶像，我将一辈子追随您左右……我很快就会死的。

最后，在最后一封信中是这样写的：

看在上帝分上，请不要对我有任何猜疑，不要以为我这么写信给您是妄自菲薄，也不要以为我是那种以妄自菲薄而从中取乐的人，哪怕这是出于一种高傲也罢。不，我自有必须这样做的道理，不过我很难向您解释清楚这点。个中道理，我甚至对自己都说不清楚，虽然我为此感到痛苦。但是我知道，即使因为我高傲发作，我也不会妄自菲薄的。至于因为有一颗纯洁的心而低声下气，那我就更不会了。由此可见，我根本就没有对您低声下气，妄自菲薄。

我为什么要把你们撮合在一起呢：为了你们，还是为了我自己呢？自然是为了我自己。这样，我的一切问题就迎刃而解了，我早就对自己这么说过……我听说，令姐阿杰莱达曾经对我的照片下过这样的评语：具有这种美貌的人，可以把世界翻个个儿。但是我看破了红尘。您看见我穿金戴银、珠光宝气，成天跟一些醉鬼和坏蛋混在一起，再来听我上面的这番话，岂不觉得十分可笑吗？您可以对这些视而不见，置之不理，我已经几乎是一具行尸走肉，我知道这个。我身上代替我而活着的究竟是什么呢，只有上帝知道。我每天都从一双可怕的眼睛里看到这一点。这双眼睛经常注视着我，甚至这双眼睛不在我眼前的时候，我也仿佛感到他那咄咄逼人的目光。这双眼睛现在暂时保持着沉默（它们一直沉默不语），但是我知道这眼中的奥秘。他家的房子阴森森的，令人感到索然无味，但是其中却包藏着秘密。我深信，他的抽屉里有一把用绸子包着的剃刀，就跟那个莫斯科的杀人凶犯一样，那名凶犯也跟他母亲住在一幢房子里，他也用绸子包着剃刀，准备用它割断一个人的喉咙。当我待在他们家的时候，我总觉得在一块地板下面的什么地方，似乎藏着一具尸首，用漆布盖着（也许还是他父亲藏在那里的），就跟那个莫斯科凶犯一样，周围也同样摆着几瓶日丹诺夫消毒药水，我甚至可以把这地方指给您看。他一直保持沉默，但是，我一目了然，他爱我爱到这样的程度，已经不能不恨我，不能不对我深恶痛绝了。你们的婚礼和我的婚礼将在一起举行：我跟他就是这么定的。我对他没有任何秘密。我会因为怕他而杀死他……但是他肯定会先下手,把我先杀死……他现在就在我身边,他笑了,说我是胡说八道。他知道我在给您写信。

在这三封信里有许许多多这样的胡说八道。其中一封,也就是第二封,是用两张大开本的信纸密密麻麻写成的。

最后,公爵从黑黢黢的公园里走了出来,他跟昨天一样在公园里徘徊了很久。明媚的夜色,他觉得比平常显得更明亮了,"难道时间还很早吗?"他想(他忘了带怀表了)。他隐隐约约地听到远处有音乐声,"大概在游乐场,"他又想道,"当然,他们今天是不会到那里去的。"想到这点后,他发现自己正站在她们家的别墅近旁,他早料到他肯定会到这里来的,他登上凉台,心脏几乎停止了跳动。谁也没有遇到他,凉台上空无一人。他等了一会儿,打开了客厅的门。"这门,她们从来不上闩。"这想法在他脑子里一闪而过,但是客厅里也空空如也,屋里几乎一片漆黑。他疑虑重重地在这屋里站住了。就在这时,门忽然开了,亚历山德拉两手拿着蜡烛走了进来。她看到公爵后,感到很诧异,在他面前停下了脚步,仿佛在问他,这到底是怎么回事。显然,她只是穿过这屋,从这扇门出来走进另一扇门,她根本没想到会在这里遇见人。

"您怎么跑这儿来了?"她终于问道。

"我……顺道……"

"妈妈不太舒服,阿格拉娅也不太舒服。阿杰莱达去睡觉了,我也要去睡觉。今天晚上就我们几个人。爸爸和公爵在彼得堡,没回来。"

"我来……我来看着你们……现在……"

"您知道现在几点了?"

"不——不知道……"

"十二点半了。我们一向在一点钟睡觉。"

"啊，我还以为……才九点多呢。"

"没什么！"她笑了，"在这以前，您为什么不来？也许，我们在等您呢。"

"我……以为……"他边向外走，边含糊不清地说道。

"再见！明天我非让大家笑死不可。"

他沿着公园四周的路向自己的别墅走去。他的心在跳，思绪很乱，他四周的一切像场梦似的。蓦地，就跟前两次他每次醒来时都看见同样的幻象一样，这次，同样的幻象又出现在他面前。那个女人又从公园里走出来，站在他面前，仿佛特意在这里等他似的。他打了个哆嗦，停住了脚步，她抓住他的手，紧紧地握了握。"不，这不是幻象！"

这样，在他俩分手以后，她终于第一次面对面地站在他跟前了。她对他诉说着什么，但是他默默地望着她，他百感交集，心头痛苦极了。噢，从此，他永远也忘不了跟她的这次邂逅，而且，每次回想起来，心头都同样痛苦。她跪在他面前，发狂似的跪在马路中央，他害怕地向后倒退，她却抓住他的手连连亲吻，就跟前两次他在梦中见到的情形一样，现在，在她长长的睫毛上还闪着两颗晶莹的泪珠。

"起来，起来！"他伸手扶她起来，低声而又害怕地说道，"快站起来呀！"

"你幸福吗？幸福吗？"她连声问道，"我只要你对我说一句话，你现在幸福吗？今天？就这会儿？你上她那儿去了？她说了些什么？"

她不肯站起来，不听他的话，她问也匆匆，说也匆匆，仿佛有人在后面追捕她似的。

"我遵照你的嘱咐，明天就走。我再不回来了……这是最后一次见你，最后一次！现在更是最后一次了！"

"别激动，你起来吧！"他异常悲伤地说。

她抓住他的手，贪婪地端详着他。

"永别了！"她终于站起身来，迅速地从他身边走开，几乎像逃跑似的。公爵看见她身旁突然出现了罗戈任，他挽起她的胳臂，把她带走了。

"请稍等，公爵，"罗戈任回过头来叫道，"五分钟后，我就回来。"

五分钟后，他果然回来了，公爵仍站在原地等他。

"我扶她上了马车，"他说，"在那边犄角里从十点钟起就有一辆马车在等着。她早料到你整个晚上都会待在那位小姐那儿。前不久你在信中告诉我的话，我都如实地告诉她了。她再也不会给那位小姐写信了，她答应了，遵照你的意愿，她明天就离开这儿。她想末了儿见你一面，虽然你不肯见她。我们一直在这里等你，等你回来，我们就在那儿，坐在那张长椅上。"

"是她自己带你来的？"

"还用说？"罗戈任龇牙咧嘴地笑道，"我看到了预料中的事。那么说，那些信你看了？"

"难道你也真的看过这些信吗？"公爵对这想法吃了一惊，问道。

"还用说，每封信都是她亲自拿给我看的。记得她提到剃刀的事吗？嘿嘿！"

"疯子！"公爵扭着自己的手，叫道。

"谁知道她疯不疯，也许不疯呢。"罗戈任仿佛自言自语地低声说。

公爵没有回答。

"好了，永别了，"罗戈任说，"我明天也一起走。过去种种，请多包涵！怎么回事，老弟，"他迅速转过身来，又加了一句，"你为什么什么话也不回答她？'你到底幸福吗？'"

"不，不，不！"公爵无限悲伤地叫道。

"还用说吗，怎么会'幸福'呢！"罗戈任恶狠狠地放声大笑，头也不回地走了。

Ф. Достоевский

她跪在他面前，发狂似的跪在马路中央，他害怕地向后倒退，她却抓住他的手连连亲吻，就跟前两次他在梦中见到的情形一样，现在，在她长长的睫毛上还闪着两颗晶莹的泪珠。

Идиот

白　痴

ИДИОТ

第四部

ЧАСТЬ ЧЕТВЕРТАЯ

第四部

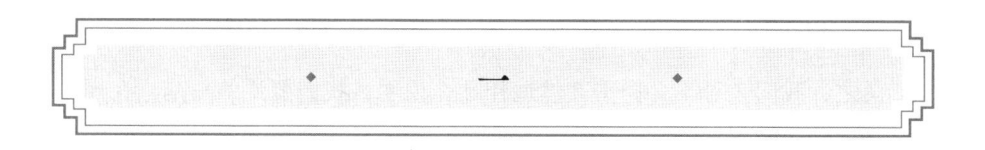

一

本书的两个人物在那张绿色长椅上相会以后,过了大约一星期,在一个阳光明媚的上午,十点半左右,瓦尔瓦拉·阿尔达利翁诺芙娜·普季岑娜出门拜会朋友后回家,神情忧郁,落落寡欢,若有所思。

有这么一类人,很难寥寥数笔,一语破的,把他们最典型和最富特征的形象一下子整个描述出来,人们通常把这类人叫作"普通人""大多数",而这种人也确实构成任何社会的绝大多数。作家们在写自己的长篇小说和中篇小说时,大部分总是极力选取几个社会典型,形象地、艺术地描写他们——这些典型很少完整地在现实中遇到,虽然如此,他们却几乎比现实本身还现实。波德科辽辛[①]作为一个典型,似乎夸张了些,但决不是向壁虚构、无中生有。有许多聪明人读了果戈理的剧本后,知道了波德科辽辛其人,居然立刻发现,有数十名乃至数百名他们的亲朋好友,酷似波德科辽辛。他们在阅读果戈理的剧本之前就知道,这些亲朋好友跟波德科辽辛一模一样,只是当时还不知道这些人叫波德科辽辛。现实生活中新郎在举行婚礼前跳窗逃跑实属罕见,因为这样做,别的姑且不论,跳窗总也不大方便吧。话虽这么说,又有多少新郎,甚至都是些正人君子和聪明人,结婚前在内心深处也不由得自认为是波德科辽辛,同时也不是所有的丈夫都会动辄喊叫:"你自找的,乔治·唐丹!"[②]但是,上帝,全世界的丈夫,在度过他们的蜜月以后,谁知道,也许就在他们结婚后的第二天,就会成百万次、上亿次地从心中发出这样的

[①] 果戈理喜剧《婚事》中的主人公。

[②] 源出莫里哀喜剧《乔治·唐丹》。

呼喊呢。

　　总之，我们大可不必俨乎其然地作什么说明，我们要说的只是，在现实生活中，这类人的典型性似乎被水冲淡了，然而乔治·唐丹、波德科辽辛之流是确实存在的，而且每个人都在我们面前跑来跑去，不过其浓度似乎略稀罢了。最后，为了更充分地说明事实真相，还必须补充一点，即与莫里哀塑造的典型完全一样的乔治·唐丹，虽然在现实生活中并不多见，但还是完全可以遇到的。话说到这里，我们也可以就此结束我们的这番议论了，因为它开始变得有点儿像杂志上的评论了。虽然如此，我们还是有个问题没有解决：一个小说家应该怎样来处理平凡的、完全"普通"的人呢？怎样把他们展现在读者面前，才能使他们多多少少引起读者的兴趣呢？决不能在小说里完全忽略他们，因为这些平凡人物，而且其中的大多数，在平常一应事件的相互关系中，常常是一个不可缺少的环节：忽略他们的存在，就会破坏真实感。让小说里充满典型，或者为了引起读者兴趣，让小说里充满一些千奇百怪、闻所未闻、见所未见的人物，也可能失真，而且也许反而使人感到乏味。我看，一个作家应该极力在平凡中去寻找既有趣味又富有教育意义的情调。比如说，某些平凡人的本质，就在于他们永远不变的平凡性，或者更有甚者，尽管这些人做出了非凡的努力，变着法儿想要离开平凡和因循守旧的轨道，可是到头来还是依然故我，永远不变地依旧抱残守缺——这样一来，这种人物倒也取得某种甚至别具一格的典型性——平凡的典型，尽管平凡，但又不甘心于它固有的平凡，变着法儿想要标新立异、独树一帜，但是，想要独树一帜，又没有做到这点的丝毫本领。

　　属于这类"普通人"或者"平凡人"的，就有本书中的几个人物，对于他们，迄今（我已经意识到这点）还未向读者交代清楚。瓦尔瓦拉·阿尔达利翁诺芙娜·普季岑娜、她的丈夫普季岑君，以及她的哥哥加夫里拉·阿尔达利翁诺维奇就是这样的人。

诚然，没有比做这种人更让人懊丧的了，比如说，虽然很富有，出身也不坏，再加仪表不俗，受的教养也不坏，也不蠢，甚至还很善良，然而与此同时，却没有任何才华，没有任何特点，甚至没有一点儿怪癖，没有一点儿自己个人的思想，反正跟"所有的人"一模一样。财富倒有，但并不像罗思柴尔德那样富甲天下；出身世家，但是从来不曾有过任何足以荣宗耀祖的业绩；外表不俗，但风度欠佳；有相当的学识，但是无用武之地；人也似乎很聪明，就是没有自己的思想；良心是有的，但是待人缺乏宽厚；等等，等等，各方面都如此。世界上这种人多得不可胜数，甚至比我们所想象的还要多得多。这种人像所有的人一样，分为两大类：一类人智力平庸，另一类人则"聪明得多"。第一类人较幸福，比如说，智力平庸的"普通"人，最容易目空一切，自命不凡，而且还孤芳自赏，自以为得计。本书中的几位小姐，只要把头发铰了，戴上一副蓝边眼镜，并且自称虚无主义者，就会立刻深信，她们一戴上眼镜，便会开始立刻拥有自己的"信念"了。有些人只要觉得自己心里有这么一星半点博爱和善良的感觉，便会立刻深信，任何人也不会像他这样具有这种高尚情操，他在总的修养上应属佼佼者。还有些人只要道听途说地随便听到一些什么思想，或者掐头去尾地读了一页什么书，便会立刻相信，这就是"他自己的思想"，而且是用他自己的脑瓜想出来的。在这种情况下，既天真而又厚颜无耻（如果可以这样说的话），简直达到了令人叹为观止的地步。这一切仿佛不可思议，但却屡见不鲜。果戈理在庇罗果夫中尉[①]这一令人惊叹的典型中，非常出色地展示了一名蠢货的这种既天真而又恬不知耻的心态，他自命不凡，自以为才华横溢。庇罗果夫甚至毫不怀疑自己是天才，甚至比

---

① 果戈理的中篇小说《涅瓦大街》中的主人公。

天才还天才，他自信到这种程度，甚至一次也没有扪心自问过自己是否真是天才。话又说回来，对于他来说，根本就不存在什么扪心自问的问题。伟大的作家为了满足读者被玷污的道德感，最后不得不让他挨了一顿揍，但是我们这位大伟人在挨揍以后，只是拍了拍身上的土，而且为了提神醒脑起见，还吃了块千层饼，作者看到这情形后，惊讶得摊开两手，只得撇下读者，掉头不顾而去。我常常感到惋惜，果戈理笔下的大伟人庇罗果夫竟然是个下级军官，因为庇罗果夫十分志得意满，对他来说，没有比这样的想象更容易的事了，即随着岁月的递嬗，他身上的肩章也会"逐级"递升，逐渐加厚，扭成图案，成为一名非常人物，比如说，万军统帅吧，甚至还不是凭空想象，而是毫无疑问、十拿九稳、非这样不可：一旦晋升为将军，怎么不是万军统帅呢？这种人有多少后来在战场上遭到惨败啊？而在我们的文学家、学者、科学家和宣传家中，又有过多少像庇罗果夫这样的人啊。我说"有过"，其实，不言而喻，现在也是有的……

　　本书中的登场人物加夫里拉·阿尔达利翁诺维奇·伊沃尔金属于另一类，他属于"聪明得多"的那类人，虽然他从头到脚都充满了出人头地的愿望。但是我们在上面已经说过，这类人比第一类人要不幸得多。问题在于，聪明的"普通人"即使有时异想天开（也许，终其一生都如此），认为自己是个天才和鹤立鸡群的人，但是在私心深处总还蠕动着一丝怀疑的阴影，使他惶惶乎不可终日，以致这个聪明人有时候万念俱灰，夜不贴席；即使他乐天知命，但是他的私心深处仍有虚荣心在作祟，认为自己这辈子算彻底完蛋了。但是话又说回来，我们也不过极而言之，其实，这类聪明人的大多数根本不可能有如此悲惨的下场，除非在晚年，因肝火太旺，可能略染微恙，也不过如此而已。但是，话虽如此说，这些人在乐天知命、安于现状之前，从青年时代起直到知天命、屈服于现状的年龄为止，有时候，而且时间非常长，总要不安分地

第四部

胡闹一阵，其源盖出于幻想出人头地，想做一番惊天动地的事业。甚至还会遇到这样的情形:有些本来老实本分的人，由于幻想出人头地，情愿低三下四，甚至去干卑鄙下流的事。甚至还有这样的情形：这些不幸的人中，有些人非但老实本分，而且心肠也好，是自己家中的顶梁柱，他非但用自己的劳动养家糊口，甚至还养活了一些不相干的人，那又怎么样呢？他仍旧一辈子不能心安理得！他这么克尽厥职地尽了做人的本分，每念及此，他非但没有感到丝毫的慰藉和心安理得，甚至，反而使他的火不打一处来，他想："瞧，我这辈子蹉跎岁月，尽忙活些什么了，就是这些俗事束缚了我的手脚，就是这些俗事妨碍了我发明火药！如果没有这些拖累，说不定，我一定会有所发明或发现（或者发明火药，或者发现美洲），我虽然说不准究竟是什么，但是一定会有所发现或发明，那是十拿九稳的！"这些先生的最大特点是，他们的确一辈子都拿不准他们究竟要发明或发现什么，他们一辈子究竟准备发明或发现什么：发明火药呢，还是发现美洲？但是他们的痛苦，他们想要发明或发现什么的愿望，恐怕当年连哥伦布或伽利略都不能望其项背。

　　加夫里拉·阿尔达利翁诺维奇就是这样开始他的生涯的，但也不过是开始而已。他还要折腾很长时间。他一面不断地、深深地感到自己没有才能，与此同时，又有一种压制不住的愿望，深信自己是一个独立不羁、能够有所作为的人，这种矛盾心理，甚至几乎从他少年时代起，就深深刺伤了他的心。这个年轻人看见什么都眼红，而且容易冲动，想要什么非马上弄到手而后快，甚至好像他生下来就神经过敏，那非马上弄到手而后快的冲动，他自以为是一种力量。他总想出人头地，而且这愿望十分强烈，为了达到这一目的，他有时候真想铤而走险。但是事情一到须要豁出去，铤而走险的时候，我们这位英雄又往往显出过人的聪明，瞻前顾后，不敢造次。这使他很痛苦。也许，遇到机会，他甚至不惜去干最卑鄙下流的事，只要能达到他向往的目标。但是，好像故意同他作对似的，他一走到某一界线，就止步不前，变成了正人君子，不愿去干过于卑鄙下流的事（话又说回来，至于小的、不起眼的卑鄙下流的事，他是永远准备去干的）。他厌恶而又憎恨地看待自己家庭的穷困和家道中落。尽管他很清楚，就目前来说，他母亲的名声和性格，还是他想取得功名利禄的主要靠山，可是他对母亲的态度仍旧十分傲慢，不把她放在眼里。他踏进叶潘钦将军府的门槛后，立刻就对自己说："只要有利可图，要卑鄙就干脆卑鄙到底。"可是他几乎从来没有卑鄙到底。但是他为什么想到自己非卑鄙下流不可呢？他对阿格拉娅当时简直感到害怕，但是他并没有抛弃对她的非分之想，而是想拖拖再说，以备万一，虽然他从来不敢信以为真，她会对他格外青眼。后来，当他跟纳斯塔西娅·菲利波芙娜发生那段故事的时候，他又突然异想天开，认为有了钱就可以办到一切。"该卑鄙就卑鄙吧，"他当时每天都扬扬得意，但是又不无恐惧地对自己念念有词似的说道，"要卑鄙就要无所不用其极，"他不断给自己打气，"那种前怕狼后怕虎的人，遇到这种情况一定会脸红心跳，可是咱脸不红、心不跳！"在输掉阿格拉娅之后，他为情势所迫，心灰意懒，心情十分沮丧，因此也就当真把一个发狂的男人送给一个发狂的女人，而这个发狂的女人又反过来赏给他的那笔钱，拿出去交给了公爵。还钱这事，后来他曾一千次地追悔莫及，虽然他也时常自吹自擂，引以为荣。当公爵继续留在彼得堡之际，他的确哭了三天三夜，但在这三天中，因为公爵以过分的同情关注他，他也就恨透了公爵，他想，把这么一大笔钱还回去这件事，"并不是人人都能做到的"，他承认，他的全部烦恼，无非因为他的虚荣心不断受到摧残，但是这个自供状尽管高尚，却使他十分痛苦。过了很久很久以后，他才看清，并且深信，他追求像阿格拉娅这样一位纯洁天真而又脾气古怪的姑娘，发展下去，后果会变得多么严重。追悔莫及啃咬着他的心，他辞去了公职，沉湎于烦恼和灰心丧气之中。他跟父母一起住在普季岑家，一面靠普季岑养活，一面又公开地不把他放在眼里，虽然与此同时也常常听从他的劝告，并且明智地总是征求他的高见。加夫里拉·阿尔达利翁诺维奇对普季岑很有气，比如说，普季岑居然胸无大志，不想做罗思柴尔德，甚至都没有给自己立下这样的奋斗目标。"既然放高利贷，就干脆走到底，敲骨吸髓，从人们身上榨出钱来，一不做二不休，要做就做犹太人的王！"普季岑为人本分而又文静，他听到这话后只是付诸一笑，但是有一次他却认为必须跟加尼亚好好解释一番，他这样做甚至带有几分人格的尊严。他列举事实向加尼亚说明，任何坑蒙拐骗等不正当的行为他是不做的，加尼亚不应该管他叫犹太佬，至于金钱有这样的价值，那不是他的错，他做事一向光明磊落，实事求是，他不过是做"这项"买卖的代理人，此外，因为他办事认真，一丝不苟，他已经有了点儿小名气，为一些显贵和名流所赏识，现如今他的买卖正越做越火。"我不会成为罗思柴尔德的，也没这个必要，"他又笑着加了一句，"我想在翻砂街买一幢房子，买两幢也说不定，但是到此也就为止了。""谁知道呢，也许买三幢也说不定！"他在心中盘算，但是他从来不把心里想说的话说出声来，而是把幻想藏在心底。造化就爱这种人，而且对他们十分青睐：它要奖赏给普季岑的决不止三幢，而肯定是四幢房子，究其因，盖由于他从小就知道自己永远当不了罗思柴尔德。但是，话又说回来，超过四幢房子，造化也决不会对他格外恩赐了，普季岑将来虽然事业有成，但也就到此为止了。

加夫里拉·阿尔达利翁诺维奇的妹妹则完全不同。她的愿望也十分强烈，但是她的愿望更执着，而不是冲动。当达到必须豁出去、铤而走险的地步时，她办事十分谨慎，决不会贸然造次，但是，即使在没有达到这个地步以前，她也常常三思而行。诚然，她也属于那种幻想出人头地的"普通人"，但是她非常快地意识到，她身上没有一点儿特别的过人之处，而且她对此也不十分伤心——谁知道呢，也许出于一种别具一格的骄傲吧。她毅然决然迈出的第一步，就是嫁给普季岑君，但是她在下嫁给他的时候，根本没有像加夫里拉·阿尔达利翁诺维奇在类似情况下会毫不迟疑地对自己说的那样："只要能达到目的，卑鄙就卑鄙吧。"（当她的哥哥表示赞同她的这一决定时，甚至当着她的面都差点儿没这样说出来。）甚至正好相反：瓦尔瓦拉·阿尔达利翁诺芙娜在嫁给普季岑之前，就有充分根据地坚信，她这位未来的夫婿为人谦虚有礼，几乎很有教养，大的卑鄙下流的事他是无论如何做不出来，也永远做不出来的。至于小的卑鄙下流的事，瓦尔瓦拉·阿尔达利翁诺芙娜认为这不过是小节，根本未予查访。这种无关痛痒的小节哪里没有呢？她要找的并不是十全十美的完人！再说，她知道，她一旦出嫁，就可以给自己的母亲、父亲和两个兄弟一个安身立命之地。她看到哥哥惨遭不幸，尽管从前家庭内部有种种误解，她还是想助他一臂之力。普季岑也曾（当然是友好地）催促加尼亚出去找个工作。有时候，他对他开玩笑地说："你瞧不起将军和将军的头衔，可是你瞧，'他们'最后照样都能当上将军，总有一天你会看到的。""他们凭什么说我瞧不起将军和将军的头衔？"加尼亚颇有腹诽地暗自寻思。为了帮助哥哥，瓦尔瓦拉·阿尔达利翁诺芙娜下决心要扩大自己的活动范围：她涎着脸挤进叶潘钦府。她能够做到这点，也是小时候的交情帮了她的大忙：因为她和她哥哥从小就跟叶潘钦府的三姊妹在一起玩。我们应当在这里指出，如果瓦尔瓦拉·阿尔达利翁诺芙娜不时拜访叶潘钦府存有某种非分之想的话，那么她也许就从她所属的那一类人里立刻脱颖而出了。但是她并不存有这类非分之想，就她而言，她的打算还是颇有根据的。她根据的是这个家族的性格。她曾经孜孜不倦地研究过阿格拉娅的性格。她给自己规定的任务是，把他们俩（她哥哥和阿格拉娅）重新撮合在一起，也许，她也的确达到了某种目的，也可能她打错了算盘，比如说，她对哥哥的期望太高了，她指望他做到他永远做不到，而且无论如何做不到的事。不管怎么说吧，她在叶潘钦府活动得相当巧妙：一连几星期，她都没有提到她哥哥，说话十分公道，也异常真诚，一言一行虽然随便，但却颇具尊严。至于她内心深处有何想法，她也不怕扪心自问，而且她丝毫看不出自己有什么可以责备的地方。正是这点给了她力量。不过有时候她也发现自己难免会发脾气，她的自尊心很强，甚至可以说，这是一种被强压下去的虚荣心，特别是有些时候，每当她离开叶潘钦府时，她几乎总是发现自己犯有这种毛病。

而现在，她正从叶潘钦府回来，我们在前面已经说过，她这时正愁眉不展，若有所思。在这种愁眉不展中，可以看出某种哭笑不得的苦衷。普季岑住在帕夫洛夫斯克的一座不起眼的，但却十分宽敞的木屋里。这座房子坐落在一条尘土飞扬的街道上，很快就将完全归他所有了，因此他已开始在这方面策划，把这所房子转卖给别人。瓦尔瓦拉·阿尔达利翁诺芙娜登上台阶的时候，听见楼上有人在大吵大闹，她听出这是她哥哥和爸爸在嚷嚷。她走进客厅后，看见加尼亚在屋里忽前忽后地跑来跑去，脸都气白了，就差没有扯自己的头发了，她皱了皱眉头，带着一脸倦容跌坐在长沙发上，帽子也没摘。瓦丽娅很明白，如果她再沉默一分钟，不开口问她哥哥为什么跑来跑去，他肯定会大发脾气，因此，最后，她匆匆地用发问的口气问道：

"还是过去那事？"

"什么过去那事！"加尼亚叫道，"过去那事！不，只有鬼知道现在究竟出了什么事，反正不是过去那事！老家伙简直疯了……母亲在痛哭。真的，瓦丽娅，随你怎么想都可以，反正我非把这老东西轰出去不可，要不……要不然的话，我就离开你们，自己搬出去。"他又加了一句，大概他想起了，连他自己都住在别人家，总不能把人家从别人家里赶出去吧。

"应当迁就些嘛。"瓦丽娅喃喃道。

"干吗迁就？对谁迁就？"加尼亚一听这话，火就不打一处来，"对他的卑鄙行为吗？不，随你怎么想都可以，反正这样下去不行！不行，不行，就是不行！这是什么作风：自己错了，还气壮如牛。'我不想从大门进来，给我把围墙拆了！……'你的脸色怎么这样？一点儿血色都没有？"

"什么血色不血色的。"瓦丽娅不高兴地答道。

加尼亚注意地看了看她。

"到那边去了？"他突然问道。

"去了。"

"等等，又嚷嚷了！真丢脸，而且又偏在这时候！"

"什么这时候？这时候也没什么特别呀。"

加尼亚更注意地打量了一下妹妹。

"打听到什么消息了？"他问。

"起码全在意料之中。我打听到，这一切全都千真万确。我丈夫说的话比咱们俩都正确，他起初认为可能发生的事，全应验了。他在哪儿？"

"不在家。什么事应验了？"

"公爵成了正式的未婚夫，这事已经定了。是两个姐姐告诉我的，阿格拉娅同意了，她们甚至都不隐瞒（要知道，在这以前一直藏着掖着，神秘极了）。阿杰莱达的婚礼又延期了，他们想把两桩喜事一起办，在同一天——真富有诗意！简直像首诗。你还是作首诗来庆贺一下他们新婚吧，别在屋里跑来跑去瞎折腾了。今天晚上，别洛孔斯卡娅要上他们家去，她来得正是时候，还有一些别的客人。他们要把他引荐给别洛孔斯卡娅，虽然他已经同她认识了。看来，要当众宣布。她们只怕他当着众客人的面进屋的时候，可别碰翻和打碎什么东西，或者自己砰的一声倒下，这人是说不定的。"

加尼亚很注意地听完了妹妹的话，但是使他妹妹感到吃惊的是，这个对他来说惊人的消息,似乎并没有对他产生十分惊人的影响。

"怎么说呢,这事明摆着嘛,"他想了想,说道,"这么说,全完了!"他调皮地看着妹妹的脸,仿佛自我解嘲地加了一句,而且仍旧在屋里忽前忽后地走来走去,不过步子慢多了。

"还好,你对这事的态度很理智,很冷静。真的,我很高兴。"瓦丽娅说。

"如释重负,起码你的担子轻了。"

"我似乎是真心诚意地为你效劳的,既不怨天尤人,也不惹人讨嫌。我还没问过你呢,你想娶阿格拉娅,到底想寻找什么样的幸福?"

"难道我……我想娶阿格拉娅是寻找幸福?"

"好了,劳你驾,别唱高调了!当然是这样。完了,把咱俩也愚弄够了。老实说,我对这门婚事从来没有正儿八经地对待过,办这事也不过'碰碰运气'而已,我寄希望于她那可笑的性格上,主要是为了让你高兴,百分之九十的可能是吹。甚至直到现在我都不知道,你心里在打什么算盘。"

"现在,你跟妹夫就会撺我出去找个事做,就会夸夸其谈地说什么为人处世应该锲而不舍、百折不挠呀,凡事应该从小处做起呀,等等,我都背熟了。"加尼亚说罢,哈哈大笑。

"大概,他脑子里又有什么新想法了!"瓦丽娅想。

"那边怎样——欢天喜地?我是说父母亲。"加尼亚蓦地问道。

"好像并不高兴。不过,你自己也想象得出,伊万·费奥多罗维奇满意,母亲害怕,过去,她就瞧着他恶心,不愿意答应这门亲事,不说你也知道。"

"我不是问这个,这样的女婿是岂有此理的,不可想象的,这很清楚。我问的是现在,那边现在怎么样?她正式同意了?"

"她至今没有说过'不同意'——这不齐了。但是也不可能指望她有别的表示。你知道,她一向扭扭捏捏,磨不开面子,简直像疯子:小时候,她因为不肯出去见客，竟会钻进柜子里，一坐就是两三个小时。现在长高长大了，还是老脾气。要知道，我不知道为什么总觉得，那边的确出了什么大事，甚至她也完全变了。据说，为了不露声色，她从早到晚变着法儿取笑公爵，可是每天她又肯定会对他说些悄悄话，因为他好像天马行空，满面春风……据说，那模样儿可笑极了。这话，我也是从她们那儿听来的。我也觉得，她们是在当面取笑我，我是说那两个姐姐。"

加尼亚终于皱起了眉头，也许，瓦丽娅为了试探他的真实想法，故意拿这个题目来大做文章。但是这时候楼上又发出了一声喊叫。

"我非把他轰出去不可！"加尼亚大声吼道，仿佛很高兴能借此发泄一下心头的懊恼似的。

"那他就会像昨天一样，到处去给咱丢人现眼了。"

"什么——什么昨天？究竟是怎么回事：什么昨天？难道……"加尼亚突然觉得非常害怕。

"啊呀，我的上帝，难道你还不知道？"瓦丽娅忽然醒悟。

"什么……他莫非当真到那边去过？"加尼亚恼羞成怒地叫道，脸唰地红了，"上帝啊，你不是刚刚从那边来嘛！你听说什么了？老家伙到那边去过？是不是去过？"

加尼亚扭身就向门口冲去，瓦丽娅赶上前去，伸出两手，拉住了他。

"你怎么啦？啊呀，你上哪儿呀？"她说，"现在让他出去，肯定会做出更荒唐的事，逢人便说！……"

"他在那边究竟干什么了？说什么了？"

"她们自己也说不清，也没听明白，反正把大家吓了一跳。他去找伊万·费奥多罗维奇，他不在；他又求见利扎韦塔·普罗科菲耶芙娜。起初，他求她谋个差事，想找个事做，后来就开始告我们的状，告我，告你妹夫，特别是告你的状……反正说了一大堆废话。"

"你就打听不出来？"加尼亚歇斯底里发作似的浑身哆嗦。

"上哪儿打听呀！他自己都闹不清他究竟说了些什么，也可能她们没全告诉我。"

加尼亚抱着脑袋，跑到窗口，瓦丽娅在另一扇窗户旁坐了下来。

"阿格拉娅真可笑，"她蓦地说道，"她叫住我，说道：'请向令尊和令堂转达我个人的特别敬意，我将在日内找个机会拜会一下令尊。'她说这话的时候神情很严肃。真叫人纳闷……"

"该不是取笑吧？该不是取笑咱们吧？"

"问题正在于毫无取笑之意，叫人纳闷的地方也就在这里。"

"你认为她知道不知道老头的事？"

"她们家肯定不知道，对这点我有把握。但是你倒提醒了我，阿格拉娅也许知道。就她一个人知道，因为她向父亲一本正经问候的时候，她的两个姐姐也感到奇怪，为什么偏偏向他问候呢？假如她知道的话，一定是公爵告诉她的！"

"不难弄清是谁告诉她的！贼！真丢人。我们家出了贼，'一家之长'成了贼！"

"得了，别胡扯了！"瓦丽娅生气极了，叫道，"喝醉了酒，胡闹，不就是这样吗！到底谁造的这谣？列别杰夫，公爵……他们也不是好人，聪明得过了头。我把他们看扁了。"

"老家伙是个贼和醉鬼，"加尼亚尖酸刻薄地继续说道，"我是要饭的，妹夫放高利贷，这能叫阿格拉娅看了不眼红吗！没说的，美极了！"

"这个放高利贷的妹夫，却把你……"

"养活了，是不是？请你不必客气嘛。"

"你发什么火呀？"瓦丽娅忽然若有所悟，"你像个小学生，什么也不懂。

你以为这一切就会在阿格拉娅眼里使你丢人现眼吗？你不知道她的性格，她可以回绝一门最好的亲事，却会心甘情愿地跑到阁楼上去找一名穷大学生，跟他一起挨饿，这就是她的理想！如果你能坚定地、自豪地忍受咱们家一蹶不振的处境，你就会在她眼里变得十分招人喜欢，——可是你永远也弄不明白个中奥妙。公爵就是这样把她引上钩的：第一，他根本就没有下钩，第二，他在大家眼里是个白痴。光凭她为了他竟把全家搞得不得安宁，就足以看到她现在喜欢什么了。唉，你们呀，什么都不懂！"

"好，懂不懂，咱们等着瞧，"加尼亚令人莫测高深地喃喃道，"不过话又说回来，我还是不想让她知道老头的事。我估计，公爵守口如瓶，决不会说出去。他也决不会让列别杰夫出去乱说，尽管我软磨硬泡，他对我都不肯全说出来……"

"这么说，你自己也看到，即使他不说，人家也统统知道了。现在，你准备怎么办呢？还指望什么呢？假如你现在还不肯死心的话，这事在她眼里，也只会赋予你一种受苦受难、代人受过的架势吧。"

"哼，尽管她很浪漫，真要大闹起来，她也怕。一切都要适可而止，大家都要有个限度，不要逼人太甚，你们都是这德性。"

"阿格拉娅会怕？"瓦丽娅火了，轻蔑地瞧了瞧哥哥，"我看呀，你内心真卑鄙！你们这帮人都分文不值。尽管她既可笑，脾气又怪，可是却比你们大家高尚一千倍。"

"好了，没什么，没什么，别生气啦。"加尼亚又自以为得计地嘟囔道。

"我只是可怜妈，"瓦丽娅继续说道，"我怕父亲的事会传到她耳朵里，唉，我真怕！"

"她肯定知道了。"加尼亚说。

瓦丽娅本来想站起来，上楼去看尼娜·亚历山德罗芙娜，但是又停了下来,注意地看了看哥哥。

"谁能告诉她呢?"

"可能是伊波利特。他一搬到咱们家,我想,他的第一桩快事就是向母亲报告这事。"

"请问,他是怎么知道的呢?公爵和列别杰夫已经决定不告诉任何人,科利亚更是被蒙在鼓里。"

"你问伊波利特?自己打听出来的呗。你简直想象不出,这混账东西有多鬼。他是个专门造谣生事的人,他的鼻子灵极了,什么出乖露丑、丢人现眼的事,他一闻就知道。哼,信不信由你,可我相信他已经把阿格拉娅抓在手心里了!即使没有抓住,过不了多久,也一定会抓住的。罗戈任也跟他有了来往。公爵怎么就看不出这点呢!他现在多么想对我暗中使坏,把我摆倒啊!他把我看成他的眼中钉,这点我早就看透了,凭什么,他又何苦,人都快死了——我真不明白!但是我非得让他吃个哑巴亏不可。你瞧着吧,不是他使绊把我摆倒,而是我使绊把他摆倒。"

"既然你这么恨他,那又干吗招他上门呢?再说,他值得你使绊把他摆倒吗?"

"招他来,是你的主意。"

"我是想,这人可能有用。他现在爱上了阿格拉娅,还给她写过信,你知道吗?她们问过我这事……他还差点儿没写信给利扎韦塔·普罗科菲耶芙娜呢。"

"就这点来说,这人并不危险!"加尼亚一声冷笑,说道,"话又说回来,这里一定有蹊跷。至于说他爱上了阿格拉娅,这非常可能,因为他大小是个男人嘛!不过……他决不至于给老太婆写匿名信。这是一个居心叵测、微不足道而又自鸣得意的庸才!我坚信,我有把握,他肯定在她面前搬弄是非,说我是阴谋家,他就是从这里下手的。说实话,开始的时候,我简直像傻瓜,对他说了许多不应该说的话。我以为,他仅仅出于要对公爵进行报复,就会对我有利,谁知道他竟是这么个诡计多端的畜生,哼,现在我算把他看透了。至于偷钱的事,他肯定是从他母亲(那个上尉太太)那儿听来的。老家伙干出这种事来,还不是为了上尉太太。他突然无缘无故地告诉我,'将军'答应给他母亲四百卢布,就这样完全无缘无故地告诉我,而且毫不客气。我立刻全明白了。他这样看着我的眼睛,那模样好像其乐无穷似的。他肯定也告诉妈妈了,无非为了把她的心撕碎,借此取乐。我倒要请问,他为什么还不死呢?要知道,他曾经答应过再过三星期就死的呀,而现在,在这里,反倒养胖了!也不咳嗽了,昨天晚上他自己都说,已经两天不咯血了。"

"让他滚蛋。"

"我倒不恨他,我蔑视他,"加尼亚傲慢地说,"是的,是的,就算我恨他,就算吧!"他蓦地怒气冲天地叫道,"我要当面把这话告诉他,即使他倒在床上,快死了!假如你看过他写的自白书就好了,——上帝,真是既无耻又天真!他就是庇罗果夫中尉,他就是以悲剧告终的诺兹德廖夫①,而主要是个浑小子!我恨不得痛痛快快地揍他一顿,也让他大吃一惊,知道他是老几……就因为他当时没有闹成功,所以就向所有的人报复……这是怎么回事?楼上又吵起来了!这到底是怎么搞的嘛?这么吵吵嚷嚷,我简直受不了。普季岑!"他向走进房间的普季岑叫道,"这是怎么回事,咱们这儿究竟要闹到什么时候算一站?这……这……"

可是吵闹声迅速逼近,房门倏地大开,但见伊沃尔金老头满脸通红、气急败坏、怒不可遏地向普季岑冲去。紧跟在老头后面的是尼娜·亚历山德罗芙娜、科利亚和跟在最后面的伊波利特。

---

① 果戈理小说《死魂灵》中爱说谎、吹牛、寻衅的地主。

二

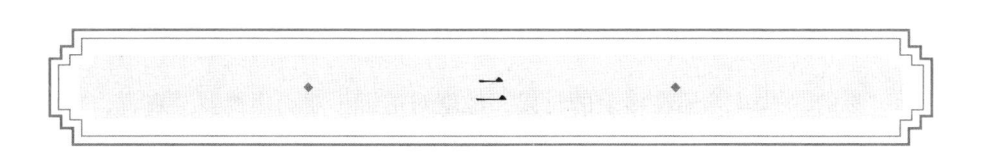

伊波利特搬到普季岑家住，已经有五天了。这事好像是自然而然发生的，既没有多费唇舌，他与公爵之间也没有发生过任何龃龉，他们俩不仅没有吵架，甚至表面上看去，他俩分手时还挺要好。加夫里拉·阿尔达利翁诺维奇那天晚上和伊波利特剑拔弩张，不共戴天，但是在出事后的第三天却亲自去拜访他，或许他心血来潮，另有想法。不知道为什么，罗戈任也常常来探望病人。一开头，公爵甚至觉得，伊波利特从他的房子里搬出去，对这个"有病的孩子"甚至更好些。但是就在伊波利特搬家的时候，他已经表示，他要搬到普季岑家去，因为"普季岑心眼儿好，给了他一个栖身之地"，但是又好像存心似的，他一次也没有说要搬到加尼亚家去住，虽说还是加尼亚极力主张要接他上他们家去住的。加尼亚当时就注意到了这点，因此怀恨在心。

他对妹妹说得也对，病人已经复元了。伊波利特的病情，比之过去，的确有所好转，这是一眼就看得出来的。他不慌不忙地走进房间，落在大家后面，脸上带着一丝嘲弄的、不怀好意的微笑。尼娜·亚历山德罗芙娜非常慌张地走进屋来。（这半年来，她变了许多，瘦了。自从女儿出嫁，她搬来跟她同住以后，她表面上已经几乎不再干预儿女们的事了。）科利亚心事重重，但又莫名其妙，他对"将军的发疯"（用他的话说）有许多地方不明白，当然也不知道引起这场家庭新风波的主要原因。但是，他十分清楚，他父亲时时刻刻而且处处跟人抬杠，一下子好像全变了，与过去判若两人。使他感到不安的还有，最近三天，他那位老爸爸竟滴酒不沾。他知道，他父亲已经跟列别杰夫和公爵分道扬镳了，甚至还大吵了一场。科利亚自己花钱买了一瓶伏特加，刚从外面回来。

"真的，妈妈，"还在楼上的时候，他就对尼娜·亚历山德罗芙娜说，"真的，还不如让他喝酒好。瞧，已经三天了，他滴酒不沾，可见，酒瘾上来了。真的，还不如让他喝酒好。蹲债务监狱的时候，我都给他送酒去……"

将军砰的一声打开房门，站在门槛上，好像气得浑身发抖。

"阁下！"他用打雷似的声音向普季岑嚷道，"如果您当真拿定了主意，要为一个乳臭未干的浑小子和无神论者牺牲一位德高望重、为皇上立过战功的老人，即您的父亲，起码是您岳父吧，那么从此刻起，我的脚将永远不再迈进您的家门。您挑选吧，先生，请您立刻挑选，或者是我，或者是这个……螺丝钉！对，螺丝钉！我无意中说对了，他就是螺丝钉！因为他像螺丝钉似的钻透了我的心，像螺丝钉似的……无礼而又毫无敬意！"

"该不是开瓶塞用的螺丝起子吧？"伊波利特插嘴道。

"不，不是螺丝起子，因为我在你面前是将军，而不是酒瓶。我有奖章，表彰战功的奖章……而你一无所有。有他没有我，有我没有他！您决定吧，先生，立刻决定，马上决定！"他又发了狂似的向普季岑嚷道。这时候，科利亚替他端来了一把椅子，他几乎筋疲力尽地跌坐在椅子上。

"真的，您还是……去睡一觉好。"被搞得六神无主的普季岑喃喃道。

"他还在气势汹汹地威胁别人哩！"加尼亚对妹妹小声说道。

"睡觉！"将军大喝一声，"我没有喝醉，阁下，您这是对我的侮辱。我看得出来，"他又站起来嚷嚷道，"我看得出来，这里的一切都跟我作对，一切事和人。够了！我走……但是您要知道，阁下，您要知道……"

大家没让他把话说完，又硬按他坐下，劝他有话慢慢说，不要激动。加尼亚非常气愤地走到一边。尼娜·亚历山德罗芙娜一面哆嗦，一面哭泣。

"我究竟做了什么对不起他的事了？他气势汹汹地嚷嚷什么！"伊波利特龇牙咧嘴地叫道。

"您还没做？"尼娜·亚历山德罗芙娜突然说道，"您应该特别感到羞耻……存心气一个老人是残酷的……而且还处在您这样的地位。"

"第一，我处在什么地位？太太！我一向很尊敬您，尊敬您本人，但是……"

"他是螺丝钉！"将军叫道，"他在钻我的灵魂和心！他要我也相信无神论！你放明白点儿，你这乳臭未干的小东西，你还没出生的时候，我就战功卓著，享尽了荣华富贵。你是什么东西，不过是个嫉妒心重、被人踩成两截的可怜虫，还咳嗽……因为怀恨在心和不信上帝，都快死了……加夫里拉也多事，干吗让你搬到这里来住？大家都跟我作对，从不相干的外人一直到自己的亲生儿子！"

"得啦，别装出一副受苦受难的样子啦！"加尼亚叫道，"别在全城给我们丢人现眼就谢天谢地啦！"

"什么，你这乳臭未干的浑小子，我会给你丢人现眼！给你？我只会给你增光添彩，决不会给你丢人现眼！"

他跳了起来，已经没人能拦住他了；但是加夫里拉·阿尔达利翁诺维奇显然也气炸了肺。

"您也配讲增光添彩！"他恶狠狠地叫道。

"你说什么？"将军大吼一声，脸色苍白，向他逼近一步。

"只要我一张嘴，就让您……"加尼亚突然大声说道，但是他没有把话说完。两人四目对视，怒不可遏，特别是加尼亚。

"加尼亚，你干什么呀！"尼娜·亚历山德罗芙娜叫道，她冲过去拦住儿子，不许他胡说。

"大家全瞎扯！"瓦丽娅愤愤然说道，"得啦，妈。"她抓住母亲的手。

第四部

"看在母亲分上，就饶了您这一回。"加尼亚像个悲剧演员似的说道。

"说呀！"将军怒不可遏地吼道，"说呀，如果你不怕父亲诅咒的话……你说呀！"

"好嘛，我怕的就是你诅咒嘛！已经第八天了，您一直像条疯狗似的，这怪谁呢？第八天了，您瞧，我连日子都算得出来……给我留神，别把我逼急了：我全说出来……您干吗昨天蔫不唧儿地上叶潘钦家去？还自称白发苍苍的老父亲，一家之长呢！给我得了吧！"

"住嘴，甘卡！"科利亚叫道，"住嘴，混账东西！"

"我到底，我到底怎么侮辱他了呢？"伊波利特不肯罢休，不过依旧用那种似乎嘲弄的口吻说道，"诸位都听见了，他凭什么管我叫螺丝钉？是他自己死乞白赖地缠住我的，他一来就说到一位名叫叶罗佩戈夫的上尉。将军，我压根儿就不愿意跟您做伴，您自己也知道，我过去就躲着您。您说，叶罗佩戈夫上尉跟我有什么相干？我并不是为了叶罗佩戈夫上尉才搬到这里来住的。我不过当面向他说出了我的意见，我说，也许，这个叶罗佩戈夫上尉压根儿就没存在过。他就大发雷霆，大吵大闹起来。"

"毫无疑问，压根儿就没这个人！"加尼亚断然道。

但是将军却六神无主地站在那里，茫然四顾，没了主意。儿子的话单刀直入，开门见山，使他吃了一惊。在开始那一刹那，他简直无言以对，不知所措。直到最后，伊波利特用哈哈大笑来回答加尼亚，并且叫道："好啦，您听见了吧，令郎也说，压根儿就没什么叶罗佩戈夫上尉。"在这之后，老头才语无伦次地嘟囔道：

"是卡皮通·叶罗佩戈夫，而不是上尉[①]……是卡皮通……退伍中校，

[①] "上尉"在俄语中的发音接近于"卡皮丹"（капитан），与"卡皮东"（Капитон）仅差一个字母。

他姓叶罗佩戈夫……名叫卡皮通。"

"连卡皮通也根本不存在！"加尼亚怒吼道。

"为……为什么不存在？"将军喃喃道，他的脸唰地红了。

"行啦！"普季岑和瓦丽娅上前劝阻道。

"住嘴，甘卡！"科利亚又叫道。

但是，因为别人帮将军说话，反倒使他倏地想起了什么事似的。

"怎么没有？为什么不存在？"他对儿子厉声喝道。

"不存在就不存在呗。不存在不结了，根本就不可能存在！就是这话。我说，您别胡搅蛮缠，行不行？"

"这还是儿子……这还是我的亲生儿子，我还把他……噢，上帝！居然说叶罗佩戈夫不存在，叶罗什卡·叶罗佩戈夫不存在！"

"听见了吧，一会儿叶罗什卡，一会儿卡皮通！"伊波利特插嘴道。

"卡皮通，先生，是卡皮通，而不是叶罗什卡！卡皮通，卡皮丹·阿列克谢耶维奇，不对，应该是卡皮通……中校……已经退伍……他娶了玛丽娅……娶了玛丽娅·彼得罗芙娜·苏……苏……从当士官生的时候起……我的朋友和同学……姓苏图戈娃。我为他流过……我替他挡住……给打死了。居然说没有卡皮通·叶罗佩戈夫！压根儿不存在！"

将军又喊又叫，十分激动，但是他的喊叫却使人不由得认为这两件事根本扯不到一块儿，说的是一回事，叫的是另一回事。诚然，如果换个时间，即使比刚才说的更可气得多，说什么卡皮通·叶罗佩戈夫根本不存在，他可能也就忍了，嚷嚷几句，出点洋相，发点脾气，但到头来还是会偃旗息鼓，退到楼上自己的房间睡觉去。但是现在，由于人心变化莫测、难以预料，连怀疑叶罗佩戈夫是否存在这类可气的事，也居然使他忍无可忍、火冒三丈。老头儿满脸通红，举起双手，叫道：

第四部

"够啦！我诅咒你……我离开这个家！尼古拉①，把我的背袋拿来，我走……我滚蛋！"

他愤怒已极地匆匆走了出去。尼娜·亚历山德罗芙娜、科利亚和普季岑紧跟在他后面追了出去。

"瞧你现在捅了多大娄子！"瓦丽娅对哥哥说道，"他可能又要到那边去了。丢人现眼，真丢人现眼！"

"那就别偷呀！"加尼亚叫道，气得差点儿上气不接下气，这时他的目光突然与伊波利特相遇，加尼亚差点儿打了个哆嗦。"至于您，先生，"他叫道，"您应该记得，您毕竟住在别人家，而且……享受着别人的礼遇，不应该去刺激一个显然已经发疯的老人……"

伊波利特似乎也哆嗦了一下，不过他霎时控制住了自己。

"关于令尊是否疯了，我不完全同意您的看法，"他镇静地答道，"我觉得情况恰好相反，近来，他甚至变聪明了，真的，您不信？他变得非常小心谨慎，非常多疑，老在刺探别人的虚实，掂量人家的每句话……他向我提到那个卡皮通是有目的的，您想想，他想把我的疑心引到……"

"哎呀，他想把您引到什么地方去，关我屁事！先生，请您不要跟我耍花腔，好不好？也不要跟我支支吾吾，先生！"加尼亚尖声叫道，"老头儿处在这样的情况，如果您也知道个中真实原因的话（我想您肯定知道，因为您在我家这五天里净做密探了），那您就根本不应该刺激……这个不幸的人，更不应该用夸大事实的做法折磨我妈，因为这事整个儿是扯淡，无非是酒后胡闹，何况查无实据，我把这事看得很淡，毫无价值……可是您却存心想来造谣中伤和刺探情报，因为您……您……"

---

① 科利亚的大名。

"我是螺丝钉。"伊波利特冷笑道。

"因为您是个坏蛋兼窝囊废，把大家折磨了半小时，想用您那把没装上火帽的手枪自杀，吓唬大家，结果出乖露丑，出尽洋相，您是个自杀未遂的可怜虫，长着两条腿的……凶神恶煞。我客客气气地接待了您，您发了胖，也不咳嗽了，可是您却恩将仇报……"

"对不起，也让我说两句。我是住在瓦尔瓦拉·阿尔达利翁诺芙娜家，而不是住在您家，您没有给过我任何客气的接待，我甚至觉得，倒是您享受了普季岑先生的殷勤好客。四天前，我曾经请家母在帕夫洛夫斯克给我找处住房，她自己也可以搬去住，因为我在这里确实觉得自己的病好了些，虽然我压根儿没有发胖，而且仍旧在咳嗽。昨天晚上，家母通知我，房子已经找好了，因此我想赶紧告诉你们，在感谢令堂和令妹之后，我今天就搬走，这事昨天晚上我就决定了。请您原谅，我打断了您的话。好像，您还有许多话要说，是不是？"

"噢，既然这样……"加尼亚的声音开始发抖。

"既然这样，那么，请允许我坐下，"伊波利特补充道，镇定自若地在将军坐过的那把椅子上坐了下来，"不管怎么说，我总算有病吧，好了，现在我洗耳恭听，何况这是我们最后一次谈话，甚至可能是最后一次见面呢。"

加尼亚蓦地觉得于心有愧。

"请相信我，我决不会妄自菲薄到跟您算账的，"他说，"假如您……"

"您不要这样高高在上，"伊波利特打断他的话道，"就我来说，我还在搬到这里来的第一天，就向自己保证，在我们握别的时候，我一定要引以为乐地、完全开诚布公地对您说清楚一切。我现在就打算来履行这一诺言，自然是在您说完之后。"

"我请您离开这个房间。"

"您有话还是说吧,要是不说出来,以后会后悔的。"

"别说啦,伊波利特,这一切只会叫人脸红和无地自容,劳您大驾,别说了吧!"瓦丽娅说。

"除非看在女士的分上,"伊波利特站起来,哈哈大笑说,"好吧,瓦尔瓦拉·阿尔达利翁诺芙娜,看您的面子,我准备长话短说,不过也只是短说而已,因为我与令兄之间有些话必须说清楚,在消除误会之前我无论如何不能离开这里。"

"您简直是个搬弄是非的人,"加尼亚叫道,"不散布些流言蜚语,您是不肯离开的。"

"您瞧,"伊波利特镇静而又沉着地说道,"您克制不住自己了吧,真的,不说出来,您会后悔的。我再一次让你先说。我可以等等。"

加夫里拉·阿尔达利翁诺维奇不作声,轻蔑地望着他。

"您不想说,打算坚持到底——悉听尊便。就我来说,我将尽可能三言两语地把话说清楚。今天,我已经听到两三次了,您一再责备我忘恩负义,住在别人家还不知感恩,这种说法有欠公道。您请我到你们家来住,是想利用我,让我落进您的圈套,您指望我会向公爵报复。此外,您还听到,阿格拉娅·伊万诺芙娜对我表示过同情和关注,而且读过我的自白书。不知道为什么您指望我肯定会全力以赴地替您效劳,因此您希望也许能得到我的帮助。我不想作更详细的说明了! 既不要求您承认,也不要求您肯定,我让您去扪心自问,现在咱们俩已经彼此知道得一清二楚了,能这样,也就够了。"

"但是,您把一件十分普通的事天知道闹成什么样了!"瓦丽娅叫道。

"我早跟你说过:一个浑小子和造谣生事之徒。"加尼亚脱口说道。

"对不起,瓦尔瓦拉·阿尔达利翁诺芙娜,让我说下去。对于公爵,我当然爱不起来,也没法尊敬他,但他是一个非常好的人,虽然……有点儿可笑。

可是我也根本没必要去恨他。令兄怂恿我去反对公爵的时候，我不露声色，未置可否，我只打算在这出戏收场的时候取笑他一番。我知道，令兄肯定会对我说漏嘴，到头来空欢喜一场。果然如此……现在，我准备饶了他，我这样做纯粹出于对您的尊敬，瓦尔瓦拉·阿尔达利翁诺芙娜。但是在我向你们说清楚我并不是这样容易上钩之后，我还要向您说明一下，为什么我非要把令兄作弄一番不可。您知道吗，我坦白承认，我这样做是出于恨。临死的时候（因为我迟早要死的，虽然像你们说的那样，发胖了），临死的时候我感到，如果我能作弄一下迫害我一辈子、我也恨了一辈子的难以数计的那类人中哪怕一个代表人物，而这类代表人物的最突出的典型，就是可敬可佩的令兄大人。加夫里拉·阿尔达利翁诺维奇，我所以恨您，唯一的原因就是您是最无耻、最自鸣得意、最庸俗、最可恶的平常人的典型、体现、化身和顶峰！您是倨傲不可一世的凡夫俗子，从不怀疑自己，而又像俄林波斯神①一样心安理得，您是抱残守缺者中的抱残守缺者！无论在您的脑海还是在您的内心，从来就没有体现过一星半点儿您自己的思想。但是您又心比天高，坚信您是最最伟大的天才，但是在内心阴暗的时刻，有时候，怀疑还是会来光顾您的，于是您便长吁短叹，怨天尤人。噢，在您的视野内还有一些黑点，只有当您彻底变笨了以后（已为时不远），这些黑点才会消失。但是话又说回来，您还要走一段很长而又坎坷的路，不敢说这条路一定是愉快的，但是我为此感到高兴。第一，我敢对您预言，您是不可能把那位小姐弄到手的……"

"哎呀，真让人受不了！"瓦丽娅叫道，"您这讨厌的、脾气坏透了的家伙，您的话有完没有？"

加尼亚的脸色一阵苍白，浑身发抖，但是默不作声。伊波利特闭上了嘴，

---

① 希腊神话中诸神居住在俄林波斯圣山上，故名。

聚精会神而又扬扬得意地望了望他，然后又把目光移到瓦丽娅身上，接着他冷笑一声，微微一鞠躬，走了出去，没再多说一句话。

加夫里拉·阿尔达利翁诺维奇完全有理由抱怨时乖命蹇和时运不济。瓦丽娅有好几分钟都不敢开口跟他说话，甚至当他大踏步从她身边走过去的时候，她都没敢看他一眼。最后，他走到窗口，背对着她。瓦丽娅在思考一句俄国谚语："祸福难测，吉凶未卜。"楼上又传来了吵闹声。

"你要走？"加尼亚听到她从座位上站起来，蓦地向她转过身子，"等等，你看这个。"

他走过来，把一张叠成便函的小纸条扔到她面前的椅子上。"主啊！"瓦丽娅叫起来，惊讶地举起两手一拍。这封信共四行字：

> 加夫里拉·阿尔达利翁诺维奇！因为我深信您对我抱有好感，所以有件要事想请教您。我希望，最好能在明晨七时整，在那张绿色长椅旁遇见您。该地离我们的别墅不远。瓦尔瓦拉·阿尔达利翁诺芙娜一定会陪您去的，她很熟悉这地方。
>
> 阿·叶①

"你瞧，谁料到她还有这一手！"瓦尔瓦拉·阿尔达利翁诺芙娜摊开了两手。

不管加尼亚这时候多么想自吹自擂一番，但是，在听了伊波利特那种带有侮辱性的预言之后，他也不可能不表露出一副自鸣得意的神态。他脸上毫不掩饰地绽出一副志得意满的笑容，瓦丽娅也高兴得满面春风。

---

① 阿格拉娅·叶潘钦娜的姓名缩写。

"而且还在他们宣布订婚的当天！瞧，谁料到她还有这一手呢！"

"你觉得，她明天会谈什么呢？"加尼亚问。

"谈什么都无所谓，主要是在分手六个月之后，她头一次想同你见面了。你听我说，加尼亚：不管发生什么事，也不管发生什么变化，要知道，这次见面很重要！简直太重要了！不要犯老毛病，不要吹牛，不要一错再错，但也不要胆怯，注意！半年来，我净往她们那边跑，究竟要干什么，她心里能不清楚吗？你想：她今天一句话都没有跟我说，居然不露声色。要知道，我是偷偷跑去看她们的，老太太不知道我在她们那边坐着，要是知道了，说不定会把我撵出去的。我为你才去冒这个险的，无论如何要打听到……"

楼上又传来了喊叫声和喧闹声，有几个人正跑下楼梯。

"现在决不允许发生这种事！"瓦丽娅吓了一跳，气急败坏地叫道，"不能捅一丝一毫的娄子！快去，向他赔罪！"

但是，一家之长已经跑到大街上了。科利亚拎着背袋跟在他后面。尼娜·亚历山德罗芙娜站在台阶上，在哭，她想跑出去追他，但是普季岑拉住了她。

"您这样做，只会使他火上加油，"他对她说，"他没地方可去，半小时后，人家会把他送回来的，我已经跟科利亚说过，由他去胡闹一阵吧。"

"您神气什么，您能去哪儿！"加尼亚从窗口叫道，"再说，您也没地方可去！"

"回来吧，爸爸！"瓦丽娅叫道，"街坊们会听见的。"

将军停下脚步，转过身子，伸出手，大叫：

"我诅咒这个家！"

"非摆出一副演戏的架势来不可！"加尼亚砰的一声关上窗户，嘟囔道。

街坊们果真在听。瓦丽娅跑出了房间。

瓦丽娅出去以后，加尼亚拿起椅子上的那张便条，吻了吻，咂了一下舌头，做了个芭蕾舞腾空跃起的动作。

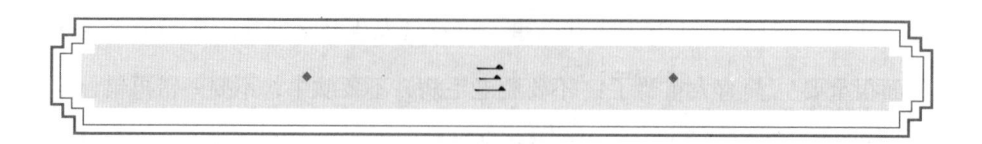

三

将军掀起的风波，发生在其他任何时候，都可能不了了之。从前，他也常常发生这类突如其来的胡闹，虽说次数相当少，因为一般说，他还是个非常老实的人，脾气也几乎很好。他也许有一百次曾经同他近年来喜欢寻衅闹事的坏脾气斗争过。他会忽然想起，他是"一家之长"，于是便同妻子言归于好，真心诚意地痛哭流涕、负荆请罪。他对尼娜·亚历山德罗芙娜尊敬到了崇拜的地步，因为她许多次都默默地原谅了他，甚至当他丑态百出、妄自菲薄的时候，也爱他。但是通常，将军对喜欢寻衅闹事的坏脾气所做的慷慨大度的斗争持续的时间并不长，将军也是一个非常"容易冲动"的人，虽然只是就某一方面来说。他通常受不了在自己家里过那种闭门思过和无所事事的生活，于是便起来抗争，他常常陷入一种狂热，也许就在这时候他已经在责备自己了，但是他又克制不住：先是争吵，然后便口若悬河、滔滔不绝地发表演说，要求大家对他诚惶诚恐、五体投地、毕恭毕敬；最后，他就离家出走，有时候甚至一走就是很长时间。近两年来，他对自己家的事也就知道个大概，或者道听途说，耳闻而已，他也不想详细过问，并不觉得自己对此负有一丝一毫不可推卸的责任。

但是这次"将军掀起的风波"却非比寻常，大家都好像知道什么，又都好像怕提起这事。仅仅三天前，将军才"正式"回到家来，也就是回到尼娜·亚历山德罗芙娜的身边来，但是他这次并不像往常"回家"时那样心平气和，于心有愧，而是相反——非常烦躁。他喋喋不休，但又焦躁不安，碰到任何人，都跟人家热烈交谈，仿佛相见恨晚似的。他谈话的内容五花八门，而又出人意料，使人摸不着头脑，现在到底是什么使他如此不安。有时候，他又显得很快乐，但多半若有所思，然而，他自己也不知道他在想什么。他会突然滔滔不绝地讲个不停（讲叶潘钦家，讲公爵，讲列别杰夫），但是讲到一半又会突然打住，从此再不开口，如果别人继续问他什么问题，他就用傻笑来回答，然而，他尽管在傻呵呵地笑，却没有发觉人家正在问他问题。前一天夜里，他又叹气又哼哼，把尼娜·亚历山德罗芙娜折腾得筋疲力尽，不知道为什么她给他做了一夜热敷。快天亮时，他突然睡着了，而且一睡就是四小时，醒来后便发作了十分严重而又漫无头绪的疑心病，最后，便以同伊波利特争吵和"诅咒这个家"而告终。人们还发现，在这三天里，他虚荣心十足，因此非常容易生气。科利亚规劝母亲时坚持说，这都是因为他酒瘾发作，也许还因为思念列别杰夫（将军近来跟他特别要好）。但是，三天前，他突然跟列别杰夫吵了一架，而且分手时怒不可遏，他甚至跟公爵也闹得不很愉快。科利亚曾请公爵解释一下个中原因，最后他不由得怀疑，公爵一定有什么事不肯告诉他。如果像加尼亚很有把握地推想的那样，在伊波利特和尼娜·亚历山德罗芙娜之间的确发生过某种特别的谈话的话，那么令人奇怪的是，加尼亚径直称为"造谣生事之徒"的这位坏先生竟没有发现，若以同样的方式来开导开导科利亚，也是一桩赏心乐事！很可能，这"浑小子"还不算太坏，并不像加尼亚跟妹妹谈起时描绘的那么坏，坏是坏，然而是另一种坏法。而且他也不见得仅仅为了使尼娜·亚历山德罗芙娜"心碎"，而把自己的观察所得告诉她。我们不要忘了，人的行为动因，通常比我们后来加以说明的要错综复杂得多，而且错综复杂得难以胜计，这些动因也很少能够明确无误地被描述出来。一个讲故事的人,最好的办法,有时还不如把事情经过简单说出来为好。我们在继续说明将军闯下的这场大祸时就准备采取这一方法,因为不管我们如何绞尽脑汁,想言简意赅地一带而过,我们认为还是非常有必要给予我们这部小说的这一次要人物,比我们原来所设想的更多的注意和篇幅。

事情经过是按照下列顺序逐一发生的:

列别杰夫到彼得堡去查访费德先科之后,当天便与将军一起返回。但是他此行到底有何收获,他什么也没告诉公爵。要不是公爵这时候心不在焉,忙于思考对他来说是非常重要的问题的话,他一定会很快发现,在这以后的两天内,列别杰夫不仅没有对他作任何说明,甚至恰好相反,不知道为什么还极力回避同公爵见面。最后,公爵终于注意到了这一点,他觉得奇怪,这两天内,当他偶尔见到列别杰夫的时候,据他后来回想,列别杰夫好像总是满面红光、兴高采烈,而且差不多总是跟将军在一起。这两位朋友难舍难分,一刻也分不开。公爵有时候听到,楼上常常传来他俩高声而又快速的谈话声,以及伴有大笑的愉快争论,甚至有一天晚上,已经很晚了,他还听到从楼上传来出人意料地猛然响起来的军中的敬酒歌,他立刻听出这是将军的喑哑的男低音。但是歌才开头,又戛然而止。接着,又有将近一小时,楼上仍在继续着极度兴奋的谈话,而且从各种迹象看,说话人已经喝醉了。可以猜想得出,在楼上开怀畅饮的两位朋友,这时正在互相拥抱,后来,其中一人哭了。接着又突然爆发了剧烈的争吵,但是很快又偃旗息鼓、鸦雀无声。在整个这段时间内,科利亚一直心事重重,十分焦虑。公爵大部分时间不在家,有时候回家也很晚,他每次回家,总有人向他报告,科利亚找了他一整天,到处打听他。但是两人见了面,科利亚又没什么特别要紧的事要说,只说他对将军及其眼下的表现"很不满意":"他们东游西逛,在离这儿不远的小酒馆里买醉,在大街上又是拥抱,又是骂街,互相挑逗,可是又难舍难分。"当公爵对他说过去差不多每天也是这样的时候，科利亚又无言以对，简直不知道怎样才能说清他现在担心的究竟是什么了。

第二天，在唱过敬酒歌和发生争吵的那个夜晚之后，上午十一点左右，公爵正想出门，这时，将军突然出现在他面前，不知有什么事显得特别激动，几乎像受到什么强烈震动似的。

"很久以前，我就在寻找机会能够荣幸地见到您，深受尊敬的列夫·尼古拉耶维奇，很久了，非常久了，"他含糊不清地说道，一边非常紧地握着公爵的手，差点儿把公爵的手都握疼了，"非常，非常久了。"

公爵请他有话坐下来再说。

"不，我不坐，况且我耽误您出门了，我——下次再说吧。看来，我可以乘此机会祝贺您……实现了……自己的心愿。"

"什么心愿？"

公爵很窘。他跟许多与他处在同样情况下的人一样，满以为谁也看不见，谁也想不到，谁也不明白他心里究竟在想什么。

"放心，尽管放心！我决不会惊扰您那十分微妙的感情。我是过来人，我懂，当别人……可以说吧……多管闲事……诚如俗话所说，不让他管的事就别管。这点，我每天早晨都有体会。我来找您另有他事，一件很重要的事。一件非常重要的事，公爵。"

公爵再一次请他坐下，他自己也在一旁坐了下来。

"就谈一秒钟……我是来向您求教的。当然，我的生活没有实际目标，但是我尊重我自己，也尊重……俄国人所不屑一顾的务实精神，总之，我想……我希望自己、贱内、犬子和小女都处在这样的地位……一句话，公爵，我是来向您求教的。"

公爵热烈地赞扬了他的打算。

"嗯，这都是扯淡，"将军很快打断了他的话，"我要说的主要不是这个，我要说的是另一件很重要的事。说穿了，我想来找您说明一下，列夫·尼古拉耶维奇，因为我坚信您的为人是真诚的，您的感情是高尚的，您是……您是……您对我刚才说的话不感到惊奇吗，公爵？"

公爵假如不是特别惊奇，那也是非常注意和好奇地注视着自己的客人。老将军的脸有点儿苍白，他的嘴唇有时在微微颤动，两只手好像总也安静不下来似的。他才坐了几分钟，已经有两次不知为什么突然从椅子上站起身来，而且突然站起又突然坐下，显然，他丝毫没有留意自己的举止。桌上放着几本书，他一边说话，一边拿起一本书，看了看随手翻开的那一页，又立刻合上，放回桌子，接着又顺手抄起另一本书，这回已经不翻开了，而是用右手拿着，而且在其余的时间里一直拿在手里，在空中不断地挥来挥去。

"够了！"他突然叫道，"看得出来，我过于打扰您了。"

"哪里哪里，哪能呢，劳您驾，恰好相反，我正洗耳恭听，希望能够了解……"

"公爵！我希望使自己处在一种受人尊敬的地位……我希望自尊自重，并且尊重……自己的权利。"

"一个具有这样愿望的人，仅此一点，便足以令人肃然起敬了。"

公爵说了一句老生常谈的话，坚信这话一定会产生十分良好的效果。他仿佛本能地感觉到，随便说一句华而不实但却听来悦耳的话，只要说得恰到好处，就足以突然征服像将军这样一个人的心，使他心平气和，特别是当他处在这样一种情况下的时候。无论如何要让这样一位客人心里轻松地走出去，不过，使他作难的事也正在这里。

这句话使将军的自尊心得到了满足，他听后很感动，也很高兴：将军在感动之余霎时改变了说话的腔调，开始进行长篇大论而又兴高采烈的说明。

但是不管公爵怎么聚精会神,怎么洗耳恭听,还是什么也听不懂。将军讲了约莫十分钟,讲得又快又热烈,好像都来不及一一说出他那纷至沓来的思想似的。说到最后,他的眼里闪着泪花,但是听来听去,还是只能听到一些没头没尾的句子,一些出人意料的话和一些出人意料的思想,突如其来地脱口而出,又突如其来地言语闪烁,顾左右而言他。

"够了!您了解我了,我也就放心了,"将军突然站起身来,说道,"像您这样一颗心,是不可能不了解一个受痛苦、受煎熬的人的。公爵,您像理想中的好人那样高尚!别人在您面前又算得了什么呢?但是您还年轻,因此我祝福您。说穿了,我来找您,是想请您给我定个时间,我有要紧的话跟您谈,这就是我最主要的希望。我前来寻求的主要是友谊和心,我永远无法遏制我的心灵的要求。"

"那为什么不现在说呢?我准备洗耳恭听……"

"不,公爵,不,"将军热烈地打断他的话道,"不是现在!现在谈不过是幻想!这事太,太重要了,太重要了!进行谈话的这时刻,将是决定我最后命运的时刻。这是属于我的时刻,我不愿意在这个神圣的时刻,有什么人,随便哪个莽撞的无耻之徒闯进来打断我们的谈话,而这样的无耻之徒是屡见不鲜的,"他突然俯首向公爵耳语,那神态既奇怪又神秘,近乎害怕似的,"这样的无耻之徒还抵不上您脚上的一只鞋后跟,亲爱的公爵!噢,我不是说抵不上我脚上的!请您特别注意,我没有提到我的脚,因为我这人太自重了,决不可能这么直截了当地说。但是只有您一个人能够理解,在这种情况下,我弃自己的鞋跟于不顾,也许正表现出我那无与伦比的自尊和自豪。除您以外,其他任何人都不会懂的。而他则是所有其他人之冠。他什么也不懂,公爵,完全,完全不懂,也没法懂!要懂就必须有一颗心!"

到后来,公爵几乎害怕起来,便定于明天这时候约他见面。将军昂首走了出去，似乎得到极大的安慰，几乎心平气和了。晚六时许，公爵着人请列别杰夫到他那儿去一趟。

列别杰夫急匆匆地来。他一进门就开口说道："承蒙召见，不胜荣幸！"好像这三天他简直躲着藏着，极力避免跟公爵见面这事，连影子都没有似的。他在椅子边上坐了下来，又是做鬼脸，又是满脸堆笑，两只小眼睛笑眯眯的，不断东张西望，两只手搓来搓去，他那副神态好像在非常天真地等候恭听什么重要的消息似的——似乎，大家对这消息已经望穿秋水，期待已久，而又不言自明。公爵感到一阵厌恶，他心里很清楚，大家突然都在等他做出什么举动，大家都在注视他，好像要向他道喜似的，大家说起话来也转弯抹角、含沙射影，又是微笑，又是挤眉弄眼。凯勒尔已经进来出去地跑了三次，那副神态也好像要过来道喜似的：每次来总是喜气洋洋，刚开口，一句话没说完，就匆匆溜了出去。（最近几天，他不知道在哪儿拼命喝酒，还在一家什么台球房大吵大闹。）甚至科利亚，虽然满腹心事，也开始有两三次含糊不清地跟公爵谈起一件什么事。

公爵开门见山，而且带有几分恼怒地问列别杰夫，他对将军眼下的状况有何高见，为什么将军如此不安？公爵三言两语地把今天上午发生的事告诉了他。

"任何人都有自己的不安，公爵……特别是在咱们这个奇怪而又不安的时代，就这样，您哪。"列别杰夫带着几分冷漠的神态答道，而且很不高兴地闭上了嘴，那模样仿佛大失所望似的。

"这是什么哲学！"公爵微微一笑。

"讲点儿哲学还是需要的，在咱们这个时代，在实际应用中尤其需要，但是人们常常轻视哲学，您哪，就这么回事。就我来说，深受尊敬的公爵，我虽然多蒙信任。但也只是在您知道的某一点上，而且也只到一定程度为止，不能越雷池一步……这道理，我懂，而且心平气和，毫无怨言。"

"列别杰夫,您好像因为什么事在生气?"

"毫无此意,一点儿也不,深受尊敬而又光芒四射的公爵,一点儿也不!"列别杰夫举起手来,贴在心口,喜气洋洋地叫道,"恰好相反,我立刻明白,无论就我在上流社会的地位,无论就我的智力水平和心灵素养,也无论就我的财富积累,以及我过去的所作所为,我都不配得到您那可敬而又大大高于我期望的信任。如果我能为您效劳的话,我甘愿做您的奴隶和仆人,绝无二心……我没有生气,我是伤心,您哪。"

"卢基扬·季莫费伊奇,哪能呢!"

"绝无二心!无论现在,也无论在当前的情况下,都如此!在遇到您,并以我的心灵和思想注视着您的行动的时候,我就对自己说:虽然我不配得到他的友好的通知,但是我作为房东,在适当的时候,在预期的大喜日子以前,他也许会给我发个指示,至少是打个招呼吧,告诉我一声即将发生和预期将要发生的变化……"

列别杰夫说这话时,用两只锐利的小眼睛死死盯着惊讶地望着他的公爵,他依然指望能满足一下他的好奇心。

"我简直一句话也不懂,"公爵近乎愤怒地叫道,"而且……您简直是最可怕的阴谋家!"说罢,他蓦地哈哈大笑,而且打心眼里笑出声来。

霎时间,列别杰夫也哈哈大笑起来,他那喜气洋洋的目光表露出,他的希望不仅明朗了,而且得到了加倍的证实。

"卢基扬·季莫费伊奇,您知道我要对您说什么吗?不过请您别见怪,我对您的(而且不仅是您一个人的)天真感到惊讶!您非常天真地期待我做出什么举动,而且就在现在,就在这时候,这使我不免对您感到抱歉和惭愧,因为我没有任何事能满足您的好奇心,但是我可以向您发誓,我的确没有什么事,这是您可以想象得到的!"

公爵又笑起来。

列别杰夫端起架子，正襟危坐。有时候，他的确好奇心很强，甚至好奇得过于天真、惹人厌烦；但与此同时，这人又相当狡猾，善于旁敲侧击，在有些情况下城府很深，藏而不露。公爵一再冷淡他，几乎把他变成了自己的仇人。但是公爵之所以冷淡他，并不是因为看不起他，而是因为他的好奇心所涉及的问题十分微妙。公爵对自己的某些幻想，几天前还看成形同犯罪，可是卢基扬·季莫费伊奇却把公爵的拒人于千里之外仅仅看作对他个人的厌恶和不信任，于是他带着一颗受到伤害的心走开了。因为公爵，他不仅嫉妒科利亚和凯勒尔，甚至还嫉妒自己的女儿薇拉·卢基扬诺芙娜。其实，就在这时候，他也许还可以向公爵报告一个使公爵非常感兴趣的新闻，而且他也真诚地想要这样做，可是他却板着脸，没有开口。

"话又说回来，我能替您做些什么呢，深受尊敬的公爵，因为现在毕竟是您……您叫我来的呀？"他沉默了一会儿以后，终于说道。

"我只想问问将军的情况，"片刻间，公爵也若有所思，这时猛地一怔，"还有……关于您那桩失窃的事，也就是您告诉过我的关于丢钱的事……"

"具体指什么呢，您哪？"

"又来了，好像您现在不明白我的意思似的！唉，上帝，卢基扬·季莫费伊奇，您怎么老爱演戏呢！那笔钱，钱，也就是您丢的那四百卢布，放在钱包里的，一大清早，您去彼得堡以前，还特地跑到我这里来告诉我的那笔钱——您究竟明白了没有呢？"

"啊，您是说那四百卢布呀！"列别杰夫拖长声音说道，好像直到现在他才明白过来公爵讲的是怎么回事似的，"谢谢您，公爵，谢谢您的由衷关心，我对此深感荣幸，但是……钱，我找到了，早就找到了。"

"找到了！哎呀，谢谢上帝！"

"您发出的这声感叹,是极其高尚的,因为四百卢布对于一个辛辛苦苦靠劳动为生,而又拉家带口,拉扯着一大群没娘的孩子的穷光蛋来说,那是一件非同小可的事……"

"我想问的并不是这个!当然,您终于把钱找回来了,我很高兴,"公爵急忙改口道,"但是……您是怎么找到的呢?"

"非常简单,在我挂上衣的那把椅子底下找到的,因此,看得出来,那钱包是从兜里掉到地板上的。"

"怎么会掉到椅子底下去呢?不可能,您不是跟我说过,您把所有的角落都找遍了吗?您怎么可能把这个最主要的地方看漏了呢?"

"问题就在于我的的确确看过了,您哪!记得清清楚楚,我的确看过了!我把椅子搬开,趴在地上,这地方我都用手摸过,因为我不相信自己的眼睛:我看见那里什么也没有,就像我的手掌一样,光溜溜的,空空如也,然而我还是摸过来摸过去。一个人倒了霉,丢失巨款,一心想把钱找回来,常常会发生这类自欺欺人的举动:明明看见什么也没有,这地方空空如也,还是一而再,再而三地往那里看上十几遍。"

"好,就算这样吧,可是这到底是怎么回事呢?……我还是不明白,"公爵莫名其妙地嘟囔道,"以前,您说过,那儿没有,您在那地方找过,可是那儿又忽然出现了?"

"可不是又忽然出现了,您哪。"

公爵奇怪地看了看列别杰夫。

"那么将军呢?"他蓦地问。

"您问将军是什么意思,您哪?"列别杰夫又听不明白了。

"啊呀,我的上帝!我问您,您在椅子底下找到钱包以后,将军说什么了?你们俩以前不是一起找过吗!"

"以前是一起找来着,您哪。不过说实在的,这次我没有吱声,我觉得还是不向他宣布为好,我没告诉他钱包已经找到了,而且是独自找到的。"

"为……为什么呢?钱没少吗?"

"我打开钱包,分文不差,一卢布也没少,您哪。"

"您哪怕来告诉我一声呢。"公爵若有所思地说。

"我怕打搅您,公爵,何况您也许,可以说吧,正百感交集。此外,我自己也装出一副什么也没找到的样子。我打开钱包,看了看,然后收起来,又放到椅子底下了。"

"那又干吗呢?"

"不干吗,您哪,出于好奇心,想进一步看看。"列别杰夫搓着手,突然嘻嘻一笑。

"那么说,打前天起,现在,钱包还在那里放着?"

"噢,不,您哪,只放了一天一夜。要知道,部分原因也是我想让将军自己把它找出来。因为,既然我都能找到,那么,这么一个,可以说吧,极其显眼地放在椅子底下、一眼就可以看到的东西,为什么将军就不能看到呢!我几次搬起椅子,把钱包挪动了几回,让它放在最显眼的地方,但是将军竟丝毫没有发现,就这样在那儿放了整整一天一夜。看得出来,他现在十分心神不定,闹不清是怎么回事,又说又笑,嘻嘻哈哈,要不就忽然对我大发脾气,我也闹不清为了什么。后来,我走出房间,故意让门开着,他犹豫了一下,想说什么话,大概替那只装有钞票的钱包担心,可是他突然大发脾气,终于什么话也没说,您哪。上街后还没走两步,他就撇下我到街对面去了。直到晚上,才在小酒馆里遇见他。"

"但是,最后,您还是从椅子下面把钱包收起来了,是吧?"

"没有,就在当天夜里,钱包在椅子底下不见了,您哪。"

"那么钱包现在在哪儿呢？"

"就在这儿，您哪，"列别杰夫忽然笑了，他边说边从椅子上站起身来，挺直了身子，快乐地望着公爵，"突然出现在这里，就在我自己穿的这件上衣的前襟里。瞧，您不妨亲自看看，摸摸。"

果然，在上衣左边的衣襟里，在正前方，在最显眼的地方，鼓鼓囊囊地好像挂着一只大口袋，只要一摸就感觉得出，里面装着一只皮夹子，是从破了的口袋掉到下面去的。

"我掏出来一看，分文不差。我又把它放了回去，而且从昨天上午起，我就让它装在前襟里，走来走去，甚至让它在两条腿上来回磕碰。"

"您竟没留心？"

"我竟没留心，嘿嘿！深受尊敬的公爵，您想想（虽然这事并不值得您如此关注），我的几只兜一向好好的，可是却在一夜之间出了这么大的破洞！于是我出于好奇仔仔细细看了看——好像是什么人用削笔刀划破的，几乎叫人难以置信，您说是不是？"

"那……将军呢？"

"整天在生闷气，昨天和今天都这样，极不满意。一会儿高高兴兴、欢天喜地，甚至达到谄媚的程度，一会儿又多愁善感、声泪俱下，要不就忽然大发脾气，那模样简直叫我看了害怕，真的。公爵，我毕竟是个书生，而不是名武夫。昨天，我们坐在小酒馆里，我无意中撩起衣襟，搁在最显眼的地方，擦得高高的，他也斜着眼，在生闷气。他现在连正眼也不瞧我，早就不瞧我了，您哪，除了喝得酩酊大醉或深受感动的时候，才抬头瞧我一眼。但是，昨儿个，他有两三次抬起头来看我，弄得我毛骨悚然，脊梁上一阵发麻。不过话又说回来，我打算明天就把这钱包找出来，不过在明天没有到来之前，我还要带着这钱包溜达一晚上。"

"您干吗这样折磨他呢？"公爵叫道。

"没折磨他，公爵，我没折磨他呀，"列别杰夫热烈地接口道，"我真心地爱他，而且……尊敬他。现在，信不信由您，我更看重他了，对他的评价也更高了！"

列别杰夫讲这话的时候，神情严肃，态度真诚，这反倒使公爵恼怒起来。

"爱他，又这样折磨他！得了吧，光凭他把您丢的钱放在最显眼的地方，放到椅子底下和上衣里面，光凭这一点，他就直截了当地向您表明，他并不想跟您耍滑头，而是老老实实地求您宽恕。听见了吗：求您宽恕！可见，他寄希望于您的既往不咎和宽宏大量上，他相信您对他的友谊。可是您却把这么一个……十分诚实的人弄到这么一种屈辱的地位！"

"十分诚实，公爵，他的确是一个十分诚实的人！"列别杰夫两眼闪着泪花接口道，"最最高贵的公爵，只有您一个人能说出这种天公地道的话！正因为这点，我才对您一片忠诚，甚至崇拜您，虽然我有各种各样的缺点，都烂透了！这事就这么定了！我现在就来找钱包，立刻找，而不是等到明天，瞧，现在我当着您的面把它掏出来了，这不是钱包吗？钱也全在里面，您先收下，最最尊贵的公爵，您先收下，保存到明天。明天或者后天我再来拿。您知道吗，公爵，我看，在丢失钱的头一夜，这钱肯定藏在我家小花园里的什么石头底下，您以为怎样？"

"留神，不要当着他的面直截了当地说：钱包找着了。只要简简单单地让他看到，衣襟里已经啥也没有了，他会明白的。"

"就这样吗？还不如干脆说找到了好，就假装在这以前一直没往这上面想，行吗？"

"不——行，"公爵想了想，"不——行，现在已经晚了，这样更危险，真的，不如不说话！但是您对他的态度要和蔼些，但是……也不要做得太过分了，而且……而且……您知道吗……"

"知道，公爵，知道，也就是说，我知道也许我做不到，因为这事需要有颗像您这样的心。再说他这人爱发脾气，又爱纠缠人，他现在对我的态度，有时显得很高傲，一会儿淌眼抹泪，跟我拥抱，一会儿又突然糟践我、看不起我和挖苦我。唔，还不如我把衣襟撩起来，让他瞧瞧，嘿嘿！再见，公爵，我显然耽误了您的工夫，可以说，妨碍了您兴味盎然的沉思遐想……"

"但是，看在上帝分上，要像过去那样严守秘密！"

"一定轻手轻脚地去办，您哪！"

但是，虽然这事已经了结，可是公爵却比过去更加心事重重了。他迫不及待地等候明天同将军见面。

四

约定的时间是十一时许，可是公爵却完全出乎意料地迟到了。他回到家后，发现将军正在等他。乍一看，他就发现将军的神态很不满，也许是因为等候。公爵表示歉意后，急忙坐了下来，但是他竟奇怪地感到胆怯，好像他的客人是个瓷娃娃，时时刻刻担心会破似的。过去他跟将军在一起的时候，从来没有感到过胆怯，而且连想也没想到过要胆怯。公爵很快就看出，与昨天相比他已经完全变了个人：昨天是慌慌张张、心不在焉，今天却显得十分沉着和冷静。可以看出，他已经横下一条心，准备孤注一掷了。他的冷静多半是表面的，并非实际如此。但是不管怎样，客人的态度还是落落大方，虽然带有一种含蓄的矜持，甚至起初在对待公爵的态度上，眉宇间还带有少许宽容之态——恰如有些落落大方,而又自尊心很强,但却受到不公正对待的人有时常常表现出的神态一样。他说话和蔼可亲,但谈吐之间不无悲痛之意。

"这是前几天向您借的书,"他意味深长地摆头指了指他拿来放在桌上的一本书,"谢谢。"

"啊,对了,您读了那篇文章①吗,将军?您喜欢吗?很引人入胜,是不是?"公爵因为能够很快转入不相干的话题而感到高兴。

"也许很引人入胜吧,但是粗俗,而且十分荒唐,也许通篇都是假话。"

将军的口气很自信,甚至还略微拖长了声音。

"啊,这是十分朴实的故事,一位老兵亲自目睹法国兵占领莫斯科的故事,有些事情写得妙极了。再说,目击者的任何记载都是珍贵的,甚至不管这目击者是谁。我这话不对吗?"

"我假如是编辑,决不刊用这样的文章,至于一般目击者的记载云云,人们宁肯相信一个信口雌黄但却讲得十分有趣的人,而不相信一个驰骋沙场屡建战功的正人君子。我知道一些追叙一八一二年②的回忆录,这些回忆录……我做了决定,公爵,我要离开这里——离开列别杰夫先生家。"

将军意味深长地望了望公爵。

"您在帕夫洛夫斯克有自己的住所,在……令嫒家……"公爵道,他不知道说什么好。接着他想起,将军此来另有要事相商,而且是一件决定他命运的非常重要的事。

"在贱内家,换句话说,既是自己的家,又是小女瓦丽娅的家。"

"请原谅,我……"

---

① 指当时刊载在《俄罗斯档案》杂志上一篇题为《莫斯科新修女院在1812年》的文章。该文系一位目击者追叙1812年拿破仑攻占莫斯科的情形。
② 指俄国1812年抗击拿破仑入侵的卫国战争。

"亲爱的公爵，我要离开列别杰夫家，是因为我跟这家伙已经一刀两断了，我是在昨天晚上跟他决裂的，我后悔没有早点儿跟他一刀两断。我要求别人尊敬我，甚至希望从那些我把自己的心献给他们的人那儿得到尊敬。公爵，我常常把自己的心献给别人，但是我差不多永远受骗。此人不配接受我的奉献。"

"他这人是个大杂烩，"公爵克制地说道，"有一些特点……但是，在这一切之中可以看到一颗心，诡计多端，足智多谋，有时候也很滑稽。"

公爵用词文雅，语气庄重，使将军显然感到高兴，虽说有时候他也会抬起头来，突然表现出不信任。但是公爵说话的口吻是如此自然，如此真诚，简直不可能有任何怀疑。

"至于他身上有许多好的品质，"将军接着说道，"是我第一个说的，这之前，还差点儿没跟这主儿成为莫逆之交。我既然有自己的家，就根本不需要他的家和他的盛情接待。我有缺点，但是我并不替自己辩护。我漫无节制，失于检点，我曾经跟他一起喝过酒，现在我也许正在为这事难过、流泪。但是，要知道，我之所以跟他交往，并不只是为了喝酒（公爵，请您原谅一个人在盛怒时表现出来的粗鲁和坦率），可不只是为了喝酒呀，对不对？使我感兴趣的，正如您所说，是他的品德。但是，一切都得有个限度，甚至品德也是这样。如果他突然当着你的面斗胆宣称，在一八一二年，当他还小的时候，就失去了一条左腿，并且把这条腿埋葬在莫斯科的瓦甘科夫公墓，他这样说就出了格，显得玩世不恭，也表现得太放肆了……"

"也许他不过是开玩笑，想博您哈哈一笑也说不定。"

"我懂，您哪。为了博得别人开心地一笑，说个无伤大雅的谎话，虽然说得很拙劣，也不会伤一个人的心。有人说谎，怎么说呢，仅仅出于友谊，为了供对方一乐。但是，倘若透露出不敬，也许，他们用这类表露不敬的办法想让你明白，他们感到跟你交往已经是累赘，那么一个正人君子就只能掉头不顾,同他一刀两断,并且请这个有损你尊严的人自尊自重。"

将军说这话时脸都红了。

"一八一二年,列别杰夫也不可能在莫斯科呀,他年纪太小,不可能,这太可笑了。"

"这是第一,但是,我们姑且假定,那时候他可能已经出生了,但是又怎么能当面撒谎,说一名法国轻骑兵为了取乐,竟无缘无故地把大炮瞄准他,打断了他的腿呢?还说什么他把那条腿捡了起来,拿回家里,后来又把它埋在瓦甘科夫公墓呢?还说什么他还在坟上立了块墓碑,一面的碑文是:'十品文官列别杰夫之腿长埋于此',另一面的碑文是:'安息吧,亲爱的遗骸,直到那快乐之晨!'① 他还说他每年都要去祭奠这条腿(这简直是渎神行为),因此每年都要去一趟莫斯科。为了证明这点,他还让我跟他一起去莫斯科,他要把那座坟指给我看,甚至还让我去参观陈列在克里姆林宫里的那尊被缴获的法国大炮,也就是从宫门数起第十一尊老式的法国鹰炮。"

"再说,他的两条腿不都好好的吗,看得一清二楚!"公爵笑道,"我敢说,这是他随便开个玩笑,您别生气。"

"但是,请允许我也谈谈自己的看法,关于他明明有两条腿的事——不妨假定,还不是完全不可思议的,但是他硬说,这是切尔诺斯维托夫的假腿……"

"啊,是啊,据说,安上切尔诺斯维托夫的假腿,跳舞都可以。"

"我知道得一清二楚,您哪。切尔诺斯维托夫发明假腿之后,第一件事就是跑来找我,拿给我看。但是,切尔诺斯维托夫发明假腿一事要晚得多②……

---

① 源出尼·米·卡拉姆津(1766—1826)作《墓志铭》(1792)。该铭文按陀思妥耶夫斯基兄弟之意,曾于1837年镌刻在他们母亲的墓碑上。

② 拉·亚·切尔诺斯维托夫(1810—1868)与陀思妥耶夫斯基同为彼得拉舍夫斯基分子,1849年被流放。他写的关于制造和安装假腿的书出版于1855年。

何况他还硬说，甚至他的亡妻，在他们婚后的所有日子里，一直都不知道他，也就是她丈夫的腿是木头的。在我向他指出他说的是一派胡言之后，他说：'既然你在一八一二年能当拿破仑的少年侍卫，那就应当允许我在瓦甘科夫公墓埋葬自己的腿。'"

"难道您……"公爵想开口，但又不好意思。

将军十分高傲地，几乎带着一种嘲弄的神态看了看公爵。

"说下去呀，公爵，"他不慌不忙、从容不迫地拉长了声调说道，"说下去呀，我是宽宏大量的，您可以把一切都说出来：您不妨说，您看到，在您面前的这个人家道中落，低三下四，而且……百无一用，可是与此同时，您又听到，这个人居然亲自目睹过……叱咤风云的伟大事件，甚至一想到这点，您就觉得可笑。他难道还没有向您……竭尽造谣污蔑之能事吗？"

"没有，我什么也没有听列别杰夫说过——假如您是说列别杰夫的话……"

"哼，我认为适得其反。说实在的，我们俩昨天谈到的正是这篇……作为《史料》的奇文。我指出了它的荒谬，因为我本人就是身临其境的目击者……公爵，您笑了，您在看我的脸？"

"没——没有，我……"

"我看似年轻，"将军拉长了声调说道，"但是我的实际年龄比表面上看去要稍老些。一八一二年的时候，我大约十岁或十一岁。我当时究竟几岁，我自己也闹不清。履历表上少写了几岁。我有个毛病，一辈子都爱把自己的年龄往小里说。"

"我敢说，将军，一八一二年您在莫斯科这事，我一点儿不觉得奇怪，而且……当然，您是能够谈出点儿……就像当时所有的过来人一样。我国有一位自传作家写了一本书，开篇讲的就是一八一二年，当他还是名吃奶的孩子的时候，在莫斯科，一些法国兵就曾给过他面包吃。"①

"您瞧，"将军宽宏大量地肯定道，"我的经历当然非同一般，但也毫无不寻常之处。本来是真事，但是表面上看去却仿佛不可能似的，这类现象实在太多了。皇上的少年侍卫！当然，听来颇觉奇怪。但是一个十岁儿童的奇异经历，可能是因为他当时年纪小。如果是十五岁的孩子，肯定就不会发生这种事，一定是这样，因为假定我当时十五岁了，在拿破仑开进莫斯科的当天，我肯定不会离开母亲（她没有来得及逃离莫斯科，吓得直哆嗦），从我家在老巴斯曼街的木屋里跑出去。假如我十五岁，我肯定会害怕，可是我只有十岁，因此才天不怕地不怕，从人群里钻进去，一直钻到宫廷的台阶前，那时拿破仑正下马。"

"您无疑说得很对，正因为才十岁，所以不知道害怕……"公爵附和道，一面心里又感到胆怯，生怕自己立刻脸红。

"无疑，一切都发生得那么简单，那么自然，因为事实就那么简单，那么自然。要是让一个小说家来写这事，他肯定会胡编一气，令人难以置信。"

"噢，就是这样啊！"公爵叫道，"这想法也曾经使我感到惊讶，而且就在不多久以前。我知道一件因为一块表而杀人的千真万确的事②，现在这事报上都登了。如果这是人家凭空想象出来的，熟悉人民生活的人和评论家们肯定会立刻向他大喝一声：哪能呢，这是不可能的。但是一经在报上看到这是事实，您就会感到，正可以从这样一些事实中了解俄国的现实，从中吸取教训。将军，您这话说得太好了！"公爵热烈地总结道，因为能够借此摆脱明显的脸红，心里感到非常高兴。

"可不是吗？可不是吗？"将军叫道，甚至高兴得两眼熠熠发光，"一个不点大的、不懂得什么叫危险的小男孩，钻过人群，想看一看辉煌的场面、

---

① 指赫尔岑的回忆录《往事与随想》第一卷第一章。
② 详见本书第二部第四节的有关注释。

第四部

漂亮的制服、显赫的随从，以及那位名噪一时、闻名已久的伟人。因为当时，接连好几年，大家七嘴八舌地嚷嚷的就是这个人物。这人已经遐迩闻名，名满天下，可以说，我吃奶的时候就听说了。拿破仑在离我两步远的地方走过去，无意中发现了我的目光，我当时穿着一件少爷穿的小西服，我穿得很漂亮。在这一大群人里，就我一人这样，您不难想象……"

"毫无疑问，这一定使他吃了一惊，并且向他证明，并不是所有的人都逃走了，留下来的还有一些贵族及其子女。"

"就是这话，就是这话！他本来就想笼络俄国的王公贵族。当他把自己那锐利的目光投到我身上的时候，我的眼睛可能也闪了一下，作为对他的回答。'多活泼的孩子！谁是你父亲？'我激动得差点儿喘不过气来，立即答道：'我父亲是战死在祖国沙场的将军。''俄国大贵族的儿子，而且是勇敢的大贵族！我喜欢俄国大贵族。小孩，你喜欢我吗？'对这快人快语的问题，我也快人快语地回答：'俄国人的心甚至能在祖国之敌身上识别伟人！'说实在的，我也记不清我的原话是不是这样……因为我还是小孩，不过原话的意思一定不差！拿破仑吃了一惊，他想了想，对自己的随从道：'我喜欢这孩子的自豪感！但是，假如所有的俄国人，都像这孩子一样想问题的话，那……'他没把话说完就进了皇宫。我立刻杂在他的随从里，跟在他后面跑去。随从们已经分列两旁，给我让路，他们把我看成了皇帝的宠臣。但这一切只是一闪而过……我只记得，皇帝走进第一座大厅后，忽然停在叶卡捷琳娜女皇的画像前，若有所思地看着这幅画，看了很久，最后他说道：'这是一位伟大的女性！'说罢便走了过去。过了两天，我在皇宫和克里姆林宫已成了尽人皆知的人物，大家都管我叫'小贵族'。只有晚上睡觉，我才回家。家里人差点儿急疯了。又过了两天，拿破仑的少年侍卫德·巴章库尔男爵[①]因经不住远

[①] 德·巴章库尔男爵（1767—1830），法国将军，曾参与拿破仑一世远征俄国的历次战斗。1812年时，他已四十五岁。

征俄国之苦，已奄奄一息。拿破仑想起了我，让人把我叫了去，也不说明理由，就把那个已故的十二岁男孩穿过的制服让我试穿了一下，我穿上这制服后，便被带去见皇帝，皇帝摆头指了指我，有人便向我宣布，我已蒙皇上恩准，荣任陛下的少年侍卫。我很高兴，我的确感到对他（已经很久了）有一种强烈的好感……嗯，此外，您也会同意，一套光彩耀眼的漂亮制服，对于一个孩子来说，是一件多么了不起的大事……我穿着深绿色的燕尾服，拖着两条又长又窄的燕尾，金色的纽扣，两袖有金色刺绣和红色镶边，领子是高高的、竖起的、敞开的，锈着金边，燕尾上也有刺绣，紧紧绷在身上的白白的鹿皮裤，雪白的绸坎肩，丝袜，带搭扣的皮鞋……皇帝骑马出游，如果让我随侍左右，我还要穿上高高的骑兵长靴。虽然当时的时局并不太妙，已经预感到大祸就要临头，但是他们仍旧尽可能地保持宫廷礼仪，甚至越是强烈地预感到大祸临头，做得越是有板有眼。"

"是啊，那当然……"公爵几乎心神不定地喃喃道，"您的见闻如果写下来，一定……非常有意思。"

将军现在所说的，当然也是他昨天讲给列别杰夫听的，因此说起来滔滔不绝，但是与此同时，他又不信任地乜斜过眼去看了看公爵。

"我的见闻，"他以一种更加自豪的神态说道，"把我的见闻写下来？我毫无此意，公爵！如果硬要我写，也可以说我的见闻录已经写好了，但是……放在我的书桌里。当我命归黄泉之后，再让它面世，无疑，还将译成多种外国语，倒不是因为它的文学价值高，不，而是因为我当时虽然是个孩子，但是我毕竟是这些重大事件的目击者，而这些事实实在太重要了，尤其是：因为我是小孩，我才能进入这位'伟人'的寝宫！每天晚上，我都能听到这位'不幸的巨人'的呻吟，他在一个小孩面前是不会感到不好意思的，他可以呻吟，也可以哭泣，虽然我当时已经懂得他痛苦的原因乃是亚历山大皇帝①的沉默。"

"是的，他曾经写过几封信……提议媾和……"公爵胆怯地点头道。

"我们并不知道他到底提出了什么建议，但是他天天在写，每时每刻都在写，而且写的信一封接着一封！非常激动。有天夜里，当他单独一人的时候，我含着眼泪跑到他身边（噢，我爱他！）：'您就向亚历山大皇帝求个，求个饶吧！'我向他叫道。其实，我应当这么说：'您跟亚历山大皇帝言归于好吧！'但是，因为我是小孩，我天真地把自己的想法全说了出来。'噢，我的孩子！'他答道，他在屋子里忽前忽后地走来走去，'噢，我的孩子！'他当时好像没有发觉我才十岁，甚至很爱跟我聊天。'噢，我的孩子，我情愿亲吻亚历山大皇帝的脚，但是普鲁士国王和奥地利皇帝，噢，我永远恨这两个家伙，而且……说到底……你对政治一窍不通！'他似乎突然想起他在跟什么人说话，闭上了嘴，但是他的两只眼睛仍在冒着火花，怒目而视了很长时间。唔，如果我把这些事都写下来（因为我是这些大事的目击者），而且现在就把它公之于世的话，那么所有那些评论家，所有那些文学界仰慕虚荣和生性嫉妒的人，所有那些帮派，以及……不，鄙人实难从命！"

"关于帮派云云，当然，您说得对，我同意阁下高见，"公爵稍许沉默了一会儿以后，低声答道，"还在不久以前，我读过一本沙拉斯写的关于滑铁卢战役的书②。这本书显然是严肃的，专家们也肯定说，这本书博古通今，写得很有水平。但是书的每一页都流露出一种以贬低拿破仑为乐的心态，如果能够对拿破仑在其他战役中表现出的任何才能表示一点儿异议的话，沙拉斯肯定会非常高兴。在这么一部严肃的著作中，这样做是不好的，因为这是派性

---

① 即亚历山大一世，1812年，抗击拿破仑的俄国沙皇。
② 沙拉斯·约翰·巴季斯特·阿道夫（1810—1865），法国反拿破仑的政治家和军事历史学家，曾著有《1815年滑铁卢战役史》(1858)。

作怪。您当时在……皇帝身边,公务一定很忙吧?"

将军简直乐坏了。公爵的意见说得既严肃又质朴,终于驱散了他最后一丝不信任。

"沙拉斯!噢,我也十分气愤!我当时就写信给他,但是……说实在的,我现在已经记不清了……您刚才问我,我的公务是否繁忙?噢,不忙,不忙!他们虽然管我叫少年侍卫,但是当时我就不曾把它当真。再说,拿破仑很快就失去了拉拢俄国人的任何希望,他之所以接近我本来是出于政治考虑,要不是……要不是他爱上了我这个人的话,恐怕也就把我忘了吧,我现在敢大胆地说这话。我倒是真心对他抱有好感。也无所谓公务不公务:有时候我上皇宫里应个卯……骑马陪皇帝出游,如此而已。我骑马骑得很好。他常常在午饭前出宫,通常随侍他左右的有达武[1]、我和马木留克兵鲁斯坦[2]……"

"康斯坦[3]。"公爵不知道为什么突然说出了这个名字。

"不——不,那时候康斯坦不在皇帝身边,他送信去了……送给约瑟芬[4]皇后。他虽然不在,随侍皇帝左右的还有两名传令官,几名波兰枪骑兵……嗯,当时的随从也就这些,当然,除了拿破仑经常带在身边的一些将军和元帅以外,因为拿破仑要随时同他们一起视察地形和部队配置,商议军机大事……我现在记得,经常随侍皇帝左右的是达武:他身材魁梧、头脑冷静,戴着眼镜,目光很怪。皇帝经常同他商量军机大事。拿破仑很重视他的想法。我记得,他们俩已经商议好几天了,达武上午来,晚上也来,甚至他们俩还常常发生争论,最后,拿破仑好像有点儿同意了。他们俩待在书房里,我是第三个人,他们几乎对我视而不见。突然,拿破仑的目光偶尔落到了我

---

[1] 达武·路易(1770—1823),拿破仑一世的元帅和军事大臣。
[2] 马木留克兵为世代当兵的军人后裔。鲁斯坦是拿破仑的宠臣和贴身警卫。
[3] 康斯坦是拿破仑宠信的近侍。
[4] 约瑟芬(1763—1814),拿破仑的第一个妻子,1809年与拿破仑离异。

身上，他眼睛里闪过一个奇怪的想法。他忽然对我说道：'孩子！你以为怎样：如果我改信正教①，解放你们的奴隶②，俄国人会不会跟我走呢？''永远不会！'我愤怒地叫道。拿破仑吃了一惊。'在这孩子闪耀着爱国心的眼睛里，'他说，'我看到了整个俄国人民的意见。得了吧，达武！这一切都是幻想！谈谈您的另一方案吧。'"

"是的，但是这一方案也是一个雄才大略的设想！"公爵说道，显然很感兴趣，"那么，您认为这个方案是达武提出来的？"

"起码是他们俩一起商量的。当然，这想法是拿破仑的，一个高瞻远瞩的想法，但是另一方案也颇有见地……这就是那著名的'雄狮的谋略'（拿破仑曾亲自这样称呼达武提出的这一谋略）。这谋略的要点是，统率全军固守克里姆林宫，建兵营，挖战壕，筑工事，四面配置大炮，尽可能多宰马，把马肉腌起来，尽可能多搞点儿粮食，度过严冬，直到开春，开春后再杀退俄国兵，乘机突围。拿破仑对这个方案大加赞赏。我们每天骑马出去巡视克里姆林宫宫墙，他不断指出，何处该拆除，何处该建造，何处该设眼镜堡，何处该设三角堡，何处应该设置一排地堡——眼观八方，动作迅速，一下子全齐了！终于一切安排就绪，达武连日前来催他做出最后决定。他们俩又单独在一起，而我是第三个人。拿破仑又抱着胳臂，在屋里走来走去。我目不转睛地瞅着他的脸，我的心在跳。'我走了。'达武说。'上哪儿？'拿破仑问。'腌马肉。'达武说。拿破仑打了个哆嗦，成败利钝，在此一举。'孩子！'他蓦地对我说，'你对我们的打算有什么想法？'不用说，他之所以问我，无非像有时候一个大智大慧的人在决定命运的最后一刹那用硬币的正反面来占卜一样。我并不对拿破仑，而是如同充满灵感似的对达武说道：'将军，您还是赶快逃

---

① 指俄罗斯正教。

② 指俄国农奴。

回家吧！'这一方案就此告吹。达武耸了耸肩膀，临走时说道：'唉！他变得迷信起来了！'到第二天就宣布弃城而去。"

"这一切太有意思了，"公爵声音非常轻地说道，"假如这一切果真是这样……我想说……"他急忙改正。

"噢，公爵！"将军叫道，陶醉于他编造的这一故事中，甚至面对这样一句极不谨慎的话，也未予注意，可能是欲罢不能吧，"您说：'这一切果真如此！'非但果真如此，告诉您吧，比果真如此还果真如此！这一切不过是政治上的区区小事。不过我可以对您再说一遍，我是这位伟人夜间流泪和呻吟的目击者，这种事，除我以外，谁也看不见！到最后，诚然，他已经不哭了，已经不再流泪了，不过有时候还长吁短叹，但是，他脸上似乎越来越堆满了阴云。似乎永恒之神已把那黑黑的翅膀遮住了他的脸。有时候，每到夜晚，我们俩便四目对视，长达数小时地默然以对——他那贴身警卫鲁斯坦，在隔壁屋里鼾声如雷，这家伙睡得可香了。'不过他是忠于我和朝廷的。'拿破仑常常这样谈到他。有一次，我心里非常痛苦，他突然发现我在伤心落泪，他非常感动地看了看我，'你在可怜我！'他叫道，'除你以外，孩子，也许另一个孩子也会可怜我的，这就是我的儿子，罗马王①。人人都恨我，大家都恨我，而我那些兄弟，一旦遭到不幸，肯定会头一个出卖我！'我痛哭失声，扑到他身上，这时候他也忍不住了，我们俩互相拥抱，我们俩的眼泪流到了一起。'快写信，快给约瑟芬皇后写信！'我向他痛哭道。拿破仑打了个冷战，想了想，对我说道：'你提醒我想到了第三颗爱我的心，谢谢你，我的朋友！'于是他立刻坐下来，写了一封信给约瑟芬，第二天就派康斯坦送去了。"

---

① 拿破仑曾授予自己的儿子约瑟夫·弗朗苏阿·沙尔以"罗马王"的尊号。

第四部

"您做得太好了，"公爵说，"您在他怨天尤人的时候，唤醒了他美好的感情。"

"可不是吗，公爵，而且您对这事的说明也非常好，符合您那颗善良的心！"将军兴高采烈地叫道，说也奇怪，他眼里还当真闪出了泪花，"是的，公爵，是的，这景象是伟大的！您知道，我还差点儿没跟他一起上巴黎，如果我当真跟了他去，当然就要跟他有难同当，一同被'囚禁在那酷热的岛屿上'①。但是，唉！命运把我们俩从此分开了！我们各自东西：他到那酷热的岛上去了，他在那里，在伤心欲绝的时刻，也许总有一次会想起那曾经在莫斯科拥抱过他、宽恕过他的可怜的孩子的眼泪吧。后来，我被送进了士官学校，在那里接受军训，受到同学们的无礼对待，而且……唉！一切都已化为乌有！'我不想把你从母亲手里抢走，所以我就不带你走了！'他在退却的那天对我说道，'但是我很愿意能够为你做点儿什么。'这时候，他正准备上马。'请您在我妹妹的纪念册上写点儿什么，留个纪念吧。'我胆怯地说道，因为他当时的心情很难过，很忧郁。于是他又走回来，要了一支笔，拿起了纪念册，'你妹妹几岁了？'他问我，手里已经拿起了笔。'三岁。'我答道。'还完全是小姑娘嘛。'接着便在纪念册上一挥而就：

永远不要说谎！
您的真诚的朋友拿破仑。

在这样的时刻还提出这样的忠告，您得承认，这多么难得，公爵！"

"是的，这很有纪念意义。"

"这张纸，镶了金边镜框，配上玻璃，一直挂在我妹妹的客厅里，挂在最

---

① 源出普希金的诗《拿破仑》(1826)。

显眼的地方，直到她死——她是分娩时死的。这张东西现在在哪里，我不知道……但是……唉，我的上帝！已经两点啦！我太耽误您的时间了，公爵！这太不应该了。"

将军从椅子上站起身来。

"噢，正好相反！"公爵支吾道，"您的话使我很感兴趣……再说……这非常有意思，我很感谢您！"

"公爵！"将军说，又紧紧握着他的手，都把他握疼了，而且目光炯炯地注视着他，突然若有所悟，似乎被一个突如其来的想法惊呆了，"公爵！您这人心太好了，也太老实了，有时候甚至使我觉得您太可怜了。我看着您，不禁动了恻隐之心。噢，愿上帝祝福您！但愿您的生活……能在爱情中重新开始，从此美满幸福。我这辈子算完了！噢，对不起，实在对不起！"

他用手捂着脸，匆匆走了出去。公爵对于他的真诚激动是无可怀疑的。同时他也懂得，老将军出去时正陶醉于自己的成功中。但是他毕竟预感到，将军属于这样一类信口雌黄者，他们虽然在吹牛中得到极大的快乐，甚至达到一种自我陶醉的程度，但是当他们的自我陶醉达到顶点的时候，心里毕竟还有些怀疑，怀疑人家不相信，也不可能相信他们的信口雌黄。在老将军目前的情况下，他可能已经醒悟过来了，感到无限羞愧，怀疑公爵只是过分同情他，因而使他感到蒙受了羞辱。"我把他弄得这么兴奋，是不是做过头了呢？"公爵担心地想，可是蓦地又忍俊不禁，哈哈大笑起来，笑得前仰后合，约十来分钟。他本想责备自己不应该这样想，但是他又立刻明白他无可指责，因为他无限地可怜将军。

他的预感果真应验了。晚上，他收到一张奇怪的便条，话虽简短，态度却很坚决。将军通知他，将跟他就此分手，从此不再见他，将军又说他虽然尊敬公爵，感激公爵，但是即便是公爵，他也不能接受这有损一个老人的尊严的同情，而这老人本来就够不幸的了。后来公爵听说，老将军跑到尼娜·亚历山德罗芙娜那里去了，从此杜门不出，他也就基本放心了。但是我们在前面已经看到，将军在利扎韦塔·普罗科菲耶芙娜那儿也闯了不少祸。个中详情，我们无法在这里一一细说，但是我们不妨简单地指出，这次会面的实际结果是，将军把利扎韦塔·普罗科菲耶芙娜吓了一跳，又因为他出口伤人，含沙射影地说了一些加尼亚的坏话，使她勃然大怒。他可耻地被赶出了大门。就因为这个，他才度过了这个夜晚和这样一个早晨，干脆一不做，二不休，几乎发狂似的跑到大街上。

科利亚依旧不完全明白个中缘由，甚至希望对他厉害点儿，逼他就范。

"您说，咱俩现在上哪儿，将军？"他说，"上公爵那儿去吧——您不愿意，跟列别杰夫呢，又吵翻了，钱，您没有，我也从来不曾有过：现在咱俩是当街坐在豆子上了。①"

"坐而有豆，总比坐在豆子上强，"将军嘟囔道，"我曾经用这句……双关语……在军官们中间……引起过哄堂大笑……在四十四……一千……八百……四十四年，对！……我记不清了……噢，别提醒我，别提醒我！'我那青春何在，我那蓬勃的朝气何在！'②有人这样叫道……这是谁叫来着，科利亚？"

"爸爸，这是果戈理在《死魂灵》里的话。"科利亚答道，胆怯地看了看父亲。

"死魂灵！噢，对了，死人！你埋我的时候，要在坟头写上：'死魂灵长眠于此！'

耻辱使我苦恼！

---

① 俄谚：意为"一无所有，走投无路"。
② 源出果戈理的《死魂灵》一卷六章开头。原文为："哦，我的青春！哦，我的蓬勃的朝气！"

这话是谁说的,科利亚?"

"不知道,爸爸。"

"没有叶罗佩戈夫!没有叶罗什卡·叶罗佩戈夫!……"他在街心站住,发狂似的叫道,"这还算儿子,亲生儿子!叶罗佩戈夫,我与他十一个月亲如兄弟,我曾经为他去决斗……我们的队长韦戈列茨基公爵,在喝酒的时候问他:'格里沙,告诉我,你在哪里得的安娜勋章?''在祖国的沙场上,还能在哪儿!'我叫道:'回答得好,格里沙!'嗯,于是就发生了决斗,后来他就跟玛丽娅·彼得罗芙娜·苏……苏图金娜结婚了,并且战死在沙场……一颗子弹打在我胸前的十字架上,反弹回去,径直打中了他的脑门。'我永远忘不了!'他大叫一声,便倒地身亡。我……我在军队里清清白白,我光明磊落,但是耻辱——'耻辱使我苦恼!'你和尼娜将来一定要给我上坟……'可怜的尼娜!'我过去就这么叫她来着,科利亚,很久以前了,在开始的时候,她是那么爱我……尼娜,尼娜!我干了什么呀,让你这么命苦!你究竟爱我什么呢,你这逆来顺受的人!你母亲的心像天使一样善良,科利亚,像天使!"

"这我知道,爸爸。亲爱的爸爸,咱们回家找妈妈吧!她在追我们!哎呀,你怎么又站住了呢?好像你不明白似的……啊呀,你怎么哭了呢?"

科利亚自己也哭了,连连亲吻父亲的手。

"你亲我的手,亲我的手!"

"是的,亲您的手,亲您的手。嗯,这有什么奇怪呢?哎呀,你干吗站在街心痛哭,还自称将军、军人哩,好了,走吧!"

"好孩子,愿上帝祝福你,因为你对一个无耻的人——是的!对一个无耻的老东西,对自己的父亲仍旧恭敬有礼……但愿你将来也有这样一个儿子……罗马王……噢,'我诅咒,诅咒这个家!'"

"到底出了什么事呢！"科利亚突然火了，"究竟出了什么事？您现在为什么不肯回家？难道您疯了吗？"

"我来说，我来说给你听……我全告诉你，别嚷嚷，人家会听见的……罗马王……噢，我难过，我伤心！

奶妈呀，你的坟墓在哪儿！①

这是谁的呼唤，科利亚？"

"不知道，我不知道这是谁的呼唤！咱们这就回家去，马上就走！如果有必要，我要把甘卡狠揍一顿……您又上哪儿？"

但是将军已拉着他走上附近的一家人家的台阶。

"您上哪儿？这是人家的台阶呀！"

将军在台阶上坐了下来，拉着科利亚的手，往身边拽。

"弯下腰，弯下腰！"他喃喃道，"我全告诉你……奇耻大辱……弯下腰……耳朵，把耳朵凑上来，我要凑着你的耳朵说……"

"您倒是怎么啦！"科利亚被他吓了一跳，不过还是凑上了耳朵。

"罗马王……"将军耳语道，也好像在浑身发抖。

"什么？……您怎么总是罗马王长，罗马王短的？……您说什么呀？"

"我……我……"将军又开始耳语，他抓住"自己孩子"的肩膀，而且越抓越紧，"我……想要……我对你……统统，玛丽娅，玛丽娅……彼得罗芙娜·苏——苏——苏……"

科利亚挣脱了身子，反过来抓住将军的肩膀，像疯子似的看着他。老将

---

① 源出奥加廖夫的未完成长诗《幽默》。

军的脸涨得通红，嘴唇发青，脸上还出现一阵阵轻微的抽搐。他的身子突然倾斜，开始慢慢地倒在科利亚的胳臂上。

"中风啦！"他终于明白了是怎么回事，开始向满街呼唤。

五

说实在的，瓦尔瓦拉·阿尔达利翁诺芙娜在同哥哥的谈话中提到公爵向阿格拉娅·叶潘钦娜求婚的事时，稍许夸大了这消息的准确性。很可能她有先见之明，预先猜到了最近可能发生的事。也许，因为她的幻想已经灰飞烟灭（说实在的，她自己也不相信这幻想能够实现），她既然是人，就无法抗拒用夸大不幸这一办法把更多的怨毒注进哥哥的心，并引以为乐，虽然她真心爱自己的哥哥，并且同情他。但是不管怎样，她还是无法从自己的女友——叶潘钦姊妹那儿打听到十拿九稳的消息。她听到和看到的只是一些暗示、欲言又止的话、闪烁其词的表示和谜一般的现象。也许是阿格拉娅的两位姐姐想故意透露一点儿消息，用话套话，引瓦尔瓦拉·阿尔达利翁诺芙娜上钩，最后，很可能是她们也无法抗拒女人惯有的乐趣，稍些作弄一下女友，哪怕这女友她们从小就认识，也在所不计，因为在这么长的时间里，她们不可能丝毫看不出她那小心眼儿里到底在打什么如意算盘。

从另一方面看，公爵告诉列别杰夫，他无可奉告，因为任何特别的事情也没有发生，这话固然很对，但也可能弄错了。确实，所有的人似乎都感觉到一种十分奇怪的现象：表面上看去，似乎什么事情也没有发生，与此同时，又似乎发生了许许多多事。而后者正是瓦尔瓦拉·阿尔达利翁诺芙娜用她那屡试不爽的女性本能猜到的。

不过话又说回来，叶潘钦家的人怎么会突然之间不约而同地出现同一想法呢？似乎阿格拉娅发生着某种大的变化，她的终身大事正在决定之中——这究竟是怎么搞的，就很难原原本本说得一清二楚了。但是这一想法刚一露头，大家一下子立刻异口同声地说，她们早看出来了，这一切她们早就一清二楚地预见到了，早在朗诵《可怜的骑士》那工夫，甚至更早，一切就都一清二楚了，不过当时大家都不愿意相信这种荒唐事罢了。反正两位姐姐都这么说，至于利扎韦塔·普罗科菲耶芙娜，当然，她比大家更早地预见到和看到了这一切，而且早就为此而"操碎了心"，但是早也罢，晚也罢，反正她现在一想到公爵就非常不是滋味，就因为拿不准。现在她面临一个必须立即解决的问题，但是这问题不仅无法解决，甚至到底是什么问题，不管可怜的利扎韦塔·普罗科菲耶芙娜怎么绞尽脑汁，也没法弄清。这事很难："公爵到底好不好？这一切到底好呢，还是不好？如果不好（这是没有疑问的），究竟不好在哪里？如果也许很好（这也是可能的），又好在哪里呢？"至于身为一家之主的伊万·费奥多罗维奇，不用说，最先是惊讶，后来他又承认，要知道，"真的，在这段时间里，似乎一直都觉得很可能发生这类事，偶尔会突如其来地似乎觉得有这样的可能！"他在他夫人的严厉目光下立刻闭上了嘴，可是他的不再吱声是在早晨，到了晚上，当他和夫人单独在一起，不能不再次说话时，他忽然似乎特别来劲地说出了一些出人意料的想法："这究竟是怎么搞的嘛？……"（他吞吞吐吐地欲言又止。）"当然，如果这都是真的，倒叫人纳闷，他也不争辩，但是……"（他又吞吞吐吐地不说下去了。）"可是从另一方面看，如果直接面对现实，那么公爵，说真的，还是个非常好的青年，而且……而且，而且——嗯，说到底，门第，我们家的门第，这一切都应该考虑到，可以说吧，也是重振我们家门第的一种办法，我们家道中落，起码在上流社会眼里，也就是说，从这个观点看，也就是说，因为……当然是上流社会，上流社会就是上流社会。但是话又说回来，公爵也并非没有财产，虽然不过区区之数。他有……而且……而且……而且……"（他欲言又止地长久沉默，完全卡壳了。）夫人利扎韦塔·普罗科菲耶芙娜听后，怒不可遏。

据她看，所发生的一切是"不可饶恕的，甚至是有罪的无稽之谈，是一种异想天开、愚蠢而又荒唐的景象"！首先是，"这个破公爵是个有病的白痴，其次，他是个傻瓜，既不知道上流社会，上流社会也没有他的地位：你能把他带出去给谁看，又能凑凑合合地把他安排在哪儿？一个叫人受不了的民主派，连个芝麻绿豆官的官衔都没有，而且……而且……别洛孔斯卡娅见了这活宝又会说什么呢？难道我们替阿格拉娅设想和物色的丈夫就是这么个角色吗？"最后一个论据，不用说，是最主要的。她做母亲的心一念及此就哆嗦，充满了血和泪，虽然与此同时，这颗心里也有某种想法在蠢动，而且蓦地对她说："凭什么说公爵不是您想要的那种人呢？"唉，正是自己心里这些自相矛盾的想法，使利扎韦塔·普罗科菲耶芙娜感到最为难。

阿格拉娅的两个姐姐，不知道为什么很喜欢公爵做她们的妹夫，甚至觉得这也没什么可大惊小怪的。一句话，她们很可能会突然倒向他一边。但是她俩决定暂时保持沉默。这人家有个一以贯之的特点：在全家有争议的某个问题上，有时候利扎韦塔·普罗科菲耶芙娜的反对和抗争越是执拗和激烈，大家就越有可能把这看作她心里其实已经同意的迹象。但是话又说回来，亚历山德拉·伊万诺芙娜却不能完全缄口不言，因为很久以来妈妈有事总跟她商量，现在更是不断把她叫来，要她说说自己的意见，主要是帮她回忆，比如："这一切究竟是怎么发生的？为什么这事谁也没有发现？为什么当时大家不说？当时大家说这个糟糕的'可怜的骑士'究竟是什么意思呢？为什么她利扎韦塔·普罗科菲耶芙娜一个人就应当替大家操心，什么事都应当看在眼里，什么事都应当未卜先知，而其他人却可以饱食终日、无所用心呢？"等等，等等。亚历山德拉·伊万诺芙娜起初说话很谨慎，只说，她认为爸爸的想法还是颇有道理的：选择梅什金公爵做叶潘钦家一位小姐的丈夫，在上流社会看来，可能还是蛮过得去的。她渐渐激动起来，甚至加了一句，说什么公爵根本就不是"傻瓜"，非但现在不是，过去也从来不是，至于说社会地位——一个规规矩矩的人在我们俄国，经过几年之后，他的社会地位究竟应当怎样确定：像过去那样锐意仕进，图个夫贵妻荣呢，还是在什么别的方面？那就只有上帝知道了。对所有这些话，她妈立刻斩钉截铁地指出，亚历山德拉是个"自由思想派，这一切都是她们那该死的妇女问题造成的"。然后，过了半小时，她就进城去了，并从城里跑到石岛①去找别洛孔斯卡娅。真是无巧不成书，这时她恰好出现在彼得堡，不过很快就要离京他去。别洛孔斯卡娅是阿格拉娅的教母。

别洛孔斯卡娅"老太婆"听了利扎韦塔·普罗科菲耶芙娜十分激动而又绝望的自白之后，丝毫没有被这个没了主意的一家之母的眼泪所动，甚至还嘲笑地看了看她。这是个一意孤行、独断专行的人，即便是朋友，甚至是多年世交，她也不肯平等待人，而她对利扎韦塔·普罗科菲耶芙娜的看法，就跟三十五年前一样，始终把她看作自己的被保护人，怎么也看不惯她那有棱有角的独立性格。她在言谈间指出："看来，由于那根深蒂固的老习惯，大伙儿是不是想得太多了，把苍蝇说成了大象？"又说："虽然注意地听了她所说的一切，但是始终看不出他们家当真出了什么非同小可的事。"又说："最好是少安毋躁，且等真的出了什么事再说。"又说："看来，公爵是个规规矩矩的年轻人，虽然有病，脾气也怪，社会地位也太低了些。最糟糕的是，他还公然养

---

① 石岛在彼得堡市中心北部，地处大、中、小涅夫卡河之间，系显贵们的休息地。

了个相好。"利扎韦塔·普罗科菲耶芙娜心里明白，因叶夫根尼·帕夫洛维奇是别洛孔斯卡娅介绍的，而叶夫根尼·帕夫洛维奇情场失意，所以她心里有气。利扎韦塔·普罗科菲耶芙娜回到帕夫洛夫斯克后，比动身时火气更大了，立刻，大家都挨了顿剋，主要是因为"大家都疯了"，哪家也没有像他们家这么办事的："忙什么？出什么事啦？我左看右看也看不出当真出了什么了不得的事！等等嘛，等出了事再说嘛！伊万·费奥多罗维奇疑神疑鬼，看到的东西还少吗，别看见苍蝇就说成大象嘛！"等等，等等。

经她这么一说，可见必须少安毋躁，看问题要冷静，等等再说。然而可叹的是，这种少安毋躁还没保持十分钟。在妈妈不在家，到石岛去的那工夫（利扎韦塔·普罗科菲耶芙娜是在公爵头天夜里十二点多，而不是九点多来访的第二天动身去彼得堡的），家里偏偏出了一桩事，这消息是对大家必须保持冷静的第一个打击。妈妈迫不及待地进行了盘问，于是姐妹俩便一五一十地作了回答，第一，"她不在家的时候，好像啥事也没有发生"，公爵倒是来过，可是阿格拉娅很久都没有出来见他，约莫有半小时吧，后来出来了，一出来就马上要公爵跟她下棋，可是公爵连棋子怎么走都不会，因此阿格拉娅立刻赢了他，阿格拉娅很开心，因为公爵连下棋都不会，就拼命羞他，取笑他，因此看着公爵那模样都觉得可怜。后来她提议玩牌，打"傻瓜"。但是这一回的情形却完全翻了个个儿，公爵打"傻瓜"厉害极了，简直……简直是个行家里手，玩得棒极了，于是阿格拉娅就耍滑头，暗地里换牌，还在他眼皮底下偷打过的牌，可是到头来还是他赢，每次都让阿格拉娅当"傻瓜"。这样一连五次，阿格拉娅又气又急，大发脾气，甚至到了完全忘乎所以的地步，她对公爵说了许多带刺而放肆的话，到后来，他想笑都笑不出来了。最后，她对他说：如果他还在这里坐下去，她就永远不进这屋的门，此外，在发生了这一切之后，他还上她们家来，简直没羞没臊，而且还在夜里，十二点多的时候。他听到了这句话后，脸唰地白了。接着，阿格拉娅就砰的一声带上门，走了出去。尽管她俩百般安慰公爵，他走的时候还是像给人送葬后回家似的。公爵走后才一刻钟，阿格拉娅就蓦地从楼上跑下来，走到凉台上，她的眼睛都哭肿了，她下楼时那么匆忙，甚至连眼睛都没擦干净，她跑下楼来，是因为科利亚来了，带来了一只刺猬。于是她们大家就开始看刺猬，对她们的问题科利亚解释说，刺猬不是他的，他现在是跟一个中学同学科斯佳·列别杰夫一道来的，他留在外边，不好意思进来，因为他拿着斧子；他又说，这刺猬和斧子是他们俩向一个过路的农民买来的。那农民索价五十戈比，把刺猬卖给了他们，至于斧子，是他们自己硬要他卖的，因为正好有用，而且这斧子又非常好。这时阿格拉娅突然开始拼命缠住科利亚，硬要他立刻把刺猬卖给她，她急得要命，甚至管科利亚叫"亲爱的"。科利亚很久都没同意，但是经不住她纠缠，后来，把科斯佳·列别杰夫叫了进来。科斯佳·列别杰夫进来时果然拿着一把斧子，而且样子很不好意思。但是，这时候，她们又突然发现，这刺猬根本就不是他们俩的，它属于另一个男孩，名叫彼得罗夫，他给了他们俩钱，让他们俩替他向另一个学生买一本施洛赛尔的《历史》书①，因为这学生需要钱用，所以卖得便宜。他们俩本来是去买施洛赛尔的《历史》书的，但是忍不住买了刺猬，因此，无论是刺猬还是斧子，都应当属于托他们买书的那个学生，而他们现在就是给他送这些东西去的，用以代替施洛赛尔的《历史》书。但是阿格拉娅胡搅蛮缠，最后，他们俩只好把刺猬卖给了她。阿格拉娅把刺猬一弄到手，就在科利亚的帮助下把刺猬放进一只篮子，并在篮子上盖上一块餐巾，请科利亚立刻，哪儿也别去，先把刺猬拿去用她的名义送给公爵，请公爵务必笑纳，以示"她深深的敬意"。科利亚愉快地同意

---

① 弗里德里赫·施洛赛尔（1776—1861），德国历史学家。这里指他所著的《世界通史》（1844—1856）。

了,并保证一定送到,但是他又立刻缠着她问:"用刺猬作礼物送给他究竟是什么意思?"阿格拉娅回答道,这不关他的事。他答道,他坚信这里一定有难言之隐,别有所指。阿格拉娅一听就火了,不客气地对他说,他是个浑小子,此外,什么也不是。科利亚立刻反唇相讥,如果他不尊重她是女性,也不尊重他"不与女人计较"这一信念的话,他一定会立刻证明给她看,他对这一类侮辱人的话是会作出自己的回答的。但是闹到后来,科利亚还是高高兴兴地跑去送刺猬了,科斯佳·列别杰夫紧跑慢赶地跟在他后面。阿格拉娅看见科利亚边跑边晃动那只小篮子,晃得太厉害了,便忍不住从凉台上冲他叫道:"科利亚,可别掉出来呀,亲爱的!"好像刚才根本没跟他吵过架似的。科利亚停下来,也好像没跟她吵过架似的,非常和颜悦色地叫道:"不会的,我不会掉的,阿格拉娅·伊万诺芙娜。您尽管放心!"说罢,又撒腿往前跑去。科利亚走后,阿格拉娅哈哈大笑,笑得前仰后合,她扭身跑回自己屋里去时,那模样儿得意极了,而且一整天都开开心心。

这消息使利扎韦塔·普罗科菲耶芙娜大吃一惊。看来,怎么说呢? 显然是来了这样的情绪。她惊慌失措,达到了无以复加的程度,主要是因为那只刺猬,这刺猬究竟表示什么? 这是什么暗号? 它暗示什么? 这是什么标记? 又是什么密电码? 再说,可怜的伊万·费奥多罗维奇这时候正好出现在她身边,经她一审问,而他随便一回答,就把事情全搞糟了。依他看,这事谈不上什么密电码,至于说刺猬——"刺猬就是刺猬——除此以外,除非表示友好,忘掉种种不快,以及和解,等等,一句话,这一切都是胡闹,但是不管怎么说吧,这胡闹毕竟是天真的,可以原谅的。"

对此,我们要附带说一句:他完全猜对了。公爵离开阿格拉娅后,回到家来,受尽她的耻笑,又被她下了逐客令,他灰心丧气地坐了约莫半小时,就在这时候,科利亚拎着刺猬忽然出现了。天气顿时放晴,公爵好像死后又复活了,他再三地询问科利亚,对他回答的每句话都琢磨半天,不下十几次地问了又问,好像孩子般地笑着,那两个男孩也跟着他笑,睁大了眼睛望着他,他一面笑还一面走过来跟他们握手。由此可见,阿格拉娅原谅了他,今天晚上公爵又可以去看她了,对他来说,这不仅是主要的,甚至事关全局。

"我们还真是孩子啊,科利亚!而且……而且……我们是孩子,这有多好啊!"他终于十分陶醉而又感慨地说道。

"道理很简单,她爱上了您,公爵,除此以外,没有别的解释!"科利亚颇有权威,而且煞有介事地回答道。

公爵的脸唰地红了,但是这次他没有说一句话,科利亚也只是拍手哈哈笑。一分钟后,公爵也笑了起来,后来,一直到傍晚,每隔五分钟他就看一次表:到底过了多长时间?到晚上时间还长吗?

但是忐忑不安的心绪还是占了上风:利扎韦塔·普罗科菲耶芙娜终于忍不住歇斯底里发作了。尽管丈夫和女儿们一再反对,她还是让人去把阿格拉娅从楼上叫了下来,要向她提最后一个问题,让她作出明确的、最后的回答。"让这一切一下子水落石出,从肩头卸下重担,从此再不提它!""要不然,"她宣布道,"我都活不到晚上!"这时大家才明白过来,他们把这件事弄僵了。除了佯装的惊讶、愤懑、哈哈大笑和对公爵、对所有盘问她的人报以嘲笑以外,他们从阿格拉娅嘴里什么也没有得到。利扎韦塔·普罗科菲耶芙娜病倒了,直到喝茶,也就是大家都在等候公爵的时候,她才走出来。她等候公爵来的时候,心直跳,公爵终于出现后,她差点儿没歇斯底里。

公爵进来的时候也畏畏缩缩、轻手轻脚、左顾右盼,异样地微笑着,窥视着大家的眼睛,似乎在向大家提问,因为阿格拉娅又不在屋里,他对此立刻又感到害怕起来。这天晚上没有任何外人,全都是这家的成员。希公爵还在彼得堡没有回来,他去办叶夫根尼·帕夫洛维奇叔叔的事了。"他在这里就好了，也能帮我说两句话。"利扎韦塔·普罗科菲耶芙娜对他的不在觉得很惋惜。伊万·费奥多罗维奇坐在那里，一副心事重重的样子，两位姐姐的神态也很严肃，同时仿佛故意似的，一言不发。利扎韦塔·普罗科菲耶芙娜不知道谈话应当怎么开场。最后，她突然毅然决然地把铁路臭骂了一顿，同时用坚决的挑衅的神态望了望公爵。

唉！阿格拉娅没出来，公爵这下算完了。他神情沮丧，几乎喃喃讷讷地发表了自己的看法，说什么修路还是非常有益的，但是阿杰莱达忽然笑起来，经她一笑，公爵又无地自容了。就在这当口，阿格拉娅安详而又庄严地走了进来，很有礼貌地向公爵一鞠躬，然后又庄重地坐到圆桌旁一个引人注目的位子。她疑惑地看了看公爵。大家心里明白，已经到了当机立断、打破闷葫芦的时候了。

"您收到我给您的刺猬了？"她生硬地、几乎气呼呼地问道。

"收到了。"公爵答道，他的脸红了，心几乎停止了跳动。

"请您立刻说说，您对此事有何看法？为了让妈和我们全家都能过太平日子，必须这样。"

"我说阿格拉娅……"将军突然不安起来。

"这，这太过分了！"利扎韦塔·普罗科菲耶芙娜不知道为什么突然害怕起来。

"这没什么过分不过分的，妈妈，"小女儿也板着脸立刻答道，"我今天给公爵送去一只刺猬，希望知道他对这件事有何看法。怎么样，公爵？"

"您想问我的看法吗，阿格拉娅·伊万诺芙娜？"

"关于刺猬。"

"就是说……我想，阿格拉娅·伊万诺芙娜，您想知道，我是怎么收下……这只刺猬……或者不如说，我是怎么看待……您送来的这个东西……刺猬，就是说……如果是这样的话，我认为……一句话……"

他喘不过气来，停住了。

"哼，说了半天，什么也没说出来，"阿格拉娅等了约莫五秒钟，"好吧，我同意，咱们先别提刺猬了，但是我很高兴，现在终于能够快刀斩乱麻，把这闷葫芦打破了。最后，我想当面问问您本人：您是不是准备向我求亲？"

"哎呀，主啊！"利扎韦塔·普罗科菲耶芙娜脱口叫道。

公爵打了个哆嗦，后退了一步；伊万·费奥多罗维奇呆若木鸡；两位姐姐皱起了眉头。

"别说谎，公爵，要说真话。就因为您，他们莫名其妙地打听来打听去，都把我烦死了。他们这种刨根问底到底有没有什么根据呢？说呀！"

"我虽然没有向您求过亲，阿格拉娅·伊万诺芙娜，"公爵说道，突然活跃起来，"但是……您自己知道，我有多么爱您，相信您……甚至现在……"

"我问您，您现在是不是要向我求婚？"

"我向您求婚。"公爵答道，几乎心都停止了跳动。

接着，全场一阵骚动。

"这一切都不是那么回事，亲爱的朋友，"伊万·费奥多罗维奇十分激动地说，"如果这话当真，那几乎是不可能的，格拉莎①……对不起，公爵，请您原谅，亲爱的！……利扎韦塔·普罗科菲耶芙娜！"他向夫人求助，"应当……好好想想……"

"我不答应，不答应！"利扎韦塔·普罗科菲耶芙娜连连摆手。

"妈妈，您也让我说两句，行吗？要知道，这样的事情，我本人的意见也不是无足轻重的：这是决定我终身大事的非常时刻（阿格拉娅就是这么说的），所以我要亲自问个明白。此外，我很高兴，能够当着大家的面……现

---

① 阿格拉娅的爱称。

在我要问您，公爵，如果您当真'有这个打算'的话，那么您打算用什么来成全我的幸福呢？"

"阿格拉娅·伊万诺芙娜，真的，我不知道怎么来回答您这个问题，这……这有什么可回答的呢？再说……有这个必要吗？"

"您大概不好意思，而且气喘吁吁的，您稍微休息一下，养养神，先喝杯水。不过，底下人马上会给您端茶来的。"

"我爱您，阿格拉娅·伊万诺芙娜，我非常爱您，我只爱您一个人，而且……请别开玩笑，我非常爱您。"

"不过，这事很重要，我们不是孩子，凡事应当三思而行……现在就劳您驾说说，您到底有多少财产？"

"哎——呀，哎——呀，阿格拉娅，你怎么啦！话不该这么说，不该这么说嘛……"伊万·费奥多罗维奇害怕地嘟囔道。

"丢人！"利扎韦塔·普罗科菲耶芙娜大声低语。

"疯了？"亚历山德拉同样大声低语道。

"财产……你是说钱？"公爵诧异地问道。

"正是。"

"我……我现在有十三万五千。"公爵满脸通红地喃喃道。

"就这么点儿？"阿格拉娅大声而又公然地表示诧异，而且一点儿不脸红，"不过，也没什么，特别是省吃俭用的话……准备找点儿事做吗？"

"我本来想去考家庭教师……"

"这就太巧了，自然，这可以增加我们的收入。您不打算去当名宫廷侍卫吗？"

"宫廷侍卫？我从来没有想过干这事，不过……"

这时候，两位姐姐忍不住扑哧一声笑了出来。阿杰莱达早已发现阿格拉娅脸上的肌肉在微微颤动，说明她在拼命忍住笑，很快就会笑出声来。阿格

第四部

拉娅狠狠地看了一眼大笑不止的两位姐姐，可是她自己熬了还不到一秒钟，猛地扑哧一声，用最疯狂、近乎歇斯底里的笑声哈哈大笑起来。最后，她从座位上跳起身来，跑出了房间。

"我早知道，除了逗人发笑以外，就没什么了！"阿杰莱达叫道，"从一开始，从那只刺猬起，我就知道。"

"不，我决不容许这样，决不容许！"利扎韦塔·普罗科菲耶芙娜猛地大发雷霆，迅速冲出去追阿格拉娅。两位姐姐也立刻跟在她后面跑了出去。房间里只剩下了公爵和作为一家之长的将军。

"这，这，这种事你想象得出来吗，列夫·尼古拉耶维奇？"将军大叫，看来，他自己也不知道他到底想说什么，"不，说真格的，说真格的？"

"我看，阿格拉娅·伊万诺芙娜在取笑我。"公爵伤心地答道。

"且慢，小老弟，我去去就来，你先等会儿……因为……至少你来给我说明一下呢，列夫·尼古拉耶维奇，至少是你呢：这一切究竟是怎么发生的，这一切到底是怎么回事，可以说吧，整个说来，到底是怎么回事？小老弟，你自己也看到，我是她父亲，不管怎么说，总是她父亲吧，所以我莫名其妙。因此，至少你来给我说明一下呢！"

"我爱阿格拉娅·伊万诺芙娜，她也知道我爱她，而且……大概早知道了。"

将军耸起肩膀。

"奇怪，奇怪……你还很爱她？"

"很爱她。"

"奇怪，我觉得这一切太奇怪了。就是说，真是个意想不到的打击。我是说……你要明白，我指的不是财产（虽然我以为你的财产会更多些），但是……女儿的幸福对我……说到底……你能保证她得到这个……幸福吗？而且……而且……这到底是怎么回事呢：她究竟是开玩笑呢，还是当真？我说的当然不是你，我说她。"

门外传来亚历山德拉·伊万诺芙娜的声音：在喊爸爸。

"你等等，小老弟，你等等！先等等，你再好好想想，我去去就来……"他匆忙说道，几乎慌慌张张地向亚历山德拉叫他的方向跑去。

他看见夫人和小女儿在互相拥抱，相对而泣。这是幸福的眼泪，感动的眼泪，相互和解的眼泪。阿格拉娅在亲吻母亲的双手、两颊和嘴唇，两人热烈地互相偎依着。

"你瞧，你瞧她，伊万·费奥多罗维奇，现在才是她的本来面目！"利扎韦塔·普罗科菲耶芙娜说。

阿格拉娅从妈妈胸前扭过她那幸福的、哭肿了的小脸蛋，回头看了爸爸一眼，大声欢笑着，跳到他身边，紧紧地拥抱他，连连亲吻他。接着，她又扑到妈妈怀里，把脸整个儿地藏在她胸前，不让任何人看见，立刻又哭了起来。利扎韦塔·普罗科菲耶芙娜用披肩的一角遮住她的脸蛋。

"你这残忍的小丫头，我问你，你现在拿我们怎么办，在发生这事以后，你说怎么办！"她说，但是神态已经很欢乐，仿佛她的呼吸突然变得轻快了似的。

"残忍！是的，我残忍！"阿格拉娅突然接口道，"我是个娇生惯养的、坏透了的丫头！您把这话告诉爸爸。啊，他就在这儿。爸，您在这儿？您听见啦！"她噙着泪花笑了起来。

"好孩子，你是我的偶像！"将军幸福得满脸放光，吻着她的手（阿格拉娅没把手抽回来），说道，"那么说，你爱这个……年轻人吗？……"

"一点儿不爱！如今我受不了……您的这个年轻人……我受不了！"阿格拉娅猛地火了，抬起头，"爸，要是你再敢……我跟您说的是正经话，听着：我可是一本正经说的！"

她说话的神情的确很严肃，甚至满脸涨得通红，两眼闪着怒火。爸爸顿时哑口无言，吓了一跳，但是利扎韦塔·普罗科菲耶芙娜却在阿格拉娅背后向他使了个眼色，他明白这眼色的意思是："别打破砂锅问到底啦。"

"如果是这样，我的小天使，那就随你便吧，你爱咋办咋办，他一个人坐在那里等着，要不要客客气气地向他做个暗示，让他走呢？"

将军也向利扎韦塔·普罗科菲耶芙娜使了个眼色。

"不，不，多此一举，特别是'客客气气'：您先上他那儿，我随后就来。我想请那个……年轻人原谅，因为我让他受了委屈。"

"而且还是不小的委屈。"伊万·费奥多罗维奇一本正经地肯定道。

"好，就这样……你们大家最好都留这儿，我一个人先去，随后你们再跟我出来，立刻出来，这样要好些。"

她已经走到门口了，但是又突然回转身来。

"我会笑出声来的！我会笑死的！"她悲哀地说道。

就在这工夫，她立刻扭转身子向公爵跑去。

"唉，这到底是唱的哪出戏呢？你是怎么想的呢？"伊万·费奥多罗维奇匆匆问道。

"我简直怕说出口，"利扎韦塔·普罗科菲耶芙娜也匆匆回答，"不过，依我看，事情是清楚的。"

"依我看，也是清楚的。像白天一样一清二楚。她爱他。"

"不仅爱，简直着了迷！"亚历山德拉·伊万诺芙娜插嘴道，"不过她迷上了一个什么人呀，真是天晓得！"

"假如她命该如此，就让上帝祝福她吧！"利扎韦塔·普罗科菲耶芙娜虔诚地画了个十字。

"命中注定，"将军肯定道，"命中注定的事，是逃不了的！"

说罢，大家都向客厅走去，可是在那里等候他们的又是一件意想不到的事。

阿格拉娅走到公爵身边后，非但没有像她所担心的那样放声大笑，甚至还近乎畏畏缩缩地对他说道：

"请您原谅一个又蠢、又坏、又娇生惯养的姑娘（她抓住他的一只手），并且请您相信，我们大家都非常尊敬您。如果说，我竟敢取笑您那美好的……敦厚善良的话，也请您原谅我，原谅我还是个孩子，原谅我的淘气，同时也请您原谅我刚才硬要做的那件荒唐事，这件荒唐事当然不会有任何结果……"

阿格拉娅说最后那句话时，语气特别重。

父亲、母亲和两个姐姐，大家走进客厅时，看到和听到了这一切，特别是最后那句"这件荒唐事当然不会有任何结果"，以及阿格拉娅说到这件荒唐事时脸上表现出的更加严肃的表情，使大家吃了一惊。大家疑惑地面面相觑，但是公爵好像没有听懂这句话的意思似的，简直幸福极了。

"您何必这样说呢，"他喃喃道，"您何必……请求……原谅呢……"

他甚至想说他不配人家向他请求原谅。谁知道呢，也许他也注意到了"这件荒唐事不会有任何结果"这句话的意义，但是他是个怪人，也许，他听到这话反而高兴呢。无可争论的是，以后，他又可以畅通无阻地来看阿格拉娅了，他又被允许同她说话，同她坐在一起，同她散步了——仅此一点，对他就是无上的幸福，而且谁知道呢，也许做到这点，就足以使他满足一辈子了呢！（看来，利扎韦塔·普罗科菲耶芙娜私下里担心的也正是这种满足，她在揣摩他的心思。私下里，她在担心许多事，但是这些事究竟是什么，她自己也说不清。）

简直难以想象，这天晚上公爵精神振奋、兴高采烈到了什么程度。他那副欢天喜地的模样，让人看了也不由得变得欢天喜地起来（后来，阿格拉娅的两位姐姐就是这么说的）。他谈笑风生，这情形自从半年前那个早晨，他跟叶潘钦家初次相识以来，还从来没有发生过。回到彼得堡后，他明显而且故意地默不作声，还在不久以前，他曾当着大家的面，无意中向希公爵透露，他必须克制自己，保持沉默，因为他没有权利把自己的思想说出来，因而贬损它的价值。而这天晚上，几乎是他一个人在说话，他谈天说地，清楚地、快乐地和详细地回答别人向他提出的各种问题。但是，在他的谈话中丝毫听不出一点儿类似讨好和哗众取宠的话。他所说的想法都十分严肃，有时甚至玄之又玄。公爵还讲了自己的某些观点，自己的一些隐蔽的观察所得，要不是他讲得"头头是道"，这一切甚至会显得十分可笑，这是所有听众后来一致同意的看法。将军虽然很喜欢严肃的话题，但是他和利扎韦塔·普罗科菲耶芙娜私下里都认为学究气太重了，因此到晚会行将结束时，他们俩都显得有点儿闷闷不乐。可是直到最后，公爵的谈兴仍很浓，他居然讲了几个非常好笑的故事，而且一面讲一面自己就先笑出声来，逗得大家都乐了，倒不是因为他说的故事可笑，而是笑他的开心的笑。至于阿格拉娅，她整个晚上几乎都没有开口，但是，她全神贯注地听他说话，甚至不是听他说话，而是看他说话。

"就这么看着他，目不转睛地盯着他，琢磨着他说的每句话。就这么注意地听呀，听呀，每句话都不放过！"后来，利扎韦塔·普罗科菲耶芙娜对自己的丈夫说，"你要是对她说她爱他，她就受不了，恨不得跟你拼命！"

"有什么办法——命中注定嘛！"将军耸起肩膀，又把他爱说的这句话一而再，再而三地叨叨个没完。我们要补充的是，将军作为一个实业家，在一应事物当前所处的情况下，也有许多事他十分看不惯，主要是事情不明朗。但是他也决定不到时候暂不作声，且看……利扎韦塔·普罗科菲耶芙娜的脸色行事。

这家的欢乐情绪保持的时间并不长。第二天，阿格拉娅又跟公爵吵了一架，而且在以后的几天里，吵吵闹闹的事连续不断。她会一连几小时地取笑公爵，几乎把他变成了小丑。诚然，他俩有时候也在他们家小花园的亭子里坐上一两个小时，但是大家发现，这时候，公爵几乎总是给阿格拉娅读报，或者念一本什么书。

"您知道吗，"阿格拉娅有一次打断他读报，对他说道，"我发现您不学无术，问您什么问题，您都似懂非懂，一问三不知，比如，这人究竟是何许人？这事发生在什么年代？根据什么条约？您也太可怜了。"

"我早跟您说过，我没有多大学问。"公爵回答。

"如果是这样，您还有什么可取之处呢？如果是这样，我怎么能够尊重您呢？往下读吧，不过，算了，别读了。"

这天晚上，她又给大家打了个哑谜。希公爵回来了。阿格拉娅对他很和气，问长问短，问了有关叶夫根尼·帕夫洛维奇的许多问题。（列夫·尼古拉耶维奇公爵当时还没来。）突然，希公爵肆无忌惮地暗示："咱们家最近将出现一个新的变动"，又暗示利扎韦塔·普罗科菲耶芙娜说漏过几句话，似乎阿杰莱达的婚礼又要不得不延期了，以便两桩喜事一起办。简直无法想象，阿格拉娅居然对"所有这些愚蠢的猜测"大发脾气，而且，她还顺口带出了一句话，说什么"她无意去顶任何人的姘头的缺"。

这话使大家吃了一惊，特别是她的两位高堂吃惊不小。利扎韦塔·普罗科菲耶芙娜跟丈夫秘密商量，坚决要求跟公爵说清楚关于纳斯塔西娅·菲利波芙娜的事。

伊万·费奥多罗维奇发誓说，这一切不过是一种"反常举动"，而所以发生这一情况，无非因为阿格拉娅"不好意思"。倘若希公爵不谈起婚礼什么的，自然也就不会出现这种反常行为了，因为阿格拉娅自己也知道，而且知道得很清楚，这一切不过是那些不怀好意的人存心诽谤，而且纳斯塔西娅·菲利波芙娜就要嫁给罗戈任了。公爵与她毫不相干，不仅没有发生过关系，如果实话实说的话，甚至过去也从来不曾发生过关系。

可是公爵却处之泰然，毫无窘迫之态，继续优哉游哉，十分幸福。噢，当然，有时候他也看到阿格拉娅的目光里有一种阴郁的、不耐烦的表情，但是他更相信另一种可能，所以他心头的阴云也逐渐化为乌有了。他一旦确信不疑，那任何东西也无法使他动摇。也许，他显得过分沉着了点，起码伊波利特觉得如此，有一次，他俩在公园里不期而遇。

"嗯，当时，我曾经说过，您一定爱上了什么人，可不是说对了吗？"他走到公爵面前，挡住他的去路，开口道。公爵也向他伸出手来，祝贺他"气色不错"。像患痨病的人常有的情形那样，伊波利特表面上看去很精神。

他之所以走过去挡住公爵的去路，是因为他看到公爵一副春风得意的样子，想对他说几句挖苦话，但是刚一开口就乱了套，说起了自己的病情。他开始发牢骚，发了很多和很久的牢骚，但是东一榔头西一棒槌，彼此没有联系。

"您没法相信，"他最后说道，"他们那些人动辄发怒，既琐碎又自私，既虚荣又庸俗，达到了何等程度。您信不信，他们收留我，让我住在他们家，是有条件的，这条件就是巴不得我早死，越早越好，可是我非但不死，反而病情好转了，他们见到这情形后就恼羞成怒。简直是出喜剧！我敢打赌：您不相信我刚才说的话！"

公爵无意争辩。

"我有时候甚至想，能不能再搬回您那里去呢，"伊波利特漫不经心地加了一句，"那么您并不认为他们之所以收留一个人，就是要他非死不可，而且越早死越好吗？"

"我认为他们请您去另有别的打算。"

"嘿！您完全不像他们说的那样头脑简单嘛！现在不是时候，不然，我倒可以给您公开一下这个加涅奇卡到底存有什么意图。有人在挖您的墙脚，公爵，而且在无情地挖……瞧着您这副若无其事的模样，真叫人看了可怜。

但是可叹的是，您也不可能有另一副模样！"

"您感到惋惜的原来是这个，"公爵笑道，"怎么，按照您的意见，如果我心神不定，就会更幸福吗？"

"宁可知道底细而不幸福，也不要让人家……耍了而貌似幸福。您大概一点儿也不相信有人在跟您竞争吧，而且……从那边儿使劲？"

"您说的关于竞争的话有点儿下流，伊波利特，可惜，我无权回答您提的这个问题。至于加夫里拉·阿尔达利翁诺维奇，如果您多少知道一些他的情况的话，您自己也会看到，他在失去一切之后怎么能够心安理得，无动于衷呢？我觉得，还是从这个角度看问题好，这样看得清楚些。他还来得及改弦更张，他的来日方长，而生活是丰富多彩的……不过……不过……"公爵突然不知道说什么好了，"关于挖墙脚的事……我甚至听不懂您在说什么，咱们最好别说这个了，好不好，伊波利特。"

"暂时不说也行，何况您也不能不摆出一副君子坦荡荡的风度。是的，公爵，您必须亲自伸出手来摸摸，再说不相信也不迟，哈哈！您现在非常蔑视我，是吗？"

"因为什么呢？就因为您过去和现在受的痛苦都比我们多吗？"

"不，因为我连痛苦都不配。"

"谁能忍受更多痛苦，谁就配受更多的痛苦。①阿格拉娅·伊万诺芙娜读过您的自白书，很想见见您，但是……"

"但是一拖再拖……她不能够，我懂，我懂……"伊波利特打断了他的话，好像想尽快回避这个话题似的，"顺便说说，听说，您把我的这份胡说八道的东西念给她听了。真的，这是我病得糊里糊涂的时候写的，而

---

① 这是陀思妥耶夫斯基宗教哲学思想的重要组成部分：一个人应当在痛苦中赎罪，在痛苦中求得再生。

且……就这么做了。我真不明白，一个人必须达到什么程度——且不说残酷（这就太贬低我了），但却是一种幼稚的虚荣心和报复心在作怪，才会用这份自白书来指责我，并且把它用作武器来反对我！请放心，我不是说您……"

"但是我很遗憾，您又否定了这个笔记，伊波利特，这笔记是真诚的，而且，您知道吗，甚至笔记中最可笑的地方，而可笑的地方很多（伊波利特紧锁双眉），也因您的痛苦而得到了弥补，因为承认自己可笑也是一种痛苦，而且……也许还要有很大的勇气。促使您这样做的想法，一定有高尚的根据，不管它外表看上去像什么。我敢向您起誓，时间越长，这事我就看得越清楚。我无意对您苛求，我说这话无非想表个态，因为我当时没有说话，感到很遗憾……"

伊波利特的脸腾地红了。他闪过一个念头，公爵该不是在装模作样，挑他的毛病吧？但是他仔细看了看公爵的脸，不能不相信他说这话是真诚的，他的脸色开朗了。

"人总是要死的！"他说，差点儿没加上一句："比如像我这样的人！""您想想，您那个加涅奇卡是怎么作践我的，他居然想出了这样的说法，用反驳的形式说什么在听我念那个笔记的人中，也许有这么三四个人，可能比我还早死！这是什么话！他还以为在安慰我呢，哈哈！第一，他们还没有死，即使这些人一个个全死了，您说，这有什么可感到安慰的呢！他是以小人之心度君子之腹。不过，他走得更远，他现在竟骂起街来了，说什么在这种情况下，一个正派人总是不声不响地死去，像我这样大吹大擂，无非是个人主义在作祟罢了！这算什么话！不，他才是货真价实的个人主义！他们的个人主义十分精致，或者不如说，同时又十分粗鲁，可是他们在自己身上无论如何也看不到这一点！……公爵，您读过十八世纪有一个叫斯捷潘·格列波夫的人被处死的故事①吗？我昨天碰巧读到了这个故事……"

"哪个斯捷潘·格列波夫？"

"彼得大帝在位时被绑在木桩上的那个斯捷潘·格列波夫。"

"啊，我的上帝，我知道！绑在木桩上，待了十五小时，天寒地冻②，穿着皮袄，坚持到最后，实在受不了了才死的。读过……那又怎么样？"

"上帝让一些人这样死去，可是并不让我们也这样死！您也许以为我不能像格列波夫那样死吧？"

"噢，我完全不是这个意思，"公爵不好意思了，"我只是想说，您……我并不是想说您不可能像格列波夫那样，但是……您……您还不如做……"

"我猜，您是不是想说：还不如做奥斯杰尔曼，而不是做格列波夫，您是不是这个意思？"

"哪个奥斯杰尔曼？"公爵诧异地问。

"就是那个奥斯杰尔曼，那个当外交官的奥斯杰尔曼，彼得大帝时代的奥斯杰尔曼③。"伊波利特突然语无伦次地喃喃道，接着便显出莫名其妙的神态。

"噢，不是的！我想说的不是这个，"公爵默然片刻后，突然拉长了声音说，"我觉得您……永远也不会做奥斯杰尔曼……"

伊波利特皱起了眉头。

"不过，我为什么敢于这样肯定呢，"公爵突然接口道，显然想改正刚才的语病，"因为那时候的人（我敢向您起誓，这使我一向很吃惊）完全不同于

---

① 斯捷潘·波格丹诺维奇·格列波夫（约1672—1718），彼得大帝第一个皇后的情夫。1718年受酷刑后，被判处死刑：将他绑在莫斯科红场的一根木桩上，14小时后死去，但他到死都坚持不认罪。

② 当时是1718年3月15日，在莫斯科仍是一片冰雪世界。

③ 安德烈·伊万诺维奇·奥斯杰尔曼（1686—1747），俄国大臣，外交官。被伊丽莎白女皇（1741年登基）判处死刑，后改流放。此人生性圆滑。

我们现在的人，不同于现在，也就是当代人，真的，好像换了个人种[1]……过去的人好像只有一个心眼，可是现在的人却更神经质，头脑更发达，更敏感，好像一下子有两三个心眼似的……现在的人想得更开阔——而且，我可以起誓，正是这一点妨碍现在的人，像过去那样，成为一根肠子通到底的人……我……我说这话无非是这个意思，而不是……"

"我懂，因为天真，您天真地不同意我的观点，您现在又极力想安慰我，哈哈！您还完全是孩子，公爵。不过我发现，你们大家都把我当作……当作一只瓷茶杯……没什么，没什么，我不生气。不管怎么说，咱俩的谈话十分可笑。有时候，您简直是孩子，公爵。不过，您要知道，我也许还不想做奥斯杰尔曼，而想做一个更好的人，为了做奥斯杰尔曼，不值得起死回生……不过，我看得出来，我应当尽可能早点死，要不然的话，我就自己……您走吧，离开我吧。再见！嗯，也好，请您告诉我，嗯，怎么样，据您看，我到底怎么死法好呢？……怎样才能死得尽可能……也就是说，尽可能合乎道德些呢？嗯，说呀！"

"请从我们身边走过去，原谅我们，原谅我们的幸福！"公爵低声说。

"哈哈哈！果然不出我之所料！早料到一定是这类话！不过您……不过您……好，好了！这帮人可真伶牙俐齿呀！再见，再见！"

六

关于在叶潘钦家别墅举行晚会，并恭候别洛孔斯卡娅光临的消息，瓦尔

---

[1] 源出莱蒙托夫长诗《波罗金诺》中的著名诗句："是啊，我们那时候的人，和现在这辈人不同。"

瓦拉·阿尔达利翁诺芙娜也完全正确无误地告诉了哥哥。叶府请客正是定在这天晚上，但是她的话说得未免刺耳了点儿。诚然，这事安排得十分匆忙，甚至还带有某些完全不必要的焦虑，之所以这样，乃是因为这家办事从来"与众不同"。究其因，盖出于利扎韦塔·普罗科菲耶芙娜"再也不愿怀着举棋不定"的焦急心情，以及两位高堂爱女心切，为她的终身大事操碎了心。再说别洛孔斯卡娅的确快要走了，因为有没有她的保护，在上流社会的确是举足轻重的，更因为他们希望她能对公爵抱有好感，所以两位高堂指望，"上流社会"能直接从这位势大权重的"老太婆"手里把阿格拉娅的未婚夫接受过去，这么一来，即使这件婚事有什么奇怪的地方，那在她的庇护下，其奇怪程度也就差多了。现在的问题全在于，阿格拉娅的两位高堂思前想后，怎么也吃不准："这件婚事有没有什么奇怪的地方，如果有，又奇怪到什么程度？或者根本就没有什么可大惊小怪的？"在当前的情况下，一些有权威，并且有资格做出判断的人的友好而又坦诚的意见，就显得十分有用场了，更何况，由于阿格拉娅，这件婚事尚未最后定夺。不管怎么说吧，公爵迟早总是要引荐给上流社会的，可是他对这个上流社会还一无所知。简而言之，他们打算让他先"亮亮相"。不过话又说回来，晚会安排得很随便，请的客人都是"通家之好"，人数也极少。除了别洛孔斯卡娅外，还请了一位太太，她是一位非常显要的老爷和高官的夫人。至于年轻人，他们指望前来捧场的几乎只有一位叶夫根尼·帕夫洛维奇，他应陪同别洛孔斯卡娅一道前来。

关于别洛孔斯卡娅要来的事，公爵差不多在晚会前三天就听说了，至于要正式请客，他直到头天晚上才知道。不用说，他也看到了这家忙乱的情形，甚至从某些带有暗示性和对他忧心忡忡的絮叨中，他也懂得，他们担心的是他究竟会给人们留下什么印象。但是，在叶潘钦府上，上上下下，似乎没有一个人不认为，因为他头脑简单，如果让他自己猜，他肯定猜不到大家在替他担心。因此,大家看着他,心里都在发愁。不过话又说回来,他也的确没有认为即将发生的这事有什么意义,他心里想的完全是另一回事:阿格拉娅一小时一小时地变得越来越任性和忧郁了——这使他心里很不是滋味。后来,他听说,叶夫根尼·帕夫洛维奇也将应邀前来,听到这消息后,他十分高兴,他说,他早就想见见他了。也不知道为什么,谁听了他这话都不喜欢。阿格拉娅懊恼地从屋里走出来,直到晚上很晚的时候,已经十一点多了,这时公爵已经准备走了,她才在送他出门的时候抓住机会,跟他单独说了几句话。

"我希望,您明天一整天不要上我们家来,到晚上,等这些……客人到齐以后,您再来。您知道有客人要来吗?"

她说话时神情很不耐烦,而且使劲板着脸,这是她第一次提到这个"晚会"。她也是一想到客人就觉得受不了,大家也看出了这一点。她真恨不得为这事跟父母亲大吵一场,但是骄傲和害羞使她不好意思说出口来。公爵听了她的话,立刻明白了:她也在替他担心(可是嘴上又不承认她在担心),公爵看到这情形后,自己也忽地害怕起来。

"是的,我收到了邀请。"他答道。

她显然不知道怎么说下去才好。

"可以跟您严肃地谈谈吗?哪怕这辈子就这一次呢?"她突然非常生气,也不知道因为什么,反正克制不住。

"可以呀,我洗耳恭听,我很高兴。"公爵喃喃道。

阿格拉娅又沉吟了约莫一分钟,接着就带着一种明显的厌恶开口说道:

"我不想跟她们争论这件事,有些事你跟她们也说不清。我对妈妈有时候的一些为人处世之道一向很反感。我不是说爸爸,这事不能让他负责。妈妈当然是位高尚的女人,您只要胆敢向她建议,让她做什么等而下之的事,您瞧着吧。嗯，可是她对这个……坏透了的女人却崇拜得很！我不是指别洛孔斯卡娅一个人：这是一个坏透了的老太婆，她的脾气也坏透了，可是她很聪明，善于把所有的人都捏在自己手心里，这也算她的一大长处吧。噢，真恶劣！也可笑得很：我们永远是些中不溜儿的人，最最中不溜儿的，不上也不下。干吗非要往上流社会钻呢？姐姐们就在往里钻，这都是希公爵出的坏主意。您听说叶夫根尼·帕夫洛维奇要来，干吗高兴？"

"听我说，阿格拉娅，"公爵道，"我觉得，您替我很担心，怕我明天……在这帮人中间考砸了，是不是？"

"替您？担心？"阿格拉娅腾地一下脸红了，"我凭什么要替您担心，哪怕您……哪怕您出尽洋相呢，关我什么事？您怎么会用这样的字眼？什么叫'考砸了'？这话多难听，多庸俗。"

"这是……一句学生用语。"

"可不是吗，一句学生用语！多难听！大概您明天也打算用这样的词儿来说话吧。您干脆回家再多找些这样的词儿，明天说个痛快：肯定会产生效果的！真遗憾，您进门的时候大概还很有风度吧，您打哪儿学来的这一套？人家故意看着您的时候，您一定会端起茶杯来彬彬有礼地喝茶吧？"

"我想，我会的。"

"这太遗憾了，否则又可以供我一笑。起码，您也该把客厅里的那只中国花瓶打碎呀！它很值钱，请呀，打碎它呀，这花瓶是人家送给妈妈的，她肯定会气得发疯，当着大伙的面痛哭流涕——这花瓶对于她可珍贵了。随便做个手势，就像您平常总爱手舞足蹈那样，顺手一挥，把它给砸了。而且要故意坐在旁边。"

"相反，我要尽量坐远些，多谢关照。"

"那么说，您也担心您会手舞足蹈，忘乎所以了。我敢打赌，您一定会抓住一个'话题',高谈阔论,大谈一个严肃的、学术的、崇高的话题,是不是?这样做该多……多有礼貌呀!"

"我认为这样做是愚蠢的……如果说得不是地方的话。"

"您听着,我斩钉截铁地告诉您,而且就说这一遍,"阿格拉娅终于忍不住了,"如果您竟敢谈起什么死刑呀,俄国的经济状况呀,或者'美能拯救世界'呀等诸如此类的话的话,那么……我当然会很高兴,而且一定会笑个够,但是……我把丑话说在头里:从今以后,您就休想再见我的面!您听着:我说这话是严肃的!这一次我可是说话算数的。"

她说这番威胁的话时神态确乎很严肃,因此,在她的话语里和眼神里都可以听到和看到某种不寻常的东西,这是公爵过去从来没有看见过的,这当然不像开玩笑。

"嗯,您这么说,倒好像我这回一定会'高谈阔论'似的,甚至……也许……一定会打碎花瓶。方才我还什么都不怕,可现在却什么都怕了。我肯定会考砸锅的。"

"那您就闭上嘴。坐在那里,一言不发。"

"恐怕做不到。我相信,因为害怕,肯定会高谈阔论,因为害怕,肯定会打碎花瓶。也许还会在光滑的地板上摔倒,或者出一些诸如此类的洋相,因为曾经发生过这事。今天夜里,我肯定会做一夜噩梦。您干吗要说这些呢!"

阿格拉娅板起脸,看了看他。

"我说这样吧:明天,我还是干脆不来的好!告个假,说有病,一了百了!"他终于决定道。

阿格拉娅跺了跺脚,气得脸都白了。

"主啊!真是少见!人家特地为他请客……他倒干脆不来了……噢上帝!跟您这种……糊涂人打交道,真有意思!"

"好吧，我来，我一定来！"公爵赶紧打断她的话，"而且我保证，一定干坐一晚上，一言不发。我一定做到。"

"您能这样做就太好了。您刚才说'告个假，说有病'，说真的，这话您是打哪儿学来的？您怎么好意思用这种不登大雅之堂的话来跟我说话？您想存心气我，是不是？"

"对不起，这也是一句学生用语，再不说了。我心里很清楚，您……您在替我担心……（您别生气呀！）我对此感到非常高兴。您不会相信的，我现在有多么害怕，而且又多么高兴地听到您刚才说的话。但是，我敢向您起誓，这种担心、害怕都不足道，而且十分荒唐。真的，阿格拉娅！而剩下的只有快乐。我非常喜欢您是这样一个孩子，一个非常好，又非常善良的孩子！啊，您现在多好、多美呀，阿格拉娅！"

阿格拉娅听了这话本来要大发脾气，而且已经准备发脾气了，但是，蓦地有一种她自己都没想到的感情，霎时攫住了她整个的心。

"将来……以后……您会不会责怪我现在对您说的这些粗鲁的话呢？"她忽然问道。

"哪能呀，哪能呀！您干吗又发火了呢？瞧您那模样又阴沉下来了！阿格拉娅，您的神态有时候太沉闷了！您过去从来不是这样的。我知道这是为什么……"

"别说啦，别说啦！"

"不，还是说出来好。我早想说了，而且我已经说了，但是……说得还不够，因为您还不相信我的话。咱俩中间终究还掺和着一个人……"

"别说啦，别说啦，别说啦，别说啦！"阿格拉娅猛地打断他的话道，她紧紧抓住他的手，几乎十分恐惧地看着他。正好这时候有人喊她，她似乎很高兴似的，撇下他，逃走了。

第四部

公爵整夜都在发烧。奇怪的是，他已经接连几夜发烧了。这一次，他在半梦呓的状态中忽然产生一个想法：如果明天，当着众人的面，他的病忽然发作，咋办？要知道，过去他不是常常清醒的时候犯病吗？他一想到这个就浑身冰凉，他一整夜都在想象自己处在一帮千奇百怪而又闻所未闻的人中间，这些人都很怪，主要是他竟"高谈阔论"起来。他也知道不应该说话，但是他仍旧说个不停，不知道有件什么事，他想说服大家。叶夫根尼·帕夫洛维奇和伊波利特也在这帮客人中间，似乎还非常要好。

八点多的时候，他醒了，有点儿头疼，思绪很乱，头脑里留下了一些奇奇怪怪的印象。不知道为什么，他非常想见到罗戈任，非但想见他，而且有很多话要跟他说——究竟想说什么呢，他自己也不知道。后来，他拿定主意去见伊波利特，有件事要找他。他心头乱糟糟的，这天上午发生了许多不寻常的事，但是因为心里乱，虽然对他产生了非常强烈的印象，但是毕竟支离破碎。其中一件就是列别杰夫的来访。

列别杰夫来得相当早，才九点多一点儿，而且几乎完全喝醉了。虽然公爵近来精神恍惚，对许多事情视而不见，可是他还是注意到了，自从伊沃尔金将军从他们的别墅搬走以后，已经有三天了，列别杰夫的行为很糟糕。不知道怎么搞的，他身上突然变得非常脏，浑身油渍麻花，领带也歪在一边，上衣的领子也撕破了。他甚至还常常在家大发脾气，院子外面都听得见。有一次，薇拉还含着眼泪跑来找公爵，向公爵告状。他现在又出现在公爵面前，捶胸顿足，说了一些非常奇怪的话，还不断自责……

"因为我出卖朋友和卑鄙无耻，终于得到……得到了报应……我挨了一记耳光！"最后，他终于悲悲戚戚地说道。

"耳光？挨谁的耳光？……而且这么一大早？"

"一大早？"列别杰夫嘲讽地微微一笑，"这跟时间早晚没有关系……甚至跟肉体上的报应也毫无关系……我挨的是精神上的……我挨了一记精神上的耳光，不是肉体上的！"

他突然不客气地坐了下来，开始讲述事情经过。他的话东一榔头西一棒槌，叫人摸不着头脑。公爵皱了皱眉头，本来想走开，但是忽然听到几句话，使他大吃一惊。他惊讶得目瞪口呆……列别杰夫先生说了一些奇怪的话。

大概先是说一封什么信，提到了阿格拉娅·伊万诺芙娜的名字。后来，列别杰夫又突然伤心地责备公爵本人。从他的话里听得出来，他在生公爵的气。他说，起初，他承蒙公爵信任，把"某人"（指纳斯塔西娅·菲利波芙娜）的事，委托他去办，但是后来竟跟他完全断绝了来往，对他下了逐客令，使他丢人现眼不算，更可气的是，最后那一回，竟断然拒绝回答他提的一个"有关最近家里是否即将发生什么变化的无关痛痒的问题"。列别杰夫因宿酒未醒，眼泪汪汪地承认说："在这以后，他因为实在受不了了，又听说了许多事情……反正很多吧……既有罗戈任说的，又有纳斯塔西娅·菲利波芙娜说的，既有瓦尔瓦拉·阿尔达利翁诺芙娜……本人……告诉他的，也有……甚至还有从阿格拉娅·伊万诺芙娜那儿打听来的，您可以想象得出，我是通过薇拉去打听的，通过我的爱女薇拉，我的独生女儿……是的，您哪，不过，也不能算独生，因为我有三个孩子。那么到底是谁写信给利扎韦塔·普罗科菲耶芙娜，给她通风报信，甚至还严格保密的呢，嘿嘿！到底是谁把一切关系……把纳斯塔西娅·菲利波芙娜这个人物的行动写信告诉她的呢，嘿嘿嘿！请问，到底是谁，是谁写的这封匿名信呢？"

"难道是您？"公爵叫道。

"正是鄙人，"这醉鬼神气活现地答道，"而且就在今天上午八点半，总共半小时前……不，您哪，总共才三刻钟以前，我告诉这位德高望重的母亲，我有一件……重大的……非同小可的事要告诉她……我是写信告诉她的，通过一名使女，从后门递进去的。她收下了。"

"你刚才见到利扎韦塔·普罗科菲耶芙娜了？"公爵问道，几乎不相信自己的耳朵。

"刚见过，并且挨了一记耳光……精神上的耳光。她把信退给了我，是甩给我的，也没拆……她十分无礼地把我叉了出来……不过，仅仅在精神上，而不是肉体上……不过，跟肉体上也差不多，就差一点儿！"

"她把什么信没拆就甩给了您呢？"

"难道……嘿嘿嘿！原来，我没告诉您呀！我还以为告诉您了呢……我收到一封信，是托我转交的，您哪……"

"谁的信？交给谁？"

列别杰夫所作的某些"说明"简直不知所云，根本弄不清他到底要说什么。可是公爵还是尽可能听懂了一些：这封信是今天一大早由一名女用人交给薇拉·列别杰娃的，请她按信封上的地址转交给……"完全跟过去一样，完全跟过去一样，是由同一个人写的，写给某某人……（其中一人我称为'人'，而另一人则笼统地称为'某某人'，这是为了贬低后者，也为了以示区别。因为一位纯洁而又高贵的将军小姐跟一个……风流女子之间还是有极大区别的，您哪。）总之，这信是由一位用'阿'字打头的人写的。"

"这怎么可能呢？写给纳斯塔西娅·菲利波芙娜？胡说八道！"公爵叫道。

"确有其事，确有其事，您哪，不是给她，就是给罗戈任，反正一样，给罗戈任也一样，您哪……甚至有一回还托捷连季耶夫先生转交，也是由这个'阿'字打头的人写的。"列别杰夫使了个眼色，微微一笑。

因为他说起话来常常颠三倒四，东一榔头西一棒槌，而且常常忘记开头说的是什么，所以公爵干脆不作声了，让他说个够。但是公爵听了老半天，越听越糊涂：这些信到底是通过谁转交的，通过他呢，还是通过薇拉？假如连他自己都说："给罗戈任，也就是给纳斯塔西娅·菲利波芙娜，都一样"，可见，如果真有信的话，很可能也不是通过他的手转的。那么这信现在怎么会落到他手里呢？这事简直无法解释，最大的可能是，他是从薇拉那儿把信偷来的……悄悄偷了来，然后又别有用心地送给利扎韦塔·普罗科菲耶芙娜。公爵最后就是这么考虑和这么理解的。

"您疯了！"他非常惊慌地叫道。

"没有全疯，深受尊敬的公爵，"列别杰夫不无愤恨地答道，"不错，我本来是想拿来给您的，交给您，亲自交到您手里，讨个好……但是转而一想，还不如拍那边的马屁好，把所有的事都给那位德高望重的母亲抖搂出来……因为以前就有一次我给她写过一封匿名信，刚才我又预先写在纸上，请求接见，时间定在八点二十分，署名也是'您的秘密通讯员'。当时，我满以为她们会立刻，甚至非常着急地让我从后门进去……去见那位德高望重的母亲。"

"后来呢？……"

"后来怎样，不说您也知道，差点儿没狠狠地揍了我一顿，您哪。我是想说，就差一丁点儿，因此，甚至可以认为，她差点儿把我狠揍了一顿。把信甩给了我。不错，她本来是想把这信留下的——我看到了，也发现了——但是她又改了主意，把信甩给了我，说：'既然人家托付一个像您这样的人，那您就送去吧……'她甚至生气了。她既然在我面前都好意思说这话，可见生气了。真是火暴脾气！"

"这信现在在哪儿？"

"一直都在我身边，这不是，您哪。"

说罢，他就把阿格拉娅给加夫里拉·阿尔达利翁诺维奇的信交给了公爵，也就是今天上午，两小时以后，加夫里拉得意扬扬地给他妹妹看的那封信。

"这封信不能留在您手里。"

"给您，给您！我就是拿来给您的，您哪，"列别杰夫热烈地接口道，"现在，经过短暂的变心之后，我又是您的仆人了，完完全全是您的，从头一直到心！正如托马斯·莫尔……在英国，在大不列颠所说：可以处死我的心，但是请饶了我的胡子。① 我有罪，我有罪②，正如罗马教主所说……应当说罗马教皇，我却管他叫'罗马教主'了。"

"这信必须立刻送去，"公爵忙活起来，"我去交给他。"

"好不好，好不好，最有教养的公爵，好不好……这样！"

列别杰夫做了个奇怪的、巴结的鬼脸，他蓦地在座位上忸怩作态，坐立不安，好像有人突然用针扎了他一下似的，他狡猾地挤眉弄眼，用手比画着什么。

"要我做什么？"公爵板起脸，厉声问道。

"能不能先打开看看呢，您哪！"他装腔作势地低语道，好像很秘密，不足为外人道似的。

公爵怒气冲冲地跳起来，把列别杰夫吓得撒腿就跑，但是跑到门口，又停了下来，想看看公爵能不能格外开恩，饶了他。

"唉，列别杰夫！怎么能，怎么能像您现在这样下流地胡来呢？"公爵伤心地叫道。列别杰夫的脸色豁然开朗。

"我卑鄙，我下流！"他立刻走上前来，眼泪汪汪地捶打自己的胸脯。

"要知道，这是卑鄙的！"

"的确很卑鄙，您哪。这话说得太对了！"

"您哪来的这种恶习，居然想得出这种……怪念头？要知道，您……简直是密探！您为什么要写匿名信去惊扰……这么一位德高望重而又非常

---

① 托马斯·莫尔（1478—1535），伟大的英国人文主义者，空想社会主义的创始人之一，因为反对宗教改革被英王亨利八世处死，临刑前请求刽子手饶了他的胡子，因为胡子"没有犯叛国罪"。

② 在原著中是拉丁文。这是天主教徒忏悔时用语。

善良的女性呢？为什么阿格拉娅·伊万诺芙娜就没有权利想给谁写信就给谁写信呢？您今天到那边去是想去告状吗？您希望得到什么呢？是什么动机怂恿您去告密的呢？"

"仅仅出于一种愉快的好奇心……以及出于一颗高尚的心，总想为人家做点儿什么，是的！"列别杰夫喃喃道，"现在，我整个人都是您的，又都是您的了！哪怕绞死我，也决无二心！"

"您就是像现在这副模样去见利扎韦塔·普罗科菲耶芙娜的吗？"公爵厌恶而又好奇地问道。

"不……要清醒些……甚至也像样些。我是在招人白眼以后才弄成……现在这模样的，您哪。"

"嗯，好，您走吧。"

但是要让这位客人终于下定决心走出去，这一请求必须重复好几遍方能奏效。列别杰夫在把门已经完全拉开之后，又转回身来，蹑手蹑脚地走到房间中央，开始用手比画，以示怎样拆信。他不敢造次，用言语说出自己的忠告，接着，他便轻手轻脚，笑嘻嘻地走了出去。

听到这一切是令人非常难过的。其中暴露出一个主要的、非同小可的事实：那就是阿格拉娅不知道为什么非常惊惧、非常犹疑和非常痛苦（"由于嫉妒。"公爵低声自语）。也看得出来，一定有些不怀好意的人把她的心搞乱了，非常奇怪的是，她对他们的话竟信以为真。在这个涉世未深，但是头脑发热而又骄傲的小脑瓜里，一定在酝酿着某种特别的计划，也许能致人以死命，而且……还很不像话。公爵感到十分害怕，心里乱得很，不知道怎么是好。一定要想出个防范的办法，这，他是感觉到了的。他再一次看了看那个封好的信上的地址，噢，他对这事并没感到怀疑和不安，因为他相信她；这信使他不安的是另一件事：他信不过加夫里拉·阿尔达利翁诺维奇。尽管如此，他还是下决心亲自把这封信拿去交给他，而且为了办这件事，他已经从屋里走了出去，可是半道上又改了主意。事有凑巧，公爵就在快到普季岑家的地方遇到了科利亚，于是他就托他把这信亲自交给他哥哥，看上去就好像是阿格拉娅·伊万诺芙娜亲自交给科利亚，托他转交的。科利亚没有细问就给送去了，因此加尼亚根本就不曾料想到，这封信已经过了这么多道手。公爵回到家后，就请薇拉·卢基扬诺芙娜到他那儿来一趟，把应该告诉她的话告诉了她，并且安慰了她，因为在这以前，她一直在找这封信，都哭了。当她知道这封信是被父亲拿走的时候，害怕极了。(后来，公爵从她那里知道，她已经不止一次替罗戈任和阿格拉娅·伊万诺芙娜秘密效劳，她想也没想到这会对公爵不利……)

公爵心里很乱，因此，两小时后，科利亚请人跑来告诉他，说他父亲病了的时候，他起初几乎听不懂到底出了什么事。但是正是这件事使他分了心，才使他的心平静了下来。他在尼娜·亚历山德罗芙娜那儿（不用说，人家把病人抬到她那儿去了）几乎一直待到傍晚。他陪着病人家属，几乎没有给人家带来任何益处，但是有些人，当心情沉重的时候，看到他们待在自己身旁，不知为什么心里就好受些。科利亚受到很大的打击，歇斯底里地哭个不停，但是，他一直在跑来跑去地忙活：急急忙忙地跑去请医生，一下子就请来了三个，跑药房，跑理发店①。将军给救活了，但是还没恢复知觉，医生们表示"无论如何，病人仍未脱离险境"。瓦丽娅和尼娜·亚历山德罗芙娜寸步不离地守在病人身旁，加尼亚很不安，也很惊慌，但是他不愿上楼，甚至怕见病人，他扭着双手，语无伦次地跟公爵有一搭没一搭地说着话，他在说话中表示："家门不幸，事有凑巧，偏赶在这时候！"公爵觉得，他说的"这时候"究竟指什么时候，他心里是有数的。公爵没有在普季岑家碰见伊波利特。傍

---

① 俄国和欧洲习俗：理发店兼管放血，治疗各种民间疑难杂症。

晚，列别杰夫跑来了，此公在上午做了一番"解释"以后，居然一直酣睡到此刻。现在，他的宿酒几乎全醒了，在病人身旁伤心恸哭，好像哭自己的亲哥哥似的。他大声骂自己混蛋，但是没说明为什么是混蛋，他缠着尼娜·亚历山德罗芙娜，一再要她相信，"这是他，他是罪魁祸首，除了他，跟谁都不相干……也仅仅出于一种愉快的好奇心……而'死者'（将军还活着，不知为什么他硬要这么称呼将军）甚至是一位非常有天才的人！"他特别严肃地坚持"天才"二字，好像这样说，这时就可能产生一种非凡的效果似的。尼娜·亚历山德罗芙娜看见他在真心流泪，终于对他毫无责备之意，甚至还几乎很亲切地对他说道："好了，上帝保佑您，好了，别哭了，别哭了，好了，上帝会饶恕您的！"列别杰夫听到这话和说这话时的声调后，大为感动，以致整个晚上都不肯离开尼娜·亚历山德罗芙娜（以后几天，一直到将军去世，他几乎从早到晚都待在他们家）。这一天，利扎韦塔·普罗科菲耶芙娜两次派人来见尼娜·亚历山德罗芙娜，打听病人的健康状况。晚九点，公爵来到叶潘钦府的客厅（客厅里已经坐满了客人）后，利扎韦塔·普罗科菲耶芙娜立刻关切而又详细地向他询问了病人的情况，当别洛孔斯卡娅问："这病人是谁？尼娜·亚历山德罗芙娜又是什么人？"的时候，她又庄重地作了回答。公爵看到这情形，心里很高兴。他本人在跟利扎韦塔·普罗科菲耶芙娜说明情况的时候，也说得"很好"，正如阿格拉娅的两位姐姐后来说的那样："说得谦虚而又文静，既没有多余的话，也没有指手画脚，而且风度翩翩。进门的时候也优游从容，穿得也非常好。"他不仅没有像他头天担心的那样"在光滑的地板上摔倒"，甚至还明显地博得了所有在座的老爷少爷和太太小姐的好感。

至于说他自己，等他坐好并向四周端详了一番以后，他立刻发现，在座的老爷太太和少爷小姐们，既不像昨天阿格拉娅吓唬他的那样，都是些妖魔鬼怪，也不像他夜里梦见的那样，全是些面目可憎的人。他有生以来第一次看到这个被可怕地称为"上流社会"的一小角。由于某些自己特别的意图、考虑和向往，他早就渴望跻身于这个由人组成的魔力圈了，因此他对初次获得的印象感受特别深。这个初次的印象甚至可以说是令人神往的。不知为什么，他立刻而且忽然感到，所有这些人好像生来就应当在一起，似乎叶潘钦家这天晚上根本就没有举行任何"晚会"，也没有邀请任何宾客，似乎所有这些人都是最亲近的"自家人"，他本人也似乎早已是他们最忠实的朋友和志同道合者了，在离别不久之后又重新回到他们中来。优雅的举止，淳朴的风度，表面的诚恳坦荡所产生的魅力，几乎是神奇的。他连想也没想到，所有这些淳朴和高贵，机智和高度的自尊，也许不过是经过艺术加工的貌似堂皇的制成品罢了。大多数客人，虽然外表看上去十分气派，其实也都是些相当空虚的人，不过因为志得意满，连他们自己都不知道，他们身上的许多好东西，不过是做出来的罢了，然而这也不能全怪他们，因为他们这样做是无意识的，得之于祖传。但是公爵在最初的美好印象的魅力下，甚至都不肯对此提出疑问。比如，他看见这位老人，这位显赫的大官，就年龄来说，完全可以做他的爷爷，为了听他说话，居然中断了与旁人交谈，而他又是这么一个涉世未深的年轻人，他不仅留心听，而且显然很重视他的意见，对他是如此的和蔼可亲，心地又如此真诚善良，其实他俩萍水相逢，今天才头一次见面。也许，这种分外优雅的彬彬有礼，对公爵热情而又敏感的心起了作用。也许，他早就对他们抱有好感，甚至先入为主地产生了极好的印象。

其实，所有这些人虽然是这家的"通家之好"，彼此也都视同莫逆，但是说实在的，远不是这么回事，他们既不是这家的好友，彼此也毫无交情，根本不是刚刚把公爵介绍给他们，跟他们初次相识时公爵所认为的那样。这里就有人从来不承认，也根本不承认叶潘钦家跟他们多多少少是平等的。这里就有人甚至彼此不共戴天，比如，别洛孔斯卡娅老太婆终其一生都"看不起"

那个"年老的大官"的老婆，那位太太也非常不喜欢利扎韦塔·普罗科菲耶芙娜，至于那位"大官"，也就是那位太太的丈夫，不知道为什么，从叶潘钦夫妇年轻的时候起，就是他们俩的保护人，如今，则在厅堂高踞首座，在伊万·费奥多罗维奇看来，俨然是个庞然大物，只要他在座，伊万·费奥多罗维奇除了毕恭毕敬和诚惶诚恐以外，简直不可能有任何其他感觉，假如，哪怕仅仅有一分钟，他认为自己可以跟他平起平坐，而不是把他看作俄林波斯圣山上的朱庇特①的话，他就会打心眼里瞧不起自己。这里还有些人，彼此已经多年不见，除了冷漠（如果不是厌恶的话）以外，彼此没有任何感情，可是现在相遇之后，倒好像他们昨天才见过面，而且彼此一直很要好，关系也一直很融洽似的。话又说回来，今天光临的客人人数并不多。除了别洛孔斯卡娅和那位"年老的大官"（他的确是位重要人物），除了他的夫人以外，出席今天晚会的，首先有一位相貌十分威严的武职将军②，男爵或者伯爵，有一个德国人的姓名③，此人一向沉默寡言，但却威名显赫，据说他精通政务，甚至可以说很有学问——总之，他是一位什么都知道，"就是不知道俄罗斯"的道貌岸然的行政长官，他在五年之中颠来倒去地就会说一句名言"鞭辟入里"，但是，这句名言将来肯定会成为谚语，甚至在最高的圈子里也会有所耳闻。他是属于在官场混迹多年（时间长得甚至令人纳闷）的高官之一，这种人寿终正寝时往往高官厚禄，虽然并无显赫的战功和政绩，甚至还对战功、政绩云云抱某种敌对态度。这位将军是伊万·费奥多罗维奇的顶头上司。由于伊万·费奥多罗维奇是位热心肠和知恩必报的人，再加上具有一种特别的自尊心，因此一直认他为自己的恩人，可是这位将军却根本不认为自己是伊

---

① 罗马神话中的主神，相当于希腊神话中的宙斯。
② 旧俄将军分文武二职。文职将军相当于三等以上文官；武职将军也分三等，即少将、中将、上将。
③ 旧俄军队中经常有外籍军官受聘服役。

万·费奥多罗维奇的恩人，对他的态度十分冷淡，虽然很乐意接受他的百般逢迎，可是他一旦出于某种考虑（甚至根本不是以国是为重的考虑），觉得有此必要的话，一定会立刻把伊万·费奥多罗维奇撤下来，而代之以另一名官吏。这里还有一位上了年纪的、有权势的老爷，好像甚至还是利扎韦塔·普罗科菲耶芙娜的亲戚，其实大谬不然，此人位高官大，家私富有，出身望族，体格健壮，身体很好，十分健谈，甚至还享有一种对凡事不满、爱发牢骚（其实，他的牢骚也只是适可而止），甚至爱动肝火（他身上的这一特点也是令人愉快的）的美名，具有一种英国贵族气派和一种英国人的口味（比如说，爱吃带血的烤牛肉，爱用有英国气派的马具和仆人等）。他是那位"大官"的至交，常常给他分忧解难。此外，利扎韦塔·普罗科菲耶芙娜不知道为什么还有一个奇怪的念头，这位上了年纪的先生（此公作风有点儿轻浮，而且还在某种程度上十分好色），说不定会忽然向亚历山德拉求婚，从而成全一段美满姻缘。来客中，除了这帮最高和最有名望的人以外，还有若干比较年轻的客人，他们也光彩照人，人品十分优雅。除了希公爵和叶夫根尼·帕夫洛维奇以外，还有一位风流倜傥的出了名的花花太岁Ｎ公爵，过去曾在整个欧洲寻花问柳，征服过许多女人的心，此人如今已经四十有五，但是外表仍旧十分潇洒，风度翩翩，能说会道，颇有资产，不过已经略微败落，而且因为住惯了，多半在国外居住。最后，还有一些人，似乎组成了一个甚至特别的第三阶层，就他们本身说，并不属于社会的这一"禁圈"，但是他们也像叶潘钦家一样，不知道为什么有时也可以在这一"禁圈"里遇到。按叶潘钦家认定的某种分寸感，他们虽然很少请客，但是一旦请客却喜欢将上流社会的人同较低阶层的人（"中等人"中的优秀代表）掺和在一起。为此，有些人常常夸奖叶潘钦夫妇，认为他们懂得自己在社会上的地位，为人处世颇有分寸，而叶潘钦夫妇也以大家对他们的这一看法自豪。有一位工程兵上校，便是这类中等人在这天晚会上的代表人物之一。此人规行矩步,是希公爵的一位非常要好的朋友,也是由希公爵介绍给叶潘钦府的,但是此君在高朋满座的时候一向沉默寡言,而且在右手很粗的食指上戴着一枚很大、很显眼的戒指,很可能,这枚戒指是上峰赏赐给他的。最后,这里甚至还有一位搞文学的诗人,父母是德国人①,但却是一位俄罗斯诗人,再说,此人文质彬彬,因此可以毫不担心地把他介绍给上流社会。他外表英俊潇洒,虽然不知道为什么总让人感到讨厌,他约莫三十八九岁,穿得无可挑剔,属于德国人中最典型的资产阶级家庭。但也是最可尊敬的家庭。他善于抓住各种机会,博得高级人士的庇护,赢得他们的赏识。他曾经从德文翻译过一位重要德国诗人的一部重要的诗作,他善于把自己的译作用诗体铭文献给某某人,以此来夸耀他跟某位著名的,但是已故的俄国诗人有交情(有许多作家非常喜欢在报章杂志上自作多情,夸耀他们跟某些已故的大作家有私交),他是由那位"年老的大官"的老婆新近介绍给叶潘钦府的。这位太太素有保护文学家和学者的美名,她也的确通过某些身居高位的人(她在他们身边是说得上话的)帮忙,甚至给一两位文学家弄到过津贴。而就某一点来说,她也的确是有影响的。她是一位四十五岁上下的太太(由此可见,对于她的丈夫这么一个老态龙钟的人来说,也可算是一位非常年轻的太太了),她年轻时是个大美人,即使现在,像许多四十五岁的太太常有的嗜好那样,喜欢穿得花花绿绿,十分妖艳。这位太太的聪明很有限,她的文学知识更是非常可疑。但是,保护文学家也是她的一种嗜好,就像她喜欢穿戴花花绿绿,妖形怪状一样。有许多著作和译作,就是指名献给她的,有两三位作家得到她的许可,还在刊物上发表了他们写给她的信,讨论重大问题的信……瞧,公爵偏偏把这么一个上流社会当成了一枚纯而又

---

① 指德裔俄罗斯人。

纯的金币,当成了没有掺杂其他金属的足赤纯金。然而这天晚上,所有这帮人也偏巧情绪极好,而且十分志得意满。这些人无一例外地都知道,他们今天的出席晚会,是给叶潘钦家很大面子。但可叹的是公爵一点儿都不知道个中奥妙。比如说,他想都没有想到,在决定女儿终身大事时采取的如此重要的步骤中,他们竟不敢不把列夫·尼古拉耶维奇公爵介绍给这个年老的"大官",他们家公认的保护人先看看。即使叶潘钦家发生天大的不幸,这个年老的"大官"都会镇定自若、安之若素,可是,如果叶潘钦夫妇不先征求他的意见,不取得他的同意,就给自己的女儿许下终身,那他肯定会生气的。至于Ｎ公爵,这个人见人爱、无疑很聪明、心胸又坦荡的人,也深信不疑:他宛如一轮红日,今夜升起在叶潘钦家客厅的上空。他认为他们比自己低得无可比拟,也正是这种淳朴而又高尚的想法,才在他身上产生一种对叶潘钦夫妇既和蔼可亲又无拘无束的友好态度。他很清楚,他今天晚上一定要说点什么,以博得众宾客的交口称誉,他甚至有点儿兴奋地对此做了准备。列夫·尼古拉耶维奇公爵后来听了他讲的故事后认为,他从来没有听见过像Ｎ公爵这样一位唐璜①式的人物,居然会说出如此幽默风趣、如此愉快欢乐而又天真可爱、几乎十分动人的故事。其实,他哪里知道,这个故事不过是陈词滥调而已,许多人都能倒背如流,而且这个故事已经老掉了牙,在所有人家的客厅里已经无人爱听,只有在天真可爱的叶潘钦家,才把这当成什么新鲜玩意儿,当作一位才华横溢的正人君子即兴的、真正的、光彩照人的回忆! 最后,甚至那位自称是诗人的德国佬,虽然他的举止异常温文尔雅而又谦逊多礼,但是连他也认为他的屈尊光临是给这家面子,他们应引以为荣才是。但是公爵却没有发现这事的反面,也没有发觉个中的任何奥秘。连阿格拉娅也没有预

---

① 源出拜伦的《唐璜》,指代喜爱追逐女人的花花公子。

料到这一不幸。这天晚上，她显得惊人的漂亮。二位小姐都着意打扮了一番，虽然并不十分华丽，甚至发型也梳得有点儿特别。阿格拉娅跟叶夫根尼·帕夫洛维奇坐在一起，在非常要好地跟他聊天，开玩笑。叶夫根尼·帕夫洛维奇的举止也比平时显得庄重了些，也许是出于对在座的显贵们的尊敬吧。不过，上流社会对他是熟稔的，他虽然很年轻，可是在那里已经是自己人了。这天晚上，他上叶潘钦家去，还在礼帽上别了一块黑纱，因为这块黑纱，别洛孔斯卡娅夸奖了他：换了别的经常出入社交界的侄儿，在类似的情况下，也许就不会给这样的叔叔戴孝了。利扎韦塔·普罗科菲耶芙娜也对此很满意，但是总的说来，她不知道为什么显得心事很重。公爵发现，阿格拉娅有两三次很注意地看了看他，似乎对他的举止很满意。渐渐地，他变得非常幸福了。他不久前的那些"荒诞不经"的想法和担忧（在跟列别杰夫交谈之后），现在虽然也常常突如其来地想起，但是他总觉得这是不可能出现的、荒唐的，甚至可笑的梦！（不久之前和整个这一天，他的最大的，虽然是无意识的希望和向往，就是想尽一切办法不相信这个梦真会变成现实！）他说话很少，就是说话也是因为有人问他，到最后，就完全不开口了，他只是坐在一边听大家说话，但是明显地沉湎于一种愉悦的心情中。渐渐地，他心中出现了某种类似灵感的东西，准备一遇机会就爆发出来……他开口说话纯属偶然，那也是因为有人问他问题，看上去毫无特别的用意……

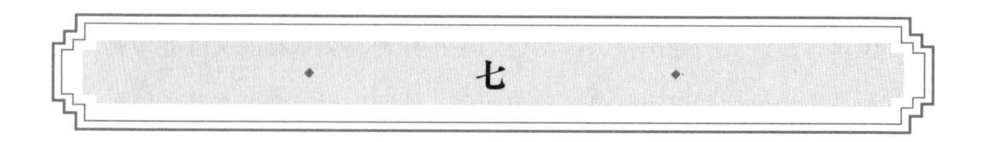

七

当他快乐地看着阿格拉娅同N公爵和叶夫根尼·帕夫洛维奇愉快地聊天，

看得十分出神的时候，那位上了年纪的英国迷老爷，正在另一个角落跟那位"大官"说话，兴致勃勃地对他讲一件什么事，他在谈话中冷不防提到了尼古拉·安德烈耶维奇·帕夫利谢夫的名字。公爵向他们那边迅速转过身去，开始倾听。

他们讲的是某省的地主庄园经营有方和经营无方的现状。这位英国迷讲的故事，大概有一些可乐的地方，因为老头终于对他尖酸刻薄的过激之词笑起来了。他说话滔滔不绝，不知道为什么故意唠唠叨叨地拉长了声调，而且把一些元音字母上的重音说得嗲声嗲气的。他说，尽管现在经营有方，他还是不得不把自己坐落在某省的一处非常好的庄园卖掉，甚至准备以半价出售（倒并不是因为他特别需要钱用）；与此同时，他却不得不把另一处业已破败、经营亏损、涉讼争议，甚至还要倒贴的庄园保留下来。"我躲开他们，就为了避免再为帕夫利谢夫家的田产打官司。要知道，再来一两份这样的遗产，我非破产不可。不过话又说回来，我在那里已经陆陆续续得到三千俄亩的良田美地了！"

"你知道吗……伊万·彼得罗维奇是已故的尼古拉·安德烈耶维奇·帕夫利谢夫的亲戚……你不是寻找过他的亲戚吗？"伊万·费奥多罗维奇忽然出现在公爵身旁，他发现公爵在非常注意地听他们说话，所以就小声地对公爵说道。在此以前，他一直在招待自己的上司——将军，但是，他早已发现列夫·尼古拉耶维奇特别孤单，因此心里不安起来，他很想把公爵在一定程度上拉到谈话里来，从而第二次把他推出，引荐给这些"上流人士"。

"列夫·尼古拉耶维奇在双亲去世之后，是尼古拉·安德烈耶维奇·帕夫利谢夫的养子。"他的眼睛遇到伊万·彼得罗维奇的目光后，插嘴道。

"非——常——高——兴，"伊万·彼得罗维奇道，"甚至记得一清二楚。方才，伊万·费奥多罗维奇给我们介绍时，我就立刻认出了您，甚至连脸都记得。说真的，您的外表变化很小，虽然我看见您的时候，您还是个小孩，约莫十岁或者十一岁吧,相貌上有这么点十分相似之处……"

"我小时候,您见过我?"公爵十分诧异地问。

"噢,这已是很久以前的事了,"伊万·彼得罗维奇继续说道,"在兹拉托韦尔霍沃,当时,您住在我的两位表姐家——过去,我常常到兹拉托韦尔霍沃去——您不记得我了?不记得嘛,这是很——可能的……您当时……好像有什么病,因此有一次我看到您甚至感到很惊讶……"

"我什么也记不得了!"公爵热烈地肯定道。

他们俩又互相说了些情况,伊万·彼得罗维奇镇静自若,侃侃而谈,可公爵却异常激动,原来,这两位太太是两个老处女,她们是已故的帕夫利谢夫的亲戚,住在他的兹拉托韦尔霍沃庄园,而公爵就是她们俩抚养长大的,她们俩也是伊万·彼得罗维奇的表姐。伊万·彼得罗维奇也跟所有的人一样,说不清帕夫利谢夫到底由于什么原因如此关心自己的养子——当时年龄还小的公爵。"当时,我也忘了问她们到底是什么原因了,"但是,他的记忆力毕竟极好,因为他甚至记得大表姐玛尔法·尼基季什娜对小小年纪的养子十分严厉,"有一次,因为您,因为教育您的方式,我甚至跟她吵了一架,因为她老用鞭子对付一个有病的孩子,——要知道,这……您自己也会同意的……"与此相反,那位小表姐纳塔利娅·尼基季什娜对这个可怜的孩子又太温柔了……"她们俩现在,"他接着解释道,"已经住到某某省去了(不过,我不知道她俩现在是否还健在),在那里,她们俩从帕夫利谢夫的遗产中得到了一处非常、非常像样的小庄园。玛尔法·尼基季什娜似乎曾经想进修道院修行,不过,我也不敢肯定。也许,我听说的是另一个人的事……对了,这是我前不久听说的关于一位医生太太的事……"

公爵听了这席话后,兴奋和感动得两眼闪出了泪光。他也非常热诚地告诉对方说,他永远也不能原谅自己,因为在这六个月中,他曾周游内地各省,居然没有抓紧机会去寻访养育过自己的恩人,"我每天都想去,但是每天都因故未能成行……但是我现在保证……一定……哪怕就去一趟某某省呢……那么说,您认识纳塔利娅·尼基季什娜啰?这是一个多么优美、多么圣洁的灵魂呀!但是就连玛尔法·尼基季什娜也……请恕我直言,您大概弄错玛尔法·尼基季什娜的为人了!她虽然严厉,但是……要知道,跟一个像我这样的白痴(我过去曾经是白痴,嘿嘿!)相处,是不可能不失去耐心的。要知道,当时,我完全是个白痴,您大概不相信吧(哈哈!)。不过……话又说回来,您那时候见过我……我怎么不记得了呢,怪不怪?那么您……啊,我的上帝,难道您真是尼古拉·安德烈耶维奇·帕夫利谢夫的亲戚吗?"

"我——向——您保证。"伊万·彼得罗维奇打量着公爵,微微一笑。

"噢,我并不是说我……怀疑……而且,说到底,这事难道能怀疑吗(嘿嘿!)……哪怕一丁点儿怀疑呢?……我的意思是说,甚至哪怕就一丁点儿呢!!(嘿嘿!)不过,我想说,已故的尼古拉·安德烈耶维奇·帕夫利谢夫是一位非常、非常好的人。请相信我,真的,他是一位非常慷慨大方的人!"

公爵说这话时倒不是喘不上气来,而是像第二天早晨阿杰莱达对她的未婚夫希公爵所说,"由于心肠太好,都说不出话来了"。

"啊呀,我的上帝!"伊万·彼得罗维奇大笑道,"我怎么就不能做非常——慷——慨——大方的人的亲戚呢?"

"啊呀,我的上帝!"公爵不好意思地叫道,而且越说越快,越说越兴奋,"我……我又说傻话了,但是……这也不奇怪,因为我……我……我,不过,我又不知所云了!再说,我又算得了什么呢,您瞧,真是的,您知道得那么多……什么都知道!而且跟这么一位非常慷慨大方的人相比——因为您知道,他是非常慷慨大方的人,对不对?对不对?"

公爵甚至全身发抖。他为什么忽然如此惶惶不安,为什么这样大为感动、惊喜交加，似乎完全无缘无故，而且大大超出了刚才谈话的内容——这问题很难说清楚。反正他当时的心情就是这样，甚至当时，他还对某个人，由于某种原因，几乎感恩戴德，感激不尽——也许，甚至对伊万·彼得罗维奇，而且几乎对所有的客人都十分感激涕零。他真是"太幸福"了。最后，伊万·彼得罗维奇开始定睛看他，那位"大官"也在十分仔细地端详他。别洛孔斯卡娅对公爵怒目而视，闭紧了嘴唇。N公爵、叶夫根尼·帕夫洛维奇、希公爵、几位小姐——大家都停止了谈话，听他说话。阿格拉娅似乎很吃惊，利扎韦塔·普罗科菲耶芙娜的心里简直在打鼓。这母女四人说来也怪：她们本来希望，而且拿定了主意，公爵最好一言不发地坐一晚上，但是她们刚一看见他孤孤单单地坐在一个角落，并且十分安于自己的现状时，她们立刻又惊慌起来。亚历山德拉已经想站起来，小心翼翼地穿过整个房间，加入他们那一伙，也就是围坐在别洛孔斯卡娅身旁的N公爵那伙人里面去。可是公爵刚一开口说话，她们反倒更加惊慌了。

"您说得很对，他是一位非常好的人，"伊万·彼得罗维奇俨乎其然地说道，而且已经不笑了，"是的，是的，他是一个好人！非但是好人，而且德高望重，"他沉默片刻后又加了一句，"甚至可以说，德高望重而又备受人们敬佩，"他在第三次停顿后，又更严肃地加了一句，"而且……而且，我甚至很高兴能看到您在这方面……"

"这个帕夫利谢夫是不是曾经出过一档子事……一档子怪事……跟一个天主教神父……跟一个天主教神父……忘记跟哪个神父了，反正那时候大家都在谈论一件什么事。"那位"大官"好像在追忆往事似的说道。

"跟天主教的一个耶稣会[①]教士古罗，"伊万·彼得罗维奇提醒他道，"是

[①] 天主教的一个教派。当时俄国的国教是东正教，与天主教势同水火。

的，您瞧咱们这些非常好而又德高望重的人！因为他毕竟出身名门，又有资产，如果……干下去……肯定是御前高级侍从无疑……可是他却突然抛弃官职和一切，改信了天主教，成了耶稣会教士，而且几乎明目张胆，甚至兴高采烈。说真的，幸亏他死了……死了倒好，当时大家都这么说……"

公爵一听这话，再也控制不住自己了。

"帕夫利谢夫……帕夫利谢夫改信了天主教？这不可能！"他惊恐地叫道。

"哼，'不可能'！"伊万·彼得罗维奇神气活现地喃喃道，"这事说来话长，亲爱的公爵，您自己也明白，这不是三言两语说得清的……不过，您如此尊敬已故的……的确，他是位非常好的人，那个诡计多端的古罗所以能够得逞，我认为主要是因为他这人太好了。但是您一定会问我，问我本人，我后来跟这个古罗周旋……耗费了多少精力，惹出了多少麻烦啊！您想想，"他突然转过身去对那个年老的"大官"说道，"他们还想对遗嘱提出非分要求，为此，我当时不得不采取最坚决的措施……让他们放明白点儿……因为他们都是此中老手！神——通——广——大！但是，感谢上帝，这事发生在莫斯科，我立刻去向伯爵求助，我们终于让他们……懂得了我们的厉害……"

"您简直没法相信，您的话使我感到多难过，又使我感到多吃惊！"公爵又叫起来。

"很抱歉，但是说实在的，其实是小事一桩，我相信，这事也一定和以往一样不了了之。去年夏天，"他又对那个年老的"大官"说道，"听说，K伯爵夫人也在国外进了天主教的某个修道院。咱们的人一旦上了那些……老奸巨猾的当……往往坚持不住……特别在国外。"

"我以为，这都是因为咱们……厌倦了，"年老的"大官"很有权威而又慢条斯理地说道，"再说，他们的布道方式也……优美，别具一格……还善于恐吓人。老实告诉您吧，一八三二年，我在维也纳的时候，他们也曾恐吓过我，不过我没上他们的当，逃走了，哈哈！"

"先生，我听说，那时候，您是跟漂亮的伯爵夫人利维茨卡娅从维也纳逃到巴黎去的，乌纱帽都不要了，而不是从耶稣会教士那里逃走的。"别洛孔斯卡娅忽然插嘴道。

"嗯，就是从耶稣会教士那里逃走的嘛，反正，说到底，还是从耶稣会教士那里逃走的嘛！"年老的"大官"接口道，他大笑起来，沉湎于愉快的回忆中，"您大概对宗教很虔诚吧，这在眼下的年轻人身上是难得的。"他很亲切地对列夫·尼古拉耶维奇公爵说道，公爵正张大了嘴听他说话，惊魂未定。老家伙显然想进一步了解一下公爵，他由于某种原因对公爵产生了浓厚的兴趣。

"帕夫利谢夫是个有头脑的人，而且是个头脑非常清醒的人，他是个基督徒，真正的基督徒，"公爵突然说道，"他怎么能皈依……否定基督的宗教呢？天主教就等于否定基督的宗教！"他忽然又加了一句，两眼开始放光，直视身前，仿佛环顾左右，把所有的人都扫视了一遍。

"嗯，这样说就太过分了。"年老的"大官"喃喃道，同时诧异地望了望伊万·费奥多罗维奇。

"怎么能说天主教是否定基督的宗教呢？"伊万·彼得罗维奇在椅子上转了个身，"那么它是什么宗教呢？"

"它是否定基督的宗教，这是第一！"公爵非常激动，异常激烈地重新说起来，"这是第一，而第二，罗马天主教甚至比无神论还坏，这就是我的看法！对！这就是我的看法！无神论只是宣传没有神，可是天主教却走得更远：它宣传一种被他们歪曲了的基督，被他们诬蔑和侮辱的基督，宣传一种正相对立

Ф. Достоевский

他说得非常快。他脸色苍白，气喘吁吁。大家都面面相觑。

Идиот

的基督！它宣传的是敌基督①，我敢向你们起誓，我敢向你们保证！这是我个人由来已久的见解，这见解使我自己也感到很痛苦……罗马天主教信奉的是，没有一个君临天下的国家政权，教会就会在地球上无立足之地，因此他们叫嚷：'不能！'②依我看，罗马天主教甚至不是宗教，简直就是西罗马帝国的继续，罗马天主教，从信仰起，一切都服从于这一思想。罗马教皇攫得了土地，登上了人世的皇位，拿起了宝剑，从那时起，一直都照此办理，不过在宝剑以外又加上了谎言、奸诈、欺骗、狂热、迷信、为非作歹，玩弄老百姓最神圣、最真实、最淳朴的火热的感情，为了钱，为了低下的人世权力，他们把一切，把一切都出卖了。难道这不是敌基督的学说吗？！从他们那里怎么会不产生无神论呢？无神论就是从他们那里，从罗马天主教产生的！无神论首先就是从他们自己开始的：他们能自己信仰自己吗？正是出于对他们的厌恶，无神论才巩固起来，无神论是他们的谎言和精神贫乏的产物！好个无神论！在我国，不信仰上帝的，还仅仅是一些特殊阶层，正如前几天叶夫根尼·帕夫洛维奇的一个绝妙说法：这是一些失去了根的特殊阶层。可是在国外，在欧洲，已经有许多老百姓开始不信仰上帝了——过去是因为无知和谎言，现在则出于狂热，出于仇恨教会和仇恨基督教！"

公爵停下来喘了口气。他说得非常快。他脸色苍白，气喘吁吁。大家都面面相觑。但是最后，那年老的"大官"竟公然大笑起来。N公爵摸出带柄的单眼镜，目不转睛地打量着公爵。那个诗人，即德国佬，也从屋子的一角爬出来，靠近桌子，狞笑着。

---

① 基督教名词，意为反对基督者，尤指以假冒基督的方式来反对基督。
② 在原著中是拉丁文。源出《新约·使徒行传》第四章第二十节："我们所看见所听见的，不能不说。"这话系罗马教皇拒绝世俗政权要求时的习用语。梅什金公爵对于天主教的这些观点，代表了陀思妥耶夫斯基的观点，反映了他的哲学历史观，并一以贯之地在《作家日记》和《卡拉马佐夫兄弟》中有所反映和发展。

第四部

"您过——分——夸——大了，"伊万·彼得罗维奇似乎有点儿无聊地拉长了声调说，甚至好像对于什么于心有愧似的，"国外的教会也有一些值得人们敬佩和德——高——望——重的代表人物……"

"我说的不是教会的个别代表人物。我说的是罗马天主教的本质，我说的是罗马。难道教会会完全消失吗？我从来没说过这话！"

"我同意，但是这一切都是不言而喻的，甚至无须说得的，而且……属于神学……"

"噢不，噢不！不仅仅属于神学，听我说，这不对！它与我们的关系，比您所想的要近得多。我们的全部错误就在这里：我们还看不到，这事不仅仅是神学的问题！要知道，社会主义也是天主教和天主教本质的产物！社会主义也跟它的亲兄弟无神论一样，是在绝望中产生的，以便在精神上对抗天主教，用自己来取代宗教所丧失的精神权力，借以消除人类的精神饥渴，不是用基督，而是用暴力来拯救人类！这也就是通过暴力来取得自由，这也就是通过剑与血来取得一统天下！'不许信仰上帝，不许有私有财产，不许有个性，不是博爱就是死亡①，两百万颗头颅②！'正如古话所说：欲知其人，先观其行！③您别以为这都是天真的想法，对于我们并不可怕。噢，我们应当反击，而且越快越好！必须使我们保护下来、他们所不知道的基督大放异彩，借以反击西方！我们不应当太老实了，去上耶稣会教士的当，应当把我们俄国的文明带给他们，现在，我们应当理直气壮地站在他们面前，但愿在我们

---

① 源出法国大革命时期的口号："不是自由、平等、博爱，就是死亡。"作者在他的《冬天记的夏天印象》一书中曾提到，这是社会主义者在极端绝望中提出的革命口号。

② 源出赫尔岑《往事与随想》第五部第三十七章中的一个插曲。赫尔岑曾提到一个名叫海因岑的共和党政论家，此人在一篇文章中写道："只要在地球上排头砍去，砍掉两百万颗脑袋，革命事业就会无往而不胜。"赫尔岑称这种说法是"有害的胡说八道"。

③ 类似的说法源出《圣经》。

国家不要有人再说什么他们的布道方式很优美,像刚才某人所说的那样……"公爵回答道。

"但是对不起,非常对不起,"伊万·彼得罗维奇显得十分不安起来,他环顾四周,甚至开始发怵,"您的所有想法,当然值得称道,而且充满了爱国心,但是这一切大大说过了头……甚至,最好还是别说这个吧……"

"不,非但没有说过头,甚至说得还不够,正是说得还不够,因为鄙人才疏学浅,说不清楚,但是……"

"鄙人不——敢苟同!"

公爵闭上了嘴。他端坐在椅子上,一动不动,用火一般的目光望着伊万·彼得罗维奇。

"我觉得,您的恩人出的那事,使您太震惊了,"那个年老的"大官"和蔼而又不失心平气和地说道,"也许,您太孤独了,造成了您的过激……您假如能多跟些人接触接触,在上流社会生活一段时间,我想,大家一定会欢迎您的,因为您是一个好青年,这样,当然,您的兴奋点就会平静下来,并且看到,这一切其实很简单……再说,这种难得遇到的情况……依我看,它之所以出现,一半因为我们吃饱了撑的,另一半则由于……无聊。"

"此言极是,您说得对极了,"公爵叫道,"真是一语破的!正是由于无聊①,由于我们的无聊,不是因为吃饱了撑的,而是因为饥不择食……不是因为吃饱了撑的——这点您弄错了!不光是因为饥不择食,甚至像饿虎扑食、狼吞虎咽!而且……您也别以为这是件小事,可以付诸一笑,请恕我直言,应当善于预见到可能发生的事!我们俄国人一旦爬到岸上,并确信这是岸以后,就会欢天喜地,立刻一条道走到黑,这是为什么呢?您对帕夫利谢夫做的事感到惊讶,您把一切都归之于他的疯狂或者善良,但这是不对的!

---

① 俄语中"无聊"(скука)一词,尚有"苦恼""烦闷"之意。

在这种情况下，我们俄国人认死理的那股劲儿，不仅使我们，而且使整个欧洲都感到惊讶：在我国，如果有人改信天主教，他一定会成为耶稣会教士，而且是最神秘的耶稣会①教士。如果成为无神论者，他一定会要求通过暴力，也就是说用剑来根除对上帝的信仰！为什么，他为什么一下子变得这么激烈呢？难道您不知道吗？这是因为他发现了他过去忽略的祖国，因而兴高采烈。他发现了岸，发现了陆地，于是就扑过去亲吻这块土地！俄国之所以产生无神论者和耶稣会教士，并不仅仅出于虚荣，并不完全出于一种糟糕至极的虚荣心，而是出于一种精神上的痛苦，出于一种精神上的饥渴，出于一种对崇高事业的向往，对坚实的岸的向往，对他们所不再信仰的祖国的向往，因为他们从来就不了解这个祖国！俄国人比全世界的任何人都容易变成无神论者！我们俄国人不只是成为无神论者就算了，而且一定会对无神论坚信不疑，把无神论看成新的宗教，他们居然没有发现他们确信不疑的不过是个零。我们的饥不择食就表现在这里！'谁脚下没有立足点，谁就没有上帝。'这不是我的话，这话是我去外地旅行时遇到的一个旧礼仪派商人说的。不错，他的原话不是这样，他说的是：'谁不要故土，就是不要自己的上帝。'您只要想想，我国一些最有学问的人，竟会去当鞭笞派②教徒……不过，我倒要请问，在这种情况下，鞭笞派究竟有什么地方不如虚无主义、耶稣会主义和无神论呢？也许，甚至更深刻！瞧，精神上的苦闷会发展到什么地步！……协助饥不择食、饿虎扑食般的哥伦布的旅伴们发现'新大陆'的海岸吧，请让俄国人发现一个俄国的'新大陆'吧，让他们找到这堆黄金，找到这个隐藏在地下

---

① 耶稣会为天主教会中反对宗教改革运动最激烈的一个派别。该会仿效军队编制，有森严的纪律。会规除"三绝"（绝财、绝色、绝意）外，还强调绝对服从罗马教皇，无条件执行教皇的一切命令。

② 旧俄的一个苦行教派，用鞭自笞其身，以致流血，认为这是最高的"圣德"，可借以赎罪，并劝别人改恶从善。

的宝藏吧！指点他们，让他们看到，也许只要用俄罗斯思想，用俄罗斯的上帝和基督就能使人类在未来走向革新和复活之路，到时候，你们就会看到一个孔武有力、正直英明而又温文尔雅的巨人，出现在惊愕的世界面前——他们感到惊愕，感到恐惧，因为他们一直以为我们只会用剑，用剑和暴力开路，因为他们以己度人，总以为我们非使用野蛮手段不可。直到今天，他们都这么认为，而且越往后疑心越大！再说……"

但是，就在这时候忽然发生了一件事，把公爵滔滔不绝的演说突如其来地打断了。

所有这些慷慨激昂的长篇大论，所有这些纷至沓来的热烈、骚动的言论和亢奋的思想，仿佛在一片混乱中互相拥挤，互相跳跃，这一切都预示在一个似乎无缘无故地突然亢奋激烈起来的年轻人身上，将会出现某种危险的、特别的东西。客厅里在座的衮衮诸公中，所有知道公爵为人的人，都对他的反常举动感到惊讶（有的担心，有的惭愧），这跟他一向很拘谨，甚至有点儿胆怯、腼腆的作风很不协调，这跟他平时待人接物非常有分寸，对上层社会的礼节具有一种本能的鉴别力，也很不协调。简直闹不清怎么会发生这种事情：他听到的关于帕夫利谢夫的事，并不是造成这种现象的原因。在女士们所在的那个角落里，大家都以为他疯了，别洛孔斯卡娅后来承认："再过一分钟，她非夺门逃走不可。""老头儿们"先是感到惊愕，接着便有点儿局促不安。那位身居上司之职的将军，正襟危坐，露出一脸不满和严厉的神色。那位工程兵上校则端坐一旁，一动不动，那个德国佬连脸都发白了，但仍露出一脸假笑，东张西望，左顾右盼：看别人有什么反应。然而，这一切和"这整个娄子"，都可以用最普通和最自然的办法解决，也许，甚至再过一分钟就行。伊万·费奥多罗维奇感到非常吃惊，但是他又比所有的人都明白得早，他已经几次试着打断公爵的话，不让他说下去，但是都没有成功，因此他现在走过去，想对他采取果断措施。再过一分钟，如果有此必要的话，伊万·费奥多罗维奇也许会友好地把公爵搀扶出去，借口说他有病，也许，有病云云也是事实，而且伊万·费奥多罗维奇私下里也相信，大概他又犯病了……但是，事情却以另一种方式急转直下。

起初，公爵刚刚走进客厅的时候，他找了个地方坐下，尽可能离阿格拉娅严厉警告过他的那只中国花瓶远些。简直令人难以置信，自从昨天阿格拉娅说过那番话以后，他心中就产生了一个怎么也抹不掉的信念，一种奇怪的、难以置信的预感：不管他怎么躲开这只花瓶，不管他怎么躲避这场灾难，明天他肯定会把这只花瓶打碎，而且非打碎不可。这怎能让人相信？事实果真如此。在整个晚会期间，与此无关的其他强烈而又明快的印象，纷至沓来地涌上他的心头，这一点我们已经在前面说过了。他忘了自己的预感。当他听见有人提到帕夫利谢夫，而伊万·费奥多罗维奇又请他过去，把他再次介绍给伊万·彼得罗维奇之后，他就挪了个位置，靠近桌子，坐到紧挨着那只又大又漂亮的中国花瓶旁的软椅上。那花瓶放在一只高脚茶几上，略微靠后一点儿，几乎就挨着他的胳膊肘。

当他说最后几句话的时候，他猛地从座位上站起身来，不小心挥动了一下胳臂，似乎动了动肩膀，接着……便发出一片惊呼！花瓶晃了晃，起初似乎犹豫不决：要不要掉下来，落到一个老头的头上，但它蓦地又向相反方向倾斜，向那个在恐怖中好不容易才躲开的德国佬方向倾斜，砰的一声落到了地板上。一声轰响，一片惊呼，散落在地毯上的是贵重瓷器的碎片，惊惧，愕然——噢，公爵当时的表情很难描写，也几乎不需要描写！但是我们在此不能不提到，在这一刹那间，使他十分吃惊的，也就是在众多其他模糊和奇怪的感觉中使他豁然开朗的一个奇怪的感觉，不是惭愧，不是捅了娄子，不是惊惧，也不是始料所不及，使他感到最最惊愕的是：果然不幸而言中了！

在这个想法里，究竟是什么使他久久不能忘怀，他自己也说不清，他只是感到很惊异，乃至惊心动魄，几乎怀有一种神秘的恐惧。少顷，他眼前的一切都似乎扩展开来，代替那恐惧的是一片光明、幸福和欢乐，他开始喘不过气来了……但是不过一会儿工夫。谢谢上帝，并不是那毛病！公爵喘了口气，向四周看了一眼。

他似乎很久都弄不懂他周围为什么乱成一团，或者说，懂是全懂了，也看到了一切，但是他站在那里，仿佛他是一个特殊人物，与眼前的一切毫无关系似的，他就像童话里的隐身人，潜入室内，正在观望那些跟他虽不相干，但却是他颇感兴趣的人。他看见下人正在收拾花瓶的碎片，听见大家在急促地说话，看见阿格拉娅脸色苍白，在奇怪地望着他，很奇怪：她的眼睛里没有一点儿恨，也没有丝毫的愤怒，她只是用害怕的，但却充满同情的目光望着他，而她看别人的时候，两眼却在熠熠发光……他突然感到一阵甜蜜的心酸。最后，他又奇怪而惊愕地看到，大家都坐了下来，而且在笑，似乎什么事也没有发生过！又过了一分钟，笑声越来越大：大家都在看着他笑，看着他那呆若木鸡的模样，但是他们的笑声是友好的、快乐的。许多人开始跟他说话，态度也很和蔼，带头跟他说话的是利扎韦塔·普罗科菲耶芙娜：她边笑边说一些非常、非常可亲的话。他忽然感到，伊万·费奥多罗维奇在友好地轻轻拍他的肩膀，伊万·彼得罗维奇也在笑，但是表现得更好、更动人、更招人喜欢的是那位年老的"大官"，他拿起公爵的一只手，轻轻握着，而用另一只手的手掌轻轻拍打着公爵的那只手，一再劝他冷静下来，仿佛在哄一个受了惊的小男孩似的（这使公爵非常高兴），最后，他又让他坐过来，紧挨着他。公爵非常快乐地注视着他的脸，但是不知道为什么他还是说不出话来，好像心头压着什么东西似的透不过气来。他非常喜欢这老头儿的脸。

"怎么？"他终于喃喃地说道，"你们当真原谅我了吗？还有……您，利扎韦塔·普罗科菲耶芙娜？"

笑声更大了，公爵两眼涌出了泪花，他不相信自己的眼睛，他像着了魔似的。

"当然，这花瓶很漂亮。我记得，这只中国花瓶放在这里约莫有十五年了吧，对……十五年了……"伊万·费奥多罗维奇开口道。

"真是的，这有什么大不了呢！连人都难免一死，为一只泥捏的破花瓶犯得上吗！"利扎韦塔·普罗科菲耶芙娜大声说道，"你难道吓坏了，列夫·尼古拉耶维奇？"她甚至有点儿担心地加了一句，"行啦，宝贝，行啦，你这副样子倒真把我吓着了。"

"原谅一切吗？一切，除了花瓶以外？"公爵想从座位上站起来，但是年老的"大官"又立刻拉住他的手，拽他坐下。他不愿意放开他的手。

"这很有意思，也很值得深思！"他隔着桌子向伊万·彼得罗维奇低语道，不过声音相当大，列夫·尼古拉耶维奇也许听见了。

"那么说，我没有得罪你们任何人吗？你们不会相信的，如果我当真没有得罪你们，我该多幸福啊，其实也理应如此！难道我在这里能得罪任何人吗？如果我当真这样想，乃是对你们的侮辱。"公爵说道。

"您尽管放心，我的朋友，您言重了。您完全不必千恩万谢，这感情很美好，但这是夸大了的感情。"

"我没有感谢你们，我只是……欣赏你们，我看着你们感到很幸福。也许我说得很蠢，但是——我需要说话，需要解释……哪怕出于对我自己的尊重呢。"

他身上的一切都是突发性的、模糊的、忽冷忽热的，很可能，他说的话常常不是他想说的。他的目光似乎在问：他可以说话吗？他的目光落到了别洛孔斯卡娅脸上。

"没什么，先生，说下去吧，说下去吧，只要不上气不接下气就行，"她说，"你刚才就是因为喘不过气来，闯了个不大不小的祸。至于想说话，你尽管说，比你更怪的人，这些先生也见过，你不会使他们感到吃惊的，再说，你的话也不见得奥妙，不过打碎了花瓶，把大家吓了一跳。"

公爵微笑着听完了她的话。

"要知道，这是您，"他猛地对那个年老的"大官"说道，"要知道，在三个月以前，就是您使一名大学生波德库莫夫和一名小公务员什瓦勃林免除了流放，不是吗？"

年老的"大官"甚至都有点儿脸红了，他嘟囔道，要安静，不要激动。

"要知道，我也听说过您的事，"他又立刻转过身去对伊万·彼得罗维奇说，"在某省，您曾经无偿地送木材给您那些遭到火灾的农民，他们已经获得自由①而又给您惹了不少麻烦，您让他们重建家园，不是吗？"

"唉，这——夸——大——了，"伊万·彼得罗维奇嘟囔道，不过他愉快地做出一副俨乎其然的模样，但是这次他倒说得完全对，"这夸大了"：这不过是公爵听到的与事实不符的传闻罢了。

"至于您，公爵夫人，"他忽然满脸堆笑地对别洛孔斯卡娅说，"难道半年前在莫斯科，不是您在收到利扎韦塔·普罗科菲耶芙娜的信以后，把我当亲儿子一样看待吗？而且，果然，您像给亲儿子一样给我出了一个令我终生难忘的主意。您记得吗？"

"你干吗净认死理呢？"别洛孔斯卡娅懊恼地说，"你这人很好，但是也很可笑：给了你两文钱，你就千恩万谢，好像救了你的命似的。你以为这样值得称道，其实反叫人讨嫌。"

---

① 指农奴解放。

她越说越有气，差点儿要发火了，但是蓦地又转怒为笑，而且是善意的笑。利扎韦塔·普罗科菲耶芙娜的脸豁然开朗，伊万·费奥多罗维奇也喜形于色。

"我早说过，列夫·尼古拉耶维奇这人……这人……一句话，只要说话的时候不上气不接下气，像公爵夫人所说的那样，就行了……"将军兴高采烈地嘟囔道，重复着别洛孔斯卡娅使他惊喜交加的那句话。

只有阿格拉娅一个人不知怎么闷闷不乐，但是她的脸仍旧涨得绯红，也许因为生气。

"说真的，他这人倒蛮可爱的。"那位年老的"大官"又对伊万·彼得罗维奇嘀咕道。

"我心头是带着难言之痛到这里来的，"公爵继续说道，而且越说越慌，越说越快，越说越怪和兴奋，"我……我怕你们，也怕我自己。最怕的还是我自己。我回彼得堡的时候，就下决心一定要亲自了解一下我国的第一流人物，出身贵族世家的上流人士，我本人也属于贵族世家，而且还是这些世家中的一流望族。我现在就跟同我一样的公爵们坐在一起，难道不是这样吗？我想了解你们，这很必要，非常，非常必要！……从前，我经常听到许许多多关于你们的坏话，而且坏话比好话多，大家说你们斤斤计较，吹毛求疵，又落后，又不学无术，生活习惯又十分可笑——噢，人们写了和说了许多关于你们的事！今天，我是抱着一颗好奇心到这里来的，心里很惶惑，我必须亲眼看一看，亲自弄清楚：俄国人中的这个最上层是否当真百无一用了，当年的生命力业已耗尽，只能寿终正寝，一死以谢天下，可是它依旧小肚鸡肠，害着红眼病，跟……属于未来的人斗争，妨碍他们，而看不到它自己行将就木呢？即使过去，我也完全不相信这个看法，因为我国从来就不曾有过最高阶层，除非是御前大臣，凭官服，或者……靠机会，而现在已经完全风流云散，难道不是这样，不是这样吗？"

"不，根本不是这样。"伊万·彼得罗维奇狞笑道。

"瞧，又来了！"别洛孔斯卡娅忍不住说道。

"让他说吧，瞧他浑身都在发抖。"那个年老的"大官"又低声警告道。

公爵简直忘乎所以，失去了常态。

"结果怎样呢？我看见了一群优雅从容、敦厚朴实的聪明人。我看到了一位长者，他居然对一个像我这样的毛孩子格外青眼，耐心地听我说话；我还看到一些善解人意和善于宽恕别人的人，这都是一些善良的俄罗斯人，几乎跟我在国外遇到的那些人同样善良和真诚，几乎不亚于他们。你们看得出来，我是多么惊喜交加呀！噢，请允许我把话说完！我听到过许多议论，自己过去也曾对此深信不疑：有人说，上流社会只剩了空架子，一切都虚有其表，金玉其外，败絮其中，本质已荡然无存。但是我现在亲眼看到，在我国，这是不可能的，在其他国家，可能发生这种情况，不过不是在我国。难道你们现在统统是伪君子和骗子手吗？我刚才听到Ｎ公爵讲的故事，难道这不是既淳朴敦厚而又热情洋溢的幽默吗？难道这不是真正的慈悲为怀吗？难道这样的话能出自一个……半死不活、心智均告枯竭的人之口吗？难道一群行尸走肉能像你们对待我这样对待我吗？难道这不是……一群建设未来，实现希望的栋梁之材吗？难道这样一些人能不懂，能落在时代后面吗？"

"亲爱的，我再一次请求您安静，这一切咱们下一次谈好吗？我一定洗耳恭听……"年老的"大官"冷冷地一笑。

伊万·彼得罗维奇清了清嗓子，在自己坐的那张安乐椅上转动了一下身子。伊万·费奥多罗维奇也动弹了一下。那位身居上司之职的将军则跟那位大官夫人在闲谈，根本就没有注意公爵，但是大官夫人却常常竖起耳朵听他说话，而且不时抬头看他。

第四部

"不，要知道，还是让我说下去好！"公爵以一种新的狂热和冲动继续说道，仿佛特别信任，甚至有点儿机密地转过身去对年老的"大官"说话，"昨天，阿格拉娅·伊万诺芙娜禁止我说话，甚至指出不许我谈论的具体话题，她知道，我一谈这些问题就显得很可笑！我今年二十六岁多，可是我知道我还像个孩子。我没有权利把我的想法用言语表达出来，这我早知道，我只在莫斯科跟罗戈任坦诚地谈过……我跟他一起读普希金，把普希金的书全读完了。他什么都不知道，甚至连普希金的名字都不知道……我总怕我那可笑的模样会败坏我的想法和主要观念。我不会指手画脚地说话。我的手势总是适得其反，只会引人发笑，也有损于我的观念。我也没有分寸感，而这是主要的，甚至是最主要的……我知道，我最好坐着不开口。如果我能咬咬牙，一言不发，我甚至会显得很懂事，也可以多想想。但是现在还是让我说下去好。我所以要说下去，因为您这么笑容可掬地看着我，您的脸太动人了！昨天，我向阿格拉娅·伊万诺芙娜保证，整个晚会都一言不发。"

"是吗？"年老的"大官"微微一笑。

"但是，我有时候想，我这样想是不对的：观念的真诚就应该用说话的姿势来配合，不是吗？是不是呢？"

"有时候是的。"

"我要说明一切，一切，一切，一切！噢，对了！您以为我是乌托邦吗？是空想家吗？噢，不，我向上帝起誓，全是一些十分简单的想法……您不信？您在笑？您知道吗，我有时候很卑鄙，因为我正在失去信仰。刚才，我到这里来的时候，就想：'嗯，我怎么开口同他们说话呢？应当从什么话开始，他们才能明白我的意思呢？'我多担心呀，但是我更替你们担心，非常，非常担心！然而我有什么资格替你们担心呢，这种担心岂不可耻？一个先进分子得摊上深不可测的落后的和不怀好意的人，那怎么办呢？我高兴的是，我

第四部

现在终于明白了，落后的人完全不是什么深不可测，所有人都是活的有用之材！至于我们很可笑，大可不必介意，不对吗？因为事实就是如此：我们可笑，我们浅薄，我们的习惯恶劣，我们的作风无聊，我们不善于观察，也不善于理解，要知道，我们大家都是这样，大家，您和我，还有他们！现在我当着您的面说您可笑，您不会见怪吧？即便是这样，难道您就不是有用之材了吗？您知道吗，依我看，一个人显得可笑，有时候并不坏，甚至更好：这样更容易相互谅解，更容易心平气和。不是所有的事一下子都能理解的，也不是已经尽善尽美了才能开步走。为了做到尽善尽美，必须先对许多事不理解！如果理解得太快了，也许倒理解得不透。这话我是对你们说的，对你们，因为你们对许多事既善于理解，又……善于不理解。我现在并不替你们担心：像我这样一个孩子对你们说这样的话，你们不会见怪吧？您在笑，伊万·彼得罗维奇。您以为：我是替那帮人担忧，替他们辩护，我是一个民主派，在鼓吹平等？"他歇斯底里地笑了（他不断发出短促的、得意的笑声），"我是替你们担忧，替你们大家，替咱们所有的人。要知道，我自己就是一个门第古老的公爵，而且现在跟公爵们坐在一起。我说这话是为了挽救咱们所有的人，为了不使咱们这一阶层在一片漆黑中烟消云散，心里一笔糊涂账，遇事互相谩骂，结果满盘皆输。既然我们能够保持先进分子和老大哥的地位，干吗要销声匿迹，把位置让给别人呢？只要我们是先进的，就会是老大哥。我们要先作用人，再作领班。①"

他开始一再从软椅上站起来，但是那年老的"大官"却一而再，再而三地拉他坐下，而且越来越不安地望着他。

"请听我说！我知道，净说空话是不好的，不如干脆做出榜样，不如干

---

① 源出《新约·马可福音》第九章第三十五节："若有人愿意作首先的，他必作众人末后的，作众人的用人。"

脆开个头……我已经开了头……而且——难道我真的会成为不幸者吗？噢，如果我能够成为一个幸福的人，我这点痛苦，我这点不幸，又算得了什么呢？你们知道吗，我不明白，当一个人走过一棵大树，看到树影婆娑，怎能不感到幸福呢？当你能跟一个你所爱的人说话，怎能不感到幸福呢！噢，我只是不善于表达罢了……世界上又有多少这样美的东西啊，简直随处可见，甚至连最最不可救药的人也会认为这些东西是美的！你们不妨看看孩子，看看天赐的朝霞，看看正在生长的青草，看看那些注视着你们并且爱着你们的眼睛……"

他早已经站着说话了。年老的"大官"已经惊恐地看着他。利扎韦塔·普罗科菲耶芙娜失声叫道："哎呀，我的上帝！"她最先看到事情不妙，举起两手一拍。阿格拉娅迅速跑到他跟前，急忙伸出两手抱住了他，她恐怖地、脸上充满痛苦地听到使一个不幸的人"重重的抽风和倒在地上的魔鬼"的可怕的尖叫。① 病人躺倒在地毯上。有人急忙把一只沙发靠垫塞在他头底下。

这是谁也没有料到的。一刻钟后，N 公爵、叶夫根尼·帕夫洛维奇和那位年老的"大官"，曾试着使晚会再度活跃起来，但是又过了半小时，大家也就散了。客人们说了许多充满同情和表示惋惜的话，也说了若干意见。伊万·彼得罗维奇在言谈间表示："这年轻人是个斯——拉——夫派②，或者属于这一类吧，不过，这并不危险。"那位年老的"大官"什么话也没有说。诚然，不过这已经是后来的事了，在第二天和第三天吧，大家有点儿生气。伊万·彼得罗维奇甚至有点儿见怪，不过也不厉害。那位上司将军在一段时间内对伊

---

① 源出《新约·马可福音》第九章第十七至二十七节所讲，耶稣医治一个被鬼附体的孩子的故事。

② 俄国19世纪中叶的一个哲学和社会思想派别，既反对西欧的资本主义，又反对社会主义，主张走俄国自己的路，希望在农民与贵族、平民与知识分子、君主政体与正教教会之间寻求妥协，并将古罗斯的社会制度和农民公社理想化。

万·费奥多罗维奇有点儿冷。叶府的"保护人"——那位大官,也慢条斯理地对一家之长说了一些训诫的话,而且还表示,他非常、非常关心阿格拉娅的终身大事——这使叶家感到十分荣幸。他这人的确比较善良,不过,在晚会进行过程中,他对公爵有兴趣的诸多原因中,还有一个原因是公爵跟纳斯塔西娅·菲利波芙娜不久前的那段风流韵事,关于这段故事,他略有耳闻,甚至很感兴趣,很想刨根问底地问个明白。

别洛孔斯卡娅离开晚会时,对利扎韦塔·普罗科菲耶芙娜说:

"没什么,这人说好也好,说坏也坏,如果你想知道我的意见的话,那么坏的居多。你自己也看到他是怎样的一个人,病人!"

利扎韦塔·普罗科菲耶芙娜私下里拿定主意:做未婚夫是"不可能的"。夜里,她向自己发誓:她只要活一天,公爵就休想成为阿格拉娅的丈夫。她清早起床时,就是这么决定的。但是,这仅仅是清早,十二点多吃早饭的时候,她又陷入了令人惊讶的自相矛盾之中。

然而,当两位姐姐非常小心谨慎地询问阿格拉娅的意见时,阿格拉娅突然冷冷地,但又傲慢地,似乎斩钉截铁地答道:

"我从来没有向他做过任何保证,也从来没有认为他是我的未婚夫。他跟我毫不相干,就跟任何毫不相干的人一样。"

利扎韦塔·普罗科菲耶芙娜突然面红耳赤。

"我没料到你会说出这样的话来,"她伤心地说,"把你许配给他是不可能的,这我知道,而且多谢上帝,咱俩所见略同。但是我没料到你会说出这样的话来!我还以为你另有打算。要是我的话,我会把昨天所有的人都轰走,而把他留下,他是一个多么好的人呀!……"

她说到这里突然打住,对她刚才说的话自己都感到害怕。她万万没有想到,她现在对女儿的看法有多么不公平!其实,在阿格拉娅的脑子里,已经一切都决定了,她也在等候时机,以便当机立断,决定一切,而现在,任何暗示,任何不小心的触动,都会撕碎她的心,使她心乱如麻,痛定思痛。

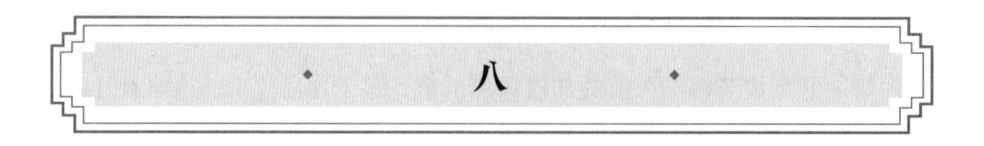

八

这天早晨一开始,公爵就有一种沉重的预感,他所以有这种预感,也可以用他的病情来解释,但是他莫名其妙地闷闷不乐,这正是他感到最痛苦的。诚然,摆在他面前的事实是印象深刻的、沉重的、令他痛定思痛的,但是他的闷闷不乐远远超过他想得起来并且考虑到的一切。他明白,他一个人无法使自己平静下来。渐渐地,他油然产生的一种期待在他心里扎下了根:今天他一定会发生某种特别的、不可改变的事。昨晚,他虽然旧病复发,但总算是轻的,除了心里有些忧郁,头脑有些沉重,四肢有些酸痛以外,他并没有感到任何其他不适。他的脑子相当清晰,虽然他的心有点儿疼。他这天起得相当晚,但是一起床就立刻清楚地想起了昨天的晚会,虽然记得不十分清楚,但他还是记起来了,他发病后过了半小时,人家就把他送回了家。他听说,叶潘钦家已打发人来看过他,打听过他的病情。到十一点半的时候,又派来了另一个人,他对这点感到很高兴。薇拉·列别杰娃第一个跑来看他,并且替他做这做那。她看到他后,起初,忽然哭了,但是公爵立刻安慰她,说他没事儿,这时她又破涕为笑。这姑娘如此深切地同情他、体贴他,不知为什么使他突然感到很吃惊,他拿起她的手,亲吻了一下。薇拉的脸唰地通红。

"哎呀,您怎么啦,您怎么啦!"她害怕地一声惊呼,急忙把手抽了回去。

她很快就走了,奇怪的是似乎很难为情。顺便说说,在此以前,她已经告诉他了,今天一大早,她父亲就跑去看"死者"(他就是这样称呼将军的),打听他夜里死了没有,她听人说,将军大概很快就会咽气的。十一点多的时候,列别杰夫回来了,他过来看公爵,但只是"来一小会儿,目的是来了解一下他的贵体是否安康",等等,此外,也为了来看看他的"小柜子"①。他除了唉声叹气以外,再没说别的,因此公爵也就很快让他走了,但是尽管这样,他还是试探着问公爵昨天发病的情形,虽然看得出来,他已经知道发病的一切细节。在他之后,科利亚也跑来了,也是只来待一会儿。他倒当真有事,似乎心事很重,而且很焦急。他一进来就开门见山地、急切地请求公爵把瞒着他的所有的事说个明白,接着他又加了一句,昨天他已经把一切几乎都打听清楚了。他受到强烈而又深深的震动。

公爵尽自己之所能,以十分同情的态度把事情经过统统说了一遍,而且十分准确地还事实以本来面目。这个可怜的孩子听了他的话后,有如挨了晴天霹雳。他一句话也说不出来,默默地暗自垂泪。公爵感觉到,这事留下的印象,将使这青年终生难忘,并将成为他毕生的转折点。他急忙告诉他,他自己对这件事的看法,并且补充说,据他看,老人的死,很可能是因为做了那件错事以后他心里感到可怕所致,这种痛悔前非、追悔莫及之情,并不是任何人都能产生的。科利亚听完公爵的这席话后,两眼闪出了泪花。

"甘卡、瓦丽娅和普季岑都是混账东西!我不会跟他们吵,但是从今以后我们将分道扬镳,各走各的道!啊,公爵,我从昨天起有许多新的感受,这对我是个教训!现在,我认为,母亲应该直接由我抚养,虽然她在瓦丽娅那里生活有保障,但这样总不是事儿……"

他蓦地想起有人在等他,便跳起来,匆匆问了问公爵的健康状况,听到

---

① 指看看他的酒柜,喝杯酒。

答复后，他忽然又急匆匆地补充道：

"是否还有别的什么呢？我听说，昨天……（不过，我没有刨根问底的权利），但是，您什么时候有事，需要一个忠实的奴仆，用得着我的话，我将随时为您效劳。看来，咱们俩都不是非常幸福，不是这样吗？但是……我不想刨根问底，不想刨根问底……"

他走了，公爵进一步陷入沉思：大家都在预言将有不幸的事发生，大家都似乎已经做了结论，大家都在观望，似乎他们都知道什么事，只有他不知道。列别杰夫用话套他，科利亚直截了当地暗示，薇拉则在暗中垂泪。最后，他懊丧地挥了挥手，想道："该死的病引起的多疑。"一点多钟的时候，叶潘钦母女前来看他，并且申明就来"一会儿"，他看到她们顿时喜形于色。她们还当真就来"一会儿"。吃完早饭后，利扎韦塔·普罗科菲耶芙娜站起身来，宣布大家立刻出去散散步。这一通告是以命令的形式作出的，生硬，冷峻，不做任何解释。大家走出门去，所谓大家，也就是妈妈、小姐们和希公爵。利扎韦塔·普罗科菲耶芙娜一出门就直接向平日出去散步的相反方向走去。大家都明白到底是怎么回事，但是都不开口，怕惹妈妈生气，而她也好像躲开大家的责备和反对似的走在大家前面，头也不回。最后，阿杰莱达说，出去散步也用不着这样紧追慢赶嘛，大家都赶不上妈妈了。

"这样吧，"利扎韦塔·普罗科菲耶芙娜回过头来说道，"现在，我们现在正从他家门口走过。不用管阿格拉娅怎么想，也不用管以后发生什么事，他对于咱们终究不是外人，再说，他现在正处在不幸中，在生病，起码，我想进去看看。谁愿意，谁就跟我一起进去，不愿意，就走——来个过门不入，没谁挡你们的道。"

不用说，大家都走了进去。公爵照例急急忙忙地再一次请求大家原谅昨天打破花瓶和……给大家添乱的事。

"好啦，这没什么，"利扎韦塔·普罗科菲耶芙娜答道，"不是舍不得花瓶，而是替你难过。那么说，你自己现在也看出来了，给大家添了乱：这就是所谓'明早再说……'，不过这也没什么，因为现在任何人都看到，对你是不能求全责备的。好了，也该再见了。如果走得动，就出去散散步，再继续睡下——这是我的劝告。如果想到舍下来玩，可以照旧来嘛。你应当相信，而且永远牢记，不管发生什么事，也不管出什么乱子，你将一如既往，照旧是我们家的朋友：起码是我的朋友。起码，我对自己总心里有数吧……"

大家都异口同声地回应母亲，并且肯定了妈妈一如既往的感情。他们走了，但是在这貌似宽厚、仓促间说出的和蔼可亲的鼓励话中，却蕴含着许多连利扎韦塔·普罗科菲耶芙娜都未曾察觉的残忍。在请他"照旧"来舍下玩的邀请中，以及在她所说的"起码是我的朋友"的话语中，可以听出某种预告未来的弦外之音。公爵开始追忆阿格拉娅的情形，诚然，她在进门和告辞的时候，曾向他奇怪地嫣然一笑，但是她一句话也没说，甚至大家向他保证一如既往友好往来的时候，她也不置可否，虽然两三次定神看了看他。她的脸色比平时更苍白了，仿佛她夜里没睡好似的。公爵决定当晚一定"照旧"上她们家去，而且十分激动地看了看表。叶潘钦母女走后整整三分钟之后，薇拉走了进来。

"列夫·尼古拉耶维奇，刚才阿格拉娅·伊万诺芙娜悄悄地让我给您捎句话。"

公爵猛地打了个冷战。

"有便条？"

"不，是口信，而且还是匆忙说的。她请您今天一整天一分钟也别离开这院子，一直到晚七点，或者，甚至到九点，我没完全听清楚。"

"这……这又干吗呢？这是什么意思？"

"这事，我就什么也不知道了，她只让我千万转告。"

"她说'千万'了?"

"不,没有直说:我刚巧跑到她身边,她匆匆回过头来对我说了这句话。但是从她脸上看得出来,她让我'千万'。她看了看我,把我的心都看麻了……"

公爵又追问了几句,虽然什么也没问出来,但是他倒反而更惊慌了。当他独自一人的时候,他躺在沙发上,又沉思起来。"也许,有人要上她们家去,直到九点,她担心我去了,当着客人的面,又会给她添乱。"他终于凭空想出了这个道理,接着他又开始迫不及待地等候晚上到来,他又开始不断看表。但是谜底很快就揭开了,远没有到晚上,而且也是以一个新的来访的形式出现的,但是从这谜底又生出另一个令人百思不得其解的新的哑谜:叶潘钦母女走后过了整整半小时,伊波利特走进屋来看他。伊波利特进来的时候显得筋疲力尽、疲惫不堪,进门后,一句话没说,就像失去知觉似的跌坐在沙发椅上,霎时间,剧烈地咳呛起来,一直咳到吐血。他的眼睛在闪闪发光,脸上烧起了两堆潮红。公爵向他喃喃地说了一句什么,但是他没有回答,只是向他连连摆手,让他暂时不要打搅他。最后他才似乎恢复了知觉。

"我要走了!"他终于用喑哑的嗓音使劲说道。

"要我送您回家吗?"公爵说,从座位上站起身来,但他说到这里又打住了,想起了刚才人家给他下的不许出院的禁令。

伊波利特笑了。

"我不是要离开您,"他继续说道,仍不断气喘和干咳,"相反,我认为有必要来看看您,谈件事儿……要不,我也不会来打搅您。我要到那里①去,而且这回看来真的要走了。一命归天!请相信,我不是来寻求同情的……

---

① 指死亡。

第四部

今天，我本来已经躺倒了，从十点开始，躺倒后就不准备再起来了，一直到命归黄泉，但是后来又改了主意，又爬了起来，想来看看您……可见，必有要事。"

"看着您这模样，真叫人可怜。您叫我一声，让我去不就得了，何必劳驾亲自来呢。"

"好啦，客气话说够啦。表示一下可怜，就上流社会的礼节说，也够啦……对，我忘了：您身体怎么样？"

"我身体很好。昨天倒……不十分……"

"听说了，听说了。也是那只中国花瓶活该倒霉，可惜我不在场！我是来谈件事的。第一，我今天有幸看到了加夫里拉·阿尔达利翁诺维奇跟阿格拉娅·伊万诺芙娜在那张绿色长椅旁幽会。我感到惊奇的是，一个人竟会有这么副蠢相。加夫里拉·阿尔达利翁诺维奇走后，我就向阿格拉娅·伊万诺芙娜说了这想法……您好像一点儿也不感到惊奇，公爵，"他又加了一句，不信任地望着公爵那副镇静的面孔，"对任何事都不惊奇，据说这是一种大智大慧的表现，依我看，这在同等程度上也可能是一种奇蠢无比的表现……不过，我不是在含沙射影地骂您，对不起……我今天用词不当，说话净惹祸。"

"还在昨天，我就知道加夫里拉·阿尔达利翁诺维奇……"公爵欲言又止，显然不好意思，虽然伊波利特对他并不吃惊感到很懊丧。

"知道！这倒是新闻！不过，也好，您就不必说了……而今天，您不会是这个幽会的目击者吧？"

"如果您自己在那里，您一定会看到，我并没有在那里。"

"嗯，也许您躲在树丛后面呢。不管怎么说吧，反正我还是替您高兴，要不然，我还以为她看上加夫里拉·阿尔达利翁诺维奇了呢！"

"请您不要跟我谈这件事，伊波利特，也不要用这样的词。"

"更何况您已经全知道了。"

"您说错了。我几乎什么也不知道,而且阿格拉娅·伊万诺芙娜大概也知道我什么都不知道。其实对于他俩约会的事,我也一无所知……您说,他俩有过约会?嗯,好吧,咱们先不谈这事……"

"这究竟是怎么回事,一会儿知道,一会儿不知道?您说'好吧,先不谈这事'?嗯,不,您不要太轻信了!尤其是您倘若什么都不知道的话。因为您不知道,所以才轻信。那您知道不知道这兄妹俩到底在打什么主意呢?对于这事您可能也在怀疑吧?……好,好,我不提这事……"他发现公爵露出不耐烦的样子,又加了一句,"但是我找您是为了我自己的事,对于这事我想……说明一下。不说明一下,见鬼,我死不瞑目。我有许许多多话要跟您说。您想听吗?"

"说吧,我洗耳恭听。"

"不过,我又改了主意:我还是要从加涅奇卡讲起。我今天也有个约会,居然也是在那张绿色长椅上。不过,我不想说假话:是我自己硬约她见面的,死乞白赖地求来的,答应向她公开一个秘密。我不知道是不是到得太早了(看来,的确去早了),但是我刚在阿格拉娅·伊万诺芙娜身旁坐下,一看,加夫里拉·阿尔达利翁诺维奇和瓦尔瓦拉·阿尔达利翁诺芙娜手挽手地走了过来,似乎在散步。他们俩遇到我后,似乎吃了一惊,没料到我会在那里,甚至显得很尴尬。阿格拉娅·伊万诺芙娜的脸唰地红了,信不信由您,她甚至显得有点儿手足无措,因为我在那里呢,还是仅仅因为看到了加夫里拉·阿尔达利翁诺维奇,因为他显得非常英俊,反正她唰地满脸通红,事情在一秒钟之内就解决了,而且解决得很可笑:她站起身来,对加夫里拉·阿尔达利翁诺维奇的问候还了个礼,也回答了瓦尔瓦拉·阿尔达利翁诺芙娜巴结的微笑,接着便不客气地说道:'我约你们来,是为了向你们当面表示一下我对你们二位真挚的友情感到高兴,假如我将来需要这种友情的话,请相信……'她说罢便鞠躬告辞,他们俩也就走了——不知道他们俩是被愚弄了呢,还是旗开得胜。加涅奇卡当然被愚弄了,他莫名其妙,满脸通红。(他脸上的表情有时候很怪!)但是,瓦尔瓦拉·阿尔达利翁诺芙娜似乎明白了:现在必须赶紧走开,即使这样,阿格拉娅·伊万诺芙娜来这一手,也已经够她受的了,因此她把哥哥拉了就走。她比他聪明,我相信,她现在正十分得意。我到那里去是为了跟阿格拉娅·伊万诺芙娜商谈关于她同纳斯塔西娅·菲利波芙娜会面的事。"

"同纳斯塔西娅·菲利波芙娜!"公爵叫道。

"可不嘛!您好像沉不住气了,开始吃惊了?我很高兴,因为您也愿意跟普通人一样了。对此,我可以说句宽慰您的话。这就是想要巴结那些年轻而又性情孤傲的小姐的下场:我今天挨了她一记耳光!"

"精——精神上的?"公爵无意中问道。

"对,不是肉体上的。我觉得,任何人都举不起手来打一个像我这样的人,连女人现在也不会打我,甚至加涅奇卡也不会打我!虽然昨天有个时候我曾经想,他肯定会气势汹汹地向我扑过来……我敢打赌,我知道您现在在想什么。您在想:'就算不该打他吧,但是不妨用个枕头或者用块湿抹布,趁他睡着的时候,闷死他——甚至必须这样……'您脸上的表情说明,您正在想这个,就在此时此刻。"

"我从来没有这样想过!"公爵厌恶地说道。

"那我就不知道了,今天夜里我做了个梦,我梦见……一个人……用湿抹布……把我闷死了,嗯,我可以告诉您这人是谁:您不难想象,这是罗戈任!能不能用湿抹布把人闷死呢,足下高见?"

"不知道。"

第四部

"我听人家说是可以的。好吧，不提这事了。哼，凭什么说我是搬弄是非的人呢？今天，她凭什么骂我是搬弄是非的人？要注意，她是从头到尾听完了我的叙述，并且反复问了我几遍以后才说这话的……不过，女人都这样！为了她，我才跟罗戈任，跟这个非常有意思的人交往的；替她着想，我才安排她亲自跟纳斯塔西娅·菲利波芙娜见面的。该不是因为我暗示，她竟对纳斯塔西娅·菲利波芙娜吃剩下来的'残羹剩饭'欢天喜地，触犯了她的自尊心吧？我因为替她着想才再三跟她说明这个道理的，我不抵赖，我给她写过两封这样的信，今天是第三封，约她见面……方才，一开始，我就对她说，她这样做未免有点儿低三下四……再说，'残羹剩饭'这话也不是我发明的，而是别人说的，起码在加涅奇卡家，大家都这么说，她自己不也承认是这样吗。哼，那她为什么还说我搬弄是非呢？我看得出来，看得出来：您现在瞧着我这样子，一定觉得非常可笑，我敢打赌，您一定把一首无聊的诗硬安到我头上来了：

也许，当我凄惶地气息奄奄，
爱情会对我一展离别的笑颜。①

哈哈哈！"他突然发出歇斯底里的笑声，接着又咳呛起来。"请看，"他边咳嗽边喑哑地说道，"加涅奇卡是什么东西：说什么'残羹剩饭'，可现在他自己却想乘虚而入！"

公爵很久一言不发，他感到恐惧。

"您刚才说跟纳斯塔西娅·菲利波芙娜会面？"他终于含糊不清地问道。

"唉，莫非您当真不知道今天阿格拉娅·伊万诺芙娜跟纳斯塔西娅·菲利

---

① 源出普希金的诗《哀歌》(1830)。

波芙娜见面吗？而且为此还特地由罗戈任写信给纳斯塔西娅·菲利波芙娜，把她从彼得堡请了来。她应阿格拉娅·伊万诺芙娜之请，并经我从中斡旋，现在正跟罗戈任一起待在离您很近的地方，在从前那栋房子里，也就是那位太太，她的女友达里娅·阿列克谢耶芙娜，那位风流太太家，而且今天，阿格拉娅·伊万诺芙娜就要到那里去，到那个很成问题的人家去，去跟纳斯塔西娅·菲利波芙娜做友好的谈话，演算各种习题。她们想做算术题。您不知道？此话当真？"

"这不可思议！"

"哼，不可思议倒好了。不过，您又打哪儿能够知道这事呢？虽然这里飞过一只苍蝇，也无人不知：这种小地方就是这样！但是话又说回来，我预先告诉了您，您应该感谢我才是。好了，再见——也许，到阴曹地府才能见面了。不过还有件事：我固然对您做了卑鄙的事，因为……我倒要请问，我干吗要把理应属于自己的东西丢掉呢？难道为了有利于您？要知道，我是把自己的自白书献给她的（这事您不知道吗？），而且她是多么高兴地接受了呀！嘿嘿！不过，我对她并没有做卑鄙的事，我没有任何对不起她的地方，倒是她使我丢人现眼，使我十分难堪……话又说回来，我也没有一丝一毫对不住您的地方，我固然说过'残羹剩饭'以及诸如此类的话，可是现在我把她们约会的日期、钟点和地点都告诉了您，而且把这一整套游戏都暴露给您了……不用说，是因为恼恨，而不是出于舍己为人。再见了，我这人太啰唆，像个结巴或者痨病鬼。要当心，要采取措施，而且要快，只要您还配叫作一个人的话。会面定在今天晚上，这是确凿的。"

伊波利特向门口走去，但是公爵叫了他一声，他在门口又停了下来。

"这么说，依您看，阿格拉娅·伊万诺芙娜今天要亲自登门去找纳斯塔西娅·菲利波芙娜吗？"公爵问。他的两颊和前额泛出了红晕。

"不能说千真万确，不过很可能是这样吧，"伊波利特回答，把头转过一半，斜看了他一眼，"不过，不这样也不可能嘛。纳斯塔西娅·菲利波芙娜总不能上门去找她吧？再说，也不能在加涅奇卡家，他家几乎停着个死人。将军怎么样啦？"

"单凭这一点就不可能！"公爵接口道，"她即使想去，怎么出门呢？您不知道……她家的规矩：她不可能一个人离开家，去找纳斯塔西娅·菲利波芙娜，这太荒唐了！"

"我说公爵：平常，谁也不会去跳窗的，可是一旦发生大火，恐怕连最高贵的绅士和最高贵的太太，也会从窗子里跳出去的。只要有这个必要，那毫无办法，连我们的千金小姐也会上门去找纳斯塔西娅·菲利波芙娜的。难道那边府上不让您的这几位小姐到任何地方去吗？"

"不，我不是这个意思……"

"既然不是这个意思，那她只要走下台阶，一直往前走，哪怕从此不回家也可以。常有这样的事，有时可以破釜沉舟，当然也可以从此不回家：生活并不是仅仅由早点、午饭，加上希公爵这类人组成的。我觉得，您把阿格拉娅·伊万诺芙娜当成千金小姐或者寄宿学校的女学生了，我也把这个意思跟她说了，她似乎表示同意。您在七点或者八点的时候等着……换了我是您呀，一定打发个人到那边去监视，抓住她下台阶的那工夫。嗯，哪怕就派科利亚去呢，他可乐意当密探了，我可以担保，也就是说为了您……因为这一切本来就是相对的嘛……哈哈！"

伊波利特走了。公爵根本就没有必要派人去当密探，即使他肯这样做也毫无必要。阿格拉娅所以命令他坐在家里别出去的原因，也基本上弄清楚了：也许，她想来叫他一起去。当然，也可能，她不想让他到那里去，所以让他坐在家里……这也是可能的。他的头晕了，整个房间旋转起来，他在沙发上躺下，闭上眼睛。

不管怎么说，反正这事很大，而且具有决定性意义。不，公爵并不认为阿格拉娅是千金小姐或者寄宿学校的女学生。他现在感到，他早在担心的正是出现这一类事。但是，她为什么要跟她见面呢？他浑身一阵发冷，他身上又忽冷忽热起来。

不，他并不认为她是孩子！他感到恐惧的是她近来的某些观点，某些话。他有时候觉得，她似乎过于克制，过于沉得住气了，他想起来，这曾经使他很害怕。诚然，在所有这些日子里，他努力不去想这件事，赶走那些使他心烦的想法，但是她那颗心里到底包含着什么秘密呢？这问题早就使他很苦恼，而且百思不得其解，虽然他是相信这颗心的。而这一切今天都必须解决和弄个水落石出。这想法是可怕的！又是"这女人"！为什么他总觉得这女人肯定会在最后关头出现，把他的整个命运像一段烂线似的一揪两段呢？他总觉得是这样，他现在甚至敢对此发誓，虽然他眼下处在一种几乎恍恍惚惚的状态。如果说他近来在努力忘掉她，那也无非因为他怕她。他到底爱这个女人，还是恨这个女人呢？今天，他一次也没有向自己提出过这个问题，这方面，他于心无愧：他知道他爱的到底是谁……他不是怕她们俩见面，他怕的不是这次奇怪的见面，不是他所不知道的她们所以要见面的原因，也不是这次见面到底会有什么结局——他怕的是纳斯塔西娅·菲利波芙娜这个人。后来，过了几天以后，他回想起，在这些忽冷忽热的时刻，他几乎一直神思恍惚，似乎总看到她那双眼睛、她那副目光，听到她说话的声音——她说了一些奇奇怪怪的话，虽然在这忽冷忽热和异常苦恼的几小时之后，他已经记不清他当时到底想了和做了些什么。比如，他好不容易才记起来，薇拉怎么端饭来给他吃，他怎么吃了饭，但是饭后他是不是睡觉了，他就记不清了。他只知道，当天晚上，当阿格拉娅来看他，走进了凉台，他从沙发上跳起身来，走到房间中央，去迎接她的时候是七点一刻，从这时起，他才开始完全清楚地分辨一切。阿格拉娅独自一人，穿得很朴素，打扮得也似乎很仓促，穿一件质料轻盈的宽袖大衣。她的脸色，跟方才来看他的时候一样，很苍白，但是两眼却闪着明亮的、冷峻的光，他从来没见过她这么一副眼神。她把他仔细地端详了一遍。

"您完全做好准备了嘛，"她低声而且好像很平静地说道，"衣服穿好了，帽子也拿在手里了，这么说，有人告诉过您了，我知道是谁告诉您的：伊波利特？"

"是的，他跟我说了……"公爵几乎半死不活地喃喃道。

"那就走吧：您知道吗，您一定得陪我去。我想，您出去一趟总有力气吧？"

"我能走，但是……这难道可能吗？"

他的话霎时断了线，而且再也说不出话来了。这是他想阻止这个失去理智的姑娘的唯一企图，随后，他就像一名囚徒似的乖乖地跟在她后面，出了门。虽然他思绪很乱，但是他心里还是明白的，就是他不跟她去，她也会自己到那里去的，可见，他无论如何应该跟她走。他看得出来，她下了很大决心，这种强烈的冲动，不是他阻挡得了的。他俩默默地走着，一路上几乎没说一句话。他只注意到，她对这条路很熟悉，当他想穿过一条胡同绕道走（因为那条路行人少），并且向她提出来的时候，她似乎集中了注意力才听清楚了他说的话，接着便生硬地答道："都一样！"当他们俩差不多已经走到达里娅·阿列克谢耶芙娜那座房子（一栋又大又老的木屋）跟前的时候，从台阶上走下来一位衣着华丽的太太和陪伴她的一名年轻的姑娘，她们俩坐上等候在台阶旁的一辆非常漂亮的马车，大声说笑着，甚至正眼也没看走过来的两位客人，好像压根儿就没注意到他们俩似的。马车刚走，门又立刻第二次开了，正在等候他俩光临的罗戈任，把公爵和阿格拉娅让进了屋子，随手插上了门。

第四部

"整座房子，现在，除了我们四个人以外，没有其他人。"他大声说，并且奇怪地望了望公爵。

纳斯塔西娅·菲利波芙娜在第一个房间里等候他们，她也穿得极其朴素，一身黑衣黑裙。她站起身来迎接，但是没有微笑，甚至也没有向公爵伸出手来。

她那专注的、不安的目光迫不及待地投到阿格拉娅身上。两人在相互离得稍远的地方坐了下来，阿格拉娅坐在椅角的沙发上，纳斯塔西娅·菲利波芙娜坐在窗口。公爵和罗戈任没有坐下，人家也没有请他俩坐。公爵莫名其妙地，似乎痛苦地望了望罗戈任，但是，罗戈任仍旧像刚才一样微笑着。沉默又持续了片刻。

终于有一种凶险之感掠过纳斯塔西娅·菲利波芙娜的脸庞，她的目光渐渐变得执拗、坚定，几乎充满了仇恨，她目不转睛地盯着阿格拉娅，一分钟也没从这个女客脸上移开。阿格拉娅看来有点儿窘，然而并不胆怯。她进门后，匆匆瞥了一眼自己的情敌，以后就一直垂下眼睛坐着，仿佛在沉思。有一两次，她好像无意中抬起头来，用目光扫视了一下房间，她脸蛋上表露出一种明显的厌恶，仿佛怕在这里弄脏了自己的衣服似的。她机械地整了整自己的衣衫，甚至有一次还不安地挪了挪位置，向沙发角挪动了一下。她自己未必意识到了她的所有举动，但是正因为无意识，就更增加了这些举动的侮辱性。她终于坚决而又咄咄逼人地望了望纳斯塔西娅·菲利波芙娜的眼睛，而且立刻看清了她的情敌的恶狠狠的目光里所闪耀的一切。一个女人明白了另一个女人。阿格拉娅打了个冷战。

"您自然知道，我干吗要请您到这里来。"她终于说道，但是声音很低，而且在说这句短短的话时停顿了两次。

"不，我什么也不知道。"纳斯塔西娅·菲利波芙娜冷冷地、生硬地答道。

阿格拉娅脸红了。她也许忽然觉得非常奇怪和不可思议：她现在居然跟这个女人坐在一起，坐在"这女人"的家里，而且在听候她答复。当纳斯塔西娅·菲利波芙娜刚一发出说话的声音的时候，她全身似乎不寒而栗，打了个冷战。这一切当然都被"这女人"十分清楚地看在眼里。

"您什么都明白……但是故意装作好像不明白的样子。"阿格拉娅近乎低语地说道，忧郁地望着地面。

"这又干吗呢？"纳斯塔西娅·菲利波芙娜勉强看得出来地微微一笑。

"您想利用我的处境……因为我在你们家。"阿格拉娅可笑而又尴尬地继续说道。

"您的这个处境，只能怨您，不能怨我！"纳斯塔西娅·菲利波芙娜猛地满脸绯红，"不是我请您来，而是您请我来的，而且现在都不知道请我来干什么。"

阿格拉娅高傲地昂起了头。

"您的嘴别那么刻薄，我不是用您的这个武器到这里来跟您干仗的……"

"啊！那么说，您终究还是来'干仗'的啰？我还以为您……会更伶牙俐齿些呢……"

两人四目对视，已经不再掩饰彼此的敌意。这两个女人中的一个，就是不久前还给另一个女人写过这样的信的女人。可是她俩刚一见面，刚一开口，一切就都烟消云散了。那又怎么样呢？这时候，在这屋里的所有四个人中，似乎没有一个人认为这有什么奇怪的。公爵昨天还不相信会看到这情景，甚至做梦见到这种情形也不可能，现在却站在那里，看着，听着，仿佛他早就预感到会发生这一切似的。最最荒唐的梦，突然变成了色彩斑斓、轮廓分明的现实。其中一个女人，在这瞬间，是如此蔑视另一个女人，恨不得把这话直截了当地告诉她（正如罗戈任第二天所说，也许，她之所以到这里来就是为了干这个）。因此，这另一个女人不管多么富于幻想，但是当时她的脑子很乱，心也在疼，她的任何先人之见，似乎都抵挡不住她那情敌恶狠狠的、纯女性的轻蔑。公爵相信，纳斯塔西娅·菲利波芙娜决不会先开口谈信的事，从她那闪亮的眼神里，他看得出来，写这些信，现在她要付出多大的代价啊，只要现在阿格拉娅也不提信的事，公爵宁可为此献出自己的一半生命。

但是，阿格拉娅似乎猛地定了定神，一下子控制住了自己。

"您误会了我的意思，"她说，"我不是来同您……吵架的，虽然我不喜欢您。我……我来找您……想推心置腹地谈谈。我让您来的时候，已经决定了我要对您说什么，既然决定了，就决不反悔，尽管您完全误会了我的意思。这样对您不好，而不是对我。我想对您给我的信作一个答复，而且是当面答复，因为我觉得这样方便些。那就请您听听我对您的全部来信的答复吧：当我那天第一次认识列夫·尼古拉耶维奇公爵，后来又听说在您举行的那个晚会上所发生的一切以后，我就开始可怜他了。我之所以可怜他，因为他是一个非常老实的人，正因为他老实，所以他就信以为真，以为跟一个……这样性格的……女人……在一起过日子，他会幸福。我替他害怕的事果然发生了：您决不可能爱他，您把他折磨够了就会甩了他。您之所以不会爱他，因为您太骄傲了……不，不是骄傲，我说错了，因为您这人太虚荣了……这也不对：您这人自私到了……疯狂的程度，这点，您给我的信就是明证。您不可能爱上他这样一个老实巴交的人，甚至很可能，您心里还看不起他，笑话他，您能够爱的只有您自己的耻辱，以及您念念不忘的您被人糟蹋和人家侮辱了您。如果您蒙受的耻辱少些，或者根本没有蒙受过耻辱，您倒反而会不幸些……"（阿格拉娅十分痛快地说出这些匆匆蹦出来的，但是早就准备好了、深思熟虑过的话，当她做梦都没想到过这次见面的时候，就想好了。她用恶狠狠的目光注视着这些话在纳斯塔西娅·菲利波芙娜被气歪了的脸上所产生的效果。）"您记得吧，"她继续说道，"那时候，他给我写过一封信，他说您知道这封信，甚至还读过这封信。我看过这封信后，一切都明白了，而且果然不出所料，他不久前亲自向我证实了这点，也就是我刚才向您说的一切，逐字逐句，甚至一字不差。接到这封信以后，我就开始等待。我早料到您会到这里来的，因为您离不开彼得堡：像您这样既年轻又漂亮的女人待在外省岂不可惜了……不过，这也不是我想说的话，"她加了一句，满脸绯红，而且从这时起她脸上的红晕一直没有消退过，直到把话说完，"当我再次看到公爵的时候，我替他感到非常痛心，也觉得非常可气。别笑，您要笑的话，就不配懂得我说这话的道理了……"

"您看，我没有笑。"纳斯塔西娅·菲利波芙娜伤心而又正色地说道。

"话又说回来，您笑吧，随您便，我无所谓。我亲自问过他，他告诉我说，他早就不爱您了，甚至一想起您，他就感到痛苦，但是他可怜您，一想起您，就好似'万箭钻心'，我还应该告诉您，在这一生中，我还从来没有遇到过一个像他这样心灵高尚而又忠厚，对别人又无限信任的人。他说过这话以后，我就看出，任何人，只要他愿意，都可以欺骗他，而且不管谁欺骗了他，他以后总会原谅这个人的，也正因为这点，我才爱上了他……"

说到这里，阿格拉娅略停片刻，似乎吃了一惊，好像不相信自己似的，她怎么会说出这样的话来，但是与此同时，她的目光又闪出无限的高傲，似乎，她现在豁出去了，就让"这女人"哑然失笑，笑她刚才脱口而出的这个自供状吧。

"我要说的话都说完了，您现在总该明白我让您来干什么了吧？"

"也许明白了。但是，我要听您自己说出来。"纳斯塔西娅·菲利波芙娜低声回答。

阿格拉娅脸上顿时燃起了怒火。

"我倒要请问，"她坚决地、一字一顿地说道，"您有什么权利干涉他对我的感情？您有什么权利胆敢写信给我？您有什么权利无时无刻不对他又对我宣布您爱他，而且是在您抛弃了他，并且令人十分可气和……可耻地从他身边逃走以后？"

"我既没有向他，也没有向您宣布过我爱他，"纳斯塔西娅·菲利波芙娜费了老大劲才说道，"此外……您说得对，我的确从他身边逃走了……"她用勉强听得见的声音加了一句。

"您怎么不曾'既向他又向我'宣布过？"阿格拉娅叫道，"您那些信算什么？谁请您来给我们说媒了，谁请您来劝我嫁给他了？难道这不是宣布吗？您干吗死乞白赖地求我们？起初，我还以为，您硬掺和到我们中间来，是想引起我的逆反心理，对他产生厌恶，从而抛弃他，到后来，我才看透是怎么回事：您无非是异想天开，想用这一套虚情假意来为自己树碑立传……哼，您这么爱虚荣，您能当真爱他吗？您干吗不痛痛快快地离开这里，而要给我写那些可笑的信呢？您现在干吗不嫁给一个这么爱您、给了您这么大面子、向您求婚的上等人呢？您要干什么实在太清楚了：嫁给罗戈任，怎么就委屈您了？这对您是鸿运高照、三生有幸！关于您，叶夫根尼·帕夫洛维奇说过，您读过许多诗，但是'就您的……地位来说，学问似乎太多了点儿'。他还说，您是一个爱啃书本的、四体不勤的女人。再加上您的虚荣心，这就是您所以这样做的全部原因……"

"您就不是娇生惯养、四体不勤吗？"

这事十分匆忙、十分露骨地达到了一个出人意料的结果，其所以出人意料，因为纳斯塔西娅·菲利波芙娜动身到帕夫洛夫斯克来的时候，尽管猜测凶多吉少，总还存在一些幻想；再说，阿格拉娅一时感情冲动，简直忘乎所以，就像从山上滚下来似的，面对可怕的复仇的快乐，怎么也控制不住自己。纳斯塔西娅·菲利波芙娜看到阿格拉娅这样，甚至感到奇怪，她看着她，似乎不相信自己的眼睛，在最初那一刹那，简直不知道怎么对付这局面了。她到底像叶夫根尼·帕夫洛维奇推测的那样，是个读过许多诗的女人呢？还是像公爵所深信的那样不过是个失去理智的疯女人呢？不管怎么说吧，这女人虽然有时候做起事来脸皮很厚，而且十分泼辣，其实她比表面上看去要怕羞得多，温柔得多，对别人也轻信得多，说实在的，她骨子里有许多书卷气，她富于幻想，性格也比较内向，常爱异想天开，而且这些素质都很强、很深……公爵对此是了解的，痛苦浮上了他的脸庞。阿格拉娅看到这个后，恨得发起抖来。

"您怎么敢这样跟我说话？"她在回答纳斯塔西娅·菲利波芙娜的责备时，以一种难以形容的高傲说道。

"您大概听错了，"纳斯塔西娅·菲利波芙娜很惊讶，"我对您怎么啦？"

"如果您想做个规规矩矩的女人，您当时为什么不甩掉勾引过您的托茨基，干脆……而要装腔作势地演戏呢？"阿格拉娅忽然无缘无故地说道。

"您对我当时的处境又知道什么，您有什么资格对我品头论足？"纳斯塔西娅·菲利波芙娜哆嗦了一下，面孔唰地变得十分苍白。

"我知道您没有出去干活，而是跟一个阔佬罗戈任跑了，想以此来扮演一个被逐出天国的天使[①]。而托茨基居然要为这个被逐的天使开枪自杀，我对此也就丝毫不以为怪了。"

"住嘴！"纳斯塔西娅·菲利波芙娜厌恶地，好像触动了她心头痛楚似的说道，"您对我的了解，跟……达里娅·阿列克谢耶芙娜的女用人对我的了解一样，她前些日子还找民事法官跟自己的未婚夫打官司。也许，她比您还更了解我一些……"

"可能吧，一个规规矩矩的姑娘就要靠自己的劳动生活。您为什么对这个

[①] 指被社会抛弃的无辜受害者。

女用人如此轻蔑？"

"我轻视的不是劳动，而是看不惯您谈到劳动时的态度。"

"想做个规矩女人，就应该去做洗衣女工。"

两人都站起身来，面色苍白地互相对视着。

"阿格拉娅，别说啦！要知道，这是不公平的。"公爵不知所措地叫道。罗戈任已经收敛起笑容，但是仍旧闭紧嘴唇，抱着胳膊，一声不吭地听着。

"瞧，瞧她那德性，"纳斯塔西娅·菲利波芙娜气得发抖地说道，"你们瞧这位小姐！过去，我一直尊她为天使！您没让家庭女教师陪着就枉驾到我这里来了，阿格拉娅·伊万诺芙娜？……您要不要……要不要我现在开门见山，毫不过甚其词地告诉您，您为何光临寒舍呢？因为您心里发怵，所以才屈尊光临。"

"对您发怵？"阿格拉娅问道。纳斯塔西娅·菲利波芙娜竟敢这么跟她说话，她天真地吃了一惊，再也控制不住自己了。

"当然对我！您既然下定决心要到我这里来，可见您怕我。您所怕的人，就不可能看不起他。试想，甚至在这一分钟前，我都很尊敬您！您想知道您为什么怕我，以及您现在的主要目的究竟是什么吗？您是想来亲自证实：他爱我是不是胜过爱您，因为您醋劲大发……"

"他已经告诉过我，他恨您……"阿格拉娅低声嘟囔道。

"也许吧，我也许配不上他，不过……不过我想，您在撒谎！他不可能恨我，他也不可能这么说！不过我准备原谅您……因为我注意到您现在的处境……话又说回来，我把您想得要好些，我以为您更聪明，甚至也更漂亮些，真的！……好啦，把您的宝贝带走吧……他就在这里，看着您，都听糊涂了，您把他带走吧，不过有个条件：立刻离开！马上就走！……"

她跌坐在软椅上，止不住的眼泪往下直流。但是霎时她的两眼又闪出新的光芒，她定睛注视了一下阿格拉娅，从座位上站起身来。

"要不要我立刻……下道命……令，你听见了吗？只要我向他下道命……令，他就会立刻抛弃你，永远待在我身边，而且跟我结婚，而你只能孤孤单单地一个人跑回家去！要不要，要不要我这么做？"她像发疯似的叫道，她可能自己都不相信她会说出这样的话来。

阿格拉娅害怕地向门口跑去，但是在门口又停了下来，仿佛被钉子钉在那里似的，听她继续说下去。

"要不要我把罗戈任轰走？你以为我已经跟罗戈任结婚了吗，为了让你称心如意？好，我现在就可以当着你的面大喝一声：'滚，罗戈任！'而对公爵我要说：'你记得答应过我的话吗？'主啊！我干吗要在她们面前这么低三下四呢？公爵，难道不是你向我保证过，不管我发生什么事，你都会跟我走，永远不离开我吗？你说你爱我，原谅我的一切，而且尊……尊敬我。是的，你说过这话！而我为了还你以自由，才离开你逃走的，可是我现在不干了！她凭什么把我看成一个不规矩的女人，对我出言不逊？我是不是一个不规矩的女人，你问罗戈任，他会告诉你的！现在她羞辱了我，而且当着你的面羞辱我，你是不是想要扭头不顾，离开我，挽着她的胳膊，把她带走呢？过去，我只相信你一个人，如果你要这样做，你是要受诅咒的。滚，罗戈任，我不需要你！"她几乎神志昏乱地叫道，竭力想把郁结心头的话一吐为快，她的脸都气歪了，唇干舌燥，显然，她自己也丝毫不相信她刚才夸口说出的话，但与此同时她又希望能够把这一瞬间延长些，哪怕延长一秒钟也好，以此来欺骗自己。她这时的冲动是如此强烈，她很可能因此而死去，起码公爵觉得是这样。"瞧，他站在这里！"她用手指着公爵，最后向阿格拉娅叫道，"如果他现在不走到我身边来，不要我和不抛弃你，那你就把他带走，我让给你，我不需要他！……"

第四部

　　她和阿格拉娅都站着不动，似乎在等待，两人都像疯子似的望着公爵。但是他可能不明白这一挑战的全部力量，甚至可以肯定说他不明白。他只看见那张绝望的、疯狂的脸，正如他有一次向阿格拉娅脱口说出的，一看到这张脸，他就觉得"万箭钻心"。他再也受不了了，他指着纳斯塔西娅·菲利波芙娜，央求而又责备地对阿格拉娅说：

　　"这难道可能吗！要知道，她……这样不幸！"

　　但是这话刚一出口，他抬头看到阿格拉娅那可怕的目光，就吓得说不出话来。这目光里表露出这么多痛苦，同时又显露出无限的仇恨，以致他举起双手一拍，一声惊呼，向她身边冲去，但是已经晚了！她甚至受不了他片刻的动摇，她伸出两手，捂住脸，叫道："哎呀，我的上帝！"边说边冲出了房间，罗戈任也跟在她后面跑了出去，准备给她拉开通向大街的那间外屋的门闩。

　　公爵也跟着往外跑，但是在房门口有人伸出两手抱住了他。纳斯塔西娅·菲利波芙娜伤心欲绝的、气歪了的脸死死地盯着他，铁青的嘴唇蠕动着，问道：

　　"你去追她？追她？……"

　　她顿时失去知觉，跌倒在他的怀里，他扶起她，把她抱进房间，放在沙发椅上，站在她身旁，呆呆地等候她苏醒。茶几上放着一杯水，罗戈任回来后就抓起这杯子，喷了一点儿水在她脸上，她睁开眼睛，约莫有一分钟，仿佛莫名其妙，但是突然仓皇四顾，打了个哆嗦，尖叫一声，扑向公爵。

　　"我的！我的！"她叫道，"那位骄傲的小姐走了吗？哈哈哈！"她歇斯底里地笑道，"哈哈哈！我居然把他拱手让给这位小姐！何必呢？何苦呢？我真是疯子！疯子！……滚，罗戈任，哈哈哈！"

　　罗戈任仔细看了看他们俩，一句话没说，拿起自己的礼帽就出去了。十分钟后，公爵坐在纳斯塔西娅·菲利波芙娜的身旁，目不转睛地看着她，用两手抚摩着她的脑袋和脸蛋，就像抚摩一个小女孩似的。她哈哈大笑，他也哈哈大笑，她伤心落泪，他也想与她同声一哭。他一句话也没有说，只是注意地听她那激动的、兴高采烈的、前言不对后语的喁喁情话，其实他未必听懂了什么，但是他静静地微笑着，他一觉得她又开始伤心或者哭泣，责备或者诉苦的时候，他又立刻开始摸她的脑袋，用两手温柔地抚摩她的脸蛋，像哄孩子似的劝导她。

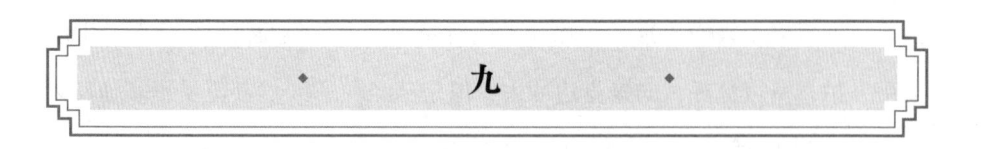

九

在本书上一章描述的那件事发生以后，又过了两星期，我们这部小说的几位登场人物的情况发生了很大变化，如果不做一些特别的解释，我们就很难落笔继续说下去。然而，我们又觉得，我们还是应当仅限于简单地把事实讲出来，尽可能不做特别的解释，我们所以这样做的原因非常简单：因为在许多情况下，我们对所发生的事情自己也解释不清。我们预先做这样的申明，读者一定会觉得非常奇怪和摸不着头脑：你自己都说不清，也没有自己的看法，这故事又怎么讲下去呢？为了不使我们的处境更尴尬，还是让我们举个例子来尽量加以说明吧，也许承蒙错爱的读者终究会懂得，我们究竟有什么难言之隐，再说，举这个例子并不是节外生枝，与本书无关，相反，倒是本故事顺理成章的直接继续。

过了两星期，已是七月初，甚至在这两星期中，本书主人公的故事，特别是本故事中最近发生的离奇曲折的情节，竟逐渐演变成一则奇怪的、让人听了非常逗乐的、几乎难以置信，同时又差不多是显而易见的奇闻。渐渐地，

第四部

这则奇闻传遍了同列别杰夫、普季岑、达里娅·阿列克谢耶芙娜和叶潘钦家别墅相邻的所有街道，简言之，几乎传遍了全城，甚至遍及四郊。几乎整个社交界（本地人、避暑客以及前来听音乐的人），都异口同声地在讲同一个故事，但人言人殊，众说纷纭，说的都是有一位公爵，在一个清白传世、颇有名望的人家，闹出了一桩丑闻，他居然拒绝了已经是他的未婚妻的这家的小姐，迷上了一个有名的荡妇，割断了从前的一切联系，不顾一切，既不顾对他的威胁，也不顾公众的义愤，竟打算不日就同这个曾经被人耻笑过的女人结婚，而且就在这儿，在帕夫洛夫斯克，公开地、大吹大擂地结婚，昂首挺胸，招摇过市。这则奇闻被添油加醋地加进了许多丑闻，许多名人和大人物也被牵连在内，同时又赋予这则奇闻以许多光怪陆离、谜一样的色彩，可是从另一方面看，它又事实昭彰，非但无法推翻，而且还有目共睹，显而易见，因此普遍的好奇心和流言蜚语，当然也就变得情有可原了。最巧、最妙，同时又最合乎情理的议论，应属那几位道貌岸然而又专好搬弄是非的人，他们这一阶层的人素以脑子灵活著称，在每个交际场合，他们总是忙着首先向别人说明事情的来龙去脉以及前因后果，他们认为这样做是自己的使命，而且常常认为这是一件足慰平生的赏心乐事，按照他们的说法，这年轻人出身世家，是个公爵，也可以说很有钱，不过是个傻瓜，但又是民主派，被屠格涅夫君发现的当代虚无主义①冲昏了头脑，几乎不会讲俄国话，他爱上了叶潘钦将军膝下的一位千金，后来终于成了这家的座上客和大家心目中的乘龙快婿。但是正如那个法国神学院学生一样，最近报上曾刊载过一则关于这个神学院学生的趣闻：他故意让人家授予他神父的教职，故意亲自上书申请当神父，他履行了一切仪式，该磕头的地方，他都磕了头，该亲吻十字架和该宣

---

① 指屠格涅夫在长篇小说《父与子》中描写的虚无主义。这一思潮在当时的俄国青年中颇为风行。

誓的时候，他也都一一照办了，可是到第二天，他却写了一封信给主教，公开申明他不信上帝，他认为欺骗人民、白吃人民的饭是可耻的，因此他自行解除昨天授予他的教职，而且把他的这封信刊登在自由派的报纸上——公爵跟这个无神论者一样，也在某一方面弄虚作假。据说，似乎他故意等候他的未来的岳父母大宴宾客，举行盛大的晚会，把他引荐给非常多的大人物的时候，他却在大庭广众中公开申明他的思想方式，痛骂备受人们敬重的高官显贵，并且当众带有侮辱性地回绝了他的未婚妻的婚事，仆人们过来，想把他带出去，他竟然反抗，结果打碎了一只非常美丽的中国花瓶。说到这里，他们又加了一段说明，当作当代社会风气的写照，说这个糊涂的年轻人倒也真爱自己的未婚妻——将军的女儿的，他之所以拒绝这门亲事，完全出于虚无主义和为了捣乱，目的是要当着整个上流社会的面娶一个堕落的女人为妻，以图称快一时，并以此表明在他的信念中既无所谓堕落的女人，也无所谓玉洁冰清的女人，有的只是主张自由的妇女。他不相信上流社会那种陈旧的区分，而只信仰一个"妇女问题"。说到底，一个堕落的女人，在他的心目中，甚至比一个不堕落的女人还略胜一筹。这一解释看上去极为可信，因而为大多数避暑客所接受，何况每天的种种事实又充分证明了这一点。诚然，有许多事依旧无法解释：有人说，这位可怜的姑娘非常爱自己的未婚夫（按照某些人的说法，应叫作"勾引者"），竟在他抛弃她的第二天，他正坐在他的相好家的时候，亲自跑去找他；另一些人则说，恰好相反，是他故意引诱她到他相好家去的，他这样做无非出于虚无主义，为了给她难堪，使她丢人现眼。不管怎么说吧，反正对这事的兴趣与日俱增，何况，毫无疑问的是那个出乖露丑的婚礼，是当真要举行的了。

这么一来，如果有人要我们说明一下——不是有关这事的虚无主义色彩，而仅仅是关于这个预定就要举行的婚礼，在多大程度上能够满足公爵的真正愿望，这些愿望在眼下又到底表现在哪里，现在又该怎样来确定我们这位主人公的精神状态，以及诸如此类的问题——说实话，我们对于这些问题很难回答。我们只知道一点，办喜事倒的确定下了，而且公爵还亲自把这事全权委托给了列别杰夫、凯勒尔和列别杰夫认识的一位朋友（这人是列别杰夫特意介绍给公爵来专门办理婚事的），由他们包揽一切，无论是联系教堂，还是张罗有关婚礼的一应大小事务，他让他们别省钱。我们还知道，纳斯塔西娅·菲利波芙娜一再催促，坚持要举行婚礼，我们还知道，应凯勒尔本人的热烈请求，公爵的傧相就由他来担任，而给纳斯塔西娅·菲利波芙娜当傧相的，则是布尔多夫斯基，他兴高采烈地接受了这一任务，办喜事的日子定在七月初。但是，除了这些非常确凿的情况以外，我们还知道某些事实，可是这些事实把我们简直弄糊涂了，其原因就在于同上面讲的正相矛盾。我们非常怀疑，比如说吧，公爵在全权委托列别杰夫和其他人张罗一切之后，就在当天，他已经把他有了司仪、有了傧相、即将举行婚礼等事，差点儿忘得一干二净，他之所以急忙做出安排，听凭别人张罗，无非是为了让他自己不再去想这事，甚至可能是，使他自己快点忘掉这事。那么他究竟在想什么呢？在这种情况下，他又想记起什么和追求什么呢？同样毫无疑问的是，任何人（比如纳斯塔西娅·菲利波芙娜）都没有强迫他非这样做不可，纳斯塔西娅·菲利波芙娜的确希望尽快举行婚礼，想要举行婚礼的是她，完全不是公爵，但是公爵同意了，谁也没有强迫他，但是他仿佛心不在焉，好像人家请他做一件极普通的事情似的。在我们面前，这类怪事多得很，但是这些事非但说明不了问题，据我们看，把事情反而弄得更糊涂了，不管举多少事实也无济于事。但是我们不妨再举一个例子。

譬如说，我们完全知道，在这两星期中，公爵整天、整晚都陪着纳斯塔西娅·菲利波芙娜，她去散步、听音乐也都带着他，他每天都跟她一起坐马车出去兜风。只要有一小时看不到她,他就会提心吊胆,生怕她出什么事(可见,从各种迹象看,他是真心爱她的)。他常常静静地、温存地微笑着,听她说话,一听就是几小时,而且她不管说什么,他都耐心地听,而他自己则几乎一言不发。但是,我们也同样知道,在这些日子里,他曾经几次,甚至许多次突然动身到叶潘钦家去,而且也不向纳斯塔西娅·菲利波芙娜隐瞒,这使她几乎陷入绝望。我们也知道,当叶潘钦家还留在帕夫洛夫斯克的时候,她们一直不肯见他,他想跟阿格拉娅见见面,也常常遭到拒绝。因此,他只好一言不发地离开她们家,但是第二天他又去了,好像把遭到拒绝的事忘得一干二净,不用说,这回又吃了闭门羹。我们也同样知道,阿格拉娅·伊万诺芙娜从纳斯塔西娅·菲利波芙娜家跑出去后刚过一小时,也许甚至不到一小时,公爵就跑到叶潘钦家去了,当然,他自以为一定能在那里找到阿格拉娅,他在叶潘钦家的出现,当时,在她们家引起了极大的惊慌和恐惧,因为阿格拉娅还没有回家,而且她们还是头一次从他嘴里听说,她曾经同他一起去找过纳斯塔西娅·菲利波芙娜。有人说,利扎韦塔·普罗科菲耶芙娜、两位千金,甚至希公爵,对公爵的态度非常生硬和不友好,而且措辞激烈,当时就表示要跟他一刀两断,从此绝交,互不来往,特别是当瓦尔瓦拉·阿尔达利翁诺芙娜突然登门来找利扎韦塔·普罗科菲耶芙娜,向她宣布阿格拉娅·伊万诺芙娜已经待在她家差不多一小时了,神情可怕,看来她死也不肯回家之后,这个最新消息使利扎韦塔·普罗科菲耶芙娜大吃一惊,心里怕极了,而且这话完全有道理:阿格拉娅离开纳斯塔西娅·菲利波芙娜以后,的确现在宁可死,也不肯见她家里人的面,因此她就直奔尼娜·亚历山德罗芙娜家去了。瓦尔瓦拉·阿尔达利翁诺芙娜立刻认为有必要毫不拖延地把这事的来龙去脉和前因后果去告诉利扎韦塔·普罗科菲耶芙娜。母女三人闻讯后,便立刻跑到尼娜·亚历山德罗芙娜家去,跟在她们后面的则是刚刚回家的一家之长伊万·费奥多罗维奇，至于列夫·尼古拉耶维奇公爵，尽管人家赶他走，说了许多难听的话，他还是蔫不唧儿地跟在他们后头，但是，根据瓦尔瓦拉·阿尔达利翁诺芙娜的安排，那里也没有让他进去见阿格拉娅。不过，当阿格拉娅看到母亲和姐姐站在她身旁直哭，一点儿也没有责备她的意思的时候，也就扑进她们的怀里，立刻跟她们一起回家了，这事闹了半天，也就这么结束。还有人说（虽然这些风言风语不十分确凿），加夫里拉·阿尔达利翁诺维奇在这件事上，也非常不走运，他抓住瓦尔瓦拉·阿尔达利翁诺芙娜跑去找利扎韦塔·普罗科菲耶芙娜，他跟阿格拉娅单独在一起的机会，蓦地异想天开，向她谈情说爱起来，阿格拉娅听着他的话，尽管她当时眼泪汪汪，十分伤心，竟忽然哈哈大笑起来，并且还冷不防地向他提了个奇怪的问题：为了证明他真的爱她，他敢不敢立刻伸出手指，放在蜡烛上烧？据说，加夫里拉·阿尔达利翁诺维奇听到这主意后大惊失色，一时没了主意，脸上露出一副非常尴尬的表情，以致阿格拉娅看了他这副模样后歇斯底里地大笑起来，一边笑一边离开他，跑上楼去，进了尼娜·亚历山德罗芙娜的房间，她的父母也就是在这里找到她的。而这桩趣闻是第二天经由伊波利特之口，传到公爵耳朵里的。伊波利特已经一病不起，他特意请人把公爵找去，告诉他这桩奇闻。至于这个传闻怎么会传到伊波利特耳朵里去的，我们就不得而知了，不过，当公爵听到有关在蜡烛上烧手指的事后，也大笑不止，笑得连伊波利特都觉得奇怪。但是后来，他又忽地哆嗦起来，眼泪止不住地往下流……一般说，这几天，他的神态非常不安，惶惶不可终日，既说不清是怎么回事，又非常痛苦。伊波利特直截了当地肯定，他认为他神经不正常，但是究竟如何，这话还不好说。

我们原原本本地提供了这些情况，又不肯说明这到底是怎么回事，我们这样做，完全无意在读者们面前为我们的主人公辩解。再说，我们还完全赞同他在自己的朋友们中激起的义愤。甚至薇拉·列别杰娃有一段时间也对他很气愤,科利亚也很愤慨,凯勒尔在没有选他做傧相以前也对他义愤填膺,更不用说列别杰夫了,他甚至开始耍阴谋,跟公爵作对,不过这也是出于义愤,甚至是出于地地道道的义愤,但是这事我们还是以后再说吧。总之,我们完全而且高度赞同叶夫根尼·帕夫洛维奇说的一些非常有分量,甚至在心理学上非常深刻的话,这些话是此公在纳斯塔西娅·菲利波芙娜家出了那档子事后的第六天或者第七天,在一次友好的谈话中直截了当,甚至毫不客气地对公爵说的。我们必须在此顺便指出,不仅叶潘钦全家,甚至与叶潘钦家直接间接有关的所有的人,都认为必须与公爵完全断绝任何关系。比如,希公爵遇到公爵后甚至扭过头去,也不向他还礼。但是,叶夫根尼·帕夫洛维奇却不怕玷污自己的令名,照样去看公爵,尽管他又开始每天都到叶潘钦家去,而且在叶家受到了明显的格外青眼的接待。他去拜访公爵那天,正好是叶潘钦全家离开帕夫洛夫斯克后的第二天。他进门时已经知道公众中流传着的种种流言蜚语,甚至其中一部分还是他亲手促成的。公爵对他的光临非常高兴,而且立刻跟他谈起了叶潘钦家的事。一开始就如此直率和坦诚,这就使叶夫根尼·帕夫洛维奇完全无拘无束了,因此他也就不绕弯子,开门见山地谈起了正事。

　　公爵还不知道叶潘钦家搬走了,他吃了一惊,脸变得煞白,但是过了一分钟,他又摇了摇头,既惶恐不安,又若有所思,最后他承认,"这本来是顺理成章的事",接着,他又立刻打听:"他们到底上哪儿了?"

　　当时,叶夫根尼·帕夫洛维奇仔细地观察着他,所有这一切:问题一个接着一个,而且问题提得老老实实,既表现出惊慌,同时又显得奇怪地坦率、不安和激动——这一切都使他感到十分惊诧。然而,他还是客客气气而又详详细细地把一切告诉了公爵:有许多事公爵还不知道,他是从叶潘钦家来的第一个信使。他证实,阿格拉娅的确病了,而且接连三昼夜几乎整宿睡不着觉，在发高烧；现在，她倒是好些了，已经没有任何危险，但是仍旧处在一种神经质和歇斯底里的状态……"幸亏全家和和美美！不仅当着阿格拉娅的面，甚至他们相互之间都绝口不提发生过的那件事。阿格拉娅的父母已经商量好，到秋天，等阿杰莱达办完喜事后，就立刻到国外去旅行。有人嘴快，无意中透露了这计划，阿格拉娅听后也默然认可了。"至于他叶夫根尼·帕夫洛维奇，也很可能到国外去。甚至希公爵，只要公事离得开，也打算跟阿杰莱达一起出国三两个月。只有将军一人打算留下。现在，母女四人都到她们家的庄园科尔米诺去了，这村子离彼得堡约二十俄里，那里有一幢很宽敞的给主人住的房子。别洛孔斯卡娅还没离开这里到莫斯科去，甚至仿佛故意留下来似的。利扎韦塔·普罗科菲耶芙娜坚持，在发生这一切之后，再要留在帕夫洛夫斯克是绝对不可能的。叶夫根尼·帕夫洛维奇每天都把城里流传的谣言说给她听，至于住到叶拉金①别墅去，大家也都认为是不可能的。

"嗯，倒也是，"叶夫根尼·帕夫洛维奇补充道，"您自己也会同意，怎么受得了呢……特别是她们都知道，在您这里，也就是在您家里，每时每刻都在干些什么，再说，公爵，尽管您一再吃闭门羹，您还是每天都到那里去登门拜访……"

"是的，是的，是的，您说得对，我想去看阿格拉娅·伊万诺芙娜……"公爵又摇起了头。

"哎呀，亲爱的公爵，"叶夫根尼·帕夫洛维奇突然伤感而又来劲地喊道，"您当时怎么会允许……发生这一切的呢？当然，当然，这一切都出于您的意料之外……我同意，您当时一定没了主意，再说……您也阻止不了一个失去理智的姑娘，您无能为力！但是，您也应该了解，这姑娘……对您……

---

① 彼得堡涅瓦河口最北部的一个小岛。

是多么认真，又多么热烈。她不愿意跟另一个女人分享，而您……而您竟会抛弃和打碎这样一件无价之宝！"

"是的，是的，您说得对，是的，我错了，"公爵又非常伤心地说，"您知道吗：就她一个人，就阿格拉娅一个人这么看纳斯塔西娅·菲利波芙娜……其他人都不这么看。"

"这一切之所以令人气愤，正因为这里没有任何值得一提的东西！"叶夫根尼·帕夫洛维奇叫道，而且越说越来劲，"公爵，请您原谅，但是……我……我倒是想过这一问题，公爵，我想了很多，我知道过去发生的种种，也知道半年前发生的种种，而且——这一切都不值得一提！这一切不过是头脑发热，想象出来的一幅图画，一种幻想，一缕青烟，只不过是一个完全不谙世事的姑娘，因为心里又嫉妒又害怕，才会把这事看得如此严重！"

这时，叶夫根尼·帕夫洛维奇已经毫不客气地尽情发泄他胸中的愤懑。他振振有词，有条不紊，我们再说一遍，他甚至作了非常深刻的心理分析，在公爵面前展开了一幅公爵跟纳斯塔西娅·菲利波芙娜的全部关系图。叶夫根尼·帕夫洛维奇一向能说会道，现在甚至达到了巧言令色的地步。他继续说道："最初，你们就以虚假开始，以虚假开始的事，必定以虚假告终，这是一个自然法则。当有人（反正有人吧）管您叫白痴的时候，我不同意，甚至很愤慨，您很聪明，这样叫您是不公平的。但是，您也得承认，您又很怪，跟一般人不一样。我认为，所以会发生这一切，其基础不外是：第一，由于您，可以说吧，生来不谙世事（公爵，请您注意'生来'这词）；其次，由于您这人太老实了；再次，则由于您少有的缺乏分寸感（对于这一点，有几次，您自己也意识到了）——最后，则是由于您头脑里积淀了一大堆信条，由于您这人非常老实，所以您直到今天还把这些信条当成真正的、合乎自然的、直接的信条！您自己也看得出来，公爵，在您跟纳斯塔西娅·菲利波芙娜的关系中，从一开始就有某种假民主的成分（为了简便起见，我先姑且这么说吧），也可以说，具有一种对'妇女问题'的陶醉（说得更加简便些）。要知道，罗戈任把钱拿来的那天晚上，发生在纳斯塔西娅·菲利波芙娜家的那出奇怪的、出尽洋相的活报剧，我是知道得一清二楚的。倘若您愿意，我可以把您本人扳着手指头逐一分析一下，让您像照镜子一样看看您的尊容，我知道得很清楚，这到底是怎么回事，以及这事怎么会变成这样的！您是一个青年，住在瑞士，向往祖国，渴望回到俄国来，渴望回到一个既神秘莫测，但又是王道乐土的国家。您读过许多关于俄国的书，这些书也许非常好，但是对您却是有害的。您怀着满腔热血，回国后想大干一番，可以说吧，您急切地希望有所作为！说来也巧，就在这天，有人把一个惨遭蹂躏的妇女的哀婉而又令人心碎的故事讲给您听，讲给您这个骑士而又情窦初开的青年听——而且讲的是一个女人的故事！而且在当天您又见到了这个女人，而她的美貌，她那神奇的、魔鬼般的美貌又把您迷住了（我同意，她是个大美人）。再说，您的神经有毛病，您有羊痫风，再加上咱们彼得堡那撼人心魄的乍寒还暖的时节，再加上整整这一天，在一个您所不熟悉的、对您几乎是梦幻般的城市里，这天，您遇见了许多人，看到了许多活报剧，这天您不期而遇地认识了许多人，现实是如此出于您的意料之外，这天您又遇到了叶潘钦家的三个大美人儿，包括阿格拉娅，再说您很累，又头晕，再加上纳斯塔西娅·菲利波芙娜家的客厅，以及这客厅的气派，以及……我倒要请问，在这样的时刻，您还能期待您自己做出什么事情来呢？"

"是的是的，是的是的，"公爵连连点头，开始脸红了，"是的，几乎就是这样。您知道吗，头天，我的确几乎整宿没睡，在火车里，再前一天，也整宿没睡，精神很不好……"

"嗯，这就对了，我要说的不就是这意思吗？"叶夫根尼·帕夫洛维奇心急地继续说道，"明摆着的事，这时您正处在一种，可以说吧，既狂热而又忘乎所以的状态，您急切地想宣布一种豁达大度的思想，您出身名门，又是公爵，而且一尘不染，可是您却并不认为一个被糟践的女人是可耻的，因为这并不是她的过错，而是一个可恶的、上流社会的贪淫好色之徒造的孽。噢，主啊，要知道，这是可以理解的！但是问题并不在这里，亲爱的公爵，问题在于这是不是真的，您的感情是不是真挚的，是不是真心流露，或者只是一时头脑发热？一个女人，同样的女人，在教堂里得到了宽恕，但是并没有对她说她做得对，应当受到人们的百般赞扬和尊敬呀！足下有何高见？难道过了三个月，这道理您还没明白过来吗？好吧，就算她现在是无辜的（我并不坚持，因为我也不想这样做），但是，难道她所有那些离奇的经历，能够替她那令人无法容忍的、魔鬼般的骄傲，那种无耻而又贪得无厌的利己主义辩解吗？对不起，公爵，我说过了头，但是……"

"是的，这一切都是可能的，您也许说得对……"公爵又喃喃道，"她的确很冲动，您说得对，当然，不过……"

"她值得同情？我的好公爵，您想说这话吗？但是为了同情她，为了使她痛快，难道您就可以羞辱另一位高尚而又纯洁的姑娘，当着那双高傲而又充满仇恨的眼睛公然羞辱她吗？即使出于同情，怎么能做出这种事来呢？这简直是一种难以置信的夸大和言过其实！既然爱一个姑娘，怎么能当着她的情敌的面公然羞辱她呢？您既然已经亲自向她真心诚意地求过婚，又怎么能为了另一个女人，而且当着这另一个女人的面抛弃她呢？……要知道，您已经向她求过婚，而且您是当着她的父母和两位姐姐的面说这话的！公爵，我倒要请问，您在这样做了以后，还能算是什么正人君子呢？而且……而且您还硬说什么您爱她，这不是欺骗一位天下少有的好姑娘吗？"

"是的，是的，您说得对，唉，我觉得我错了！"公爵十分伤心地说。

"难道这样说就够了吗？"叶夫根尼·帕夫洛维奇愤怒地叫道，"难道只要叫一声'唉,我错了!',这就够了吗? 自知有错,又坚决不改! 您的良心,您的'基督徒'的良心又到哪里去了呢? 要知道,您当时是看到她的脸的:难道她比那个女人,比您的那个女人,比那个硬拆散人家美满姻缘的女人,痛苦就少吗? 您怎么能看见这种情形而又听之任之呢? 这到底是怎么搞的呢?"

"不过……您知道,我并没有听之任之呀……"可怜的公爵嘟囔道。

"怎么没有听之任之?"

"真的,我丝毫没有听之任之。直到现在我都不明白这一切是怎么发生的……我——我当时跑去追阿格拉娅·伊万诺芙娜,可是纳斯塔西娅·菲利波芙娜昏过去了,可后来,一直到现在,她们都不让我去见阿格拉娅·伊万诺芙娜。"

"反正一样! 即使另一个女人昏过去了,您也应当跑去追阿格拉娅!"

"是的……是的,我的确应当……可是她会死的! 她会自杀的,您不知道她的性格,再说……反正一样,我以后会把事情一五一十都告诉阿格拉娅·伊万诺芙娜的,而且……您知道吗,叶夫根尼·帕夫洛维奇,我看得出来,您似乎并不知道全部底细。请您告诉我,她们究竟为什么不让我去见阿格拉娅·伊万诺芙娜呢? 如果让我见到她,我会把一切都跟她说清楚的。要知道:她们俩当时说的都不是心里话,完全不是她们心里想说的话,结果她俩就闹成……这道理我跟您怎么也说不明白,但是说给阿格拉娅听,她也许会明白的……唉,我的上帝,我的上帝! 您提到她当时的脸色,提到她当时是怎么跑出去的……噢,我的上帝,我全记得! ……咱们走吧,走吧!"他急忙从座位上跳起身来,一把抓住叶夫根尼·帕夫洛维奇的袖子,要拽他走。

"上哪儿?"

"咱们去找阿格拉娅·伊万诺芙娜,这就走! ……"

"我刚才不是说过她不在帕夫洛夫斯克吗,去干吗?"

第四部

"她会明白的，她会明白的！"公爵把两手合在胸前，仿佛祷告似的喃喃道，"她会明白的，这一切都不是那么回事，而完全，完全是另一回事！"

"怎么完全是另一回事？说到底，你们俩不是要结婚吗？可见，您非一条道走到黑不可……您是不是要结婚呢？"

"嗯，是的……我要结婚，对，我要结婚！"

"那怎么会不是那么回事呢？"

"噢不，不是那么回事，不是那么回事！这，这反正一样，我结婚不结婚反正一样，这没关系！"

"怎么反正一样？怎么没有关系？要知道，这可不是儿戏呀？您是跟一个您所爱的女人结婚，使她美满幸福，您这样做，阿格拉娅·伊万诺芙娜是看到的，也是知道的，怎么可能反正一样呢？"

"幸福？噢，不！我不过是简单地结一下婚，她硬要结婚嘛。我结婚了，这又有什么关系呢：我……嗯，这反正一样！不过，假如不依她，她肯定会死的。我现在看到，跟罗戈任的那桩婚事简直是发疯！我过去不明白的事，现在全明白了，您知道：当她们俩当时面对面站着的时候，我看到了纳斯塔西娅·菲利波芙娜的脸，真让我受不了……叶夫根尼·帕夫洛维奇，您不知道（他神秘地压低了声音），这话我对谁都没有说过，从来没有说过，甚至对阿格拉娅也没有说过，我看到纳斯塔西娅·菲利波芙娜的脸就受不了……您方才提到纳斯塔西娅·菲利波芙娜那天举行的晚会，您说得很对，但是这里还有件事您说漏了，因为您不知道：我当时一直在看她的脸！还在那天上午，看那张照片的时候，我就受不了她脸上的表情……比如拿薇拉·列别杰娃说，她就完全是另一种眼神。我……我怕见她的脸！"他又异常恐惧地加了一句。

"怕？"

"对，她是疯子！"他脸色苍白地喃喃道。

第四部

"您说这话有把握吗?"叶夫根尼·帕夫洛维奇非常好奇地问。

"是的,有把握,现在已经有把握了,现在,这几天,已经完全有把握了!"

"那您为什么还要勉强自己这么做呢?"叶夫根尼·帕夫洛维奇惊恐地叫道,"这么说,您跟她结婚是出于某种恐惧? 这事简直莫名其妙……也许,您根本不爱她吧?"

"噢不,我全心全意地爱她!要知道,她……是个孩子,她现在是个孩子,完全是个孩子! 噢,您什么也不明白!"

"与此同时,您又向阿格拉娅·伊万诺芙娜保证,您爱她?"

"噢,是的,是的!"

"怎么回事? 这么说,两个女人您都想爱?"

"噢,是的,是的!"

"对不起,公爵,您说什么呀,您犯糊涂了吧?"

"我倘若没有阿格拉娅……我一定要见到她! 我……我很快就会在睡梦中死的。我想,今天夜里我就会在睡觉的时候死去①。噢,倘若阿格拉娅知道,知道一切的话……也就是说,必须让她知道一切。因为关于这事必须知道一切,这是最要紧的! 为什么当另一个人错了,我们却从来不去了解应当了解的这个人的一切呢! ……不过,我也不知道我在说什么,我有点儿语无伦次了。您刚才说的情况使我吃惊不小……难道她现在的脸色还跟她跑出去的时候一样吗? 噢,是的,我错了! 很可能,这一切都应当怪我! 我还不知道我究竟错在哪里,但是我肯定错了……这里有些事我跟您说不清,叶夫根尼·帕夫洛维奇,我无法用言语表达,但是……阿格拉娅·伊万诺芙娜会

---

① 据安娜·陀思妥耶夫斯卡娅在日记中记载,陀思妥耶夫斯基在癫痫病发作时会产生对死的恐惧。

懂的！噢，我永远相信她会懂的。"

"不，公爵，她不会懂！阿格拉娅·伊万诺芙娜是作为一个女人，作为一个人来爱您的，而不是作为一种……抽象的精神。您知道吗，我的可怜的公爵：很可能，您既从来没有爱过这个女人，也从来没有爱过那个女人！"

"我不知道……也许，也许吧，您在许多方面说得都很对，叶夫根尼·帕夫洛维奇。您非常聪明，叶夫根尼·帕夫洛维奇。啊呀，我的头又开始疼了，咱俩快去找她吧！看在上帝分上，看在上帝分上！"

"我不是跟您说了吗，她不在帕夫洛夫斯克，她在科尔米诺。"

"咱们就到科尔米诺去，立刻就去！"

"这是不——可——能的！"叶夫根尼·帕夫洛维奇站起身来，拉长了声音说。

"这样吧，我写封信，您把信捎去！"

"不，公爵，不行！您就免了我这趟差事吧，我干不了！"

他俩分手了。叶夫根尼·帕夫洛维奇离开的时候，心里有一些奇怪的想法：据他看，公爵的神经有点儿不正常。他又怕又非常爱的这张脸，究竟意味着什么呢！与此同时，他失去阿格拉娅也许的确会死的，因此阿格拉娅也许永远不会知道他爱她爱得有多深！哈哈！怎么能同时爱两个人呢？用两种不同的爱情？这倒有意思……可怜的白痴！现在他会闹出什么事来呢？

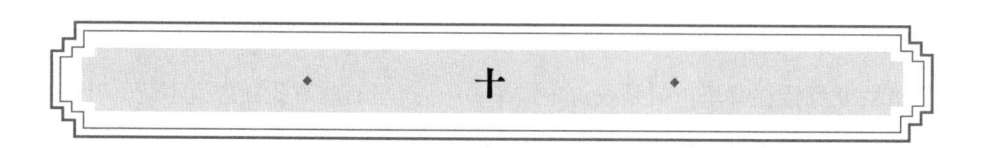

十

但是，公爵在举行婚礼前并没有死，无论在醒着的时候，也无论在"睡着的时候",都没有死,并不像他对叶夫根尼·帕夫洛维奇所预言的那样。他晚上确实睡得不好,常做噩梦,但是白天,跟人们在一起的时候,他看上去非但心肠好,甚至还心满意足,不过有时候若有所思,显得心事很重,但是,那也只是当他一个人的时候。大家都在忙忙碌碌地准备办喜事,婚期正好定在叶夫根尼·帕夫洛维奇来访之后一星期左右。婚事办得这样仓促,甚至连公爵最要好的朋友(如果他真有这样的朋友的话)也对"挽救"这个不幸的疯子所做的种种努力感到失望。外面风传,叶夫根尼·帕夫洛维奇这次来访,似乎多多少少与伊万·费奥多罗维奇及其夫人利扎韦塔·普罗科菲耶芙娜的怂恿有关。但是,如果他们俩因为心肠太好,即使有可能想把这可怜的疯子从深渊里拯救出来,那也只能仅限于做这么一次小小的尝试,他们的地位,也许甚至还有他们的心态(这是很自然的),都不可能使他们做出更大的努力,我们曾经提到,甚至连公爵身边的人也对他不无龃龉。不过,薇拉·列别杰娃仅限于一个人偷偷流泪,再有就是多半坐在自己家里,而不是像过去那样常常去看公爵。这时,科利亚正在料理父亲的丧事,老头儿在第一次中风后的七八天第二次中风,不久就死了。公爵非常同情这家的不幸遭遇,头几天,他每天都要陪尼娜·亚历山德罗芙娜一起度过好几个小时,他参加了葬礼,也参加了教堂举行的祈祷仪式。许多人注意到,教堂里的公众一看到公爵,便开始窃窃私语,一直到他离开。在大街上和在花园里也常常如此:无论他徒步或者坐车走过,便会发出一片嗡嗡嘤嘤的说话声,提到他的名字,指指点点,也可以听到纳斯塔西娅·菲利波芙娜的名字。在葬礼上,也有人找她,看她来了没有,但是她并没有参加葬礼。上尉太太也没有参加葬礼,她被列别杰夫好说歹说及时拦阻了。葬礼上的安魂祈祷对公爵产生了强烈的、病态的影响,他还在教堂里回答列别杰夫的一个问题的时候,就悄悄对他说,他这是第一次参加东正教的安魂祈祷,不过他还记得,小时候,在某座乡村教堂，参加过另一种安魂祈祷。

"是的，您哪。倒好像躺在棺材里的不是同一个人似的①，不多久以前，咱们还让他当主席呢，记得吗？"列别杰夫向公爵低语，"您找谁？"

"随便看看，没什么，我好像觉得……"

"不是找罗戈任吧？"

"他难道在这儿？"

"在教堂里，您哪。"

"怪不得我好像看到罗戈任的眼睛，"公爵不安地嘟囔道，"怎么……他来干吗？请他了？"

"连想也没想到要请他，您哪。要知道，他根本就不属于死者的亲朋好友，您哪。这里什么人都有，观众罢了。您干吗这样惊讶？现在，我常常遇见他，最近一周，在这里，在帕夫洛夫斯克，我已经遇见他三四次了。"

"我一次也没有见到他……从那时候起。"公爵喃喃道。

因为纳斯塔西娅·菲利波芙娜也一次都没有告诉过他，她"从那时候起"遇见过罗戈任，所以现在公爵认定，罗戈任由于某种原因存心不露面。整个这一天，他都在苦思冥想，可是纳斯塔西娅·菲利波芙娜在这一整天和这天的整个晚上都显得非常快活。

早在父亲去世以前，科利亚就同公爵和好了，他劝公爵请凯勒尔和布尔多夫斯基做傧相（因为这事迫在眉睫，很急）。他替凯勒尔保证说，他的行动一定会很得体，也许"正用得着他"，至于布尔多夫斯基，就更不消说得了，此人一向文静稳重。尼娜·亚历山德罗芙娜和列别杰夫还责备公爵，既然婚礼已定，何必非要在帕夫洛夫斯克举行不可呢，而且还赶在这个时髦的避暑

---

① 在教堂里举行安魂祈祷时，棺材盖是开着的。

季节，何必如此招摇呢？在彼得堡，甚至在家关起门来举行，不更好吗？公爵心里非常清楚，他们这些担心究竟是为什么，但是，他却简短地回答道，因为纳斯塔西娅·菲利波芙娜一定要这样嘛。

第二天，凯勒尔来见公爵，他已经被告知，请他当傧相。他进门之前，先站在门口，一看到公爵，便举起右手，向上伸出食指，用宣誓的形式喊道：

"不喝酒！"

说罢，便走到公爵面前，紧紧握了握并摇了摇他的两只手，随后便宣布，起初，他刚一听说，自然视他为仇敌，并在打台球的时候公然宣称，从此与公爵誓不两立，这并不是因为其他原因，而是因为他一直希望公爵成亲，而且每天以一个朋友的迫不及待的心情，希望能看到他娶一位罗甘郡主①为妻。但是他现在亲眼看到，公爵思想高尚，起码比他们这些人"加在一起"还高尚十二倍！因为公爵需要的不是风光体面，更不是荣华富贵，而只是做人应有的本分！那些大人物的褒贬好恶是尽人皆知的，可是公爵却很有学问，很有教养，他是不屑于做这种大人物的，一般可以这么说吧！"但是有些混账东西和各种小人却不这么认为，在大街小巷，在公馆私邸，在俱乐部，在别墅，在音乐会，在小酒馆，以及在打台球的时候，这些人闲言碎语，大呼小叫，谈的都是即将发生的这件事。听说，有人还想在窗下起哄，而这事就定在，可以说吧，新婚之夜！公爵，如果您需要一个有侠义心肠的人拔枪相助的话，那您第二天早晨从您那燕尔新婚的卧榻上起身之前，我就准备让他们尝尝半打左右我那充满义愤的手枪进行回击的味道。"因为担心行完婚礼从教堂出来后看热闹的人太多，他建议在院子里先预备下救火用的水龙，但是列别杰夫摇头反对："一用水龙，东奔西跑，还不把

---

① 罗甘家族为法国最古老、最有名望的王公贵族。

房子挤塌了。"

"公爵，这个列别杰夫正在耍阴谋，挖您的墙脚，真的！他们想把您看管起来，让官方出面监护，这点您不难想象，把您的一切，把您的行动自由和金钱，也就是把我们每个人所以区别于四条腿的动物的两样最主要的东西统统置于官方的监护下！我听说了，千真万确地听说了！千真万确，没错！"

公爵想起，他自己也好像听说过这一类话，但是，不用说，他没有在意。现在，他也只是付诸一笑，立刻又忘了。列别杰夫的确忙活过一阵，这人办事一向心血来潮，但是由于头脑发热又常常节外生枝，东一榔头，西一棒槌，原来想干什么，反倒忘了。他奔波一生，一事无成，恐怕也是这个道理。后来，几乎就在办喜事的当天，他又跑去找公爵认错（每当他阴谋反对一个人，特别在他的阴谋没有得逞之后，他有个一定要去向他所反对的人认错的习惯），他向公爵宣称，他出生时本姓塔莱朗①，后来不知怎么搞的，成了列别杰夫。接着他便向公爵披露他耍的全部把戏，这倒使公爵产生了极大兴趣。用他的话来说，刚下手的时候，他想先找几个大人物做靠山，以便必要的时候有人撑腰，于是他便去找伊万·费奥多罗维奇将军。伊万·费奥多罗维奇将军拿不定主意，他倒很希望这个"年轻人"好，但是又说："尽管他很想拉这个年轻人一把，不过参与其事恐有不便。"利扎韦塔·普罗科菲耶芙娜既不想听他唠叨，也不想见他。叶夫根尼·帕夫洛维奇和希公爵则连连摆手。但是列别杰夫并不气馁，转而去求教一位精于讼事的法律专家，一位可敬的老者，他的好友，也几乎是他的恩人。那位法律专家听了他的话以后，说道，这是完全可以办到的，只要有权威人士出面做证，证明他精神失常和完全疯狂，与

---

① 夏尔·莫里斯·塔莱朗（1754—1838），法国外交官，三朝元老，历任外交大臣和外交部长。他曾十八次向法国不同的政府宣誓效忠，均变节。后来塔莱朗成了普通名词，意为老谋深算而又厚颜无耻的小人。

此同时，主要还应有大人物做后盾。列别杰夫听到这话后也没有灰心，有一次，他甚至带了一位大夫来见公爵。这大夫也是一位可敬的老者，也是这里的避暑客，脖子上挂着安娜勋章。他前来拜访公爵，仅仅为了看看这地方，跟公爵认识认识，这次拜访虽然是非正式的，但是起码可以友好地谈谈他对公爵的看法。公爵还记得大夫这次来访，他记得，还在头天，列别杰夫就缠住他，说他身体不好，当公爵坚决拒绝就医之后，他却突然带着大夫一起来了，借口他们俩刚从捷连季耶夫先生那儿来，捷连季耶夫先生病情严重，大夫来是想跟公爵谈谈病人的情况。公爵夸列别杰夫做得好，并且非常亲切地会见了这位大夫。他们立即谈起了病人捷连季耶夫的情况，大夫请公爵详细谈谈那天伊波利特想要自杀的情形，公爵的讲述和对这件事的说明，使他听得津津有味。他们又谈到彼得堡的气候、公爵本人的病、瑞士和施奈德。公爵谈了施奈德的治疗方法，还谈了其他一些事，使这位大夫越听越来劲，竟至流连忘返，坐了两小时。他一面听一面吸着公爵的上好雪茄，列别杰夫方面，也由薇拉拿来了十分香甜的果子酒。再说这大夫，本来是个有妻室儿女的人，居然在薇拉面前大献殷勤，说了一大堆恭维话，使薇拉十分恼火。他跟公爵分手的时候成了朋友。大夫从公爵那儿出来后，告诉列别杰夫，如果把这样的人统统监护起来，那又该让谁来做监护人呢？列别杰夫对即将举行的这桩婚事作了一番悲痛的叙述，大夫只是狡猾而又诡诈地摇摇头，最后说道，且不谈"男婚女嫁，人之常情"，而且"这一代尤物，起码就他所知，除美艳绝伦外（这一点就足以使阔佬倾倒），她还拥有很大一笔财产（是托茨基和罗戈任送给她的），珍珠和钻石，披巾和家具，因此亲爱的公爵当前所作的选择，不仅不能表明他做了什么特别的、令人注目的蠢事，反倒足以证明此人工于心计、巧于打算，因此这只会使人做出相反的、对公爵完全有利的结论……"这个想法使列别杰夫吃了一惊，他只好就此罢手，所以现在，他向公爵补充道："现在，除了赤胆忠心和呕心沥血以外，您将不会看到我有任何其他表现，这也是我来拜见您的初衷。"

最近这几天，使公爵定不下心来的还有伊波利特，他动不动就派人来请他。他家住得不远，在一座小木屋里，两个小孩（伊波利特的弟弟和妹妹）都很喜欢这别墅，因为别墅旁有花园，起码可以到花园里去玩，躲开病人。可怜的上尉太太被他支使来支使去，完全成了他的出气筒。公爵必须每天去给他俩调解，给他俩讲和，而病人仍旧继续称他为自己的"保姆"，同时对他甘心充当和事佬这一角色似乎不能不嗤之以鼻。他非常不满意科利亚，因为他几乎不来看他，起先是因为父亲病危，他留下来伺候父亲了，现在又因为母亲新寡，留下来陪母亲了。最后，病人决定把公爵同纳斯塔西娅·菲利波芙娜即将举行的婚事作为嘲笑目标，这侮辱了公爵，终于使公爵忍无可忍，一怒之下再也不去看他了。过了两天，一大清早，上尉太太含着眼泪，跟跟跄跄地前来求公爵枉驾到他那里去一趟，否则他会把她吃了的。她说罢又加了一句，说他打算向他公开一个大秘密。公爵去了。伊波利特希望跟他言归于好，说着就哭了，可是在流过眼泪以后，不用说，他的火气就更大了，不过不敢怒形于色罢了。他的身体很不好，从各方面看，他现在已经离死期不远了。除了激动（也许是做作出来的）得上气不接下气地一再请求公爵要"提防罗戈任"以外，他并没有什么秘密要说。"这人是不会把自己的东西拱手让给别人的，公爵，他不是像咱俩这样的人：这人想干什么，是不会手软的……"等等，等等。公爵听到这话后便开始详详细细地问他，希望他讲具体点，但是，除了伊波利特的一些个人感受和印象外，原来并无任何事实根据。伊波利特终于把公爵吓得魂飞魄散，因而非常得意。他起先提了几个特别的问题，公爵不愿意回答，后来他又一再劝公爵："哪怕跑到国外去呢，俄国神父哪儿都有，国外也可以结婚嘛。"公爵对此只是笑而不答。但是最后，伊波利特说了

第四部

心里话："其实，我最担心的是阿格拉娅·伊万诺芙娜：罗戈任知道您非常爱她，以爱报爱，以怨还怨，您抢走他的纳斯塔西娅·菲利波芙娜，他也可以杀死阿格拉娅·伊万诺芙娜。虽然她现在并不是您的未婚妻，但是您毕竟会感到难过的，不是吗？"他达到了目的：公爵离开他的时候被吓得魂不附体。

关于罗戈任可能下毒手这一警告，发生在办喜事的前一天。当天晚上，公爵结婚前最后一次同纳斯塔西娅·菲利波芙娜见面，但是纳斯塔西娅·菲利波芙娜无法使他惶惶不安的心情平静下来，甚至相反，最近以来，她只是加剧了他的惊慌和不安。过去，即几天以前，她每次跟他见面，总是想方设法使他开心，非常害怕看到他那闷闷不乐的样子，她甚至试着给他唱歌，而更多的是把她能够记得的一切可笑的故事讲给他听。公爵几乎总是假装似乎好笑得很，有时候也的确被她说笑了，笑她有时候说得非常聪明，非常有感情，因为她只要动了感情，就会说得很生动，而她是经常动感情的。她一看到公爵笑了，一看到她讲的故事对他起了作用，就欢天喜地，自豪起来。但是，现在她却闷闷不乐，若有所思，而且这情绪几乎每小时都在增长。幸亏公爵对于纳斯塔西娅·菲利波芙娜的看法已经固定，否则，现在，他一定会感到她身上的一切是个谜，让人难以理解。但是他真心相信她一定会恢复活力。他曾经对叶夫根尼·帕夫洛维奇说，他很爱她，而且是真爱，这话他说得很正确，而且在他对她的爱中的确包含着一种好像对一个有病的可怜的孩子的关心和体贴，对这样的孩子是很难，甚至不可能撒手不管的。他没有向任何人说明过他对她的这种感情，即使无法避开这样的谈话，他也不喜欢谈这个。至于跟纳斯塔西娅·菲利波芙娜本人，当他俩促膝交谈的时候，也好像有约在先，从来不谈"感情"这一类问题。他们俩平常的愉快而又热烈的交谈，任何人都可以参加。达里娅·阿列克谢耶芙娜后来说，在这段时间里，她一直在欣赏他们，喜滋滋地看着他们俩。

第四部

　　但是，他对纳斯塔西娅·菲利波芙娜的精神状态和思想状态的这一看法，也使他多多少少避免了许许多多其他的困惑和不解。她现在已经同他三个月以前所知道的那个女人完全不同了。现在，他已经不去考虑，比如说，为什么她当时要逃避同他结婚，而且痛哭流涕、诅咒和责骂，可现在却自己坚持要尽快举行婚礼？"可见，她现在已经不像过去那样害怕跟他结婚会给他造成不幸了。"公爵想。据他看，这种自信心的迅速恢复，对于她决不会是自然的。这种自信心的产生，决不可能仅仅是出于对阿格拉娅的恨：纳斯塔西娅·菲利波芙娜的情感一定不至于如此浅薄。总不会出于怕吧，怕嫁给罗戈任？总之，这些原因都有道理，也可能还有一些别的原因。但是，他觉得最明显，也是他早就怀疑的一点是，这个可怜的、有病的心已经受不了了。这些想法虽然在某方面使他摆脱了困惑，但是既没有使他在整个这段时间里得到平静，也没有使他得到休息。有时候，他也似乎在努力，最好什么也不想，他似乎当真把这桩婚事看作某种无关紧要的走过场，他把自己的命运看得太轻，也太不值钱了。至于有人对他的做法提出异议，以及一些闲言碎语，比如跟叶夫根尼·帕夫洛维奇的那场谈话，他简直不知道该怎么回答，他觉得自己根本没有资格来回答，因此也就极力回避作任何这一类谈话。

　　然而，他也发现纳斯塔西娅·菲利波芙娜非常清楚和明白，阿格拉娅对他究竟意味着什么。她只是没有说出来罢了，但是起初，有时候，她碰到他要上叶潘钦家去，她当时的"脸色"，他是看到了的。当叶潘钦家离开帕夫洛夫斯克以后，她就似乎容光焕发。不管他多么粗心大意和多么迟钝，但是有一个想法却使他很不安，他怕纳斯塔西娅·菲利波芙娜会闹事，会不顾一切把阿格拉娅从帕夫洛夫斯克赶走。对婚礼一事大吹大擂，传遍了所有的别墅，当然多多少少也是受到纳斯塔西娅·菲利波芙娜支持的，其目的就是要激怒她的情敌。因为很难遇到叶潘钦母女，所以有一次纳斯塔西娅·菲利波芙娜

第四部

便让公爵坐上她的马车,下令车夫从她们家的别墅窗户前驶过。这事太出乎公爵意料了。公爵照例总要到事情已经无可挽回了,才恍然大悟,这时马车正从窗前驶过。他一句话也没有说,但是这事发生以后,他连着病了两天。纳斯塔西娅·菲利波芙娜从此再没有搞这样的试验。在婚前的最后几天,她似乎变得心事重重,但每次总是她战胜自己的闷闷不乐,又变得很开心,但是,尽管开心,却变得文静了些,不像过去(也就是不多久以前)那样大声欢笑,又幸福又快乐了。公爵开始更加注意她的一举一动。他感到奇怪的是她从来没有跟他谈起过罗戈任。只有一次,大概在婚前五天吧,达里娅·阿列克谢耶芙娜突然派人来找他,让他马上就去,因为纳斯塔西娅·菲利波芙娜病得很重。他发现她好像完全疯了:又喊又叫,浑身发抖,嚷嚷说罗戈任就躲在花园里,躲在她们家,她刚才还看见他来着,她又嚷嚷说,他夜里要杀她……把她给宰了!她一整天都安静不下来。但是当天晚上公爵去看伊波利特,这时上尉太太刚从城里回来,她到城里去办点儿事,她说今天罗戈任到她彼得堡的住处去找过她,问了一些关于帕夫洛夫斯克的情况。公爵问她罗戈任究竟什么时候去找她的,上尉太太说的时间,几乎就是纳斯塔西娅·菲利波芙娜今天在自家花园里仿佛看到罗戈任的时候。事情很清楚,无非是一个人普普通通的幻觉罢了。纳斯塔西娅·菲利波芙娜亲自跑去找上尉太太,详详细细地问了她一遍,才算彻底放心了。

结婚前夜,公爵离开纳斯塔西娅·菲利波芙娜的时候,她正在兴致勃勃地试衣服:时装设计师派人送来了明天穿的服饰、结婚礼服、帽子,等等,等等。公爵没料到她看到这些服饰竟会这么高兴,他自己则把所有的东西都夸了一遍,他这一夸,她就更高兴了。但是,也说漏了她的心事:她已经听说,城里有人义愤填膺,而且确实有这么一些浪荡子准备到时候起哄,他们搞了个小乐队,还搞了几首特意炮制出来的歪诗,而且他们搞的这一切,还似乎得到其他上流人士的首肯。而她现在偏要在他们面前更高地昂起头，用自己高雅和华丽的服饰压倒他们大家，"让他们去瞎嚷嚷，让他们去吹口哨，只要他们敢！"而且她一想到这点就两眼放光。此外，她还有个秘密的幻想，但是她没有把它说出来：她幻想，最好是阿格拉娅，或者她起码派个什么人来，杂在人群里，乔装打扮，混到教堂里来偷看，而且看到了一切，因此她私底下正在做准备。晚上十一点左右，当她跟公爵分手的时候，满脑子都是这些想法，但是还没到半夜，达里娅·阿列克谢耶芙娜又打发人跑来找公爵，请他"快去，又不好了"。公爵去时发现他的未婚妻正一个人锁在自己的卧室里，在流泪，在悲恸欲绝，歇斯底里。人家在反锁着的门外跟她说话，她一句也听不见，过了很久，她才终于把门打开了，但是只让公爵一个人进去，而且他一进去又锁上了门，接着便跪倒在他面前。（起码，达里娅·阿列克谢耶芙娜后来是这么说的，她多少偷看到了一点儿。）

"我在干什么呀！我在干什么呀！我怎么能让你这样呢！"她像抽风似的抱着他的两腿叫道。

公爵陪她坐了整整一小时，他俩究竟谈了些什么，我们不得而知。达里娅·阿列克谢耶芙娜说，一小时后，他俩分手的时候已是心平气和、高高兴兴的了。这天夜里，公爵又打发人来打听情况，但是纳斯塔西娅·菲利波芙娜已经睡着了。第二天早晨，她睡醒前，公爵又派了两个人到达里娅·阿列克谢耶芙娜这里来，直到派第三个人来的时候，才让他传话："现在，纳斯塔西娅·菲利波芙娜身边已经围了一大堆从彼得堡来的时装设计师和理发师，昨天那事连影子也没有了，她现在可忙啦，就像她这样的大美人在结婚前能多忙有多忙地忙于自己的梳妆打扮，至于现在，也就是眼下，她们正在召开紧急会议，商讨究竟该戴哪种钻石以及怎么戴法。"公爵听到这话后也就完全放心了。

第四部

关于这场婚礼紧接着发生的整个出乎人们意料的事，据知情人说是这样的，看来，言之凿凿，并无虚假：

婚礼定于下午八点举行，纳斯塔西娅·菲利波芙娜还在七点就准备好了。从六点起，就有一群群看热闹的人，在列别杰夫别墅四周，慢慢聚拢来。从七点起，教堂里也开始挤满了人。薇拉·列别杰娃和科利亚非常替公爵担心，但是他俩在家有许多事要张罗：在公爵的几个房间布置接待宾客和办喜酒。其实，在婚礼结束之后，几乎没有打算安排任何聚会，除了参加结婚赞礼的必要的人员以外，列别杰夫只请了普季岑夫妇、加尼亚、佩戴安娜勋章的大夫和达里娅·阿列克谢耶芙娜。公爵好奇地问列别杰夫，他跟那位大夫"素昧平生"，怎么会想到请他的，列别杰夫非常得意地回答："勋章挂在脖子上，令人肃然起敬，可以装装门面，您哪。"——他这一说，倒把公爵逗乐了。凯勒尔和布尔多夫斯基，穿上了燕尾服，戴上了白手套，看上去很气派，不过，凯勒尔摆出一副准备大打出手的架势，并且非常敌对地瞅着聚集在房子附近看热闹的人，这一点仍旧使公爵和他的几位推荐人有点儿不放心。七点半，公爵终于坐上了马车，动身去教堂。我们要顺便指出，他特意不放过任何一个传统的风俗习惯，一切都"按部就班"，做得明显、公开，而且"合乎规矩"。到教堂后，公爵由凯勒尔开路，好不容易才穿过人群，登上祭台，暂不露面。公爵走过去时，不断听到观众的窃窃私语声和大呼小叫声，凯勒尔则左右开弓，投去威严的目光。随后，凯勒尔去接新娘，他发现，聚集在达里娅·阿列克谢耶芙娜家台阶旁的人群，不仅比公爵那里多一至二倍，而且也放肆得多。他走上台阶时，听到一片大呼小叫，简直让人忍无可忍，他已经准备要狠狠地训斥一通那帮无事生非的人了，幸亏被布尔多夫斯基和从台阶上跑下来的达里娅·阿列克谢耶芙娜拉住，他俩走上前来，使劲把他拖进了房间。凯勒尔的气不打一处来，急着要走。纳斯塔西娅·菲利波芙娜站起身来，再一次照了照镜子，"苦"笑了一声（正如凯勒尔后来描述的那样），说她的脸"白得像死人"，接着她虔诚地向圣像鞠了个躬，然后走出来，上了台阶。她一出现，四周便发出一片欢呼声。诚然，在开始那一刹那，可以听到哗笑声、拍手声，几乎还有口哨声，但是过了不大一会儿，就发出了别的一些声音：

"真是个大美人儿！"人群中有人喊道。

"多稀罕：她不是第一个，也不是最后一个！"

"全给婚纱挡住了，傻瓜！"

"不，你们倒去找找看，上哪儿找这样的大美人儿呀，乌拉！"站在附近的人喊道。

"真像一位公爵夫人！能跟这样的公爵夫人睡上一夜，我情愿出卖灵魂！"一个办事员模样的人叫道，"'愿以生命做代价，换取我销魂的一夜！……'①"

纳斯塔西娅·菲利波芙娜出来后，脸的确白得像块白手帕，但是她那双黑黑的大眼睛却跟两枚火炭似的望着人群，在发光：人群经受不了这眼神，由愤怒变成了一片欢呼。马车的两扇门已经打开，凯勒尔也已经向新娘伸出了手，这时，她突然一声惊呼，冲下台阶，径直向人群里跑去。所有送她去教堂的人都惊呆了，人们在她面前让开一条道，在离台阶五六步远的地方，忽然出现了罗戈任。纳斯塔西娅·菲利波芙娜在人群里捕捉到的正是他的目光。她像疯子一样跑到他身边，抓住他的两只手。

"救救我！快带我走！上哪儿都行，快走！"

罗戈任几乎把她抱了起来，差点儿没把她抱到马车跟前。接着，刹那间，从钱包里掏出一张一百卢布的钞票，递给了马车夫。

---

① 源出普希金的诗《克莉奥佩特拉》（1828）。原诗为："请问，你们中间有谁，愿以生命做代价，换取我销魂的一夜？"

纳斯塔西娅·菲利波芙娜站起身来,再一次照了照镜子,"苦"笑了一声(正如凯勒尔后来描述的那样),说她的脸"白得像死人",接着她虔诚地向圣像鞠了个躬,然后走出来,上了台阶。她一出现,四周便发出一片欢呼声。诚然,在开始那一刹那,可以听到哗笑声、拍手声,几乎还有口哨声,但是过了不大一会儿,就发出了别的一些声音:

"真是个大美人儿!"人群中有人喊道。

"多稀罕:她不是第一个,也不是最后一个!"

"全给婚纱挡住了,傻瓜!"

"不,你们倒去找找看,上哪儿找这样的大美人儿呀,乌拉!"站在附近的人喊道。

"真像一位公爵夫人!能跟这样的公爵夫人睡上一夜,我情愿出卖灵魂!"一个办事员模样的人叫道,"'愿以生命做代价,换取我销魂的一夜!……'"

"上车站，赶上火车，再给一百！"

说罢，他紧随纳斯塔西娅·菲利波芙娜之后跳上了马车，关上了车门。马车夫一分钟也不迟疑，挥起马鞭，向马打去。凯勒尔后来归咎于事情来得太突兀了："再有一秒钟，我就会想出办法来，决不让他得逞！"他在说到这件飞来横祸时解释道。他本来想跟布尔多夫斯基一起截住另一辆恰好出现在跟前的马车，跑去追赶，但是中途又改了主意："怎么说也晚了！硬拽是拽不回来的！"

"再说公爵也不愿意！"惊魂未定的布尔多夫斯基说。

罗戈任和纳斯塔西娅·菲利波芙娜及时赶到了车站。罗戈任下了马车，几乎在就要上火车的时候，还乘机截住了一位过路的姑娘，这姑娘穿着一件虽然旧，但是还算像样的深色短斗篷，头上兜着一块富丽雅绸头巾。

"五十卢布买您的斗篷！"他霎时把钱递给了姑娘。她很吃惊，正想弄明白是怎么回事的时候，他已经把一张五十卢布的票子塞进她的手里，取下了她的斗篷和头巾，披到纳斯塔西娅·菲利波芙娜的肩上和头上。她那身过于华丽的衣服太刺眼了，在火车上容易惹人注目。这姑娘后来才明白，人家干吗要买下她这件一文不值的旧衣服，而且花这么大价钱。

这件意外事故沸沸扬扬地传开了，而且非常迅速地传到了教堂。当凯勒尔穿过人群去找公爵的时候，许多凯勒尔根本不认识的人，也急忙跑过来向他问长问短。群情哗然，大家连连摇头，甚至有人哑然失笑。没有一人离开教堂，大家都在等着看新郎听到这消息后有何反应。他的脸色唰的一下白了，但是对这消息却反应平静，仅仅勉强听得出来地说道："我担心过，但是毕竟没料到会出这样的事……"后来，沉默少顷，他又加了一句："不过……就她的情况说……也是完全顺理成章的。"这样的反应，后来由凯勒尔名之曰"史无前例的哲学"。公爵走出了教堂，看来，态度平静，精神很好，起码，许多人都是这么看到的,后来也是这么说的。看得出来,他很想马上跑回家去,让他尽快一个人待一会儿,但是人家却不让他这么做。紧跟在他后面进屋的还有几位客人,其中有普季岑、加夫里拉·阿尔达利翁诺维奇,那位大夫也跟他们一块儿,他也不想离开。此外,整座房子简直就被那些游手好闲的人围了个水泄不通。还在凉台上,公爵就能听到凯勒尔和列别杰夫正跟某些根本不认识、虽然看来颇像在衙门里供职的人唇枪舌剑地争论不休,因为这些人说什么也要走进凉台来。公爵走到争论不休的人群跟前,问清了是怎么回事后,便很有礼貌地推开列别杰夫和凯勒尔,彬彬有礼地跟一位站在台阶上,看来是其他几位想进来的人中的领头的,已经白发苍苍,但身体仍很结实的先生说话,请他赏光,到寒舍小坐片刻。这位先生不好意思起来,但还是进去了,跟在他后面又进去了一两个人。从整个人群中好不容易又找到了七八个人,他们尽量装出一副随随便便的样子,走了进去,但是除此以外愿意进去的人就没有了,很快,人群里就开始指责那些抢先出风头的人。让进来的人一一就座后,便开始谈话,敬茶——让进来的人感到惊讶的是,这一切都做得非常谦逊和得体。当然,进来的人也做了几次尝试,想使谈话变得愉快些,把话引到"正题"上去。大家提了几个不客气的问题,说了几句"刺耳"的话。公爵非常朴实,也非常和蔼地回答了大家的问话,与此同时,又保持着一种自尊,一种对于来客作风正派、品行端正的高度信任,以至那些不客气的问题便开始自行销声匿迹,慢慢地,谈话开始变得近乎严肃起来了。有一位先生,抓住一句话由,突然发誓,而且态度异常愤激,说什么无论发生什么情况,他决不会把自己的田庄卖掉,而且相反,他要等待时机,而且一定会等到,又说什么"办企业比存钱好","先生,实不相瞒,这就是我的经营之道"。因为他这话是对公爵说的,所以公爵非常热情地夸了他几句,尽管列别杰夫趴在他耳朵上说,这位先生穷无立锥之地,从来就不曾有过任何田庄。过了几乎一小时，茶也喝完了，再要坐下去就没意思了。大夫和那位白发先生热烈地向公爵告辞，大家也热烈地、七嘴八舌地道了别，说了一些祝愿和劝告，诸如："也不必太难过了，也许这样倒更好"，等等。诚然，也有人试着想要喝香槟，但是年长的客人拦阻了年轻的。当大家都走了以后，凯勒尔弯过身去对列别杰夫说："要是咱俩，准是又喊又叫，大打出手，丢人现眼不算，还可能招来警察。可是他，你瞧，倒结识了一帮新朋友，而且还是这样一些活宝。他们那德性，咱知道！"列别杰夫已经喝得"醉眼蒙眬"，叹了口气，说道："上帝'将这些事向聪明通达人就藏起来，向婴孩就显出来'①，关于他，我从前就说过这话，但是现在我要补充的是，上帝保护了婴孩，把他从深渊中救了出来，不仅是上帝，还有上帝的所有圣徒。"

十点半左右，大家终于走了，剩下了公爵一个人，他头疼。科利亚走得最晚，帮他把结婚礼服换成了家常穿的便服。他俩热烈地分了手，科利亚没有进一步提今天的事，但是他答应明天早点来。他后来证明说，他俩在最后告别的时候，公爵没有预先给他打任何招呼，可见，他把他心里的打算对他都隐瞒了。很快，整座房子的人差不多都走光了：布尔多夫斯基看伊波利特去了，凯勒尔和列别杰夫也不知道上哪儿了。只有薇拉·列别杰娃一个人在几间屋里待了一段时间，把办喜事做的种种布置匆匆恢复成平常的模样。临走时，她进屋看了看公爵。他坐在桌旁，用胳膊肘支着桌子，两手抱着脑袋。她悄悄走到他身边，碰了碰他的肩膀，公爵莫名其妙地看了看她，差不多有一分钟，好像在想她到底是谁，但是他想起来并且弄明白一切以后，蓦地变得非常激动。他反过来十分迫切而又热烈地请求薇拉，请她明早七点在第一趟火车开出之前来敲一下他的房门。薇拉答应了。公爵又开始热烈地请求她

---

① 《新约·马太福音》第十一章第二十五节、《路加福音》第十章第二十一节。以上本是耶稣向上帝说的话。

不要把这事告诉任何人,她也答应了,最后,她已经把房门完全打开,正准备出去的时候,公爵又第三次叫住了她,抓住她的两手,吻了吻,后来又亲吻了一下她的前额,用一种"不平常"的表情对她说道:"明天见!"起码,后来薇拉是这么说的。她离开后,一直对他非常担心。第二天清早七点来钟,她如约前去敲他的房门,并通知他到彼得堡的火车再过一刻钟就要开车时,她才稍微振作了点,她觉得,他给她开门的时候似乎精神很好,甚至还面带笑容。夜里,他几乎都没脱衣服,但是觉还是睡了。按照他的说法,他当天就能回来。看得出来,他进城这件事,他认为,在当前,他只能,也只需要告诉她一个人。

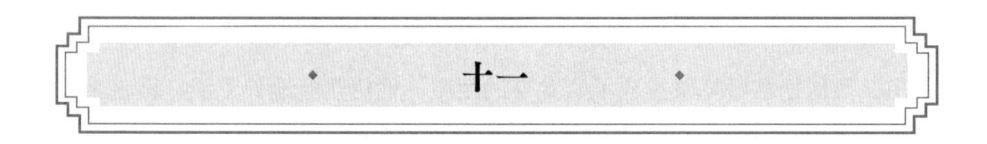

十一

　　一小时后,他已经在彼得堡,而九点多钟的时候,他已经在拉罗戈任家的门铃了。他从大门进去,很久没有人来给他开门。最后,罗戈任老母亲那边的房门开开了,出现了一名虽然老,但却端庄文雅的女仆。

　　"帕尔芬·谢苗诺维奇不在家,"她在房门里说明道,"您找谁?"

　　"我找帕尔芬·谢苗诺维奇。"

　　"少爷不在家,您哪。"

　　女仆用十分好奇的目光打量着公爵。

　　"起码,请您告诉我,他在家过夜了吗?还有……昨天,他是不是一个人回来的?"

　　女仆继续望着他,但是没有回答。

第四部

"昨天，这里……晚上……纳斯塔西娅·菲利波芙娜没有跟他在一起吗？"

"请问，您是什么人？"

"列夫·尼古拉耶维奇·梅什金公爵，我们很熟。"

"少爷不在家，您哪。"

女仆垂下了眼睛。

"那么，纳斯塔西娅·菲利波芙娜也不在这里吗？"

"这个，我就什么也不知道了，您哪。"

"等等，等等！他什么时候回来？"

"这，我也不知道，您哪。"

房门关上了。

公爵决定一小时后再来。他走进院子，遇到了看门人。

"帕尔芬·谢苗诺维奇在家吗？"

"在家，您哪。"

"怎么刚才告诉我说，他不在家呢？"

"他家这么说了？"

"不，他妈的女用人这么说的，我拉门铃找帕尔芬·谢苗诺维奇，没人开门。"

"也可能出去了，"看门人断定，"他从来不打招呼。有时候还把钥匙带走，房门三天两头锁着。"

"你有把握他昨天在家吗？"

"没错，在家。有时候从大门进去，就看不见了①。"

---

① 当时，彼得堡的公寓楼，结构是这样的：临街一排楼房，中有高大的门洞，通院子。楼的里外两面都有门。看门人住在院子里，除看门外，还负责扫院子。

"纳斯塔西娅·菲利波芙娜昨天没跟他在一起吗?"

"这,我就不知道了,您哪。她不常来,要是来了,好像,总会知道的。"

公爵走了出来,他在人行道上边沉吟边来回踯躅,来来去去地走了若干时候。罗戈任住的那半边房间的窗户统统关着,他母亲住的那半边的窗户则差不多全开着。天气晴朗而炎热。公爵穿过大街,走到对面的人行道上,停下脚步,再一次抬起头来看了看窗户:窗子不仅关着,而且几乎处处都放下了白色的窗帷。

他站了大约一分钟,也怪,他忽然觉得,有个窗帷的边似乎掀起了一点儿,罗戈任的脸倏地一闪,立刻又不见了。他又等了一会儿,已经决定走过去再拉门铃了,但他临时又改了主意,过一小时后再说吧:"谁知道呢,可能是错觉……"

主要是,他现在急于想到伊兹梅洛夫团纳斯塔西娅·菲利波芙娜不久前住过的那栋房子去。三星期前,应他的请求,她从帕夫洛夫斯克搬进伊兹梅洛夫团她过去的一位好友家,这他是知道的。这位女友是一位教员的遗孀,是一位拉家带口而受人尊敬的太太,她向人出租带家具的上好套房,并几乎以此为生。很可能,纳斯塔西娅·菲利波芙娜再次搬回帕夫洛夫斯克的时候,仍给自己保留着这套房间,起码,十分可能,她昨夜就住在这套房间里,不用说,是昨天罗戈任把她送到那儿去的。公爵雇了一辆马车。半道上,他蓦地想到,本来就应该从这里开始嘛,因为夜里她直接上罗戈任家是不可能的。这时候,他又想起了看门人说的话:纳斯塔西娅·菲利波芙娜不常来。假如本来就不常来,那现在凭什么要住在罗戈任家呢? 公爵用这些足以自慰的话给自己打气,最后终于半死不活地来到了伊兹梅洛夫团。

使他吃了一惊的是,那位老师太太的家,不论昨天还是今天,不仅没有听说过有关纳斯塔西娅·菲利波芙娜的事,而且还一个个像看新鲜似的跑出来看他。这位老师太太，拉家带口，孩子很多，而且全是女孩，从十五岁到七岁，一个比一个小，而且相差都只一岁——所有的孩子都跟在妈妈后面跑了出来，冲他张大了嘴，把他围在中间。跟在她们后面的是孩子她姑妈，又黄又瘦，披着黑色的头巾，最后出现的是这家的祖母，一位戴眼镜的老奶奶。老师太太一再请他进去坐一会儿，公爵也就照办了。他立刻猜到，她们对他是什么人知道得一清二楚，而且她们也清楚，他的婚礼原定于昨天举行，因此她们好奇得要命，很想问问婚礼的情况，以及他竟回过头来问她们，那位本应同他在一起，在帕夫洛夫斯克的新娘上哪去了，岂非咄咄怪事，但因拘于礼节，未敢启齿。他三言两语地谈了谈婚礼，满足了她们的好奇心。接着便发出一片大呼小叫和长吁短叹，因此他不得不把其余的情况也几乎全讲了出来，不用说，也只谈了些要点。最后，这几位足智多谋而又十分激动的女士开了个小会，终于决定，一定要而且首先要去敲门，找到那个罗戈任，把所有的情况问清楚。如果他不在家（这点一定要打听确凿），或者他不肯说，那就到谢苗诺夫团①找一位德国太太，她是纳斯塔西娅·菲利波芙娜的女友，她跟母亲住在一起：也许，纳斯塔西娅·菲利波芙娜因为心慌意乱，想躲一躲，住在她们家也说不定。公爵站起身来时，神情十分沮丧，据她们后来说，他当时的脸"唰的一下变得苍白极了"，确实，他的两条腿都差点儿软了。最后，透过一片叽叽喳喳、七嘴八舌的说话声，他终于听出来，她们正在商议同他联合行动，并且问他在城里的住址。可是他在城里没有住址，因此她们劝他随便找家旅店，先住下来再说。公爵想了想，给了她们一个过去住过的旅馆的地址，也就是大约五星期前他在那里发病的那家旅馆。接着，他又从那里动身到罗戈任家去了。

这次去，非但罗戈任住的这边没有给他开门，甚至连老太太那边的房门

---

① 彼得堡一个区的俗称，因御林军谢苗诺夫团驻此，故名，毗邻城关大街。

也没有打开。公爵下楼去找看门人,好不容易才在院子里找到了他,看门人正在忙活什么事,爱搭不理的,甚至连正眼也没瞧他,但是毕竟肯定地对他宣称,帕尔芬·谢苗诺维奇"一大早出去了,上帕夫洛夫斯克,今天不回家"。

"我等他,也许,傍晚,总会回来的吧?"

"也许一礼拜都不回来,谁知道他。"

"那么说,他今天总还是在这里过夜的啰?"

"过夜倒是在这里过夜的……"

这一切令人可疑,而且肯定有鬼。看门人很可能在这段时间里已经得到新的训示:方才,他还唠唠叨叨地没话找话,现在竟拒人于千里之外。但是公爵还是决定过两小时左右再来,假如有必要,就干脆在门外守着,因为现在还有一线希望,可以去找那个德国女人,于是他又坐车到谢苗诺夫团去了。

但是,在那个德国女人家,母女俩都不明白他的来意。根据闪烁其词的某些话语,他甚至猜出来了,这个德国大美人,在约莫两星期前,同纳斯塔西娅·菲利波芙娜吵翻了,因此在所有这些日子里,关于纳斯塔西娅·菲利波芙娜的事,她一概没有听说,而现在她极力想让公爵明白,她不想听,也根本没兴趣去听,"哪怕她嫁给天底下所有的公爵呢"。公爵急忙走了出来。他捎带生出了一个想法:也许,她跟上回一样,到莫斯科去了吧,不用说,罗戈任也跟去了,也可能是两人一起去的。"起码,总得找到点线索呀!"但是,他想起了,他应该先找个旅店住下来再说,于是他便急急忙忙地到翻砂街去了,那里立刻给他开了个房间。茶房问他要不要先吃点东西,他心不在焉地说要,但倏地明白是怎么回事后,他又恨起自己来:一吃东西,又要耽误半小时。直到后来,他才想到,他完全可以把拿来的东西留下来不吃嘛。在这个阴暗而又闷热的楼道里,有一种奇怪的感觉充斥他的全身,这感觉令人痛苦地极力想变成一种思想,但是他总也猜不透,这个不由得浮上心头的

第四部

新想法究竟是什么。他终于心神不定地走出了旅店,他有点儿头晕,但是他到底上哪儿呢?他又急匆匆奔罗戈任家而去。

罗戈任没有回来,拉铃也没人开门。他拉罗戈任家老太太的门铃,门开了,但也说帕尔芬·谢苗诺维奇不在家,也许三两天不会回来。使公爵感到难堪的是,那女仆仍旧用那种十分好奇的目光打量着他。这回,他根本就没找到看门人。他又像上回那样走到街对面的人行道上,看着楼上的窗户,在难耐的酷暑中来回走了大约半小时,也许还不止半小时。这次,毫无动静,窗户没开,白色的窗帷也纹丝不动。他终于想明白了,上回一定是他的错觉,从各方面看,甚至窗户也很昏暗,很久都没有擦了,即使果真有人从玻璃窗里向外偷看,也很难看清。一想到这里,他的心情也就开朗了,他又动身到伊兹梅洛夫团去找老师太太。

那里已经在等他了。老师太太已经跑了三四处地方,甚至还顺道去找了一趟罗戈任:毫无音讯。公爵默默地听完她的报告后,走进屋里,坐到沙发上,开始看着大家,好像不明白大家跟他说什么似的。说来也怪:他一会儿洞察幽微之末,一会儿又忽然变得心不在焉。后来,全家都说,他这天模样儿怪得"令人吃惊",因此,"说不定,当时已经一切都显露出来了"。最后,他站起身来,请她们让他看看纳斯塔西娅·菲利波芙娜过去住过的房间。这是两间十分敞亮的大屋子,家具和陈设都十分像样,房租一定不便宜。后来,这几位太太都说,公爵在这两间屋里把所有的东西都看了一遍,看到小桌子上放着一本从图书馆借来阅读的翻开来的书,一本法国小说《包法利夫人》①,他看到后,便把打开的那一页折了个角,请她们允许他把这书带走,尽管她们

---

① 法国作家福楼拜著。该书主人公包法利夫人的身世和命运,在某些方面与纳斯塔西娅·菲利波芙娜颇相似,包法利夫人最后自尽,预示着纳斯塔西娅·菲利波芙娜被刺身亡的悲惨结局。

告诉他,这书是图书馆借的,不能拿走,他也置若罔闻,不等人家把话说完,就把书装进了自己的口袋。他坐到打开的窗户旁,看到一张用粉笔写满了字的小牌桌,便问:谁在这里玩过牌? 她们告诉他,纳斯塔西娅·菲利波芙娜每天晚上都跟罗戈任在这里玩"傻瓜""朴烈费兰斯""磨工""惠斯特"和"自选王牌"①——反正什么都玩。她们又说,这牌是最近,从帕夫洛夫斯克搬回彼得堡以后,才弄来的,因为纳斯塔西娅·菲利波芙娜老嚷嚷闷得慌,罗戈任则整晚整晚地坐着,一言不发,什么故事也不会讲,因此她常常哭,可是第二天晚上,罗戈任突然从兜里掏出一副扑克牌,纳斯塔西娅·菲利波芙娜立刻笑了,于是他俩就玩起牌来。公爵问,他俩玩过的牌在哪里? 但是这里没有牌,牌一向是罗戈任装在口袋里亲自带来的,而且每天换一副新牌,然后又随身带走。

这几位太太劝公爵再去找罗戈任,再去狠狠地敲他的门,但不是马上去,而是晚上再去:"也许会在家的。"老师太太则自告奋勇,愿意傍晚前亲自到帕夫洛夫斯克去一趟,去找达里娅·阿列克谢耶芙娜:那里知道点儿什么也说不定。她们请公爵务必在晚上十点左右枉驾到这里来一趟,以便商定明天的行动计划。尽管她们一再安慰他,说事情还有希望,公爵心里还是一片绝望。他在难以形容的苦闷中迈开两腿,徒步走到了那家旅店。尘土飞扬、炎热闷人的夏天的彼得堡,好像把他紧紧夹在老虎钳里似的。他在一帮板着脸或者喝醉酒的人们中间挤来挤去,漫无目的地打量着一张张脸,也许比应该走的路走得多得多。当他走进旅店房间的时候,已经差不多完全是晚上了。他决定稍事休息,然后再照人家劝他的那样去找罗戈任。他坐在长沙发上,用两肘支着桌子,陷入了沉思。

只有上帝知道过去了多长时间,也只有上帝知道他在想什么,许多事情

---

① 均为扑克牌的打法。

他都感到害怕，并且痛苦地感到自己对此怕得要命。他蓦地想起薇拉·列别杰娃，后来又不由得想到，也许，列别杰夫对此总多少知道点儿什么吧，即使不知道，他也会去打听，而且肯定会比他打听得快，也容易。接着，他又想起伊波利特以及罗戈任曾经去找过伊波利特的事。最后他又想起罗戈任本人：先是想到不久以前在教堂里举行的安魂祈祷，后来又想到在公园里，最后又蓦地想到在这里的楼道，他当时躲在楼梯的转弯处，拿着刀在等他。他不由得想起他那双眼睛，当时在黑暗中望着他的那双眼睛。他不由得打了个冷战：不久前油然生出的那个想法，现在又蓦地闯进他的脑海。

这想法大概是这样的：倘若罗戈任在彼得堡，即使他暂时躲起来，到头来，他终究还会来找他，找公爵，怀着好意或者像上次那样怀着恶意。假如罗戈任不管什么原因需要来找他的话，那他起码不必再到别的地方去，他肯定会到这里来，再次走进这条楼道。他不知道公爵的住址，因此，他很可能想，公爵这回还住在从前那家旅店里，至少也会先到这里来看看……假如当真有这个必要的话。谁知道，也许他当真有这个必要呢？

他这样想，不知道为什么，他觉得这个想法是完全可能的。如果他再深挖一下自己的这一想法，比如，"罗戈任为什么会如此突然地需要他，以及为什么不可能他俩从此再不见面呢？"——对此，他就无论如何说不清了。但是这想法却令他十分苦恼："如果他的情况好，他就不会来。"公爵继续想道，"如果他的情况不好，他很快就会来。而他的情况肯定不会好……"

他既然这样深信不疑，当然就应当坐在家里，坐在旅店的房间里等候罗戈任的到来，但是他似乎无法忍受自己的这一新想法，他从椅子上跳起身来，顺手抓起了帽子，又跑了出去。楼道里差不多全黑了："如果现在他突然从那个角落里走出来，在楼梯旁拦住我的去路，怎么办？"当他走近那个熟悉的地方时，这个想法蓦地闪了一下。但是并没有人走出来。他下楼后，出了大门，

第四部

上了人行道，看到随着夕阳西下纷纷涌上街头的稠密的人群（在假期，彼得堡永远是这样），感到很惊奇，接着他便朝豌豆街方向走去。在离旅店五十步远的地方，在第一个十字路口，人群里忽然有人碰了一下他的胳臂肘，在他的耳旁低声说道：

"列夫·尼古拉耶维奇，跟我走，老弟，有事。"

这人是罗戈任。

说来也怪：公爵开始突然很高兴地告诉他，絮絮叨叨，几乎上句不接下句地告诉他，他刚才怎样在旅店的楼道里等他的。

"我上那儿去过，"罗戈任出乎意料地答道，"走吧。"

公爵对这个回答感到很惊讶，但那已经是在起码过了两分钟他想明白过来以后才感到惊奇的。他听明白了他的回答后感到后怕，开始诧异地打量着罗戈任。罗戈任在前面走，离他差不多有半步，两眼直视前方，并不看迎面走来的任何人，同时机械而又小心翼翼地给所有的人让路。

"既然去过旅店……干吗不到房间里去找我呢？"公爵忽然问道。

罗戈任停下脚步，看了看他，想了想，好像根本没听懂他的问题似的说道：

"这样吧，列夫·尼古拉耶维奇，你从这里一直往前走，一直走到我家房子跟前，知道吗？我在街对面走。不过注意了，咱俩一块儿，别走散了……"

说完这话后，他便穿过大街，走上对面的人行道，然后又回过头来看了看公爵是不是跟在他后面，当他看到公爵站在那里，睁大两眼望着他的时候，他便向公爵朝豌豆街方向挥挥手，径自朝前走去，但是仍不时回过头来看一眼公爵，请他跟在他后面走。当他看到公爵明白了他的意思，并没有从对面的人行道上下来，穿过街心，走到他那边去，显然感到高兴。公爵想，他大概想在路上找个什么人吧，别一不小心错了过去，所以才走上另一边的人行道。"可是他干吗不说他要找谁呢？"就这样，他俩走了五百来步，突然，不知为什么，公爵发起抖来，罗戈任虽然次数少了点，但是仍旧不停地回头张望，公爵忍不住向他招招手，叫他过来。罗戈任立刻穿过街心，走到他身边。

"纳斯塔西娅·菲利波芙娜难道在你家？"

"在我家。"

"前不久，在窗帘后面偷看我的是不是您？"

"是我……"

"你怎么就……"

但是公爵不知道往下再问什么，用什么来结束这一问话；再说，他的心跳得很厉害，连说话都困难。罗戈任也不吱声，仍旧像刚才那样，若有所思地看着他。

"那么，我走了，"他突然说，又准备走到对面去，"你走你的，咱俩在街上分开走……这样好些……分两边……你会明白的。"

当他们俩终于从两边不同的人行道分别拐到豌豆街，开始走近罗戈任家的时候，公爵的两腿又发软了，软得差点儿走不动路。这时候已是晚上十点左右。老太太那边的窗户还同上回一样开着，罗戈任这边的窗户仍旧紧闭着，暮色苍茫中，下垂的白色窗帷似乎变得更显眼了①。公爵从对面人行道走到房子跟前，罗戈任则从自己那边的人行道登上了台阶，向他招招手。公爵穿过马路，走到他跟前，也上了台阶。

"关于我，现在连看门人都不知道我回家了。方才，我告诉看门的，我上帕夫洛夫斯克去了，在我妈那儿我也这么说，"他带着狡猾而又近乎得意的微笑低声说道，"咱们进去，谁也听不见。"

他手里已经拿着钥匙。他上楼的时候回过头来关照公爵，走路要轻。他

---

① 7月初正当彼得堡白夜的后期，昼长夜短，十点左右，夕阳刚刚西下。

轻手轻脚地打开了自己的房门，让公爵先进去，然后小心翼翼地跟在他后面，随手锁上了门，把钥匙放回了口袋。

"走吧。"他低声说。

还在翻砂街的人行道上，他说话就压低了声音。尽管从表面上看，他十分镇定，但是内心却非常惊慌。当他们俩走进客厅，走到书房跟前时，他走到窗前，神秘地向公爵招招手，让他过去：

"今天上午，你拉门铃来找我的时候，我就站在这里，我立刻猜到是你来了。我轻手轻脚地走到门口，听见你跟帕夫努捷耶芙娜在说话，可是天刚亮我就关照过她：要是你或者你打发什么人来，反正不管是谁来敲我的门，无论如何不许把我在家的事说出去，特别是如果你亲自跑来找我的话，我告诉了她你的名字。后来，你出去以后，我忽然灵机一动：要是他现在就站在那儿，在偷看，或者从街上瞭望，咋办？我走到这扇窗子跟前，掀开窗帘一看，你就站那儿，眼睛睁得大大的，在看我……这事的经过就这样。"

"纳斯塔西娅·菲利波芙娜……到底在哪儿呢？"公爵气喘吁吁地问道。

"她……在这儿。"罗戈任好像并不急于回答，少顷，才慢慢地说道。

"到底在哪儿？"

罗戈任抬起眼睛，定神看了看公爵：

"走……"

他说话一直压低了声音，不慌不忙，慢条斯理，而且跟从前一样，若有所思，令人纳闷。甚至在他讲窗帷的时候，也似乎顾左右而言他，尽管他讲得津津有味，有声有色。

他俩走进书房。自从上回公爵来过以后，这屋里发生了一些变化：整个房间挂了一大块绿色的花缎丝质帷幕（帷幕两头留有出入口），因而把放有罗戈任床铺的凹室与书房隔了开来。沉重的帷幕放了下来，遮蔽了出入口，但是屋里很黑,彼得堡夏季的"白"夜也开始暗下来,要不是天上高挂着一轮满月,在罗戈任窗帷低垂的黑黢黢的屋里,就很难看清什么东西了。诚然,还可以看见脸,虽然不很清晰。罗戈任的脸跟往常一样,十分苍白,他的两眼注视着公爵,在熠熠发光,但又似乎纹丝不动。

"你不能点支蜡烛吗?"公爵问。

"不,不必,"罗戈任回答,说罢便抓住公爵的胳膊,把他按到椅子上,自己则坐在他对面,并把自己的椅子向他身边挪了挪,以致他的膝盖都差点儿碰到了公爵的膝盖。他们两人中间,稍靠边一点儿,有一张小圆桌。"坐下,咱俩先坐一会儿!"他说,仿佛在劝公爵坐一会儿似的。沉默了约莫一分钟。"我早料到你准住那家旅店,"他开口道,就像有时候在谈正题之前,人们总要先谈一点儿与此事没有直接关系的不相干的琐事似的,"我一进楼道就想,没准,他现在就坐在那儿等我,就像我那会儿等他一样?去过老师太太家了?"

"去过了。"公爵的心在剧烈跳动,好不容易才说出了话。

"我连这点也想到了。我想,肯定会有些闲言碎语……后来又想:我要把他领到这里来住一宿,让我们这一夜在一起……"

"罗戈任!纳斯塔西娅·菲利波芙娜在哪儿?"公爵突然低声问,他浑身发抖地站了起来。罗戈任也站起身来。

"在那儿。"他低声说,摆了摆头,指着帷幕后面。

"睡着了?"公爵低声问。

罗戈任又跟方才似的,定神看了看他。

"要不,咱俩过去吧!……不过你……好,过去吧!"

他掀起帷幕,站在一旁,又转过脸来,对着公爵。

"请进!"他摆头指着帷幕后面,请公爵先进去。公爵走了进去。

"这里黑黢黢的。"他说。

"能看见!"罗戈任喃喃道。

"我勉强看见……一张床。"

"走近点儿嘛。"罗戈任低声建议。

公爵又走近了点,一步,两步,便停了下来。他站着,注视了一两分钟。两人,在所有这段时间里,都站在床铺旁,一句话也没有说。公爵的心在跳,似乎屋子里,在这屋子死一般的寂静中,都听得见他的心在跳。但是他的眼睛已经适应了,已经能够看清楚整个床铺了:床上睡着一个人,纹丝不动地睡着,听不见一点儿动静,也听不到一点儿呼吸。睡着的那人盖着一条白色床单,连头蒙住,但四肢仍旧模模糊糊地看得出来。不过,从隆起的形状看,这人直挺挺地躺着。周围一片凌乱,床上、脚头、床旁的沙发椅上,甚至地板上,到处扔着脱下的衣服、贵重的白色的绸衣绸裙、鲜花和缎带。床头旁的一张小桌上,摘下的、随便乱扔在一边的钻石在发着光。脚头,有一些花边被团成一团,而在白色的花边上,从床单下,露出一只光着的脚尖,这脚尖看上去像是用大理石雕出来似的,可怕地一动不动。公爵边看边感到,他越看下去,房间里就越显得死气沉沉,静得可怕。一只睡醒了的苍蝇,突然嗡嗡地叫了起来,从床上飞过,到床头便停了下来,不再出声。公爵打了个冷战。

"出去吧。"罗戈任碰了一下他的胳臂。

他俩走了出来,又在方才坐过的那两把椅子上坐了下来,又四目相对,促膝而坐。公爵在发抖,而且抖得越来越厉害,他用疑问的目光目不转睛地看着罗戈任。

"我发现,列夫·尼古拉耶维奇,你在发抖,"罗戈任终于开口道,"跟您过去身体有病的时候差不多,记得吗,在莫斯科就有过这样的情况?或者,就跟你过去老毛病发作前一模一样。现在拿你怎么办呢?我倒没辙了……"

公爵竖起耳朵听他说话,极力想弄明白他究竟在说什么,并向他投去询问的目光。

"是你干的？"他摆了摆头，指着帷幕，终于问出了声。

"是……我……"罗戈任垂下了眼睛，低声道。

两人沉默了大约五分钟。

"因为，"罗戈任又突然继续说下去，好像根本没有中断过谈话似的，"因为倘若你的病现在又发作，又喊叫起来，那么在街上，在院子里，也许有人会听见的，他们会猜到有人在屋里过夜，就会来敲门，就会进来……因为他们都以为我不在家。我连蜡烛也没点，就是怕有人从街上或者从院子里看到光，因为我不在家的时候，常常一连三四天都没人进来收拾屋子，一向都这样。因此，为了不让有人知道咱俩要在这里过夜……"

"等等，"公爵说，"我上回来的时候，曾经问过看门人和那位老太太：纳斯塔西娅·菲利波芙娜有没有在这里过夜？可见，他们已经知道了。"

"我知道你问过他们。我对帕夫努捷耶芙娜说，昨天，纳斯塔西娅·菲利波芙娜来过，可是当天就回帕夫洛夫斯克去了，她在我这儿总共只待了十分钟。他们并不知道她在这儿过夜——没人知道。我们俩昨天就是这样进来的，神不知鬼不觉，就像今天跟你进来的时候一样。我路上还想，她可能不愿意偷偷摸摸地进来——没那回事！她说话悄悄的，走路轻轻的，她提起裙子，不让衣服发出声音，在楼梯上，她还伸出一只手指警告我，不让我出声——她总怕你会来。她在火车上完全跟疯子一样，全是因为怕，是她自己愿意到我这里来过夜的。起先，我想把她送到那位老师的太太家，在从前那套房间里过夜——哪成呀！她说：'在那儿，他天一亮就会找到我的，你先把我藏起来，明天一早上莫斯科。'后来，她又想躲到奥廖尔①去。临睡的时候还老说，要去奥廖尔……"

---

① 城市名，在彼得堡的东南方。

"等等，你现在怎么办，帕尔芬，你打算怎么办？"

"你老发抖，我疑心你会犯病。今天，咱俩就在这里过夜，在一起。除了那床被褥，这里就没别的了，我是这么想的，把那两张长沙发上的坐垫和靠垫全拿下来，就在这里，在帷幕旁边，并排铺在一起，你一半，我一半，就睡一块儿。因为万一进来人了，一看，一找，就会立刻看到她，把她抬走的。他们一定会盘问我，我就会说是我干的，他们就会立刻把我带走。还不如让她现在就躺那儿，躺在咱俩旁边，挨着我和你……"

"对，对！"公爵热烈地赞同道。

"那么，不自首，也不让抬走。"

"说什么也不——让！"公爵断然道，"坚决不——让！"

"我也是这么决定的，说什么也不让，老弟，不把她交给任何人！今天夜里，咱们俩就悄悄地过一夜。今天，我一共才出门一小时，一清早，此外，我一直守着她。后来，天快黑的时候，又出去找你。我还担心一点，天气闷热，怕有味。你闻到气味了吗？"

"也许闻到了，我不知道。天亮前，肯定会有气味的。"

"我把她用漆布盖上了，一块很好的美国漆布，漆布上还盖了层床单，还放了四瓶打开的日丹诺夫药水①，现在还在那里放着。"

"就跟那儿……在莫斯科一样吗？"

"因为怕有味，老弟。而她，你知道，是怎么躺着的吗……明天早晨，天一亮，你看看就知道了。你怎么啦，都站不起来了？"罗戈任看到公爵一个劲地发抖，抖得都站不起来了，又担心又惊讶地问道。

"腿不听使唤，"公爵喃喃道，"因为害怕，我知道……害怕一过去，我

---

① 一种消毒和除臭用的药水，发明人是日丹诺夫，故名。

会站起来的……"

"那你就等等，我先给咱俩把床铺好，你先躺下……我也跟你睡一块儿……咱俩听着……因为我还不知道……老弟，我现在还不完全知道，所以预先告诉你，让你对这一切有个数……"

罗戈任一边嘟囔着这些含混不清的话，一边开始铺床。看得出来，这床怎么铺，他早上就想好了。昨天夜里，他自己就睡在这张沙发上。但是一张沙发睡不下两个人，而他又一定要把床并排铺在一起，所以现在费了老大劲儿把几个大小不同的坐垫和靠垫从两张沙发上取下来，拖过整个房间，一直拖到帷幕这面紧靠入口的地方。床铺总算将就安置好了。他走到公爵跟前，亲切而又兴奋地抓住他的胳膊，把他搀起来，扶到床铺跟前，但是，公爵自己能走，也就是说，"害怕过去了"，可是他毕竟还在继续发抖。

"这是因为，老弟，"罗戈任把公爵安置到左边比较好的垫子上，自己则挺直了身子，躺在右边，也不脱衣服，将两手枕在脑后，然后，他忽然开口道："今儿个天热，自然有气味……我不敢开窗。母亲那边倒有几盆鲜花，开了许许多多花，香味好闻极了，我想把花搬过来，但是帕夫努捷耶芙娜肯定会猜出来的，因为她最爱刨根问底了。"

"她是爱刨根问底。"公爵附和道。

"要不然，去买点儿来，在她周围全放上鲜花？可是我又想，把她放在鲜花里，朋友，怪可惜了的！"

"我说……"公爵问道，好像思绪很乱，又好像在寻思究竟问他什么，又好像立刻忘掉了刚才想问的问题，"我说，请你告诉我：你用什么杀死她的？用刀？就那把？"

"就那把。"

"别忙！帕尔芬，我还想问你……我还有许多话要问你，关于一切……

但是，你最好告诉我，让我知道：你在我办喜事以前，在举行婚礼以前，在教堂门前的台阶上，就想用刀子捅死她吗？你想没想过？"

"我不知道我想没想过……"罗戈任干巴巴地答道，好像对于问他这话有点儿奇怪，甚至莫名其妙似的。

"你从来没把那把刀带到帕夫洛夫斯克去？"

"从没带去。关于那把刀，我只能告诉你一点，列夫·尼古拉耶维奇，"他默然有顷，然后又补充道，"我把那把刀从锁着的抽屉里拿出来，是今儿早上三点多钟的事，它一直夹在我那本书里……而且……而且我觉得奇怪：这刀好像压根儿只插进一俄寸半……最多两俄寸①……在左边乳房紧下边……总共约莫半汤匙血流到了衬衫上，再没有了……"

"这，这，这，"公爵突然异常激动地支起身子，"这，这我知道，这我读过……这叫内出血……甚至不流一滴血也是常有的事。如果正戳在心脏上的话……"

"等等，听见了吗？"罗戈任猛地打断他的话，在垫子上惊恐地坐了起来，"听见啦？"

"没听见！"公爵望着罗戈任，同样迅速而又惊恐地说道。

"有人！听见啦？在客厅……"

两人开始听。

"听见了。"公爵肯定地低声说。

"有人？"

"有人。"

"要不要把门插上？"

---

① 1俄寸约等于4.45厘米。

第四部

"插上……"

把门插上了,两人又躺了下来,长久默然。

"噢,对了!"公爵又用刚才那种既激动又匆忙的低语突然说道,仿佛又抓住了自己的想法,生怕转眼间忘掉了似的,他甚至一骨碌从床铺上坐了起来,"对了……我想要……那副牌!牌……听说,你常跟她玩牌?"

"是的。"罗戈任沉默了一会儿后说道。

"在哪儿……那牌?"

"牌在这儿……"罗戈任沉默了更长一段时间后说道,"给……"

他从衣兜里掏出一副玩过的、包在纸包里的扑克牌,递给公爵。公爵接了过来,但是接的神态似乎惊疑不定。一种新的伤感和不快感压迫着他的心,他突然明白了,这时候,以及很早以前,他说的一直不是他应该说的话,做的也不是他应该做的事,还有这副纸牌,他现在拿在手里、对之显得如此高兴的纸牌,现在也于事无补,帮不了他任何忙。他站起身来,颓然地举起两手一拍。罗戈任一动不动地躺着,好像既没有听见,也没有看见他那绝望的动作,但是他的两眼却透过黑暗在明亮地发着光,他的眼睛睁得大大的,一动不动。公爵坐到椅子上,开始恐惧地看着他。过了约莫半小时,罗戈任猛地大声地、时断时续地开始又是喊叫,又是哈哈大笑,宛如忘记了应当低声说话似的:

"那个军官,那个军官……你记得吗,她在音乐会上怎么狠抽那个军官的,你记得吗,哈哈哈!还是士官生……士官生呢……这个士官生跳出来……"

公爵又在新的恐惧中从椅子上跳起来。罗戈任安静下来后(他霎时就安静下来了),公爵便静静地向他弯下身去,坐在他身旁,打量着他。公爵的心在猛跳,而且呼吸沉重。罗戈任没有向他转过头来,甚至好像把他忘了似的。公爵看着,等待着,时间在悄悄过去,天开始亮了。有时候,罗戈任偶尔突然开始大声地、刺耳地、前言不对后语地喃喃自语,开始又喊又叫和傻笑,那时候，公爵便向他伸出哆哆嗦嗦的手，轻轻地碰碰他的脑袋和头发，抚摩它们，抚摩他的面颊……除此以外，他一筹莫展。他自己又开始发抖，他的两腿又好像突然动弹不了了。一种全新的感觉，以无边的苦恼折磨着他的心。这时已经完全天亮了。最后，他躺倒在垫子上，好像已经完全筋疲力尽和悲观绝望，他把自己的脸紧贴着罗戈任的苍白的、一动不动的脸，眼泪从他的眼眶里流到罗戈任的腮帮上，但是，也许，他当时已经感觉不到自己在流泪了，已经不知道任何这一类事情了……

起码，在已经过去了许多小时以后，门开了，进来了人，他们发现凶手已经完全昏迷，在发烧。公爵则一动不动地坐在他身旁的垫子上，每当病人猛然喊叫或者说胡话的时候，他就急忙伸出哆哆嗦嗦的手去抚摩他的头发和面孔，仿佛在爱抚他，哄他别闹似的。但是，公爵已经一点儿也听不懂人家在问他什么了，也不认识走进来的人和围住他的人了。假如施奈德现在亲自从瑞士跑来看一眼自己这个过去的学生和病人的话，一定会想起公爵在瑞士治病的头一年有时候发生的情形，他现在一定会挥挥手，犹如当年那样说道："白痴！"

十二　结束语

那位老师的太太马不停蹄地赶到帕夫洛夫斯克，便直接去找从昨天起就心烦意乱的达里娅·阿列克谢耶芙娜。她把自己知道的情况一五一十地告诉了她，把她吓了个魂飞魄散。两位太太立刻决定跟列别杰夫取得联系。列别杰夫因为是公爵的朋友，又是他的房东，也十分惶恐不安。薇拉·列别杰娃把自己知道的情况也都说了。列别杰夫出了个主意,便决定他们仨一起立刻赶到彼得堡去,以便尽快防止那件"很可能发生的事"。就这样,第二天上午十一点左右,罗戈任寓所的房门当着众多证人的面(警察、列别杰夫、两位太太、住在厢房里的罗戈任的弟弟谢苗·谢苗诺维奇·罗戈任)打开了。看门人供称,他昨天晚上看见帕尔芬·谢苗诺维奇跟一位客人从正门台阶上走了进去,而且好像还是蹑手蹑脚进去的。这一旁证极大地促进了事情的顺利解决。在取得看门人的这一供词后,因为拉铃不开,所以大家便毫不迟疑地破门而入。

罗戈任得的是脑炎,两个月后,他的病痊愈了,于是便开始侦查和审讯。他对一切都供认不讳,供词准确而又毫厘不爽,完全令人满意,由于他的供词,公爵从一开始就没有受到牵连。在诉讼过程中,罗戈任沉默寡言,很少说话。他的律师条分缕析而又符合逻辑地证明,被告犯罪乃因脑炎所致,由于被告痛心疾首,他在犯罪前很久就得了这病——罗戈任对律师工于心计、巧舌如簧的辩护词并没有提出异议。但是,他也没有补充任何新东西来证实这一意见是正确的,而是仍旧一如既往地(清清楚楚而又准确无误地)对案情供认不讳,而且还想起了犯罪的全部细节。考虑到案情的具体情况准于从轻发落,他被判十五年徒刑,发配西伯利亚,服苦役。他在听到对他的判决时,表情冷淡,默然无语而又"若有所思"。他的大笔财产,除了在最初的花天酒地中挥霍掉的相对来说微不足道的那部分外,统统归了他的弟弟谢苗·谢苗诺维奇,为此,后者感到心满意足而又得意非凡。罗戈任的老母亲仍旧活在世上,有时候似乎也常常想起她的爱子帕尔芬,但是即使想,也糊里糊涂:上帝拯救了她的心智,使她意识不到由于家门不幸遭到的惨祸。

列别杰夫、凯勒尔、加尼亚、普季岑,以及我们这部小说中的许多其他人物,仍旧像过去那样生活着,变化很少,因此有关他们的情况,我们几乎无可奉告。伊波利特在异常激动的情况下去世,比他预料的寿限稍许早了点儿，大约在纳斯塔西娅·菲利波芙娜死后两周光景。科利亚对所发生的事深感震动，他跟自己的母亲又和好如初。尼娜·亚历山德罗芙娜很替儿子担心，因为他老是若有所思，这与他的年龄很不相称，他也许会出息成一个好人的。顺便说说，多少也是因为他的努力，才使公爵今后的命运得到了妥善的安排：近来，他结识了很多人，他早就看出，在这许多人中，叶夫根尼·帕夫洛维奇·拉多姆斯基是个热心肠的人。因此，他第一个就去找他，把他知道的这件事的前因后果详详细细地都告诉了他，也告诉了他公爵眼下的情况。他果然没有看错人：叶夫根尼·帕夫洛维奇十分热心地干预了这个不幸的"白痴"的今后的命运，由于他的努力和关心，公爵又出国到瑞士去，进了施奈德的义诊所。叶夫根尼·帕夫洛维奇本人也到国外去了，他打算在欧洲住很长一段时间，并公然称自己是"俄国完全多余的人"，他相当经常，起码数月一次，到施奈德那儿去看望他那有病的朋友，但是施奈德却越来越皱眉和摇头，他暗示公爵的智能器官已经完全损坏，他虽然没有肯定说这病治不好，但是他却让自己说了一些非常忧伤的暗示。叶夫根尼·帕夫洛维奇听了这话后很放在心上，而他是个有心有肺的人，足以证明这点的是，他经常收到科利亚的信，甚至有时候还回信。但是除此以外，我们还知道他的性格的一个奇怪的特点，因为这一特点是一个很好的特点，所以我们急于把它写出来：在每次走访施奈德的义诊所之后，叶夫根尼·帕夫洛维奇除了给科利亚写信外，还要给彼得堡的另一个人写封信去，把公爵当前的病情一五一十充满同情地描述一番。这些信除了非常恭敬地表示忠贞不贰以外，有时候还开始出现（而且越来越频繁）对于自己的观点、根据和感情的某些坦率的陈述——一句话，开始渐渐出现某种类似友情和亲近感的东西。这个与叶夫根尼·帕夫洛维奇通信（虽然相当少），并且博得他如此关心和尊敬的人，就是薇拉·列别杰娃。我们怎么也打听不出来，这种关系究竟是怎么形成的，当然，这关系之所以形成，无非由于公爵的那段故事，以及薇拉·列别杰娃伤心欲绝，竟至于病倒了，但是他俩到底是怎样认识和要好起来的，我们就不得而知。我们之所以特别提到这些信，主要的用意是其中有几封提到了叶潘钦家，尤其是阿格拉娅·伊万诺芙娜的情况。叶夫根尼·帕夫洛维奇从巴黎写来了一封相当潦草的信，信中谈到她对一位流亡国外的波兰伯爵产生了非同寻常的好感，之后不久，忽然嫁给了他，尽管她的两位高堂反对，但后来到底还是同意了，他们之所以同意，无非因为不同意很可能会闹出大乱子来。后来，又经过了大约半年的沉默之后，叶夫根尼·帕夫洛维奇又写来了一封长信，详详细细地告诉自己的女友，说他最近又到瑞士去看望施奈德教授了，在那里，他竟与叶潘钦全家（不用说，除了伊万·费奥多罗维奇因事务繁忙留在彼得堡以外）和希公爵不期而遇。这次相逢的情形很怪，她们看到叶夫根尼·帕夫洛维奇后，似乎很高兴，阿杰莱达和亚历山德拉不知道为什么认为她们甚至应当感谢他，感谢他"像天使般照顾了不幸的公爵"。利扎韦塔·普罗科菲耶芙娜一看到公爵病病歪歪，病成这副倒霉模样，竟打心眼里哭了出来。看来，他的一切都得到了宽恕。希公爵乘机说了几句既非常得体又十分聪明的大道理。叶夫根尼·帕夫洛维奇觉得，他同阿杰莱达还没有完全做到情投意合，但是看来不可避免的是，将来，急性子的阿杰莱达终究会完全自愿地、真心诚意地听命于希公爵的智慧和经验。再说，她家受到的种种教训，也对她起了很大作用，特别是阿格拉娅同那位波兰流亡伯爵发生的那件事。她们家委曲求全，同意让阿格拉娅下嫁给这位伯爵时心里直打鼓，所担心的一切，在半年之内都一一应验了，而且还饶上了许多出人意料，甚至连想也没有想到的事。原来，这位伯爵并不是什么伯爵，即使是流亡者吧，也来历可疑，行踪暧昧。他之所以迷住阿格拉娅，乃是因为他有一颗痛苦地思念祖国的非常高尚的心，他居然使阿格拉娅着迷到这种程度，甚至在她还没有正式嫁给他之前，就成了某个波兰复兴旅外委员会的成员①，除此以外，她还进了某个著名的天主教神父的忏悔室，这个神父居然把她弄得神魂颠倒。据说，这位伯爵有一笔非常大的财产，他也曾向利扎韦塔·普罗科菲耶芙娜和希公爵提供过有关这笔财产的几乎无可辩驳的材料，可是到头来，纯属子虚乌有。此外，结婚后才半年，这位伯爵和他的朋友（也就是那位听取人们忏悔的著名神父），已经唆使阿格拉娅跟娘家人完全吵翻了，因此已经有几个月她们压根儿就没见到她……一句话，本来是有许多话可以说的，但是利扎韦塔·普罗科菲耶芙娜、她的俩千金，甚至希公爵，都被这整个"恐怖手段"吓住了，吓得他们在跟叶夫根尼·帕夫洛维奇谈话时对有些事都不敢提，虽然他们知道，即使他们不说，叶夫根尼·帕夫洛维奇对阿格拉娅·伊万诺芙娜最近以来鬼迷心窍的事也知道得一清二楚。可怜的利扎韦塔·普罗科菲耶芙娜一心想回俄国去，而且据叶夫根尼·帕夫洛维奇证实，她曾经对他肝火很旺和不无偏激地批评过国外的一切："不管在哪儿，连像像样样地烤个面包都不会，一到冬天，就像地窖里的耗子一样，净挨冻，"她说，"好歹在这儿看到了这个可怜的人，我总算能像俄国人那样放开嗓子痛哭了一场，"她激动地指着已经完全认不出她来的公爵，又加了一句，"别鬼迷心窍了，现在也该动动脑子啦。这开始，这整个国外，以及你们的这整个欧洲，这一切不过是幻想，②我们大家在国外，也不过是幻想……记住我的话，您会亲眼看见的！"她同叶夫根尼·帕夫洛维奇分手时，几乎愤怒地作出了上述结论。

---

① 波兰共和国（1492—1795）在历史上屡受俄国和周边邻国的威胁和侵略。1772—1795年曾被俄国、普鲁士、奥地利三地瓜分。1795—1918年，波兰共和国从欧洲地图上消失达123年，大批爱国志士逃亡国外。

② 陀思妥耶夫斯基在这里暗指俄国不能走欧洲的路，即通过暴力实行社会变革。